W0293922

Schlangenjagd

CLIVE
CUSSLER
UND
JACK DU BRUL

SCHLANGEN
JAGD

Roman

Aus dem Amerikanischen
von Michael Kubiak

Weltbild

Die amerikanische Originalausgabe erschien 2006 unter dem Titel
Skeleton Coast (A Novel of the Oregon Files)
bei Berkley Trade, New York.

Besuchen Sie uns im Internet:
www.weltbild.de

Genehmigte Lizenzausgabe für Verlagsgruppe Weltbild GmbH,
Steinerne Furt, 86167 Augsburg
Copyright der Originalausgabe © 2006 by Sandecker, RLLLP
By arrangement with Peter Lampack Agency Inc., New York
Copyright der deutschsprachigen Ausgabe © 2008 by Blanvalet Verlag,
einem Unternehmen der Verlagsgruppe Random House GmbH, München
Übersetzung: Michael Kubiak
Umschlaggestaltung: Jarzina Kommunikations-Design, Köln
Umschlagmotive: Wüste: Corbis, Düsseldorf (© John Lund);
Schlange: © Thomas Jarzina

Gesamtherstellung: Bagel Roto-Offset GmbH & Co. KG, Schleinitz

Printed in the EU

ISBN 978-3-8289-9250-4

2011 2010 2009 2008
Die letzte Jahreszahl gibt die aktuelle Lizenzausgabe an.

1

Kalahari
1896

Er hätte niemals befehlen sollen, die Waffen zurückzulassen. Diese Entscheidung würde sie alle das Leben kosten. Aber hatte es wirklich eine Wahl für sie gegeben? Als das letzte verbliebene Packpferd zu lahmen begann, hatten sie die Last anders verteilen müssen, und das bedeutete doch, dass sie Teile ihrer Ausrüstung zurücklassen mussten. Es verstand sich von selbst, dass sie die Wasserflaschen, die das Tier getragen hatte, ebenso behielten wie die Taschen voller Rohdiamanten. Sie hatten sich von den Zelten, Deckenrollen und von dreißig Pfund Proviant trennen müssen, sowie von den Martini-Henry-Gewehren, von denen jeder der fünf Männer eins besaß, mitsamt der dazugehörigen Munition. Aber auch nach diesen Gewichtseinsparungen waren die überlebenden Pferde hoffnungslos überlastet, und als die Sonne wieder aufging, um die Wüste erneut mit ihren sengenden Strahlen aufzuheizen, erwartete niemand ernsthaft, dass ihre Reittiere den Tag überleben würden.

H. A. Ryder hätte eigentlich nicht so dumm sein dürfen, sich bereit zu erklären, die anderen durch die Kalahari zu führen. Er war ein alter Afrikakenner, der während der berauschenden Tage des Kimberley-Fiebers eine schlecht gehende Farm in Sussex aufgegeben hatte in der Hoffnung, auf den Diamantenfeldern zum Millionär zu werden. Als er im Jahr 1868 in Afrika ankam, waren ganz Colesberg Kopje, der Hügel, wo die ersten Diamanten gefunden worden waren, sowie die Felder ringsum für mehrere Kilometer abgesteckt. Daher verlegte sich Ryder darauf, die Heerscharen von Arbeitern mit Fleisch zu versorgen.

Mit zwei Planwagen und Hunderten Säcken voller Salz, um damit das Wildbret einzupökeln, durchstreiften er und zwei eingeborene Jagdführer Tausende von Quadratkilometern. Es war ein einsames Leben gewesen, jedoch ein Leben, das Ryder zunehmend geliebt hatte, so wie er auch das Land lieben gelernt hatte: mit seinen unvergesslichen Sonnenuntergängen und den dichten Wäldern, mit seinen Flüssen, die so klar waren, dass das Wasser wie Glas aussah, und seinen Horizonten, so fern, dass es unmöglich erschien, sie jemals zu erreichen. Er lernte, die Sprachen verschiedener Stämme zu sprechen, der Matabele, der Mashona und der grimmigen, kriegerischen Herero. Er verstand sogar einige der seltsamen Schnalzlaute und Pfiffe, mit denen sich die Buschmänner der Wüste untereinander verständigten.

Er hatte als Safariführer gearbeitet, sodass reiche Engländer und Amerikaner die Wände ihrer Villen mit Jagdtrophäen schmücken konnten, und er hatte einige Zeit damit zugebracht, geeignete Routen für Telefongesellschaften zu suchen, die ihre Leitungen quer über das südliche Drittel des Kontinents spannen wollten. Er hatte in einem Dutzend kriegerischer Scharmützel mitgekämpft und zehnmal so viele Männer getötet. Er kannte und verstand das afrikanische Volk, kannte aber die Wildheit und Grausamkeit des Landes selbst noch besser. Er wusste, er hätte den Auftrag nicht annehmen sollen, die anderen in einem Gewaltmarsch von Betschuanaland durch die endlose Kalahariwüste bis zum Meer zu führen. Aber da war wie immer die Aussicht auf eine hohe Belohnung gewesen, der Sirenengesang vom schnellen Reichtum, der ihn ursprünglich nach Afrika gelockt hatte.

Wenn sie es irgendwie schafften und die mitleidlose Wüste nicht ihr Leben einforderte, dann würde H. A. Ryder jener Schatz in den Schoß fallen, von dem er immer geträumt hatte.

»Meinen Sie, die sind noch immer hinter uns her, H. A.?«

Ryder blinzelte so in die aufgehende Sonne, dass seine Augen in der wettergegerbten Haut fast verschwanden. Er konnte am fernen Horizont nichts sehen außer der flimmernden Hitze, die waberte wie Rauch, der sich sammelte und wieder auflöste. Zwischen ihnen und dem Feuerball wanderten Dünen aus reinem weißem Sand – wogende Wellen, die mit mächtigen Sturmböen wetteiferten. Mit der Sonne kam der Wind, der auf die Dünen einpeitschte. So wurde der Sand in breiten Fahnen von ihren Kämmen weggeweht.

»Aye, mein Freund«, sagte er, ohne den Mann anzusehen, der neben ihm stand.

»Wie können Sie sich so sicher sein?«

H. A. wandte sich zu seinem Gefährten, Jon Varley, um. »Für das, was wir ihnen angetan haben, folgen sie uns bis vor die Tore der Hölle.«

Die Gewissheit in H. A.s gereizter Stimme ließ Varley unter seiner Sonnenbräune bleich werden. Wie Ryder stammten die vier anderen Männer ihrer Gruppe aus England und waren nach Afrika gekommen, um ihr Glück zu suchen, allerdings war keiner so erfahren wie ihr Führer.

»Wir sollten lieber weitergehen«, sagte Ryder. Sie waren

in der einigermaßen angenehmen Kühle der Dunkelheit gewandert. »Wir können noch ein paar Kilometer schaffen, ehe die Sonne zu hoch steht.«

»Ich finde, wir sollten unser Lager hier aufschlagen«, sagte Peter Smythe, das unerfahrenste Mitglied der Gruppe und bei Weitem in schlechtester Verfassung. Er hatte seine großspurige Art kurz nachdem sie das Sandmeer betreten hatten, abgelegt und bewegte sich jetzt mit müden Schritten vorwärts – wie ein alter Mann. Weiße Krusten hatten sich in den Winkeln seiner Augen und seines Mundes gebildet, während seine sonst so strahlend blauen Augen stumpf geworden waren.

Ryder musterte Peter und erkannte die Zeichen auf Anhieb. Sie alle hatten die gleichen Wasserrationen gehabt, seit sie ihre Feldflaschen und Wasserkanister vor zehn Tagen aus einem brackigen Brunnen gefüllt hatten. Smythes Körper aber schien mehr zu brauchen als die anderen. Es war keine Frage von Kraft oder Willen, es war einfach nur so, dass der Mann mehr trinken musste, um am Leben zu bleiben. H. A. wusste auf den Tropfen genau, wie viel Wasser noch übrig war, und wenn sie nicht bald auf einen weiteren Wüstenbrunnen stießen, würde Smythe als Erster sterben.

Der Gedanke, ihm eine zusätzliche Ration zu bewilligen, kam Ryder nicht in den Sinn. »Wir gehen weiter.«

Er blickte nach Westen und sah das Spiegelbild des Terrains, das sie bereits überwunden hatten. Sanddüne folgte auf Sanddüne, und zwar in endlosen Kolonnen, die sich offenbar bis in die Unendlichkeit fortsetzten. Der Himmel nahm die Farbe von Messing an, da das Licht von der grenzenlosen Wüste reflektiert wurde. Ryder sah nach seinem Pferd. Das Tier litt, und dafür fühlte sich Ryder schuldig – das Gefühl war schlimmer als seine Empfindungen für den jungen Smythe, denn das arme Tier hatte keine andere Wahl, als sie durch diese grausame Umgebung zu tragen. Mit einem Klappmesser entfernte er einen Stein aus einem Pferdehuf und schob dort die Satteldecke zurecht, wo die Gurte der Satteltaschen zu scheuern anfingen. Das früher so glänzende Fell des Tieres war stumpf und bildete Falten, wo das Fleisch verfiel.

Er tätschelte die Wange des Pferdes und murmelte ein paar tröstende Worte in sein Ohr. Keinesfalls konnten sie auf ihren Tieren reiten. Die Tiere hatten schon jetzt Mühe, ihre deutlich verringerten Lasten zu tragen. Er ergriff die Zügel und marschierte los. Ryders Stiefel sanken tief ein, während er das Pferd die Vorderseite der Düne hinabführte. Sand geriet unter ihnen ins Rutschen, zischte und rieselte die Böschung hinunter und drohte beide zu Fall zu bringen, wenn auch nur einer von ihnen einen falschen Schritt machte. H. A. blickte nicht zurück. Die Männer hatten keine andere Wahl, als ihm zu folgen oder dort zu sterben, wo sie gerade standen.

Er ging eine Stunde lang, während die Sonne ihren unerbittlichen Aufstieg in den wolkenlosen Himmel fortsetzte. Er schob sich einen glatten Kieselstein zwischen Zähne und Zunge und versuchte, seinem Körper vorzuspielen, dass er nicht gefährlich ausgetrocknet war. Als er kurz stehen blieb, um das Schweißband seines Schlapphuts abzuwischen, versengte die Hitze den roten Hautfleck auf seinem Schädel. Er wollte noch eine Stunde länger gehen, aber er konnte hören, wie sich die Männer hinter ihm abmühten. Sie waren noch nicht an dem Punkt, dass er in Erwägung zog, sie sich selbst zu überlassen, daher führte er sie in den Windschatten einer besonders hohen Düne und begann, unter Verwendung der Pferdedecken ein Sonnensegel aufzuspannen. Die Männer ließen sich einfach fallen und schnappten keuchend nach Luft, während er ihr armseliges Lager aufschlug.

H. A. sah nach Peter Smythe. Die Lippen des jungen Mannes waren voller aufgeplatzter Blasen, aus denen eine klare Flüssigkeit sickerte, und seine Wangen waren so verbrannt, als wären sie mit einem Eisen direkt aus dem Feuer bearbeitet worden. Ryder erinnerte ihn daran, lediglich seine Schnürsenkel zu lockern. Die Füße aller waren derart geschwollen, dass sie in ihre Schuhe, wenn sie sie erst einmal ausgezogen hätten, nicht mehr hineingekommen wären. Sie beobachteten ihn gespannt, während er schließlich zwei Feldflaschen aus einer Satteltasche holte. Er entkorkte sie, und sofort wieherte eines der Pferde, als es das Wasser roch. Die anderen Pferde kamen herüber, sein eigenes rieb den Kopf an H. A.s Schulter.

Um keinen einzigen Tropfen zu vergeuden, schüttete Ryder eine Portion in eine Schüssel und hielt diese dem Tier zum Trinken hin. Es schlürfte geräuschvoll, und sein Magen rumpelte, da er zum ersten Mal seit drei Tagen wieder Wasser aufnahm. Ryder schüttete noch etwas nach und ließ das Pferd abermals trinken. So versorgte er trotz seines eigenen quälenden Dursts und der wütenden Blicke seiner Gefährten zuerst alle Pferde.

»Wenn sie sterben, dann sterben auch Sie«, war alles, was er sagen musste, denn jeder wusste, dass er Recht hatte.

Nachdem jedes Pferd nur einen knappen Liter Wasser getrunken hatte, konnten sie trotzdem dazu gebracht werden, aus ihren Hafersäcken zu fressen, die eins von ihnen im Gepäck hatte. Er legte ihnen Fußfesseln an und ließ erst danach die Trinkschüssel für die Männer herumgehen. Bei der Einteilung ihrer Rationen war er noch strenger und gestattete jedem nur einen Mundvoll, ehe Ryder das Wasser wieder in seinem Tragekorb verstaute. Niemand protestierte. H. A. war der Einzige von ihnen, der diese trostlose Wüste zuvor schon einmal durchquert hatte, und sie alle hatten ihr Schicksal in seine Hände gelegt und vertrauten darauf, dass er sie heil an ihr Ziel bringen würde.

Der Schatten, den die Pferdedecken spendeten, war, verglichen mit dem Glutofen, in den die Kalahari sich tagsüber verwandelte, erbärmlich klein. Sie war einer der heißesten und trockensten Orte der Welt, eine Region, in der es nur einmal im Jahr regnete und mehrere Jahre lang gar nicht. Während die Sonne die Erde mit ihrer sengenden Hitze wie mit Hammerschlägen peinigte, lagen die Männer in apathischer Teilnahmslosigkeit da und bewegten sich nur, wenn sich der Schatten mit der weiter wandernden Sonne veränderte und eine Hand oder ein Bein der brutalen Sonnenattacke ausgesetzt wurde. Sie lagen da mit ihrem alles verzehrenden Durst, sie lagen in ihren Schmerzen da, aber vor allem lagen sie wegen ihrer Habgier da, denn trotz allem gab es da einen Ansporn, standen sie doch kurz davor, reicher zu werden, als sie sich in ihren kühnsten Träumen jemals hätten vorstellen können.

Als die Sonne den Zenith erreichte, schien sie noch an Kraft zu gewinnen und machte aus dem Akt des Atmens einen verzweifelten Kampf zwischen dem natürlichen Bedürfnis nach Luft und dem ebenso natürlichen Bestreben, den Körper vor jeglicher Hitzezufuhr zu bewahren. Diese Hitze entzog den Männern mit jedem flachen Atemzug Feuchtigkeit und setzte ihre Lungen in Flammen.

Und die Hitze nahm weiter zu, wurde zu einer erdrückenden Last, die die Männer zu Boden presste. Ryder konnte sich nicht daran erinnern, dass es so schlimm gewesen war, als er die Wüste vor all den Jahren durchquert hatte. Es war, als sei die Sonne vom Himmel gefallen und läge jetzt auf der Erde, vor Wut rasend, dass gemeine Sterbliche die Dreistigkeit besaßen, ihr zu trotzen. Es war genug, um einen Menschen in den Wahnsinn zu treiben, und trotzdem überdauerten sie den langen Nachmittag und schickten Stoßgebete zum Himmel, dass der Tag enden möge.

So schnell, wie sich die Hitze aufgebaut hatte, nahm sie auch wieder ab, während die Sonne am westlichen Horizont schließlich unterging und rote, violette und rosa Streifen auf den Sand malte. Langsam kamen die Männer unter dem Sonnensegel hervor und klopften sich den Staub von den schmutzigen Kleidern. Ryder betrachtete aufmerksam die Düne, die sie vor dem Wind geschützt hatte, und suchte mit einem ausziehbaren Messingfernrohr die Wüste hinter ihnen nach Hinweisen auf ihre Verfolger ab. Er konnte nichts als wogende Dünen erkennen. Ihre Spuren waren von den ständigen Westwinden verwischt worden. Das tröstete ihn jedoch wenig. Die Männer, die sie jagten, waren die besten Spurenleser der Welt. Sie würden sie in dem konturlosen Sandmeer so sicher aufspüren, als hätte Ryder eine Spur von Markierungssteinen hinterlassen, der sie nur zu folgen brauchten.

Was er nicht wusste, war, wie viel von ihrem Vorsprung ihre Verfolger während des Tages aufgeholt hatten – denn ihre Fähigkeiten, der Sonne und Hitze zu widerstehen, schienen geradezu übermenschlich. An dem Tag, an dem sie sich in die Wüste hinausgewagt hatten, hatte H. A. geschätzt, dass sie gegenüber ihren Verfolgern einen Vorsprung von fünf Tagen hätten. Er war sicher, dass jetzt nur noch ein Tag davon übrig war. Und morgen würde diese Frist auf einen halben Tag zusammenschrumpfen. Und danach? Am nächsten Tag würden sie dann dafür bezahlen, dass sie sich von ihren Waffen getrennt hatten, als das Packpferd zu lahmen begann.

Ihre einzige Chance bestand darin, dass sie noch heute genug Wasser für die Pferde fänden, um wieder auf ihnen reiten zu können.

Von dem wertvollen Nass war nicht genug vorhanden, um die Pferde zu tränken, und die Ration der Männer war nur noch die Hälfte dessen, was sie kurz nach Tagesanbruch getrunken hatten. Für Ryder machte es alles nur noch viel schlimmer. Das lauwarme Rinnsal schien allenfalls seine Zunge zu befeuchten, anstatt seinen Durst zu löschen, der sich nun als bohrender Schmerz in seinem Magen bemerkbar machte. Er zwang sich, von dem Dörrfleisch zu essen.

Als er in die ausgezehrten Gesichter seiner Begleiter blickte, wusste H. A. bereits, dass der heutige Marsch eine Qual werden würde. Peter Smythe konnte nicht mehr gerade stehen und schwankte wie ein Rohr im Wind. Jon Varley war nicht viel besser in Form. Nur die Brüder, Tim und Tom Watermen, schienen noch halbwegs fit zu sein, allerdings waren sie schon erheblich länger in Afrika als Smythe und Varley und hatten während der letzten zehn Jahre auf einer großen Rinderfarm am Kap gearbeitet. Ihre Körper waren wesentlich besser an die brutale afrikanische Sonne gewöhnt.

H. A. fuhr sich mit den Fingern durch seinen buschigen Backenbart und kämmte sich den Sand aus den grau melierten krausen Haaren. Als er sich bückte, um seine Schuhe zuzuschnüren, spürte er seine fünfzig Jahre doppelt. Der Rücken und die Beine schmerzten heftig, und seine Wirbelsäule knackte, als er sich wieder aufrichtete.

»Hört zu, Leute. Ihr habt mein Wort, dass wir unseren Durst heute Abend richtig löschen können«, sagte er, um ihnen Mut zu machen.

»Womit? Mit Sand?«, scherzte Tim Watermen, um zu zeigen, dass er dazu überhaupt noch fähig war.

»Die Buschmänner, die sich in ihrer Sprache die San nennen, leben schon seit tausend oder mehr Jahren in dieser Wüste. Es heißt, sie könnten Wasser auf hundertfünfzig Kilometer riechen, und das ist keinesfalls übertrieben. Als ich vor zwanzig Jahren die Kalahari durchquerte, hatte ich einen San als Führer. Der kleine Mistkerl fand Wasser, wo ich noch nicht mal nachgeschaut hätte. Sie wischten es von Pflanzen ab, wenn morgens noch der Nebel stand, und sie tranken es aus den Pansen der Tiere, die sie mit ihren Giftpfeilen erlegten.«

»Was ist ein Pansen?«, fragte Varley.

Ryder wechselte mit den Watermen-Brüdern einen Blick, als wollte er sagen, dass diesen Ausdruck eigentlich jeder kennen müsse. »Es ist der erste Magen bei einem Tier wie der Kuh oder der Antilope, wo sie ihr Futter vor dem Wiederkäuen sammeln. Die dort enthaltene Flüssigkeit besteht vorwiegend aus Wasser und Pflanzensaft.«

»Davon könnte ich jetzt ganz gut einen kräftigen Schluck vertragen«, murmelte Peter Smythe undeutlich. Ein einziger Tropfen dunkelroten Blutes klebte im Winkel seiner aufgesprungenen Lippen. Er leckte ihn weg, ehe er sich löste und zu Boden fiel.

»Aber die erstaunlichste Fähigkeit der San besteht darin, Wasser unter den ausgetrockneten Flussbetten zu finden, in denen seit Generationen kein Tropfen mehr geflossen ist.«

»Kann man denn dort überhaupt welches finden?«, fragte Jon Varley.

»Ich habe mir jedes Flussbett genau angesehen, das wir während der letzten fünf Tage durchquert haben«, sagte H. A.

Die Männer waren überrascht. Keinem von ihnen war überhaupt aufgefallen, dass sie auf irgendwelche ausgetrockneten Flussbetten gestoßen waren. Für sie war die Wüste eintönig und leer gewesen. Dass H. A. die Wadis erkannte hatte, gab ihrer Zuversicht, dass er sie aus diesem Albtraum erlösen würde, neue Nahrung.

Ryder fuhr fort: »Vorgestern stieß ich auf einen vielversprechenden Flussarm, aber ich war mir nicht ganz sicher, und wir können es uns zeitlich nicht leisten, dass ich mich irre. Ich schätze, wir sind zwei, vielleicht drei Tage von der Küste entfernt, was zur Folge hat, dass die Wüste hier ihre Feuchtigkeit vom Ozean bezieht, gelegentlich sogar den ein oder anderen Regenschauer. Ich werde schon Wasser finden, Leute. Darauf könnt ihr euch verlassen.«

Es war die längste Rede, die H. A. gehalten hatte, seit er von den Männern verlangt hatte, ihre Waffen zurückzulassen. Und sie hatte die erwünschte Wirkung. Beide Watermen-Brüder grinsten, Jon Varley schaffte es, sich aufzuraffen und die Schultern zu straffen, und sogar der junge Smythe hörte auf zu schwanken.

Ein eisiger Mond ging hinter ihnen auf, während die letzten Strahlen der Sonne im fernen Atlantik versanken, und schon bald war der Himmel mit mehr Sternen übersät, als ein Mensch in hundert Leben zählen konnte. Die Wüste war so still wie eine Kirche, abgesehen vom Knirschen des Sandes unter Schuhsohlen und Pferdehufen und einem gelegentlichen Knarren des ledernen Sattelzeugs. Ihr Tempo war stetig und nicht allzu langsam. H. A. war sich ihrer geschwächten Verfassung durchaus bewusst, vergaß jedoch nicht die Horde, die ihnen sicherlich auf den Fersen war.

Gegen Mitternacht ließ er zum ersten Mal Rast machen. Der Charakter der Wüste hatte sich ein wenig verändert. Sie wateten zwar immer noch durch knöcheltiefen Sand, jedoch gab es in vielen Tälern Stellen mit losem Geröll. H. A. hatte in einigen Auswaschungen alte Wasserlöcher entdeckt, Orte wo Elenantilopen und Springböcke auf der Suche nach unterirdischem Wasser im harten Erdreich gegraben hatten. Er sah keinerlei Anzeichen dafür, dass sie jemals von Menschen benutzt worden waren, daher nahm er an, dass sie schon vor einer Ewigkeit ausgetrocknet waren. Er verlor über seine Entdeckung zu den Männern zwar kein Wort, doch sie vermittelte ihm die Gewissheit, über kurz oder lang einen wasserführenden Brunnen zu finden.

Er gestattete den Männern eine doppelte Ration Wasser in dem sicheren Gefühl, vor Sonnenaufgang ihre Feldflaschen auffüllen und die Pferde ausreichend tränken zu können. Und falls es nicht dazu kommen sollte, hatte ein Rationieren sowieso keinen Sinn mehr, da die Wüste am nächsten Tag ihren Tribut von ihnen fordern würde. Ryder gab die Hälfte seiner Ration seinem Pferd, während die anderen ihre Portionen gierig schlürften, ohne einen Gedanken an ihre Lasttiere zu verschwenden.

Eine halbe Stunde nachdem sie wieder aufgebrochen waren, verhüllte eine einzelne Wolke den Mond, und als sie vorbeigezogen war, verursachte das wechselnde Licht auf dem Wüstenboden eine Erscheinung, die Ryder sofort auffiel. Seinem Kompass und den Sternen zufolge waren sie in westlicher Richtung marschiert, und keiner der Männer stellte eine Frage, als er plötzlich nach Norden schwenkte. Er eilte vor den anderen her und spürte deutlich, wie der festgebackene Boden unter seinen Schuhsohlen zerbröselte. Als er die Stelle erreichte, ließ er sich auf die Knie fallen.

Es war nicht mehr als eine winzige Vertiefung im sonst völlig ebenen Talboden mit einem Durchmesser von höchstens einem Meter. Er prüfte den Fleck und lächelte angespannt, als er Reste von Eierschalen und sogar ein vollständiges Ei fand, das bis auf einen langen Riss, der über seine gesamte glatte Oberfläche verlief, noch unversehrt war. Es hatte die Größe einer männlichen Faust und wies am oberen Ende ein säuberlich gebohrtes Loch auf. Der Stopfen bestand aus einem Büschel getrockneten Grases und Naturkautschuk. Es war eins der wertvollsten Besitztümer der San, denn ohne diese Straußeneier verfügten sie über keinerlei Gefäße, mit denen sie Wasser hätten transportieren können. Dieses eine, das wohl beim Auffüllen zerbrochen war, konnte durchaus das Todesurteil für die Gruppe Buschmänner bedeutet haben, die das Wasserloch zuletzt benutzt hatte.

H. A. spürte fast körperlich, wie ihre Geister ihn vom Ufer des uralten Flussbettes aus beobachteten, winzige kleine Wesen, die Kopfbedeckungen aus geflochtenem Schilf trugen und Ledergürtel bei sich hatten, die mit kleinen Taschen für ihre Straußeneier und Köcher für die kurzen vergifteten Pfeile versehen waren, mit denen sie auf die Jagd zu gehen pflegten.

»Was haben Sie gefunden, H. A.?«, fragte Jon Varley und kniete sich neben dem Führer in den Sand. Sein gewöhnlich glänzendes dunkles Haar fiel schlaff auf seine Schultern herab, doch hatte er sich das unternehmungslustige Funkeln in seinen Augen bewahren können. Es waren die Augen eines notorischen Intriganten, eines Mannes, angetrieben von einer unstillbaren Sehnsucht nach schnellem Reichtum, der jederzeit bereit war, sein Leben zu riskieren, um diese Sehnsucht zu befriedigen.

»Wasser, Mr. Varley.« Obwohl zwanzig Jahre älter als er, achtete H. A. darauf, seinen Kunden gegenüber stets einen respektvollen Tonfall anzuschlagen.

»Was? Wie? Ich sehe nichts.«

Die Watermen-Brüder setzten sich dankbar auf einen Felsblock in der Nähe. Peter Smythe ließ sich einfach vor ihnen in den Sand fallen. Tim half ihm, sich aufzurichten, so dass er mit dem Rücken an dem Stein lehnte, der vom Fluss glatt geschliffen war. Der Kopf sank ihm auf die Brust, und sein Atem ging unnatürlich flach.

»Es befindet sich tief in der Erde, wie ich Ihnen schon erklärt habe.«

»Und wie bekommen wir es heraus?«

»Wir graben danach.«

Ohne ein weiteres Wort begannen die Männer, die Erde wegzukratzen, mit der der Buschmann den wertvollen Brunnen gefüllt hatte, damit er nicht austrocknete. H. A.s Hände waren so breit und so schwielig, dass er sie wie Schaufeln einsetzen konnte und in die krümelige Erde grub, ohne auf scharfkantige Steine zu achten. Varley hatte die Hände eines Spielers, glatt und gepflegt, doch er grub genauso entschlossen wie der Führer, wobei ihn der quälende Durst die Schnitte und Kratzer und auch das Blut, das von seinen Fingerspitzen herabtropfte, ignorieren ließ.

Sie gruben gut einen halben Meter tief, ohne eine Spur

von Wasser zu finden. Sie mussten das Loch ausweiten, denn sie waren viel größer als die Buschmänner, deren Aufgabe es gewesen war, solche Brunnen zu graben. Bei etwa einem Meter Tiefe schöpfte H. A. eine Handvoll Erde aus dem Loch, und als er sie wegschleuderte, blieben einige Krumen an seiner Haut kleben. Er zerrieb sie zwischen den Fingern und erhielt eine kleine Kugel. Als er diese zerdrückte, glitzerte ein winziger Wassertropfen im Sternenlicht.

Varley stieß einen Freudenruf aus, und sogar H. A. gönnte sich ein seltenes Lächeln.

Sie verstärkten ihre Bemühungen und wühlten voller Eifer feuchte Erdbrocken aus dem Loch. Ryder legte Varley eine Hand auf die Schulter, um ihn zu bremsen. Er hatte den Eindruck, dass sie tief genug vorgedrungen waren.

»Jetzt müssen wir warten.«

Die anderen Männer drängten sich um das Erdloch und verfolgten in gespanntem Schweigen, wie der dunkle Boden der Vertiefung plötzlich weiß wurde. Es war der Mond, der sich in dem Wasser spiegelte, das aus dem umliegenden Erdreich hereinsickerte. H. A. riss ein Stück Stoff von seinem Hemd ab, zog es wie einen Filter über die Öffnung seiner Feldflasche und tauchte sie ins schlammige Wasser. Es dauerte ein paar Minuten, bis die Feldflasche zur Hälfte gefüllt war. Peter stöhnte auf, als er das schwappende Geräusch hörte, während H. A. die Flasche aus dem Loch holte.

»Bedien dich, mein Freund«, sagte Ryder und reichte ihm die Flasche. Peter griff gierig danach, aber Ryder ließ sie noch nicht los. »Immer sachte, mein Junge. Trink ganz langsam.«

Smythe war zu erschöpft, um auf H. A.s Rat zu hören.

Sein erster tiefer Schluck löste einen Hustenkrampf bei ihm aus, und der Mundvoll Wasser wurde vergeudet und versickerte im Wüstenboden. Als er sich erholte, trank er mit vorsichtigen Schlucken weiter und machte dabei ein ziemlich einfältiges Gesicht. Es dauerte vier Stunden, um genug Wasser zu gewinnen, dass die Männer ihren Durst löschen konnten und es schließlich schafften, ihre erste richtige Mahlzeit seit einigen Tagen einzunehmen.

H. A. war noch immer damit beschäftigt, die Pferde zu tränken, als sich die Sonne am östlichen Horizont bemerkbar machte. Er tat es so behutsam wie möglich, damit sie keine Blähungen oder Krämpfe bekamen, und fütterte sie nur sehr sparsam. Doch in ihren großen Bäuchen erklang ein zufriedenes Gluckern und Rumpeln, als sie fraßen und zum ersten Mal seit Tagen wieder urinierten.

»H. A.!« Tim Watermen war zum Flussufer hinübergegangen, um sich ungestört zu erleichtern. Er stand nun als Silhouette vor der Morgendämmerung, winkte heftig mit seinem Hut und deutete in Richtung der aufgehenden Sonne.

Ryder angelte sich sein Fernrohr aus der Satteltasche, überließ die Pferde sich selbst und rannte und kletterte wie ein Besessener den Sandhügel hinauf. Er warf sich so gegen Watermen, dass beide in den Sand fielen. Ehe Tim lautstark protestieren konnte, presste Ryder seinem Schicksalsgenossen eine Hand auf den Mund und zischte: »Reden Sie verdammt noch mal leise. In der Wüste sind Stimmen und Geräusche kilometerweit zu hören.«

Flach auf dem Bauch liegend zog Ryder sein Teleskop auseinander und setzte es ans Auge.

Sieh nur, wie sie kommen, dachte er. Mein Gott, *sie sind einfach herrlich.*

Was diese fünf Männer zusammengeführt hatte, war Peter Smythes tiefer Hass auf seinen Vater, einen Furcht einflößenden Mann, der behauptete, eine Vision des Erzengels Gabriel gehabt zu haben. Der Engel hatte Lucas Smythe befohlen, seinen gesamten Besitz zu veräußern und nach Afrika zu gehen, um dort das Wort Gottes unter den Wilden zu verbreiten. Während er sich in der Zeit vor seiner Vision nicht gerade durch eine besondere Religiosität hervorgetan hatte, verschrieb sich Smythe mit derartiger Hingabe der Bibel, dass ihm die London Missionary Society, als er sich bei ihr bewarb, die Aufnahme verweigerte, weil er sich zu einem Eiferer entwickelt hatte. Am Ende nahm ihn die Society trotzdem auf, wenn auch aus keinem anderen Grund, als ihn von ihren Räumen fernzuhalten. Sie schickten ihn mitsamt seiner Ehefrau, die ihm nur widerwillig folgte, und seinem Sohn nach Betschuanaland, wo er einen Geistlichen ersetzen sollte, der an Malaria gestorben war.

Befreit von allen gesellschaftlichen Zwängen in einer winzigen Mission mitten unter den Hereros, entwickelte sich Smythe zu einem religiösen Tyrannen, denn er predigte einen rachsüchtigen Gott, der die vollkommene Selbstaufopferung und strengste Buße auch für die harmlosesten Regelverstöße forderte. Es war für Peter alltäglich, mit einem Stock verprügelt zu werden, nur weil er die letzten Worte eines Gebets nicht laut ausgesprochen, sondern lediglich gemurmelt hatte, oder ohne Abendessen ins Bett geschickt zu werden, weil er einen bestimmten Psalm oder Bibelabschnitt nicht auf Anhieb aufsagen konnte.

Als die Familie in ihrer neuen Heimat ankam, befand sich der Herero-König Samuel Maharero, der einige Jahrzehnte zuvor getauft worden war, in ernsten Differenzen mit der Kolonialverwaltung und verweigerte jeglichen Kontakt mit dem deutschen Geistlichen, den die Rheinische Missionsgesellschaft nach Betschuanaland geschickt hatte. Lucas Smythe und seine Familie konnten sich des Wohlwollens des Königs erfreuen, wenngleich Maharero Smythes Predigten von Feuer und Schwefel eher skeptisch gegenüberstand.

Während sich der junge Peter einerseits der Freundschaft der zahlreichen Enkelkinder des Königs erfreuen durfte, war das Leben als Jugendlicher in der Umgebung des königlichen Krals langweilig und wurde nur durch Momente des Schreckens unterbrochen, wenn der Geist wieder mal über seinen Vater kam. In solchen Augenblicken dachte er an nichts anderes als daran, einfach nur davonzurennen.

Und so begann er, Fluchtpläne zu schmieden, und vertraute Assa Maharero, der einer der Enkel des Königs und sein bester Freund war, an, was er zu tun beabsichtigte. Es geschah während eines dieser Gespräche über sein Vorhaben, dass Peter Smythe die Entdeckung machte, die sein Leben verändern sollte.

Er befand sich in einem *rondoval*, einer jener kreisrunden Hütten, die die Hereros zum Lagern von Futter benutzten, wenn die Weiden für ihre Tausende von Rindern zu kahl waren. Es war ein Ort, den er und Assa als Versteck benutzten, aber diesmal fiel ihm zum ersten Mal auf, dass der feste Boden an einer Stelle an der Wand aus Gras und Lehm aufgegraben worden war. Das schwarze Erdreich war sorgfältig geglättet und festgestampft worden, doch sein scharfer Blick entdeckte die Unregelmäßigkeit.

Er begann an der Stelle mit den Händen zu graben, und

stellte fest, dass eine dünne Erdschicht ein Dutzend große tönerne Bierkrüge bedeckte. Die Gefäße hatten die Größe seines Kopfes, und als Verschluss war Leder über ihre Öffnungen gespannt worden. Er hob einen der Krüge hoch. Dieser war schwer, und Peter konnte spüren, dass irgendetwas darin klapperte.

Peter weitete die Naht des Lederverschlusses behutsam und öffnete diesen dann so weit, dass, als er den Behälter umkippte, ein paar unauffällige Steine in seine Handfläche kullerten. Er zitterte. Während sie den Zeichnungen von facettierten Steinen, die er schon mal gesehen hatte, in nichts glichen, erkannte er dennoch an der Art, wie sie das wenige Licht in der Hütte reflektierten, dass er sechs ungeschliffene Diamanten in der Hand hielt. Der kleinste war so groß wie sein Daumennagel. Der größte war fast doppelt so groß.

In genau diesem Augenblick kam Assa durch den gewölbten Eingang herein und sah, was sein Freund entdeckt hatte. Seine Augen weiteten sich vor Schreck, und er blickte schnell über die Schulter, um zu sehen, ob irgendwelche Erwachsene in der Nähe waren. Auf der anderen Seite der eingezäumten Weide passten zwei Jungen auf einige Rinder auf, und in ein paar Metern Entfernung ging eine Frau vorbei, die ein Bündel frisch gemähtes Gras auf dem Kopf trug. Er durchquerte das *rondoval* mit einem Satz und riss Peter den Bierkrug aus den Händen.

»Was hast du getan?«, zischte Assa in seinem seltsamen Englisch, das von einem deutschen Akzent geprägt war.

»Nichts, Assa, ich schwöre es«, erwiderte Peter schuldbewusst. »Ich habe gesehen, dass dort etwas vergraben war, und wollte nur nachschauen, was es ist, mehr nicht.«

Assa streckte eine Hand aus, und Peter ließ die losen

Steine auf seine Handfläche fallen. Während der junge afrikanische Prinz die Steine wieder in den Bierkrug tat und den ledernen Verschluss über die Öffnung zog, sagte er: »Bei deinem Leben – du darfst niemandem von dieser Sache erzählen.«

»Das sind Diamanten, nicht wahr?«

Assa schaute seinen Freund ernst an. »Ja.«

»Aber woher? Hier gibt es doch keine Diamanten. Die findet man nur unten in der Kapkolonie in der Umgebung von Kimberley.«

Assa ließ sich mit untergeschlagenen Beinen vor Peter nieder, hin und her gerissen zwischen dem Schwur, den er seinem Großvater geleistet, und dem Stolz auf das, was sein Volk geschafft hatte. Er war drei Jahre jünger als Peter, gerade dreizehn, daher siegte der Drang zu kindlicher Prahlerei über das heilige Versprechen. »Ich werde es dir erzählen, aber du darfst niemals darüber sprechen.«

»Ich schwöre, Assa.«

»Seit zum ersten Mal Diamanten gefunden wurden, sind Männer des Herero-Stamms nach Kimberley gegangen, um dort in den Bergwerken zu arbeiten. Da haben sie ein Jahr lang gearbeitet und sind mit dem Lohn nach Hause zurückgekehrt, den ihnen die weißen Bergwerksbesitzer gezahlt haben. Aber sie haben auch noch etwas anderes mitgebracht. Sie haben Steine gestohlen.«

»Soweit ich weiß werden die Männer doch durchsucht, ehe sie die Arbeitercamps verlassen dürfen. Man schaut ihnen sogar in den Hintern.«

»Unsere Männer haben einen anderen Weg gefunden. Sie haben sich die Haut aufgeschnitten und Diamanten in den Wunden versteckt. Wenn sie verheilt und vernarbt waren, war nichts mehr davon zu sehen. Nach ihrer Rückkehr haben sie die Wunden dann mit Speerspitzen geöffnet und die Steine meinem Großvater, Häuptling Kamaharero, der sie in den Süden nach Kimberley geschickt hatte, übergeben.«

»Assa, einige Steine sind ziemlich groß – bestimmt wären sie entdeckt worden«, protestierte Peter.

Assa lachte. »Und einige Hererokrieger sind auch ziemlich groß.« Er wurde wieder ernst und fuhr mit seinem Bericht fort. »Das ging viele Jahre lang so weiter, bestimmt ungefähr zwanzig, bis die weißen Bergwerksbesitzer entdeckten, was die Hereros taten. Einhundert von ihnen wurden verhaftet, und sogar diejenigen, die noch keine Steine unter ihrer Haut versteckt hatten, wurden des Diebstahls für schuldig befunden. Sie wurden alle mit dem Tode bestraft.

Wenn der richtige Zeitpunkt gekommen ist, werden wir diese Steine benutzen, um das Joch des deutschen Kolonialbüros abzustreifen« – seine dunklen Augen funkelten –, »und dann werden wir wieder als freie Menschen leben. Und jetzt schwöre mir noch einmal, Peter, dass du niemals jemandem verraten wirst, dass du den Schatz gefunden hast.«

Peter sah seinem jungen Freund in die Augen. »Ich schwöre es.«

Er hielt sich weniger als ein Jahr an seinen Eid. Als er achtzehn wurde, verließ er die kleine Mission auf dem königlichen Anwesen. Er erzählte niemandem, dass er wegging, nicht einmal seiner Mutter, und deswegen hatte er auch ein schlechtes Gewissen. Jetzt hatte sie Lucas Smythes selbstgerechte Tiraden allein zu ertragen.

Peter hatte schon immer das Gefühl gehabt, jemand zu sein, der alle Widrigkeiten überlebte. Er und Assa hatten

Dutzende Mal in der Steppe campiert, aber als er schließlich die Handelsstation achtzig Kilometer von der Mission entfernt erreichte, war er halbtot vor Erschöpfung und Durst. Dort verbrauchte er einige der wertvollen Münzen, die seine Mutter ihm im Laufe der Jahre zu seinen Geburtstagen geschenkt hatte. Sein Vater hatte ihm nie etwas geschenkt, da er die Überzeugung vertrat, dass die einzige Geburt, die die Familie feiern dürfe, die von Jesus Christus war.

Es blieb kaum genug übrig, um den Wagenmeister dafür zu bezahlen, dass er ihn mit seinem Zwanzig-Ochsen-Gespann, mit dem er eine Ladung Elfenbein und Pökelfleisch nach Süden brachte, mitnahm. Der Wagenmeister war ein älterer Mann mit einem breitkrempigen weißen Hut und dem dicksten Backenbart, den Peter je gesehen hatte. In H. A. Ryders Begleitung befanden sich zwei Brüder, denen von der Kolonialverwaltung des Kaps Weideland versprochen worden war, jedoch mussten sie feststellen, dass die Matabele das Land bereits für sich in Anspruch genommen hatten. Da sie wenig Lust hatten, gegen eine ganze Armee zu kämpfen, hatten sie sich klugerweise dazu entschlossen, in den Süden zurückzukehren. Zu ihrer Gruppe gehörte auch ein hagerer Mann mit Geiernase – namens Jon Varley.

In den Wochen, die sie nach Süden zogen, konnte sich Peter keinen Reim darauf machen, was Varley trieb oder was ihn so weit von der Kapkolonie ins Landesinnere geführt haben mochte. Er wusste nur, dass er dem Mann nicht so weit traute, wie er spucken konnte.

Eines Nachts im Camp nach der gefährlichen Überquerung eines Flusses – wobei Peter das Leben von einem der Ochsen Ryders dadurch gerettet hatte, dass er einfach auf seinen Rücken sprang und wie auf einem Pferd mit ihm durch die Fluten ritt – holte Varley seinen bisher geheim gehaltenen Schnapsvorrat hervor. Es war feuriger Kapbrandy, so scharf wie reiner Alkohol, aber nachdem sie ein Perlhuhn verzehrt hatten, das Tim Watermen mit seiner Schrotflinte erwischt hatte, saßen die fünf Männer am Lagerfeuer und leerten die beiden Flaschen.

Es war Peters erste Begegnung mit dem Alkohol, und im Gegensatz zu den anderen stieg ihm der Brandy nach den ersten vorsichtigen Schlucken bereits in den Kopf.

Es war unvermeidlich, dass die Sprache irgendwann auf das Schürfen von Bodenschätzen kam, denn es gehörte zur zweiten Natur eines jeden im Busch, nach Mineralien Ausschau zu halten. Und es schien, als würde jeden Tag ein neues Diamantenfeld oder eine neue Goldader oder ein Steinkohlenlager abgesteckt werden, das seinen Finder über Nacht zum Millionär machte.

Peter wusste, dass er den Mund nicht hätte aufmachen sollen. Er hatte Assa einen Schwur geleistet. Aber er wollte bei diesen rauen und erfahrenen Männern, die so kundig über Dinge sprachen, von denen er keine Ahnung hatte, Eindruck schinden. Sie waren dermaßen welterfahren, vor allem Varley und H. A., und Peter wünschte sich mehr als alles andere im Leben, dass sie ihm mehr Respekt zollten. Nachdem ihm der Alkohol die Zunge gelöst hatte, erzählte er ihnen also von dem Dutzend Tontöpfe im Kraal von König Maharero, die mit ungeschliffenen Diamanten gefüllt waren.

»Wie kommt es, dass du darüber so gut Bescheid weißt?«, hatte Varley wie eine Giftnatter gezischt.

»Weil der Vater des Jungen als Prediger im Herero-Land lebt«, hatte H. A. geantwortet und Peter angesehen. »Jetzt erkenne ich dich auch. Ich habe deinen alten Herrn vor zwei Jahren kennengelernt, als ich mit dem König über Jagdlizenzen auf seinem Land verhandelte.« Sein Blick wanderte in die Runde. »Wie lange – sind es fünf Jahre? – lebt er schon bei den Hereros?«

»Fast sechs«, antwortete Peter stolz. »Sie kennen mich und vertrauen mir.«

Ehe auch nur eine weitere Viertelstunde verstrichen war, sprachen sie ganz offen über die Möglichkeit, die Bierkrüge zu stehlen. Peter beteiligte sich an dem Plan jedoch erst, nachdem die anderen versprachen, dass jeder von ihnen nur einen Behälter mitnähme und sieben für die Hereros zurückgelassen würden. Anderenfalls sei er nicht bereit, ihnen zu verraten, wo die Steine versteckt seien.

Bei einer Handelsstation etwa hundertsechzig Kilometer weiter südlich verkaufte H. A. Ryder seinen Wagen und dessen wertvolle Ladung für die Hälfte dessen, was er in Kimberley hätte erzielen können, und besorgte anständige Pferde und eine angemessene Ausrüstung für die Männer. Er hatte sich bereits für die Route entschieden, auf der sie das Gebiet der Hereros verlassen würden. Es war jene, die ihnen die einzige Möglichkeit zur Flucht bot, sobald der Diebstahl entdeckt wäre. Der Handelsposten war zugleich die Endstation einer neu eingerichteten Telegraphenleitung. Drei Tage lang harrten die Männer dort aus, während Ryder sich mit einem Händler in Kapstadt, den er von früher kannte, in Verbindung setzte. Ryder tat die erheblichen Kosten für das, was er bestellte, mit einem Achselzucken ab, da er davon ausging, dass er am Ende ihres Abenteuers entweder Millionär und in der Lage sein würde, die Schulden zu bezahlen, oder als Leiche unter der brennenden Sonne der Kalahari läge.

Es war unmöglich, sich in den königlichen Kral zu schleichen. Läufer meldeten ihre Anwesenheit dem König, kaum dass sie die Grenze seines Gebiets überschritten hatten. Doch H. A. war für den König kein Unbekannter, und Peters Vater konnte es sicherlich kaum erwarten, dass sein Sohn zu ihm zurückgebracht würde. Peter erwartete jedoch, dass er wohl eher mit einer größeren Strafe zu rechnen hatte, anstatt wie der verlorene Sohn in die Arme geschlossen zu werden.

Sie brauchten nach Überschreiten der Grenze eine Woche, um den Kral zu erreichen, und Samuel Maharero persönlich begrüßte die Reiter, als sie endlich im Lager eintrafen. Er und H. A. unterhielten sich eine Stunde lang in der Muttersprache des Königs, wobei ihm der Führer Neuigkeiten aus der restlichen Welt berichtete, da sich der König auf Befehl der deutschen Kolonialverwaltung im Exil befand. Der König teilte Peter zu dessen großer Erleichterung mit, dass seine Eltern soeben in den Busch aufgebrochen seien, wo sein Vater eine Gruppe von Frauen und Kindern taufen wolle, und erst am nächsten Tag zurückkehren würden.

Der König gestattete ihnen, die Nacht in seinem Kral zu verbringen, verweigerte H. A. jedoch die Erlaubnis, auf dem Gebiet der Hereros zu jagen, wie er es auch schon vier Jahre zuvor getan hatte.

»Sie können mir aber nicht übel nehmen, dass ich es versucht habe, Hoheit.«

»Beharrlichkeit ist eine Untugend des weißen Mannes.«

In dieser Nacht drangen sie in den *rondoval* ein. Die Hütte war bis zum Dach mit Heu gefüllt, und sie mussten sich wie Mäuse durch die Massen getrockneten Grases graben, um an jene Stelle heranzukommen, wo die Diamanten versteckt waren. Und als Jon Varley einen zweiten Krug aus der Erde grub und den Inhalt in seine Satteltasche entleerte, begriff Peter Smythe, dass er von Anfang an getäuscht worden war. Auch die Watermen-Brüder verstauten den Inhalt mehrerer Krüge in ihren Satteltaschen. Nur H. A. hielt sich an sein Wort und gab sich mit dem Inhalt nur eines Bierkrugs zufrieden.

»Wenn Sie sich nicht bedienen, dann tue ich es«, flüsterte Varley in der Dunkelheit.

»Das ist Ihre Entscheidung«, erwiderte Ryder. »Ich stehe jederzeit zu meinem Wort.«

Es ergab sich, dass sie nicht genug Taschen für alle Steine hatten, und nachdem sie sich die Hosentaschen und alle anderen Behältnisse vollgestopft hatten, blieben vier der Krüge unberührt. H. A. vergrub den Schatz wieder und tat alles, was er konnte, um den Diebstahl zu verschleiern. Sie verließen das Lager im Morgengrauen und bedankten sich beim König für seine Gastfreundschaft. Maharero fragte Peter, ob er irgendeine Botschaft für seine Mutter habe. Peter konnte nur murmeln, er möge ihr bestellen, es täte ihm leid.

Während er auf dem Kamm der Düne über dem Wasserloch lag, ließ sich H. A. einen Augenblick Zeit, um die Krieger des Königs zu betrachten.

Als sie sich an die Verfolgung der Diebe machten, war es eine gesamte *impi* gewesen, eine Armee von tausend Kriegern, die nach Verlassen des Stammesgebiets ihren Spuren folgten. Aber das lag an die achthundert Kilometer zurück, und der Mangel hatte ihre Zahl schrumpfen lassen. H. A. schätzte, dass noch immer mehr als hundert von ihnen übrig waren, natürlich die stärksten, und sie waren trotz ihres Hungers und Dursts mit großer Geschwindigkeit unterwegs. Die Sonne stand mittlerweile hoch genug, um die geschliffenen Klingen ihrer Assegais blinken zu lassen, jener furchtbaren Lanzen, die die Hereros benutzten, um jeden zu besiegen, der sich ihnen in den Weg stellte.

H. A. tippte Tim Watermen aufs Bein, und zusammen rutschten sie zum Bett des ausgetrockneten Flusses hinunter, wo sich die anderen nervös zusammendrängten. Die Pferde hatten den plötzlichen Stimmungsumschwung offenbar gewittert. Sie scharrten mit den Hufen im Sand, und ihre Ohren zuckten, als könnten sie die nahende Gefahr hören.

»Aufsitzen, Freunde«, befahl Ryder und ließ sich von Peter Smythe die Zügel reichen.

»Wir sollen reiten?«, fragte er. »Tagsüber?«

»Genau, Kleiner. Entweder das, oder Mahareros Krieger schmücken das Innere ihrer Hütten mit deinen Eingeweiden. Lasst uns aufbrechen. Wir haben nur knapp zwei Kilometer Vorsprung vor ihnen, und ich weiß nicht, wie lange die Pferde die Hitze noch ertragen können.«

Ryder war sich darüber im Klaren, dass, wenn sie in der vergangenen Nacht nicht auf Wasser gestoßen wären, die Hereros sie längst wie ein Rudel wilder Hunde eingeholt hätten. So wie die Dinge lagen, war nur noch eine seiner Feldflaschen voll, als er ein sehniges Bein über den breiten Rücken seines Pferdes schwang. Sie kletterten aus dem vor ihnen liegenden Wadi, und alle fünf Männer wandten sich noch einmal sehnsüchtig um, als sie den Schatten der Senke hinter sich ließen und die brennende Sonne auf ihren Nacken spürten.

Während der ersten Kilometer schlug H. A. einen stetigen Trab an, der ihren Vorsprung vor den sie verfolgenden Hereros alle drei Kilometer um jeweils einen Kilometer vergrößerte. Die Sonne briet die Erde und trocknete ihren Schweiß, sobald er ihnen aus den Poren drang. Im Schutz seines breitkrempigen Hutes musste H. A. die Augen zu schmalen Schlitzen zusammenkneifen, um nicht vom grellen Glanz der Sonne, der von den Dünen reflektiert wurde, geblendet zu werden.

Unter einem Sonnensegel Rast zu machen, während sich die Kalahari in einen Ofen verwandelte, war schon schlimm genug, aber die öde Wüste unter ihren brutalen Strahlen zu durchqueren, schien das Schlimmste überhaupt zu sein, was H. A. je in seinem Leben getan hatte. Die Hitze und das Licht konnten einen in den Wahnsinn treiben, und es fühlte sich an, als würde die Flüssigkeit in seinem Kopf bald kochen. Der gelegentliche Schluck Wasser bewirkte nicht viel mehr, als seine Kehle zu verbrühen und ihn an seinen quälenden Durst zu erinnern.

Die Zeit verlor ihre Bedeutung, und Ryder musste seine gesamte Konzentration aufbringen, um daran zu denken, ab und zu auf seinen Kompass zu blicken, um auf westlichem Kurs zu bleiben. Bei so wenigen auffälligen Landmarken, an denen er sich hätte orientieren können, beruhte seine Navigation mehr auf reiner Vermutung als auf Wissenschaft. Doch sie ritten weiter, da sie keine andere Wahl hatten.

Ebenso wie die Sonne war der Wind ihr ständiger Begleiter. H. A. schätzte, dass sie nicht mehr als dreißig Kilometer vom Südatlantik entfernt waren, und hatte eigentlich mit einem Seewind gerechnet, der ihnen ins Gesicht blies. Doch dieser Wind kam von hinten und trieb sie regelrecht vor sich her. Ryder betete im Stillen, der Kompass möge nicht beschädigt sein – und dass die Nadel sie nicht noch tiefer ins Innere der kochenden Wüste hineinführte. Ständig kontrollierte er das Instrument und war dabei froh, dass die Männer derart schachmatt waren, dass niemand den sorgenvollen Ausdruck auf seinem Gesicht bemerkte.

Der Wind nahm zu, und als er sich umdrehte, um nach seinen Männern zu sehen, fiel ihm auf, dass die Dünenkämme weggeweht wurden. Sandwolken flogen von Kamm zu Kamm. Sand prasselte auch in sein Gesicht und brachte die Augen zum Tränen. Das gefiel ihm überhaupt nicht. Sie waren in der richtigen Richtung unterwegs, der Wind aber nicht. Wenn sie jetzt von einem Sandsturm überrascht wurden und keinen ausreichenden Schutz fänden, war die Chance, dass sie alle überlebten, äußerst gering.

Er überlegte, ob er anhalten sollte, um einen Unterschlupf zu errichten. Dabei wog er die Wahrscheinlichkeit eines heftigen Sturms, ihre Nähe zur Küste und die vom Wunsch nach Rache getriebene Armee hinter ihnen, die nicht eher Ruhe geben würde, als bis der letzte Angehörige ihrer Gruppe tot wäre, gegeneinander ab. Er kehrte dem Wind wieder den Rücken zu und trieb sein Pferd weiter. Trotz seiner mäßigen Geschwindigkeit war das Tier immer noch schneller als jemand, der zu Fuß unterwegs war.

H. A. erreichte ganz plötzlich den Kamm einer weiteren konturlosen Düne und sah, dass dahinter keine weitere mehr folgte. Fast wäre er vom Pferd gefallen. Vor ihm breiteten sich die schiefergrauen Fluten des Südatlantik aus, und zum ersten Mal nahm er seinen scharfen Salzgeruch wahr. Anrollende Wellen verwandelten sich in weiße Gischt, während sie sich auf den breiten Strand ergossen.

Er ließ sich langsam aus dem Sattel rutschen, seine Beine und sein Rücken flammten nach dem langen Ritt in einem einzigen Schmerzinferno auf. Er hatte nicht mehr die Kraft, einen Freudenruf auszustoßen, daher blieb er unbeweglich neben seinem Pferd stehen, auf den Lippen schwebte ihm der Anflug eines Lächelns, während sich die Sonne anschickte, im dunklen Ozean zu versinken.

»Was ist los, H. A.? Warum bleiben Sie stehen?«, rief Tim Watermen, als er noch zwanzig Meter hinter ihm war und sich die letzte Düne hinaufkämpfte.

Ryder blickte zu der sich mühsam im Sattel haltenden Gestalt hinab und sah, dass Tims Bruder nicht allzu weit zurückhing. Noch ein wenig weiter entfernt klammerte sich der junge Smythe an den Hals seines Pferdes, das den Spuren seiner vierbeinigen Leidensgenossen folgte. Jon Varley war noch nicht zu sehen. »Wir haben es geschafft.«

Das war alles, was er sagen musste. Tim gab seinem Pferd für den letzten Rest des Anstiegs die Sporen und stieß einen triumphierenden Schrei aus, als er den Ozean sah. Er beugte sich im Sattel hinunter und drückte H. A.s Schulter. »Ich habe nicht eine Sekunde lang an Ihnen gezweifelt, Mr. Ryder. Nicht eine verdammte Sekunde lang.«

H. A. ließ sich zu einem Grinsen hinreißen. »Das hätten Sie aber tun sollen. *Ich* hab's nämlich getan.«

Innerhalb von zehn Minuten hatten die anderen zu ihnen aufgeschlossen. Varley sah von allen am schlimmsten aus, und H. A. vermutete, dass Jon, anstatt sich seinen Wasservorrat einzuteilen, den größten Teil schon am Morgen getrunken hatte.

»Jetzt haben wir also den Ozean erreicht«, knurrte Varley über den heulenden Wind. »Was nun? Hinter uns ist noch immer eine Bande Wilder her, und … falls Sie es vergessen haben: Das da können wir nicht trinken.« Er deutete mit einem zitternden Finger auf den Atlantik.

H. A. ignorierte seinen vorwurfsvollen Tonfall. Er holte seine Baumgart Half Hunter aus der Tasche und richtete sie auf die sterbende Sonne, um ihr Zifferblatt zu betrachten. »Etwa einen Kilometer am Strand entlang befindet sich ein Berg. Dessen Spitze müssen wir in einer Stunde erreicht haben.«

»Was geschieht in einer Stunde?«, wollte Peter wissen.

»Dann sehen wir, ob ich wirklich ein so guter Navigator bin, wie Sie alle hoffen.«

Die Düne war die höchste weit und breit und überragte den Strand um fast siebzig Meter. Auf ihrer Kuppe gebärdete sich der Wind als eine brutal anstürmende Macht, die die Pferde herumtänzeln ließ. Die Luft war mit Staub erfüllt, und je länger sie zu dem Hügel hinüberstarrten, desto dichter schien der Staub zu werden. Ryder wies die Watermen-Brüder und Jon Varley an, den Strand nach Norden im Auge zu behalten, während er und Peter nach Süden Ausschau hielten.

Die Sonne war längst untergegangen, als es laut H. A.s Taschenuhr sieben Uhr wurde. Sie hätten sich längst bemerkbar machen müssen. Sein Magen wurde bleischwer. Es war einfach zu viel verlangt: Hunderte von Kilometern durch eine kahle Wüste zu reiten und anzunehmen, einen bestimmten Punkt an der Küste mit nur wenigen Kilometern Abweichung zu erreichen. Sie konnten gut hundertfünfzig oder mehr Kilometer von ihrem Rendezvous entfernt sein.

»Dort!«, schrie Peter und deutete.

H. A. starrte blinzelnd in die Dunkelheit. Eine winzige rot leuchtende Kugel hing in einiger Entfernung in Strandnähe am Himmel. Sie war nicht länger als eine Sekunde lang zu sehen, ehe sie wieder verschwand.

Wenn man sich auf Meeresniveau befindet, kann man etwa fünf Kilometer weit schauen, ehe die Erdkrümmung die Sicht begrenzt. Indem sie auf die Klippen geklettert waren, hatte H. A. Ryder das überschaubare Gebiet auf knapp dreißig Kilometer in jede Richtung ausgeweitet gefunden. Als er die Höhe, in die die Leuchtkugel gestiegen war, hinzuaddierte, schätzte er, dass sich ihr Treffpunkt in etwa zweiunddreißig Kilometern Entfernung an der Küste befand. Er hatte sie tatsächlich quer durch die Wüste bis in Sichtweite ihres Ziels geführt, eine bemerkenswerte Navigationsleistung.

Die Männer waren jetzt seit achtundvierzig qualvollen Stunden ohne Schlaf, aber die Aussicht, dass ihre Not bald ein Ende hätte und eine königliche Beute als Belohnung auf sie wartete, erfüllte sie für diese letzten Kilometer mit neuem Mut. Die Klippen schirmten den Strand von dem heftiger werdenden Sandsturm ab, doch Staub trübte das Wasser entlang der Brandungslinie, während Sand in den Ozean rieselte. Die vorher noch weißen Schaumkämme färbten sich lehmfarben, und es schien, als würden die Wellen unter den Tonnen von Sand, der auf sie herabfiel, merklich träger.

Gegen Mitternacht konnten sie die Lichter eines kleinen Schiffs erkennen, das etwa zweihundert Meter vom Strand entfernt ankerte. Es besaß einen stählernen Rumpf und wurde mit Kohle angetrieben. Es war ein Küstenfrachter von ungefähr siebzig Metern Länge. Der Deckaufbau mitsamt einem einzelnen hohen Schornstein befand sich am Heck, während auf dem vorderen Teil vier einzelne Abdeckungen für die Lagerräume zu erkennen waren. Diese ließen sich mit zwei dürren Deckkränen bedienen. Sandwolken umwehten das Schiff, und H. A. konnte nicht erkennen, ob die Kessel noch unter Dampf standen. Der Mond wurde von den aufgewirbelten Sandmassen so verhüllt, dass H. A. nicht mit Sicherheit entscheiden konnte, ob Qualm aus dem Schornstein aufstieg.

Als sie sich auf gleicher Höhe mit dem Dampfer befanden, holte H. A. eine kleine Signalfackel aus der Satteltasche. Sie war außer den Rohdiamanten der einzige Gegenstand, den er nicht zurückgelassen hatte. Er zündete die Fackel an und schwenkte sie über dem Kopf hin und her. Dabei brüllte er so laut er konnte, um über dem Heulen des Sturms gehört zu werden. Die Männer stimmten mit ein, brüllten und pfiffen in dem Bewusstsein, in wenigen Minuten gerettet und in Sicherheit zu sein.

Ein Suchscheinwerfer flammte auf der Laufbrücke des Schiffs auf, und sein Strahl schnitt durch den wirbelnden Sand, erfasste die Männer und verharrte auf ihnen. Sie führten in seinem Schein einen wilden Tanz auf, der die Pferde scheuen und davontraben ließ. Wenig später wurde ein Ruderboot zu Wasser gelassen, und zwei Männer legten sich in die Riemen und überwanden die Entfernung zum Strand innerhalb weniger Minuten. Eine dritte Gestalt saß im Heck des Bootes. Die Männer rannten ins Wasser und dem Boot entgegen, während sein Kiel dicht vor der Brandungslinie knirschend in den Sand pflügte.

»Bist du das, H. A.?«, rief eine Stimme.

»Du kannst von Glück sagen, dass es so ist, Charlie.«

Charles Turnbaugh, erster Offizier der HMS *Rove*,

sprang aus dem Boot und stand knietief in der Brandung. »Dann ist das die verrückteste Geschichte, die ich je gehört habe, oder hast du es tatsächlich getan?«

H. A. hielt eine seiner Satteltaschen hoch. Er schüttelte sie, doch der Wind war zu heftig, um das Klappern der Steine darin hören zu lassen. »Einigen wir uns darauf, dass ich dafür gesorgt habe, dass sich dein Trip gelohnt hat. Wie lange wartet ihr schon auf uns?«

»Wir sind vor fünf Tagen hier angekommen und haben jeden Abend um sieben eine Leuchtkugel abgeschossen, so wie du es verlangt hast.«

»Dann solltest du mal eure Schiffsuhr besser einstellen. Sie geht um eine Minute nach.« Anstatt seine Begleiter vorzustellen, sagte H. A.: »Pass auf, Charlie, uns sind etwa hundert wütende Herero-Krieger auf den Fersen, und je eher wir von diesem Strand wegkommen und hinter dem Horizont verschwinden, desto glücklicher bin ich.«

Turnbaugh half den erschöpften Männern beim Besteigen des Boots. »Vom Strand kriegen wir euch weg, aber um hinter dem Horizont zu verschwinden, dürfte es noch ein wenig dauern.«

Ryder legte eine Hand auf die schmuddelige Uniformjacke des Schiffsoffiziers. »Was ist los?«

»Wir sind auf Grund geraten, als die Ebbe einsetzte. Die Untiefen und Sandbänke entlang der Küste verändern sich ständig. Bei der nächsten Flut sind wir wieder flott. Also mach dir keine Sorgen.«

»Ach, eine Sache noch«, sagte Ryder, ehe er in das kleine Boot kletterte. »Hast du eine Pistole bei dir?«

»Was? Weshalb?«

H. A. deutete mit einer Kopfbewegung über die Schulter auf die Pferde, die sich in der Nähe zusammendrängten und immer nervöser wurden, während der Sturm zunahm.

»Ich glaube, der Kapitän besitzt einen alten Webley«, antwortete Turnbaugh.

»Ich wäre dir dankbar, wenn du ihn holen würdest.«

»Es sind doch nur Pferde«, sagte Varley, der im Boot kauerte.

»Die nach dem, was sie für uns getan haben, etwas Besseres verdienen, als an diesem gottverlassenen Strand zu verenden.«

»Gut, also, ich tu dir den Gefallen«, sagte Charlie.

H. A. half mit, das kleine Boot anzuschieben, bis es wieder flott war, und wartete bei den Pferden. Er redete beruhigend auf sie ein und rieb ihre Köpfe und Hälse. Turnbaugh kehrte nach einer Viertelstunde zurück und überreichte ihm schweigend die Waffe. Eine Minute später kletterte H. A. langsam ins Boot und suchte sich einen Sitzplatz, während er zum Trampdampfer gerudert wurde.

Er traf seine Männer in der Offiziersmesse an, wo sie Teller voll Essen in sich hineinschaufelten und so viel Wasser tranken, dass ihre Gesichter schon bald eine ungesunde grüne Farbe annahmen. H. A. trank mit kleinen, vorsichtigen Schlucken, um seinen Körper an die Flüssigkeitszufuhr zu gewöhnen. Kapitän James Kirby betrat zusammen mit Charlie und dem Schiffsingenieur den kleinen Raum, während H. A. den ersten Happen von dem Fleischeintopf verzehrte, der von der letzten Schiffsmahlzeit in der Offiziersmesse übrig geblieben war.

»H. A. Ryder, Sie haben mehr Leben als eine Katze«, dröhnte der Kapitän. Er war ein Bär von einem Mann mit vollem schwarzem Haar und einem Bart, der bis auf seine Brust herabreichte. »Und wenn jemand anders als Sie mir mit einer derart idiotischen Bitte gekommen wäre, so hätte ich ihn zum Teufel geschickt.«

Die beiden Männer tauschten einen freundschaftlichen Händedruck aus. »Bei dem Preis, den Sie fordern, wusste ich, dass Sie warten würden, bis die Hölle gefriert.«

»Apropos Preis?« Eine von Kirbys Augenbrauen ruckte hoch.

Ryder stellte seine Satteltasche auf den Fußboden und löste betont umständlich die Schnallen, zögerte den Augenblick endlos hinaus, bis er die Habgier der Mannschaft fast körperlich spüren konnte. Er öffnete die Klappe und wühlte in der Tasche herum, bis er einen Stein fand, den er für angemessen hielt, und legte ihn auf den Tisch. Alle Anwesenden hörten für einen Augenblick auf zu atmen. Die Beleuchtung in der Offiziersmesse bestand aus zwei Laternen an der Decke, doch sie weckten das Feuer des Diamanten und verteilten es so im Raum, dass es aussah, als stünden die Männer im Innern eines Regenbogens.

»Das sollte Sie für Ihre Mühe ausreichend entlohnen«, erklärte H. A. mit unbeweglicher Miene.

»Mit einem kleinen Trinkgeld oben drauf«, erwiderte Kapitän Kirby andächtig und berührte den Stein zum ersten Mal.

Eine raue Hand weckte H. A. am darauffolgenden Morgen gegen sechs Uhr. Er versuchte, sie nicht zu beachten und wälzte sich in der kleinen Koje, die er benutzte, während Charlie Turnbaugh seinen Dienst versah, auf die andere Seite. »H. A., verdammt noch mal. Steh auf.«

»Was ist los?«

»Wir haben ein Problem.«

Der grimmige Unterton in Turnbaughs Stimme ließ Ryder schlagartig hellwach werden. Er schwang die Beine aus der Koje und griff nach seinen Kleidern. Staub wallte von den Sachen auf, während er sich seine Hose und sein Hemd anzog. »Was ist passiert?«

»Du musst es mit eigenen Augen sehen, um es zu glauben.«

Ryder bemerkte, dass der Sturm heftiger blies als je zuvor. Er heulte über dem Schiff: wie ein Raubtier, das versucht, mit Hilfe seiner Klauen in den Frachter einzudringen, während noch stärkere Böen das gesamte Schiff erzittern ließen. Mattes Licht drang durch die Schutzscheibe, und es war nahezu unmöglich, den Bug der *Rove* in nur fünfzig Metern Entfernung zu erkennen. H. A. sah das Problem sofort. Der Sturm hatte so viel Sand auf das Deck des Frachters geschaufelt, dass sein Gewicht ihn trotz der einsetzenden Flut in den Untergrund drückte. Hinzu kam, dass dort, wo gestern noch etwa hundert Meter Wasser zwischen ihnen und dem Strand gewogt hatten, jetzt nur noch fünfzig Meter das Schiff vom Strand trennten.

Die Kalahari und der Atlantik fochten ihren ewigen Kampf um die territoriale Vorherrschaft aus. Es war ein Kampf zwischen der gefräßigen Wirkung der Wellen und den unendlichen Sandmengen, die die Wüste ins Wasser schütten konnte. Der Kampf tobte seit Anbeginn der Zeit und veränderte ständig die Küstenlinie, sobald der Sand eine Schwachstelle im ständigen Wechsel von Flut und Ebbe fand und alles daran setzte, die Wüste um ein paar Zentimeter, ein paar Meter oder vielleicht sogar um einen ganzen Kilometer zu verbreitern. Und all das fand ohne Rücksicht auf das Schiff statt, das mitten in diesen Tumult geraten war.

»Ich brauche jeden halbwegs fähigen Mann zum Schaufeln«, sagte Kirby düster. »Wenn der Sturm nicht nachlässt, liegt das Schiff bei Einbruch der Nacht an Land fest.«

Turnbaugh und Ryder scheuchten ihre jeweiligen Mannschaften hoch, sie rannten bewaffnet mit Kohlenschaufeln aus dem Maschinenraum, mit Bratpfannen aus der Küche und einer Sitzbadewanne aus dem Badezimmer des Kapitäns hinaus in den tobenden Sturm. Den Mund mit einem Schal geschützt – der Wind war so heftig, dass eine Verständigung unmöglich war – schoben sie ganze Berge losen Sands vom Deck ins Meer. Sie kämpften gegen den Sturm, verfluchten ihn, weil ihnen jede Schaufel voll Sand, die sie über die Reling schleuderten, direkt in die Gesichter zurückgeweht zu werden schien.

Es war, als versuchten sie an einem Strand, die Flut zurückzuhalten. Wenn sie es geschafft hatten, eine Luke auf dem Deck vom Sand zu befreien, mussten sie mit ansehen, dass die Sandmenge, die auf den anderen dreien lastete, sich inzwischen verdoppelt hatte. Fünf Abenteurer und eine Schiffsbesatzung von zwanzig Mann waren kein ernsthafter Gegner für den Sturm, der über Tausende von Quadratkilometern verbrannter Erde gezogen war. Die Sicht war beinahe auf null gesunken, daher arbeiteten die Männer blind und hatten die Augen zum Schutz vor den scharfkantigen Sandkörnern, die aus jeder Himmelsrichtung auf das Schiff niederprasselten, fest geschlossen.

Nach einer Stunde hektischer Arbeit begab sich H. A. auf die Suche nach Charlie. »Es hat keinen Sinn. Wir müssen abwarten und hoffen, dass der Sturm nachlässt.« Obgleich seine Lippen Turnbaughs Ohr berührten, musste Ryder sich dreimal wiederholen, um sich über dem Kreischen des Sturms verständlich zu machen.

»Du hast Recht«, brüllte Charlie zurück, und gemeinsam kämpften sie sich über das Schiff, um ihre Männer zurückzurufen.

Die Männer stolperten in den Deckaufbau, wobei sie mit jedem Schritt Sandkaskaden aufwirbelten. H. A. und Jon Varley waren die Letzten, die sich durch die Tür drängten, H. A. aus reinem Pflichtgefühl, das ihn stets darauf achten ließ, dass seinen Leuten kein Unglück zustieß, und Varley, der wie eine Ratte auf Futtersuche niemals aufgab, wenn er auch nur die geringste Chance auf eine Belohnung witterte.

Selbst in dem Korridor und vor dem Wind geschützt war es schwierig, einander zu verstehen.

»Lieber Gott im Himmel, bitte mach diesem Schrecken ein Ende.« Peter war angesichts der Naturgewalten, die auf sie einstürmten, derart eingeschüchtert, dass er fast in Tränen ausbrach.

»Sind wir vollzählig?«, fragte Charlie.

»Ich glaube schon.« H. A. ließ sich gegen ein Schott sinken. »Hast du es kontrolliert?«

Turnbaugh begann, seine Leute zu zählen, als an der Luke ein lautes Klopfen ertönte.

»Liebe Güte, da draußen ist noch einer!«, rief jemand.

Varley war der Luke am nächsten und löste die Verriegelung. Der Wind schleuderte die Tür zur Seite, während der Sturm ins Schiff peitschte und die Farbe von den Wänden fegte. Es schien, als sei draußen niemand. Es musste irgendein nicht gesicherter herumfliegender Gegenstand gewesen sein, der die Tür getroffen hatte.

Varley machte einen Schritt vorwärts, um die Tür zu schließen, und hatte sie fast schon zugezogen, als plötzlich eine hellsilberne Klinge eine Handbreit aus seinem

Rücken drang. Fleischfetzen klebten an der Speerspitze, und als sie wieder aus der Wunde herausgerissen wurde, bespritzte ein Blutregen die entsetzte Mannschaft. Jon vollführte eine groteske Pirouette, ehe er auf dem Deck zusammenbrach. Dabei machte sein Mund lautlose Bewegungen, während sich sein Hemd rot färbte. Eine dunkle Erscheinung, die nur wenig mehr am Leibe trug als Federn und ein Tuch um die Hüften, stieg über Varley hinweg. In der Hand hatte sie einen Assegai. Hinter ihr hielten sich weitere Gestalten zum Angriff bereit, deren Kriegsrufe noch lauter erklangen als der rasende Sturm.

»Hereros«, flüsterte H. A. schicksalsergeben, während sich die Krieger wie eine Springflut ins Schiff ergossen.

Der Sturm war eine Laune der Natur, ein Ereignis, wie es nur einmal in hundert Jahren stattfindet. Über eine Woche lang tobte er und veränderte dabei den Küstenverlauf von Südwestafrika. Einst mächtige Dünen wurden eingeebnet, während andere in größere, bislang nie erreichte Höhen wuchsen. Wo sich einmal Buchten befunden hatten, schoben sich jetzt breite Halbinseln aus Sand in die eisigen Fluten des Südatlantiks. Der Kontinent hatte sich an einigen Stellen um zehn Kilometer verbreitert, an anderen sogar um zwanzig, ein deutliches Zeichen, dass die Kalahari eine ihrer Schlachten gegen ihren Erzfeind gewonnen hatte. Die Landkarten müssten für Hunderte von Kilometern die Küste auf- und abwärts neu gezeichnet werden, das heißt, wenn sich denn jemand die Mühe machte, diese gottverlassene Küste neu zu vermessen. Jeder Seemann wusste, dass es ratsam war, diese trügerischen Gewässer zu meiden.

Was die *Rove* und ihre Besatzung sowie die an Bord befindlichen Gäste betraf, so verbuchte ein offizieller Bericht sie allesamt als »auf See verschollen«. Und das war gar nicht so weit von der Wahrheit entfernt, obwohl sie nicht unter einigen hundert Metern Wasser, sondern unter der gleichen Masse Sands vergraben war, fast dreizehn Kilometer landeinwärts von der Region entfernt, wo die eisigen Wogen des Benguela-Stroms auf die Skelettküste Afrikas treffen.

2

Die Laboratorien von Merrick/Singer
Genf, Schweiz
Gegenwart

Susan Donleavy beugte sich wie ein Geier über das Okular ihres Mikroskops und betrachtete die Vorgänge auf dem Objektträger, als wäre sie eine Göttin der griechischen Mythologie, die sich über das Treiben der Sterblichen amüsiert. Und in einem gewissen Sinn war sie auch genau dies, denn was sich da auf dem Objektträger befand, war ihre eigene Schöpfung, ein künstlich geschaffener Organismus, dem sie ebenso Leben eingehaucht hatte, wie die Götter den Menschen aus Lehm geschaffen hatten.

Fast eine Stunde lang saß sie reglos da, gefesselt von dem, was sie sah, und verblüfft darüber, dass die Ergebnisse in einem derart frühen Stadium ihrer Arbeit bereits so positiv waren. Gegen alle wissenschaftlichen Prinzipien, aber auf ihr Bauchgefühl vertrauend, nahm Susan Donleavy den Objektträger aus dem Mikroskop und legte ihn auf den Labortisch, der neben ihr stand. Sie ging durch den Raum zu einem großen Industriekühlschrank, der vor einer der Laborwände vor sich hin summte, und entnahm ihm einen von mehreren Krügen voll Wasser, das bei einer Temperatur von genau zwanzig Grad Celsius gehalten wurde.

Das Wasser lagerte dort seit weniger als einem Tag, nachdem es zum Labor geflogen worden war, sobald man es entnommen hatte. Die Notwendigkeit, ständig frische Wasserproben zur Verfügung zu haben, war eine der kostenmäßig aufwändigsten Grundlagen ihrer Experimente – fast genauso teuer wie die detaillierte Gensequenzierung ihrer Forschungsobjekte.

Sie öffnete den Behälter und roch das salzige Aroma des Meerwassers. Sie tauchte eine Pipette hinein und saugte eine geringe Menge an, die sie dann auf den Objektträger träufelte. Sobald sie diesen wieder unter ihrem Mikroskop zentriert hatte, blickte sie erneut in die Welt des unendlich Kleinen. In der Probe wimmelte es von Leben. In nur wenigen Millilitern Wasser befanden sich Hunderte Exemplare von Zooplankton und Kieselalgen, jenen einzelligen Lebewesen, die das erste Glied der Nahrungskette in den Weltmeeren darstellen.

Die mikroskopisch kleinen Tiere und Pflanzen ähnelten denen, die sie vorher studiert hatte, nur waren diese nicht genetisch verändert worden.

Erfreut, dass die Wasserprobe durch den Transport nicht verdorben worden war, schüttete sie ein wenig davon in ein Becherglas. Indem sie es über den Kopf hielt, konnte sie im hellen Schein der Leuchtstoffröhren einige der größeren Kieselalgen erkennen. Susan konzentrierte sich dermaßen auf ihre Arbeit, dass sie nicht hörte, wie die Labortür geöffnet wurde, und da es schon so spät war, erwartete sie auch nicht, dass jemand sie stören würde.

»Was haben Sie denn da?« Die Stimme erschreckte sie so, dass sie beinahe das Becherglas fallen ließ.

»Oh, Dr. Merrick. Ich wusste gar nicht, dass Sie hier sind.«

»Ich sagte Ihnen doch, so wie ich es jedem in der Firma erkläre: Nennen Sie mich Geoff.«

Susan runzelte leicht die Stirn. Geoffrey Merrick war eigentlich kein übler Bursche, aber sie mochte seine leutselige Art überhaupt nicht. Er bestand darauf, dass sein Milliardenvermögen keinen Einfluss auf die Art und Weise haben sollte, wie die Menschen ihm begegneten, vor allem die Angestellten von Merrick/Singer, die immer noch an ihren Dissertationen zur Erlangung der Doktorwürde arbeiteten. Er war einundfünfzig Jahre alt, hielt sich jedoch in Form, indem er das ganze Jahr über dem Skilaufen frönte und auf die Schneehänge von Südamerika auswich, wenn in den Schweizer Alpen der Sommer anbrach. Er war auch ein wenig eitel, was seine äußere Erscheinung betraf, und seine Haut wirkte nach einem Gesichtslifting einfach zu straff. Obwohl selbst Doktor der Chemie, hatte sich Merrick längst aus der Laborarbeit zurückgezogen und verbrachte seine Zeit stattdessen damit, das Forschungsunternehmen, das seinen eigenen und den Namen seines ehemaligen Partners trug, zu leiten und zu beaufsichtigen.

»Gehört das zu diesem Flockungsprojekt, das Ihr Supervisor mir vor ein paar Monaten vorgestellt hat?«, fragte Merrick, nahm Susan das Becherglas aus der Hand und studierte seinen Inhalt.

Unfähig, ihn anzulügen, damit er möglichst schnell das

Labor wieder verließ, sagte Susan: »Das stimmt, Doktor, ich meine – Geoff.«

»Es schien mir eine interessante Idee zu sein, als es vorgestellt wurde, obwohl ich nicht die geringste Vorstellung habe, wozu man es verwenden könnte«, sagte Merrick und gab das Becherglas zurück. »Aber ich denke, das liegt genau auf der Linie dessen, was wir hier tun. Wir frönen unseren ganz persönlichen Launen und Ideen und warten mal ab, wohin sie uns führen. Wie kommt das Projekt denn voran?«

»Ganz gut, glaube ich.« Susan war nervös, denn ganz gleich, wie nett er sich gab, Merrick schüchterte sie ein. Wenn sie sich selbst gegenüber jedoch ganz ehrlich war, musste sie zugeben, dass die meisten Menschen – von ihrem Boss über die alte Dame, von der sie ihre Wohnung gemietet hatte, bis hin zu dem Mann hinter der Theke des Cafés, in dem sie immer ihren morgendlichen Kaffee holte – sie einschüchterten. »Ich wollte gerade ein eher unwissenschaftliches Experiment durchführen.«

»Gut, dann sehen wir es uns gemeinsam an. Machen Sie nur weiter.«

Susans Hände begannen zu zittern, daher setzte sie das Becherglas auf einen Ständer. Sie nahm den ersten Objektträger, der ihr verändertes Phytoplankton enthielt, und nahm die Probe mit einer frischen Pipette auf. Danach träufelte sie ihren Inhalt vorsichtig in das Becherglas.

»Ich habe die Einzelheiten Ihres Forschungsprojekts vergessen«, sagte Merrick und beugte sich über ihre Schulter. »Was sollten wir jetzt sehen?«

Susan veränderte ihre Haltung, um zu verbergen, dass ihr seine körperliche Nähe unangenehm war. »Wie Sie wissen, besitzen Kieselalgen wie dieses Phytoplankton eine Zellwand aus Silizium. Was ich getan habe, nein, was ich zu tun versuche, ist, eine Möglichkeit zu finden, diese Zellwand aufzulösen und die Dichte der Zellflüssigkeit innerhalb der Vakuole zu steigern. Meine genetisch veränderten Exemplare sollten die unveränderten Kieselalgen im Wasser angreifen und sich rasend schnell vermehren. Und wenn das alles wunschgemäß abläuft …« Ihre Stimme verstummte, während sie wieder nach dem Becherglas griff. Vorher schlüpfte sie in einen Schutzhandschuh, damit sie den Glasbehälter berühren konnte. Sie kippte ihn leicht auf die Seite, aber anstatt dieser Bewegung schnell zu folgen und hin und her zu schwappen, kroch das Wasser an der Glasinnenwand mit der Viskosität von Speiseöl entlang. Sie richtete das Becherglas jedoch wieder auf, ehe etwas von seinem Inhalt auf den Labortisch tropfte.

Merrick klatschte begeistert in die Hände – wie ein Kind, dem sie gerade einen Zaubertrick gezeigt hatte. »Sie haben das Wasser irgendwie schleimig gemacht.«

»So könnte man es beschreiben, denke ich. Die Kieselalgen haben sich derart miteinander verbunden, dass sie das Wasser in einer Art Matrix ihrer Zellflüssigkeit binden. Das Wasser ist noch da, aber es befindet sich in Suspension.«

»Das ist … erstaunlich. Gut gemacht, Susan, gut gemacht.«

»Es ist kein vollständiger Erfolg«, gab sie zu. »Die Reaktion ist exothermisch. Sie erzeugt Wärme. Etwa sechzig Grad unter den richtigen Bedingungen. Deshalb brauche ich diesen dicken Handschuh. Das Gel zerfällt bereits nach vierundzwanzig Stunden, während die veränderten Kieselalgen absterben. Ich habe keine Erklärung für den Prozess während der Reaktion. Ich weiß zwar, dass er chemisch ist, offensichtlich, aber ich weiß nicht, wie ich ihn aufhalten kann.«

»Ich finde trotzdem, dass Sie einen sensationellen Start hatten. Mal ehrlich, Sie müssen doch irgendeine Vorstellung haben, was wir mit einer solchen Erfindung anfangen können. Die Idee, Wasser in Gallerte zu verwandeln, ist Ihnen doch nicht aus heiterem Himmel gekommen. Als Dan Singer und ich anfingen, nach organischen Verfahren zu suchen, mit denen sich Schwefel binden lässt, dachten wir, dass man eine solche Technik in Kraftwerken einsetzen könnte, um deren Emissionen zu reduzieren. Irgendetwas muss doch hinter Ihrem Projekt stecken.«

Susan blinzelte, aber sie hätte sich eigentlich denken müssen, dass Geoffrey Merrick ohne eine ausgeprägte Beobachtungsgabe niemals so weit gekommen wäre. »Ich dachte mir, dass man ein solches Verfahren bei Rücklaufbecken in Bergwerken oder in Wasseraufbereitungsanlagen einsetzen könnte. Vielleicht lässt sich damit sogar die Verbreitung einer Ölpest verhindern.«

»Stimmt ja. Ich erinnere mich. Laut Ihrer Personalakte kommen Sie aus Alaska.«

»Aus Seward, richtig.«

»Sie müssen ein Teenager gewesen sein, als die *Exxon Valdez* auf dieses Riff auflief und ihre Ladung sich in den Prince-William-Sund ergoss. Das muss Sie und Ihre Familie sehr getroffen haben. Es war sicher schlimm.«

Susan zuckte die Achseln. »Nicht so richtig. Meine Eltern betrieben ein kleines Hotel, und bei den vielen Leuten in den Reinigungstrupps ging es ihnen eigentlich ganz gut. Aber ich hatte viele Freunde, deren Eltern alles verloren. Die Eltern meiner besten Freundin ließen sich sogar scheiden, weil ihr Vater infolge der Ölpest seinen Job in einer Konservenfabrik verlor.«

»Dann ist diese Forschungsarbeit für Sie ein ganz persönliches Anliegen.«

Susan ärgerte sich über seinen leicht herablassenden Tonfall. »Ich glaube, es wäre für jeden, der sich Sorgen um unsere Umwelt macht, ein persönliches Anliegen.«

Er lächelte. »Ich weiß, was Sie meinen. Sie sind wie ein Krebsforscher, der ein Elternteil durch Leukämie verloren hat, oder wie jemand, der Feuerwehrmann wird, weil sein Zuhause während seiner Kindheit abgebrannt ist. Sie kämpfen gegen einen Dämon Ihrer Kindheit.« Als sie nichts darauf erwiderte, deutete Merrick dies als ein Zeichen dafür, dass er mit seiner Vermutung ins Schwarze getroffen hatte. »Rache als Motivation ist nichts Falsches, Susan. Rache am Krebs oder an einem Feuer oder an einer Umweltkatastrophe. Dadurch gehen Sie Ihrer Aufgabe weitaus konsequenter nach, als wenn Sie es nur wegen eines möglichst dicken Gehaltsschecks täten. Ich kann Ihnen nur applaudieren, und nach dem, was ich heute Abend gesehen habe, denke ich auch, dass Sie auf dem richtigen Weg sind.«

»Vielen Dank«, sagte Susan schüchtern. »Es ist immer noch viel zu tun. Es dauert vielleicht sogar noch Jahre. Ich weiß es nicht. Von einer winzigen Probe in einem Reagenzglas bis zur Eindämmung einer Ölpest ist es noch ein weiter Weg.«

»Verfolgen Sie Ihre Ideen nur weiter. Das ist alles, was ich dazu sagen kann. Folgen Sie Ihrem Weg, und das so lange, wie Sie dafür brauchen.« Aus dem Mund jedes anderen außer Geoffrey Merrick hätte es abgedroschen geklungen, aber er sagte es ganz ernst und aufrichtig.

Susan schaute ihm das erste Mal, seit er das Labor betreten hatte, in die Augen. »Vielen Dank … Geoff. Das bedeutet mir sehr viel.«

»Und wer weiß. Nachdem wir unsere Schwefel-Skrubber haben patentieren lassen, wurde ich von der Umweltbewegung zum Paria erklärt, weil sie meinten, dass meine Erfindung nicht genug leiste, um die Luftverschmutzung zu stoppen. Vielleicht können Sie meinen guten Ruf am Ende wiederherstellen.« Er nickte ihr lächelnd zu und verließ das Labor.

Nachdem er gegangen war, kehrte Susan wieder zu ihren Bechergläsern und Reagenzröhrchen zurück. Mit ihren Schutzhandschuhen nahm sie erneut das Glas mit den genetisch veränderten Kieselalgen auf und kippte es abermals auf die Seite. Zehn Minuten waren verstrichen, seit sie es abgestellt hatte, und diesmal klebte die Wasserprobe an der Glasinnenwand wie Kleister, und erst nachdem sie das heiße Glas vollends auf den Kopf gedreht hatte, begann die Probe so langsam wie gekühlte Melasse nach unten zu kriechen.

Susan dachte an die sterbenden Fischotter und Seevögel, die sie als Kind gesehen hatte, und vertiefte sich noch mehr in ihre Arbeit.

3

Auf dem Kongo
Südlich von Matadi

Irgendwann würde der Dschungel die verlassene Plantage und den hundert Meter langen Pier, der sich entlang des Flusses erstreckte, verschlingen. Das Haupthaus, anderthalb Kilometer landeinwärts, war dem Einwirken von Fäulnis und vordringender Vegetation bereits zum Opfer gefallen, und es war nur noch eine Frage der Zeit, bis der Pier weggeschwemmt wurde und das stählerne Lagerhaus in der Nähe zusammenbrach. Das Dach hing durch wie der Rücken eines lahmen Pferdes, und seine Wellblechhülle war mit Rost und fleckiger Farbe bedeckt. Es war ein gespenstischer, verlassener Ort, dem nicht einmal der weiche milchige Schein eines zu drei Vierteln vollen Mondes einen Anflug von Lebendigkeit verleihen konnte.

Ein großer Frachter schob sich näher an den Pier heran und ließ sogar das wuchtige Lagerhaus winzig klein erscheinen. Den Bug flussabwärts gerichtet und mit den Maschinen im Rückwärtslauf, schäumte das Wasser unter seinem Heck auf, während sich das Schiff gegen die Strömung stemmte, um nicht abzudriften. Angesichts der berüchtigten Strömungen und Wirbel des Kongo war eine hohe Manövrierkunst nötig, um ihre Position zu halten.

Mit einem Walkie-Talkie vor dem Mund und mit dem anderen Arm theatralisch in der Luft herumfuchtelnd, ging der Kapitän auf dem an Steuerbord gelegenen Brückenflügel auf und ab und brüllte dem Steuermann und dem Schiffsingenieur Kurs- und Tempokorrekturen zu.

Die Gashebel wurden höchstens millimeterweise bewegt, um das gut hundertachtzig Meter lange Schiff genau dort zu halten, wo er es haben wollte.

Eine Gruppe von Männern in dunklen Drillichanzügen wartete auf dem Pier und verfolgte die Operation. Bis auf einen hatte jeder ein Sturmgewehr. Der Mann ohne AK-47 hatte sich ein Holster um die Hüften geschnallt. Er klopfte mit einer Reitgerte gegen sein Bein und trug trotz der Dunkelheit eine verspiegelte Pilotensonnenbrille.

Der Kapitän war ein hochgewachsener Mann mit einer griechischen Fischermütze auf dem rasierten Schädel. Die Muskeln seiner Brust und seiner Arme schienen die weiße Uniformjacke fast zu sprengen. Ein anderer Mann hielt sich mit ihm auf der Flügelbrücke auf: ein wenig kleiner und nicht so muskulös, war er jedoch eine bei Weitem beeindruckendere Erscheinung als der Kapitän. Seine wachsamen Augen und die Lässigkeit seines Auftretens strahlten Autorität aus. Da die Flügelbrücke etwa drei Stockwerke über dem Kai schwebte, bestand keine Gefahr, dass ihr Gespräch belauscht wurde. Der Kapitän gab seinem Gefährten, der lieber die Soldaten betrachtet hatte, als auf das schwierige Manöver zu achten, einen Stups.

»Es scheint, als sei unser Rebellenführer aus dem Besetzungsbüro geradewegs hierhergeschickt worden, oder, großer Meister?«

»Bis hinunter zu seiner Reitgerte und der Sonnenbrille«, stimmte ihm der Angesprochene zu. »Natürlich sind wir uns aber auch nicht zu schade, den Leuten zu bieten, was sie sehen wollen, *Captain* Lincoln. Die Nummer mit dem Walkie-Talkie war allerdings auch nicht übel.«

Linc betrachtete das Walkie-Talkie in seinen großen Händen. Das kleine Gerät enthielt noch nicht einmal

Batterien. Er kicherte verhalten. Als ältestes afroamerikanisches Mannschaftsmitglied war Lincoln vom eigentlichen Schiffskapitän, Juan Cabrillo, ausgewählt worden, um für die Dauer der aktuellen Operation seine Rolle zu spielen. Cabrillo wusste, dass sich der von Samuel Makambo, dem Führer der kongolesischen Revolutionsarmee, zu ihm gesandte Repräsentant um einiges wohler und sicherer fühlen würde, wenn er mit einem Mann zu tun hatte, der die gleiche Hautfarbe besaß wie er selbst.

Linc blickte wieder über das Geländer und nahm zufrieden zur Kenntnis, dass der große Frachter in Position blieb. »In Ordnung«, brüllte er in die Nacht. »Werft die Vorder- und Achterleinen!«

Matrosen am Bug und am Heck führten dicke Taue durch die Klüsen. Auf ein Kopfnicken ihres Kommandanten hin hängten sich zwei der Rebellen ihre Gewehre über die Schultern und schlangen die Taue um Poller, die mit einer dicken Rostschicht bedeckt waren. Winden spannten die Taue, und der große Frachter berührte sacht die alten Lastwagenreifen, die auf der gesamten Länge des Piers angebracht waren und als Fender fungierten. Wasser schäumte weiterhin am Heck des Schiffs auf, während ein rückwärts gerichteter Antrieb aufrechterhalten wurde, um der Strömung zu trotzen. Ohne diese Maßnahme hätte das Schiff sicherlich die Poller aus dem verfaulenden Holzpier herausgerissen und wäre stromabwärts davongetrieben.

Cabrillo nahm sich nur einen kurzen Augenblick Zeit, um die Stationen des Frachters zu überprüfen, und erfasste ihre Position, die Strömungsverhältnisse des Flusses, die Windverhältnisse, die Ruderstellung und die Leistung der Maschinen mit einem Blick. Mit dem jetzigen Zustand des Schiffs zufrieden, nickte er Linc zu. »Dann lass uns mal zum Geschäftlichen kommen.«

Die beiden begaben sich auf die Kommandobrücke. Der Raum wurde von zwei roten Nachtlichtern erhellt, die eine höllenhafte Atmosphäre in ihm schufen und seinen heruntergekommenen Zustand noch deutlicher hervortreten ließen. Die Fenster waren innen mit Staub bedeckt und draußen mit dicken Salzkrusten umrahmt. Die Fensterbänke dienten als Massengrab aller möglichen Insektenarten. Ein Zeiger des fleckigen Messingmaschinentelegraphen war abgebrochen, und am Ruderrad fehlten mehrere Speichen. Das Schiff verfügte nur über wenige moderne Navigationshilfen, und das Funkgerät in der winzigen Kabine hinter der Kommandobrücke hatte eine Reichweite von höchstens zwanzig Kilometern.

Cabrillo nickte dem Steuermann, einem konzentriert wirkenden Chinesen Anfang vierzig, zu, und dieser reagierte darauf mit einem knappen Lächeln. Cabrillo und Franklin Lincoln stiegen über eine Reihe von Treppengängen, die nur sehr sparsam von schwachen Glühbirnen, die durch Metallkörbe geschützt waren, erhellt wurden. Sie erreichten schnell das Hauptdeck, wo ein anderes Mannschaftsmitglied auf sie wartete.

»Bist du bereit, den Dschungeljuwelier zu spielen, Max?«, begrüßte ihn Juan.

Mit vierundsechzig Jahren war Max Hanley das zweitälteste Mitglied der Truppe und zeigte erst jetzt Spuren seines Alters. Von seinem Haar war nur noch ein schütterer Kranz um seinen Schädel übrig, und um die Hüften war er ein wenig fülliger geworden. Aber er stand in jedem Kampf mehr als seinen Mann und blieb Juan Cabrillo seit dem Tag treu verbunden, an dem dieser die Corporation gegründet hatte, jene Firma, die den Trampfrachter betrieb. Zwischen ihnen herrschte eine tiefe Freundschaft, die auf gegenseitigem Respekt und zahllosen gemeinsam gemeisterten Gefahren beruhte.

Hanley hob einen Aktenkoffer vom schadhaften Deck hoch. »Du kennst doch den berühmten Ausspruch: ›Diamanten sind des Söldners besten Freunde.‹«

»Den habe ich noch nie gehört«, sagte Linc.

»Doch, doch, genau so lautet er.«

Es hatte einen ganzen Monat gedauert, das Geschäft mittels mehrerer geheimer Treffen zustande zu bringen. Die Bedingungen waren klar und simpel. Im Tausch gegen ein Viertelpfund Rohdiamanten lieferte die Corporation Samuel Makambos kongolesischer Revolutionsarmee fünfhundert AK-47-Sturmgewehre, zweihundert raketengetriebene Granaten, fünfzig RPG-Granatwerfer und fünfzigtausend Schuss 7.62 mm Warschauer-Pakt-Munition. Makambo hatte nicht gefragt, woher die Mannschaft eines Trampfrachters eine solche Menge an militärischem Gerät beziehen konnte, und Cabrillo wollte ebensowenig wissen, wie der Rebellenführer so viele Diamanten heranschaffen konnte. Aber da sie aus diesem Teil der Welt stammten, war er überzeugt, dass es sich um Blutdiamanten handelte, von Sklaven zutage gefördert, um die Revolution zu finanzieren.

Da er Jungen im Alter von dreizehn Jahren für seine Armee rekrutieren konnte, brauchte Makambo Waffen weitaus dringender als Soldaten, daher würde diese Waffenlieferung dafür sorgen, dass seinem Versuch, die wacklige Regierung zu stürzen, gute Chancen beschieden waren.

Ein Matrose ließ die Gangway auf den Pier hinab, und Linc betrat mit Cabrillo und Hanley im Schlepptau den

Kai. Der einzelne Rebellenoffizier trennte sich von seiner Prätorianergarde und kam auf Franklin Lincoln zu. Er salutierte vor Linc, und Linc erwiderte den Gruß, indem er lässig gegen den Schirm seiner Fischermütze tippte.

»Captain Lincoln, ich bin Oberst Raif Abala von der kongolesischen Revolutionsarmee.« Abala bediente sich einer Mischung aus Englisch, Französisch und Eingeborenensprache. Seine Stimme klang ausdruckslos, ohne eine Spur von Modulation oder Menschlichkeit. Er nahm seine Sonnenbrille nicht ab und klopfte weiter mit der Reitgerte gegen die Seitennaht seiner tarnfarbenen Kampfhose.

»Oberst«, sagte Linc und hob die Arme hoch, während ihn ein pockennarbiger Adjutant nach Waffen abtastete.

»Unser oberster Führer, General Samuel Makambo, schickt Ihnen seine Grüße und bedauert, dass er Sie nicht persönlich treffen kann.«

Makambo hatte seinen seit einem Jahr andauernden Aufstand von einer geheimen Basis tief im Dschungel aus geleitet. Er war nicht mehr gesehen worden, seit er zu den Waffen gegriffen hatte, und hatte es geschafft, sämtliche Versuche der Regierung, sein Hauptquartier zu infiltrieren, zu vereiteln. Außerdem hatte er zehn handverlesene Soldaten töten lassen, die versucht hatten, der Revolutionsarmee mit der Absicht beizutreten, ihn zu ermorden. Genauso wie bei bin Laden oder Abimael Guzman, dem ehemaligen Anführer des Goldenen Pfades in Peru, trug die Aura der Unbesiegbarkeit erheblich zu seinem Charisma bei, auch wenn sein Umsturzversuch das Blut Tausender gekostet hatte.

»Sie haben die Waffen mitgebracht.« Es war eher eine Feststellung als eine Frage.

»Und Sie werden sie zu sehen bekommen, sobald mein

Partner die Steine untersucht hat.« Lincoln deutete mit einer lässigen Geste auf Max.

»Wie wir es vereinbart haben«, sagte Abala. »Kommen Sie.«

Auf dem Kai war ein Tisch aufgestellt worden. Die Beleuchtung kam von einer Lampe, die von einem tragbaren Generator gespeist wurde. Abala schwang ein Bein über einen der Stühle und setzte sich, wobei er seine Peitsche auf den Tisch legte. Vor ihm lag ein brauner Sisalbeutel, der die Aufschrift einer französischen Lebensmittelfirma trug. Max ließ sich dem afrikanischen Rebellen gegenüber nieder und beschäftigte sich mit dem Inhalt seines Aktenkoffers. Er holte eine elektronische Waage, einige Gewichte zum Kalibrieren und außerdem einige mit Maßeinteilungen versehene Plastikbehälter heraus, die mit einer glasklaren Flüssigkeit gefüllt waren. Hinzu kamen Notizbücher, Bleistifte und ein kleiner Taschenrechner. Wächter hatten sich hinter Abala aufgebaut, und ebenso hinter Max. Zwei weitere hielten sich in Cabrillos und Lincs Nähe auf, bereit, sie beim geringsten Zeichen des Rebellenführers niederzumachen. Eine Aura der Gewalt lag über der Gruppe, und die feuchte Nachtluft war mit nervöser Spannung aufgeladen.

Abala legte eine Hand auf den Beutel. Er blickte zu Linc hoch. »Captain, ich denke, jetzt ist es an der Zeit für ein Zeichen des Vertrauens. Ich würde gerne den Container sehen, in dem sich meine Waffen befinden.«

»Das war nicht Teil unserer Abmachung«, erwiderte Linc mit einem Anflug von Besorgnis in der Stimme. Abalas Adjutant kicherte leise.

»Wie ich schon sagte«, fuhr Abala mit bösartigem Tonfall fort, »es ist ein Zeichen des Vertrauens. Eine Geste des guten Willens von Ihrer Seite.« Er nahm die Hand vom Beutel und hob einen Finger. Zwanzig weitere Soldaten tauchten aus der Dunkelheit auf. Abala gab abermals ein Zeichen, und so schnell wie sie erschienen waren, verschwanden sie auch wieder im Dunkel der Nacht. »Sie könnten Ihre Mannschaft umbringen und sich die Waffen holen. Das ist meine Geste des guten Willens.«

Linc hatte keine Wahl, daher drehte er sich zum Schiff um. Mit einer Hand führte er eine Kreisbewegung über dem Kopf aus. Der Matrose winkte zurück, und Sekunden später sprang ein Dieselmotor mit lautem Knattern an. Der mittlere der drei Derrickkräne im Bugbereich des großen Frachters bewegte sich knarrend. Schwere Kabel rutschten über verrostete Rollen, als ein schweres Gewicht aus einem Frachtraum gehievt wurde. Es war einer der üblichen Frachtcontainer, so harmlos und unauffällig wie die Hunderttausende, die im maritimen Frachtverkehr täglich zum Einsatz kamen. Der Kran hob ihn aus der Frachtluke und schwenkte ihn zur Reling, wo er auf das Deck heruntergelassen wurde. Zwei weitere Matrosen öffneten die Türen und betraten den Container. Sie riefen dem Kranführer etwas zu, und der Container wurde wieder angehoben. Er schwebte hoch bis über die Reling und wurde über den Schiffsrand geschwenkt. Dann wurde er bis etwa drei Meter über dem Kai heruntergelassen und verharrte in dieser Höhe.

Die Männer im Container erhellten sein Inneres mit Taschenlampen. Gestelle voller AK-47 standen an den Seitenwänden, ölig schwarz im matten Lichtschein. Zu erkennen waren außerdem dunkelgrüne Kisten. Eine wurde geöffnet, und ein Matrose hob ein leeres RPG-Rohr auf die Schulter und präsentierte die Waffe wie bei einer Verkaufsveranstaltung. Zwei der jüngsten Rebellen stießen laute Freudenrufe aus. Sogar Raif Abala konnte ein zufriedenes Zucken seiner Mundwinkel nicht unterdrücken.

»Bis hierher und nicht weiter reicht mein Vertrauen«, sagte Lincoln, nachdem die beiden Matrosen aus dem Container auf den Kai gesprungen und aufs Schiff zurückgekehrt waren.

Wortlos schüttete Abala den Inhalt des Beutels auf die Tischplatte. Geschnitten und geschliffen sind Diamanten die besten Refraktoren, die man auf der Welt finden kann, fähig, weißes Licht mit einer solchen Helligkeit und einem solchen Glanz in ein Regenbogenspektrum aufzufächern, dass die Steine schon seit ewigen Zeiten zu einem Objekt der Begierde geworden waren. Aber in ihrem Rohzustand haben sie nur wenig an sich, um sie von ganz ordinären Steinen zu unterscheiden. Dieser Haufen Steine sandte jedenfalls nicht das geringste Funkeln aus. Sie lagen matt und stumpf auf dem Tisch, nicht mehr als missgestaltete Kristallklumpen. Die meisten sahen aus wie ein Paar vierseitiger Pyramiden, die an der Basis zusammenhingen, während andere nicht mehr waren als Kieselsteine ohne irgendeine besondere Form. Farblich rangierten sie von reinem Weiß bis zu schmutzigem Gelb, und während einige klar und durchsichtig erschienen, waren viele schartig und voller Risse und Kanten. Ihr Wert in den Diamantenvierteln von New York, Tel Aviv oder Amsterdam ging weit über den Wert des Containerinhalts hinaus, aber genau das entsprach der Natur eines solchen Handels. Abala konnte jederzeit neue Diamanten beschaffen. Es waren die Waffen, die zu erwerben er große Schwierigkeiten hatte.

Max griff instinktiv nach dem größten Rohdiamanten, einem Kristall von mindestens zehn Karat. Zu einem Stein von vier oder fünf Karat zurechtgeschnitten und geschliffen, brächte er sicherlich je nach Farbe und Klarheit etwa vierzigtausend Dollar. Max studierte ihn durch eine Juwelierlupe, drehte ihn dabei im Licht hin und her, während er den Mund säuerlich verzog. Er legte ihn kommentarlos zur Seite, betrachtete dann den nächsten und schließlich noch einen dritten. Er schnalzte zweimal abfällig mit der Zunge, als ob er von dem, was er da zu sehen bekam, enttäuscht wäre. Dann angelte er eine Lesebrille aus seiner Hemdtasche. Als er sie auf die Nase gesetzt hatte, schaute er Abala über ihren Rand hinweg missgelaunt an und öffnete eins seiner Notizbücher. Mit einem Druckbleistift schrieb er zwei Zeilen.

»Was schreiben Sie da?«, fragte Abala, durch Max' absolut kompetent wirkendes Auftreten plötzlich unsicher geworden.

»Dass diese Steine eher auf einen Bohrkranz als an den Hals einer schönen Frau gehören«, antwortete Max und verlieh seiner Stimme einen schrillen Klang sowie einen schwerfälligen holländischen Akzent. Abala wäre vor Wut über diese Beleidigung fast aufgesprungen, doch Max gab ihm durch eine Geste zu verstehen, er solle sich beruhigen. »Aber nach einer ersten oberflächlichen Überprüfung glaube ich schon, dass sie eine Qualität haben, die für unsere Transaktion ausreicht.«

Er holte eine kleine flache Scheibe aus Topas, deren Oberfläche tiefe Kratzer aufwies, aus der Hosentasche. »Wie Sie wissen«, begann er in belehrendem Ton, »ist Diamant der härteste Stoff der Welt. Stufe zehn auf der Mohs-Skala, um genau zu sein. Quarz erreicht etwa Stufe sieben und wird oft benutzt, um den Uneingeweihten vorzugaukeln, dass sie das Geschäft ihres Lebens machen.«

Aus derselben Tasche holte er einen achteckigen Kristallstift. Mit beträchtlicher Kraft kratzte er mit dem Quarz über die flache Scheibe Topas. Die Kante glitt darüber hinweg, ohne eine Spur zu hinterlassen. »Wie Sie sehen, ist Topas härter als Quarz und kann daher nicht zerkratzt werden. Der Härtegrad von Topas beträgt auf der Mohs-Skala acht.« Dann nahm er einen der kleineren Diamanten und führte ihn über den Topas. Mit einem durchdringenden Quietschen grub die spitze Kante des Steins einen tiefen Kratzer in den blauen Halbedelstein. »Was wir hier vor uns haben, ist ein Stein mit einem höheren Härtegrad als acht.«

»Also ein Diamant«, stellte Abala selbstgefällig fest.

Max seufzte, als hätte er einen völlig unfähigen Schüler vor sich, der ständig nur hirnverbrannten Blödsinn von sich gab. Es machte ihm sichtlich Spaß, den Gemmologen zu spielen. »Oder Korund, sieben auf der Mohs-Skala. Die einzige Möglichkeit, zweifelsfrei festzustellen, ob dies ein Diamant ist, besteht darin, sein spezifisches Gewicht zu überprüfen.«

Obgleich Abala schon früher oft mit Diamanten zu tun gehabt hatte, kannte er von ihren speziellen Eigenschaften kaum mehr als ihren Handelswert. Ohne sich dessen bewusst zu sein, hatte Hanley sein Interesse geweckt und ihn dazu verleitet, seine Wachsamkeit zu vernachlässigen. »Was ist *spezifisches Gewicht*?«

»Das Verhältnis vom Gewicht eines Steins zum Volumen der Wassermenge, die er verdrängt. Für Diamanten beträgt dieser Wert genau drei Komma fünf zwei.« Max hantierte einige Sekunden lang an seiner Waage herum und kalibrierte sie mit einem Satz von Messinggewichten, die er aus einem kleinen mit Samt ausgeschlagenen Kasten herausnahm. Sobald er die Waage auf null justiert hatte, legte er den größten Stein auf den Wiegeteller. »Null Komma zwei zwei fünf Gramm. Elfeinhalb Karat.« Er öffnete einen der mit Maßeinteilung versehenen Plastikbehälter und ließ den Stein hineinfallen. Dann trug er in sein Notizbuch ein, wie viel Wasser der Rohdiamant verdrängte. Danach tippte er die Zahlen in seinen Taschenrechner. Als er das Ergebnis las, starrte er Raif Abala mit funkelnden Augen an.

Abalas Augen weiteten sich vor entrüstetem Zorn. Seine Krieger rückten zusammen und verdichteten den Kordon um die Männer vom Schiff. Plötzlich spürte Juan die Mündung eines Gewehrs im Rücken.

Unberührt von dieser aggressionsgeladenen Machtdemonstration entspannte Max seine Gesichtszüge und ließ dann zu, dass sich ein Lächeln auf seinem Gesicht ausbreitete. »Drei Komma fünf zwei. Dies, Gentlemen, ist ein echter Diamant.«

Oberst Abala ließ sich langsam auf seinen Stuhl sinken, und Finger, die nur wenige Millimeter von Abzughebeln entfernt waren, entspannten sich. Juan hätte Hanley dafür, dass er seine Rolle hier viel zu gut spielte, auf der Stelle umbringen können.

Max überprüfte wahllos acht weitere Steine und kam jedes Mal zum gleichen Ergebnis.

»Ich habe meinen Teil der Abmachung eingehalten«, sagte Abala. »Ein Viertelpfund Rohdiamanten für die Waffen.«

Während Hanley weitere Steine untersuchte, führte Linc Abala zum offenen Container und gab dem Matrosen auf dem Frachter ein Zeichen, den Behälter auf den Kai herunterzulassen. Die Holzpfähle, die den Steg stützten, knarrten und knirschten unter dem Gewicht. Fünf Rebellensoldaten begleiteten sie. Im Schein der Taschenlampen holten Abalas Männer zehn AK-47er aus verschiedenen Gestellen und etwa hundert Schuss Munition, indem sie die mit Wachspapier umwickelten Patronenkisten mit Macheten öffneten.

Während er darauf achtete, in Abalas nächster Nähe zu bleiben, für den Fall dass die Soldaten irgendetwas Hinterhältiges beabsichtigten, beobachtete Linc, wie die Männer die glänzenden Messingpatronen mühsam in die charakteristischen bananenförmigen Magazine der AKs schoben. Juan, der unter seinem weiten Sweatshirt eine leichte Flakweste trug, blieb aus den gleichen Gründen dicht bei Max. Jedes Sturmgewehr wurde zehn Mal abgefeuert, zwei Salven á drei Schuss und vier einzelne Schüsse auf ein Ziel, das an der Seitenwand des nicht mehr benutzten Lagerhauses befestigt worden war. Die Gewehrsalven hallten über die Weite des Flusses und scheuchten Dutzende von Vögeln auf. Ein Soldat rannte zum Lagerhaus, um den Schaden zu begutachten, und tat seine Zufriedenheit mit einem lauten Ruf kund. Abala nickte Linc zu. »Gut«, knurrte er. »Sehr gut.«

Am Tisch fuhr Hanley mit seiner Prüfung fort, legte jetzt den leeren Beutel auf die Waage und notierte sein Gewicht. Dann nahm er einen langstieligen Löffel zur Hand und bugsierte unter den wachsamen Blicken eines der Offiziere Abalas die Rohdiamanten wieder zurück in den kleinen Beutel. Sobald er alle Steine zusammen hatte, wog er den Beutel noch einmal. Auf dem Taschenrechner subtrahierte er das Gewicht des leeren Beutels vom Gesamtgewicht. Er blickte über die Schulter zu Cabrillo und flüsterte: »Es sind acht Karat zu wenig.«

Je nach Qualität und Größe der Steine konnte das ein Minus von einigen zehntausend Dollars bedeuten. Juan zuckte die Achseln. »Ich bin schon froh, wenn ich hier lebend wegkomme. Lass gut sein.« Cabrillo winkte Linc zu, der Abala und einem Rebellen, der die professionelle Ausstrahlung eines Sergeants hatte, soeben die Funktion einer raketengetriebenen Granate erklärte. »Captain Lincoln«, rief er ihm zu, »die Hafenbehörden in Boma werden uns unseren Liegeplatz nicht allzu lange freihalten. Wir sollten möglichst bald zurückkehren.«

Linc nickte verstehend. »Natürlich, Mr. Cabrillo. Vielen Dank.« Er wandte sich wieder Abala zu. »Ich wünschte, ich könnte Ihnen noch mehr Waffen anbieten, Oberst, aber diese Ladung in die Hände zu bekommen, kam für mich und meine Mannschaft ziemlich überraschend.«

»Wenn Sie noch einmal eine solche, äh, Überraschung erleben sollten, dann wissen Sie ja, wie Sie uns erreichen können.«

Sie hatten den Tisch erreicht. Linc fragte Max: »Alles klar und erledigt?«

»Ja, Captain, alles in Ordnung.«

Abalas Lächeln wurde noch öliger. Er hatte sie mit Absicht übers Ohr gehauen, da er wusste, dass die überwältigende Anzahl bewaffneter Männer sie derart einschüchtern würde, dass sie sich mit weniger Steinen als verabredet zufrieden geben würden. Die fehlenden Diamanten befanden sich in der Brusttasche seiner Uniformjacke und würden sein Konto in der Schweiz beträchtlich anwachsen lassen.

»Dann lassen Sie uns gehen, Gentlemen.« Linc übernahm den Beutel Rohdiamanten von Max und marschierte mit langen Schritten in Richtung Gangway, während

Cabrillo und Hanley sich beeilten, ihm zu folgen. Kurz bevor sie die Gangway erreichten, wurden Abalas Männer aktiv. Die beiden, die der Gangway am nächsten standen, traten vor, um den Zugang zu blockieren, während Dutzende von Rebellen aus dem Dschungel herausstürmten, wild in die Luft feuerten und ein entsetzliches Geschrei von sich gaben. Mindestens ein Dutzend Männer stürzte sich auf den Container und versuchte, ihn vom Kranhaken zu lösen.

Die Taktik der Rebellen wäre von Erfolg gekrönt worden, wenn das Team der Corporation nicht ohnehin mit einem Doppelspiel gerechnet hätte.

Eine Sekunde bevor Abala seinen Befehl zum Angriff gebellt hatte, waren Cabrillo und Linc schon losgesprintet. Sie erreichten die beiden Rebellen an der Gangway, ehe diese auch nur die Zeit hatten, ihre Waffen in Anschlag zu bringen. Linc stieß einen jungen Soldaten mit der Schulter in den Spalt zwischen Frachter und Kai, während Juan dem anderen die Finger gerade hart genug in den Hals bohrte, um bei ihm einen Würgereiz auszulösen. Während der Rebell einen Hustenanfall bekam, riss Juan ihm das AK-47 aus den Händen und rammte den Kolben in den Bauch des Soldaten. Dieser sackte zu Boden, wo er in fetaler Haltung liegen blieb.

Cabrillo drehte sich herum und sorgte für eine Wand aus Sperrfeuer, während Max und Linc die Gangway betraten. Juan trat auf die schräge Rampe und drückte auf einen Knopf unter ihrem Geländer. Die ersten zwei Meter des Laufgangs klappten ruckartig hoch. Dank seiner soliden Seitenwände und des senkrecht aufragenden Endstücks waren die drei Männer vor dem vernichtenden Gegenfeuer von Abalas Männern geschützt. Kugeln pfiffen über ihre

Köpfe hinweg, prallten gegen die Seitenwand des Frachters und wurden von der stählernen Hülle der Gangway als Querschläger abgelenkt, während sich die drei Männer in dem gepanzerten Schutzkäfig zusammendrängten.

»Als hätten wir das nicht kommen sehen«, sagte Max beiläufig über den Kampflärm hinweg.

Ein Matrose innerhalb des Schiffes bediente die Kontrollen der Gangway und zog sie von dem Kai weg, wodurch die Männer Gelegenheit erhielten, sich in den Deckaufbau des Schiffs zu flüchten. Da er seine Maske fallen lassen konnte, übernahm Juan sofort das Kommando. Er drückte auf den Rufknopf des an der Wand hängenden Interkoms. »Lagebericht, Mark.«

Tief im Innern des Frachters saß Mark Murphy, der Waffenmeister, vor einem Monitor, der die Videobilder einer Kamera wiedergab, die an einem der fünf Schiffskräne installiert war.

»Da die Gangway hochgeklappt ist, schießen nur noch ein paar Rebellen. Ich denke, dass Abala jetzt versucht, einen Angriff zu organisieren. Er hat etwa hundert von seinen Leuten versammelt und gibt ihnen gerade Befehle.«

»Was ist mit dem Container?«

»Die Männer haben die Seile fast gelöst. Moment. Ja, jetzt sind sie so weit. Wir sind das Ding los.«

»Sag Eric, er soll Vorbereitungen treffen, uns von hier wegzubringen.«

»Wirklich, Juan?«, fragte Murphy zögernd. »Wir hängen noch immer an den Pollern auf dem Kai.«

Cabrillo wischte einen Blutstropfen von seinem Ohr ab, wo ihn eine Farbschuppe getroffen hatte, die von einer Kugel weggesprengt worden war. »Er soll sie rausreißen. Ich komme zu ihm runter.«

Während ihr Schiff mit seinem Äußeren perfekt zu dem Kai passte, der vom Verfall gezeichnet war, verbarg es in sich ein Geheimnis, über das außer der Mannschaft nur wenige Außenstehende Bescheid wussten. Der verrostete Rumpf mit seinem fleckigen und unregelmäßigen Farbanstrich, den baufälligen Derrickkränen, dem schmuddeligen Deck und einem allgemein heruntergekommenen Aussehen war nichts anderes als Fassade, um die wahren Fähigkeiten des Schiffs zu verschleiern. Es war ein privat betriebenes Spionageschiff, das der Corporation gehörte und von Juan Cabrillo befehligt wurde. Die *Oregon* war sein Geistesprodukt und seine wahre große Liebe.

Unter ihrer schäbigen Hülle strotzte es von den modernsten Waffensystemen auf dem Planeten – Marschflugkörper und Torpedos, gekauft von einem korrupten russischen General, 30-mm-Gatling-Gewehre und ein 120-mm-Geschütz, das über die gleiche Zielvorrichtung verfügte wie ein M1A2-Abrams-Panzer, sowie motorbetriebene Kaliber-.30-Maschinengewehre, um Entermannschaften abzuwehren. Alle Waffen waren über die Länge des Rumpfs hinter Stahlplatten verborgen oder befanden sich als Schrott getarnt auf dem Deck. Die ferngesteuerten Kaliber-.30er waren in verrosteten Fässern versteckt, die an strategisch wichtigen Punkten entlang der Reling aufgestellt worden waren. Auf entsprechenden Befehl hoben sich die Fassdeckel und die Waffen wurden ausgefahren, gelenkt von Restlicht- und Infrarotkameras.

Mehrere Etagen unter der Kommandobrücke des Schiffs, wo Cabrillo und Lincoln gestanden hatten, während das Schiff anlegte, befand sich das Operationszentrum, sozusagen das Gehirn des Schiffs. Von dort aus lenkte eine Mannschaft von pensionierten Angehörigen des amerikanischen Militärs und der CIA das gesamte Schiff – von seinen Maschinen und dynamischen Navigationssystemen bis hin zu seiner Bewaffnung. Die Besatzung verfügte außerdem über eine Reihe von Radar- und Sonarsystemen, die zum Besten gehörten, was man für einen entsprechend großen Geldbetrag kaufen konnte.

Von diesem Operationszentrum aus hatte der hervorragende Steuermann der *Oregon*, Eric Stone, das Schiff auf seinen Liegeplatz am Kai bugsiert, indem er achtern und bugwärts gelegene Manövrierdüsen einsetzte und sich des GPS bediente. All dies war mit einem Supercomputer verbunden, der außerdem Windstärken, Strömungsverhältnisse und ein Dutzend anderer Faktoren bestimmte. Es war allein dieser Computer, der für den exakten Gegenantrieb sorgte, um die *Oregon* gegen die Strömung des Kongo genau in Position zu halten.

Cabrillo und Max betraten eine Gerätekammer, in der es nach Petroleum stank, während Linc davoneilte, um Eddie Seng und die anderen Spezialisten für Landoperationen zu treffen – für den Fall, dass ihr Einsatz nötig würde, um die Rebellen daran zu hindern, an Deck zu gelangen. Juan drehte die Handgriffe des Schmutzwasserbeckens wie die Zahlenscheiben eines Safes, und die Rückwand der Kammer glitt zur Seite und erlaubte den Zugang zu einem Korridor dahinter.

Im Gegensatz zu dem billigen Linoleumfußboden und der abblätternden Farbe der Kommandobrücke und anderer Bereiche der Deckaufbauten war dieser geheime Gang ausreichend beleuchtet und mit einer gediegenen Mahagonitäfelung und einem luxuriösen Teppichboden ausgestattet. Ein originales Winslow-Gemälde, das ein Walfangschiff zeigte, hing an der Wand, und eine Ritterrüstung aus dem sechzehnten Jahrhundert, komplett mit Schwert und Streitkolben, stand in einer Glasvitrine am Ende des Korridors.

Sie gingen an zahllosen Kabinentüren vorbei, bis sie das Operationszentrum im Innern des Frachters erreichten. Dort sah es aus wie im Raumfahrtzentrum der NASA: mit zahlreichen Computerterminals und einer Wand, die von einem riesigen Flachbildschirm beherrscht wurde, auf dem das aktuelle chaotische Geschehen auf dem Kai zu sehen war. Mark Murphy und Eric Stone saßen an den vorderen Computerterminals direkt unter dem Wandschirm, während Hali Kasim, der Kommunikationsexperte des Schiffs, einen Platz rechts von ihnen einnahm. An der hinteren Wand befanden sich zwei Steuerstände der Schadenskontrolle, die die Sicherheitssysteme des Schiffs überwachte, sowie eine Reihe von Computern, mittels derer Max Hanley die revolutionären magnetohydrodynamischen Maschinen der *Oregon* kontrollierte.

Es war gar nicht so abwegig, wenn man feststellte, dass die Atmosphäre im Operationszentrum an die der Kommandobrücke des Fernsehraumschiffs *Enterprise* erinnerte, bis hin zu dem großen Sessel in der Mitte des Raums. Dort, im Kommandositz, der von der Mannschaft »Kirk-Sessel« getauft worden war, nahm Juan Platz, befestigte ein Bleistiftmikrofon an seinem Ohr und rückte sein eigenes kleines Computerdisplay zurecht.

»Ich habe zwei Objekte im Anflug«, meldete Hali, dessen dunkle Gesichtszüge von seinem Radarschirm mit einem geisterhaften grünen Schimmer versehen wurden. »Sie müssen dicht über Grund unterwegs sein, was auf Helikopter schließen lässt. Geschätzte Flugdauer bis zur Ankunft vier Minuten.«

»Es gibt keinerlei Berichte, dass Makambo über Hubschrauber verfügt«, sagte Mark Murphy und wandte sich zu Juan Cabrillo um. »Aber Hali hat vor Kurzem eine Meldung über zwei Hubschrauber aufgeschnappt, die einer Ölbohrfirma gestohlen wurden. Genaue Einzelheiten gibt es zwar nicht, aber so wie es sich darstellt, wurden die Maschinen der Firma mitsamt ihren Piloten entführt.«

Juan nickte und wusste nicht, wie er diese Information bewerten und mit der augenblicklichen Lage in Einklang bringen sollte.

»Ich fange eine Bewegung hinter uns auf«, meldete Eric Stone. Er hatte das Bild der am Heck installierten Kamera auf seinen Sichtschirm geschaltet.

Zwei Patrouillenboote hatten eine Flussbiegung umrundet. Die Scheinwerfer auf ihren Steuerhäusern erschwerten es, ihre Bewaffnung zu identifizieren, doch Mark Murphy rief an der Waffenkontrolle eine Datenbank mit Angaben zu kongolesischen Militärfahrzeugen auf.

»Es sind in Amerika gebaute leichte Patrouillenboote, sogenannte Swift Boats.«

»Du machst wohl Witze«, sagte Max. Er hatte bei zwei Einsätzen in Vietnam auf Swift Boats gedient.

Murph fuhr fort, als hätte er Hanleys Bemerkung nicht gehört: »Wasserverdrängung zwölf Tonnen, zwölf Mann Besatzung und bewaffnet mit sechs Kaliber-.50-Maschinengewehren. Die Höchstgeschwindigkeit liegt bei fünfundzwanzig Knoten. Aus einem Anhang geht hervor, dass die kongolesische Flussmarine noch Mörser hinzugefügt hat und … möglicherweise auch raketengetriebene Granaten.«

Da sich die Lage von Sekunde zu Sekunde verschlechterte, traf Cabrillo seine Entscheidung. »Hali, verbinde mich mit Benjamin Isaka.« Isaka war ihr Kontaktmann bei der Regierung. »Teile ihm mit, dass Abteilungen seines Militärs von unserer Mission Wind bekommen haben könnten und keine Ahnung haben, dass wir auf ihrer Seite stehen. Oder dass zwei seiner leichten Patrouillenboote von Makambos Männern gekapert worden sein könnten. Eric, sieh zu, dass du uns verdammt noch mal endlich von hier wegbringst. Du, Murph, solltest alles genau im Auge behalten und nicht ohne meinen ausdrücklichen Befehl das Feuer eröffnen. Wenn wir unsere Fähigkeiten verraten, wird Abala begreifen, dass er hinters Licht geführt wurde, und die Waffen dort zurücklassen, wo sie gerade sind. Apropos Waffen – Hali?«

Hali Kasim strich sich eine Tolle gekräuselten schwarzen Haars aus der Stirn und drückte auf einige Tasten seines Computerkeyboards. »Die RDF-Chips sind aktiviert und klar und deutlich zu empfangen.«

»Hervorragend.« Cabrillo drehte sich auf seinem Stuhl zu Max Hanley um. »Wie sieht es aus, alter Junge?«

»Du weißt, dass wir nur auf Batterie laufen«, informierte ihn dieser. »Ich kann dir nicht mehr als zwanzig Knoten geben.«

Die *Oregon* verfügte über den raffiniertesten Schiffsantrieb, der je gebaut worden war. Ihre magnetohydrodynamischen Maschinen verwendeten supraleitfähige Spulen, mit flüssigem Helium gekühlt, um dem Meerwasser freie Elektronen zu entziehen. Der so gewonnene elektrische Strom trieb vier Hochleistungspumpen an, um Wasser durch zwei Richtungsdüsen am Heck des Schiffs zu drücken. Die Maschinen konnten das Elftausend-Tonnen-Schiff auf Geschwindigkeiten beschleunigen, die denen eines Offshore-Rennboots Konkurrenz machten, und da die Maschinen Meerwasser als Treibstoff verwendeten, war seine Reichweite unbegrenzt. Aufgrund eines Feuers – zwei Jahre zuvor – an Bord eines Kreuzfahrtschiffs, das mit magnetohydrodynamischer Technik angetrieben wurde, hatten die meisten maritimen Sicherheitskommissionen ihren Einsatz bis zum Abschluss weiterer umfangreicher Tests verboten. Aus diesem Grund flatterte an der Gösch der *Oregon* die Flagge Irans, einer Nation mit einer deutlich lässigeren Haltung gegenüber den Seefahrtsvorschriften.

Vertäut an einem Kai hundertdreißig Kilometer den Kongo aufwärts und vom Atlantischen Ozean entfernt, war die *Oregon* ringsum von Süßwasser umgeben und konnte daher keinen elektrischen Strom für ihre Maschinen erzeugen. Sie musste sich der Energie bedienen, die in mehreren Reihen Hochleistungsbatterien gespeichert war, um Wasser durch ihre Antriebsdüsen zu pumpen.

Nachdem er während des Schiffsumbaus von einem konventionellen Holzfrachter in den jetzigen Zustand mit den Schiffsarchitekten und -ingenieuren eng zusammengearbeitet hatte, wusste Cabrillo, dass die Batterien selbst bei günstiger Strömung bei Höchstgeschwindigkeit nicht mehr als knapp hundert Kilometer schaffen würden, womit ihnen dreißig Kilometer bis dorthin fehlten, wo sich der Fluss ins Meer ergoss.

»Eric, wie sehen die Gezeitenverhältnisse in etwa drei Stunden aus?«, wollte Cabrillo vom Steuermann wissen.

»Hochflut in etwa zweieinhalb Stunden«, antwortete Eric Stone, ohne die entsprechende Datenbank zu Rate zu ziehen. Im Zuge seines Jobs prägte er sich die Gezeitenpläne und Wettervorhersagen für die jeweils nächsten fünf Tage mit der Akribie eines Buchhalters ein, der einem Penny durch einen ganzen Stapel Geschäftsbücher nachjagt.

»Das wird knapp«, sagte Juan zu niemand Bestimmtem. »Okay, Eric, lass uns von hier verschwinden, ehe Abalas Männer ihren organisierten Angriff starten.«

»Aye, aye, Boss.«

Mit kundiger Hand ließ Eric Stone die Impulsdüsen hochlaufen. Ohne das Heulen der Kühlmittelpumpen und Zusatzgeräte für die magnetohydrodynamischen Maschinen glich der Klang des Wassers, das durch die Röhren gepresst wurde, einem tiefen Rumpeln, das durch das gesamte Schiff lief. Er aktivierte die Bug- und die Heckdüsen, und das massige Schiff bewegte sich seitlich vom Kai weg. Dabei stemmte es sich gegen die Halteleinen.

Als sie erkannten, dass sich ihre Beute zur Flucht anschickte, eröffneten die Rebellen, die sich in einer langen Reihe auf dem Kai aufgestellt hatten, das Feuer mit langen Feuerstößen aus ihren Maschinenpistolen. Fenster der Kommandobrücke explodierten unter dem Kugelregen, und Bullaugen lösten sich in einem dichten Scherbenregen auf. Funken sprühten vom Rumpf der *Oregon* in die Nacht, als Hunderte von Kugeln von ihren Panzerplatten abprallten. So spektakulär der Anblick auch sein mochte, so schafften die Rebellen jedoch nicht viel mehr, als den Farbanstrich zu beschädigen und ein paar leicht ersetzbare Fensterscheiben zu zerstören.

Von achtern fügten die näher kommenden Patrouillenboote den hämmernden Rhythmus ihrer Kaliber-.50-Geschütze dem allgemeinen Lärm hinzu. Um zum vereinbarten Treffpunkt zu gelangen, lag die *Oregon* hoch im Wasser, da die seitlich gelegenen Ballasttanks, die eine schwere Fracht vorgaukeln sollten, leer gepumpt worden waren.

Dies gestattete den Kanonieren, die den Fluss herunterkamen, einen ungehinderten Blick auf ihr Steuerruder. Sie konzentrierten ihr Feuer auf die Ruderachse – nämlich in der Hoffnung, sie vom Steuergestänge zu trennen und das große Schiff hilflos der Strömung auszusetzen. Bei einem gewöhnlichem Schiff wäre diese Strategie vernünftig gewesen. Wenn nötig – zum Beispiel unter den wachsamen Blicken misstrauischer Hafenbediensteter – konnte das Ruder der *Oregon* das Schiff alle Manöver durchführen lassen, allerdings erhielt sie ihre Manövrierfähigkeit von den entsprechend ausgerichteten Impulsdüsen, die sich bestens geschützt unterhalb der Wasserlinie befanden.

Eric Stone ignorierte die Attacke von achtern und beobachtete stattdessen mittels der schiffseigenen Fernsehüberwachung die eisernen Poller auf dem Kai. Die Taue spannten sich, während sich das Schiff weiter vom Kai entfernte. Zwei besonders eifrige Terroristen rannten zur Heckleine und begannen wie Ratten daran hochzuklettern, die Gewehre über die Schultern geschlungen. Stone steigerte den Druck der Heckdüsen. Unter dem Geräusch berstenden verfaulten Holzes wurde der pilzförmige Poller wie ein entzündeter Zahn aus dem Kai herausgerissen. Sein enormes Gewicht ließ ihn wie ein Pendel mit dem Dröhnen einer großen Glocke gegen den Rumpf der *Oregon* schlagen.

Ein Rebell stürzte sofort ab und wurde in die rotierenden Schaufeln des Korrekturtriebwerks am Heck gesogen, als Eric auf Schubumkehr schaltete, um den Kurs des Schiffs zu korrigieren. Alles, was dann auf der anderen Seite auftauchte, war ein dunkler Fleck, der das Wasser rot färbte, ehe er sich in der Flussströmung auflöste. Der andere Soldat schaffte es, sich an dem Tau festzuhalten, während die automatische Winde es aufrollte. Als er die Klüse erreichte, versuchte er an Bord des Schiffs zu klettern, wo er von Eddie Seng und Franklin Lincoln aber schon erwartet wurde, die seinen Enterversuch auf kleinen Sichtschirmen an ihren Kampfjacken beobachtet hatten.

Eddie war nach seiner vorzeitigen Pensionierung von der CIA zur Corporation gestoßen. Er hatte zwar nicht die gleiche Kampferfahrung wie Linc nach seiner SEAL-Karriere, jedoch machte er dieses Manko mit zielstrebiger Entschlossenheit mehr als wett. Deshalb hatte ihm Juan die Leitung für landgestützte Operationen übertragen und ihn zum Chef der Jagdhunde gemacht, wie Max ihr Kontingent an ehemaligen Mitgliedern der SEALs, Force Recon und Special Forces nannte.

Die Augen des Rebellen weiteten sich, als er versuchte, sich an Deck zu schwingen. Linc betrachtete ihn durch das Visier einer Franchi SPAS-12 Nahkampfschrotflinte, während Eddie die Mündung einer Glock gegen die Schläfe des Soldaten drückte.

»Du hast die Wahl, mein Freund«, sagte Eddie beinahe freundlich.

Der Terrorist ließ die Finger schlaff werden und stürzte in die schäumenden Fluten.

Unten im Operationszentrum beobachtete Eric den zweiten Poller. Trotz des tonnenschweren Zugs weigerte er sich noch, sich aus dem Kai zu lösen. Stattdessen erschienen große Risse im Holz, als die darunterliegenden Planken aus ihrer Verankerung gewuchtet wurden. Ein fünf Meter langer Abschnitt des Kais wurde weggerissen, schleuderte drei weitere Soldaten ins Wasser und bewirkte, dass ein noch größerer Abschnitt des Kais bedenklich ins Schwanken geriet.

»Wir sind frei«, verkündete er.

»Sehr gut«, erwiderte Juan und warf einen Blick auf sein taktisches Display. Die Helikopter waren noch zwei Minuten entfernt und näherten sich mit einer Geschwindigkeit von gut hundertfünfzig Stundenkilometern. Er vermutete, dass die gestohlenen Hubschrauber der Ölbohrfirma sehr groß und von modernster Bauart waren. Bei dem Waffenarsenal, das überall auf dem Schiff versteckt war, wusste Cabrillo, dass sie jeden Soldaten auf dem Kai ausschalten, beide Helis vom Himmel holen und die verfolgenden Patrouillenboote in wertloses Treibgut verwandeln konnten – aber das war nicht der Sinn der Mission, für die sie angeheuert worden waren. »Bring uns auf zwanzig Knoten.«

»Zwanzig Knoten, in Ordnung.«

Der große Frachter beschleunigte stetig, sodass der zusätzliche Zug des Wassers schließlich den Abschnitt des Kais abbrach, auf dem der Poller verankert war. Schon bald verstummten die Maschinenpistolen am Ufer, doch die beiden Patrouillenboote fuhren fort, die *Oregon* mit einem stetigen Strom von Kaliber-.50-Geschossen einzudecken.

»RPG abgefeuert!«, meldete Mark Murphy knapp.

Abalas Männer mussten im Dschungel Fahrzeuge versteckt haben, mit denen sie nun mit der *Oregon* Schritt hielten, während das Schiff den Kongo abwärts floh. Die kleine Rakete brach aus dem Unterholz hervor, raste über das Wasser und schlug in den Bug ein. Die Panzerung des Schiffs schützte die inneren Bereiche, doch die Explosion war ohrenbetäubend, während sich der Feuerball über das Deck wälzte. Fast im gleichen Moment schoss eine weitere RPG aus einem Rohr auf der Schulter eines Schützen an Bord eines der Schnellboote. Die Rakete kam im flachen Winkel heran, passierte die Heckreling so knapp, dass sie ihren Farbanstrich versengte, und erwischte den Schornstein mit einem Volltreffer. Obwohl er ausreichend gepanzert war, um die hochempfindliche Radarkuppel der *Oregon* in seinem Innern zu schützen, detonierte die Granate mit genügend Wucht, um das System lahmzulegen.

»Ich kümmere mich schon darum!«, rief Hali, sobald sein Sichtschirm dunkel wurde. Er verließ das Operationszentrum im Laufschritt, während die Waffenkontroll-Teams und die Elektronikspezialisten automatisch vom Computer auf ihre Positionen beordert wurden.

Linda Ross, eine elfenhafte Frau mit Sommersprossen und einer hohen, fast mädchenhaften Stimme, übernahm sofort seinen Platz. »Hubschrauber noch eine Minute entfernt, Juan, und das letzte Radarbild zeigte vor uns Verkehr, der sich flussaufwärts nähert.«

Juan schaltete die vorderen Kameras auf höhere Auflösung. Der Fluss war so schwarz wie flüssiges Öl und wurde von Hügeln gesäumt, die im Mondlicht silbern schimmerten. Um eine Biegung herum tauchte soeben eine große Flussfähre auf. Sie hatte drei Decks und einen stumpfen Bug, aber was die Aufmerksamkeit der Truppe erregte, war das Bild, das die Infrarotkameras lieferten. Das oberste Deck wimmelte von Menschen, und es sah aus, als sei jedes andere Deck genauso dicht mit Passagieren bevölkert, die zum Binnenhafen von Matadi wollten.

»Mein Gott, sie muss mindestens fünfhundert Menschen an Bord haben«, sagte Eric.

»Und ich wette, sie ist für nicht mehr als zweihundert zugelassen«, erwiderte Cabrillo. »Sieh zu, dass du sie an

Backbord passierst. Ich will, dass sich die *Oregon* zwischen sie und die RPGs schiebt.«

Stone betätigte die Kontrollen und achtete auf den Tiefenmesser. Das Flussbett stieg steil an. »Juan, wir haben weniger als zwanzig Fuß Wasser unterm Kiel. Achtzehn. Fünfzehn. Zehn Fuß.«

»Halte uns auf gleicher Höhe«, sagte Juan, während sich ein neuer Kugelregen aus dem Dschungel ergoss. Er kam von AK-47ern und wurde von einer Reihe RPGs begleitet, die in schneller Folge abgeschossen wurden.

Explosionen erschütterten den Frachter, während er auf die schwerfällige Fähre zueilte. Jeder Treffer erhellte die Szene für Sekunden taghell. Eine der Raketen verfehlte ihr Ziel, und für einen entsetzlichen Augenblick sah es so aus, als würde sie die Fähre breitseits treffen, doch in der letzten Sekunde fiel der Raketenantrieb aus, und sie explodierte dicht am Rumpf der Fähre und schleuderte eine Wasserwand auf die Passagiere, die in dem hoffnungslosen Bemühen, sich aus der Schusslinie und in Sicherheit zu bringen, aufgeregt herumrannten.

»Max, hol alles raus«, befahl Juan wütend. Er konnte die Rücksichtslosigkeit von Abalas Kriegern nicht fassen. »Wir müssen diese Leute beschützen!«

Max Hanley entfernte die Sicherungen von den Batterieschaltkreisen, kitzelte ein paar Ampere zusätzlich aus ihnen heraus und leitete sie den Hochdruckpumpen zu. Die *Oregon* wurde etwa drei Knoten schneller, aber das würde sie weitere Kilometer Reichweite kosten, Kilometer, die zu verlieren sie sich nicht leisten konnten.

Die Fähre schwenkte zur Strommitte und ließ der *Oregon* gerade genug Platz zum Passieren, ohne auf Grund zu laufen. Sekunden später trennten sich die Patrouillenboote vor dem stromaufwärts laufenden Schiff und legten Bogen aus schäumendem Wasser quer über den Fluss. Ein mit Außenbordmotor ausgerüstetes kleines Boot, das der Fähre in ihrem Kielwasser gefolgt war, tauchte plötzlich auf, und eins der Patrouillenboote drückte es unter Wasser und zerquetschte seinen Holzrumpf und zwei Insassen, ohne sein Tempo auch nur um einen Deut zu verringern.

Juan beobachtete Eric an den Kontrollen. Mit einem derart großen Schiff im extrem knapp bemessenen Raum eines Flusses zu manövrieren, war schon schwierig genug, aber auch noch irgendwelchem Gegenverkehr ausweichen zu müssen, während man beschossen wurde, war etwas, das der junge Stone niemals zuvor hatte meistern müssen. Juan hatte volles Vertrauen zu seinem Steuermann, wusste aber auch, dass er Erics Station jederzeit deaktivieren und selbst das Steuer übernehmen konnte.

Eine Stimme erklang in Cabrillos Kopfhörer. »Juan, hier ist Eddie. Ich habe Sicht auf die beiden Hubschrauber. Den Typ kann ich nicht erkennen, aber sie sehen aus, als seien sie groß genug, um mindestens zehn Männer zu transportieren. Jetzt wäre vielleicht der richtige Moment, um sie baden gehen zu lassen.«

»Auf keinen Fall. Zum einen sind die Piloten Zivilisten und wurden von Makambos Rebellen gekidnappt und gezwungen, sie zu fliegen. Zum anderen dürfen wir ihnen nicht verraten, welche Fähigkeiten wir haben. Wir haben das während unserer Fahrt flussaufwärts ausführlich besprochen. Wir beziehen vielleicht eine Tracht Prügel, aber das alte Mädchen wird uns schon nach Hause bringen. Bereitet euch bloß darauf vor, dass sie unter Umständen versuchen werden, Männer auf unserem Deck abzusetzen.«

»Wir sind bereit.«

»Dann möge Gott ihnen gnädig sein.«

Eine Stunde lang jagten sie den Kongo abwärts, verfolgt von den Swift Boats und gelegentlich unter Beschuss vom Ufer, wo die Straße so nahe an den Fluss herankam, dass die Rebellen freies Schussfeld hatten. Die Hubschrauber blieben über der *Oregon*, ohne den Versuch zu unternehmen, zu landen oder Soldaten abzusetzen. Juan vermutete, dass sie das Schiff entern wollten, sobald es sich einen Treffer von RPGs einfing und auf Grund lief.

Sie passierten den Inga-Damm, eine riesige Betonmauer, die einen Nebenfluss des Kongo zurückhielt. Der Staudamm und ein zweiter gleicher Bauart waren die Hauptstromlieferanten in diesem Teil Afrikas. Das Schiff traf auf unruhiges Wasser, wo die beiden Ströme zusammenkamen und Eric zwangen, die Impulsdüsen auf Gegenschub zu schalten, um zu verhindern, dass sich die *Oregon* in der Strömung drehte.

»Juan, ich habe Benjamin Isaka in der Leitung«, meldete Linda Ross. »Ich stelle ihn zu dir durch.«

»Minister Isaka, hier ist Captain Cabrillo. Ich nehme an, Sie sind über unsere augenblickliche Lage im Bilde?«

»Ja, Captain. Oberst Abala will seine Diamanten zurückhaben.« Der Akzent des Stellvertretenden Verteidigungsministers war so stark, dass ihn Juan kaum verstand. »Und er hat zwei unserer Flusspatrouillenboote gestohlen. Ich habe einen Bericht erhalten, aus dem hervorgeht, dass zehn unserer Männer auf dem Kai in Matadi, wo die Boote stationiert waren, gefallen sind.«

»Er verfügt außerdem über zwei Hubschrauber einer Ölbohrfirma.«

»Ich verstehe«, sagte Isaka in neutralem Tonfall.

»Wir könnten ein wenig Hilfe brauchen.«

»Unser gemeinsamer Freund in Langley, der Sie empfohlen hat, meinte, Sie seien in jeder Hinsicht mehr als fähig, für sich selbst zu sorgen.«

Juan hätte den Regierungsvertreter am liebsten angebrüllt. »Mr. Isaka, wenn ich Abalas Streitkräfte ausschalte, wird er hinsichtlich der Waffen, die er soeben gekauft hat, ziemlich misstrauisch reagieren. Die Peilsender, mit denen sie präpariert wurden, sind zwar gut versteckt, aber nicht unauffindbar. Unser Plan sah vor, dass er die Waffen in sein Dschungelquartier mitnimmt, wodurch Ihrem Militär dessen Lage bekannt wird. Sie können den Aufstand innerhalb weniger Tage niederschlagen, aber nicht wenn Abala die Waffen auf dem Kai bei der Plantage liegen lässt.« Es war bereits das dritte oder vierte Mal, dass er Isaka die Logik hinter seinem Plan erklärte, seit Langston Overholt bei der CIA Juan grünes Licht zur Durchführung dieser Mission gegeben hatte.

Der erste Teil von Isakas Antwort ging im Lärm des Granatfeuers unter, das von den Patrouillenbooten kam. Die Granaten schlugen nahe genug ein, um die *Oregon* mit einer soliden Wasserwand zu überschütten. »… verlassen Boma in diesem Moment und dürften in einer Stunde bei Ihnen eintreffen.«

»Könnten Sie das bitte wiederholen, Minister?«

Die gesamte Mannschaft im Operationszentrum wurde nach vorne geworfen, als sich der Kiel der *Oregon* in den Flussboden wühlte. Der abrupte Bremsvorgang löste in der Messe eine wahre Porzellanlawine aus und zerschmetterte in der Sanitätsstation ein tragbares Röntgengerät, das Dr. Julia Huxley zu sichern vergessen hatte.

Juan war einer der Ersten, der wieder auf die Beine kam. »Eric, was zum Teufel ist passiert?«

»Der Untergrund stieg abrupt an, und ich habe es nicht kommen sehen.«

»Max, was ist mit den Maschinen?«

Als Sicherheitsmaßnahme hatte der Computer die Maschinen sofort ausgeschaltet, als das große Schiff Grundberührung hatte. Max studierte seinen Computermonitor, wobei sich seine Miene von Sekunde zu Sekunde mehr verdüsterte. Er bearbeitete seine Tastatur noch einige Sekunden länger.

»Max?«, fragte Juan und dehnte den Namen seines alten Freundes.

»Die Backborddüse ist mit Schlamm verstopft. Aus der Steuerborddüse hole ich nur noch zwanzig Prozent Leistung heraus, und das auch nur bei Schubumkehr. Wenn wir auf Vorausfahrt gehen, verstopfen wir die Düse ebenfalls.«

»Eric«, sagte Juan, »ich übernehme das Ruder.«

»Nummer eins hat das Ruder, okay.«

Die Impulstriebwerksröhren waren aus einer Speziallegierung mit äußerster Präzision herausgefräst worden, wodurch mögliche Kavitationen – die Bildung von mikroskopisch kleinen Luftbläschen, die eine Bremswirkung erzeugen – vermieden wurden. Juan wusste, dass der Schlamm und Sand die Röhren höchstwahrscheinlich längst verletzt hatten und dass – wenn weiterer Schlamm durch die Röhren gepresst wurde – dies zur Folge hätte, dass sie ihre Funktionsfähigkeit einbüßten. Er selbst würde die Verantwortung dafür tragen, dem Schiff weiteren Schaden zuzufügen.

Er schaltete die Backborddüse auf Standby und legte zunehmenden Umkehrschub auf die Steuerborddüse. Dabei sprang sein Blick zwischen den Außenkameras, die zeigten, wie das Wasser unter dem Bug des Schiffs allmählich zu schäumen begann, und den Anzeigen, die den jeweiligen Düsenstatus meldeten, hin und her. Er erhöhte den Druck behutsam bis auf fünfundzwanzig Prozent und war sich darüber im Klaren, dass er die Röhren aufraute, als wäre er ihnen mit einem Schraubenschlüssel zu Leibe gerückt.

Die *Oregon* zeigte keine Bereitschaft, sich vom Fleck zu rühren. Sie wurde durch den Schlamm und ihr eigenes enormes Gewicht festgehalten.

»Juan«, warnte Max.

Cabrillo schaltete bereits die Pumpen aus. Ihm standen zwar drastische Mittel zu Verfügung, aber nur wenige machbare Alternativen. Er hatte ungefähr fünfzehn Sekunden Zeit, sich einen Plan auszudenken, ehe die Hubschrauber landeten, um die Rebellen abzusetzen, die sie transportierten. Zwei jeweils fünf Sekunden lange Salven der 20-mm-Gatling-Kanone würden die Hubschrauber vom Himmel holen. Sie würden damit jedoch außerdem die Zivilpiloten töten und das tödliche Potential seines Schiffs offenbaren. Dann würden sie sich noch immer der Patrouillenboote sowie aller möglicher anderer Schiffe erwehren müssen, die ihnen Abala auf den Hals schicken würde, sobald er bemerkte, dass die *Oregon* auf Grund saß. Die Möglichkeit, die Steine zurückzugeben oder die Mission abzubrechen, kam ihm keine Sekunde lang in den Sinn.

»Max, wir haben den Wind im Rücken, daher sorge für einen Rauchvorhang, der dicht genug ist, um das Schiff vor jeglicher Sicht zu verbergen, und aktiviere die Feuerlöschkanonen.« Vier Wasserkanonen waren an den Ecken der Deckaufbauten installiert, und jede schaffte etwa tausend

Gallonen pro Minute dank der Pumpen, die durch einen eigenen Dieselmotor angetrieben wurden. »Sie erreichen eine Entfernung von mehr als sechzig Metern. Das müsste die Hubschrauber eigentlich von einer Landung abhalten.« Er schaltete das Mikrofon ein. »Eddie, ich setze die Wasserkanonen in Gang, also halte dich bereit. Wenn das die Helis nicht von uns fernhält, dann haben deine Leute die Erlaubnis, Schrotflinten und Pistolen einzusetzen, sonst aber nichts. Das sind Waffen, wie sie auf einem Schiff in diesen Gewässern durchaus zu erwarten sind.«

»Roger.«

»Und, Eddie, komm mit Linc zur Bootsgarage, und trefft mich dort. Ich habe eine besondere Mission für euch. Volle Ausrüstung, um ganz sicherzugehen.«

Cabrillo hatte seinen Platz verlassen und war schon auf halbem Weg zum Fahrstuhl, der ihn zwei Decks tiefer zur Bootsgarage in Höhe der Wasserlinie der *Oregon* bringen würde, als Hanley ihn mit einer Handbewegung stoppte. »Der Rauchvorhang leuchtet mir ein, und die Wasserkanonen einzusetzen, ist eine geniale Idee, aber was zum Teufel hast du mit Linc und Eddie vor?«

»Ich werde das alte Mädchen in spätestens einer halben Stunde wieder flottmachen.«

Max hatte im Laufe ihrer gemeinsamen Jahre gelernt, dass er lieber nicht an Juan zweifeln sollte, wenn er solche Ankündigungen machte. Es war nur so, dass er keine Vorstellung davon hatte, wie Juan das Unmögliche schaffen wollte. »Du hast also einen Plan, um uns ungefähr zweitausend Tonnen leichter zu machen?«

»Ich habe sogar etwas noch Besseres vor. Ich werde den Wasserspiegel des Flusses um drei Meter anheben.«

4

Südlich von Walvis Bay
Namibia

Der Sand, der über die Straße trieb, war staubfein und wurde in Luftwirbeln hochgeschleudert, die sich immer dann bildeten, wenn die abkühlende Wüstenluft auf den immer noch heißen Asphalt traf. Die Gebilde erinnerten an Rauchschwaden oder Schneefahnen. Die Sonne war längst untergegangen, daher erschienen die Dünen landeinwärts im fahlen Licht des Mondes fast schneeweiß.

Das einzelne Fahrzeug auf der Straße war bis auf den Wind und die schwache Brandung, die auf den Strand leckte, die einzige Bewegung weit und breit. Der vierradgetriebene Pick-up befand sich etwa dreißig Kilometer südlich von Swakopmund und der angrenzenden Hafenstadt Walvis Bay, aber es schien, als wäre er das letzte Auto auf der Erde.

Sloane Mcintyre, die auf dem Fahrersitz saß, fröstelte.

»Könnten Sie mal das Lenkrad übernehmen?«, fragte sie ihren Begleiter. Er tat ihr den Gefallen, und sie zog sich ein Kapuzensweatshirt über, wobei sie beide Hände brauchte, um ihr langes Haar unter dem Kragen hervorzuziehen und es über ihre Schultern zu drapieren. Es war genauso kupferrot wie die Dünen in der Morgendämmerung und betonte ihre strahlenden grauen Augen.

»Ich meine immer noch, wir hätten bis zum Morgen warten und uns eine Erlaubnis für die Sandwich Bay holen sollen«, beschwerte sich Tony Reardon zum dritten Mal, seit sie das Hotel verlassen hatten. »Sie wissen doch, wie empfindlich die örtlichen Behörden auf Touristen reagieren, die unbedingt ein Sperrgebiet betreten wollen.«

»Wir sind unterwegs zu einem Vogelschutzgebiet, Tony, und nicht zu einem Bergbaubetrieb, der von den Diamantenfirmen verpachtet wird«, erwiderte Sloane.

»Es verstößt trotzdem gegen die Vorschriften.«

»Außerdem hat mir nicht gefallen, wie Luka versuchte, uns davon abzuhalten, Papa Heinrick zu suchen. Es kam mir fast so vor, als hätte er etwas zu verbergen.«

»Wer, Papa Heinrick?«

»Nein, unser erlauchter Führer, Tuamanguluka.«

»Wie kommen Sie darauf? Seit wir hergekommen sind, hat Luka sich doch immer als hilfsbereit erwiesen.«

Sloane warf ihm einen kurzen Seitenblick zu. Im matten Schein des Armaturenbretts sah der Engländer wie ein trotziger kleiner Junge aus, der aus Prinzip seinen Kopf durchsetzen wollte. »Haben Sie nicht auch das Gefühl, dass er ein wenig zu hilfsbereit war? Wie groß ist die Wahrscheinlichkeit, dass uns ein Führer in unserem Hotel findet, der zufälligerweise jeden Fischer in Walvis Bay kennt *und* uns ein günstiges Angebot für eine Tour mit einer der Hubschraubergesellschaften besorgen kann?«

»Wir hatten eben Glück.«

»Ich glaube nicht an solche glücklichen Zufälle.« Sloane achtete wieder auf die Straße. »Als wir Luka von dem alten Fischer erzählten, der Papa Heinrick erwähnte, tat er alles, was in seiner Macht stand, um uns davon abzuhalten, ihn zu suchen. Luka meinte zuerst, Heinrick sei nur ein Strandfischer, der die Gewässer hier bis höchstens zwei Kilometer vom Strand entfernt kennt. Dann erzählte er uns, er sei nicht richtig im Kopf. Als das auch nichts bewirkte, sagte er, Heinrick sei gefährlich und habe angeblich einen Mann getötet.

War das der Eindruck von Papa Heinrick, den wir aus dem gewinnen konnten, was der alte Fischer uns erzählt hat?«, fuhr Sloane fort. »Nein. Er sagte, dass Papa Heinrick über die Gewässer vor der Skelettküste mehr vergessen hat, als jeder andere jemals wusste. So ungefähr hat er es ausgedrückt. Das klingt doch, als sei er die ideale Person, um uns bei unserem Projekt mit Informationen behilflich zu sein, und unser ach so hilfsbereiter Führer will nicht, dass wir mit ihm reden. Tony, das stinkt doch zum Himmel ... Und Sie wissen es!«

»Wir hätten trotzdem bis morgen warten können.«

Sloane reagierte nicht auf seinen Einwand, bis sie meinte: »Sie wissen, dass jede Minute zählt. Irgendwann wird jemand darauf kommen, wonach wir suchen. Wenn das aber passiert, dann dürfte es hier an der Küste von Menschen nur so wimmeln. Die Regierung würde den Strand wahrscheinlich zum Sperrgebiet erklären und die Fischerei lahmlegen und das Kriegsrecht verhängen. Sie waren noch nie auf einer solchen Expedition. Ich aber schon.«

»Und haben Sie etwas gefunden?«, fragte Tony gereizt, da er die Antwort kannte.

»Nein«, gab Sloane zu. »Aber das heißt nicht, dass ich nicht weiß, was ich tue.«

Im Gegensatz zum restlichen Afrika sind die Straßen in Namibia bestens gepflegt und frei von Schlaglöchern. Der vierradgetriebene Toyota glitt durch die Nacht, bis sie die Abzweigung erreichten, die unter Sandwehen – so hoch wie die Reifen ihres Wagens – verborgen war. Sloane schaltete in einen niedrigen Gang und bog auf die Straße ab. Dabei pflügte sie durch Sandberge, in denen jedes zweiradgetriebene Fahrzeug stecken geblieben wäre. Nach zwanzig Minuten erreichten sie einen Parkplatz mit einem hohen Maschendrahtzaun. Schilder, die am Zaun hingen, verkündeten, dass die Weiterfahrt mit Fahrzeugen von diesem Punkt an verboten sei.

Sie waren an der Sandwich Bay angekommen, einer ausgedehnten und mit Grundwasser gespeisten Lagune, die alljährlich bis zu fünfzigtausend Zugvögeln eine Heimat bot. Sloane schob den Schalthebel in Parkposition, ließ jedoch den Motor laufen. Ohne auf Tony zu warten, sprang sie aus dem Wagen, wobei ihre Stiefel im Sand versanken, und ging zum Heck des Toyota. Auf der Ladefläche lagen ein aufblasbares Boot und eine elektrische Pumpe, die über den Zigarettenanzünder des Wagens betrieben wurde.

Sie hatte das Boot schnell aufgeblasen und ihre Ausrüstung zusammengesucht. Dabei überprüfte sie den einwandfreien Zustand der Batterien in ihren Taschenlampen. Sie packten ihre Rucksäcke und die Ruder ins Boot und trugen es zum Wasser hinunter. Abgeschirmt vom offenen Meer, lag die Lagune so still und glatt wie ein Mühlenteich vor ihnen.

»Der Fischer meinte, Papa Heinrick wohne am südlichen Ende der Lagune«, sagte Sloane, als sie ins Boot gestiegen waren und es mit den Rudern ins freie Wasser geschoben hatten. Sie orientierte sich am nächtlichen Sternenhimmel und tauchte ihr Ruder ins stille Wasser.

Im Gegensatz zu dem, was sie Tony gegenüber geäußert hatte, wusste sie, dass dies entweder ein Volltreffer oder die völlige Zeitverschwendung sein konnte, wobei Letzteres eher wahrscheinlich war. Gerüchten, Halbwahrheiten und versteckten Andeutungen nachzujagen, führte einen mit größerer Sicherheit in eine Sackgasse als alles andere – aber das war eben die Natur ihres Jobs. Er bestand im Wesentlichen aus einer ständigen Monotonie, die zu jenem siegreichen Moment führte, einem Moment, den sie allerdings erst noch erleben musste. Aber diese Möglichkeit war wie eine Verheißung, die sie weitermachen und Einsamkeit, Erschöpfung und Stress und pessimistische Trottel wie Tony Reardon ertragen ließ.

Ein paar Fische spielten plätschernd in der Lagune, während sie nach Süden paddelten. Im Schilf schlug gelegentlich ein Vogel mit den Flügeln. Sie brauchten anderthalb Stunden, um zum südlichsten Ende der Bucht zu gelangen, und es sah dort genauso unauffällig aus wie überall sonst, eine Wand aus Schilf, das in dem brackigen Wasser gedeihen konnte. Sloane ließ den Strahl ihrer Taschenlampe übers Ufer wandern, als sie die Gegend absuchten. Nach zwanzig Minuten, in denen ihre Nervosität nahezu unerträglich wurde, entdeckte sie einen schmalen Einschnitt zwischen den hohen Halmen, genau dort, wo ein Bach in die Lagune sickerte.

Sie deutete stumm darauf, und sie und Tony manövrierten ihr kleines Schlauchboot in die Lücke.

Die Schilfhalme überragten ihre Köpfe, schlossen sich über ihnen und schufen einen lebendigen Tunnel, der das Licht des silbernen Mondes abschirmte. Die Strömung des kleinen Bachs war nur gering, und sie kamen gut voran, drangen etwa hundert Meter weit ins Sumpfland vor, bis sie innerhalb des Schilfwalds einen kleinen Teich mit einer winzigen Insel erreichten, die kaum noch aus dem Wasser ragen würde, wenn die Flut ihren höchsten Stand erreicht hätte. Das Mondlicht ließ eine einfache Hütte erkennen, die aus Treibholz und Kistenteilen errichtet worden war. Die Tür war nicht mehr als eine Decke, die an den Türbalken genagelt worden war, und vor der Hütte befand sich eine Feuerstelle, wo noch einige Holzreste unter einer dicken Schicht Asche vor sich hin glühten. Rechts davon standen ein Regal zum Trocknen von Fischen, ein paar Fässer zum Sammeln und Aufbewahren von Süßwasser und ein Boot mit Holzrumpf, das mit einer einzigen Leine an einem Baumstumpf vertäut worden war. Das Boot besaß einen flachen Rumpf und war nicht gerade ideal, um im offenen Meer zu fischen, was Sloane zu der Überzeugung brachte, dass Luka recht gehabt hatte, als er meinte, dass Papa Heinrick vorwiegend in Ufernähe blieb.

Das Lager war primitiv, aber jemand, der an das Leben unter freiem Himmel gewöhnt war, konnte hier ewig durchhalten.

»Was tun wir?«, flüsterte Tony, als sie das Schlauchboot an Land gezogen hatten.

Sloane näherte sich der Tür, vergewisserte sich, dass das Geräusch, das sie hörte, das Schnarchen einer einzelnen Person und nicht der Wind oder die Brandung war, und zog sich wieder leise zurück. Sie setzte sich auf den Sandstrand, holte ihren Laptop aus der Tasche und tippte leise, während sie an ihrer Unterlippe nagte.

»Sloane?«, flüsterte Tony in drängenderem Ton.

»Wir warten, bis er aufwacht«, erwiderte sie.

»Aber wenn das hier gar nicht Papa Heinricks Hütte ist? Wenn jemand anders hier wohnt? Piraten oder Banditen oder wer weiß wer?«

»Ich sagte Ihnen doch, dass ich nicht an glückliche Zufälle glaube. Ich glaube überhaupt nicht an Zufälle. Dass wir genau dort eine Hütte gefunden haben, wo Papa Heinrick wohnen soll, heißt, dass wir Papa Heinrick gefunden haben. Ich unterhalte mich lieber am Morgen mit ihm, anstatt dem komischen alten Kauz mitten in der Nacht einen Schreck einzujagen.«

Das leise Schnarchen in der Hütte veränderte sich weder in Klang noch in der Lautstärke. Aber plötzlich schob ein verhutzelter Afrikaner, der nicht mehr am Leib trug als ein Suspensorium – wie Leichtathleten es zu tragen pflegen –, die Decke beiseite. Er stand auf dünnen Beinen da und war insgesamt so dünn, dass jede Rippe seines Brustkorbs zu sehen war, und unterhalb seiner Schlüsselbeine war die Haut tief eingesunken. Er besaß eine breite, flache Nase und große Henkelohren, die mit Ohrringen aus Horn durchstochen waren. Sein Haar war schneeweiß, und seine Augen schimmerten gelb.

Er schnarchte weiter, und für einen kurzen Moment glaubte Sloane, dass er schlafwandelte, aber dann kratzte er sich zwischen den Beinen und spuckte auf die Feuerstelle.

Sloane stand auf. Sie war gut dreißig Zentimeter größer als der Namibier, und sie kam zu dem Schluss, dass er Buschmannblut in seinen Adern haben musste, um von derart kleinem Wuchs zu sein. »Papa Heinrick, wir haben einen weiten Weg zurückgelegt, um Sie zu besuchen. Die anderen Fischer in Walvis Bay meinen, Sie seien der Weiseste unter ihnen.«

Sloane hatte sich vergewissert, dass Papa Heinrick Englisch sprach, aber der zwergenhafte Mann gab durch nichts zu erkennen, dass er sie verstand. Sie musste die Tatsache, dass er aufgehört hatte, so zu tun, als schnarche er, schon als günstiges Zeichen werten, und fuhr fort. »Wir wollten Ihnen einige Fragen darüber stellen, wo Sie fischen, wo das Fischen schwierig ist und wo Sie schon mal Netze und Leinen verloren haben. Würden Sie uns solche Fragen beantworten?«

Heinrick kehrte in seine Hütte zurück und ließ die Decke wieder über den Eingang zurückfallen. Er tauchte wenige Sekunden später mit einer Steppdecke über den Schultern erneut auf. Sie bestand aus locker zusammengenähten Laken, und bei jeder Bewegung drangen an den Nähten Federn nach draußen. Er entfernte sich ein kurzes Stück von ihnen, urinierte geräuschvoll ins Wasser und kratzte sich dabei ausgiebig am Bauch.

Dann hockte er sich mit dem Rücken zu Tony und Sloane neben seine Feuerstelle. Die Knochen seiner Wirbelsäule sahen wie eine Kette aus schwarzen Perlen aus. Er blies in die Glut und legte Treibholzscheite hinein, bis er ein kleines Feuer erzeugt hatte. »Es gibt in diesen Gewässern viele schwierige Orte zum Fischen«, sagte er mit einer Stimme, die für eine solche kleine Gestalt überraschend tief klang. Er hatte sich dabei nicht zu ihnen umgewandt. »Ich habe überall gefischt, und wehe jemand geht dorthin, wohin Papa Heinrick geht. Ich habe so viele Angelschnüre verloren, dass sie von hier bis zur Cape Cross Bay reichen.« Das lag mehr als hundertzwanzig Kilometer weit im Norden. »Und zurück«, fügte er hinzu, als wollte er sie dazu herausfordern, seine Prahlerei in Zweifel zu ziehen. »Ich habe genug Netze verloren, um die gesamte Namib damit zu bedecken. Ich habe gegen Wellen gekämpft, bei deren Anblick andere Männer zu jammern anfangen und ihre Eingeweide sich in Wasser verwandeln. Und ich habe Fische gefangen, größer als das größte Schiff, und ich habe Dinge gesehen, die andere Männer wahnsinnig werden lassen.«

Schließlich drehte er sich um. Im flackernden Lichtschein seines Feuers lag in seinen Augen plötzlich ein dämonisches Funkeln. Er lächelte und entblößte drei Zähne, die wie die Zacken von Zahnrädern ineinandergriffen. Sein Lächeln verwandelte sich erst in ein Kichern und dann in ein bellendes Gelächter, das abrupt mit einem Hustenanfall endete. Als er sich davon erholt hatte, spuckte er wieder ins Feuer. »Papa Heinrick verrät seine Geheimnisse nicht. Ich weiß Dinge, die Sie wissen wollen, aber Sie werden sie niemals erfahren, weil ich es nicht will.«

»Warum wollen Sie das nicht?«, fragte Sloane, nachdem sie den Satz im Stillen wiederholt hatte, um festzustellen, ob sie richtig verstanden hatte. Sie hockte sich neben ihn.

»Papa Heinrick ist der größte Fischer, der je gelebt hat. Warum soll ich Ihnen meine Geheimnisse verraten und Sie zu meinen Konkurrenten machen?«

»Ich will hier nicht fischen. Ich suche nach einem Schiff, das vor langer Zeit gesunken ist. Mein Freund und ich« – sie deutete auf Tony, der zurückgewichen war, nachdem er einen Hauch von Papa Heinricks Körpergeruch aufgefangen hatte – »suchen dieses Schiff, denn …« Sloane hielt inne und dachte sich schnell eine Geschichte aus. »Denn wir wurden engagiert, um etwas zurückzuholen, was sich darauf befindet und einem reichen Mann gehört, der es verloren hat, als das Schiff versank. Wir glauben, dass Sie uns helfen können.«

»Bezahlt dieser reiche Mann?«, fragte Heinrick listig.

»Ein wenig, ja.«

Der Fischer wedelte so mit einer Hand, dass es aussah, als flatterte eine Fledermaus durch die Nacht. »Papa Heinrick hat keine Verwendung für Geld.«

»Was würden Sie denn nehmen, wenn Sie uns helfen?«,

fragte Tony plötzlich. Sloane hatte hinsichtlich dessen, was der alte Mann sich wünschen könnte, ein ungutes Gefühl, und schickte Tony einen vernichtenden Blick.

»Ich werde Ihnen nicht helfen«, sagte Heinrick zu Tony und sah dann zu Sloane. »Ihnen werde ich helfen. Sie sind eine Frau und fischen nicht, deshalb werden Sie nie meine Konkurrentin.«

Sloane hatte nicht die Absicht, ihm zu erzählen, dass sie in Fort Lauderdale aufgewachsen war und ihre Sommer damit verbracht hatte, ihrem Vater auf seinem Charterfischerboot zu helfen, und dass sie dann allein hinausgefahren war, als er mit fünfzig Jahren an Alzheimer erkrankte. »Vielen Dank, Papa Heinrick.« Sloane holte eine große Landkarte aus der Tasche und breitete sie neben dem Feuer aus. Tony kam näher und sorgte mit seiner Taschenlampe für eine bessere Beleuchtung. Die Landkarte zeigte die Küstenlinie von Namibia. Dutzende von Sternen waren dicht vor der Küste eingezeichnet worden. Die meisten drängten sich um Walvis Bay, aber andere waren an der gesamten Küste verteilt.

»Wir haben mit vielen anderen Fischern gesprochen und sie gefragt, wo sie Schnüre und Netze verlieren. Wir glauben, dass an einer dieser Stellen ein gesunkenes Schiff liegt. Können Sie es sich mal ansehen und mir sagen, ob vielleicht irgendeine Stelle fehlt?«

Heinrick studierte die Landkarte eindringlich, wobei sein Blick von Stern zu Stern sprang und er mit den Fingern an der Küstenlinie entlangfuhr. Schließlich hob er den Kopf und sah Sloane an. Sie konnte erkennen, dass hinter seinen Augen ein Anflug von Wahnsinn lauerte, als ob seine Wirklichkeit mit ihrer eigenen nicht allzu viel zu tun hatte. »Ich kenne diesen Ort nicht.«

Verwirrt legte Sloane einen Finger auf Walvis Bay und sprach den Namen aus. Dann schob sie ihn nach Süden und sagte: »Wir sind hier in der Sandwich Bay.« Sie tippte mit dem Finger auf den oberen Teil der Landkarte. »Und dort ist Cape Cross.«

»Das verstehe ich nicht. Cape Cross ist dort.« Heinrick deutete theatralisch nach Norden. »Dort kann es nicht sein.« Er tippte auf einen Punkt auf der Karte.

Sloane begriff, dass Papa Heinrick, obgleich er fast sein ganzes Leben auf See verbracht hatte, noch nie eine nautische Karte gesehen hatte. Sie stöhnte innerlich auf.

Während der nächsten zwei Stunden ging Sloane mühevoll die Orte durch, an denen Netze verloren oder wo Schnüre sich verschlungen und verknotet hatten. Weil sich die Wüste unter dem Ozean Hunderte von Kilometern von der Küste aus fortsetzte, musste alles, was die Schnüre festhielt oder die Netze zerriss, eine Felsformation oder ein Schiffswrack sein. Papa Heinrick erklärte ihr, dass sich ein solcher Ort zwei Segeltage weit nach Südosten befand und ein anderer fünf Tage weit im Nordwesten. Jeder Ort, den er beschrieb, korrespondierte mit der Landkarte, die sie während der letzten Tage angefertigt hatte, an denen sie mit Fischern und Kapitänen von Ausflugsdampfern in Walvis gesprochen hatte.

Aber da war eine Stelle, die nur Papa Heinrick erwähnte. Sie befand sich nach Sloanes Schätzung fast hundertzehn Kilometer weit draußen, weit entfernt von den anderen. Tatsächlich hatte keiner der anderen Kapitäne jemals erwähnt, dort gefischt oder geangelt zu haben. Papa Heinrick berichtete, dort draußen gebe es wenig, um Meeresfauna anzulocken, und er selbst sei auch nur deshalb dorthin geraten, weil ein widriger Wind ihn dorthin abgetrieben habe.

Sloane umkreiste mit einem Bleistift die Stelle und stellte dabei fest, dass genau dort die Wassertiefe über dreißig Meter betrug. Sie reichte zwar bis an die Grenze dessen, was sie mit ihrer Tauchausrüstung schaffen würde, aber es war nichtsdestotrotz machbar. Es war jedoch zu tief, und das sogar bei den klarsten Wasserverhältnissen, um die Umrisse eines Schiffes auf dem sandigen Untergrund zu erkennen – selbst von einem Hubschrauber aus, den sie mieten wollten, um die anderen Fundorte zu inspizieren.

»Sie dürfen nicht dorthin«, warnte Papa Heinrick, als er den verträumten Ausdruck in Sloanes Augen entdeckte.

Seine Antwort weckte erneut ihre Aufmerksamkeit. »Warum nicht?«

»Dort wimmelt es im Meer von riesigen metallenen Schlangen. Ich glaube, es ist schlechter Zauber.«

»Schlangen aus Metall?«, fragte Tony spöttisch.

Der alte Mann sprang auf die Füße, die Augen voller Zorn. »Sie zweifeln an Papa Heinricks Worten«, brüllte er und besprühte Reardon mit Speicheltropfen. »Dort gibt es Dutzende von ihnen, dreißig Meter lang oder länger. Sie winden sich und peitschen das Wasser. Eine hat beinahe mein Boot versenkt, als sie versuchte mich zu fressen. Nur ich konnte ihrem grässlichen Maul entkommen, weil ich der größte Seemann bin, der jemals gelebt hat. Sie hätten sich vor Angst bepinkelt und wären schreiend wie ein kleines Kind gestorben.« Er sah wieder Sloane an, wobei sich der Wahnsinn in seinen Augen ein wenig verflüchtigt hatte. »Papa Heinrick hat Sie gewarnt. Wenn Sie dorthin gehen, Sie werden ganz sicher bei lebendigem Leib gefressen werden. Und jetzt lassen Sie mich in Ruhe.« Er hockte sich wieder neben sein kleines Feuer, schaukelte auf seinen Fersen und murmelte etwas in einer Sprache, die Sloane nicht kannte.

Sie bedankte sich bei ihm für seine Hilfe, doch er nahm sie gar nicht mehr zur Kenntnis. Sie und Tony kehrten zu ihrem Schlauchboot zurück und verließen langsam paddelnd Papa Heinricks einsames Lager. Als sie die geheime Lücke im Schilf dann hinter sich hatten, atmete Tony zischend aus. »Dieser Mann ist ja völlig hinüber. Schlangen aus Metall? Ich bitte Sie.«

»›Es gibt mehr Dinge zwischen Himmel und Erde, Horatio, als Ihr Euch in all Euren Philosophien träumen lasst.‹«

»Was soll das heißen?«

»Es ist eine Zeile aus *Hamlet*, die bedeutet, dass die Welt seltsamer ist, als wir es uns vorstellen können.«

»Sie glauben ihm doch nicht etwa, oder?«

»Das mit den riesigen Schlangen aus Metall? Nein, aber er hat da draußen etwas gesehen, das ihm Angst eingejagt hat.«

»Ich wette, es war ein südafrikanisches U-Boot, das vor seinen Augen aufgetaucht ist. Die südafrikanische Marine muss einige solcher Schiffe haben, die in diesen Gewässern operieren.«

»Das könnte möglich sein«, musste Sloane eingestehen. »Aber wir haben mehr als genug Orte, um dort nachzuforschen, ohne nach Seeschlangen oder U-Booten Ausschau zu halten. Wir treffen uns heute Nachmittag mit Luka und überlegen gemeinsam, wie wir vorgehen wollen.«

Sie kehrten in ihre Zimmer im piekfeinen Swakopmund Hotel zurück, als gerade wieder die Sonne aufging. Sloane gönnte sich eine ausgiebige Dusche und wusch Sand und das klebrige Gefühl von Salz von ihrer Haut. Sie musste sich dringend die Beine rasieren, verschob diese Prozedur jedoch, blieb unter dem scharfen Duschstrahl stehen und ließ sich vom heißen Wasser die verkrampften Muskeln ihrer Schultern und ihres Rückens lockern.

Nachdem sie sich abfrottiert hatte, schlüpfte sie nackt zwischen die Laken ihres Betts. Ihre Träume waren voller Bilder von monströsen Schlangen, die sich auf dem offenen Meer mörderische Kämpfe lieferten.

5

Während Juan Cabrillo zur Bootsgarage trabte, die sich dicht hinter den Deckaufbauten befand, lauschte er den Schadensmeldungen in seinem Kopfhörer. Die Bilgen waren trocken, was eigentlich keine Überraschung war. Das Flussbett bestand aus Schlamm und Sand und konnte dem Rumpf eigentlich nichts angehabt haben. Was ihm Sorgen machte, waren die Kielklappen. Im Rumpf der *Oregon* befanden sich zwei große Türen, die sich nach außen öffneten und einen Moon Pool bildeten. Von dort konnten die beiden Tauchboote, die das Schiff an Bord mitführte, direkt ins Meer entlassen werden. Gewöhnlich bei heimlichen Zuliefer- oder Abholmissionen eingesetzt, verfügte eines der Mini-U-Boote über eine maximale Tauchtiefe von knapp dreihundertfünfzig Metern und einen beweglichen Greifarm, während das kleinere Tauchboot, ein Discovery 1000, vorwiegend in seichteren Gewässern zum Zuge kam.

Zu seiner ungeheuren Erleichterung meldete der im Moon Pool Dienst habende Techniker, dass die beiden

Klappen nicht beschädigt worden seien und die Boote sicher in ihren Spezialhalterungen ruhten.

Juan erreichte die Bootsgarage in Höhe der Wasserlinie des Schiffs. Der weitläufige Raum wurde von roten Bereitschaftslampen erhellt, die alles in einen rötlichen Schimmer tauchten. Dort roch es nach Salzwasser und Benzin. Die große Tür, die sich an der Seite der *Oregon* befand, war dicht verschlossen, während Matrosen ein schwarzes Zodiac-Schlauchboot einsatzfertig machten. Der starke Außenbordmotor an seinem Heck konnte das Boot bis auf über vierzig Knoten beschleunigen, allerdings verfügte es auch über einen kleinen Elektromotor für Operationen, die möglichst geräuschlos ablaufen mussten. Die Garage beherbergte außerdem ein SEAL-Landungsboot, das eine noch höhere Geschwindigkeit schaffte und insgesamt zehn Männer transportieren konnte.

Eddie und Linc meldeten sich wenige Sekunden später. Es war Eddie Seng gewesen, der die Rolle des Steuermanns gespielt hatte, während Linc als Kapitän aufgetreten war. Die beiden hätten in ihrem Äußeren nicht unterschiedlicher sein können. Lincs Körper strotzte von Muskeln, die in Stunden intensivsten Trainings im Kraftraum des Schiffs modelliert worden waren, während Eddie eher dürr erschien, was auf ein lebenslanges Training in diversen asiatischen Kampftechniken zurückzuführen war.

»Was soll geschehen, großer Meister?«, wollte Eddie wissen.

»Wie ihr wisst, liegen wir auf Grund und haben keine Zeit, um auf die Frühjahrsregen zu warten. Ihr erinnert euch an den Damm, den wir vor etwa drei Kilometern passiert haben?«

»Willst du, dass wir ihn sprengen?«, fragte Linc ungläubig.

»Nein, nein. Ihr sollt nur eindringen und die Fluttore öffnen. Ich bezweifle, dass sie dort Wachen stationiert haben, aber wenn das doch der Fall sein sollte, dann geht möglichst unblutig zu Werke.« Beide Männer nickten. »Wahrscheinlich werdet ihr uns nicht mehr einholen können, wenn uns die Flut erwischt, daher treffen wir uns in Boma an der Küste.«

»Klingt wie ein wirklich guter Plan.« Linc strahlte und hatte volles Vertrauen in ihre Fähigkeit, die Mission erfolgreich durchzuführen.

Juan aktivierte ein Wandmikrofon. »Eric, ich muss wissen, wann der günstigste Augenblick ist, die Garage zu öffnen und ein Zodiac auf die Reise zu schicken. Wo befinden sich diese Patrouillenboote?«

»Eins hält sich zurück. Ich glaube, um wieder Granaten abzuschießen. Das andere hat soeben unser Heck passiert und nähert sich von Backbord.«

»Gibt es am Ufer was Neues?«

»Die Infrarotkameras zeigen, dass es sauber ist, aber du und ich, wir wissen ja, dass Abala keine Zeit vergeuden wird hierherzukommen.«

»Okay, danke.« Juan bedeutete dem Matrosen mit einem Kopfnicken, er solle die Garagentür öffnen. Die Gerüche und die Hitze des Dschungels drangen in die Garage, während ihre Tür nach oben glitt. Die Luft war so feucht, dass man sie beinahe trinken konnte. Außerdem war sie mit dem chemischen Gestank des Rauchvorhangs erfüllt, den Max über das Schiff gelegt hatte. Das Flussufer war dunkel und wurde von dichter Vegetation überwuchert. Trotz Erics Versicherung, das Ufer sei leer, konnte Juan die Blicke der unsichtbaren Augen, die sie beobachteten, fast körperlich spüren.

Da die *Oregon* so hoch im Wasser lag, befand sich die Startrampe fast zwei Meter über der Wasseroberfläche des Flusses. Linc und Eddie schoben das Boot die glatte Rampe hinunter und sprangen hinterher, als es im Wasser landete. Sie tauchten aus dem Fluss auf und rollten sich über den Randwulst ins Boot. Eddie sicherte ihre Waffen, während Linc den Elektromotor startete. Bei langsamem Tempo und im Schutz der Dunkelheit war das Zodiac so gut wie unsichtbar.

Während sie sich von der *Oregon* entfernten, musste Linc in einem Zickzackkurs den Strahlen aus den Wasserkanonen ausweichen, die die Helikopter davon abhielten, sich dem Schiff zu nähern. Die Hubschrauber stiegen auf und sanken und summten wütend wie Hornissen, kamen aber nicht näher als auf dreißig Meter heran, wo sie bereits von einem wuchtigen Wasserstrahl erwartet wurden, der die Piloten zu einem abrupten Ausweichmanöver zwang und sie zurückweichen ließ.

Eddie konnte sich die Situation in jedem der Helis sehr gut vorstellen. Sicherlich bedrohten die Rebellen die Piloten der Ölbohrfirma mit ihren Waffen und verlangten von ihnen, etwas zu tun. Gleichzeitig wussten sie jedoch, dass ein direkter Treffer aus einem der Wasserschläuche die Turbinen des Hubschraubers lahmlegen und sie alle in den Fluss stürzen lassen würde.

Sie ließen den Rauchvorhang hinter sich und sahen, dass die beiden Patrouillenboote weit genug entfernt waren, dass Linc den Außenbordmotor des Zodiac starten konnte. Der starke Viertakter war bestens schallgedämpft, erzeugte aber trotzdem ein tiefes Dröhnen, das über das

Wasser rollte, während er das leichte Boot aus dem Wasser hob und im Gleitflug über die Wellen schob.

Es war unmöglich, bei vierzig Knoten mündlich miteinander zu kommunizieren, daher fuhren sie schweigend stromaufwärts und hingen ihren eigenen Gedanken nach – beide Männer waren von Adrenalin angestachelt und zu wirklich allem bereit. So hörten sie das schrille Jaulen eines sich nähernden Boots nicht, bis es hinter einer kleinen Insel in der Nähe des Strands hervorschoss.

Linc riss das Zodiac hart nach Steuerbord, während die beiden Boote beinahe kollidierten. Er erkannte das pockennarbige Gesicht von Oberst Abalas Adjutanten im gleichen Moment, in dem der Rebellenoffizier auch ihn ansah. Linc schob den Gashebel bis zum Anschlag vor, während der Adjutant sein Boot fast auf der Stelle wenden ließ und die Jagd auf sie aufnahm. Das Boot war schlank, mit zwei Außenbordmotoren und einem Rumpf ausgestattet, der es ihm ermöglichte, fast im Tiefflug über das Wasser hinwegzugleiten. Bei ihm befanden sich noch vier weitere Männer, jeder mit einem AK-47 bewaffnet.

»Erkennst du ihn?«, rief Eddie.

»Klar, das ist Abalas rechte Hand.«

Das Rebellenboot begann zum Zodiac aufzuholen und zog dabei eine hohe Wasserfahne hinter sich her.

»Linc, wenn er Sprechfunk an Bord hat, dann ist das Spiel bald aus.«

»Verdammt! Daran hatte ich gar nicht gedacht. Hast du eine Idee?«

»Lass ihn aufholen«, sagte Eddie und reichte Lincoln eins der M-4s.

»Und ich soll nicht eher schießen, als bis ich das Weiße in ihren Augen sehe?«

»Vergiss es. Nimm sie aufs Korn, sobald sie in Schussweite sind.«

»Okay, halt dich bereit.« Linc schob die Gashebel zurück, und während das Zodiac ins Wasser zurücksank, lenkte er es in eine Rechtskurve, wobei sein flacher Boden wie ein Kieselstein über den Fluss tanzte. Es kam plötzlich zur Ruhe, hüpfte auf den Wellen, die es selbst erzeugt hatte, war für Linc und Eddie aber mehr als stabil genug.

Sie brachten ihre Waffen an die Schultern, während das Rebellenboot mit achtzig Stundenkilometern auf sie zuraste. Bei zweihundert Metern Distanz eröffneten sie das Feuer. AKs antworteten sofort, doch die Rebellen schossen daneben, da sie zu schnell unterwegs waren. Winzige Wasserfontänen hüpften vor und rechts vom still daliegenden Zodiac in die Höhe. Die Männer der Corporation hatten nicht mit solchen Schwierigkeiten zu kämpfen, und so brachte jede Sekunde das Boot näher und verbesserte ihre Zielgenauigkeit.

Linc feuerte dreischüssige Salven ab, die die kleine Windschutzscheibe durchlöcherten und Glasfibertrümmer aus dem Bug sprengten. Eddie konzentrierte sich auf den Steuermann und feuerte in aller Ruhe Einzelschüsse ab, bis der Mann plötzlich zusammensackte. Das Boot kam für einen kurzen Augenblick vom Kurs ab, bis ein anderer Rebell das Ruder übernahm, während die anderen drei weiterhin ein Magazin nach dem anderen leerten. Eine Salve kam nahe genug, um die Luft um Eddie und Linc zu versengen, aber keiner der beiden duckte sich oder zuckte auch nur mit der Wimper. Sie feuerten systematisch auf das näher kommende Boot, bis nur noch ein Rebell zurückblieb und sich hinter das Ruder kauerte, wo er durch den langen Bug halbwegs geschützt wurde.

Indem sie perfekt koordiniert agierten, lenkte Eddie weiterhin einen ständigen Kugelhagel auf ihren Gegner, während Linc nach hinten zum Motor ging, der im Leerlauf vor sich hin blubberte. Das Boot der Rebellen war nicht mehr als fünfzig Meter entfernt und jagte geradewegs auf sie zu: wie ein Hai bei seiner tödlichen Attacke. Es war offensichtlich, dass der Steuermann die Absicht hatte, sie zu rammen. Linc ließ ihn kommen.

Als das Schnellboot nicht mehr als zwanzig Meter entfernt war, gab er Gas, und das Zodiac schoss unter dem hohen Bug seines Verfolgers zur Seite weg. Eddie hatte bereits eine Granate in der Hand, den Sicherungsstift gezogen und den Hebel längst gelöst. Er schnippte sie lässig in das Cockpit des Schnellboots, als es an ihnen vorbeiglitt, hielt fünf Finger hoch und ließ sie nacheinander sinken, während die Sekunden vertickten. Sein letzter Finger klappte nach unten, und das Schnellboot ging hoch, wobei auf den dumpfen Knall der Granate unmittelbar die spektakuläre Explosion der Treibstofftanks des Boots folgte. Der Rumpf taumelte übers Wasser, während Glasfibertrümmer und die Überreste der Mannschaft durch den lodernden Regen brennenden Benzins wirbelten.

»Das war der erste Streich«, stellte Linc zufrieden fest.

Fünf Minuten später trieb das Zodiac an einen Holzpier am Fuß des Inga-Damms. Das mächtige Bauwerk ragte vor ihnen auf, eine geschwungene Mauer aus Eisenbeton und Stahl, die einen Stausee oberhalb des Kongo zurückhielt. Da fast der gesamte elektrische Strom, der von dem Staudamm erzeugt wurde, tagsüber in den Minen von Shaba, der ehemaligen Provinz Katanga, verbraucht wurde, sickerte nur ein mickriger Bach durch die Überlaufrinne. Sie zogen das Boot aus dem Fluss und vertäuten es an einem

Baum, ohne eine Vorstellung davon zu haben, wie hoch das Wasser steigen würde. Sie schulterten die Waffen für den langen Aufstieg über die Treppe, die in die Staumauer hineingebaut worden war.

Etwa auf halbem Weg die Treppe hinauf wurde die Stille der Nacht von Gewehrfeuer zerrissen, das unter ihnen losbrach. Granatsplitter, Betonbrocken und Kugeln flogen ihnen um die Ohren, während sie wie lebende Zielscheiben auf den Stufen standen. Beide Männer ließen sich sofort fallen und erwiderten das Feuer. Tief unter ihnen hatten zwei Eingeborenenboote am Damm festgemacht. Während Rebellen sie vom Pier aus unter Beschuss nahmen, rannten weitere die Treppe hinauf.

»Ich vermute, Abalas Assistent hatte wohl doch ein Funkgerät«, sagte Eddie, ließ seine leer geschossene M-4 fallen und zog seine Glock. Er schoss in schneller Folge, während Linc den Pier mit 5.56 mm-Kugeln aus seinem Sturmgewehr beharkte.

Die drei Rebellen, die die Treppe heraufgestürmt waren, wurden von doppelten Treffern aus Eddies Pistole gefällt. Ihre toten Körper rollten und rutschten die Stufen in einem Durcheinander von Gliedmaßen und Blut hinunter. Als er das Magazin seines M-4 gewechselt hatte, war das Feuer vom Pier auf gelegentliche Schüsse aus einem einzelnen AK-47 zusammengeschrumpft, und Linc brachte auch dieses Gewehr mit einem gezielten Feuerstoß zum Schweigen, der den Rebellen vom Pier fegte. Die Strömung riss ihn mit sich, und er verschwand flussabwärts.

Über ihnen war eine Alarmsirene angesprungen.

»Nichts wie weiter«, sagte Linc, und die beiden Männer jagten – immer zwei oder drei Stufen auf einmal nehmend – die Treppe hinauf.

Sie erreichten die Dammkrone. Dahinter erstreckte sich der große Stausee, und am Ende der Betonmauer kauerte ein gedrungenes Gebäude, aus dessen Fenstern Licht nach draußen drang.

»Der Kontrollraum?«, flüsterte Linc.

»Was sonst?« Eddie zog sein Kehlkopfmikrofon ein kleines Stück nach vorne. »Juan, ich bin's – Eddie. Linc und ich befinden uns auf dem Damm und schleichen uns an das Kontrollzentrum an.« Sie brauchten nicht hinzuzufügen, dass ihre Anwesenheit bereits bemerkt worden war.

»Verstanden. Gebt Bescheid, wenn ihr in Position seid, um die Tore zu öffnen.«

»Roger.«

In geduckter Haltung, um nicht als dunkle Silhouetten vor dem Sternenhimmel wahrgenommen zu werden, rannten sie über die Dammkrone. Links von ihnen erstreckte sich der Stausee, eine stille, fast spiegelglatte Fläche, die durch einen weißen Streifen reflektierten Mondlichts halbiert wurde. Zu ihrer Rechten gähnte ein dreißig Meter tiefer Abgrund, der in einem Gewirr von Felsklötzen am Fuß des Damms endete.

Als sie das Blockhaus, ein einstöckiges kastenförmiges Betongebäude mit einer einzigen Tür und zwei Fenstern, erreicht hatten, konnten sie dahinter die Schleusentore und das Schützenwehr erkennen, das das Wasser in die Turbinen der Anlage leitete, die sich in einem langgestreckten Gebäude am Fuß des Damms befanden. Im Augenblick strömte gerade genug Wasser durch den Kanal, um die Stadt Mabati mit elektrischem Strom zu versorgen.

Während sich Linc auf der anderen Seite aufbaute, streckte Eddie die Hand aus und versuchte, die Tür des

Blockhauses zu öffnen. Sie war fest verschlossen. Eddie deutete auf das Schlüsselloch, als ob er einen Schlüssel dafür besaß, und sah Linc stirnrunzelnd an. Franklin Lincoln war der Experte der Corporation, wenn es darum ging, Schlösser zu knacken, und es gab Gerüchte, dass er einmal sogar auf Grund einer Wette mit Linda Ross in Juan Cabrillos Waffenschrank eingebrochen war. Aber in diesem Augenblick konnte er seinem Partner nur mit einem bedauernden Achselzucken dienen und mit einer Geste andeuten, dass er nichts bei sich hatte, was ihnen hätte weiterhelfen können. Er hatte ganz einfach vergessen, seine Dietriche mitzunehmen.

Eddie verdrehte die Augen und griff in eine der Taschen, die an seinem Gürtel befestigt waren. Er holte eine kleine Menge Semtex Plastiksprengstoff heraus und packte ihn um den Türknauf und drückte einen elektronischen Zünder hinein. Danach zogen er und Linc sich in eine sichere Distanz zurück.

Kurz bevor er die Sprengkapsel zündete, tauchte ein Wächter um die Ecke des Blockhauses auf. Er trug eine dunkle Uniform und hatte eine Taschenlampe und eine Pistole bei sich. Linc zielte automatisch und wollte schon feuern, korrigierte die Einrichtung seines Visiers aber noch. Er schoss dem Wächter die Pistole aus der Hand. Der Mann ging zu Boden. Dabei stieß er Schmerzensschreie aus und drückte den Arm an seine Brust. Linc rannte zu ihm hin, hakte ein Paar Plastikhandschellen von seinem Kampfgeschirr los. Er untersuchte die Wunde schnell, stellte zu seiner Erleichterung fest, dass sie völlig harmlos war, und fesselte dem Wächter Hände und Füße.

»Tut mir leid, Kumpel«, sagte er und kehrte zu Eddie zurück.

Eddie zündete die Ladung. Die Explosion zerriss den Knauf, und Linc stieß die Tür auf, während sich Eddie mit seinem M-4 bereit hielt, um ihm notfalls Feuerschutz zu geben.

Der Kontrollraum, eine Ansammlung von reihenweise angeordneten Anzeigeinstrumenten und Hebeln und Schaltern an den Wänden und Tischen, auf denen veraltete Computer standen, war hell erleuchtet. Die drei Männer der Nachtbereitschaft reckten sofort die Hände in die Luft, als Linc und Eddie in den Raum stürmten und verlangten, jeder solle sich auf den Fußboden setzen. Sie machten entsprechende unmissverständliche Gesten mit ihren Gewehren, und die Männer ließen sich auf den Betonboden sinken, die Augen voll von namensloser Angst.

»Tut, was wir verlangen, und niemand trägt irgendeinen Schaden davon«, sagte Eddie und wusste gleichzeitig, wie abgedroschen dies für die verängstigten Arbeiter klingen musste.

Linc schaute sich schnell im Gebäude um. Dabei fand er einen leeren Konferenzraum hinter dem Kontrollraum und eine wandschrankgroße Toilette, die bis auf eine Kakerlake, so groß wie sein Mittelfinger, ebenfalls leer war.

»Spricht einer von euch Englisch?«, fragte Eddie, während er die drei Afrikaner fesselte.

»Ich«, meldete sich einer. Das Schild an seinem blauen Overall wies ihn als Kofi Baako aus.

»Okay, Kofi, wie ich schon sagte, wir werden euch nichts tun, aber ihr sollt mir erklären, wie man die Notfallfluttore öffnet.«

»Dann läuft der Stausee aus!«

Eddie deutete auf die Telefonanlage. Vier der fünf Kontrolllampen für die Amtsleitungen brannten schon. »Ihr habt eure Vorgesetzten bereits alarmiert, und ich bin sicher, dass sie weitere Leute herschicken. Die Tore werden für nicht mehr als eine Stunde geöffnet. Und jetzt zeig mir, wie sie bedient werden.«

Kofi Baako zögerte eine weitere Sekunde, daher holte Eddie seine Pistole aus dem Halfter und achtete automatisch darauf, dass sie auf keinen der drei Männer gerichtet war. Seine Stimme verwandelte sich von umgänglich zu drohend. »Du hast fünf Sekunden.«

»Die Instrumententafel da drüben.« Baako deutete mit einem Kopfnicken auf die hintere Wand. »Die obersten fünf Schalter deaktivieren die Sicherheitseinstellungen. Die zweite Reihe Schalter setzt die Motoren der Tore in Gang, und mit den unteren fünf Schaltern lassen sich die Tore öffnen.«

»Können sie auch von Hand geschlossen werden?«

»Ja, es gibt in der Staumauer einen Raum mit großen Handrädern. Man bräuchte zwei Männer, um sie zu bedienen.«

Während Linc die Tür sicherte und nach weiteren Wächtern Ausschau hielt, legte Eddie die Schalter nacheinander um und beobachtete, wie die Kontrollleuchten von Rot zu Grün wechselten, sobald der zugehörige Schalter betätigt worden war. Ehe er sich die letzte Schalterreihe vornahm, drückte er das Kehlkopfmikrofon leicht gegen seinen Hals. »Juan, ich bin's. Haltet euch bereit. Ich öffne jetzt die Tore.«

»Keine Sekunde zu früh. Abala hat die Granatwerfer von den Patrouillenbooten heruntergeholt und am Strand aufgebaut. Noch zwei Probeschüsse und sie kennen die richtige Entfernung und können uns die Hölle heißmachen.«

»Wartet auf die große Flut«, sagte Eddie und legte die letzte Reihe Schalter um. Nachdem auch der allerletzte Schalter in Position war, erklang ein Geräusch, anfangs nur leise, das sich jedoch zu einem Dröhnen steigerte, welches das gesamte Gebäude erbeben ließ. Die Tore fuhren hoch, und Wasser stürzte wie eine solide Wand über die Staumauer hinab. Es traf auf den Grund, explodierte in einer aufwallenden Gischtwolke und verdichtete sich schnell zu einer knapp drei Meter hohen Welle, die sich den Fluss hinunterwälzte, die Ufer überschwemmte und Bäume und Büsche mit sich riss, während sie stetig schneller wurde.

»Das müsste eigentlich reichen«, sagte Eddie und leerte sein Magazin in die Kontrolltafel. Die Kugeln durchlöcherten das dünne Metallgehäuse und zerfetzten die altersschwache Elektronik, die sich dafür mit einer Qualmwolke und einem sprühenden Funkenregen revanchierte.

»Und es dürfte uns immerhin einen kleinen Zeitgewinn einbringen«, fügte Linc hinzu.

Sie ließen die Techniker an einen Tisch gefesselt zurück und eilten die Treppe hinunter. Das Geräusch und der Druck des Wassers, das an der Staumauer herabstürzte, war geradezu körperlich spürbar, während die Gischt ihre teilweise noch trockene Kleidung triefnass werden ließ.

Als sie das Ende der Treppe erreichten und das Zodiac zum Flussufer zogen, hatte sich das Wasser ausreichend beruhigt, sodass sie das Schlauchboot in die Strömung schieben und sich flussabwärts auf die Reise zu ihrem Rendezvous in Boma begeben konnten.

Auf der *Oregon* machte sich Juan allmählich ernsthafte Sorgen. Abala hatte erkannt, dass die leichten Patrouillenboote für die Granatmörser zu instabil waren, daher hatte er sie abgeladen und an Land bringen lassen, wo seine Männer soeben damit beschäftigt waren, die richtige Zieldistanz zu ermitteln. Die letzte Granate war weniger als sechs Meter von der Steuerbordreling entfernt im Wasser gelandet.

Als reichte dieses Problem noch nicht aus, kamen immer mehr Eingeborenenboote flussabwärts, bis an den Rand beladen mit Rebellen. Während die Wasserkanonen einwandfrei funktionierten, standen ihnen jedoch nur vier davon zur Verfügung – und zwei mussten ständig dafür sorgen, dass die in der Luft lauernden Hubschrauber nicht nahe genug herankamen, dass die Soldaten an Bord aufs Schiffsdeck hinunterspringen konnten. Juan hatte Hali Kasim vom Radar abgezogen, damit er stattdessen die Kommunikation koordinierte und Linda Ross Eddies Landetruppe anweisen konnte. Nur mit Schrotflinten und Pistolen bewaffnet, eilten sie jeweils auf *die* Seite des Schiffs, wo laut Mark Murphy damit zu rechnen war, dass ein Boot zu nahe herankam. Sie schossen auf die Rebellen hinunter, während sie sowohl vor dem Kugelregen vom Ufer wie auch vor den Booten in Deckung bleiben mussten.

»Okay«, machte sich Hali über das Intercom bemerkbar. »Meine Techniker haben das Radar wieder in Betrieb.«

»Kannst du die Flutwelle sehen?«, wollte Juan von ihm wissen.

»Tut mir leid, großer Meister, aber bei all den Flussbiegungen habe ich erst Sichtkontakt, wenn sie uns schon fast erreicht hat.«

»Das ist immerhin besser als nichts.«

Eine weitere Granate schlug nahe dem Schiff ein und verfehlte die Backbordreling diesmal nur um Zentimeter. Die Rebellen hatten sie jetzt im Visier. Die nächsten Granaten würden straflos überall auf der *Oregon* landen, und ihre Decks waren bei Weitem nicht so schwer gepanzert wie ihre Flanken.

»Schadenkontrollteams bereit halten«, befahl Juan über das Intercom-Netz des Frachters. »Wir haben mit einigen Treffern zu rechnen.«

»Heiliger Himmel!«, rief Hali.

»Was ist?«

»Haltet euch bereit!«

Juan löste den Kollisionsalarm aus, während er die Welle sowohl auf dem Radarschirm in einer Ecke des großen Monitors als auch das Bild der Heckkameras verfolgte. Sie erstreckte sich über die gesamte Breite des Flusses. Mehr als drei Meter hoch und mit einer Geschwindigkeit von gut zwanzig Knoten heranrasend, stürzte die kochende Wasserwand unbarmherzig auf sie. Eines der Patrouillenboote versuchte auszuweichen und jagte ein kurzes Stück vor der Wasserwalze her, wurde jedoch noch während des Wendemanövers erwischt. Die Welle traf das Schiff von der Seite. Das Patrouillenboot kippte augenblicklich um und schleuderte seine Besatzung in den Malstrom, wo die Männer vom rollenden Rumpf ihres Bootes zerquetscht wurden.

Pirogen verschwanden spurlos, und die Rebellen, die am Ufer gestanden und die *Oregon* beschossen hatten, flüchteten sich auf höher gelegenes Gelände, während die Wassermassen alles wegspülten, was ihnen im Weg stand.

Juan nahm die Hände von den Kontrollen, kurz bevor die Welle die *Oregon* erreichte, streckte und knetete seine Finger wie ein Pianist vor einem besonders anspruchsvollen Stück, und legte sie dann wieder behutsam auf die Schalter und den Joystick, mit dem er sein Schiff lenkte.

Er brachte die Leistung des noch nicht verstopften Druckrohrs im gleichen Augenblick auf zwanzig Prozent, als die Flutwelle das Heck der *Oregon* aus dem Schlamm hob. Als würde es von einem Tsunami erfasst, wurde das Schiff im Bruchteil einer Sekunde von null auf zwanzig Knoten beschleunigt, während zwei Granaten in ihrem Kielwasser explodierten, Geschosse, die die hinteren Frachtluken durchschlagen und den Robinson R44 Helikopter mitsamt seiner versenkbaren Start- und Landeplattform zerstört hätten.

Juan überflog die Anzeigeinstrumente der Maschinen, registrierte die Pumpentemperaturen, die Geschwindigkeit über Grund, die Geschwindigkeit im Wasser sowie seine Position und den Kurs. Dabei wanderte sein Blick im ständigen Kreislauf von einer Skala zur anderen. Das Schiff bewegte sich tatsächlich mit nur drei Knoten durchs Wasser, raste aber mit mehr als fünfundzwanzig Knoten flussabwärts, vorwärtsgetragen vom enormen Druck der Wassermassen, die sich über den Inga-Staudamm ergossen.

»Max, gib mir Bescheid, sobald die zweite Röhre frei ist«, rief er. »Ich habe nicht genug Tempo, um zu manövrieren.«

Er schob den Gashebel behutsam vor und kämpfte gegen die Strömung, die die *Oregon* auf die Insel zuzuschleudern versuchte, die plötzlich mitten im Fluss aufragte. Seine Finger tanzten über die Computertastatur. Er aktivierte die Manövrierdüsen an Bug und Heck, um das Schiff gerade und auf Vorwärtskurs zu halten, während rechts und links der finstere Dschungel an ihnen vorbeiflog.

Sie segelten um eine scharfe Biegung des Flusses, wobei sie die Strömung auf das gegenüberliegende Ufer zutrieb, wo ein kleines Frachtschiff, das flussaufwärts unterwegs gewesen war, am Ufer festsaß und mit seinem Heck weit in den Kongo hineinragte. Juan gab volle Kraft auf die Manövrierdüsen und schob die *Oregon* breitseits so weit nach Steuerbord wie nur irgend möglich. Der Rumpf scheuerte mit einem ohrenbetäubenden Kreischen am Küstenfrachter entlang, und dann waren sie frei.

»Das dürfte seine Spuren hinterlassen«, meinte Eric, obwohl er über die Art und Weise, wie Juan mit dem Schiff umging, nur staunen konnte. Er wusste genau, dass er die Biegung niemals geschafft und zugleich eine Berührung mit dem anderen Schiff vermieden hätte.

Während der Fluss um sie herum regelrecht zu kochen schien, wurden sie weiter flussabwärts getragen, mitgerissen wie welkes Laub in einer Gosse und kaum in der Lage, einem eigenen Kurs zu folgen, ehe Juan ein wenig mehr an Leistung aus den Maschinen würde herauskitzeln können. Immer wieder musste er sich mit Kurskorrekturen gegen den Fluss wehren, damit die *Oregon* nicht erneut auf Grund lief oder sich ins Flussufer bohrte, wobei er jedes Mal einem solchen Schicksal noch ein wenig knapper entrann. Einmal hatten sie wieder Grundberührung – das Schiff wurde schlagartig abgebremst und grub eine tiefe Furche ins Flussbett. Für einen kurzen Moment glaubte Juan, dass der Frachter nun liegen bliebe, weil der Computer die Impulsdüse sofort abgeschaltet hatte, doch die Strömung war stark genug, um sie weiterzutragen, und sobald der Kiel wieder frei war, nahm der Frachter Tempo auf – wie ein Sprinter nach Verlassen der Startblöcke.

Trotz der Gefahr, oder vielleicht gerade wegen ihr, stellte Cabrillo fest, dass er die Herausforderung regelrecht genoss. Dies war eine Prüfung seines Könnens und der Fähigkeiten eines Schiffs im Widerstreit mit der tosenden Flut – der uralte Kampf des Menschen mit der Natur. Er war jener Typ Mensch, der vor nichts zurückwich, denn er kannte seine Grenzen und musste erst noch mit einer Situation konfrontiert werden, von der er annahm, dass er sie nicht meistern könnte. Bei anderen würde eine solche Eigenschaft als verantwortungslose Tollkühnheit gewertet werden. Bei Juan Cabrillo war sie lediglich Ausdruck eines absoluten Selbstvertrauens.

»Die Vorwärtsfahrt hat die zweite Röhre freigespült«, verkündete Max. »Geh vorsichtig mit ihr um, bis ich ein Team reingeschickt habe, um eventuelle Schäden festzustellen.«

Juan aktivierte die zweite Röhre und spürte sofort, wie sein Schiff reagierte. Es schwang nicht mehr schwerfällig herum, und er musste die Manövrierdüsen immer seltener einsetzen. Er überprüfte die Geschwindigkeit – achtundzwanzig Knoten über Grund und acht im Wasser. Er war bei Weitem schnell genug, um den Frachter lenken zu können, und nun, nachdem sie mehrere Kilometer der anfangs turbulenten Strömung hinter sich hatten, war das Wasser auch schon ruhiger geworden. Oberst Abalas Truppen hatten entweder am oder im Fluss ihr Leben gelassen und waren jedenfalls zurückgeblieben. Die beiden Hubschrauber, die er gestohlen hatte, hatten sich in Sicherheit gebracht, sobald die Flutwelle zugeschlagen hatte.

»Eric, ich glaube, du kannst sie von hier bis runter nach Boma bringen.«

»Okay, Meister«, erwiderte Stone. »Ich übernehme das Ruder.«

Juan lehnte sich in seinem Sessel zurück. Max Hanley legte ihm eine Hand auf die Schulter. »Das war ein verdammt gewagter Höllenritt, wenn ich das so sagen darf.«

»Danke. Ich glaube auch nicht, dass ich das so bald wiederholen möchte.«

»Ich würde liebend gerne feststellen, dass wir aus dem Gröbsten raus sind, aber das sind wir wohl nicht. Die Batteriespannung ist bis auf dreißig Prozent abgesunken. Selbst wenn wir die Strömung ausnutzen, dürfte uns etwa gute zwanzig Kilometer vor dem Meer der Saft ausgehen.«

»Hast du eigentlich überhaupt kein Vertrauen zu mir?«, fragte Juan sichtlich verletzt. »Warst du denn nicht dabei, als Eric erklärte, die Flut habe ihren höchsten Stand in …« Juan schaute auf seine Armbanduhr. »Anderthalb Stunden? Der Ozean dringt dann fünfundzwanzig bis dreißig Kilometer landeinwärts vor und verwandelt den Kongo in Brackwasser. Es ist zwar so, als betreibe man einen Hochleistungsrennmotor mit ordinärem Normalbenzin, aber der Salzgehalt dürfte dann dennoch ausreichen, um die magnetohydrodynamischen Maschinen in Gang zu halten.«

Max fluchte unterdrückt. »Verdammt, warum habe ich daran nicht gedacht?«

»Aus dem gleichen Grund, weshalb ich besser bezahlt werde als du. Ich bin wesentlich gerissener, mindestens um die Hälfte intelligenter, und ich sehe auch noch viel besser aus.«

»Und du trägst deine Bescheidenheit wie einen maßgeschneiderten Anzug mit dir herum.« Dann wurde Max ernst. »Sobald wir in Boma ankommen, schicke ich meine Ingenieure in die Röhren, aber nach dem, was mir der

Computer an Daten liefert, dürften sie okay sein. Vielleicht nicht zu hundert Prozent, aber mein Gefühl sagt mir, dass sie nicht neu ausgekleidet werden müssen.«

Obgleich er innerhalb der Corporation die Funktion eines Direktors ausübte, auch offiziell diesen Titel trug und mit allen Aufgaben betraut war, die mit der Leitung einer erfolgreichen Firma zu tun hatten, genoss Max am meisten seine Position als Chefingenieur der *Oregon*, und ihre hochmodernen Maschinen waren sein ganzer Stolz.

»Gott sei Dank.« Die Innenwände der Röhren zu ersetzen, hätte Kosten von einigen Millionen Dollar verursacht. »Aber ich will nicht länger als unbedingt nötig in Boma festhängen. Sobald Linc und Eddie zu uns gestoßen sind, möchte ich so schnell wie möglich in internationale Gewässer abdampfen – für den Fall, dass Minister Isaka uns die Hyänen nicht vom Hals halten kann, die nun sicher erst recht unser Fell wollen, weil wir den Staudamm geöffnet haben«, sagte Juan.

»Sehr weise, mein Freund. Wir können die Röhren auf dem offenen Meer auch genauso eingehend untersuchen wie in einem Trockendock.«

»Wurden noch weitere Schäden gemeldet?«

»Außer dem beschädigten Röntgengerät in der Sanitätsstation und Maurice' Klagen über jede Menge zerbrochenes Porzellan und Kristall sind wir einigermaßen heil davongekommen.« Maurice war der Chef-Steward der *Oregon* und das einzige Mannschaftsmitglied, das älter war als Max Hanley. Eigentlich viel besser im Viktorianischen Zeitalter aufgehoben, war Maurice zugleich der einzige Nichtamerikaner auf dem Schiff. Er hatte in der englischen Marine gedient und die Offiziersmessen auf einer Reihe von Flaggschiffen geleitet, bis er aus Altersgründen aus dem Dienst ausscheiden musste. Während seines ersten Jahres bei der Corporation hatte er sich zum Liebling der gesamten Mannschaft entwickelt, indem er perfekte Geburtstagspartys für jeden organisierte, die Leibspeisen jedes Einzelnen kannte und regelmäßig von der hochkarätigen Küchenmannschaft des Schiffs zubereiten ließ.

»Sag ihm, er soll sich diesmal mit seinen Bestellungen ein wenig zurückhalten. Als wir vor ein paar Monaten auch schon das gesamte Porzellan verloren haben, während wir Eddie retten mussten, hat Maurice es unbedingt durch Royal Doulton im Wert von sechshundert Dollar pro Essplatz ersetzen müssen.«

Max runzelte die Stirn. »Du regst dich über ein paar Pennys auf?«

»Wir haben Fingerschalen und Sorbetkelche für insgesamt fünfundvierzigtausend Dollar abschreiben dürfen.«

»Okay, dann eben ein paar Pennys mehr. Du vergisst jedoch, dass ich erst vor Kurzem einen Blick in unsere Bücher geworfen haben – wir können es uns leisten.«

Was zutraf. Die Corporation hatte sich noch nie zuvor in einem besseren finanziellen Zustand befunden. Juans Wagnis, seine eigene private Sicherheits- und Überwachungsfirma zu gründen, hatte seine optimistischsten Erwartungen bei Weitem übertroffen, doch es gab auch eine bittere Erkenntnis, die sich daraus ergab. Die Notwendigkeit einer solchen Organisation in der Zeit nach dem Kalten Krieg war im einundzwanzigsten Jahrhundert eine ernüchternde Tatsache. Er hatte gewusst, dass ohne die polarisierende Wirkung zweier beherrschender Weltmächte regionale Aufstände und Terrorismus auf der ganzen Welt erheblich zunehmen würden. In der Lage zu sein, aus solchen

Konflikten einen Profit herauszuholen, vorausgesetzt, sie konnten frei entscheiden, welcher Seite sie behilflich waren, war gleichermaßen ein Segen wie auch ein Fluch, der Cabrillo so manche schlaflose Nacht bescherte.

»Das ist ein Erbe meiner Großmutter«, entschuldigte sich Juan. »Sie konnte einen Dollar unendlich strecken und hatte anschließend immer noch Kleingeld übrig. Ich habe es jedes Mal gehasst, sie zu besuchen, denn sie kaufte immer altes Brot, um ein paar Cent zu sparen. Sie toastete es zwar, aber ich konnte es immer schmecken, und getoastete Salamisandwiches sind ungefähr das Ekelhafteste, das man sich vorstellen kann.«

»Okay, um deiner Großmutter eine späte Ehre zu erweisen, werde ich Maurice bitten, sich diesmal mit Limoges-Geschirr zufrieden zu geben«, versprach Max und kehrte auf seine Station zurück.

Hali Kasim kam mit einem Flatscreen-Klemmbrett auf Juan zu. Sein Gesicht war so sorgenvoll, dass die Enden seines verwegenen Schnurrbarts traurig herabhingen.

»Großer Meister, der Schnüffler hat das hier vor zwei Minuten aufgefangen.« Schnüffler war ihre Bezeichnung für die raffinierte Überwachungsanlage, die das elektronische Spektrum im Umkreis von mehreren Kilometern um das Schiff herum überwachte. Sie konnte alles von normalen Funkmeldungen bis hin zu codierten Mobilfunkgesprächen aufzeichnen und entziffern. Die Supercomputer des Schiffes analysierten die empfangenen Signale im Sekundenrhythmus auf der Suche nach verwertbaren Informationen. »Der Computer hat soeben den Code entschlüsselt. Ich würde ihn für den privaten Bereich als hochklassig einstufen. Für den militärischen Bereich ist die Verschlüsselung allenfalls mittelprächtig.«

»Was weißt du über die Quelle?«, fragte Juan und nahm seinem Kommunikationsexperten das matt leuchtende Klemmbrett aus der Hand.

»Ein Gespräch über Satellitenfunk aus einer Entfernung von etwa vierzigtausend Fuß.«

»Das heißt, aus einem Militärflugzeug oder einem Firmenjet«, sagte Juan. »Die Maschinen der Zivilluftfahrt fliegen gewöhnlich nicht über achtunddreißigtausend Fuß.«

»Das denke ich auch. Tut mir leid, wir haben nur den Anfang des Gesprächs aufgeschnappt. Der Schnüffler gab zusammen mit dem Radar den Geist auf, und als er wieder intakt war, befand sich das Flugzeug schon außer Reichweite.«

Juan las die einzelne Zeile laut vor: »... nicht ganz so früh. Wir bringen Merrick gegen vier Uhr früh nach *Devil's Oasis*.« Stumm las er den Text ein zweites Mal und sah dann Hali an. Sein Gesicht wirkte ausdruckslos. »Das sagt mir nicht allzu viel.«

»Ich weiß nicht, was *Devil's Oasis* sein mag, aber als ihr auf dem Kai die Waffen ausgeladen habt, kam über Sky News die Meldung herein, dass Geoffrey Merrick zusammen mit einer Mitarbeiterin aus der Firmenzentrale in Genf entführt worden sei. Wenn wir diese Nachricht unseren Berechnungen zu Grunde legen, dürften sich Merrick und seine Entführer mit einem Firmenjet genau zu dem Zeitpunkt über uns befunden haben, als wir den Ruf auffingen.«

»Ich nehme an, wir unterhalten uns über *den* Geoffrey Merrick, der Merrick/Singer leitet?«, fragte Cabrillo.

»Der Milliardär, dessen Erfindungen auf dem Gebiet der sauberen Steinkohle für die Industrie eine Flut von neuen Möglichkeiten eröffnet haben, ihn aber gleichzeitig zu einer der bei Umweltschutzorganisationen verhasstesten Persönlichkeiten werden ließen, weil die Ökos immer noch der Meinung sind, dass Steinkohle viel zu schmutzig ist.«

»Gibt es schon irgendwelche Lösegeldforderungen?«

»In den Nachrichten war nichts davon zu hören.«

Juan traf eine schnelle Entscheidung. »Setz Murph und Linda Ross an diese Geschichte.« Mit ihrer Erfahrung beim Marinegeheimdienst war Linda Ross die perfekte Wahl, um die Suche zu starten, und Murph war ein absolutes Ass, wenn es darum ging, verräterische Muster in einer Flut von Informationen aufzuspüren. »Ich möchte genau wissen, was da los ist. Wer hat Merrick entführt? Wer leitet die offizielle Untersuchung? Was und wo ist *Devil's Oasis*? Eben alles an Material, was sich auftreiben lässt. Plus ausführliche Infos über Merrick/Singer.«

»Weshalb interessieren wir uns für ihn?«

»Aus reiner Menschenfreundlichkeit«, erwiderte Cabrillo mit einem piratenhaften Grinsen.

»Es hat doch nicht etwa mit der Tatsache zu tun, dass er Milliardär ist, hm?«

»Ich bin schockiert, dass du mir so etwas zutraust«, gab Juan mit einer überzeugend indignierten Miene zurück. »Sein Reichtum ist mir niemals entfallen – pardon, niemals in den Sinn gekommen.«

6

Juan Cabrillo saß hinter seinem Schreibtisch, hatte die Füße auf die mit Intarsien verzierte Arbeitsplatte gelegt und las Eddies und Lincs Abschlussbericht ihrer letzten Mission auf seinem Tablet-PC. Allerdings erschien das, was eine ganze Serie von haarsträubenden Ereignissen gewesen sein dürfte, in der Schilderung der beiden eher harmlos und fast langweilig. Jeder lobte die Leistung seines Partners über den grünen Klee und spielte seine eigene Beteiligung und die überstandenen Gefahren derart herunter, dass einem das Ganze am Ende wie die Bedienungsanweisung für eine Stereoanlage vorkommen konnte. Er fügte mit einem Lichtstift einige Notizen hinzu und schickte den elektronischen Bericht dann an die zentrale Datenbank der Corporation.

Anschließend rief er die Wettervorhersagen ab. Der neunte heftige Atlantik-Sturm des Jahres bildete sich nördlich von ihnen. Zwar bedeutete er für die *Oregon* keinerlei Gefahr, doch war er deshalb daran interessiert, weil sich bisher drei Stürme zu klassischen Hurrikanen gesteigert hatten und die Saison erst einen Monat alt war. Wetterexperten prophezeiten, dass man dieses Jahr mindestens die gleiche – wenn nicht noch eine höhere – Anzahl mit Namen bezeichneter Stürme, die 2005 die USA heimgesucht, New Orleans und die texanische Golfküste verwüstet hatten, zu verzeichnen haben würde. Die Experten versicherten, dass dies ein ganz normaler Zyklus sei, in dessen Verlauf man mit heftiger werdenden und häufiger auftretenden Hurrikanen zu rechnen habe. Umweltschützer hingegen schlugen Alarm und äußerten die Überzeugung, dass diese Superstürme eine Folge der globalen Erwärmung seien. Juan neigte zwar zur Auffassung der Wetterexperten, aber der Trend war Besorgnis erregend.

Das Wetter an der südwestlichen Küste Afrikas schien mindestens während der kommenden fünf Tage unverändert schön zu bleiben.

Im Gegensatz zu seinem ziemlich heruntergekommenen Äußeren – als geldgieriger Schiffsoffizier eines Trampdampfers, den er am Tag zuvor gespielt hatte – erschien Cabrillo an diesem Morgen frisch geduscht und mit einer englisch geschnittenen Bluejeans, einem am Hals offenen Turnbull and Asser-Oberhemd und einem Paar Bootsschuhe bekleidet. Letztere trug er ohne Socken. Weil man in diesem Fall jedoch seine Knöchel sehen konnte, hatte er sich für ein künstliches Bein entschieden, das mit einer fleischfarbenen Gummihülle umgeben war – und dafür auf seine eher mechanisch aussehende Prothese verzichtet. Sein Haar trug er kurz geschnitten, es war nur ein wenig länger als ein Bürstenhaarschnitt, und trotz seines südländischen Namens und seiner entsprechenden Herkunft war sein Haar nach einer Jugend in Kalifornien, die er fast ausschließlich in der Sonne und am Strand verbracht hatte, nahezu schneeweiß gebleicht.

Die gepanzerten Schutzläden der Bullaugen waren heruntergeklappt, sodass seine Kabine in natürliches Tageslicht getaucht war. Die Wandtäfelung, der Fußboden und die Kassettendecke, alles aus Teakholz, glänzten frisch poliert. Von seinem Schreibtisch aus konnte er in sein Schlafzimmer blicken, das von einem wuchtigen, mit Schnitzereien verzierten Pfostenbett beherrscht wurde. Dahinter befand sich der Durchgang zu seinem Badezimmer mit der gefliesten Duschkabine, einer kupfernen Jacuzzi-Wanne und einem Waschbecken. Die Räume waren mit dem unaufdringlichen Geruch von Juans Aftershave und der von ihm gelegentlich bevorzugten Zigarre, einer kubanischen La Troya Universales, erfüllt.

Die Einrichtung war schlicht und elegant und verriet Juans eklektischen Geschmack. An einer Wand hing ein Gemälde von der *Oregon*, wie sie durch eine tobende See pflügt, während die andere Wand aus einer Glasvitrine für einige jener Kuriositäten bestand, die er von seinen Reisen mitgebracht hatte: die aus Lehm gefertigte Figurine einer ägyptischen *ushabti*, eine Steinschale aus der Blütezeit der Azteken, eine Gebetsmühle aus Tibet, eine Elfenbeinschnitzerei, ein Gurkha-Dolch, eine Puppe aus Seehundsfell aus Grönland, ein Rohsmaragd aus Kolumbien und Dutzende anderer Gegenstände. Die Möbel waren vorwiegend dunkel und die Beleuchtung gedämpft und indirekt, während der Fußboden mit persischen Seidenteppichen in kräftigen hellen Farben bedeckt war.

Aufschlussreich war in diesem Raum das Fehlen jeglicher Fotografien. Während die meisten Männer, die zur See fuhren, Fotos von ihre Ehefrauen und Kindern mitnahmen und aufstellten, gab es solche Bilder in Juans Kabine überhaupt nicht. Er war zwar verheiratet gewesen – aber ihr tödlicher Unfall unter Alkoholeinfluss vor elf Jahren rief einen Schmerz hervor, den Juan tief in seinem Innern vergraben hatte und den einzugestehen er sich standhaft weigerte.

Er trank einen Schluck würzigen Kona-Kaffees, betrachtete das Servicemuster und lächelte.

Zwei der Dinge, die ihn in die Lage versetzten, die jeweils Besten des amerikanischen Militärs und der Geheimdienste für seine Firma zu rekrutieren und zu halten, waren, dass er sehr gut zahlte und dass er, wenn es um das Wohlergehen seiner Mannschaft ging, keinerlei Kosten scheute, seien es edles Geschirr in der Messe und Sterneköche in der Kombüse oder die Einrichtungsbeihilfe, die er jedem neuen Mannschaftsangehörigen auszahlte, um sich seine Privaträume nach dem eigenen Geschmack einzurichten. Mark Murphy hatte den größten Teil seines Budgets für eine Stereoanlage ausgegeben, die die Nieten aus dem Schiffsrumpf treiben konnte. Linda Ross hatte ihre Kabine von einer New Yorker Innenarchitektin einrichten lassen, während sich Lincs Kabine genauso spartanisch darbot wie eine Navy-Baracke – stattdessen steckte sein Geld in der Harley-Davidson, die in einem der Frachträume stand.

Die *Oregon* verfügte über ein ausgedehntes Fitnesscenter mit Sauna, und wenn sie gerade mal nicht in offizieller Mission unterwegs war, konnte einer ihrer Ballasttanks halb gefüllt und in ein Schwimmbecken mit Olympiamaßen verwandelt werden. Die Männer und Frauen der Corporation lebten sehr gut, aber wie die jüngste Mission wieder einmal bewiesen hatte, lebten sie eben auch gefährlich. Jedes Mitglied der Mannschaft war an der Firma beteiligt, und während die Gründungsmitglieder den Löwenanteil des Gewinns einstrichen, bestand Juans Lieblingsaufgabe am Ende einer Operation darin, Bonusschecks für das technische und sonstige Hilfspersonal auszufüllen und zu unterschreiben. Bei dem Job, den sie soeben erledigt hatten, kamen sicherlich an die 500.000 Dollar zusammen.

Er war soeben im Begriff, seinen Bericht an Langston Overholt zu beginnen, seinen alten Freund bei der CIA, der der Corporation schon eine ganze Menge Aufträge zugeschanzt hatte, als jemand an seine Kabinentür klopfte.

»Herein.«

Linda Ross und Mark Murphy betraten seine Kabine. Während Linda eine lebhafte und zierliche Erscheinung war, erschien Murph schlaksig und unbeholfen. Er hatte welliges schwarzes Haar, einen Spitzbart, den man mit dem Streich eines Rasiermessers hätte entfernen können, und die Gewohnheit, nichts anderes als schwarze Kleidung zu tragen. Als einer der wenigen auf dem Schiff, die keine militärische Karriere vorzuweisen hatten, war Mark ein staatlich anerkanntes Genie, das seinen Doktortitel bereits mit zwanzig Jahren erworben hatte. Er hatte sich intensiv mit R & D für einen Waffenhändler beschäftigt, wo er Eric Stone kennengelernt hatte. Damals war er noch in der Navy, sollte jedoch nicht mehr lange dort bleiben und hatte für die Zeit nach dem Ausscheiden aus dem Dienst bereits einen Vertrag, um zu Juan zu kommen und für ihn zu arbeiten. Eric hatte Cabrillo davon überzeugt, dass der junge Waffenexperte perfekt zur Corporation passen würde, und nach den drei Jahren, die seitdem verstrichen waren, und trotz Murphs Vorliebe für Punk Rock und obwohl er das Deck des Schiffs manchmal in einen Skateboard-Parcours verwandelte, konnte Juan dieser Einschätzung nur zustimmen.

Cabrillo blickte auf den antiken Chronographen, der sich seinem Schreibtisch gegenüber befand. »Entweder seid ihr beide total im Aus, oder ihr habt einen Home Run hingelegt, um so schnell wieder bei mir aufzutauchen.«

»Sagen wir, wir sind auf der dritten Base«, sagte Murph und sicherte den Stapel Papier, den er unterm Arm trug. »Und fürs Protokoll – ich mag keine Metaphern aus der

Sportwelt, denn ich verstehe mindestens die Hälfte davon überhaupt nicht.«

»Dann war das also eher ein Slam Dunk als ein Ave Maria.« Juan grinste.

»Wenn du das sagst.«

Sie setzten sich Juan gegenüber, der einen Stapel Papier vom Schreibtisch räumte. »Okay, was habt ihr?«

»Womit sollen wir anfangen?«, fragte Linda. »Mit der Entführung oder mit der Firma?«

»Fangen wir erst mal mit den Hintergrundinformationen an, damit ich weiß, womit wir es zu tun haben.« Juan verschränkte die Hände hinterm Kopf und blickte zur Decke, während Linda mit ihrem Bericht begann. Es mochte vielleicht unhöflich wirken, dass er ihr nicht in die Augen blickte, aber das war eine seiner Eigenarten, wenn er sich konzentrierte.

»Geoffrey Merrick, einundfünfzig Jahre alt. Geschieden, zwei erwachsene Kinder, die mit dem Geld des Vaters um sich werfen und ein beliebtes Objekt der Paparazzi sind und andauernd in den Klatschblättern zu finden sind. Seine Frau ist Künstlerin und lebt eher unauffällig in New Mexico.

Merrick schloss sein Studium am MIT mit einem Doktor der Chemie ab und war zu diesem Zeitpunkt genau einen Tag jünger als Mark, als dieser seinen Titel erhielt. Danach tat er sich mit einem anderen Absolventen, Daniel Singer, zusammen und gründete Merrick/Singer, eine Firma für Grundlagenforschung. Die Firma hat in den vergangenen fünfundzwanzig Jahren achtzig Patente beantragt und erteilt bekommen. Was damals ein Zweimannbetrieb in gemieteten Räumen in Boston war, residiert heute auf einem weitläufigen Gelände in der Nähe von Genf in der Schweiz und beschäftigt hundertsechzig Angestellte.

Wie du vielleicht weißt, betrifft ihr bedeutendstes Patent ein organisches System, mit dem sich bis zu neunzig Prozent des Schwefels aus dem Rauch von Steinkohlekraftwerken herausfiltern lassen. Ein Jahr nachdem das Patent erteilt worden war, gingen Merrick/Singer damit an die Öffentlichkeit – und beide Männer wurden zu Milliardären. Das soll nicht heißen, dass es damals keine hitzigen Diskussionen gab, die sogar bis heute nachwirken. Umweltschutzorganisationen vertreten die Meinung, dass Steinkohlekraftwerke, auch wenn sie mit diesem Reinigungssystem ausgestattet sind, immer noch zu viel Dreck produzieren und eigentlich stillgelegt werden sollten. Zahlreiche Gerichtsprozesse sind anhängig, und jedes Jahr werden neue Klagen eingereicht.«

»Könnte es sein, dass Merrick von Ökoterroristen entführt wurde?«, unterbrach Juan den Bericht.

»Die Schweizer Polizei untersucht auch diese Möglichkeit«, sagte Linda. »Aber das ist nicht sehr wahrscheinlich. Welchen Sinn hätte eine solche Tat? Um auf den Bericht zurückzukommen, zehn Jahre nachdem sie mit ihrem IPO das große Los gezogen hatten, kam es zwischen Merrick und seinem Partner zu Differenzen. Bis zu diesem Augenblick hatten sich die beiden nahegestanden wie Brüder. Sie waren stets gemeinsam auf Pressekonferenzen erschienen. Ihre Familien verbrachten sogar die Ferien miteinander. Dann, in einem Zeitraum von zwei Monaten, schien Singer eine Persönlichkeitsveränderung durchgemacht zu haben. Er begann, die Umweltschützer in den Gerichtsprozessen zu unterstützen, die sie gegen seine eigene Firma führten, und zwang Merrick schließlich, ihn vollständig aus der Firma herauszukaufen. Sein Anteil wurde auf zwei Komma vier Milliarden geschätzt, und Merrick musste Klimmzüge machen, um so viel Bargeld zusammenzubringen. Um schließlich alles unter Dach und Fach zu bringen, musste er alle Anteile von Merrick/Singer persönlich zurückkaufen. Das führte ihn beinahe in die Pleite.«

»Das ist ja der reinste Kain-und-Abel-Stoff«, stellte Mark Murphy fest.

»Damals war es das Sensationsthema in sämtlichen Finanzzeitungen der Welt.«

»Was hat Singer seitdem getan?«

»Nachdem seine Frau ihn verlassen hatte, lebte er an der Küste von Maine in der Nähe des Ortes, an dem er aufwuchs. Bis vor fünf Jahren benutzte er sein Vermögen, um alle möglichen Umweltschutzprojekte zu unterstützen, einige davon ziemlich extrem. Dann verklagte er plötzlich eine Reihe von Umweltschutzorganisationen wegen Betrugs und behauptete, sie hätten ihm nur Geld aus der Tasche ziehen wollen. Er behauptete auch, die gesamte Bewegung sei für die Verantwortlichen in den leitenden Positionen nichts anderes als eine bequeme Möglichkeit, sich zu bereichern und dass sie in Wirklichkeit nichts täten, um dem Planeten wirklich zu helfen. Die Verfahren sind zum Teil noch anhängig, obwohl sich Singer ziemlich zurückgezogen hat und nicht mehr in der Öffentlichkeit blicken lässt.«

»Demnach ist er jetzt so etwas wie ein Einsiedler?«

»Nein. Er vermeidet nur jegliches Aufsehen. Während meiner Recherchen kam mir der Verdacht, dass Merrick das Aushängeschild und Singer das Gehirn ist, auch wenn sich beide das Podium teilten. Merrick schüttelte jedem die Hand und kannte die richtigen Leute auf dem Capitol Hill und später in den Korridoren der Macht in Bern, als sie mit der Firma in die Schweiz umzogen. Er trug Tausenddollaranzüge, während Singer sich mit ausgewaschenen Jeans und einer nachlässig gebundenen Krawatte begnügte. Merrick liebte das Scheinwerferlicht, während sich Singer lieber im Schatten hielt. Ich glaube, seit er die Firma verließ, hat er sich wieder zu jener introvertierten Persönlichkeit zurückentwickelt, die er schon früher war.«

»Das klingt nicht gerade nach einem kriminellen Genie«, sagte Juan.

»Das finde ich auch nicht. Er ist nur ein Wissenschaftler mit einer dicken Brieftasche.«

»Okay, demnach haben wir es mit einer Entführung mit Lösegeldforderung zu tun – oder gibt es da draußen noch jemand anderen, der es auf Merrick abgesehen hat?«

»Seit der Auseinandersetzung mit Singer läuft die Firma wie geschmiert.«

»Was genau tut sie oder stellte sie her?«

»Nun, da sie ausschließlich in privater Hand liegt, betreibt sie vorwiegend Forschung, die von Merrick finanziert wird. Sie erhalten pro Jahr immer noch einige Patente, aber nichts Weltbewegendes. Zum Beispiel für einen besseren molekularen Kleber, der bei irgendeinem esoterischen Verfahren Anwendung findet, oder für einen speziellen Schaum, der um einige Zehntelgrad temperaturbeständiger ist als ein Stoff, den es bereits auf dem Markt gibt.«

»Ist irgendetwas dabei, das jemand mittels Industriespionage zu stehlen versuchen würde?«

»Wir haben nichts dergleichen gefunden, aber es ist

durchaus möglich, dass sie an irgendeinem geheimen Projekt arbeiten.«

»Okay, wir behalten das mal im Auge. Aber jetzt erzählt doch von der Entführung.«

Mark richtete sich auf seinem Stuhl auf. »Merrick und eine Wissenschaftlerin namens Susan Donleavy wurden vom Nachtwächter im Hauptgebäude dabei beobachtet, wie sie – sich angeregt unterhaltend – gegen sieben Uhr zum Ausgang schlenderten. Merrick hatte gegen acht Uhr eine Verabredung zum Abendessen mitsamt Tischreservierung. Susan Donleavy lebt allein und hatte offensichtlich keine Pläne für den Abend.

Sie verließen das Gelände von Merrick/Singer in verschiedenen Fahrzeugen, Merrick in seinem Mercedes und Donleavy in einem Volkswagen. Ihre Wagen wurden knapp einen Kilometer vom Firmengelände entfernt aufgefunden. Mittels einer genauen Untersuchung der Reifenspuren konnte die Polizei rekonstruieren, dass ein drittes Fahrzeug – dem langen Radstand nach zu urteilen höchstwahrscheinlich ein Kleinbus – beide Pkw bei hoher Geschwindigkeit von der Straße abdrängte. Im Mercedes wurden Airbags ausgelöst, aber nicht im Volkswagen. Wahrscheinlich wurde Merrick zuerst bedrängt, und Susan Donleavy fuhr deutlich langsamer, als der Van sie rammte. Das Fenster auf der Fahrerseite von Merricks Wagen war eingeschlagen, sodass die Tür geöffnet werden konnte. Der Volkswagen hatte keine automatischen Türschlösser, daher dürfte sie einfach aus dem Wagen gezerrt worden sein.«

»Woher wusste man, dass es eine Entführung war und nicht irgendein guter Samariter, der sie rettete und ins nächste Krankenhaus brachte?«, fragte Cabrillo.

»Weil es in der Umgebung keine Krankenhäuser gibt, was die Polizei auch zu dem Schluss brachte, dass sie im Keller des guten Samariters eingesperrt wurden.«

»Richtig.«

»Bisher gab es keinerlei Lösegeldforderungen, und eine Fahndung nach dem Van hat auch nichts erbracht. Am Ende dürften sie den Wagen am Flughafen aufstöbern, weil wir wissen, dass Merrick und höchstwahrscheinlich auch Susan Donleavy mit einem Flugzeug außer Landes gebracht wurden.«

»Habt ihr die gestern von Genf abgehenden Charterflüge überprüft?«

»Eric arbeitet im Moment noch daran. Es sind mehr als fünfzig, weil irgendein wirtschaftsbezogenes Gipfeltreffen zu Ende ging und die Teilnehmer nach Hause flogen.«

Juan verdrehte die Augen. »Wie schön für uns.«

»Durchaus möglich, dass wir nicht einfach nur Pech hatten, sondern dass das Ganze sorgfältig geplant war«, sagte Linda.

»Ein guter Gedanke.«

»Bisher hat die Polizei keine Ahnung, wie sie die Situation deuten soll. Sie gehen in Warteposition, bis die Entführer ihre Forderung stellen.«

»Könnte es denn sein, dass es um Susan Donleavy ging und nicht um Geoffrey Merrick?«, fragte Juan.

Mark schüttelte den Kopf. »Das ist zu bezweifeln. Ich habe sie mittels der firmeneigenen Datenbank unter die Lupe genommen. Sie ist seit zwei Jahren dort angestellt und arbeitet im Bereich organische Chemie an ihrer Dissertation. Wie ich vorhin schon sagte, sie lebt allein. Kein Ehemann und auch keine Kinder. Die meisten Personalakten enthalten auch Informationen über Interessen und

Hobbys. Ihre enthielt lediglich ihre Zeugnisse und Referenzen. Absolut nichts Persönliches.

Sie ist wirklich niemand, den zu entführen ein Kidnapper einen Privatjet mieten würde.«

»Es erscheint unwahrscheinlich, egal wie man es betrachtet«, sagte Linda. »Merrick war das Ziel, und ich wette, die Donleavy wurde nur mitgenommen, weil sie eine Zeugin war.«

»Was ist mit dieser *Devil's Oasis*, die in dem abgehörten Telefonat erwähnt wurde?«, fragte Juan, um wieder aufs Thema zurückzukommen.

»Darauf konnten wir keinen Hinweis im Internet finden«, erwiderte Linda. »Es muss sich um einen Codenamen handeln, daher könnte sie sich überall befinden. Wenn wir uns ansehen, wo wir uns befanden, als wir das Gespräch abfingen und sie sagten, sie würden diesen Ort gegen vier Uhr morgens erreichen, so könnte er sich in einem Umkreis befinden, der die östliche Spitze von Südamerika einschließt. Oder sie haben Kurs nach Norden genommen und wollten nach Europa zurück.«

»Das klingt nicht sehr wahrscheinlich. Nehmen wir einfach an, sie verfolgten von der Schweiz aus weiterhin den geradlinigen Südkurs, der sie über uns hinweggeführt hat. Wo liegt dann der wahrscheinlichste Landeplatz?«

»Irgendwo in Namibia, Botswana, Simbabwe oder Südafrika.«

»Und – bei unserem Glück – um was wetten wir, dass es Simbabwe ist?«, murmelte Mark.

Jahre hemmungsloser Korruption und mangelhafter Wirtschaftsplanung hatten das einst wohlhabende Land in eine der ärmsten Nationen der Welt verwandelt. Die mühsam unterdrückte Wut auf die repressive Regierung drohte sich jeden Augenblick zu entladen. Berichte von Angriffen auf einsame Dörfer, die sich gegen das Regime auflehnten, häuften sich, während Unterernährung und Krankheiten ständig zunahmen. Alles deutete auf einen Bürgerkrieg hin, der in einigen Monaten oder auch nur Wochen ausbrechen konnte.

»Auch das muss nicht unbedingt unser Pech sein, sondern könnte ebenfalls auf sorgfältige Planung zurückgeführt werden«, sagte Linda. »Das Zentrum eines Kriegsgebietes wäre wirklich der letzte Ort, wo ich nach einem entführten Industriellen suchen würde. Sie hätten die Regierung problemlos bestechen können, sodass sie in die andere Richtung blickt, während sie ihren Gefangenen über die Grenze bringen.«

»Okay, konzentriert eure Suche nach *Devil's Oasis* auf Simbabwe, aber schließt nicht von vornherein alle anderen Möglichkeiten aus. Wir dampfen weiter nach Süden und hoffen, dass ihr mehr wisst, wenn wir den Wendekreis des Krebses erreichen. Unterdessen setze ich mich mal mit Langston in Verbindung, um mich zu erkundigen, ob die CIA irgendwelche Erkenntnisse über diese Geschichte hat. Vielleicht bitte ich ihn auch, mal seine Fühler zur Schweizer Regierung oder zur Geschäftsleitung von Merrick/Singer auszustrecken. Und ihnen anzudeuten, dass ihnen verschiedene Optionen zur Verfügung stehen.«

»Das ist aber nicht unsere übliche Vorgehensweise, großer Meister.«

»Ich weiß, Linda, aber vielleicht sind wir ja zur richtigen Zeit am richtigen Ort, um wirkungsvoll eingreifen zu können.«

»Oder die Entführer schicken heute ihre Forderungen, Merrick/Singer zahlen das Lösegeld, und der gute alte

Geoffrey isst schon heute Abend im Kreise seiner Lieben wieder zu Abend.«

»Du vergisst einen kritischen Punkt.« Juans Stimme klang bei Weitem nicht so locker wie ihre. »Ihn mit einem Flugzeug außer Landes zu bringen, birgt ein hohes Risiko, das sie nicht hätten eingehen müssen, wenn es nur um ein Lösegeld ginge. Wenn das alles wäre, was sie wollen, so hätten sie ihn irgendwo innerhalb der Schweiz verstecken, ihre Forderung nennen und die ganze Angelegenheit schnell zum Abschluss bringen können. Wenn ihre Planung so präzise und sorgfältig ist, wie ich vermute, dann steckt hinter dieser Sache weitaus mehr, als auf den ersten Blick zu erkennen ist.«

Linda Ross nickte, als ihr der Ernst der Situation bewusst wurde. »Und zum Beispiel … was?«

»Findet *Devil's Oasis*, und vielleicht wissen wir dann Bescheid.«

7

Die Kopfhörer, die auf Sloanes Ohren drückten, brachten sie derart zum Schwitzen, dass sich ihr Haar anfühlte, als klebte es auf der Haut. Sie abzunehmen hätte jedoch zur Folge gehabt, dass sie das Dröhnen des Hubschraubermotors und des Rotors hätte ertragen müssen. Es war dieses Zusammenwirken von Unannehmlichkeiten, das sie seit zwei fruchtlosen Tagen hatte ertragen müssen.

Die Rückseite ihrer Bluse fühlte sich ebenfalls klebrig an. Jedes Mal, wenn sie ihre Haltung veränderte, blieb der Stoff an der Lehne ihres Kunstledersitzes haften. Mittlerweile hatte sie gelernt, die Bluse vorne so festzuhalten, wenn sie sich bewegte, dass sie sich nicht vor ihrer Brust straffte, was Luka, der neben ihr auf der Rückbank saß, immer wieder mit einem lüsternen Grinsen quittierte. Lieber hätte sie vorne neben dem Piloten gesessen, doch er meinte, er brauche Tonys Gewicht im Cockpit, um den kleinen Helikopter im Gleichgewicht zu halten.

Sie kehrten zum letzten Mal nach Swakopmund zurück, wofür sie einerseits dankbar war, was sie andererseits aber auch zutiefst frustrierte. Sieben Mal waren sie schon auf den Ozean hinausgeflogen, um die Stellen abzusuchen, die sie auf ihrer Landkarte eingezeichnet hatte, und sieben Mal waren sie zum Auftanken zurückgekehrt, nachdem sie nichts anderes gefunden hatten als natürliche Felsformationen. Der tragbare Metalldetektor, den sie an einer langen Leine ins Wasser hinablassen konnten, hatte bisher kein metallisches Objekt – größer als einen Anker geschweige denn ein ganzes Schiff – angezeigt.

Ihr ganzer Körper schmerzte nach so vielen heißen Stunden im engen Helikopter, und sie glaubte, Lukas penetranten Körpergeruch niemals mehr aus ihrer Nase vertreiben zu können. Sie hatte derart fest auf ihren Plan vertraut, sich der Kenntnisse der einheimischen Fischer von den Gewässern vor der Küste zu bedienen, dass sie einen Fehlschlag nicht einmal entfernt in Erwägung gezogen hatte. Aber nun, da sie wieder einmal unverrichteter Dinge zu dem kleinen Hubschrauberlandeplatz in den Dünen außerhalb von Swakopmund zurückkehrten, zog das Gefühl der Niederlage ihre Kehle schmerzhaft zusammen, während der vom Ozean unter ihr reflektierte grelle Sonnenschein durch die dunklen Gläser ihrer Sonnenbrille drang und ein dumpfes Pochen in ihrem Kopf erzeugte.

Tony wandte sich auf seinem Sitz um und forderte sie mit einer Handbewegung auf, die Kopfhörer wieder ins Intercom des Hubschraubers einzuklinken. Sie hatte die Verbindung getrennt, um ihren tristen Gedanken ungestört nachhängen zu können.

»Der Pilot meint, die Maschine verfüge nicht über die Reichweite, um diesen letzten Punkt auf der Karte zu untersuchen. Es ist die Position, die Papa Heinrick uns genannt hat.«

»Was ist mit Papa Heinrick?«, fragte Luka und hüllte Sloane in eine Wolke Mundgeruch ein.

Irgendetwas hatte Sloane davon abgehalten, ihren nächtlichen Bootstrip zu erwähnen, den sie in die Sandwich Bay unternommen hatten, um den verrückten Fischer zu besuchen. Sie hatte ihn vorwiegend deshalb verschwiegen, weil sie widerwillig eingestehen musste, dass Luka die ganze Zeit Recht gehabt hatte, und sie sich vor dem Führer keine Blöße geben wollte.

Sloane, die sich wünschte, dass Tony lieber den Mund gehalten hätte, zuckte die Achseln. »Das ist nicht so wichtig. Er war völlig hinüber. Wir haben mehr als zweitauend Dollar für Sprit vergeudet, um den Hinweisen zuverlässiger Quellen nachzugehen. Ich glaube nicht, dass es Sinn hat, noch mehr für Papa Heinrick und seine Riesenschlangen zu verschwenden.«

»Riesenwas?«, fragte der Pilot. Er war ein Südafrikaner mit einem schwerfälligen Afrikaansakzent.

»Riesenschlangen«, wiederholte Sloane und kam sich dabei ein wenig lächerlich vor. »Er behauptet, er sei von riesigen Schlangen aus Metall attackiert worden.«

»Wahrscheinlich war er mal wieder im Delirium tremens«, sagte der Pilot. »Jeder hier weiß, dass Papa Heinrick der größte Säufer auf dem Planeten ist. Ich habe ihn einmal dabei erlebt, wie er zwei australische Rucksacktouristen unter den Tisch gesoffen hat, und diese beiden Burschen waren so groß wie Elefanten. Ich glaube, es waren Rugbyspieler. Wenn er behauptet, Schlangen gesehen zu haben, können Sie jeden Rand darauf verwetten, dass er sternengranatenvoll war, als er sie zu sehen glaubte.«

»Riesenschlangen«, wiederholte Luka kichernd. »Habe ich Ihnen nicht versichert, dass Papa Heinrick verrückt ist? Sie vergeuden nur Ihre Zeit, wenn Sie mit ihm reden. Sie sollten Luka vertrauen. Ich finde die Stelle, die Sie suchen. Sie werden es erleben. Es gibt da draußen jede Menge Punkte, wo das Gesuchte sein könnte.«

»Ohne mich«, sagte Tony. »Ich muss übermorgen wieder zu Hause sein, und ich möchte jetzt nichts anderes, als gemütlich am Swimmingpool zu sitzen.«

»Das ist schon okay«, sagte Luka mit einem schnellen Blick auf Sloanes lange Beine, deren makellose Form durch ihre kurzen Shorts unterstrichen wurde. »Ich nehme Miss Sloane in einem Boot mit, das eine größere Reichweite hat als der Hubschrauber.«

»Ich glaube nicht«, erwiderte Sloane scharf genug, um Tonys Aufmerksamkeit zu erregen. Sie funkelte ihn wütend an, und er brauchte einen Augenblick, um zu begreifen, hinter was ihr Führer eigentlich her war.

»Wir warten ab. Mal sehen, wie ich mich morgen früh fühle, hm?«, sagte er. »Eine Bootsfahrt wäre vielleicht gar nicht so übel.«

»Sie vergeuden nur Ihre Zeit«, murmelte der Pilot.

Sloane war überzeugt, dass er damit Recht hatte.

Der Helikopter erreichte zwanzig Minuten später den Landeplatz. Der Rotor wirbelte eine dichte Sandwolke auf, die den Erdboden verhüllte und den Windsack so aufblähte, dass er wie ein überdimensionaler rosa Finger in die Gegend deutete. Der Pilot setzte den Helikopter behutsam auf dem Erdboden auf und schaltete den Motor sofort aus. Die Wirkung setzte augenblicklich ein. Das durchdringende Heulen des Motors verstummte und die Rotorblätter wurden langsamer. Der Pilot öffnete die Tür, ehe sie ganz stoppten, und ersetzte die heiße, nach Schweiß riechende Luft in der Kabine durch heiße trockene Luft von draußen. Trotzdem war es eine Erleichterung.

Sloane öffnete die Tür auf ihrer Seite und stieg aus dem Heli. Dabei duckte sie sich instinktiv, da sich die Rotorflügel immer noch über ihrem Kopf drehten. Sie schnappte sich ihre Reisetasche und ging dann zum vorderen Ende des Hubschraubers, um Tony dabei zu helfen, den Metalldetektor und die Kabeltrommel von der linken Kufe abzuhängen. Gemeinsam schleppten sie das einen Zentner schwere Gerät zur Ladefläche des Pick-up, den sie gemietet hatten. Luka machte keinerlei Anstalten, ihnen zu helfen, und saugte stattdessen nur heftig an seiner ersten Zigarette seit zwei Stunden.

Tony rechnete mit dem Piloten dessen Dienste für den Tag ab und behielt nach der Bezahlung nur noch zwei seiner Travellerschecks übrig, die im Spielkasino ihres Hotels zu verlieren, er bereits gelobt hatte. Die Pilot schüttelte beiden die Hand, bedankte sich dafür, dass sie sich für seinen Charterservice entschieden hatten und gab ihnen noch einen Rat mit auf den Weg: »Bestimmt haben Sie längst bemerkt, dass Luka ein Gauner und ein Dieb ist, aber was Papa Heinrick betrifft, da hat er Recht. Der alte Mann ist nicht ganz richtig im Kopf. Sie hatten beide Ihren Spaß dabei, nach einem gesunkenen Schiff zu suchen. Genießen Sie nun auch die letzten Tage Ihres Urlaubs. Machen Sie einen Ausflug in die Wüste, oder entspannen Sie sich am Swimmingpool, wie Tony es vorgeschlagen hat.«

Als Luka sich außer Sichtweite befand, erwiderte Sloane: »Piet, wir sind um die halbe Welt gereist. Was bedeutet da ein weiterer vergeudeter Tag?«

Der Pilot lachte verhalten. »Genau das ist es, was ich bei euch Amerikanern so liebe. Ihr gebt niemals auf.«

Sie tauschten einen weiteren Händedruck, und Luka schwang sich auf die Ladefläche des vierradgetriebenen Pick-up. Vor einer Bar in dem Arbeiterviertel in Walvis Bay, wo er wohnte, setzten sie ihn ab. Sie zahlten ihm sein tägliches Honorar aus, und trotz ihrer Beteuerungen, dass sie ihn wahrscheinlich nicht mehr brauchen würden, versprach er, dass er ihnen am nächsten Morgen ab neun Uhr im Hotel wieder zur Verfügung stünde.

»Mein Gott, er ist unausstehlich«, stöhnte Sloane.

»Ich verstehe Ihr Problem mit ihm gar nicht. Sicher, er hätte eine Dusche und gelegentlich auch ein Pfefferminzbonbon nötig, aber sonst hat er uns doch sehr geholfen.«

»Wenn Sie eine Frau wären und er dauernd um Sie herumscharwenzeln würde, hätten Sie sicherlich Verständnis für mich.«

Swakopmund ähnelte keiner anderen Stadt in Afrika. Weil Namibia einst eine deutsche Kolonie gewesen war, wartete die Stadt mit einer rein bayerischen Architektur auf, die vorwiegend aus regelrechten Lebkuchenhäusern und soliden evangelischen Kirchen bestand. Die mit Palmen gesäumten Straßen waren breit und bestens gepflegt, auch wenn der Wind dafür sorgte, dass alles mit einer Schicht Sand aus der Wüste bedeckt war. Dank eines direkten Zugangs zu einem Seehafen in Walvis Bay entwickelte sich der Ort zu einem beliebten Ausgangspunkt für Unternehmungen der Outdoor- und Abenteuerfreaks.

Sloane lehnte Tonys Einladung zu einem gemeinsamen Dinner am Hotelbüfett und einem Abend im Spielkasino höflich, aber bestimmt ab. »Ich glaube, ich setze mich ins Restaurant am Leuchtturm und genieße den Sonnenuntergang.«

»Wie Sie wollen«, sagte Tony und suchte sein Zimmer auf.

Nach dem Duschen schlüpfte Sloane in ein leichtes Sommerkleid, das mit Blumen bedruckt war, und dann in flache Sandalen hinein und drapierte einen Pulli über ihre Schultern. Sie ließ ihr kupferrotes Haar ungebändigt auf ihre Schultern herabwallen und verwendete ein wenig Make-up, um die roten Flecken auf ihren Wangen, wo die Sonne sie leicht verbrannt hatte, zu überdecken. Obgleich sich Tony während der gesamten Reise als perfekter Gentleman erwiesen hatte, sagte ihr eine innere Stimme, dass er an diesem Abend, nachdem er zwei Stunden lang im Spielkasino James Bond gespielt hätte, bestimmt einen Annäherungsversuch unternehmen würde. Da wollte sie lieber nicht in der Nähe sein.

Sie schlenderte die Bahnhof Street hinunter und betrachtete die Auslagen in den Schaufenstern, die vorwiegend aus Schnitzereien der Eingeborenen und bemalten Straußeneiern als Souvenirs für Touristen bestanden. Der Wind, der vom Atlantik kam, erfrischte die Stadt und reinigte die Luft vom Staub. Als sie das Ende der Straße erreichte, lag Palm Beach rechts von ihr, und vor ihr erstreckte sich die Mole. Diese Mole war ein natürlicher

Streifen Land, der Palm Beach abschirmte, und an seiner Spitze erhob sich ein schlanker Leuchtturm. Sie erreichte ihr Ziel wenige Minuten später. Ein Stück über die tobende Brandung hinausragend, bot das Restaurant spektakuläre Ausblicke. Einige Touristen hatten sich bereits mit der gleichen Absicht wie Sloane dort eingefunden.

An der Bar bestellte sie sich ein deutsches Bier und trug es zu einem freien Platz mit Blick aufs Meer.

Sloane Macintyre war nicht an Niederlagen gewöhnt, daher war sie besonders verärgert, dass diese Reise wohl ein Schlag ins Wasser war. Sicher, es mochte von Anfang ein ziemlich gewagtes Unterfangen gewesen sein, aber sie war noch immer der Überzeugung, dass sie eine gute Chance hatten, die HMS *Rove* zu finden.

Aber wie groß, fragte sie sich, wie groß war die Chance, dass die Gerüchte zutrafen? Tausend zu eins? Eine Million? Und was würde sie dafür bekommen, wenn sie es tatsächlich finden sollte? Ein anerkennendes Schulterklopfen und einen Bonus. Sie musste sich fragen, ob es die ganze Sache überhaupt wert war, sich dafür mit Tonys Gereiztheit und Lukas lüsternen Blicken und Papa Heinricks offensichtlichem Wahnsinn herumzuschlagen. Sie leerte das Glas Bier mit drei wütenden Schlucken und bestellte ein zweites sowie ein Fischgericht.

Sie aß, während die Sonne im Meer versank, und dachte dabei über ihr Leben nach. Sie hatte eine Schwester mit einem Ehemann, einem Beruf und drei Kindern, während sie selbst sich so selten in ihrer Wohnung in London aufhielt, dass sie all ihre Grünpflanzen zu Gunsten von Plastikimitaten weggeworfen hatte, weil sie immer an Wassermangel und allgemeiner Vernachlässigung eingingen. Sie dachte an ihre letzte Beziehung – und wie auch sie im

Sande verlief, weil sie nie da war. Aber am intensivsten brütete sie darüber nach, wie es nur kommen konnte, dass eine Frau mit einem Wirtschaftsdiplom von der Columbia Universität offenbar nichts anderes zu tun hatte, als sich in Ländern der Dritten Welt herumzutreiben und einheimische Fischer zu befragen, wo sie ihre Netze verloren.

Während sie ihre Mahlzeit beendete, entschied sie, dass sie, wenn sie wieder zu Hause wäre, einen eingehenden Blick auf ihr Leben werfen und sich überlegen würde, was sie eigentlich wollte. In drei Jahren wäre sie vierzig, und während ihr das im Augenblick zwar überhaupt nicht alt vorkam, erinnerte sie sich doch daran, wie hoffnungslos alt es ihr mit zwanzig Jahren vorgekommen war. Sie war von ihren Karrierezielen weit entfernt und ahnte, dass sie in der Firmenhierarchie nicht viel höher steigen würde, wenn sie nicht einen drastischen Schritt unternahm.

Was sie, wie sie meinte, getan hatte, indem sie nach Namibia gereist war. Aber jetzt stellte sich dieser Schritt eben als Fehlschlag heraus, und sie war nur noch wütend auf sich selbst, weil sie sich so sehr geirrt hatte.

Die Luft kühlte sich ab, da der Wind einen weiten Weg über den kalten Atlantik hinter sich hatte. Sie schlüpfte in ihren Pullover und bezahlte ihre Rechnung. Sie ließ auch ein großzügiges Trinkgeld auf dem Tisch liegen, obwohl es in ihrem Reiseführer hieß, dass Kellner im Allgemeinen eine solche Geste gar nicht erwarteten.

Für den Rückweg zum Hotel wählte sie einen anderen Weg als vorher, weil sie noch mehr von der alten Stadt sehen wollte. Die Bürgersteige waren verlassen, außer in der Nähe zweier Restaurants, und auf der Straße herrschte keinerlei Verkehr. Nach afrikanischen Maßstäben als wohlhabend eingestuft, war Namibia immer noch ein armes Land, und die Menschen richteten ihr Leben nach dem natürlichen Tagesrhythmus. Die meisten gingen bereits um acht Uhr zu Bett, daher brannte nur in wenigen Häusern Licht.

Sloane bemerkte die Schritte, als der Wind plötzlich einschlief. Ohne sein leises Säuseln war das Geräusch von Schuhen auf Zement deutlich zu hören. Sie wandte sich um und sah einen Schatten, der sich schnell hinter einer Hausecke verbarg. Wäre die Person weiter auf sie zugegangen, hätte sie das Ganze vermutlich als Trugbild ihres eigenen Verfolgungswahns abgetan. Doch ihr Verfolger wollte nicht bemerkt werden, und Sloane erkannte in diesem Augenblick, dass sie sich in diesem Teil der Stadt überhaupt nicht auskannte.

Sie wusste, dass sich das Hotel etwa fünf Straßen weiter links von ihr befand. Es war eines der größeren Bauwerke in der Bahnhof Street. Sie brauchte diese Straße nur zu erreichen – und wäre in Sicherheit. Sie verfiel in einen schnellen Trab, verlor nach einigen Schritten aber eine Sandale und schleuderte die andere schnell von ihrem anderen Fuß, während ihr Verfolger einen erschreckten Laut über ihre Reaktion von sich gab und sofort hinter ihr herrannte.

Sloane rannte so schnell sie konnte, wobei ihre Füße auf den Bürgersteig klatschten. Kurz bevor sie um eine Ecke bog, wagte sie einen Blick zurück. Sie waren zu zweit! Sie dachte, es könnten vielleicht zwei von den Fischern sein, die sie und Tony befragt hatten, aber dann konnte sie erkennen, dass beide Männer weiß waren, und es sah so aus, als hätte einer von ihnen eine Pistole.

Sie rannte um eine Ecke und beschleunigte ihre Schritte. Sie wusste, sie würden aufholen, aber wenn sie es nur bis in die Nähe des Hotels schaffte, würden die Männer sicherlich zurückbleiben. Mit pumpenden Armen und dem Wunsch im Hinterkopf, sich lieber für einen Sport-BH entschieden zu haben anstatt für dieses Seidending, das sie trug, jagte Sloane über eine Seitenstraße. Sie verlor die Männer für einen kurzen Moment aus den Augen, sodass sie in die nächste Gasse einbog, die sich neben ihr öffnete.

Sie hatte schon fast ihr Ende erreicht, an dem sie in eine andere Straße mündete, als sie gegen eine Blechkanne trat, die sie in der Dunkelheit nicht gesehen hatte. Der Schmerz in ihrem gestauchten Zeh war nichts im Vergleich zu der Wut darüber, dass sie die Kanne nicht bemerkt hatte. Sie klang wie ein Glockenschlag, und während sie die Gasse hinter sich ließ, wusste sie, dass ihre Verfolger den Ton ebenfalls gehört haben mussten. Sie wandte sich wieder nach links und sah einen Wagen, der sich schnell näherte. Sloane rannte auf die Fahrbahn hinaus und ruderte wild mit den Armen. Der Wagen wurde langsamer. Sie konnte einen Mann und eine Frau darin erkennen. Auf dem Rücksitz saßen Kinder.

Die Frau sagte etwas zu ihrem Mann, und er wandte schuldbewusst den Blick ab, während er Gas gab und vorbeifuhr. Sloane stieß einen Fluch aus. Sie hatte wertvolle Sekunden damit verloren, dass sie auf ihre Hilfe gehofft hatte. Nun rannte sie weiter, und ihre Lungen brannten.

Der Knall eines Pistolenschusses und ein Regen von Zementsplittern vom Gebäude neben ihr trafen Sloane gleichzeitig. Der Schütze hatte ihren Kopf um weniger als dreißig Zentimeter verfehlt. Sie kämpfte gegen den Impuls an, sich zu ducken, wodurch ihr Lauf gebremst worden wäre, und sprintete weiter wie eine Gazelle, wobei sie Haken nach rechts und links schlug, um das Zielen auf sie zu erschweren.

Sie sah ein Hinweisschild für die Wasserfall Street und wusste, dass sie nun nur noch einen halben Block von ihrem Hotel entfernt war. Sie beschleunigte ihre Schritte noch einmal, wozu sie sich niemals für fähig gehalten hätte, und gelangte auf die Bahnhof Street. Ihr Hotel stand praktisch genau vor ihr, und dichter Verkehr herrschte auf beiden Fahrspuren. Der Bereich um den alten umgebauten Bahnhof war hell erleuchtet. Sie schlängelte sich durch den Verkehr, ignorierte das aufgeregte Hupen und erreichte schließlich den Hoteleingang. Sie drehte sich um. Die beiden Männer standen auf der anderen Straßenseite und blickten wütend zu ihr hinüber. Der Schütze hatte die Pistole unter seiner Jacke verborgen. Er legte die Hände zu einem Trichter an den Mund und rief: »Das war eine Warnung! Verschwinden Sie aus Namibia, sonst schieße ich beim nächsten Mal nicht daneben!«

Ein Anflug von Trotz weckte in Sloane den Wunsch, ihm den Finger zu zeigen, doch alles, was sie zustande brachte, war auf der Treppe zusammenzusinken, während sich ihre Augen mit Tränen füllten und ihre Brust sich unter heftigen Atemzügen hob und senkte. Ein Portier kam heran und beugte sich über sie.

»Sind Sie okay, Miss?«

»Es ist alles in Ordnung«, erwiderte Sloane, kam auf die Füße und klopfte sich den Staub vom Gesäß. Mit den Fingerknöcheln trocknete sie sich die Augen. Die Stelle, wo die Männer gestanden hatten, war leer. Obgleich ihre Lippen noch immer zitterten und ihre Beine sich anfühlten wie Wackelpudding, straffte Sloane die Schultern, hob den rechten Arm und streckte dann den Mittelfinger nach oben.

8

Die dicken Steinmauern konnten ihre Schreie nicht verschlucken. Die Wände sogen die Sonnenhitze auf, bis die Steine zu heiß zum Anfassen waren, doch sie ließen Susan Donleavys gepeinigte Schreie durch das Gebäude hallen, als befände sie sich lediglich in der Zelle nebenan. Anfangs hatte sich Geoff Merrick gezwungen zuzuhören, als könnte die Tatsache, dass er Zeuge ihrer Leiden war, die Schmerzen der jungen Frau lindern. Unerschütterlich hatte er ihre durchdringenden Schreie eine Stunde lang ertragen und war jedes Mal zusammengezuckt, wenn sich ihre Stimme in derart gequälte Höhen hinaufschwang, dass es sich anfühlte, als würde sein Kopf davon jeden Moment zerspringen wie ein Kristall. Nun, während er auf dem Lehmfußboden seiner Zelle saß, presste er die Hände auf seine Ohren und summte laut vor sich hin, um ihre Schreie zu übertönen.

Sie hatten sie kurz nach Tagesanbruch geholt, als das Gefängnis noch kein Glutofen war und das Licht, das durch das einzige glaslose Fenster hoch oben in der östlichen Wand hereindrang, noch eine gewisse Freundlichkeit ausstrahlte. Der Zellenblock maß mindestens zwanzig mal zwanzig Meter und war wenigstens zehn Meter hoch. Er war in zahlreiche Zellen aufgeteilt, mit Steinwänden an drei Seiten und Eisengittern an der vierten – sowie als Decke. Eine zweite und dritte Zellenreihe waren ringförmig um den Raum über ihm angeordnet und über eine schmiedeeiserne Wendeltreppe erreichbar. Trotz des offensichtlichen Alters der Anlage waren die Eisengitter so stabil wie in einem modernen Hochsicherheitsgefängnis.

Noch hatte Merrick seine Peiniger nicht von Angesicht zu Angesicht gesehen. Sie hatten Skimützen getragen, als sie seinen Wagen kurz nach Verlassen des Laborkomplexes von der Straße gedrängt und ihn in dieses Höllenloch gebracht hatten. Es gab mindestens drei von ihnen, wie er an Unterschieden ihrer Gestalten erkennen konnte. Einer war groß und massig und trug nichts anderes als ärmellose Muskelshirts. Ein anderer war schlank und hatte hellblaue Augen, während der dritte daran zu erkennen war, dass er nicht so aussah wie die ersten beiden.

In den drei Tagen nach ihrer Entführung hatten ihre Gefängnisaufseher kein einziges Wort mit ihnen gesprochen. Sie waren im Van, der ihre Wagen von der Straße gefegt hatte, bis auf die Haut ausgezogen worden und hatten dafür Overalls erhalten. Sämtlicher Schmuck war ihnen abgenommen worden, und anstelle von festen Schuhen mussten sie Badesandalen aus Gummi tragen. Sie erhielten zwei Mahlzeiten pro Tag, und Merricks Zelle hatte als Toilette ein Loch im Fußboden, durch das heiße Luft und Sand hereinwehten, wenn draußen Wind aufkam. Seit sie eingesperrt worden waren, hatten sich die Aufseher nur blicken lassen, um ihnen das Essen zu bringen.

Dann hatten sie an diesem Morgen Susan geholt. Weil sich ihre Zelle innerhalb des Blocks in einer anderen Reihe befand, hatte Merrick nicht sicher sein können, aber es hatte geklungen, als hätten sie sie an den Haaren auf die Füße hochgerissen. Sie hatten sie dann an ihm vorbeigeschleift und durch die einzige feste Tür des Raums geschafft, eine dicke Eisenplatte mit Gucklöchern.

Susan war bleich, in ihren Augen lag ein Ausdruck der Verzweiflung. Er hatte ihren Namen gerufen und war mit der Absicht, sie zu berühren, ihr ein Zeichen seines Mitgefühls zu übermitteln, zum Gitter geeilt. Aber der kleinste der Wächter hatte mit einem Polizeiknüppel gegen die Gitterstäbe geschlagen. Hilflos war Merrick zurückgewichen, während sie sie weggeschleift hatten. Indem er die Hitze abschätzte, die sich in dem Raum entwickelt hatte, nahm er an, dass seitdem vier Stunden verstrichen waren. Zuerst war es still gewesen, und dann waren die Schreie erklungen. Und jetzt durchlebte Susan gerade die zweite Stunde ihrer Foltern.

Nachdem sie mindestens sechs Stunden lang mit verbundenen Augen geflogen waren, hatte Merrick nicht die geringste Ahnung, was hier überhaupt geschah. Er und Susan hatten sich in der Nacht flüsternd unterhalten und Spekulationen über die Absichten ihrer Entführer angestellt. Während Susan darauf bestand, dass es wegen seines Geldes passiert sein müsse und man sie nur deswegen gleich mit entführt hatte, weil sie eine Zeugin war, äußerte Merrick seine Zweifel daran. Er war nicht aufgefordert worden, sich mit irgendwem in seiner Firma in Verbindung zu setzen, um sich um die Beschaffung eines Lösegeldes zu kümmern, oder hatte irgendeinen Hinweis darauf erhalten, dass seine Leute überhaupt wussten, dass er und Susan noch am Leben waren. Zugegebenermaßen lag der Sicherheitskursus für das leitende Personal, an dem er teilgenommen hatte, schon einige Jahre zurück, aber er konnte sich gut genug daran erinnern, um zu erkennen, dass seine Entführer nicht dem gewöhnlichen Muster entsprachen.

Und jetzt dies. Sie folterten Susan Donleavy, eine loyale, engagierte Angestellte, die nur wenig von der Firma wusste und auch sonst nicht viel mehr kannte als ihre Reagenzröhrchen und Bechergläser. Merrick erinnerte sich an ihr Gespräch vor ein paar Wochen über ihre Idee, Ölkatastrophen mit ihrem modifizierten Plankton zu Leibe zu rücken. Er hatte ihr nicht gesagt, dass ihre Ziele zwar ein wenig hochgesteckt waren, dass ihr Konzept jedoch reichlich exotisch anmutete. Sein gesamter Kommentar über Rache als großer Motivator war nicht mehr als hohles Gewäsch gewesen, eine Standardrede, die er schon Hunderte von Malen in hundert verschiedenen Variationen gehalten hatte. Sie wäre besser beraten gewesen, ein Kindheitstrauma unter Aufsicht eines Psychiaters und nicht in ihrem Labor zu verarbeiten.

Der Gedanke an ihr Projekt ließ ihn auch sämtliche anderen Forschungspläne durchgehen, die im Augenblick bei Merrick/Singer in Arbeit waren. Seit er in der Zelle gelandet war, hatte er das schon des Öfteren getan. Aber da war nichts, absolut nichts, das eine solche Tat rechtfertigen würde, wenn es sich um einen Fall von Industriespionage handeln sollte. Es gab nichts Neues oder gar Revolutionäres, das sie sich in absehbarer Zeit patentieren lassen wollten. Tatsächlich hatten sie kein wirklich einträgliches Patent mehr erworben, seit Dan Singer ihre Anlagen zur Schwefelabsorption auf den Markt gebracht hatte. Die Firma war für ihn zur Zeit eigentlich nichts anderes als ein Prestigeobjekt, um auf dem Gebiet der Chemieforschung präsent zu sein und weiterhin als Redner zu Symposien eingeladen zu werden.

Die Schreie verstummten. Sie wurden nicht allmählich leiser, sondern sie brachen abrupt ab. Und die Vermutungen, die sich aus der plötzlich einsetzenden Stille ergaben, waren noch viel entsetzlicher.

Geoff Merrick sprang auf und zwängte sein Gesicht so zwischen die Eisenstäbe, dass er einen Teil der Tür zum

Zellenblock erkennen konnte. Ein paar Minuten später wurden die Riegel zurückgeschoben und die schwere Stahltür schwang knarrend auf.

Sie mussten sie hereinschleifen, die Arme um die Hälse zweier Wächter geschlungen, während der dritte ein Schlüsselbund in der Hand hielt. Als sie näher kamen, konnte Merrick in Susan Donleavys Haaren Spuren von getrocknetem Blut erkennen. Ihr Overall war am Hals aufgerissen, und die Haut ihrer Schultern und ihres Brustansatzes war stark gerötet. Sie schaffte es, den Kopf zu heben, als sie an seinem Käfig vorbeigeschleppt wurde. Es verschlug Merrick den Atem. Ihr Gesicht war völlig entstellt. Ein Auge war zugeschwollen, während sie das andere kaum aufbekam. Blut und Speichel sickerten in schmalen Rinnsalen von ihren aufgesprungenen Lippen herab.

Ein letzter Rest Leben flackerte noch in ihrem Auge, als sie ihn ansah.

»Gütiger Himmel, Susan. Es tut mir so leid.« Er versuchte gar nicht erst, gegen seine Tränen anzukämpfen. Sie war in einem derart bemitleidenswerten Zustand, dass er auch geweint hätte, wenn sie eine völlig Fremde gewesen wäre. Dass sie aber eine Angestellte war und er irgendwie die Verantwortung für das trug, was man ihr angetan hatte, zerriss ihm das Herz.

Sie spuckte einige Brocken roten Schleims auf den Steinboden und krächzte: »Sie haben mir noch nicht einmal irgendwelche Fragen gestellt.«

»Ihr Schweine!«, brüllte er die Wächter an. »Ich zahle jeden Preis, den ihr verlangt. Ihr braucht sie nicht zu quälen. Sie ist unschuldig.«

Sie hätten ebenso gut taub sein können, denn sie zeigten

keinerlei Reaktion auf seinen Wutausbruch. Sie zerrten sie einfach aus seinem Sichtfeld. Er hörte, wie ihre Zellentür geöffnet wurde und die Männer sie brutal hineinstießen. Die Eisentür wurde krachend zugeschlagen und verriegelt.

Merrick beschloss, sich mit aller Kraft zu wehren, wenn sie zum ihm kämen, um ihn zu holen. Wenn er gefoltert werden sollte, dann wollte er ihnen wenigstens auch noch Schmerzen zufügen. Er wartete in seiner Zelle auf sie, die Fäuste geballt und bereit zu einem verzweifelten Angriff.

Der kleinste Wächter – es war der mit den blauen Augen – erschien. Er hielt etwas in der Hand, und ehe Merrick erkennen konnte, was es war, oder reagieren konnte, schoss der Wächter. Es war ein Tazer, der fünfzigtausend Volt in seinen Körper pumpte und sein Nervensystem in einer Schmerzexplosion lahmlegte. Merrick wurde eine Sekunde lang völlig starr, dann brach er zusammen. Als er das Bewusstsein wiedererlangte, hatten sie ihn bereits aus der Zelle geschafft und befanden sich auf halbem Weg zur Tür des Zellenblocks. In dem Schmerzinferno nach dem elektrischen Schlag hatte er jeglichen Kampfeswillen verloren.

9

Sloane Macintyre trug eine Baseballmütze, um ihr Haar in dem Fünfundzwanzig-Knoten-Wind zu bändigen, der durch die Reisegeschwindigkeit des Fischerbootes erzeugt wurde. Ihre Augen wurden durch eine herumgezogene Oakley-Brille an einer bunten Schnur geschützt, und was an Haut der Sonne ausgesetzt war, trug eine dichte Schicht SP-30-Creme. Bekleidet war sie mit Khakishorts und einem weit geschnittenen Buschhemd mit zahlreichen Taschen. Ihre Füße steckten in Bootsschuhen aus Segeltuch. Eine goldene Fußkette funkelte in der Sonne.

Jedes Mal, wenn sie auf dem Wasser war, erinnerte sie sich an ihre Teenagerzeit, als sie auf dem Charterboot ihres Vaters vor der Küste von Florida gearbeitet hatte. Es hatte einige unschöne Vorfälle gegeben, als sie für ihren kranken Vater eingesprungen und mit betrunkenen Anglern hinausgefahren war, die sich mehr für sie als dafür interessierten, Blaue Marlins oder Rote Schnapper zu fangen. Aber alles in allem war es die schönste Zeit ihres Lebens gewesen. Das salzige Seearoma schien ihre Seele zu besänftigen, während die Tatsache, dass sie sich auf einem mit voller Fahrt durchs offene Meer pflügenden Boot befand, ihr dabei half, ihren Geist auf die wesentlichen Dinge zu konzentrieren.

Der Kapitän des Charterboots, ein freundlicher Namibier, schien eine Seelenverwandtschaft zu ihr zu spüren und reagierte jedes Mal, wenn sie ihn ansah, mit einem wissenden Lächeln. Beim Lärm der beiden Cummings-Dieselmotoren am Heck war es fast unmöglich, sich zu unterhalten, daher erhob er sich von seinem Stuhl und gab Sloane durch eine Geste zu verstehen, sie solle die Steuerung übernehmen. Ihr Lächeln vertiefte sich zu einem Grinsen. Der Kapitän tippte auf den Kompass, um ihr den Kurs zu zeigen, dem sie folgen mussten, und trat zur Seite. Sloane nahm seinen Platz ein und legte die Hände behutsam auf das abgewetzte Ruderrad.

Er blieb etwa zwei Minuten lang neben ihr stehen und

vergewisserte sich, dass ihr Kielwasser eine schnurgerade Linie bildete. Zufrieden, dass er sich, was ihre Fähigkeit betraf, ein Sechsundvierzig-Fuß-Boot zu lenken, in seiner Passagierin nicht geirrt hatte, ließ er sich die kurze Leiter hinunterrutschen. Er nickte Tony Reardon zu, der auf dem Angelstuhl herumlümmelte, und suchte die Toilette auf.

Sloane hätte ihre Suche aufgegeben, hätten die beiden Männer sie nicht am vergangenen Abend verfolgt. Deren Aktion überzeugte sie jedoch, dass sie bei ihrer Suche nach der HMS *Rove* auf der richtigen Spur war. Warum hätten sie sonst versuchen sollen, sie von weiteren Nachforschungen abzuhalten? Sie hatte Tony gegenüber nichts von der Begegnung verlauten lassen, hatte jedoch gleich an diesem Morgen ihren Boss angerufen und ihm die ganze Geschichte erzählt. Einerseits besorgt wegen ihrer Sicherheit, gestattete er ihr andererseits, ihren Aufenthalt noch um einen Tag zu verlängern, damit sie sich auch noch den Teil des Meeres ansehen konnten, wo Papa Heinrick seine Riesenschlangen aus Metall gesehen haben wollte.

Sie wusste, dass sie leichtsinnig war. Jeder halbwegs vernünftige Mensch hätte sich die Warnung zu Herzen genommen und das Land mit dem ersten Flugzeug in Richtung Ausland verlassen. Aber das war nicht ihre Art. In ihrem ganzen bisherigen Leben hatte sie niemals eine Aufgabe unbeendet gelassen. Ganz gleich, wie schlecht ein Buch war, einmal angefangen, las sie es bis zur letzten Seite durch. Ganz gleich, wie schwierig ein Kreuzworträtsel sein mochte, sie löste es bis zum letzten Wort. Ganz gleich, wie schwierig ein Job auch war, sie blieb bis zum Ende dabei. Es war vermutlich diese verbissene Hartnäckigkeit, die sie in Beziehungen ausharren ließ, die zum

Scheitern verurteilt waren, obgleich sie sie längst hätte beenden sollen. Aber dies gab ihr auch die Kraft, sich jedem entgegenzustellen, der die Absicht hatte, sie von ihrer Suche nach dem Schiff abzuhalten.

Sloane hatte beim Aussuchen des Charterboots sorgfältig darauf geachtet, dass der Kapitän nicht einer von denen war, mit denen sie und Tony sich beim Vervollständigen ihrer Landkarte unterhalten hatten. Als sie ihr Hotel verließen, hatte sie es so eingerichtet, dass sie sich unauffällig unter eine umfangreiche Touristengruppe mischten, die zum Hafen unterwegs war, um zu einer selbst arrangierten Angeltour aufzubrechen. Und im Bus vergewisserte sie sich, dass ihnen niemand folgte. Wäre ihr irgendetwas Verdächtiges aufgefallen, sie hätte das gesamte Vorhaben abgeblasen. Aber niemand schenkte ihrem Fahrzeug eine gesteigerte Beachtung.

Erst als sie mehrere Kilometer von der Küste entfernt waren, offenbarte Sloane dem Kapitän, wohin sie wirklich wollten. Er hatte ihr erklärt, dass der Teil des Meeres, wo sie angeln wollte, von jeglicher Wasserfauna und -flora gemieden wurde. Aber da sie ein zahlender Kunde war, hatte er ihren Wunsch respektiert und getan, wie ihm geheißen worden war.

Das war vor sechs ereignislosen Stunden gewesen, und jeder Kilometer, den sie ohne Zwischenfall hinter sich brachten, erlaubte Sloane, sich ein wenig mehr zu entspannen. Die Männer, die Jagd auf sie gemacht hatten, mussten annehmen, dass sie sich ihre Warnung zu Herzen genommen und endgültig aufgegeben hatte.

Unter dem aus Süden wehenden Wind wurde der Wellengang stärker. Das breite Boot wurde gut mit damit fertig, neigte sich bei jeder Woge nach Steuerbord und richtete sich schnell wieder auf. Der Kapitän kam von unten herauf, blieb ein Stück hinter Sloane stehen und überließ ihr weiterhin das Ruder. Er holte unter der Sitzbank ein Fernglas hervor und suchte den Horizont ab. Er reichte ihr das Fernglas und deutete nach Südwesten.

Sloane stellte das Fernglas auf ihren Augenabstand ein und blickte hindurch. Ein großes Schiff fuhr am Horizont entlang. Es war ein Frachter mit einem einzigen Schornstein, der offensichtlich Kurs auf Walvis Bay nahm. Auf diese große Entfernung war es unmöglich, etwas anderes zu erkennen als die vagen Umrisse des dunklen Schiffsrumpfs und einen kleinen Wald von Ladebäumen und Deckkränen auf dem Vor- wie auf dem Achterschiff.

»So ein Schiff habe ich noch nie gesehen«, sagte der Charterkapitän. »Die einzigen Schiffe, die sonst nach Walvis Bay kommen, sind Küstenfrachter oder Kreuzfahrtschiffe. Fischer bleiben immer in Küstennähe, und Tanker, die das Kap umrunden, kreuzen vier- oder fünfhundert Meilen weiter draußen.«

Die Weltmeere sind in Seestraßen aufgeteilt, die fast genauso eindeutig und klar markiert sind wie Autobahnen. Aufgrund sehr eng gesetzter Termine und der Tatsache, dass die Unterhaltungskosten zum Beispiel eines Supertankers am Tag in die Zehntausende gingen, folgten die Schiffe stets der geradesten Linie zu ihren Bestimmungsorten und wichen selten auch nur eine oder zwei Meilen davon ab. So kam es, dass es in einigen Regionen der Meere von Schiffsverkehr wimmelte, während in anderen nicht ein einziges Schiff im Jahr gesichtet wurde. Das Charterboot befand sich in einer solchen verkehrsarmen Zone – weit genug von der Küste entfernt, um regionalen Frachtern, die Walvis Bay versorgten, nicht in die Quere zu kommen, aber trotzdem immer noch in der Nähe festgelegter Routen, die zur Umrundung des Kaps der Guten Hoffnung benutzt wurden.

»Eins ist seltsam«, stellte Sloane fest. »Aus dem Schornstein kommt kein Rauch. Was meinen Sie, könnte das ein Wrack sein? Vielleicht ist das Schiff in einen Sturm geraten und die Mannschaft musste es aufgeben?«

Tony kam die Leiter herauf. Sloane dachte über die Anwesenheit des rätselhaften Schiffs und das Schicksal seiner Besatzung nach und hörte ihn nicht. Daher erschrak sie heftig, als er sie auf die Schulter tippte.

»Entschuldigen Sie«, sagte er. »Schauen Sie mal hinter uns. Da nähert sich ein anderes Boot.«

Sloane drehte sich so schnell herum, dass ihre Hände am Ruder die Bewegung teilweise mitmachten und das Boot leicht nach Backbord ablenkten. Es war bekanntermaßen schwierig, auf See Entfernungen zu schätzen, aber sie wusste, dass dieses Boot, das zügig auf sie zukam, nicht mehr als drei Kilometer entfernt war und sie schon bald eingeholt haben würde, weil es deutlich schneller unterwegs war als das Charterboot. Sie reichte dem Kapitän das Fernglas und schob die verchromten Gashebel bis zum Anschlag vor.

»Was ist los?«, rief Tony und beugte sich vor, während das Boot Fahrt aufnahm.

Der Kapitän hatte Sloanes aufkeimende Furcht gespürt und sagte erst einmal gar nichts, während er das aufholende Boot durchs Fernglas beobachtete.

»Erkennen Sie es?«, wollte Sloane von ihm wissen.

»Ja. Es kommt einmal im Monat oder so nach Walvis. Eine Jacht. Etwa fünfzig Fuß lang. Ihren Namen oder ihren Eigner kenne ich nicht.«

»Können Sie jemanden sehen?«

»Auf der oberen Brücke stehen Männer. Weiße, soweit ich erkennen kann.«

»Ich will wissen, was hier los ist!«, brüllte Tony mit gerötetem Gesicht.

Sloane ignorierte ihn wieder. Ohne sie in Augenschein nehmen zu müssen, wusste sie, wer sich auf dem Boot hinter ihnen befand. Sie bewegte behutsam das Ruderrad und hielt auf den fernen Frachter zu. Dabei hoffte sie, dass ihre Verfolger angesichts möglicher Zeugen von ihnen ablassen würden. Sie war überzeugt, dass sie auf dem offenen Meer den Tod fänden und das Boot versenkt würde. Sie drückte fester gegen die Gashebel, doch die Motoren gaben bereits alles an Leistung her, was sie schafften. Ihre Lippen bewegten sich, während sie stumm betete, dass der Frachter nicht verlassen dalag. Es war ihr, als müssten sie sterben, sobald die Jacht aufgeholt hätte.

Tom packte ihren Arm, seine Augen funkelten. »Verdammt, Sloane, was hat das alles zu bedeuten? Wer sind diese Leute?«

»Ich glaube, es sind dieselben, die mich gestern zum Hotel zurückverfolgt haben.«

»Sie verfolgt? Was meinen Sie damit?«

»Das, was ich gesagt habe«, schnappte sie. »Ich wurde von zwei Männern bis zum Hotel verfolgt. Einer von ihnen hatte eine Pistole. Sie haben mir geraten, schnellstens das Land zu verlassen.«

Tonys Zorn steigerte sich zu rasender Wut, und sogar der Kapitän musterte sie mit einem schwer zu beschreibenden Gesichtsausdruck. »Und Sie haben es nicht für sinnvoll gehalten, mich darüber zu informieren? Haben Sie eigentlich völlig den Verstand verloren? Sie werden von Männern mit Pistolen verfolgt und unternehmen dann mit uns einen Trip hierher? Lieber Himmel, was haben Sie sich eigentlich gedacht?«

»Ich habe nicht erwartet, dass sie uns verfolgen würden«, schrie Sloane zurück. »Ich habe Mist gebaut, okay! Wenn wir nahe genug an den Frachter herankommen, werden sie uns nichts tun.«

»Was zum Teufel wäre wohl passiert, wenn dieses Schiff nicht zufälligerweise hier wäre?« Bei jedem Wort sprühte Speichel aus Tonys Mund.

»Nun, es ist aber hier, also geschieht uns nichts.«

Tony wandte sich an den Bootseigner. »Haben Sie ein Gewehr an Bord?«

Der Skipper nickte zögernd. »Ja. Ich benutze es, wenn Haie zu nahe rankommen.«

»Dann empfehle ich Ihnen, es schnellstens zu holen, Kumpel, denn es könnte sein, dass wir es bald brauchen werden.«

Bisher hatte das Boot die Wellen seitlich abgefangen und sanft ausgependelt, aber nun, da Sloane den Kurs geändert hatte, schnitten sie frontal durch sie hindurch, wobei sich der Bug hob und senkte und jedes Mal Gischtflocken hochgewirbelt wurden, wenn sie durch einen Wellenkamm pflügten. Die Fahrt war ziemlich rau, und Sloane stand mit leicht gebeugten Knien da, um jeden Aufprall abzufangen. Der Kapitän kam aus dem Bootsrumpf herauf und reichte Sloane wortlos eine 12-Gauge-Schrotflinte und eine Handvoll Patronen, da sein Instinkt ihm sagte, dass sie über eine Entschlossenheit verfügte, die Tony Reardon fehlte. Er nahm seinen Posten am Ruderrad wieder ein und korrigierte den Kurs jedes Mal behutsam, wenn eine Welle unter ihnen durchlief, damit sie nicht an

Tempo verloren. Die Luxusjacht hatte mindestens eine Meile aufgeholt, während der Frachter keinen Deut näher gekommen zu sein schien.

Sie betrachtete das große Frachtschiff durchs Fernglas und verlor den Mut. Das Schiff befand sich in einem jämmerlichen Zustand. Der Rumpf musste x-mal mit einer anderen dunklen Farbe gestrichen worden sein und sah auch sonst aus, als wäre er Dutzende Male mit aufgeschweißten Stahlplatten geflickt worden. Sie sah keine Menschenseele an Deck oder auf der Kommandobrücke, und obwohl es so aussah, als ob das Wasser vor seinem Bug schäumte und es Fahrt machte, konnte das eigentlich nicht möglich sein, da aus dem Schornstein kein Rauch aufstieg.

»Haben Sie ein Funkgerät?«, wollte sie vom Kapitän ihrer Jacht wissen.

»Es ist unten«, antwortete er. »Aber es hat nicht genug Leistung, um Walvis zu erreichen, falls Sie daran gedacht haben.«

Sloane deutete auf den Frachter vor ihrem Bug. »Ich will die da drüben auf uns aufmerksam machen, damit sie eine Leiter herunterlassen.«

Der Kapitän blickte über die Schulter zu der schnell heranrauschenden Jacht. »Das wird knapp.«

Sloane rutschte die steile Treppe hinunter, indem sie nur mit den Händen das Geländer berührte, und rannte in die Kabine. Das Funkgerät war ein uraltes Modell, das in der niedrigen Decke festgeschraubt war. Sie schaltete es ein und stellte es auf Kanal 16, den internationalen Notrufkanal.

»Mayday, Mayday, Mayday, das Fischerboot *Pinguin* ruft den Frachter mit Kurs Walvis Bay. Wir werden von Piraten verfolgt, bitte antworten Sie!«

Ein lautes Knistern füllte den Raum.

Sloane justierte den Kanal mit dem Drehknopf und schaltete das Mikrofon wieder ein. »Die *Pinguin* ruft den unbekannten Frachter unterwegs nach Walvis. Wir brauchen Hilfe. Bitte kommen.«

Wieder hörte sie nur ein Kratzen und Knattern, doch dann glaubte sie, den Anflug einer Stimme in dem weißen Rauschen wahrnehmen zu können. Obgleich das Boot wild bockte und sich aufbäumte, bewegten sich Sloanes Finger, als sie die Stellung des Drehknopfs um Millimeterbruchteile veränderte, so geschickt und behutsam wie die eines Chirurgen.

Eine Stimme drang plötzlich dröhnend aus dem Lautsprecher. »Du hättest gestern Abend auf mich hören und Namibia verlassen sollen.« Trotz der Verzerrung erkannte Sloane die Stimme vom Abend zuvor, und ihr gefror das Blut in den Adern.

Sie umklammerte das Mikrofon. »Lassen Sie uns in Ruhe, und wir kehren sofort zurück«, flehte sie. »Ich sitze morgen früh in der ersten Maschine, die von hier startet. Das verspreche ich.«

»Diese Option gibt es nicht mehr.«

Sie blickte über die Reling. Die Jacht war mittlerweile bis auf gut zweihundert Meter herangekommen und damit nahe genug, um auf ihrer Kommandobrücke zwei Männer erkennen zu können, die Gewehre in den Händen hielten. Der Frachter war noch mindestens anderthalb Kilometer weit entfernt.

Sie würden es niemals schaffen.

»Was hältst du davon, Juan?«, fragte Hali Kasim, der Kommunikationsexperte, von seinem Platz aus.

Cabrillo beugte sich in seinem Sessel vor, einen Ellbogen auf der Armlehne des Sessels, eine Hand als Stütze unter seinem unrasierten Kinn. Der vordere Sichtschirm zeigte das Bild der am Mast installierten Kamera. Die Darstellung war völlig zitterfrei und konturenscharf. Zu sehen waren die beiden Boote, die sich zügig der *Oregon* näherten. Das Fischerboot schaffte solide zwanzig Knoten, während die Motorjacht locker fünfunddreißig erreichte.

Sie hatten die beiden Schiffe seit fast einer Stunde auf dem Radar und ihrer Anwesenheit nur wenig Beachtung geschenkt, da dieses Gebiet vor der Küste Namibias als beliebtes Angelrevier bekannt war. Erst als das eine der Boote, dessen Name, wie sie jetzt wussten, *Pinguin* lautete, und zwar in deutscher Schreibweise, den Kurs änderte und auf die *Oregon* zuhielt, wurde Juan Cabrillo aus seiner Kabine gerufen, wo er nach einer Stunde im Fitnesscenter soeben im Begriff war, sich unter die Dusche zu stellen.

»Ich habe nicht den leisesten Schimmer«, sagte Juan schließlich. »Warum sollten Piraten eine Millionen-Dollar-Jacht benutzen, um zweihundert Kilometer vor der Küste Jagd auf ein altes Fischerboot zu machen? Da ist irgendwas faul. Gebt mir mal ein Bild von der Jacht. Mal sehen, wer dort an Bord ist.«

Mark Murphy hatte dienstfrei, daher betätigte der Matrose an der Waffenkontrolle einen Joystick und einen Trackball, um Cabrillo das Gewünschte zu liefern. Bei einem derart extremen Zoomfaktor hatten sogar die computergesteuerten Gyroskope Schwierigkeiten, das Bild festzuhalten. Aber es war gut genug. Die Sonnenstrahlen wurden zwar von einer großen gebogenen Fensterscheibe unterhalb der Kommandobrücke reflektiert, aber Juan konnte auf der Brücke der eleganten Jacht dennoch vier

Männer erkennen. Zwei von ihnen hielten Sturmgewehre in den Händen. Einer der beiden legte soeben mit dem Gewehr an und feuerte eine kurze Salve ab.

In Erwartung des mit Sicherheit gleich erfolgenden Befehls schwenkte der Mann an der Waffenkontrolle zurück auf die flüchtende *Pinguin*. Es sah nicht so aus, als ob sie getroffen worden sei, doch sie konnten eine rothaarige Frau erkennen, die mit einer Schrotflinte im Arm im Heck des Fischerbootes kauerte.

»Waffenkontrolle«, sagte Cabrillo knapp. »Machen Sie die Gatling bereit, aber lassen Sie die Rumpfplatte nicht runter. Machen Sie alles bereit, um auf die Jacht zu feuern, und fahren Sie für alle Fälle die Kaliber-.30er an Steuerbord aus.«

»Vier Männer mit Maschinenpistolen gegen eine einzelne Frau mit einer Schrotflinte«, sagte Hali. »Das wird ein kurzer Kampf, wenn wir nichts unternehmen.«

»Ich arbeite daran«, sagte Cabrillo, dann nickte er seinem Kommunikationsexperten zu. »Stell mich mal zu ihr durch.«

Kasim betätigte eine Taste auf einem seiner drei Keyboards. »Du kannst loslegen.«

Cabrillo schob sein Lippenmikro zurecht. »*Pinguin*, *Pinguin*, *Pinguin*, hier ist das Motorschiff *Oregon*.« Auf dem Bildschirm konnte er sehen, wie der Kopf der Frau herumfuhr, als sie ihn über das Funkgerät hörte.

Sie kehrte in die Kabine zurück, und wenig später erklang ihre atemlose Stimme im Operationszentrum. »*Oregon*, oh, Gott sei Dank. Ich dachte schon, Sie wären ein Wrack.«

»Das ist gar nicht so weit an der Wahrheit vorbei«, erwiderte Linda Ross todernst. Obwohl nicht im Dienst, hatte Juan die elfenhafte Frau wegen der vagen Möglichkeit ins Operationszentrum gerufen, dass er ihre Kenntnisse im Spionagebusiness brauchte.

»Bitte, schildern Sie genau Ihre Notlage«, verlangte Juan und tat so, als habe er nicht die geringste Ahnung, was da los war. »Sie haben Piraten erwähnt.«

»Ja, und die haben soeben mit Maschinenpistolen das Feuer auf uns eröffnet. Mein Name ist Sloane Macintyre. Wir befinden uns auf einer Angelcharter, und sie sind eben gerade aufgetaucht.«

»Mir kam das nicht so vor«, sagte Linda und nagte an ihrer Unterlippe. »Der Typ auf der Jacht sagte, er habe sie bereits wegen irgendetwas gewarnt.«

»Also lügt sie«, pflichtete Juan ihr bei. »Auf sie wurde soeben geschossen, und sie lügt. Interessant, meinst du nicht?«

»Irgendetwas verbirgt sie.«

»*Oregon*«, rief Sloane. »Sind Sie noch da?«

Juan schaltete das Mikrofon ein. »Wir sind hier.« Er analysierte die Lage, rechnete sich aus, wo jedes Schiff in einer Minute wäre und dann in zwei. Rein taktisch betrachtet war die Situation ziemlich prekär. Schlimmer noch war jedoch, dass er geradezu blind reagieren würde. Wenn es nach ihm ging, dann war Sloane Macintyre die größere Drogenhändlerin in Südafrika und im Begriff, von einem Konkurrenten ausgeschaltet zu werden. Durchaus möglich, dass sie und die anderen auf der *Pinguin* nur erhielten, was sie verdient hatten. Andererseits konnte sie aber auch völlig unschuldig sein.

»Warum lügt sie dann?«, murmelte er halblaut vor sich hin.

Wenn er die Geheimnisse der *Oregon* wahren wollte,

dann war sein Handlungsspielraum nur gering – so gut wie nicht vorhanden. In dem kurzen Moment, den er brauchte, um sich am Kinn zu kratzen, schossen ein Dutzend Szenarien durch seinen Kopf, und dann traf er seine Entscheidung.

»Steuermann, bringen Sie uns nach Steuerbord. Wir müssen die Distanz zwischen uns und der *Pinguin* verkürzen. Gehen Sie gleichzeitig auf zwanzig Knoten. Maschine, schalten Sie die Dreckschleuder ein.« Wenn sie einsam auf dem offenen Meer unterwegs war, produzierte die *Oregon* keine Abgase, aber wenn sie auf anderen Schiffsverkehr traf, dann wurde ein ganz spezieller Rauchgenerator aktiviert, um die Illusion zu erzeugen, dass das bemerkenswerte Schiff von konventionellen Dieselmotoren angetrieben wurde.

»Ich habe sie schon vor zwei Minuten angeworfen«, meldete der zweite Ingenieur aus dem hinteren Teil des Operationszentrums. »Ich hätte es eigentlich tun sollen, sobald wir in Sichtweite waren, hatte es aber vergessen.«

»Nicht schlimm. Ich bezweifle, dass irgendwer etwas bemerkt hat«, sagte Juan, ehe er sein Mikro einschaltete. »Sloane, hier spricht der Chef der *Oregon*.«

»Ich höre, *Oregon*.«

Juan staunte, wie perfekt sie sich in der Gewalt hatte, und dachte kurz an Tory Ballinger, eine Engländerin, die er vor ein paar Monaten im Japanischen Meer gerettet hatte. Die beiden schienen vom gleichen Schlag zu sein. »Wir haben den Kurs geändert und kommen Ihnen entgegen. Bestellen Sie dem Kapitän der *Pinguin*, er soll uns an Backbord passieren, aber er soll seine Absicht nicht verraten. Ich will die Jacht dazu bringen, auf unserer Steuerbordseite zu bleiben. Haben Sie verstanden?«

»Wir laufen Sie von Backbord an, aber erst im letzten Moment.«

»Richtig. Aber lassen Sie es nicht zu knapp werden. Bei der Geschwindigkeit, mit der sie unterwegs ist, dürfte die Jacht keine enge Wende schaffen, daher meiden Sie unsere Bugwelle so gut Sie können. Ich lasse unsere Treppe herunter, aber nähern Sie sich erst, wenn ich es Ihnen sage. Verstanden?«

»Wir warten auf Ihr Signal«, wiederholte Sloane.

»Sie werden es schon schaffen, Sloane«, sagte Juan, und das Selbstvertrauen in seiner Stimme war sogar über die teilweise von Störungen überlagerte Funkverbindung noch wahrzunehmen. »Das sind nicht die ersten Piraten, mit denen wir es zu tun haben.«

Auf dem Bildschirm konnte er verfolgen, wie die Schützen weiterhin versuchten, die *Pinguin* mit ihren Sturmgewehren zu beharken, aber die Entfernung war noch immer viel zu groß für einen sicheren Treffer. Es sah noch nicht so aus, als käme eine der Kugeln dem Charterboot nahe, doch es bestätigte Juans Überzeugung, dass sie das Richtige taten, indem sie Sloane und ihren Leuten halfen.

»Hali, schick ein paar Leute an Deck, damit sie die Treppe herunterlassen und die Leiter ausfahren. Waffenkontrolle, das Kaliber-.30-Buggeschütz bereit halten.«

»Ich kann sofort feuern.«

Die *Pinguin* näherte sich schwerfällig und war jetzt weniger als dreihundert Meter von dem massigen Frachter entfernt. Die Jacht befand sich weitere hundert Meter hinter ihr. Juan wollte das Maschinengewehr nicht einsetzen, doch er erkannte, dass er keine andere Wahl haben würde. Das Charterboot würde bereits in die Schussweite der Jacht geraten, ehe er die *Oregon* zwischen die beiden Boote manövrieren konnte. Er wollte dem Mann an der Waffenkontrolle gerade den Befehl geben, eine kurze Salve abzufeuern, um die Jacht zum Abbremsen zu zwingen, als er bemerkte, wie Sloane auf der *Pinguin* zum Heck schlich. Sie hob den Kopf und die Schultern über den Rand und feuerte die Schrotflinte ab und schickte gleich den zweiten Schuss hinterher, sobald sie sich von dem Rückstoß erholt hatte.

Sie hatte zwar keine Chance, die Jacht zu treffen, aber der unerwartete Kugelhagel zwang die Luxusjacht immerhin, Fahrt wegzunehmen und sich etwas vorsichtiger zu nähern. Das verschaffte Sloane die Sekunden, die nötig waren, um Cabrillos Plan in die Tat umzusetzen.

»Was ist los?« Max Hanley erschien neben Cabrillo. Er roch nach Pfeifentabak. »Ich versuche, meinen freien Tag zu genießen, während ihr hier oben mit einem – was haben wir da? – mit einem alten Fischerboot und einem schwimmenden Puff eure Spielchen treibt?«

Juan hatte schon vor Jahren aufgehört, sich zu fragen, wie es kam, dass Hanleys sechster Sinn ihn aus seiner Kabine trieb, sobald es irgendwelchen Ärger gab. »Die Typen auf der Jacht wollen den Leuten auf dem Fischerboot das Licht ausblasen, und es scheint, als wäre es ihnen ganz egal, ob sie dabei Zeugen haben.«

»Und du möchtest ihnen den Spaß verderben, oder?«

Juan grinste. »Hast du jemals erlebt, dass ich nicht jederzeit bereit bin, meine Nase in die Angelegenheiten anderer Leute zu stecken?«

»So aus dem Stegreif? Nein.« Max blickte auf den Sichtschirm und stieß einen Fluch aus.

Die Jacht hatte wieder beschleunigt, und Maschinengewehrfeuer überschüttete nun die *Pinguin*, riss dicke Holzstücke aus ihrem breiten Heck und zerschmetterte die Glasscheibe in der Tür, die unter Deck führte. Sloane wurde durch den hochgezogenen Bootsrand geschützt, aber der Kapitän und der andere Mann standen auf der Brücke wie auf einem Präsentierteller.

Indem er dem Schutz seiner Passagiere den Vorzug vor Geschwindigkeit gab, begann der namibische Kapitän einen Zickzackkurs, während er auf den Frachter zuhielt, und ließ sein Boot hin und her schwanken, um den Schützen kein Ziel zu bieten. Sloane lieferte dazu ihren eigenen Beitrag, indem sie nachlud und noch einmal die Schrotflinte abfeuerte. Die Kugeln gingen so weit daneben, dass sie noch nicht einmal die kleinen Wasserfontänen sehen konnte, an den Stellen, wo sie harmlos im Meer landeten.

Eine neue Salve von Seiten der Jacht zwang sie, den Kopf einzuziehen. Von ihrer Position auf den rauen Planken des Achterdecks aus konnte Sloane den Frachter zwar nicht sehen, aber das Boot verhielt sich deutlich anders, als es auf Wellen traf, die vom massigen Rumpf des Frachters erzeugt worden waren. Während sie sich die – vom Rückschlag ihrer Schrotflinte – schmerzende Schulter massierte, wusste sie, dass es jetzt allein auf den Kapitän der *Pinguin* und auf den geheimnisvollen Chef der *Oregon* ankam. Sie schmiegte sich an den schützenden Bootsrand, ängstlich und entrüstet zugleich – es war letztlich der gleiche Trotz, der sie auch schon in diese Lage gebracht hatte.

An Bord der *Oregon* verfolgten Juan und Max, wie die beiden kleinen Schiffe näher kamen. Der Skipper der *Pinguin* hielt sein Schiff auf Kurs zur Steuerbordseite der *Oregon*. Die Jacht hielt sich etwas weiter rechts und näherte sich der Position, von wo aus die Schützen ihre Beute im Visier haben würden.

»Abwarten«, sagte Max zu niemand Bestimmtem. Wäre er in diesem Moment der Offizier vom Dienst gewesen, er hätte Sloane angewiesen, sich ans Funkgerät zu setzen, und hätte den Befehl zum Kurswechsel selbst gegeben. Dann jedoch wurde ihm klar, dass Juans Entscheidung, den Skipper den richtigen Moment abwarten zu lassen, die einzig richtige war. Er kannte die Fähigkeiten seines Bootes viel genauer und würde viel besser wissen, wann er das entscheidende Manöver ausführen müsste.

Die *Pinguin* war dreißig Meter von der *Oregon* entfernt und damit so nah, dass die Kamera am Mast sie nicht mehr verfolgen konnte. Der Mann an der Waffenkontrolle schaltete auf die Zieloptik des Kaliber-.30-Geschützes am Bug um.

Das kleine Boot geriet erneut in die von der Jacht abgefeuerten Salven, und wenn sie weiter entfernt gewesen wären, hätte Juan seinen Plan aufgegeben und die Luxusjacht entweder mit der Kaliber-.30-Waffe oder mit der Gatling Gun, die sogar in ihrem Versteck hinter der Stahlplatte ihr Ziel aufgefasst hatte, aus dem Wasser geblasen.

»Jetzt«, flüsterte er.

Obwohl Cabrillo sein Mikrofon nicht eingeschaltet hatte, war es, als ob ihn der Kapitän der *Pinguin* hören könnte. Er riss das Ruderrad nur fünfzehn Meter vom messerscharfen Bug der *Oregon* entfernt herum und ritt auf der Dünung, die sich von ihrem Rumpf wegwälzte, wie ein Surfer, der eine Welle erwischt hat.

Der Steuermann auf der Jacht drehte am Ruder, um der *Pinguin* zu folgen, korrigierte jedoch den Kurs, als er erkannte, dass sie viel zu viel Fahrt machten, um der *Pin-*

guin auf den Fersen zu bleiben. Er würde den Frachter an Steuerbord passieren und dank seiner höheren Geschwindigkeit das Heck noch vor seiner Beute erreichen.

»Achtung, Ruder«, sagte Juan ruhig, »auf mein Zeichen volle Kraft auf die Bugdüsen an Steuerbord und das Ruder hart nach rechts. Geschwindigkeit auf vierzig Knoten steigern.« Juan ging verschiedene Kameraeinstellungen durch, bis er die *Pinguin* sah. Er musste sich vergewissern, dass sie nicht zerquetscht wurde, wenn er wendete. Er berechnete Geschwindigkeiten und Fahrtkurse und wusste, dass er damit Leben riskierte, um die Geheimnisse seines Schiffs zu wahren. Die Jacht befand sich fast in Position, die *Pinguin* war schon beinahe außer Gefahr, aber ihm blieb keine Zeit mehr.

»Achtung!«

Auf ein paar Tastaturbefehle und auf eine winzige Bewegung eines Joysticks hin tat das Elftausendtonnenschiff etwas, wozu kein anderes Schiff seiner Größe in der Lage war. Die quergerichteten Korrekturdüsen wurden aktiv und drückten den Bug der *Oregon* quer durchs Wasser, stemmten sich der Trägheit ihrer eigenen Geschwindigkeit und dem zunehmenden Druck der magnetohydrodynamischen Maschinen entgegen, während sie ihre Leistung noch schneller steigerten.

In der einen Sekunde liefen die Jacht und der Frachter noch parallel – wenn auch auf entgegengesetztem Kurs – nebeneinander her, und in der nächsten hatte die *Oregon* bereits einen Schwenk von fünfundvierzig Grad vollzogen. Anstatt an ihrer Flanke entlangzuziehen, hielt die Jacht mit einer addierten Geschwindigkeit von knapp sechzig Knoten auf den Bug der *Oregon* zu. Wie ein Wal, der sein Junges beschützt, hatte Juan sein Schiff zwischen die Jacht und das Charterboot geschoben. Er blickte auf den Sichtschirm, der die *Pinguin* zeigte. Die *Oregon* war dicht hinter ihr abgeschwenkt, hatte dabei ihr Kielwasser überquert und sie hinter sich gelassen, wo sie mit der Dünung kämpfte, die sein Schiff erzeugte.

Als wollte er ein Bahngleis im letzten Moment vor einer heranrasenden Lokomotive überqueren, versuchte der Steuermann der Jacht dem sich vor ihm auftürmenden Bug der *Oregon* zu entgehen, indem er das Boot hart nach Backbord legte und Anstalten machte, ein seiner Meinung nach relativ langsames Schiff zu überholen. Hätte er zu diesem Zeitpunkt die kochenden Wassermassen am Heck seines Gegners gesehen, er hätte gewiss seine eigene Maschine gestoppt und im Stillen gebetet, dass er die Kollision mit dem Rumpf des Frachters überlebte.

Die wirksamen Vektoren gehorchten allein den Gesetzen der Mathematik. Die *Oregon* vollzog ihren Schwenk, schob sich vor den Bug der Jacht, während diese versuchte, einen noch engeren Kreis zu beschreiben als der Frachter.

Im letzten Moment machte einer der Schützen auf der Jacht einen verzweifelten Satz nach vorne, um die Gashebel zurückzureißen, aber diese Aktion erfolgte ein wenig zu spät.

Der elegant geschwungene Bug der Jacht krachte ungefähr dreißig Meter hinter dem Bug der *Oregon* gegen ihren mit Rost und Farbflecken übersäten Rumpf. Fiberglas und Aluminium waren keine Gegner für die robuste Hülle des alten Schiffes, und das Luxusboot schob sich wie eine Bierdose unter einem Vorschlaghammer zieharmonikaartig zusammen. Die beiden Dieselmotoren wurden aus ihrer Verankerung gerissen und wühlten sich durch den Rumpf. Dabei zerschmetterten sie die Stützrippen, die das Boot zusammen- und in Form hielten. In einer Wolke aus Glas- und Plastiksplittern löste sich der Aufbau des Schiffs auf, als würde er explodieren. Die vier Männer, die noch Sekunden vorher überzeugt gewesen waren, ihre Mission erfolgreich abzuschließen, starben sofort, als sie den brutalen Trägheitskräften der Kollision schutzlos ausgeliefert wurden.

Einer der Treibstofftanks explodierte in einem riesigen orangenen Feuerball, dessen Ausläufer über die Reling der *Oregon* leckten, während sie ihre Wende vollendete. Sie reagierte auf den Zusammenprall ähnlich unbeeindruckt wie ein Hai, der von einem Goldfisch angegriffen wird. Eine sich ausbreitende Lache brennenden Dieselöls bedeckte den Ozean und schleuderte dichte Wolken fettigen Qualms gen Himmel, die die Überreste der Jacht in ihren letzten Sekunden, ehe sie endgültig von der Wasseroberfläche verschwand, vollkommen verhüllten.

»Alle Maschinen stopp«, befahl Cabrillo und fing mit dem Körper den sofort einsetzenden Verzögerungseffekt ab, als die Hochdruckpumpen abgeschaltet wurden.

»Als schlüge man eine Fliege platt«, sagte Max und klopfte Juan anerkennend auf die Schulter.

»Hoffen wir nur, dass es nicht geschah, um eine Hornisse zu beschützen.« Er schaltete sein Mikrofon ein. »Die *Oregon* ruft die *Pinguin*, hören Sie?«

»*Oregon*, hier ist die *Pinguin*.« Sie konnten Sloanes erleichtertes Grinsen fast hören. »Ich weiß nicht, wie Sie das geschafft haben, aber hier drüben sind drei Leute, die Ihnen ihren aufrichtigsten Dank schicken.«

»Es wäre mir ein Vergnügen, Sie und Ihre Gefährten hier bei uns an Bord zu einem späten Abendessen einzuladen, um zu besprechen, was soeben passiert ist.«

»Äh, warten Sie einen Moment, *Oregon.*«

Juan musste sofort die Hintergründe dessen erfahren, was soeben geschehen war, und hatte nicht die Absicht, ihr genügend Zeit zu lassen, eine Lügengeschichte zu erfinden. »Wenn Sie meine Einladung nicht annehmen, werde ich keine andere Wahl haben, als die Seefahrtsbehörden in Walvis Bay mit einem offiziellen Bericht über den Vorfall in Kenntnis zu setzen.«

Er hatte überhaupt nicht die Absicht, so etwas zu tun, aber das wusste Sloane ja nicht.

»Hm, in diesem Fall nehmen wir Ihre Einladung liebend gern an.«

»Sehr schön. Meine Bordleiter wurde an Backbord heruntergelassen. Ein Matrose wird Sie zur Kommandobrücke geleiten.« Juan schaute Max an. »Na schön, dann lass uns mal gehen und uns ansehen, in was für einen Schlamassel wir uns diesmal wieder hineingeritten haben.«

10

Sich in die liebevoll tröstende Umarmung der Bewusstlosigkeit zurücksehnend, stöhnte Geoffrey Merrick laut auf, als sich die betäubende Wirkung des Tazerschocks verflüchtigte. Seine Extremitäten kribbelten bis zu den Finger- und Zehenspitzen, und die Stelle auf seiner Brust, wo die Elektroden getroffen hatten, brannte, als hätte er dort einen Spritzer Salzsäure abbekommen.

»Er kommt zu sich«, sagte eine körperlose Stimme wie aus weiter Ferne, aber Merrick wusste irgendwie, dass sich die Person in nächster Nähe aufhielt und es nur sein benebeltes Gehirn war, das so weit abgetrieben war.

Er wurde sich bewusst, dass sein Körper eine ungemütliche Haltung einnahm, und versuchte, sich zu bewegen. Seine Bemühungen waren jedoch fruchtlos. Er war mit Handschellen gefesselt, und während er kaum spürte, wie sich der Stahl in sein Fleisch grub, konnte er die Arme nicht mehr als fünf Zentimeter bewegen. Seine Beine hatte er noch zu wenig unter Kontrolle, um feststellen zu können, ob seine Fußgelenke auf ähnliche Art und Weise gefesselt waren.

Vorsichtig öffnete er die Augen und schloss sie gleich wieder. Wo er sich hier auch befinden mochte, es musste auf jeden Fall der hellste Raum sein, in dem er sich jemals aufgehalten hatte. Fast war es ihm so, als stünde er direkt auf der Sonnenoberfläche.

Merrick wartete einen kurzen Moment und öffnete die Augen wieder. Diesmal kniff er sie blinzelnd zusammen und schaute sich in dem grellen Licht um. Es dauerte einige Sekunden, ehe er Einzelheiten erkennen konnte. Der Raum maß ungefähr fünf mal fünf Meter im Quadrat mit Wänden aus roh behauenem Stein genau wie die Wände seiner Zelle. Daran erkannte er, dass er nicht aus dem Gefängnis herausgebracht worden war. In einer Wand befand sich ein breites Panoramafenster. Es war mit einem Gitter gesichert, und die Scheibe sah aus, als sei sie erst vor Kurzem eingesetzt worden. Die Aussicht war die trostloseste, die er je gesehen hatte, ein grenzenloses unberührtes Meer aus feinem weißem Sand, das von einer unbarmherzigen Sonne durchglüht wurde.

Er wandte seine Aufmerksamkeit den Leuten in diesem Raum zu.

Es waren acht Männer und Frauen, die an einem Holztisch saßen. Im Gegensatz zu den Wachen trugen sie keine Masken. Merrick erkannte keinen von ihnen, allerdings vermutete er, dass der große Mann einer der Wächter war und der attraktive junge Mann mit den hellblauen Augen ein anderer. Sie hatten alle weiße Hautfarbe und waren vorwiegend jünger als fünfunddreißig. Auf dem Tisch stand ein Laptop, und zwar vor dem ältesten Mitglied der Gruppe, einer Frau, die den silbergrauen Strähnen in ihrem Haar nach zu schließen Ende vierzig sein musste. Eine Webkamera, die an den Computer angeschlossen war, stand am Ende des Tischs und war auf Merrick gerichtet.

»Geoffrey Michael Merrick«, sagte eine durch elektronische Filter verfremdete Stimme aus den Lautsprechern des Computers. »In Abwesenheit sind Sie von diesem Gericht bereits verschiedener Verbrechen gegen den Planeten für schuldig befunden worden.« Mehrere Köpfe nickten heftig. »Das Produkt, das Ihre Firma hat patentieren lassen, Ihre sogenannten Schwefel-Skrubber, hat Regierungen und andere wichtige Persönlichkeiten in den irrigen Glauben versetzt, dass das Verbrennen fossiler Brennstoffe aufrechterhalten werden kann – vor allem das Verbrennen sogenannter sauberer Kohle. So etwas gibt es nicht, und während dieses Gericht einräumt, dass Kraftwerke, die mit Ihren Vorrichtungen ausgestattet sind, einen deutlich niedrigeren Schwefelausstoß zu verzeichnen haben, rechtfertigt dies aber auf keinen Fall die Milliarden Tonnen giftiger Chemikalien und Gase, die weiterhin in die Atmosphäre entlassen werden.

Ihr taktischer Sieg, diese Vorrichtungen tatsächlich herzustellen, ist für diejenigen, die darum kämpfen, unsere Welt zukünftigen Generationen zu erhalten, in Wirklichkeit eine strategische Niederlage. Die Umweltschutzbewegung kann unmöglich zulassen, von den Taschenspielertricks solcher Einzelpersonen wie Ihnen oder von Energieerzeugern, die ihre grüne Gesinnung beteuern, während sie weiterhin ihre Gifte unters Volk bringen, hinters Licht geführt zu werden. Die globale Erwärmung ist die größte Bedrohung, der dieser Planet jemals ausgesetzt war, und jedes Mal, wenn Leute wie Sie eine nur geringfügig sauberere Technologie entwickeln, glaubt die Öffentlichkeit, dass die Bedrohung sich verringert, während sie tatsächlich ständig zunimmt.

Gleiches gilt für Fahrzeuge mit Hybridmotoren. Gewiss, sie verbrennen weniger Benzin, aber die im Zuge ihrer Entwicklung und Produktion anfallende Umweltverschmutzung übertrifft bei Weitem das, was der Verbraucher einspart, indem er sich für den Kauf und die Benutzung eines solchen Fahrzeugs entscheidet. Sie dienen lediglich dazu, einer Handvoll verantwortungsbewusster Menschen das Bewusstsein zu vermitteln, ihren Anteil zur Erhaltung der Umwelt beizutragen, während sie in Wirklichkeit genau das Gegenteil tun. Sie sind der irrigen Überzeugung, dass Technologie diesen Planeten retten kann, während es in Wirklichkeit Technologie war, die ihn letztlich zum Tode verurteilt hat.«

Merrick hörte die Worte, konnte aber nicht erfassen, was sie bedeuteten. Er öffnete den Mund, um etwas zu sagen, seine Stimmbänder waren jedoch noch immer gelähmt, daher gab er nur eine Art Krächzen von sich. Er räusperte sich und versuchte es erneut. »Wer – wer sind Sie?«

»Leute, die Ihr Spiel durchschauen.«

»Mein Spiel?« Er hielt inne, versuchte, seine Gedanken zu sammeln. Er wusste, die nächsten Minuten würden darüber entscheiden, ob er aus eigener Kraft diesen Raum verlassen könnte oder ebenso hinausgeschleift würde wie die arme Susan. »Meine Technologie hat sich stets und überall als wirksam erwiesen. Dank mir wird weniger Schwefel als jemals zuvor seit Beginn der industriellen Revolution erzeugt.«

»Und dank Ihnen« – sogar trotz des elektronischen Filters war der Sarkasmus in der Stimme aus dem Computer deutlich wahrzunehmen – »waren die Mengen an Kohlendioxid, Kohlenmonoxid, Feinstaub, Quecksilber und anderer Schwermetalle niemals höher. Desgleichen der Meeresspiegel. Die Energieerzeuger führen Ihre Skrubber als Beweis für ihre Bemühungen zum Schutz der Umwelt an, während Schwefel doch nur einen kleinen Teil der Verschmutzung ausmacht, den sie produzieren. Der Welt muss jedoch klargemacht werden, dass die Umwelt von allen Seiten bedroht wird.«

»Und um ihr das zu zeigen, haben Sie mich gekidnappt und eine unschuldige Frau halbtot geschlagen?« Merrick sagte es, ohne seine Situation richtig zu überdenken. Über dieses Thema hatte er Hunderte von Malen diskutiert. Ja, dank seiner Arbeit waren die umweltschädlichen Schwefelmengen tatsächlich drastisch verringert worden. Doch als Folge wurden weitere Kraftwerke gebaut und die Luft noch stärker verschmutzt. Es war ein klassisches Dilemma. Aber er kannte die Argumente der Gegenseite und war zuversichtlich, dass er sich aus dieser Affäre herausreden konnte.

»Sie arbeitet für Sie. Sie ist nicht unschuldig.«

»Wie können Sie so etwas behaupten? Sie haben ja noch

nicht mal nach ihrem Namen gefragt oder danach, woran sie arbeitet.«

»Die Details ihrer Arbeit sind unwichtig. Dass sie bereit ist, für Sie zu arbeiten, beweist ihre Komplizenschaft – und Mitschuld.«

Merrick atmete tief durch. Wenn er aus dieser Geschichte lebend herauskommen wollte, musste er sie überzeugen, dass er seinen Entführern nicht feindlich gesinnt war. »Hören Sie, Sie können mich nicht verantwortlich machen für die ständigen Forderungen der Welt nach mehr Energie. Wenn Sie etwas für die Umwelt tun wollen, dann machen Sie den Menschen klar, sie sollten weniger Kinder zur Welt bringen. China wird schon in Kürze die Vereinigten Staaten als der Welt größter Umweltverschmutzer überholen, einfach weil es eine Bevölkerung von eins Komma zwei Milliarden Menschen hervorbringt. Indien mit seiner Milliarde Menschen folgt dicht dahinter. Das ist doch die wahre Bedrohung für den Planeten. Und ganz gleich, wie sauber Europa und Amerika einmal sein werden – mein Gott, wir könnten sogar zu Pferdewagen und Pflugscharen zurückkehren –, wir werden der in Asien produzierten Umweltverschmutzung niemals etwas entgegenzusetzen haben. Ich stimme Ihnen zu, es ist ein globales Problem, und dazu ist eine globale Lösung nötig.«

Die Männer und Frauen am Ende des Tisches blieben von seiner Rede unberührt, und das Schweigen der Computerstimme dehnte sich unheilvoll. Merrick bemühte sich, stark zu erscheinen und nicht der Angst nachzugeben, die sich allmählich in seiner Magengrube ausbreitete. Am Ende scheiterten seine Anstrengungen jedoch – seine Stimme kippte über, und wieder traten Tränen in seine Augen.

»Bitte, Sie brauchen mir das alles nicht anzutun«, flehte er. »Wollen Sie Geld? Ich kann Ihnen so viel zur Verfügung stellen, wie Ihre Organisation benötigt. Nur lassen Sie uns bitte gehen.«

»Dazu ist es zu spät«, erwiderte der Computer. Dann wurde der elektronische Filter ausgeschaltet, und die Person am anderen Ende der Verbindung sprach mit ihrer eigenen Stimme. »Über dich wurde zu Gericht gesessen, Geoff, und du wurdest für schuldig befunden.«

Merrick kannte diese Stimme nur zu gut, obgleich er sie seit Jahren nicht mehr gehört hatte. Und er wusste auch, dass dies bedeutete, dass er sterben würde.

11

Cabrillo hatte keine Zeit mehr für seine Dusche und schaffte es auch kaum, aus seiner Arbeitskleidung herauszukommen und auf die Kommandobrücke zu eilen, ehe Sloane und ihre Begleiter von Franklin Lincoln hereingeführt wurden. Er schaute sich schnell prüfend um, während er sie die Außentreppe heraufkommen hörte. Die Kommandobrücke befand sich in ihrem üblichen schadhaften und vernachlässigten Zustand. Niemand hatte irgendein Teil ihrer Hightechspielzeuge herumliegen lassen, das die wahre Natur des Schiffs offenbart hätte. Eddie Seng mimte wieder den Steuermann und stand, mit einem fleckigen Overall und einer Baseballmütze bekleidet, lässig hinter dem altmodischen Ruderrad. Seng war der vielleicht penibelste Planer auf der Gehaltsliste der Corporation und jemand, für den kein noch so winziges Detail zu geringfügig war, um sich damit nicht eingehend zu beschäftigen. Wäre er vom Temperament her nicht jemand gewesen, der lustvoll die Gefahr suchte, so wäre er wahrscheinlich ein hervorragender Buchhalter gewesen. Juan bemerkte, dass Eddie die Griffe des falschen Maschinentelegraphen auf *Alle Maschinen stopp* gestellt und sogar die unbenutzten Landkarten gegen Karten ausgetauscht hatte, die die Küste von Südwestafrika zeigten.

Juan tippte auf die verblichene und fleckige Karte. »Netter Einfall.«

»Ich dachte mir, dass es dir gefallen würde.«

Juan hatte keine Sekunde darüber nachgedacht, wie Sloane Macintyre wohl genau aussehen mochte, bis sie durch die Tür trat. Ihr Haar war kupferfarben und von Wind und Sonne zerzaust, was ihr ein wildes, ungezähmtes Aussehen verlieh. Ihr Mund war vielleicht eine Idee zu breit und ihre Nase eine Idee zu lang, aber ihr Gesicht hatte einen derart offenen, gewinnenden Ausdruck, dass diese winzigen Makel überhaupt nicht ins Gewicht fielen. Da die Sonnenbrille an einer Schnur um ihren Hals baumelte, konnte Juan erkennen, dass sie nicht die grünen Augen einer klassischen Liebesromanheldin hatte, sondern dass ihre Augen grau waren und die gesamte Umgebung mit einem schnellen Blick erfassten und in ihrem Bewusstsein fixierten. Sie trug ein paar Pfund mehr an Gewicht mit sich herum, was die weiblichen Kurven ihres Körpers aber eher reizvoll unterstrich und ihn nicht so eckig erscheinen ließ. Doch das Fleisch unter ihren Armen blieb straff, was Juan zu dem Schluss brachte, dass ihr Lieblingssport das Schwimmen sein musste.

In ihrer Begleitung befanden sich zwei Männer, ein Namibier, dem, wie Cabrillo vermutete, die *Pinguin* gehörte, und ein Weißer mit ausgeprägtem Adamsapfel und säuerlicher Miene. Juan konnte sich kaum ein Szenario vorstellen, das eine attraktive Frau wie Sloane und ihn zu einem Paar machte. Und an ihrer Körpersprache glaubte er auch zu erkennen, dass sie wahrscheinlich die Führungsposition innehatte und ihr Partner gerade extrem wütend auf sie war.

Cabrillo trat mit ausgestreckter Hand vor. »Juan Cabrillo, Kapitän der *Oregon*. Willkommen an Bord.«

»Sloane Macintyre.« Ihr Händedruck war fest und ihr Blick offen und ruhig. Juan entdeckte keine Spur von der Angst an ihr, die sie empfunden haben musste, als auf die drei Personen geschossen worden war. »Dies sind Tony Reardon und Justus Ulenga, Kapitän der *Pinguin*.«

»Wie geht es Ihnen?« Reardon überraschte Juan mit einem klaren englischen Akzent.

»So wie es aussieht, scheint niemand von Ihnen medizinische Hilfe zu benötigen. Habe ich Recht?«

»Haben Sie«, erwiderte Sloane. »Wir drei sind wohlauf, aber danke der Nachfrage.«

»Gut, das freut mich«, sagte Juan erleichtert. »Ich würde Sie ja gerne in meine Kabine einladen, um mich mit Ihnen über das Geschehene zu unterhalten, aber dort herrscht ein heilloses Durcheinander. Gehen wir hinunter in die Messe. Ich glaube, ich kann unseren Koch überreden, eine Kleinigkeit vorzubereiten.« Juan bat Linc, den Steward zu suchen.

Die Wahrheit war, dass die Kapitänskabine, die er benutzte, um Inspektoren oder Hafenbeamte zu empfangen, das reinste Katastrophenzentrum und auf eine Art und Weise präpariert worden war, dass Besucher nur noch den Wunsch hatten, das Schiff so schnell wie möglich wieder zu verlassen. Die Wände und der Teppich waren chemisch so behandelt worden, dass sie einen Gestank nach billigen Zigaretten verströmten, der auch einem Kettenraucher den Atem verschlug, und der traurige Ausdruck der Clownsbilder verursachte den meisten Betrachtern ein tiefes Unbehagen, was durchaus beabsichtigt war. Es war einfach nicht die geeignete Umgebung für ein ausführliches Gespräch. Obwohl die obere Kombüse und angrenzende Messe keinen höheren Standard aufwiesen, waren sie zumindest einigermaßen sauber.

Juan führte sie eine Treppe hinunter, deren Stufen mit abgewetztem Linoleum bedeckt waren, und warnte sie vor einem Geländer, das mit Absicht nur lose an der Wand angebracht war. Er geleitete sie in die Messe und betätigte einen der beiden Wandschalter, um die reihenweise angeordneten Leuchtstoffröhren zu aktivieren. Der andere Schalter setzte lediglich ein paar Neonröhren in Gang, von denen zwei ständig flackerten und ein störendes Summen von sich gaben. Die meisten Zollinspektoren, die die Frachtpapiere durchgehen mussten, ließen sich dazu lieber auf dem Fußboden der Kommandobrücke nieder, anstatt die Messe dafür zu benutzen. Vier unterschiedliche Tische standen in dem großzügigen Speisesaal, und von den sechzehn Stühlen waren sich nur zwei halbwegs ähnlich. Die Wände waren zudem in einer Farbe gestrichen, die Juan Sowjetgrün nannte, ein mattes Mint, das bei wirklich jedem Besucher innerhalb kürzester Zeit seine deprimierende Wirkung entfaltete.

Zwei Etagen unter diesem Raum befand sich die eigentliche Messe der *Oregon*, ein eleganter Speisesaal mit der Atmosphäre eines Fünfsternerestaurants.

Er deutete auf die Stühle, auf denen sie Platz nehmen

sollten, und wählte sie so, dass seine Gäste direkt in die Optik der winzigen Kamera blickten, die getarnt an einer der Wände installiert war. Linda Ross und Max Hanley hielten sich im Operationszentrum auf, um das Gespräch zu überwachen. Falls sie irgendwelche Fragen hatten, die Juan stellen sollte, so würden ihm diese durch Maurice, den Steward, übermittelt werden.

Cabrillo faltete die Hände und legte sie auf die Tischplatte. Er sah seine Gäste nacheinander an, ließ den Blick dann aber auf Sloane Macintyre ruhen. Sie erwiderte seinen Blick, ohne mit der Wimper zu zucken, und er glaubte den Anflug eines Lächelns in ihren Mundwinkeln erkennen zu können. Juan erwartete nach dem, was sie durchgemacht hatten, Angst oder Zorn. Aber sie schien die ganze Affäre eher amüsant zu finden – im Gegensatz zu Reardon, der offenkundig nervös war, oder zu dem Kapitän der *Pinguin*, der eher nachdenklich wirkte und höchstwahrscheinlich hoffte, dass Juan darauf verzichtete, die Behörden zu informieren.

»Warum erzählen Sie mir nicht einfach, wer diese Leute waren und weshalb sie Ihnen nach dem Leben trachteten?« Sloane beugte sich vor und machte Anstalten, seiner Aufforderung nachzukommen, doch Juan fügte noch etwas hinzu. »Und vergessen Sie nicht, dass ich über Funk mitgehört habe, wie sie riefen, sie hätten Sie bereits gestern Abend gewarnt.«

Sie lehnte sich zurück, und es war offensichtlich, dass sie sich ihre Erwiderung noch einmal durch den Kopf gehen ließ.

»Erzählen Sie es ihm in Gottes Namen«, stieß Tony hervor, als Sloane nicht sofort reagierte. »Jetzt macht es sowieso nichts mehr aus.«

Sie schickte ihm einen vernichtenden Blick, als ihr klar wurde, dass wenn sie sich nicht offen äußerte, Tony Cabrillo über alles informieren würde. Sie atmete zischend aus. »Wir suchen nach einem Schiff, das Ende des neunzehnten Jahrhunderts in diesen Gewässern gesunken ist.«

»Und lassen Sie mich raten – Sie glauben, es hat einen Schatz an Bord?«, fragte Juan nachsichtig.

Sloane ließ ihm seinen Sarkasmus nicht unerwidert durchgehen. »Ich bin mir dessen so sicher, dass ich sogar bereit war, unser Leben darauf zu verwetten. Und jemand anderer scheint zu denken, dass es sich lohnt, dafür zu töten.«

»*Touché.*« Juan ließ den Blick von Sloane zu Reardon wandern. Sie sahen nicht aus wie Schatzsucher, aber es war ein Fieber, das jeden infizieren konnte. »Wie sind Sie beide zusammengekommen?«

»Durch einen Chatroom im Internet, in dem es um verschollene Schätze ging«, sagte Sloane. »Wir haben dieses Unternehmen seit vergangenem Jahr geplant und lange dafür gespart.«

»Und was ist gestern Abend passiert?«

»Ich war allein aus – essen. Und als ich zum Hotel zurückkehrte, haben mich zwei Männer verfolgt. Ich rannte, und sie machten Jagd auf mich. Einer hat sogar mit einer Pistole auf mich geschossen. Ich schaffte es gerade so bis zum Hotel, vor dem lebhafter Betrieb herrschte. Deshalb ließen sie von mir ab. Einer der beiden rief mir zu, der Schuss sei eine Warnung gewesen, und ich solle Namibia schnellstens verlassen.«

»Und diese Kerle haben Sie auf der Jacht wiedererkannt.«

»Ja, es waren die beiden mit den Maschinenpistolen.«

»Und wer wusste, dass Sie sich in Namibia aufhalten?«

»Was meinen Sie – Freunde oder Bekannte zu Hause?«

»Nein, ich meine, wer wusste, was Sie hier unternahmen? Haben Sie mit irgendwem über Ihr Projekt gesprochen?«

»Wir haben uns mit einer Reihe einheimischer Fischer unterhalten«, sagte Tony.

Sloane ergriff das Wort. »Der eigentliche Gedanke war, nach Orten zu suchen, wo Fischer ihre Netze verloren. Der Meeresboden ist im Grunde nichts anderes als eine Fortsetzung der Wüste. Daher dachte ich, dass alles, worin ein Netz sich verhaken kann, von Menschenhand stammen muss, also auch ein Schiffswrack sein könnte.«

»Nicht unbedingt«, widersprach Juan.

»Das wissen wir jetzt.« Sloanes Stimme war die Niederlage deutlich anzuhören. »Wir haben uns einige mögliche Fundorte aus der Luft angesehen und dabei Metalldetektoren eingesetzt – und nichts gefunden.«

»Das überrascht mich nicht. Die Strömungen haben Millionen von Jahren Zeit gehabt, Felsformationen freizuspülen, an denen ein Fischernetz hängen bleiben kann«, sagte Juan, und Sloane nickte. »Sie haben also mit Fischern gesprochen. Und noch mit jemand anderem?«

Ihre Mundwinkel rutschten nach unten. »Mit Luka. Er fungierte gelegentlich als Führer, aber ich habe ihm nicht allzu viel Beachtung geschenkt. Und dann war da noch ein südafrikanischer Hubschrauberpilot namens Pieter DeWitt. Aber keiner der beiden wusste, dass wir nach verlorenen Netzen fragten, und wir haben Piet und Luka auch nie erzählt, nach was für einem Schiff wir überhaupt suchen.«

»Vergessen Sie nicht Papa Heinrick und seine stählernen Riesenschlangen«, sagte Tony bissig. Er versuchte weiterhin, Sloane in Verlegenheit zu bringen.

Eine von Juans Augenbrauen ruckte hoch. »Riesenschlangen?«

»Es ist nichts«, sagte Sloane. »Nur eine Geschichte, die wir von einem verrückten alten Fischer gehört haben.«

Es klopfte leise an der Tür. Maurice erschien mit einem Plastiktablett. Juan bemühte sich, bei dem angewiderten Gesichtsausdruck des Chefstewards nicht zu lachen.

Mit einem Wort, Maurice war anspruchsvoll. Er war ein Mensch, der sich zwei Mal am Tag rasierte, der jeden Morgen seine Schuhe putzte und polierte und sein Oberhemd wechselte, sobald er auch nur ein winziges Fältchen darin entdeckte. In der eleganten Umgebung der *Oregon* war er ganz zu Hause, aber wenn er im öffentlichen Teil des Schiffes seiner Arbeit nachgehen musste, konnte er einem vorkommen wie ein Muslim in einem Schweinestall.

Aus Rücksicht auf den Schwindel, den sie ihren Gästen vorspielten, hatte er sein Jackett ausgezogen und sich tatsächlich die Ärmel seines Oberhemdes hochgekrempelt. Obwohl Juan ein komplettes Dossier über jedes Mitglied der Corporation besaß, war der eine Punkt, den noch nicht einmal er kannte, Maurice' Alter. Die Schätzungen bewegten sich im Bereich zwischen fünfundsechzig und achtzig. Trotzdem hielt er das Tablett genauso sicher wie einer der Derrickkräne der *Oregon* und stellte Teller und Gläser auf den Tisch, ohne einen einzigen Tropfen zu verschütten.

»Grüner Tee«, verkündete er, wobei sein englischer Akzent Tonys Neugier weckte. »Dim sum, Pot Sticker und Lo-Mein-Nudeln mit gebratenem Hühnerfleisch.« Er holte ein zusammengefaltetes Stück Papier aus der Tasche seiner Schürze und reichte es Juan. »Mr. Hanley bat mich, Ihnen dies zu geben.«

Juan faltete den Notizzettel auseinander, während Maurice den Tisch mit Tellern, Servietten und Besteck deckte, wovon nicht ein Stück zum anderen passte, aber wenigstens war die Tischdecke sauber.

Max hatte geschrieben: *Sie lügt wie gedruckt.*

Juan blickte zur versteckten Kamera. »Das ist offensichtlich.«

»Was ist offensichtlich?«, fragte Sloane, nachdem sie einen Schluck Tee getrunken hatte.

»Hmm? Mein Erster Offizier erinnert mich daran, dass wir unser nächstes Ziel umso später erreichen, je länger wir uns hier aufhalten.«

»Und was ist Ihr nächstes Ziel, wenn ich fragen darf?«

»Danke, Maurice, das ist vorerst alles.« Der Steward deutete eine Verbeugung an und entfernte sich, und Cabrillo beantwortete Sloanes Frage. »Kapstadt. Wir haben in Brasilien Holz für Japan geladen, aber wir übernehmen in Kapstadt einige Container für Mumbai.«

»Ist das wirklich ein Trampdampfer?«, fragte Sloane. Ihrer Stimme war anzuhören, wie beeindruckt sie war. »Ich hätte nicht geglaubt, dass es so etwas noch gibt.«

»Viele gibt es auch nicht mehr. Der Containervirus hat mittlerweile alles erfasst, aber es fahren noch einige wenige von uns, die sich um die Reste balgen.« Er deutete mit einer umfassenden Geste auf den heruntergekommenen Speisesaal. »Unglücklicherweise werden auch die Reste immer weniger, daher bleibt uns kein Geld, das wir in die *Oregon* stecken können. Ich fürchte, das alte Mädchen fällt nach und nach auseinander.«

»Dennoch«, sagte Sloane, »es muss ein ziemlich romantisches Leben sein.«

Die Ernsthaftigkeit, mit der sie es feststellte, verblüffte Juan. Er hatte schon immer angenommen, dass die Vagabundenexistenz eines Trampschiffs, das von Hafen zu Hafen dampfte und dessen Mannschaft von der Hand in den Mund lebte, anstatt ein Rädchen in der riesigen Industriemaschine zu sein, zu der sich der Seehandel mittlerweile entwickelt hatte, von einer gewissen Romantik umgeben war und den Traum von einem geruhsamen Leben darstellte, das praktisch für alle Zeiten verschwunden war. Er lächelte und prostete ihr mit seiner Tasse Tee zu. »Ja, manchmal ist es das.«

Die Wärme ihres Lächelns signalisierte ihm, dass sie zumindest in diesem Punkt auf einer Wellenlänge lagen.

Er raffte sich auf, um mit seiner Befragung fortzufahren. »Captain Ulenga, wissen Sie irgendetwas über Schlangen aus Metall?«

»Nein, Captain«, antwortete der Namibier und tippte sich gegen die Schläfe. »Papa Heinrick ist nicht ganz richtig im Kopf. Und wenn er getrunken hat, nun, dann sollte man ihm nicht allzu genau zuhören.«

Juan wandte sich wieder zu Sloane um. »Wie lautete der Name des Schiffes, das Sie suchen?«

Es war offensichtlich, dass sie den Namen nicht verraten wollte, daher beließ er es dabei. »Ist auch egal. Ich interessiere mich nicht für versunkene Schätze.« Er lachte verhalten. »Oder Riesenschlangen aus Metall. Waren Sie heute dorthin unterwegs, zu der Stelle, wo dieser Heinrick seine Schlangen gesehen haben will?«

Selbst Sloane erkannte, wie lächerlich sie in Cabrillos Augen erscheinen musste, denn sie errötete leicht. »Es war unsere letzte Spur. Ich dachte mir, wenn wir schon so lange hier sind, dann können wir diesem Hinweis auch noch nachgehen. Jetzt klingt das natürlich ziemlich töricht.«

»Ziemlich?«, fragte Juan mit freundlichem Spott.

Linc klopfte gegen den Rahmen der Messetür. »Sie ist sauber, Kapitän.«

»Danke, Mr. Lincoln.« Er hatte Linc gebeten, die *Pinguin* auf Schmuggelgut wie Drogen oder Waffen zu durchsuchen, nur um ganz sicherzugehen. »Captain Ulenga, können Sie mir irgendetwas über die Jacht erzählen, die Sie angegriffen hat?«

»Ich habe sie einige Male in Walvis gesehen. Seit einem oder zwei Jahren kommt sie jeden Monat einmal her. Ich glaube, sie stammt aus Südafrika, denn so ein Boot können sich nur die Leute da unten leisten.«

»Haben Sie nie mit der Mannschaft oder mit jemandem gesprochen, der sie kannte oder kennt?«

»Nein, Sir. Sie kommen in den Hafen, tanken und fahren wieder raus.«

Juan lehnte sich in seinem Sessel zurück und legte einen Arm über die Rückenlehne. Er versuchte, die Fakten zusammenzufügen und eine logische Erklärung zu finden, aber irgendwie passte das alles nicht richtig zusammen. Überzeugt, dass Sloane einige wichtige Punkte aus ihrer Geschichte weggelassen hatte, wusste er, dass er das Puzzle nicht würde lösen können – und so musste er entscheiden, wie dringend er diese Angelegenheit weiterverfolgen wollte. Geoffrey Merrick zu retten, hatte oberste Priorität, und in dieser Angelegenheit hatten sie schon genug Probleme, ohne sich auch noch um Sloane Macintyres Geschichte zu kümmern. Trotzdem, irgendetwas störte ihn daran.

Tony Reardon ergriff plötzlich das Wort. »Wir haben Ihnen alles erzählt, was wir wissen, Captain Cabrillo. Ich würde Ihr Schiff wirklich gerne wieder verlassen. Wir haben noch eine lange Rückfahrt zum Hafen vor uns.«

»Ja«, murmelte Juan geistesabwesend und sammelte sich wieder. »Ja, natürlich, Mr. Reardon. Ich verstehe nur nicht, weshalb Sie angegriffen wurden. Es ist schon möglich, dass es da draußen ein versunkenes Schiff mit einem Schatz gibt und dass Sie dabei die Kreise von jemandem gestört haben. Wenn die betreffenden Leute ohne Erlaubnis der Regierung agieren, dann könnte das erklären, weshalb sie gewalttätig geworden sind.« Er sah Tony und Sloane offen an. »Wenn das der Fall ist, dann rate ich Ihnen beiden, Namibia auf schnellstem Weg zu verlassen. Sie könnten sich sonst den schlimmsten Ärger einhandeln.«

Reardon nickte zustimmend, doch Sloane machte den Eindruck, als würde sie die Warnung am liebsten ignorieren. Juan ersparte sich einen Kommentar. Es ging ihn im Grunde auch nichts an.

»Mr. Lincoln«, sagte er, »würden Sie unsere Gäste zurück auf ihr Boot bringen? Falls sie Treibstoff brauchen, dann sorgen Sie dafür, dass sie das Gewünschte erhalten.«

»Jawohl, Captain.«

Die Gruppe erhob sich. Juan beugte sich über den Tisch, um Justus Ulenga und Tony Reardon die Hand zu schütteln. Als er Sloanes Hand ergriff, zog die Frau ihn leicht zu sich und sagte: »Können wir uns kurz unter vier Augen unterhalten?«

»Natürlich.« Cabrillo sah zu Linc hinüber. »Bringen Sie die beiden Herren zur *Pinguin*. Ich komme mit Miss Macintyre gleich nach.«

Sie ließen sich nieder, sobald die drei Männer sich entfernt hatten. Sloane studierte ihn auf die gleiche Art und Weise, wie ein Juwelier einen Diamanten betrachtet, den er zerschneiden möchte, da er nach einer Unregelmäßigkeit sucht, die den Edelstein verderben könnte. Sie kam zu einer Entscheidung, beugte sich vor und stützte die Ellbogen auf den Tisch.

»Ich glaube, Sie sind ein Schwindler.«

Juan hatte Mühe, nicht in schallendes Gelächter auszubrechen. »Also … ich bitte Sie«, stotterte er schließlich.

»Sie. Dieses Schiff. Ihre Mannschaft. Nichts ist das, was es zu sein scheint.«

Cabrillo hatte Mühe, einen neutralen Gesichtsausdruck beizubehalten und zu verhindern, dass sämtliches Blut aus seinem Gesicht wich. In den Jahren, seit er die Corporation gegründet und angefangen hatte, die Weltmeere mit einer Reihe von Schiffen, die alle den Namen *Oregon* trugen, zu durchkreuzen, hatte niemand jemals den Verdacht geäußert, dass sie etwas anderes waren als das, was sie zu sein vorgaben. Sie hatten während ihrer Fahrten durch den Panamakanal Hafenbeamte, alle möglichen Inspektoren und sogar einen Kanallotsen an Bord gehabt, und niemand hatte auch nur den leisesten Verdacht hinsichtlich des Schiffes und seiner Mannschaft geäußert.

Sie hat keine Ahnung, dachte er. *Sie fischt im Trüben.* Er musste zugeben, dass sie nicht sämtliche Tricks herausgeholt hatten, während sie im Hafen lagen und kontrolliert wurden, aber es war einfach unmöglich, dass ein Laie, der höchstens eine halbe Stunde an Bord zugebracht hatte, ihre sorgfältige Tarnung durchschauen konnte. Sein Herzschlag beruhigte sich, als er zu dieser Erkenntnis kam.

»Könnten Sie das erklären?«, fragte er amüsiert.

»Es sind die kleinen Dinge. Ihr Steuermann trägt das gleiche Rolex-Modell, das mein Vater besaß. Eine Zweitausenddollaruhr. Ein wenig zu wertvoll, wenn Sie wirklich so arm sind, wie Sie behaupten.«

»Die Uhr ist eine Fälschung«, erwiderte Juan.

»Eine Fälschung würde keine fünf Minuten in dieser salzigen Luft überdauern. Ich weiß es, weil ich so ein Ding besaß, als ich noch ein Teenager war und auf dem Fischerboot meines Vaters aushalf, nachdem er die Handelsmarine verließ und sich zur Ruhe setzte.«

Okay, sagte sich Juan, *sie ist also nicht vollkommen ahnungslos, was Schiffe betrifft.* »Vielleicht ist sie echt, aber er bekam sie von einem Hehler, der sie wieder von einem Dieb hatte. Sie können ihn ja mal fragen.«

»Das wäre eine Möglichkeit«, sagte Sloane. »Aber was ist mit Ihrem Steward? Ich arbeite seit fünf Jahren in London und erkenne englische Maßschneiderei auf den ersten Blick. Mit seinen Church-Schuhen, der maßgeschneiderten Anzughose und dem handgenähten Hemd trug Maurice Klamotten im Wert von mindestens viertausend Dollar am Leib. Ich glaube nicht, dass er die Sachen auch von einem Hehler bekommen hat.«

Juan musste lachen, als er sich vorstellte, dass Maurice etwas aus einem Secondhandladen tragen würde. »Er ist wirklich so reich wie Krösus, aber – wie soll man es ausdrücken – auch ein wenig seltsam. Er ist das schwarze Schaf einer Familie, die man dem alten Geldadel zurechnen kann, und trieb sich auf der ganzen Welt herum, bis er achtzehn war und über sein Erbe verfügen durfte. Er sprach mich im vergangenen Jahr an, als wir in Mombasa lagen, und bot sich als Steward an. Er meinte sogar, wir brauchten ihm nichts zu zahlen. Sollte ich dieses Angebot ausschlagen?«

»Nun ja«, sagte Sloane gedehnt.

»Das ist die Wahrheit, ehrlich.«

»Lassen wir das vorläufig. Aber was ist mit Ihnen und Mr. Lincoln? Es gibt nicht viele Amerikaner, die auf solchen Schiffen arbeiten, weil Asiaten solche Jobs für den Bruchteil einer normalen Heuer erledigen. Wenn die Firma, der dieses Schiff gehört, wirklich so knapp bei Kasse ist, wie Sie behaupten, so bestünde die Mannschaft aus Pakistanis oder Indonesiern.« Juan wollte dazu etwas bemerken, aber sie ließ ihn nicht zu Wort kommen. »Lassen Sie mich raten – Sie arbeiten auch für ein Taschengeld, nicht wahr?«

»Meine Matratze ist vollgestopft mit Bargeld, Miss Macintyre.«

»Aber sicher.« Sie fuhr sich mit der Hand durch die Haare. »Ich hatte mir schon gedacht, dass Sie für diese kleinen Dinge eine logische Erklärung haben würden. Aber wie wäre es denn damit? Als ich Ihr Schiff das erste Mal sah, kam kein Rauch aus dem Schornstein.«

Oh-oh, dachte Juan und erinnerte sich, dass der Ingenieur vergessen hatte, den Rauchgenerator einzuschalten, bis sich die *Pinguin* in Sichtweite befand. Juan hatte es in dem Moment nicht für so wichtig gehalten, doch jetzt erwies sich diese Nachlässigkeit als ein fataler Fehler.

»Zuerst nahm ich an, dass das Schiff verlassen worden war, aber dann erkannte ich, dass Sie doch Fahrt machten. Ein paar Minuten später stieg Rauch aus dem Schornstein auf, und zwar eine ganze Menge. Interessanterweise die gleiche Menge wie zu dem Zeitpunkt, als sie mit zwanzig Knoten auf uns zukamen – und auch als ich auf der

Brücke war und feststellte, dass der Maschinentelegraph auf Stopp stand. Und was Ihre Fahrt betrifft, kein Schiff dieser Größe ist in der Lage, so schnell zu wenden, wenn es nicht über Hochleistungskorrekturdüsen verfügt. Und diese Technologie wurde entwickelt, lange nachdem dieses Schiff gebaut wurde. Haben Sie dafür eine logische Erklärung?«

»Mich würde interessieren, weshalb das alles überhaupt so wichtig für Sie ist«, erwiderte Juan.

»Weil heute jemand versucht hat mich zu töten und ich wissen möchte, weshalb, und weil ich denke, dass Sie mir helfen können, diese Frage zu beantworten.«

»Es tut mir leid, Sloane, aber ich bin nur der Kapitän eines Rosteimers, der kurz vor dem Abwracken steht. Ich kann Ihnen nicht helfen.«

»Demnach leugnen Sie nicht, was ich gesehen habe.«

»Ich weiß nicht, was Sie gesehen haben, aber an der *Oregon* und ihrer Mannschaft ist gewiss überhaupt nichts Ungewöhnliches.«

Sie stand auf und ging zielstrebig dorthin, wo die winzige Kamera im Rahmen eines alten Bildes von einer indischen Schauspielerin, die fünfzehn Jahre zuvor eine Berühmtheit gewesen war, installiert worden war. Sie nahm das Bild von der Wand, und die Kamera rutschte heraus und baumelte an ihrem Kabel hin und her. »Tatsächlich?«

Diesmal wurde Juan bleich.

»Ich bemerkte sie, als Sie sagten, ›das ist offensichtlich‹, nachdem Sie die Notiz von Maurice erhielten. Ich nehme an, dass wir auch in diesem Augenblick beobachtet werden.« Sie wartete nicht auf Juans Entgegnung. »Ich schlage Ihnen ein Geschäft vor, Captain Cabrillo. Sie hören auf, mich anzulügen, und ich lüge Sie auch nicht mehr an. Ich mache sogar den Anfang.« Sie ließ sich ihm gegenüber wieder auf den Stuhl sinken. »Tony und ich habe uns nicht in einem Chatroom im Internet kennengelernt. Wir arbeiten beide in der Sicherheitsabteilung von De-Beers und suchen in Wirklichkeit nach einem gesunkenen Schiff, das möglicherweise Diamanten im Wert von einer Milliarde Dollar an Bord hat. Kennen Sie sich mit Diamanten aus?«

»Nur dass sie selten und daher teuer sind, und dass man es lieber ernst meinen sollte, wenn man eine Frau damit beschenkt.«

Das zauberte ein Lächeln auf ihr Gesicht. »Zwei von dreien.«

»Zwei von dreien, häh? Ich weiß, dass sie teuer sind, und ich weiß auch, dass sie selten sind, daher müssen Sie Männer haben, die Ihnen ständig Diamanten schenken. Attraktiv genug sind Sie.«

Ihr Lächeln wurde zu einem Lachen. »O nein. Sie sind teuer, und man sollte es damit ernst meinen, aber Diamanten sind nicht selten. Man findet sie sicherlich nicht so oft wie Halbedelsteine, aber Sie sind auch nicht so rar, wie Sie vielleicht glauben. Der Preis wird künstlich hoch gehalten, weil eine einzige Firma etwa fünfundneunzig Prozent des Marktes beherrscht. Sie kontrolliert alle Minen, damit sie jeden beliebigen Preis festsetzen kann. Sobald ein neues Diamantenfeld entdeckt wird, kauft diese Firma es auf und schaltet jede Form von Konkurrenz aus. Es ist ein derart mächtiges Kartell, dass sich die OPEC daneben wie ein Haufen Amateure ausnimmt. Die Kontrolle ist derart perfekt, dass eine ganze Reihe von Managern sofort wegen Verstößen gegen Antitrustgesetze verhaftet würde, wenn sie jemals einen Fuß auf amerikanischen Boden setzte.

Sie holen unsere Steine in sparsam bemessenen Mengen aus ihren Stahlkammern, um die Preise konstant zu halten. Wenn die Vorräte schwinden, wird die Produktion gesteigert, und wenn es einen gewissen Überfluss an Steinen gibt, dann horten sie sie in ihren Londoner Tresoren. Wenn Sie all das berücksichtigen, was glauben Sie, würde passieren, wenn plötzlich Diamanten im Wert von einer Milliarde Dollar auf den Markt geworfen würden?«

»Die Preise würden fallen.«

»Und wir würden unser Monopol verlieren – das gesamte System bräche zusammen. All diese Frauen da draußen würden begreifen, dass die Steine an ihren Händen überhaupt nicht für die Ewigkeit sind. Außerdem würde die Weltwirtschaft in ihren Grundfesten erschüttert, Goldpreise und ganze Landeswährungen würden destabilisiert werden.«

Das war etwas, worüber Juan immerhin ansatzweise Bescheid wusste, da es erst ein paar Monate her war, dass er und seine Leute einen Versuch vereitelt hatten, den weltweiten Goldhandel ins Wanken zu bringen. »Ich verstehe, was Sie meinen«, sagte er.

»Wenn ein solches mit einem Schatz beladenes Schiff wirklich existiert, stehen unserem Büro zwei Maßnahmen zur Verfügung, um dies zu verhindern. Die erste Möglichkeit wäre zu warten, bis jemand anders die Diamanten findet, und sie dann sofort aufzukaufen. Das wäre natürlich enorm teuer, also wählen wir den zweiten Weg.«

»Überprüfen, ob die Gerüchte über den gesunkenen Schatz zutreffen, und dann selbst danach suchen.«

Sloane tippte sich gegen die Nasenspitze. »Bingo. Ich

war es, die die Geschichte hinter dem Schatz recherchierte, daher wurde ich auch mit der Leitung dieser Suchexpedition betraut. Tony ist angeblich mein Assistent, aber in Wahrheit ist er völlig wertlos. Das Ganze ist für mich und meine Karriere eine ganz große Sache. Wenn ich die Steine finde, werde ich wahrscheinlich zur Vizepräsidentin befördert.«

»Woher kommen denn die Diamanten?«, fragte Juan. Er war gespannt, wie weit sie ihm vertraute.

»Das ist eine faszinierende Geschichte. Ursprünglich wurden sie von Mitgliedern eines Stammes, den Hereros, in Kimberley zutage gefördert. Der Herero-Häuptling wusste, dass es zum Krieg mit den deutschen Besatzern seines Stammesgebiets kommen würde, und glaubte, sich mit den Diamanten den Schutz der Engländer erkaufen zu können. Etwa zehn Jahre lang arbeiteten seine Männer in Kimberley und schmuggelten Edelsteine ins Herero-Land, sobald ihre Arbeitsverträge ausliefen. Soweit ich habe in Erfahrung bringen können, fügten sich die Männer zwei Monate vor Beginn ihrer Arbeitsverträge Wunden an Armen und Beinen zu. Als sie in Kimberley eintrafen, wurden sie untersucht und sämtliche Narben an ihren Körpern genau vermerkt. Sobald sie dann im Lager der Arbeiter eintrafen, öffnete ein Stammesmitglied, das sich dort schon seit einer Weile aufhielt und einen geeigneten Stein gestohlen hatte, die Wunde und versteckte den Stein darin. Wenn der Betreffende ein Jahr später das Lager verließ, wurde der Herero an Hand der Aufzeichnungen, die bei seiner Ankunft angefertigt worden waren, überprüft. Häufig wurden frische Narben wieder geöffnet, um nach versteckten Steinen zu suchen: Das war damals eine weit verbreitete Schmuggeltechnik nach der Methode, Steine zu verschlucken, die durch die Verabreichung von Abführmitteln vereitelt wurde. Aber die alte Narbe war ja bekannt und wurde daher nicht mehr überprüft.«

»Verdammt clever«, meinte Juan.

»Nach dem, was ich habe herausbekommen können, besaß der Stamm säckeweise nur die größten und reinsten Steine, als er beraubt wurde.«

»Beraubt?«

»Von fünf Engländern. Einer von ihnen war noch ein Halbwüchsiger, dessen Eltern als Missionare im Herero-Land tätig waren. Die Einzelheiten erfuhr ich aus dem Tagebuch des Vaters, der sich nach dem Raub auf die Suche nach seinem Sohn begab. Sein Tagebuch liest sich wie der Arbeitsplan eines Folterers und führt alle möglichen Qualen auf, die er seinem Sohn zufügen wollte, falls er ihn fände.

Ich will Sie nicht mit den Einzelheiten langweilen, aber der Teenager, Peter Smythe, tat sich mit einem Abenteurer alter Schule namens H. A. Ryder und drei anderen Männern zusammen. Ihr Plan sah vor, dass sie nach Kapstadt telegrafierten und ein Dampfschiff, die HMS *Rove*, an einen Punkt vor der Küste des Gebiets bestellten, das damals Deutschsüdwestafrika genannt wurde. Sie wollten die Kalahari und die Namib zu Pferd durchqueren und dort mit dem Schiff zusammentreffen.«

»Ich vermute, von der *Rove* hat man seitdem nichts mehr gehört.«

»Sie verließ Kapstadt, sobald Ryders Telegramm eingetroffen war, und wurde später als auf See verschollen gemeldet.«

»Angenommen, das alles entspricht den Tatsachen und ist kein Mythos wie die Goldminen König Salomons – wie kommen Sie darauf, dass das Schiff in dieser Gegend zu suchen ist?«

»Ich habe eine gerade Linie von dem Ort, wo die Diamanten gestohlen wurden, nach Westen bis zur Küste gezogen. Sie durchquerten die wahrscheinlich schrecklichste Wüste des Planeten und dürften dafür die direkteste Route gewählt haben. Danach muss das Rendezvous mit der *Rove* etwa hundertzehn Kilometer nördlich von Walvis Bay stattgefunden haben.«

Juan fand eine weitere Lücke in ihrer Erklärung. »Woher will man wissen, dass die *Rove* nicht auf ihrer Rückfahrt nach Kapstadt eine Woche später auf hoher See gesunken ist? Oder dass die Männer es gar nicht bis zur Küste geschafft haben und die Diamanten irgendwo mitten in der Wüste liegen?«

»Genau diese beiden Argumente brachte auch mein Boss, als ich mit der Geschichte zu ihm kam. Und darauf erwiderte ich: Wenn ich mir das alles zusammenreimen konnte, dann hätte es auch jemand anders tun können, und Diamanten im Wert von einer Millliarde Dollar liegen drei Kilometer vor der Küste im Wasser, wo jeder sie mit einer Tauchausrüstung und einer starken Lampe finden könnte.«

»Und was antwortete er darauf?«

»›Ich gebe Ihnen eine Woche Zeit und Tony Reardon als Helfer dazu. Und egal was geschieht, vernichten Sie alle Hinweise, die Sie zusammengetragen haben.‹«

»Das ist doch bei Weitem nicht genug Zeit, um eine Gegend abzusuchen, die sich über einige hundert Quadratkilometer erstreckt«, sagte Juan. »Um eine gründliche Suche durchzuführen, brauchten Sie ein Schiff mit einem Side Scan Sonar und einem leistungsfähigen Metalldetektorsystem. Und selbst dann noch dürfte ein Erfolg äußerst fragwürdig sein.«

Sloane zuckte die Achseln. »Sie haben eben nicht allzu viel Vertrauen in meine Idee gesetzt. Mir eine Woche Zeit, ein wenig Geld und Tony als Helfer zu geben, war mehr, als ich mir hatte erhoffen können, und der Grund, weshalb ich versucht habe, einheimische Informationsquellen aufzutreiben.«

»Eins macht mich neugierig – weshalb sind Sie mit dieser Angelegenheit überhaupt zu Ihren Vorgesetzten gegangen? Warum haben Sie das Schiff nicht auf eigene Faust gesucht und die Diamanten für sich behalten, wenn Sie sie gefunden hätten?«

Ihr Mund verzog sich, als hätte er sie soeben zutiefst beleidigt, was er auch getan hatte. »Captain, dieser Gedanke ist mir nie in den Sinn gekommen. Diese Diamanten wurden in einem Betrieb von DeBeers gewonnen und gehören von Rechts wegen der Firma. Ich würde sie ebenso wenig behalten, wie ich niemals in den Tresor eindringen und meine Taschen mit Rohdiamanten füllen würde.«

»Tut mir leid, dass ich das gesagt habe.« Juan war von ihrer Rechtschaffenheit beeindruckt. »Das war wohl ziemlich abwegig.«

Sloane nickte. »Danke. Entschuldigung angenommen. Nun, da ich Ihnen die Wahrheit gesagt habe, werden Sie mir helfen? Ich kann Ihnen nichts versprechen, aber ich bin sicher, dass die Firma Sie für Ihre Zeit entschädigen wird, wenn wir die *Rove* tatsächlich finden sollten. Es würde Sie nur zwei Stunden Ihrer Zeit kosten, um die Koordinaten zu überprüfen, die Papa Heinrick mir genannt hat.«

Einige Sekunden lang sagte Juan nichts. Seine blauen

Augen blickten zur Decke, während er über seine nächsten Schritte nachdachte. Plötzlich stand er auf und ging zur Tür. »Entschuldigen Sie mich für einen Augenblick«, sagte er zu Sloane, dann wandte er sich an die versteckten Mikrofone. »Max, komm in meine Kabine.« Er meinte die präparierte Kabine, die sie für die Zollinspektoren benutzten. Sie befand sich auf halbem Weg zwischen dem Fahrstuhl vom Operationszentrum zum Deck und der Messe.

Hanley wartete schon vor der schmuddeligen Kabine, als Juan um die Gangecke bog. Er lehnte an der Wand und klopfte mit dem Pfeifenmundstück gegen seine Zähne, ein eindeutiges Zeichen, dass ihm etwas durch den Kopf ging. Er streckte sich, als Juan erschien. Trotz geschlossener Kabinentür rümpfte Juan die Nase, als er den schalen Zigarettenrauch roch, der aus der Kabine drang.

»Was hältst du davon?«, fragte Juan ohne lange Vorrede.

»Ich finde, wir sollten hier nicht länger herumtrödeln und lieber Kurs auf Kapstadt nehmen, um die Ausrüstung einzuladen, die wir brauchen, um Merrick zu retten, ehe er an Altersschwäche stirbt.«

»Und außerdem?«

»Die ganze Sache kommt mir ziemlich verrückt vor.«

»Ich wäre absolut einer Meinung mit dir, wenn wir nicht selbst den Angriff auf die *Pinguin* miterlebt hätten.« Juan hielt inne und ordnete seine Gedanken.

»Meinst du, wir sind da auf etwas Handfestes gestoßen?«, fragte Max seinen Freund.

»Typen auf Millionen Dollar teuren Jachten schießen niemals ohne verdammt guten Grund auf jemanden. In diesem Fall glaube ich, dass sie etwas beschützen wollten. Sloane meint, dass niemand wusste, welches Schiff sie suchten, daher ist es durchaus möglich, dass sie etwas anderes abschirmten als ein angebliches Schatzschiff.«

»Du glaubst doch wohl nicht ernsthaft an Papa Heinricks Riesenschlangen aus Stahl?«

»Max, da *ist* irgendetwas. Ich kann es fühlen.« Juan schaute seinem Freund in die Augen, damit es kein Missverständnis gab. »Erinnerst du dich, was ich dir erzählte, kurz bevor wir diese beiden Typen von der NUMA trafen, die zum Hafen in Hongkong wollten?«

»Sie suchten nach der alten SS *United States*. Das war die Mission, bei der du dein Bein verloren hast«, sagte Max, und dabei klang seine Stimme genauso nachdenklich wie Cabrillos.

Max steckte sich die Pfeife in den Mund. »Es ist schon zwei Jahre her, aber ich glaube, deine genauen Worte waren: ›Max, ich hasse zwar abgedroschene Klischees, aber bei dieser Sache habe ich ein ungutes Gefühl.‹«

Juan blinzelte nicht und erwiderte Hanleys prüfenden Blick. »Max, ich habe im Augenblick das gleiche verdammte Gefühl.«

Max hielt seinen Blick noch eine Sekunde länger, dann nickte er. Zehn gemeinsame Jahre hatten ihn gelehrt, Juan zu vertrauen, ganz gleich wie irrational seine Forderungen waren, und ganz gleich wie hoch das Risiko sein mochte. »Was hast du vor?«

»Ich möchte die *Oregon* nicht länger als irgend nötig aufhalten. Sobald ich weg bin, nimm Kurs auf Kapstadt, und lade die Ausrüstung ein, die wir brauchen. Aber schick unterwegs George los, damit er sich die Stelle ansieht, wo die Schlangen gesichtet wurden.« George Adams war der Pilot des Robinson-R44-Clipper-Hubschraubers, der in einem der Frachträume stand. »Ich lasse mir von Sloane die Koordinaten geben.«

»Du willst nach Walvis Bay?«

»Ich möchte selbst mit Papa Heinrick sprechen und auch mit Sloanes Führer und ihrem Helikopterpiloten. Ich nehme eines der Rettungsboote von den Davits auf dem Oberdeck, damit Sloane nichts von der Bootsgarage oder den anderen Einrichtungen erfährt.« Obwohl sie genauso heruntergekommen aussahen wie die *Oregon*, hatten die Rettungsboote den gleichen Hightechstandard wie ihr Mutterschiff. Hätten sie über die entsprechende Reichweite verfügt, Juan hätte jederzeit in einem der Boote den Atlantik überquert, und zwar während der Hurrikansaison.

Er fuhr fort: »Das sollte nicht länger als ein oder zwei Tage dauern. Ich stoße zur *Oregon*, wenn ihr nach Namibia zurückkehrt. Da fällt mir ein, ich war eine Stunde lang im Fitnessraum und bin nicht auf dem aktuellen Stand. Was gibt es Neues?«

Max verschränkte die Arme vor der Brust. »Tim Gunderson hat ein geeignetes Flugzeug für uns gemietet, damit wäre das erledigt. Wie du weißt, warten die ATVs am Duncan Dock in Kapstadt auf uns, und Murph hat eine Bibliothekarin in Berlin, die alles für uns raussucht, was sie über *Devil's Oasis* – oder wie wir jetzt wissen: die *Oase des Teufels* – haben.«

Der Durchbruch auf ihrer Suche nach dem Ort, wo Geoffrey Merrick festgehalten wurde, hatte sich eingestellt, als Linda Ross auf die Idee kam, dass die *Devil's Oasis* in Namibia liegen könnte, und nach Hinweisen gesucht hatte, indem sie den deutschen Namen dafür verwendete. Doch nach Eingang erster Daten schien ihr Durchbruch sie nicht viel weiterzubringen.

Zu Beginn des zwanzigsten Jahrhunderts beschloss die kaiserliche deutsche Regierung, die berüchtigte französische Strafkolonie in Guyana – namens *Devil's Island* –, ein abgelegenes, ausbruchssicheres Gefängnis für die hartgesottensten Verbrecher der Nation, zu kopieren. Die deutsche Regierung errichtete also mitten in der Wüste ihrer abgeschiedensten Kolonie ein Hochsicherheitsgefängnis. Aus Naturstein erbaut und umgeben von Hunderten Quadratkilometern Sanddünen gab es, selbst wenn einem Gefangenen die Flucht gelingen sollte, keinen Ort, wohin er sich hätte retten können. Ausbrecher kämen in der Wüste um, lange bevor sie die Küste erreichten. Im Gegensatz zu *Devil's Island* oder sogar zu San Franciscos berüchtigtem Alcatraz gab es noch nicht mal den Anflug eines Gerüchts, dass irgendeinem Gefangenen die Flucht gelungen war, ehe diese abgelegene Einrichtung auf Grund der hohen Kosten, mit denen sie die Kriegswirtschaft Deutschlands belastete, geschlossen wurde.

Eine Eisenbahnlinie, die die *Oase des Teufels* damals mit der übrigen Welt verband, war abgebaut worden, als das Gefängnis aufgegeben wurde, daher war es nicht anders zu erreichen als per Flugzeug oder mit allradgetriebenen Automobilen. Diese Möglichkeiten enthielten ein besonderes Risiko und eine Reihe Hindernisse, denn selbst eine kleine Gruppe wie die Entführer, die Merrick gefangen hielten, würden einen Helikopter oder einen Lastwagen schon bemerken, ehe Cabrillo seine Truppe in Kampfposition bringen konnte.

Indem sie diverse Datenbanken durchsuchten und sich kommerziell verfügbarer Satellitenbilder bedienten, waren sie auf dem besten Weg, einen kühnen Plan zur Rettung des Milliardärs zu entwickeln.

»Gibt es irgendwas von den Entführern oder von Merricks Firma?«

»Nichts von den Entführern, und Merrick/Singer verhandeln mit verschiedenen *Hostage Rescue Teams.*« Neben dem Militär und der Polizei, die in solchen Fällen normalerweise tätig wurden, gab es auch private Firmen, die in Entführungsfällen ihre Dienste anboten. Obgleich es nicht zu den Jobs gehörte, die sie gewöhnlich erledigten, präsentierte Hanley die Corporation als ein solches HRT, und während sie beabsichtigten, den Gründer von Merrick/Singer auf jeden Fall zu retten, wäre es sicherlich nicht übel, wenn sie für ihre Bemühungen einen kleinen Profit einstreichen könnten.

»Was meint Overholt in Langley?«

»Ihm gefällt es, dass wir hier sind, solange zukünftige Missionen nicht darunter leiden. Er hat mir außerdem anvertraut, dass Merrick den Präsidenten früher mit großzügigen Spenden unterstützt hat und die beiden einige Male gemeinsam Skilaufen waren. Wenn wir das Ganze erfolgreich managen, dürften unsere Aktien in Washington also beträchtlich steigen.«

Cabrillo grinste. »Bei dem, was wir tun, ist es völlig egal, wo unsere Aktien sind. Wenn es um Operationen geht, die derart außerhalb des Üblichen ablaufen, dass niemand offiziell davon Kenntnis haben darf, hat Uncle Sam nicht allzu viele Möglichkeiten. Und ich wette, wenn wir diese Geschichte durchziehen, wird es eine Flut diplomatischer Noten zwischen unserer Administration und der namibischen Regierung geben, und am Ende wird jeder behaupten, es sei ein amerikanisches Kommandoteam in Zusammenarbeit mit den örtlichen Truppen gewesen, das Merrick gerettet hat.«

Max' Entrüstung wirkte beinahe echt. »Ich kann nicht glauben, dass du dem windigsten Agenten der CIA etwas Derartiges zutraust.«

»Und wenn wir versagen«, fügte Juan hinzu, »wird er erklären, dass er von allem wieder mal nichts gewusst hat bla, bla, bla. Bring Sloane runter zur *Pinguin*, damit sie Reardon erklären kann, dass sie bei uns an Bord bleibt, und sorge dafür, dass jemand das Rettungsboot an Backbord startklar macht. Ich muss erst mal duschen und meine Sachen packen.«

»Ich wollte mich eigentlich nicht dazu äußern«, sagte Max, während er sich durch den Korridor entfernte, »aber selbst wenn man den Wind im Rücken hat, steigt einem dein würziges Aroma in die Nase.«

Kaum dass er seine eigentliche Kabine betreten hatte, streifte Juan das ziemlich schmuddelige Hemd, das er mit Rücksicht auf Sloane getragen hatte, ab und hatte die Schuhe schon von den Füßen geschleudert, als er die Tür zu seinem Badezimmer öffnete. Mit Hilfe der goldenen Wasserkräne in der Duschkabine wählte er eine angenehm kühle Wassertemperatur und entledigte sich seiner restlichen Kleidung. Er lehnte sich gegen die Glaswand der Kabine, um seinen Beinstumpf aus der Manschette seines künstlichen Unterschenkels zu ziehen.

Die nadelfeinen Wasserstrahlen rieselten aus dem Duschkopf auf ihn herab, und während er sich etwas mehr Zeit gewünscht hätte, um seine Entscheidung, Sloane Macintyre zu helfen, in Ruhe zu überdenken, wusste er genug, um sich auf seinen Instinkt zu verlassen. Er bezweifelte, dass es in diesen Gewässern ein Schiff mit einem Schatz gab, ebenso wie er nicht daran glaubte, dass das Meer mit riesigen stählernen Schlangen verseucht war. Aber es konnte keinen Zweifel geben: Jemand wollte, dass Sloane ihre Suche abbrach. Und das war es, was er selbst in Erfahrung bringen wollte – wer diese Leute waren und was sie verheimlichten.

Nachdem er sich abfrottiert und sein künstliches Bein wieder angesetzt hatte, steckte Juan einige Toilettenartikel in eine Kulturtasche aus Leder. Aus dem Kleiderschrank in seinem Schlafzimmer suchte er ein paar Kleidungsstücke zum Wechseln heraus und packte sie in eine Ledertasche, außerdem ein paar feste Schuhe. Dann begab er sich in sein Büro. Er setzte sich hinter seinen Schreibtisch und drehte sich mit dem Sessel zu einem antiken Safe um, der früher einmal in einem Eisenbahndepot in New Mexico gestanden hatte. Seine Finger bewegten sich am Einstellrad schnell und geschickt. Als der letzte Stahlriegel schließlich mit einem Klicken in seine vorgesehene Position rutschte, drehte Juan das Verschlussrad und zog die schwere Tür auf. Neben Bündeln von Hundertdollar- und Zwanzigpfundscheinen sowie Stapeln anderer Währungen enthielt der Safe auch sein persönliches Waffenarsenal. In diesem Safe war genug Feuerkraft versammelt, um einen kleinen Krieg zu starten. Drei Maschinenpistolen, zwei Sturmgewehre, eine Pump-Action-Schrotflinte, ein Remington-700-Scharfschützengewehr sowie Schubladen voller Rauch-, Spreng- und Blitzgranaten und einem Dutzend Pistolen. Er schätzte die möglichen Situationen ab, in die er geraten konnte, und entschied sich für eine Micro Uzi und eine Glock 19. Er hätte die FN-Five-Seven-Pistole vorgezogen – sie hatte sich mittlerweile zu seiner Lieblingshandfeuerwaffe gemausert –, aber er wollte einheitliche Munition verwenden, und sowohl die Glock als auch die Uzi benötigten 9-mm-Patronen.

Die vier Magazine wurden stets in leerem Zustand gelagert, um ihre Sprungfedern zu schonen, daher dauerte es einen Augenblick, bis er sie geladen hatte. Er verstaute Waffen, Magazine und einen Karton Reservemunition unter den Kleidern in seiner Reisetasche und schlüpfte anschließend in eine leichte Segeltuchhose und ein Hemd mit weichem Kragen.

In der Glasscheibe eines Bildes an der Wand überprüfte er seine äußere Erscheinung. Er hatte das Kinn energisch vorgeschoben, und in seinen Augen konnte er fast erkennen, wie der Zorn allmählich zu einem Feuer verhaltener Wut hochloderte. Er war zwar weder Sloane Macintyre noch Geoffrey Merrick etwas schuldig, aber er würde sie ebenso wenig einem unbekannten Schicksal überlassen, wie er eine alte Frau hilflos an einer verkehrsreichen Straße ignoriert hätte.

Cabrillo nahm die Reisetasche von seinem Bett und begab sich zum Oberdeck. Dabei spürte er, wie sein Körper bereits auf den ersten Adrenalinschub zu reagieren begann.

12

Es war nicht zu vermeiden, dass Sandflöhe davon Wind bekamen, dass das bisher verlassene Gefängnis in der Wüste wieder bevölkert wurde. Vom Geruch warmer Körper angezogen, waren sie ins Gefängnis zurückgekehrt, um den im Laufe der Jahre von Menschen verursachten Qualen eine natürliche Folter hinzuzufügen. Fähig, pro Tag sechzig Eier abzulegen, hatten sich die ersten, die in den Zellentrakt gelangt waren, mittlerweile zu einer Plage entwickelt. Die Wächter verfügten über chemische Insektenvernichtungssprays, um die lästigen Insekten in Schach zu halten. Ihre Gefangenen hatten dieses Glück nicht.

Merrick lag auf dem Fußboden, den Rücken an die raue Natursteinwand seiner Zelle gelehnt, und kratzte heftig an den Bissen herum, die jeden Quadratzentimeter seines Körpers zu bedecken schienen. Auf eine perverse Art und Weise war es sogar gut, dass sie ihn gefunden hatten, denn die schmerzhaften Schwellungen und ständig neu hinzukommenden Bisse sorgten dafür, dass sich sein Geist mit etwas anderem beschäftigte als mit dem Grauen, das bereits stattgefunden hatte, und den Schrecken, die erst noch kommen würden.

Er fluchte, als ihn ein Floh in die Rückseite einer Ohrmuschel biss. Er erwischte das Insekt, zerquetschte seinen winzigen Körper zwischen den Fingernägeln und knurrte zufrieden, als er das Knacken des Chitinpanzers hörte. Ein kleiner Sieg in einem Krieg, den er sicher verlieren würde.

Ohne den Mond war die Dunkelheit im Zellenblock eine körperlich spürbare Präsenz, ein geisterhafter Äther, der in Merricks Kehle zu strömen schien, wann immer er den Mund öffnete, und der seine Ohren so ausfüllte, dass er das Flüstern des Windes nicht hören konnte, der, wie er wusste, ständig wehen musste und niemals einschlief. Das Gefängnis beraubte ihn nach und nach seiner Sinne. Der allgegenwärtige Sand verstopfte seine Nase so, dass er das Essen, das man ihm vorsetzte, nicht mehr riechen konnte. Und ohne Geruch lieferte ihm sein Geschmackssinn nicht mehr als eine dumpfe Ahnung, dass die Mahlzeiten etwas anderes waren als Staub. Ihm waren nur noch sein Gehör und sein Tastsinn geblieben. Und da es nichts zu hören gab und sein Körper von so vielen Tagen auf dem harten Steinfußboden und nun auch noch von unzähligen Flohbissen schmerzte, nutze ihm das wenig.

»Susan?«, rief er. Er hatte ihren Namen alle paar Minuten wiederholt, seit er in seine Zelle zurückgebracht worden war. Sie hatte jedoch nicht einmal geantwortet, und er befürchtete, dass sie längst tot war, aber er setzte seine Versuche trotzdem fort, und zwar aus keinem anderen Grund als dem, dass ihm das Rufen ihres Namens rationaler erschien, als dem Drang nachzugeben, einfach nur zu schreien.

Zu seiner Verblüffung glaubte er hören zu können, wie sie sich rührte. Da war ein leises Wimmern wie von einem neugeborenen Kätzchen und dann das Rascheln von Kleiderstoff auf Stein.

»Susan!«, sagte er ein wenig lauter. »Susan, hören Sie mich?«

Das Stöhnen war unverkennbar.

»Susan, ich bin's, Geoff Merrick.« *Wer sonst sollte es sein?*, dachte er. »Können Sie sprechen?«

»Dr. Merrick?«

Ihre Stimme klang brüchig und schwach, und dennoch war es der herrlichste Laut, den er je gehört hatte. »Oh, Gott sei Dank, Susan. Ich dachte schon, Sie seien tot.«

»Ich-hm.« Sie verstummte und hustete, und das ließ sie noch lauter stöhnen. »Was ist passiert? Mein Gesicht, es ist ganz taub, und mein Körper, ich glaube, meine Rippen sind gebrochen.«

»Erinnern Sie sich nicht? Sie wurden geschlagen, misshandelt. Sie sagten, sie hätten Ihnen keine Fragen gestellt.«

»Haben sie Sie auch geschlagen?«

Merricks Herz krampfte sich zusammen. Trotz ihrer Schmerzen und Verwirrtheit machte Susan Donleavy sich auch noch Sorgen um seinen Zustand. Die meisten Menschen hätten niemals eine solche Frage gestellt, sondern nur von ihren eigenen Verletzungen gesprochen. Er wünschte sich – o Gott, wie sehr er es sich wünschte –, dass sie niemals in diesen Albtraum mit hineingezogen worden wäre. »Nein, Susan«, antwortete er sanft. »Das haben sie nicht.«

»Da bin ich froh«, sagte sie.

»Ich habe aber erfahren, wer uns entführt hat und weshalb.«

»Wer?« Da lag ein Anflug von Hoffnung in ihrer Stimme, als sie fragte. Als verbesserte es ihre Lage, wenn sie ihren Peinigern einen Namen und ein Gesicht zuordnen konnten.

»Mein ehemaliger Geschäftspartner.«

»Dr. Singer?«

»Ja, Dan Singer.«

»Warum? Warum sollte er Ihnen so etwas antun?«

»Uns, meinen Sie. Weil er krank ist, Susan. Er ist ein verwirrter, verbitterter Mann, der die Welt von seiner verzerrten Vision der Zukunft überzeugen will.«

»Das verstehe ich nicht.«

Merrick verstand es auch nicht. Er konnte nicht begreifen, was Singer bereits getan hatte und was er noch zu tun beabsichtigte. Es war einfach zu viel. Singer hatte bereits Tausende Menschen getötet, und niemand hatte eine Ahnung davon. Nun schickte er sich noch an, Zehntausende mehr zu töten. Und wofür? Um den Vereinigten Staaten eine Lektion über Umweltschutz und globale Erwärmung zu erteilen. Das war ein Grund, aber Merrick kannte seinen ehemaligen besten Freund zu gut.

Für Dan war das Ganze eine persönliche Angelegenheit, ein Weg, um Merrick zu beweisen, dass er, Dan Singer, die treibende Kraft und das Gehirn hinter ihrem Erfolg gewesen war. Am Anfang waren sie wie Brüder gewesen, aber Merrick war immer der Charmeur, derjenige, der in einem Interview niemals auf den Mund gefallen war, daher war es auch nicht zu vermeiden, dass die Medien ihn zum Gesicht von Merrick/Singer hochstilisierten und Dan in den Schatten schoben. Merrick war niemals auf die Idee gekommen, dass dies seinen Partner stören könnte. Er war am MIT stets ein Eigenbrötler gewesen, also warum sollte es in der realen Welt anders sein? Dass es aber anders gewesen war, wusste er jetzt. Singer hatte einen Hass gegen ihn entwickelt, der schon pathologisch war.

Er hatte Singers Persönlichkeit völlig verändert, ihn aus der Firma hinausgetrieben, bei deren Aufbau er doch entscheidend mitgeholfen hatte, und ihn mit der Umweltschutzbewegung in Berührung gebracht, in deren Namen er seinen Reichtum einsetzte, um alles in seiner Kraft Stehende zu tun, Merrick/Singer zu ruinieren. Doch als ihm das nicht gelang, hatte er seinen neuen Öko-Freunden den Rücken gekehrt und sich in sein Haus in Maine zurückgezogen, um seine Wunden zu lecken.

Wenn es doch nur so gewesen wäre, dachte Merrick. Aber Singer hatte seinen Hass gepflegt, hatte ihn wachsen lassen. Und nun war er mit einem unglaublich verwegenen und grauenhaftem Plan zurückgekehrt. Einem Plan, dessen Ausführung so weit fortgeschritten war, dass es keine Möglichkeit mehr gab, ihn zu stoppen. Er hatte seinen Kreuzzug zum Schutz der Umwelt nicht aufgegeben, sondern vielmehr eine neue und verdrehte Richtung eingeschlagen.

»Wir müssen zusehen, dass wir irgendwie von hier wegkommen, Susan.«

»Was ist denn los?«

»Wir müssen ihn aufhalten. Er hat völlig den Verstand verloren, und die Leute, die er um sich versammelt hat, sind offenbar glühende Umweltfanatiker, die sich einen Dreck um die Menschheit scheren. Und als wäre das noch nicht genug, behauptet er auch noch, dass er außerdem eine Bande von Söldnern angeheuert hat.« Merrick vergrub das Gesicht in den Händen.

Es war seine Schuld. Er hätte Dans Wut von Anfang an bemerken und darauf bestehen müssen, dass auch er seinen Anteil am Scheinwerferlicht abbekam. Er hätte die Zerbrechlichkeit von Dans Ego erkennen müssen und wie die Aufmerksamkeit, die Merrick zuteil wurde, es zerstörte. Wenn er die Augen rechtzeitig geöffnet hätte, wäre all dies nicht passiert. Die Tränen, die ihm in die Augen stiegen, verwandelten sich in ein krampfhaftes Schluchzen, und alle Gedanken an seine eigene missliche Lage wurden verdrängt, als er von dem überwältigt wurde, was auf die Welt zukommen würde. Er wiederholte in einem fort: »Es tut mir leid, es tut mir so leid«, ohne zu begreifen, bei wem er sich eigentlich entschuldigte. Bei Dan oder den von ihm ausersehenen Opfern.

»Dr. Merrick? Dr. Merrick, bitte, warum tut Dr. Singer uns das an?«

Merrick hörte die Qual in ihrer Stimme, aber er konnte nichts darauf erwidern. Er weinte so heftig, dass es klang, als würde seine Seele zerfetzt werden. Das Schluchzen hielt für zwanzig Minuten an, dann versiegten seine Tränen.

»Es tut mir leid, Susan«, stieß er hervor, als er seine Stimme endlich wieder unter Kontrolle hatte. »Es ist nur –« Ihm fehlten die Worte. »Dan Singer wirft mir vor, die Firma in der Öffentlichkeit vertreten zu haben. Er tut dies aus Neid, aus Eifersucht. Ist so etwas denn zu fassen? Tausende Menschen sind tot, und er tut all das, nur weil ich populärer war als er.«

Susan Donleavy gab keine Antwort.

»Susan?«, rief er, und dann lauter: »Susan! Susan!«

Ihr Name wurde von den Wänden zurückgeworfen und verhallte. Dann aber breitete sich im Zellenblock wieder Stille aus. Merrick war überzeugt, dass Daniel Singer soeben ein weiteres Opfer gefunden hatte.

13

»Sie können sich unten ausruhen, wenn Sie wollen«, bot Juan Sloane an, als sie gähnte.

»Vielen Dank, aber mir geht es gut«, erwiderte sie und gähnte wieder. »Aber ich nehme noch etwas Kaffee.«

Cabrillo zog die silberfarbene Thermosflasche aus dem Halter neben seinen Knien und reichte sie ihr. Dabei überflog er automatisch die sparsamen Anzeigeninstrumente des Rettungsbootes. Der Motor lief rund, der Treibstofftank war zu drei Vierteln gefüllt, und sie hatten nur noch eine Stunde Fahrt bis Walvis Bay vor sich.

Als Max eine Stunde nach ihrem Aufbruch von der *Oregon* angerufen hatte, um ihm mitzuteilen, dass George

Adams' Helikopterausflug zu der Stelle, wo der verrückte alte Fischer seine stählernen Schlangen gesehen haben wollte, nichts erbracht hatte als spiegelglatten leeren Ozean, dachte Juan kurz daran, Sloane in ihr Hotel zu bringen, mit der nächsten Maschine nach Kapstadt zu fliegen und auf sein Schiff zurückzukehren. Aber jetzt, einige Stunden später und mit einer etwas genaueren Vorstellung davon, was in Sloane Macintyre vorging, war er überzeugt, dass seine Entscheidung, ihr zu helfen, genau richtig gewesen war.

Sie wurde durch die gleichen Dinge angetrieben wie er und war jemand, der einen Job nicht halb beendet lassen konnte und sich vor keiner Herausforderung drückte. Irgendetwas Seltsames ging in diesen Gewässern vor sich, und keiner von ihnen beiden würde Ruhe geben, bis er genau wusste, was dort geschah, auch wenn es nichts mit dem zu tun hätte, womit sie sich im Augenblick befassten beziehungsweise befassen sollten. Er bewunderte ihre Neugier und ihre Beharrlichkeit, zwei Eigenschaften, die auch ihn selbst auszeichneten.

Sloane schenkte schwarzen Kaffee in den Deckel der Thermosflasche. Dabei passte sich ihr Körper dem Rhythmus der Wellen, die unter dem Bootsrumpf durchliefen, so geschmeidig an, dass sie nicht einen Tropfen verschüttete. Sloane trug immer noch ihre Shorts und hatte Juans Angebot angenommen, sich einen der orangefarbenen Windbreaker überzuziehen, die zur Notfallausrüstung des Boots gehörten. Den seinen hatte er sich mit den Ärmeln um die Hüften gebunden.

Das Boot verfügte über genügend Proviant, um vierzig Personen eine Woche lang zu ernähren, sowie über eine kleine Entsalzungsanlage, die trinkbares – wenn auch immer noch leicht salziges – Wasser produzierte. Die Überzüge der Sitze in der geschlossenen Kabine sahen aus wie rissiges Vinyl, bestanden jedoch in Wirklichkeit aus weichem Ziegenleder, das entsprechend behandelt worden war, damit es alt und schäbig aussah. Ein an der Decke montiertes verschließbares Fach konnte heruntergelassen werden. Es enthielt einen drei Zoll großen Plasma-TV-Bildschirm sowie eine umfangreiche DVD-Bibliothek und Surround Sound. Es war Max' reichlich verrückte Idee gewesen, den Film *Titanic* automatisch starten zu lassen, falls es jemals dazu kommen sollte, dass die Mannschaft die Rettungsboote benutzen musste.

Jeder Winkel und jede Nische war liebevoll gestaltet worden, um den Komfort und das Wohlbefinden eines jeden zu steigern, der gezwungen war, sein Leben diesem Boot anzuvertrauen. Es war eher eine Luxusjacht als eine lebensrettende Einrichtung. Das Boot war außerdem konsequent nach Sicherheitsmaßstäben gebaut und ausgerüstet. Wenn die Luken geschlossen waren, konnte es sich praktisch auf den Kopf stellen und wäre trotzdem in der Lage, sich aus eigener Kraft aufzurichten. Hinzu kam, dass jeder Passagierplatz mit Drei-Punkt-Sicherheitsgurten ausgerüstet war, sodass die Insassen nicht unkontrolliert herumgeschleudert würden. Und weil das Boot der Corporation gehörte, enthielt es auch noch einige ganz spezielle Fähigkeiten und technische Tricks, die Juan seinem Gast auf keinen Fall zeigen wollte.

Es gab zwei Stellen, von wo aus es gelenkt werden konnte: innerhalb des Bugs, geschützt durch die Fiberglas- und Compositkabine, oder auf einer leicht erhöhten Plattform am Heck, auf der Juan und Sloane in diesem Augenblick standen, um den kurz zuvor abgeschlossenen Sonnenuntergang und jetzt den mit Sternen übersäten Nachthimmel ausgiebig betrachten zu können. Eine kleine Windschutzscheibe schirmte sie zwar vor den heftigsten Böen des salzigen Windes ab, doch die kalten Fluten des Benguelastroms aus der Antarktis hatten die Temperatur rapide sinken lassen.

Sloane schmiegte die Hände um den Kaffeebecher und studierte Cabrillos Gesicht im gedämpften Schein der Lichter des Armaturenbretts. Er war auf eine klassische Art attraktiv mit markanten Gesichtszügen und klaren blauen Augen. Aber es war vor allem das, was sich unter dieser Oberfläche verbarg, das sie reizte. Er führte das Kommando über seine Mannschaft auf lässige Art und besaß jene natürlichen Führereigenschaften, die bei Frauen im Allgemeinen besonders gut ankommen. Doch gleichzeitig gewann sie den Eindruck, dass er ein Einzelgänger war. Nicht der Typ, der mit einem Gewehr unterm Arm ein Postamt überfällt, oder der Spinner, der fern jeder Realität im Cyberspace lebt, sondern jemand, dem seine eigene Person als Gesellschaft ausreicht, einer, der sich selbst genug ist, der weiß, wozu er fähig ist, und stets unaufdringlich, aber beharrlich dafür sorgt, dass alles nach seinem Geschmack abläuft.

Sie konnte auch erkennen, dass er seine Entscheidungen immer sehr schnell traf und sich niemals in Frage stellte. Dieses hohe Maß an Selbstsicherheit hatte seinen Ursprung in der Tatsache, dass er praktisch immer recht hatte und sich nur äußerst selten irrte. Sie fragte sich, ob er eine militärische Ausbildung absolviert hatte, und entschied, dass es wohl der Fall gewesen sein musste. Sicherlich war er bei der Navy gewesen, als Offizier, und hatte sich wahrscheinlich mit der Inkompetenz seiner Vorgesetzten nicht abfinden können und deshalb den Dienst quittiert. Er hatte das strukturierte Leben der Streitkräfte gegen ein Dasein als Vagabund der Meere eingetauscht und hielt konsequent an alten Vorgehensweisen fest, weil er eigentlich ein paar Jahrhunderte zu spät geboren worden war. Viel eher hätte er auf die Kommandobrücke eines Frachtenseglers gepasst, der mit einer Ladung Gewürze und Seide den Pazifik überquert.

»Worüber lachen Sie?«, fragte Juan.

»Mir ging nur gerade durch den Kopf, dass Sie jemand sind, der in der falschen Zeit lebt.«

»Wie das?«

»Sie retten nicht nur schöne Frauen aus höchster Not, sondern nehmen sich auch noch ihrer Probleme und Anliegen an.«

Cabrillo warf sich in die Brust und nahm eine heroische Haltung ein. »Und jetzt, edle Lady, rüste ich mich für die Schlacht gegen Seeschlangen aus Stahl und Eisen.«

Sloane lachte. »Darf ich Sie etwas fragen?«

»Nur zu.«

»Wenn Sie nicht Kapitän der *Oregon* wären, was würden Sie dann tun?«

Diese Frage führte nicht auf heikles Terrain, daher gab Juan eine ehrliche Antwort darauf. »Ich glaube, ich wäre Sanitäter.«

»Wirklich? Kein Arzt?«

»Die meisten Ärzte, die ich kenne, behandeln Patienten wie eine Ware – etwas, das sie bearbeiten müssen, wenn sie dafür bezahlt werden wollen, ehe sie wieder auf den Golfplatz zurückkehren. Unterstützt werden sie dabei von einem riesigen Stab von Krankenschwestern und Technikern – und von Maschinen, die ein Vermögen kosten.

Sanitäter verhalten sich jedoch grundsätzlich anders. Sie sind immer an vorderster Front und arbeiten zu zweit: mit nichts als ihrer Intelligenz, ihrer Erfahrung und mit einem Minimum an Ausrüstung. Sie müssen die erste wichtige Beurteilung und Bewertung der jeweiligen Situation vornehmen und nicht selten die ersten lebensrettenden Maßnahmen einleiten. Sie sind da, um einem zu versichern, dass alles wieder gut wird, und dafür zu sorgen, dass es auch so ist. Und sobald sie ihren Schützling ins Krankenhaus gebracht haben, verschwinden sie einfach. Kein Ruhm, kein Gotteskomplex, kein ›Toll, Doc, Sie haben mir das Leben gerettet‹. Man erledigt seinen Job und geht zum nächsten über.«

»Das gefällt mir«, sagte Sloane nach einer Weile. »Und Sie haben Recht. Mein Vater hatte sich während einer Charter ziemlich schlimm das Bein verletzt, wir mussten per Funk einen Krankenwagen rufen. Und ich musste das Boot in den Hafen bringen. Ich erinnere mich, dass es ein Dr. Jankowski war, der das Bein im Krankenhaus zusammengeflickt hat, aber ich habe keine Ahnung von dem Namen des Mannes, der die Wunde noch auf dem Kai verbunden hat. Ohne ihn wäre mein Dad wahrscheinlich verblutet.«

»Unbesungene Helden«, meinte Juan. »Die mag ich am liebsten.« Für einen kurzen Augenblick kehrte er in Gedanken zu der Wand voller Sterne zurück, die in der Eingangshalle der Hauptverwaltung der CIA in Langley stand. Jeder Stern repräsentierte einen Agenten, der im Einsatz den Tod gefunden hatte. Von den dreiundachtzig Agenten blieben immer noch fünfunddreißig ohne Namen und bewahrten das Geheimnis der Firma sogar noch über ihren Tod hinaus. Unbesungene Helden, jeder Einzelne von ihnen. »Wie steht es mit Ihnen? Was würden Sie tun, wenn Sie keine Sicherheitsexpertin einer Diamantenfirma wären?«

Sie schickte ihm ein herausforderndes Grinsen. »Nun, dann wäre ich Kapitän der *Oregon*.«

»Oh, Max wäre begeistert.«

»Max?«

»Mein Chefingenieur und Erster Offizier«, antwortete Juan liebevoll. »Man muss ihn kennen, um ihn zu lieben.«

»Das kann man wohl sagen.«

»Mr. Hanley ist etwas ganz Besonderes. Tatsächlich, ich habe nie einen loyaleren Menschen oder besseren Freund gekannt.«

Sloane leerte den Deckelbecher und gab ihn Juan zurück. Er schraubte ihn wieder auf die Thermosflasche und schaute auf die Uhr. Es war fast Mitternacht.

»Ich dachte gerade«, sagte er, »anstatt mitten in der Nacht in Swakopmund anzulegen und möglicherweise Verdacht zu erregen, warum nehmen wir nicht gleich Kurs nach Süden – dorthin, wo Sie Papa Heinrick getroffen haben? Auf diese Art und Weise können wir ihn morgen früh abfangen, ehe er zum Fischen rausfährt. Meinen Sie, Sie könnten seine Behausung wiederfinden?«

»Kein Problem. Sandwich Bay liegt etwa vierzig Kilometer südlich von Swakopmund.«

Juan wandte sich dem GPS zu, berechnete im Kopf die neuen Koordinaten und gab sie in das Navigationsgerät ein. Daraufhin bewegten Servomotoren das Ruderrad ein paar Grad weiter nach Backbord.

Gut vierzig Minuten später tauchte Afrika aus der Dunkelheit auf: mit Sandhügeln, die im Mondlicht schimmerten, und gelegentlichen weißen Schaumkronen einer Brandung, deren Wellen an den Strand spülten. Die lange Halbinsel, die Sandwich Bay wie eine Barriere schützte, befand sich knapp einen halben Kilometer südlich von ihnen.

»Da haben Sie sich als Navigator fast selbst übertroffen«, stellte Sloane anerkennend fest.

Juan klopfte mit dem Fingerknöchel auf den GPS-Empfänger. »Das Lob gebührt unserer Freundin hier. Was das Navigieren betrifft, hat uns das GPS alle ein wenig faul werden lassen. Ich glaube nicht, dass ich meine Position mit Hilfe eines Sextanten und einer Uhr bestimmten könnte, selbst wenn mein Leben davon abhinge.«

»Irgendwie kann ich Ihnen das nicht glauben.«

Juan nahm das Gas zurück, um ihr Kielwasser zu verringern, während sie in das empfindliche Ökosystem der Lagune eindrangen. Sie brauchten etwa zwanzig Minuten, um das südlichste Ende der Bucht zu erreichen. Sloane leuchtete die dichten Schilfwände mit einer Taschenlampe ab, während sie langsam am Ufer entlangglitten und nach der Lücke suchten, die zu Papa Heinricks privater kleiner Lagune führte.

»Dort«, sagte sie und streckte die Hand aus.

Juan ging mit der Geschwindigkeit noch weiter herunter und lenkte das Boot im Kriechtempo ins Schilf. Er achtete ständig auf die Wassertiefe und darauf, dass im Wasser treibende Pflanzenreste nicht in die Schrauben gerieten. Das Rettungsboot schob sich durch das hohe Gras, und die Schilfhalme verursachten einen zischenden Laut, als sie über den Bootsrumpf und die Seitenwände der Kabine strichen.

Sie hatten schon etwa siebzig Meter zurückgelegt, als

Juan Brandgeruch wahrnahm. Er hob das Gesicht und sog wie ein Hund die Luft ein, konnte den Geruch aber nicht mehr wahrnehmen. Dann war er plötzlich wieder da, stärker, durchdringender, der Gestank von brennendem Holz. Er griff nach Sloanes Handgelenk, um die Linse ihrer Taschenlampe mit der Hand zuzudecken.

Vor sich konnte er den orangenen Lichtschein von Feuer wahrnehmen, aber nicht den eines kleinen Lagerfeuers, wie Sloane es beschrieben hatte. Das dort war etwas völlig anderes.

»Verdammt.« Er schob die Gashebel vor und betete, dass die Wassertiefe konstant blieb, während das Boot einen Satz vorwärts machte und Sloane in seine Arme warf. Er fing sie auf und versuchte, durch den Grasvorhang zu blicken, der ihnen den Weg versperrte.

Plötzlich drangen sie in die Lichtung vor, die Papa Heinricks Insel umgab. Juan warf einen Blick auf den Tiefenmesser. Sie hatten weniger als dreißig Zentimeter Wasser unterm Kiel. Er zog die Gashebel auf Rückwärtslauf, erzeugte am Heck einen schäumenden Wasserwirbel und löste den Anker aus. Sie waren nicht allzu schnell gewesen, daher schaffte er es, das Rettungsboot zu stoppen, ehe es auf Grund lief.

Er ließ die Motoren im Leerlauf eingeschaltet und verschaffte sich nun erst einen Überblick über ihre Umgebung. Die Hütte in der Mitte der Insel war ein wahrer Scheiterhaufen mit Flammen und Funken, die von dem Dach aus Schilf und Treibholz an die sechs, sieben Meter in die Höhe geschleudert wurden. Papa Heinricks umgekipptes Fischerboot stand ebenfalls in Flammen, aber das Boot war offenbar derart mit Wasser vollgesogen, dass das Feuer nicht richtig aufgelodert war. Dichte weiße Rauchwolken wallten unter dem Boot hervor und drangen aus den Fugen seines Holzrumpfs.

Über dem Prasseln der brennenden Hütte konnte Juan deutlich die Schreie eines Mannes in tödlichen Qualen hören.

»O mein Gott!«, schrie Sloane.

Cabrillo reagierte sofort. Er schwang sich auf das Kabinendach des Rettungsbootes und benutzte es als Anlaufbahn. Die Kabine endete knapp zwei Meter vor dem messerscharfen Bug des Bootes. Cabrillo maß seine Schritte sorgfältig ab und sprang so mit seinem künstlichen Bein ab, dass sein linker Fuß auf der Aluminiumreling landete, die den Bug umgab, und hechtete dann mit einem eleganten Kopfsprung vom Geländer. Er tauchte ins Wasser, stieß sich kräftig mit den Beinen vorwärts und tauchte schwimmend auf.

Als seine Füße den Grund berührten, stürmte er wie ein wildes Raubtier aus dem Wasser und rannte den Strand hinauf. In diesem Augenblick hörte er noch ein anderes Geräusch: das tieffrequente Dröhnen eines Bootsmotors.

Ein weißes Sportboot schob sich um die ferne Seite der kleinen Insel herum, und die beiden Männer in seinem offenen Cockpit eröffneten sofort mit Maschinenpistolen das Feuer. Sandwolken wurden rings um Cabrillo hochgeschleudert, während er mit einem Satz in Deckung ging und mit der Hand automatisch auf den Rücken griff. Er landete auf dem Erdboden, rollte sich zweimal herum und kam in einer knienden Schusshaltung hoch. Dabei hielt er die Glock, die er in seiner Hosentasche verstaut hatte, als er sich den Windbreaker überzog, mit beiden Händen. Der Abstand betrug dreißig Meter und nahm ständig zu. Außerdem feuerte er in die Dunkelheit, während der andere Schütze Juan als Silhouette deutlich vor sich hatte, die vom Feuer hinter ihm beleuchtet wurde.

Cabrillo konnte nicht einen einzigen Schuss abfeuern, ehe weiteres Maschinenpistolenfeuer die Insel überschüttete und ihn zwang, sich rückwärts in die Lagune zu stürzen. Er atmete in dem Moment, als eine Kugel nur wenige Zentimeter von seinem Kopf entfernt in den Strand einschlug, aus, um schon nach dem nächsten Atemzug den Sand zwischen seinen Zähnen zu spüren.

Indem er abtauchte und gegen den unkontrollierbaren Drang, sich die Seele aus dem Leib zu husten, ankämpfte, schwamm Juan etwa zehn Meter, wobei er darauf achtete, mit den Händen den Meeresboden zu berühren, um nicht ungewollt aufzutauchen und sich bemerkbar zu machen. Unter Wasser spürte er, dass das Powerboot wendete und Jagd auf ihn machte. Er versuchte, die Position seiner Verfolger zu bestimmen, und schwamm ein Stück weiter. Dabei unterdrückte er mühsam einen Würgereiz, der ihm beinahe die Brust sprengte. Als er glaubte zu wissen, wo sich der Feind befand, setzte er die Füße auf den Meeresboden, richtete sich schnell auf und hielt gleichzeitig den Atem noch einige Sekunden länger an.

Das Boot war etwa zehn Meter entfernt, und die beiden Männer an Bord blickten in die falsche Richtung. Das Gesicht wasserüberströmt und die Lungen kurz vor der Explosion, hob Juan die Glock und schoss. Der Rückschlag der Pistole löste die Sperre, die er seinem Atmen auferlegt hatte, und er begann heftig zu husten. Er hatte keine Ahnung, ob er etwas getroffen hatte oder nicht. Aber er musste einem Treffer ziemlich nahe gekommen sein, denn das leise Blubbern des Motors nahm plötzlich an Lautstärke zu, das Sportboot hielt auf den Kanal zu, der in die Bucht führte und zog dabei eine hohe Wasserfahne hinter sich her.

Juan krümmte sich, stützte sich mit den Händen auf die Knie und hustete, bis er sich übergab. Er wischte sich den Mund ab und schaute über die Lagune zu dem Rettungsboot. »Sloane«, rief er krächzend. »Sind Sie okay?«

Ihr Kopf tauchte hinter der Cockpitverkleidung auf. Das flackernde Licht des Feuers konnte nicht verbergen, dass ihre Augen weit aufgerissen waren und ihre Haut gespenstisch bleich schimmerte. »Ja«, sagte sie, und dann festigte sich ihre Stimme. »Ja, ich bin in Ordnung. Sie auch?«

»Ja«, erwiderte Juan und konzentrierte sich nun auf die brennende Ruine. Er konnte Papa Heinricks Schreie nicht mehr hören, doch er zwang sich, näher an den Unglücksort heranzugehen. Das Dach stand kurz davor einzubrechen, und die Hitze, die die lodernden Flammen abstrahlten, war so intensiv, dass er sein Gesicht mit einem Arm schützen musste, während er sich näher heranwagte. Der Qualm brannte in seinen Augen und löste einen neuerlichen Hustenanfall aus. Seine Lungen fühlten sich an, als seien sie mit Glassplittern gefüllt.

Mit einem längeren Stück Holz entfernte Cabrillo die brennende Stoffbahn, die Heinrick als Tür benutzt hatte. Wegen des dichten Qualms konnte er nichts sehen und wollte soeben in den brennenden Bau eindringen, als eine Windböe aufkam und den Rauch wie einen Vorhang teilte. Für einen kurzen Augenblick hatte Juan ungehinderte Sicht auf das Bett und wusste im gleichen Moment, dass ihn dieser Anblick für den Rest seines Lebens verfolgen würde.

Die Reste von Heinricks Armen waren noch immer an einen Bettrahmen gefesselt, und trotz des vernichtenden

Werks, das die Flammen mit seinem Körper verrichtet hatten, konnte Juan erkennen, dass der Mann gefoltert worden war, ehe man seine Hütte in Brand gesetzt hatte. Sein Mund, der nur noch wenige Zähne enthielt, war in seinem letzten Schrei nach Leben weit aufgerissen, während das Blut, das sich unter dem Bett zu einer Pfütze gesammelt hatte, in der Hitze Blasen warf und leise zischte.

Das Dach sackte in einer Wolke aus hochschlagenden Flammen und wirbelnden Funken zusammen, die Cabrillo erreichten, ehe er sich abwenden konnte. Keiner der winzigen glühenden Trümmer konnte sich durch seine nasse Kleidung fressen, aber der plötzliche Adrenalinstoß löste seinen Körper aus der Erstarrung.

Er spurtete zurück zum Wasser, tauchte ein und beeilte sich, zum Rettungsboot zu kommen. Da er ziemlich weit aus dem Wasser ragte, hielt er Kurs auf den Bug und benutzte die Ankerkette, um sich an Bord zu schwingen. Sloane war dort, um ihm dabei zu helfen, sich unter der Reling hindurchzuschlängeln. Sie äußerte sich nicht zu der Pistole, die in Juans Hosenbund steckte.

»Kommen Sie.« Er ergriff ihre Hand, und zusammen begaben sie sich zum Cockpit. Juan betätigte den Schalter, der die Ankerwinde startete. Er schob den Gashebel nach vorn, sobald er vom Meeresboden hochstieg, und benutzte die Handfläche, um das Ruderrad herumzukurbeln.

»Was haben Sie vor?«, rief Sloane über den Lärm des Motors hinweg. »Das war ein Wasserskiboot. Sie haben fünf Minuten Vorsprung und sind mindestens zwanzig Knoten schneller als wir!«

»Einen Teufel sind sie«, stieß Cabrillo mit zusammengebissen Zähnen hervor, ohne sie anzusehen. Er konnte seine Wut kaum im Zaum halten. Er korrigierte ihren Kurs, als der Bug des Rettungsbootes auf den kleinen Kanal zielte, der aus der Lagune herausführte.

»Juan, die holen wir niemals ein. Außerdem besaßen sie Maschinengewehre, und Sie haben nur eine Pistole.«

Schilfhalme trafen sie wie Peitschen, während sie durch den Kanal rauschten. Juan lenkte das Boot mit einem Auge auf dem Tiefenmesser, und sobald sie die Grasbarriere hinter sich hatten, gab er einen zufriedenen Laut von sich.

»Halten Sie sich fest«, sagte er und betätigte einen Schalter unter dem Armaturenbrett.

Der vordere Teil des Rettungsbootes begann aus dem Wasser zu steigen, während hydraulische Vorrichtungen im Bootsrumpf eine Reihe Flossen und Unterwasserleitwerke ausfuhren. Sloane reagierte ein wenig zu spät. Sie geriet ins Taumeln und wäre sicherlich über Bord gefallen, hätte Juan nicht ihre Jacke gepackt und sie festgehalten. Die Tragflächen sorgten für weiteren Auftrieb und drückten den Rumpf noch höher, bis bloß noch die Flügel und die teleskopartig verlängerbare Schraubenwelle durch das Wasser glitten. Es dauerte nur wenige Sekunden, und ihre Geschwindigkeit verdoppelte sich auf vierzig Knoten.

Sloane schaute Juan ungläubig an und wusste nicht, was sie sagen oder wie sie darauf reagieren sollte, dass sich das schwerfällige Rettungsboot in ein Hochleistungstragflügelboot verwandelt hatte. Schließlich platzte sie heraus: »Wer, zum Teufel, sind Sie?«

Er schickte ihr einen kurzen Blick. Normalerweise hätte er mit irgendeiner ausweichenden Bemerkung geantwortet, doch seine Wut über den Mord an Papa Heinrick fraß ihn geradezu auf. »Jemand, den man nicht verärgern sollte.« Seine Augen funkelten wie Achat. »Und die dort haben mich soeben ganz erheblich verärgert.« Er deutete nach vorn. »Können Sie erkennen, wie die See ein wenig leuchtet?« Sloane nickte. »Die Bewegung ihres Bootes im Wasser hat biolumineszente Mikroorganismen angeregt. Am Tag hätten wir sie nie aufspüren können, aber bei Nacht ist uns Mutter Natur ein wenig behilflich. Könnten Sie mal kurz das Ruder übernehmen und uns auf dieser Spur halten?«

»Ich habe noch nie ein Boot wie dieses gelenkt.«

»Das Glück hätten auch nicht sehr viele Leute. Es ist aber kaum anders als das Charterboot Ihres Vaters, nur schneller. Halten Sie das Ruder immer geradeaus, und falls Sie es drehen müssen, dann tun Sie es bitte ganz behutsam. Ich bin in einer Sekunde zurück.«

Er beobachtete sie einen Moment lang, um sicherzugehen, dass sie zurechtkam, dann ging er zum Kabineneingang. Er schlängelte sich durch den Mittelgang zu seiner Reisetasche. Er wühlte unter den Kleidern herum und holte die Mini-Uzi und die Reservemagazine heraus. Nachdem er seine Glock frisch geladen hatte, klemmte er sie sich wieder in den Hosenbund und verstaute die Reservemagazine in seiner Gesäßtasche. Er trat zu einer anderen Bank und betätigte einen versteckten Schalter unter dem Sitzpolster. Ein Haken wurde gelöst, und der Sitz schob sich nach vorne. Der Stauraum unter den Sitzen war im Wesentlichen für Lebensmittel und andere Hilfsgüter reserviert, bei dieser Sitzbank verhielt es sich jedoch ein wenig anders. Er entfernte einige Rollen Toilettenpapier, bis das Fach leer war, dann legte er einen anderen versteckten Hebel um. Der doppelte Boden sprang auf und Juan klappte den Deckel vollends hoch.

In der Bilge wurde das Dröhnen der Motoren und das

Zischen der Flügel im Wasser geradezu ohrenbetäubend. Juan ergriff die Röhre, die durch Metallklammern in der Bilge gesichert wurde. Er löste sie und hob sie heraus. Aus widerstandsfähigem Plastikmaterial gefertigt und mit einer wasserdichten Abdeckung versehen, war die Röhre fast einen Meter fünfzig lang und hatte einen Umfang von beinahe dreißig Zentimetern. Er schraubte den Deckel auf und holte ein FN-FAL-Gewehr heraus und legte es auf den benachbarten Sitz. Die Wurzeln der ehrwürdigen belgischen Waffe konnte man bis in den Zweiten Weltkrieg zurückverfolgen, trotzdem war sie immer noch eins der besten Gewehre der Welt.

Schnell lud Juan zwei Magazine mit den 7,62 mm Patronen, die ebenfalls in der Röhre aufbewahrt wurden, hebelte eine Patrone in die Kammer und überzeugte sich zweimal, dass die Waffe gesichert war. Er erinnerte sich an Max' Frage, ob eine solche Waffe an Bord eines Rettungsbootes wirklich nötig sei; seine Antwort hatte gelautet: »Bring jemandem das Fischen bei, und er hat für einen Tag zu essen, gib ihm ein Gewehr in die Hand und ein paar Haifische, und er bekommt eine ganze Mannschaft satt.«

Er kehrte aufs Achterdeck zurück. Sloane hatte das Boot auf der matt leuchtenden Spur gehalten, und Juan konnte erkennen, dass sie zu dem flüchtenden Sportboot aufgeholt hatten. Die Mikroorganismen hatten weniger Zeit gehabt, um sich zu beruhigen, und leuchteten entsprechend heller.

Juan legte die FN auf das Armaturenbrett, warf die Thermosflasche in die Kabine hinunter und legte sich die Mini-Uzi zurecht.

»Sind Sie immer auf den dritten Weltkrieg vorbereitet,

oder habe ich Sie gerade in einem besonders paranoiden Augenblick erwischt?«

Sloane versuchte es mit Humor, damit er sich entspannte, und er war ihr dankbar. Cabrillo wusste nur zu gut, dass es ein tödlicher Fehler sein konnte, in den Kampf zu ziehen, ohne vorher seine Emotionen vollständig unter Kontrolle gebracht zu haben. Er grinste sie an, während er seinen Platz hinter dem Ruderrad wieder einnahm. »Lassen Sie es lieber nicht darauf ankommen. Wie es der Zufall will, konnte ich gerade feststellen, dass ich meine Paranoia lange genug gepflegt habe.«

Sekunden später konnten sie das flache Speedboot erkennen, das die Bucht durchquerte. Und sie hatten das Sportboot kaum gesichtet, als die beiden Männer an Bord sie ebenfalls entdeckten. Das Boot veränderte leicht den Kurs und steuerte näher ans sumpfige Ufer.

Juan drehte am Ruderrad, um hinter dem anderen Boot zu bleiben. Er lehnte sich weit zur Seite, um das Gleichgewicht zu behalten, während sich das Tragflügelboot scharf in die Kurve legte. Nach nur zwei Minuten hatten sie den Abstand auf dreißig Meter verkürzt. Während sich der Lenker des Sportbootes auf den Kurs konzentrierte, legte sich der zweite Mann auf die hintere Sitzbank, um sein Maschinengewehr beim Zielen abzustützen.

»Kopf runter!«, brüllte Juan.

Kugeln prallten vom Bug ab und summten am Cockpit vorbei. Das Tragflügelboot lag viel zu hoch im Wasser, sodass der Schütze keine Chance hatte, Juan und Sloane zu erwischen, daher zielte er auf die Verstrebungen der Tragflügel. Er traf sie auch mehrmals, aber da sie aus hochfestem Stahl gefertigt waren, prallten die Kugeln davon ab, ohne irgendwelchen Schaden anzurichten.

Juan zog die Mini-Uzi aus dem Trinkbecherhalter, machte mit dem Tragflügelboot einen kleinen Schlenker, um am Bug vorbei ein klares Schussfeld zu haben, und drückte ab. Die kleine Waffe bockte in seiner Hand, und ein blinkender Bogen leerer Messingpatronenhülsen stieg in den Fahrtwind des Tragflügelbootes und verschwand über das Heck. Juan durfte nicht riskieren, beide Männer zu töten, daher zielte er ein kurzes Stück neben das flüchtende Boot. Das Wasser explodierte auf seiner Backbordseite, als zwanzig Kugeln durch das Meer pflügten.

Er hatte gehofft, dass damit die Jagd beendet wäre, weil die Männer erkennen mussten, dass das, was sie für leichte Beute gehalten hatten, größer, schneller und mindestens genauso schwer bewaffnet war. Das Sportboot behielt jedoch seine Geschwindigkeit bei und schob sich sogar noch näher ans Ufer heran.

Juan hatte also keine andere Wahl, als ihnen auf den Fersen zu bleiben, während sie an dichten Schilfbüscheln und spindeldürren Bäumen vorbeiflitzten. Kurz darauf hatte er alle Hände voll zu tun, das Tragflügelboot an Grasbüscheln und kleinen Inseln dicht vor der Küste vorbeizulenken. Was dem Wasserskiboot an Hochgeschwindigkeit fehlte, machte es mit Manövrierfähigkeit wett, und während sie sich an den Hindernissen im Wasser vorbeischlängelten, vergrößerte sich der Abstand schnell auf fünfzig, dann auf sechzig Meter.

Cabrillo hätte ins offene Wasser ausweichen und erneut aufholen können, aber er befürchtete, dass seine Jagdbeute, wenn er sie aus den Augen verlor, in die mit hohem Seegras bewachsene Zone ausweichen würde, wo ihr geringerer Tiefgang von ganz entscheidendem Vorteil wäre. Und in das Grasdickicht eindringen zu müssen, um sie zu suchen, barg die Gefahr, in einen Hinterhalt zu geraten. Er wusste, das Beste wäre, ihnen so nahe wie möglich im Nacken zu bleiben.

Sie rauschten an kleinen Baumgruppen vorbei, scheuchten ganze Vogelschwärme mit lautem Gezwitscher in die Luft, und ihre Bugwellen, die sich durch das Sumpfgebiet wälzten, versetzten die Grasmatten in eine wogende Bewegung, sodass es aussah, als würde die Bucht atmen – wie ein lebendiges Wesen.

In dem Bewusstsein, dass die Flügel von Unterwasserhindernissen stark in Mitleidenschaft gezogen werden konnten, musste Juan weitere Kurven beschreiben als das Wasserskiboot, wodurch der Abstand zwischen ihnen ständig zunahm. Etwas vor ihnen weckte jedoch Cabrillos Neugier. Er hatte gerade noch eine Sekunde Zeit, um es als teilweise versunkenen Baumstamm zu identifizieren. Eine Kollision damit würde die Flügel vom Bootsrumpf abreißen, daher bugsierte er das Boot mit geschickter Hand sowohl am Gashebel als auch am Ruderrad um den Baumstamm herum. Die schnelle Reaktion vermied den Kontakt mit dem Baumstamm, zwang sie jedoch in eine Lücke zwischen zwei flachen, mit Schlamm bedeckten Inseln.

Juan warf einen Blick auf den Tiefenmesser und nahm sofort zur Kenntnis, dass er auf null stand. Zwischen den Flügeln und dem Meeresgrund befanden sich vielleicht zehn Zentimeter Wasser. Er stemmte sich gegen den Gashebel, um mehr Kraft aus dem Motor herauszukitzeln und das Boot noch ein paar zusätzliche Zentimeter aus dem Wasser steigen zu lassen. Falls sie bei dieser Geschwindigkeit auf Grund liefen, würden er und Sloane wie Spielpuppen aus dem Boot herausgeschleudert werden. Der Aufprall auf das Wasser gliche dann einem Sturz aus zwanzig Metern Höhe auf nackten Beton.

Der Kanal zwischen den Inseln verengte sich. Juan blickte zurück. Das normalerweise weiße Kielwasser, das von den Flügeln und der Schiffsschraube erzeugt wurde, war fast schokoladenbraun, da ihre schnelle Fahrt den Schlick auf dem Meeresboden aufwirbelte. Das Boot schien einen Moment lang regelrecht zu taumeln, als ein Flügel Grundberührung hatte. Er konnte nicht abbremsen, weil das Tragflügelboot dann den Gleitvorgang abbrechen und sich in den Morast wühlen würde und der Motor gleichzeitig im roten Bereich lief.

Und der Kanal schien tatsächlich noch schmaler zu werden.

»Halten Sie sich bereit«, rief er über den Motorenlärm, denn er wusste, dass er einen hohen Einsatz riskiert und verloren hatte.

Sie rasten durch die engste Stelle des Kanals und verloren ein wenig Tempo, als der vordere Flügel ein zweites Mal über den Meeresgrund scharrte, ehe sich der Kanal verbreiterte und die Wassertiefe gleichzeitig zunahm.

Juan atmete zischend aus.

»War das so knapp, wie es sich angefühlt hat?«, fragte Sloane.

»Knapper.«

Doch das Manöver hatte den Abstand zum Sportboot halbiert, weil es gezwungen war, sich durch ein Mangrovenwäldchen zu schlängeln. Der Schütze ging am Heck des Wasserskibootes erneut in Position. Juan verringerte die Geschwindigkeit und glitt ein Stück zur Seite, um das Tragflügelboot wieder genau hinter dem anderen Boot in Position zu bringen. Abermals nutzte er die größeren Dimensionen seines Bootes als Schutzschild, denn eine neue Salve wurde von dem kleinen Boot vor ihnen abgefeuert. Die Kugeln prasselten ins Meer und zertrümmerten zwei Sicherheitsglasscheiben, die zur Kabine des Rettungsbootes gehörten.

Ein freies Stück Sumpfgelände erlaubte es Cabrillo, den Motor wieder hochzujubeln. Nach wenigen Sekunden überragte das Tragflügelboot das Sportboot. Im aufgewühlten Wasser der Kiellinie begann das Tragflügelboot zu ventilieren. Es sog Luft unter die Wasserflügel und verlor an Höhe. Der Bug stieg auf und nieder: Dies genau hatte Juan beabsichtigt. Der Lenker des Wasserskiboots versuchte, dem zerstörerischen Bug zu entgehen, aber Juan folgte jedem seiner Manöver. Der Bug krachte aufs Heck des Sportbootes, doch der Aufprall war nicht heftig genug, um es zu bremsen, und Cabrillo musste ein wenig abfallen, um wieder an Höhe zu gewinnen.

Er warf einen Blick aufs Armaturenbrett, um die Umdrehungszahl zu überprüfen, und hörte im gleichen Moment, wie Sloane einen Warnschrei ausstieß.

Er sah hoch. Als der Bug des Tragflügelboots das Heck des Wasserskibootes erwischt hatte, war der Schütze abgesprungen und hatte sich an der Reling festgehalten. Er stand jetzt am Bug des Tragflügelbootes, umklammerte die Reling mit einer Hand, während die andere das AK-47 festhielt, deren Mündung genau zwischen Juans Augen zielte. Ihm blieb keine Zeit mehr, seine eigene Waffe zu zücken, daher wählte Juan die einzige Möglichkeit, die ihm noch blieb.

Seine Hand zuckte vor und riss den Gashebel einen winzigen Augenblick vor der Salve aus dem AK-47 zurück. Er und Sloane wurden gegen das Armaturenbrett geschleudert, während das Tragflügelboot von sechzig Stundenkilometern praktisch auf null abgebremst wurde. Dabei stanzte eine ungezielte Salve aus dem Sturmgewehr eine gelöcherte Linie in die Oberseite der Kabine. Das Boot sackte hart ins Wasser, und während der Schütze es schaffte, sich eisern an der Reling festzuhalten, wurde seine Brust an den Aluminiumverstrebungen von der mächtigen Wasserwand zerquetscht, die sich mit brutaler Wucht über den Bug wälzte und Juan und Sloane zum Heck des Schiffs spülte. Die Vorwärtsbewegung des Tragflügelbootes reichte aus, sodass der Mann unter den Rumpf rutschte. Als Cabrillo den Gashebel wieder nach vorne schob, trug das Kielwasser rosafarbene Schaumkronen.

»Sind Sie okay?«, fragte Juan schnell.

Sloane massierte ihren oberen Brustkorb, wo sie mit dem Armaturenbrett kollidiert war. »Ich glaube schon«, antwortete sie und strich sich nasse Haare aus der Stirn. Sie deutete auf seinen Arm. »Sie bluten.«

Cabrillo vergewisserte sich, dass das Rettungsboot zum Wasserskiboot aufholte, ehe er sich seine Verletzung anschaute. Eine Fiberglasscherbe, die durch den Kugelhagel vom Bootskörper weggesprengt worden war, steckte halb in seinem Oberarm.

»Au!«, rief er, als sich der Schmerz zum ersten Mal meldete.

»Ich dachte, harte Burschen ignorieren solche Kleinigkeiten.«

»Von wegen. Das tut richtig weh.« Er zog das postkartengroße Stück Kunststoff vorsichtig aus dem Fleisch. Die Scherbe hatte einen so sauberen Schnitt verursacht, dass nur wenig Blut nach draußen trat. Juan holte den kleinen Erste-Hilfe-Kasten aus einem Fach neben dem Armaturenbrett. Er reichte ihn Sloane, die darin herumkramte und eine Rolle Verbandsmull fand. Er hielt den Arm still, während sie die Wunde mit der Bandage abdeckte und das überschüssige Ende abriss.

»Das sollte erstmal halten«, stellte sie fest. »Wann sind Sie das letzte Mal gegen Tetanus geimpft worden?«

»Am zwanzigsten Februar vor zwei Jahren.«

»Sie erinnern sich an das genaue Datum?«

»Auf meinem Rücken befindet sich eine zwanzig Zentimeter lange Narbe. Tage, an denen man sich eine solche Verletzung einhandelt, bleiben einem im Gedächtnis.«

Nach einer Minute hatten sie jeden Meter Abstand auf das Sportboot, den sie verloren hatten, wieder aufgeholt. Juan bemerkte, dass das Sumpfgelände rechts von ihnen in einen Steinstrand überging, der ihrer Beute keinerlei Schutz mehr bot. Es wurde Zeit, dieses Spiel zu beenden. »Können Sie noch mal das Ruder übernehmen?«

»Aber sicher.«

»Achten Sie auf mein Zeichen, dann nehmen Sie Gas weg. Bereiten Sie sich darauf vor zu wenden. Ich zeige Ihnen, zu welcher Seite.«

Nun wartete er nicht mehr, bis sie ihre Position eingenommen hatte. Er schnappte sich das FN-Gewehr und ein Reservemagazin und kletterte zum Bug des Rettungsbootes.

Das Sportboot war nicht mehr als fünf Meter vor ihm. Er stützte sich an der Reling ab, legte die FN an und feuerte drei kurze Salven zu je drei Schuss ab. Als die ersten Kugeln in die Motorverkleidung des Sportbootes einschlugen, scherte der Lenker seitlich weg und versuchte, dichter am Ufer seichtes Wasser zu finden. Juan hob den Arm, deutete nach Backbord, und Sloane folgte seiner Anweisung. Ihre Reaktion erfolgte ein wenig abrupt, aber sie schien sich schnell auf die speziellen Fahreigenschaften des Tragflügelbootes einzustellen.

Sobald sein Ziel wieder im Visier auftauchte, feuerte er eine weitere Dreiersalve auf den Motor des Wasserskiboots. Und eine dritte. Der Lenker versuchte, Cabrillos Zielversuche zu vereiteln, aber Juan ahnte jeden Schlenker, jeden Haken voraus und jagte ein weiteres halbes Dutzend Kugeln ins gegnerische Boot.

Die weißen Rauchfäden, die plötzlich aus der Motorverkleidung drangen, verwandelten sich schnell in eine schwarze Qualmwolke. Der Motor würde jeden Moment den Dienst quittieren, und Juan hielt sich bereit, Sloane das entsprechende Zeichen zum Abbremsen zu geben, damit sie das Sportboot nicht rammten.

Beim Licht der Bugscheinwerfer des Tragflügelbootes und der Armaturenbrettbeleuchtung des Sportbootes konnte Cabrillo die Gesichtszüge des Bootsfahrers nur vage erkennen, als dieser sich zu ihm umdrehte. Nur für einen winzigen Moment schauten sie einander in die Augen, aber Juan konnte den Hass trotz der Entfernung beinahe körperlich spüren: wie den Gluthauch eines Feuers. Statt Angst erkannte er Wut und Trotz in der Miene des Mannes.

Der riss das Ruderrad herum. Juan hob die Hand, um Sloane von einer Verfolgung abzuhalten, weil das Sportboot direkt auf den steinigen Strand zuhielt. Cabrillo hatte eigentlich einen der Männer lebendig in die Hände bekommen wollen, aber nun hatte er das Gefühl, als entglitte diese Chance soeben nach und nach seinen Händen. Er feuerte abermals, beharkte das Heck des Bootes. Dabei war er wegen des Qualms nicht sicher, was genau die Kugeln trafen, sondern versuchte nur zu verhindern, was der Bootslenker offensichtlich beabsichtigte.

Das Sportboot war wieder mit fast der gleichen Geschwindigkeit unterwegs wie vor dem Schwenk, als es immer noch knapp zehn Meter vom Ufer entfernt war. Das Heulen des Motors schwankte für einen Moment, doch es war zu spät. Das Boot traf mit mehr als dreißig Knoten auf den ansteigenden Meeresboden und schoss wie eine Diskusscheibe aus dem Wasser. Es segelte in hohem Bogen durch die Nacht, ehe es sich mit der Nase in die Erde bohrte und so auseinanderflog, als wäre eine Bombe im Innern der Fiberglashülle explodiert. Der Rumpf zersplitterte in tausend Stücke, und der Motor wurde aus seiner Verankerung gerissen, während das Boot den Strand hinaufrutschte. Der Aufprall ließ den Treibstofftank zerbersten, und das Benzin entwickelte sich zu einer Wolke. Der Körper des Lenkers wurde fast zehn Meter weit geschleudert, ehe die Mischung aus Luft und Treibstoff explodierte und in einem riesigen Feuerball verbrannte, der alles verschlang, was von dem Wasserskiboot noch übrig war.

Sloane war geistesgegenwärtig und ruhig genug, um das Tragflügelboot abzubremsen und auf Kriechtempo zu verlangsamen, als Juan schließlich in das Cockpit zurück kletterte. Er schaute gleich zweimal nach, ob das FN-FAL gesichert war, und legte es zurück aufs Armaturenbrett. Nachdem er die beweglichen Tragflügel eingefahren hatte, lenkte er das Boot so dicht an das Wrack seines Gegners heran, wie er nur konnte, schaltete den Motor auf Leerlauf und warf den Anker.

»Er hat sich selbst umgebracht, nicht wahr?«

Cabrillo konnte den Blick nicht von dem brennenden Boot lösen. »Jawohl.«

»Was bedeutet das?«

Er sah sie an, während er ihre Frage und sämtliche logischen Schlussfolgerungen verarbeitete, die sich aus seiner Antwort ergeben konnten. »Er wusste, dass wir keine Behördenvertreter waren, daher zog er es vor zu sterben, statt eine Gefangennahme und ein gründliches Verhör zu riskieren. Das wiederum bedeutet, dass wir es mit Fanatikern zu tun haben.«

»Etwa mit muslimischen Fundamentalisten?«

»Ich glaube nicht, dass er ein arabischer Dschihad war. Hinter dieser Sache hier steckt etwas anderes.«

»Aber was?«

Juan sagte nichts, weil er darauf keine Antwort wusste. Seine Kleider waren von seinem vorangegangenen Bad noch immer nass, daher machte er einen Schritt vom Heck des Tragflügelbootes ins Wasser, in dem er bis zum Hals versank. Er hatte den Weg zum Ufer fast hinter sich, als er hörte, wie Sloane hinter ihm ins Wasser sprang. Er wartete an der Wasserlinie auf sie, und zusammen näherten sie sich dem Körper. Es hatte keinen Sinn, das Boot eingehender zu untersuchen, da nicht mehr als geschmolzenes Fiberglas und ausgeglühtes Metall davon übrig war.

Was der Aufprall und die anschließende Rutschpartie den Strand hinauf mit der Leiche gemacht hatten, war entsetzlich: als sei sie die Vision eines geistig verwirrten Künstlers, bildeten ihr Hals und alle Gliedmaßen groteske Winkel zum Körper. Cabrillo vergewisserte sich, dass kein Pulsschlag mehr zu spüren war, ehe er die Glock wieder in seinem Hosenbund verstaute. In den Gesäßtaschen des Mannes war nichts zu finden, daher drehte Juan die Leiche auf den Rücken und war von der knochenlosen Art und Weise, mit der sich der Körper bewegte, geschockt. Das Gesicht des Mannes war eine einzige Schürfwunde.

Sloane verschlug es den Atem.

»Tut mir leid«, sagte Juan. »Vielleicht sollten Sie sich ein wenig zurückhalten und nicht so nahe herangehen.«

»Das ist es nicht. Ich kenne ihn. Das ist der südafrikanische Hubschrauberpilot, den Tony und ich engagiert hatten. Sein Name ist Pieter DeWitt. Verdammt, wie konnte ich nur so dämlich sein? Er wusste, dass wir dem Gerücht von Papa Heinricks Schlangen nachgehen würden, weil ich es ihm erklärt hatte. Er schickte das Boot, das uns gestern verfolgte, und ist dann persönlich hierhergekommen, um dafür zu sorgen, dass niemand dem alten Mann später noch einmal neugierige Fragen stellt.«

Die Auswirkungen ihrer Anwesenheit in Namibia trafen Sloane schnell und brutal hart. Sie sah aus, als müsste sie sich gleich übergeben. »Wenn ich nicht hergekommen wäre und nach der *Rove* gesucht hätte.« Ihre Augen waren feucht, als sie Juan ansah. »Luka, unser Führer, ich wette, sie haben ihn auch schon getötet. O Gott, und was ist mit Tony?«

Cabrillo wusste intuitiv, dass sie weder in den Arm genommen noch mit Worten getröstet werden wollte. So standen sie reglos in der Nacht, während das Wasserskiboot verbrannte und Sloane weinte.

»Sie waren völlig unschuldig«, schluchzte sie, »und jetzt sind alle tot, und es ist meine Schuld.«

Wie oft hatte Juan das Gleiche empfunden, indem er die Verantwortung für die Aktionen anderer übernahm, nur weil er entfernt auch etwas damit zu tun hatte? Sloane war am Tod von Papa Heinrick ebenso wenig schuld wie eine Ehefrau, die ihren Mann bittet, eine Besorgung zu machen, dafür verantwortlich ist, wenn er unterwegs einen tödlichen Verkehrsunfall erleidet. Aber – Gott im Himmel – die Schuld war trotzdem da und fraß sich in die Seele wie eine Säure, die sogar Stahl auflöst.

Fünf Minuten lang, vielleicht auch länger, flossen die Tränen. Juan stand mit gesenktem Kopf neben ihr und sah sie erst wieder direkt an, als sie sich nach einem letzten Aufseufzen die Nase putzte.

»Vielen Dank«, murmelte sie leise.

»Wofür?«

»Die meisten Männer hassen es, eine Frau weinen zu sehen, und tun oder sagen alles, um das zu stoppen.«

Er schenkte ihr sein wärmstes Lächeln. »Ich hasse es genauso wie jeder andere, aber andererseits weiß ich, dass, wenn Sie den Tränen nicht jetzt freien Lauf lassen, Sie es später tun würden, und dann wäre es um einiges schlimmer geworden.«

»Deshalb habe ich mich bei Ihnen bedankt. Sie haben mich verstanden.«

»Ich habe Ähnliches auch selbst schon erlebt. Wollen Sie darüber reden?«

»Nicht, nein.«

»Aber Sie wissen, dass Sie nicht verantwortlich sind, oder?«

»Ich weiß. Sie wären zwar noch am Leben, wenn ich nicht hierhergekommen wäre, aber ich habe sie nicht getötet.«

»Richtig. Sie sind nur ein Glied in einer Kette von Ereignissen, die zu ihrer Ermordung geführt haben. Was Ihren Führer betrifft, so haben Sie vermutlich Recht, aber machen Sie sich wegen Tony keine Sorgen. Niemand an Land weiß, dass der Angriff auf Sie fehlgeschlagen ist. Wahrscheinlich denken sie im Augenblick, dass Sie und Tony tot sind. Doch um ganz sicherzugehen, nehmen wir jetzt Kurs auf Walvis. Die *Pinguin* sah nicht so aus, als wäre sie schnell genug, um schon jetzt ihren Heimathafen erreicht zu haben. Wenn wir uns beeilen, können wir sie noch rechtzeitig warnen.«

Sloane wischte sich das Gesicht mit dem Ärmel ihrer Windjacke ab. »Meinen Sie wirklich?«

»Ja, das tue ich. Kommen Sie.«

Eine halbe Minute nachdem sie an Bord des Tragflügelbootes zurückgekehrt waren, jagten sie quer über die Bucht, während sich Sloane trockene Kleidung aus dem Fundus des Rettungsbootes anzog. Dann übernahm sie das Steuer, während Cabrillo ihrem Beispiel folgte und anschließend ein paar Essensrationen hervorholte.

»Tut mir leid, ich kann nur mit MREs aufwarten«, sagte er und hielt zwei in Folie eingeschweißte Pakete hoch. »Entweder Spaghetti mit Fleischbällchen oder Hühnerfleisch und Biskuits.«

»Ich nehme die Spaghetti und gebe Ihnen die Fleischbällchen. Ich bin Vegetarierin.«

»Tatsächlich?«

»Warum überrascht Sie das?«

»Keine Ahnung. Vielleicht weil ich mir Vegetarier immer als Leute vorstelle, die Birkenstocksandalen tragen und auf Biofarmen leben.«

»Das sind Veganer. Für mich sind das Extremisten.«

Ihre Feststellung brachte Juan dazu, über Fanatismus und auch darüber nachzudenken, was die Leute dazu trieb. Religion war das Erste, was ihm in den Sinn kam, aber was gab es noch, dem die Menschen derart leidenschaftlich folgten, dass sie ihr ganzes Leben danach ausrichteten?

Die Umwelt- und Tierschutzgruppen waren die nächsten Bewegungen, die ihm in den Sinn kamen. Deren Aktivisten waren sogar bereit, in Laboratorien einzubrechen, um Versuchstiere zu befreien, oder Ferienhäuser in Skiorten niederzubrennen, um ihren Argumenten Nachdruck zu verleihen. Ob einige auch bereit waren, dafür zu töten?

Er fragte sich, ob sich die Polarisierung in den vergangenen paar Jahren derart verschärft hatte, dass sozialethische Normen für Rücksicht und Respekt keine Geltung mehr hatten. Osten, Westen. Muslime, Christen. Sozialisten, Kapitalisten. Reich, arm. Es schien, als wäre jeder Gegensatz scharf genug, um die eine oder andere Seite zur Ausübung von Gewalt zu treiben.

Natürlich bewegte er sich mit der *Oregon* in genau diesen bewegten Gewässern. Da die Welt nicht mehr mit der Bedrohung totaler nuklearer Vernichtung anlässlich eines Krieges zwischen der Sowjetunion und den Vereinigten Staaten leben musste, entwickelten sich regionale Auseinandersetzungen in einer Weise, die mit konventionellen Mitteln nicht unter Kontrolle gehalten werden konnte.

Cabrillo hatte geahnt, dass es dazu kommen würde, und die Corporation gegründet, um diesen neuen Gefahren zu begegnen. Der Gedanke allein war ziemlich entmutigend, aber er wusste, dass sie mehr Arbeit haben würden, als sie schaffen könnten.

Da von den Entführern Geoffrey Merricks keine Lösegeldforderungen gestellt wurden, erschien es zunehmend wahrscheinlich, dass die Entführung politische Hintergründe hatte. Und wenn man Merricks Wirken und seine Arbeit betrachtete, musste man zu dem Schluss kommen, dass das auslösende Moment für die Entführung im Bereich der Umweltpolitik zu suchen sein müsste.

Dann fragte er sich, ob diese Entführung in irgendeinem Zusammenhang mit dem stehen konnte, in was immer Sloane Macintyre hineingestolpert war. Die Wahrscheinlichkeit war äußerst gering, außer dass beides zufälligerweise mit Namibia in Verbindung stand. Die *Skeleton Coast* spielte im Bewusstsein der Welt absolut keine Rolle, was den Umweltschutz betraf. Brasilianische Regenwälder oder vergiftete Weltmeere, damit waren die Menschen vertraut, aber nicht mit irgendeiner abgelegenen Wüste in einem Land, das kaum auf der Landkarte zu finden war.

Dann ging ihm ein anderes Szenario durch den Kopf. Der Diamantenbergbau war einer der wichtigsten Industriezweige Namibias. Und wenn man sich ansah, wie streng – laut Sloane – der Markt kontrolliert wurde, dann war es durchaus möglich, dass sie auf einen illegalen Bergbaubetrieb gestoßen waren. Die Menschen waren nur zu bereit, ihr Leben für den Traum von unermesslichem Reichtum aufs Spiel zu setzen. Und Morde waren schon für weniger begangen worden. Aber erklärte das Pieter DeWitts offensichtlichen Selbstmord?

Das würde es in dem Fall, wenn die Folgen, erwischt worden zu sein, schlimmer wären als ein schneller Tod.

»Was würde mit jemandem wie DeWitt passieren, wenn er bei irgendeiner Art gesetzeswidrigen Diamantenbergbaus ertappt würde?«, wollte Cabrillo von Sloane wissen.

»Das ist von Nation zu Nation verschieden. In Sierra Leone würde er auf der Stelle erschossen werden. Hier in Namibia würde er eine Strafe von zwanzigtausend Dollar bezahlen müssen und für fünf Jahre ins Gefängnis wandern.« Er sah sie misstrauisch an, weil sie die Antwort so schnell parat hatte. »Ich bin Sicherheitsexpertin, wie Sie sich vielleicht erinnern. Ich muss die Gesetze bezüglich des Diamanthandels in einem Dutzend Länder in- und auswendig kennen. Genauso wie Sie mit den Zollvorschriften in den Häfen, die Sie anlaufen, vertraut sein werden.«

»Nun, ich bin trotzdem beeindruckt«, sagte Juan und fuhr dann fort: »Fünf Jahre klingt gar nicht so schlimm, auf jeden Fall nicht schlimm genug, um Selbstmord zu begehen statt die Strafe abzusitzen.«

»Sie kennen afrikanische Gefängnisse nicht.«

»Ich kann mir vorstellen, dass sie im *Guide Michelin* mit nicht allzu vielen Sternen vertreten sind.«

»Es sind nicht nur die Bedingungen. Die Tuberkulose- und Aidshäufigkeit ist in afrikanischen Gefängnissen die höchste auf der ganzen Welt. Einige Menschenrechtsgruppen sind der Auffassung, dass jede Gefängnisstrafe mit einem Todesurteil gleichzusetzen ist. Warum aber diese vielen Fragen?«

»Ich versuche, eine Erklärung dafür zu finden, dass DeWitt sich lieber selbst umgebracht hat als eine Gefangennahme zu riskieren.«

»Sie meinen, dass er möglicherweise gar kein Fanatiker oder Extremist war?«

»Ich weiß nicht, was ich denken soll«, gab Juan zu. »Es gibt da noch eine andere Geschichte, über die ich jetzt aber nicht reden kann, und ich dachte für einen Moment, dass zwischen beidem irgendeine Verbindung besteht. Ich vergewissere mich nur, dass es nicht der Fall ist. Die verschiedenen Motivationen zu kennen, könnte einen zu der Erkenntnis bringen, dass diese Ereignisse nicht zwei Teile eines einzigen Puzzles sind, sondern dass sie zu zwei völlig verschiedenen Puzzles gehören. Es ist nur so, dass es da einen erstaunlichen Zufall gibt …«

»Und Sie hassen Zufälle«, beendete Sloane den Satz für ihn.

»Genau.«

»Wenn Sie mir verraten, womit Sie sonst noch beschäftigt sind, vielleicht kann ich Ihnen dann helfen.«

»Tut mir leid, Sloane, das wäre keine gute Idee.«

»Sie meinen, ein Wort zu viel kann einen Krieg auslösen und so weiter?«

Sloane wollte dem Ganzen mit Schnoddrigkeit ein wenig die Spitze nehmen und ahnte nicht, als wie prophetisch sich ihre Worte erweisen sollten.

14

Die *de Havilland Twin Otter* näherte sich der rauen Landebahn derart langsam, dass sie in der Luft fast stillzustehen schien. Obwohl sie als Modell bereits in den sechziger Jahren das Licht der Welt erblickt hatte, war der zweimotorige Hochdecker das Lieblingsflugzeug aller Buschpiloten weit und breit. Er konnte auf praktisch jedem Untergrund landen und brauchte nur dreihundert Meter Piste zum Ausrollen. Seine Startbahn war sogar noch kürzer.

Die harte Felsplatte, die an die *Oase des Teufels* grenzte, war mit orangefarbenen Wimpeln markiert worden, und der Pilot setzte, umgeben von wogendem Staub, mit der Maschine genau in der Mitte auf. Der Luftdruck ihrer Turboproptriebwerke wirbelte weiteren Staub auf, sodass sie, als sie ihre Fahrt verlangsamte, vorübergehend in eine dunkle Wolke eingehüllt war. Die Energiezufuhr der Propeller wurde unterbrochen, sie blieben nach wenigen

Umdrehungen stehen. Ein offener Geländewagen bremste neben dem Flugzeug im gleichen Moment, in dem die Hecktür knarrend geöffnet wurde.

Daniel Singer faltete seine einsfünfundneunzig große schlaksige Gestalt aus dem Flugzeug und fuhr sich mit den Fingerknöcheln über die Wirbelsäule, um nach dem fast zwölfhundert Kilometer weiten Flug von Harare, der Hauptstadt Simbabwes, die Krämpfe herauszumassieren. Er war aus den Vereinigten Staaten dorthin geflogen, weil genügend Geld in den richtigen Händen dafür sorgte, dass seine Ankunft in Afrika nirgendwo verzeichnet wurde. Für alle, die ihn kannten, hielt er sich nach wie vor in seinem Haus in Maine auf.

Gelenkt wurde der Truck von einer Frau namens Nina Visser. Sie war seit dem Beginn seines Feldzugs bei Singer und hatte eine wichtige Rolle bei der Rekrutierung weiterer Mitkämpfer für ihre Sache gespielt. Es waren ausnahmslos Männer und Frauen, die sich darüber im Klaren waren, dass die Nationen der Welt aus ihrer Ruhe und Gleichgültigkeit gerissen werden mussten, wenn es um den Kampf um den Erhalt der Umwelt ging.

»Es wurde auch Zeit, dass du hier erscheinst und wenigstens symbolisch an unserem Leid teilhast«, sagte sie anstelle einer Begrüßung. Aber ihr Gesicht zeigte ein Lächeln, und in ihren dunklen Augen blitzte ein Funkeln tiefer Zuneigung. In Holland geboren, sprach sie wie viele ihrer Landsleute ein Englisch mit starkem Akzent.

Singer beugte sich ein wenig herab, um sie auf die Wange zu küssen, und erwiderte: »Nina, meine Liebe, weißt du denn nicht, dass sich böse Genies wie ich nur an verlassenen Orten wohlfühlen?«

»Aber musstest du unbedingt einen aussuchen, der

Hunderte von Kilometern von der nächsten Toilette mit Wasserspülung entfernt liegt und von Sandflöhen überrannt wird?«

»Was kann ich sagen? Sämtliche erloschenen Vulkane waren bereits besetzt. Ich habe dieses Anwesen über eine Scheinfirma von der namibischen Regierung unter dem Vorwand gemietet, dass wir hier einen Film drehen.« Er wandte sich um und nahm von dem Piloten, der in der Tür erschienen war, eine Reisetasche entgegen. »Lassen Sie das Flugzeug auftanken. Wir bleiben nur kurze Zeit hier.«

Nina war überrascht. »Du bleibst nicht?«

»Tut mir leid, nein. Ich muss früher nach Cabinda als geplant.«

»Gibt es Probleme?«

»Ein kleiner Fehler in der Ausrüstung hat die Söldner aufgehalten«, sagte er. »Und ich möchte ganz sichergehen, dass die Boote, die wir zum Angriff benutzen, einsatzbereit sind. Außerdem erweist sich die Natur selbst als mehr als kooperativ. Ein weiterer tropischer Sturm entwickelt sich bereits in den Nachläufern des Sturms, der sich schon vor zwei Tagen ausgetobt hat. Ich glaube nicht, dass wir länger als eine Woche warten müssen.«

Nina blieb stehen, ihr Gesicht strahlte freudig. »So bald schon? Ich kann es gar nicht glauben.«

»Fünf Jahre Arbeit werden sich demnächst auszahlen. Wenn wir fertig sind, wird es auf dem ganzen Planeten keinen einzigen Menschen mehr geben, der ernsthaft die Gefahren leugnen kann, die sich aus der globalen Erwärmung ergeben.« Singer schwang sich für die kurze Fahrt bis zum alten Gefängnis auf den Beifahrersitz des Trucks.

Die Gefängnisanlage war eine dreistöckige steinerne

Monstrosität, so groß wie ein Lagerhaus, mit einer mit Zinnen versehenen Brustwehr auf dem Dach, von wo aus die Wächter die Wüste überwachen konnten. In jeder Wand der Außenfassade befand sich nur ein einziges Fenster, was dem gesamten Bau einen noch solideren und abweisenderen Eindruck verlieh. Der Schatten, den er warf, war ein nachtdunkler Fleck auf dem weißen Sand.

Ein Paar hoher hölzerner Torflügel, deren Scharniere tief ins Mauerwerk eingelassen waren und die breit genug waren, um einem viel größeren Truck Zugang zu gewähren, führten auf den mittleren Innenhof. Die unterste Etage des Gefängnisses enthielt die verschiedenen Abteilungen der Verwaltung sowie die Schlafstätten der Wächter, die früher hier gewohnt hatten, während der erste und der zweite Stock für die Zellenblöcke reserviert waren, die den Innenhof säumten.

Die Sonne brannte auf den Pausenhof, heizte dabei Boden und Mauern auf und wurde so reflektiert, dass die Luft so schwer erschien wie flüssiges Blei.

»Wie geht es unseren Gästen heute?«, fragte Singer, während Nina vor dem Eingang zur Verwaltungszentrale bremste.

»Die Männer aus Simbabwe sind mit ihrem Gefangenen gestern eingetroffen«, antwortete Nina und wandte sich zu ihrem Mentor um. »Ich verstehe noch immer nicht, weshalb sie überhaupt hier sind.«

»Das ist eine taktische Notwendigkeit, fürchte ich. Ein Teil der Abmachung, die es mir gestattet, ohne Visum und all den anderen Müll in Afrika einzureisen, bestand darin, ihnen die Benutzung des Gefängnisses für einen gewissen Zeitraum zu gestatten. Ihr Gefangener ist Chef der wichtigsten Oppositionspartei und wird schon in Kürze wegen Landesverrats vor Gericht gestellt. Die Regierung vermutet zu Recht, dass seine Anhänger ihn befreien und in ein anderes Land schmuggeln wollen. Sie brauchen nur einen Ort, wo sie ihn unterbringen können, bis der Prozess beginnt, und dann wird er nach Harare zurückgebracht.«

»Werden die Leute ihren Befreiungsversuch nicht starten, wenn er zurückkehrt?«

»Der Prozess dauert nicht länger als eine Stunde, und das Urteil wird sofort vollstreckt.«

»Das gefällt mir nicht, Danny. Die Regierung von Simbabwe ist eine der korruptesten in ganz Afrika. Ich denke, jeder, der gegen sie kämpft, steht wahrscheinlich auf der richtigen Seite.«

»Ich stimme dir zu, aber das ist nun mal die Abmachung, mit der ich mich abfinden muss.« Sein Tonfall machte unmissverständlich klar, dass er über dieses Thema kein Wort mehr verlieren wollte. »Was ist mit meinem erlauchten ehemaligen Geschäftspartner? Was treibt er so?«

Nina lächelte spöttisch. »Ich glaube, er fängt allmählich an zu begreifen, welche Auswirkungen seine Erfolge hatten.«

»Gut. Ich kann es kaum erwarten, den Ausdruck im Gesicht dieses selbstgerechten Bastards zu sehen, wenn wir unseren Plan in die Tat umgesetzt haben und er endlich begreift, dass alles seine Schuld war.«

Sie betraten das Gefängnis, und Singer begrüßte seine Leute mit Namen. Während er Merricks Charisma zwar niemals entwickeln würde, war er bei den Aktivisten, die er um sich gesammelt hatte, jedoch als Held angesehen. Er verteilte die drei Flaschen Rotwein, die er mitgebracht hatte, und sie leerten sie während der nächsten halben

Stunde. Einer Frau wurde besondere Aufmerksamkeit zuteil, und als er ihr zu Ehren anstoßen ließ, applaudierten die anderen.

Danach begab er sich in das Büro, das früher einmal vom Gefängnisdirektor benutzt worden war, und befahl, Merrick solle aus seiner Zelle heruntergeholt werden. Er verbrachte mehrere Minuten damit, sich zu überlegen, welche Pose er einnehmen sollte, wenn Merrick hereinkam. Er versuchte es damit, sich hinter den Schreibtisch zu setzen, war jedoch mit dem Größenunterschied, der sich daraus ergab, unzufrieden. Daher stellte er sich mit leicht gesenktem Kopf ans Fenster, als trüge er auf seinen Schultern die Last der gesamten Welt.

Einen Moment später führten zwei von Singers Männern Merrick mit auf dem Rücken gefesselten Händen ins Büro. Die beiden hatten sich seit ihrer Trennung nicht mehr von Angesicht zu Angesicht gesehen, aber Merrick war so oft im Fernsehen interviewt worden, dass Singer erkennen konnte, welchen physischen Tribut die letzten Tage Gefangenschaft von seinem ehemaligen Partner gefordert hatten. Vor allem sah er mit Befriedigung, wie die einst so hell leuchtenden Augen nun tief eingesunken waren und ihn mit einem gehetzten Ausdruck ansahen. Aber er konnte kaum glauben, was er jetzt sah: Sie begannen sich aufzuhellen, und erneut spürte er diese hypnotische Ausstrahlung, die Merrick schon immer besessen, und die Singer insgeheim bewundert hatte. Singer musste gegen den Impuls ankämpfen, sich hinzusetzen.

»Danny«, begann Merrick mit ernster Stimme, »ich kann mir keinen anderen Grund denken, dass du all das getan hast, als den, dich bei mir in irgendeiner Weise revanchieren zu wollen. Dazu kann ich dir nur sagen: Du hast gewonnen. Was immer du von mir willst, du sollst es haben, wenn du nur sofort aufhörst. Wenn du die Firma haben willst, so überschreibe ich sie dir auf der Stelle. Wenn du mein Geld willst, dann nenn mir eine Kontonummer, damit ich es dorthin überweisen kann. Ich werde jede Erklärung veröffentlichen, die du von mir verlangst – und werde die Verantwortung für alles übernehmen, woran ich deiner Meinung nach schuld bin.«

Herrgott im Himmel, er war richtig gut, dachte Daniel Singer. *Kein Wunder, dass er mich ständig überflügelte.* Einen Moment lang verspürte er die Versuchung, ihn beim Wort zu nehmen und auf das Angebot einzugehen, aber er konnte andererseits nicht zulassen, dass er von seinem eingeschlagenen Weg abwich. Er schob sämtliche Zweifel beiseite. »Dies ist kein Verhandlungstisch, Geoff. Dich als Zeugen hier zu haben, ist nur ein kleiner Bonus, den ich mir selbst gönne. Du bist allenfalls das Vorprogramm, mein alter Freund, und nicht die Hauptattraktion.«

»So muss es nicht sein.«

»Natürlich muss es das!«, brüllte Singer. »Was glaubst du, weshalb ich der Welt jetzt einen kleinen Vorgeschmack liefere?« Er atmete tief durch und fuhr ein wenig ruhiger, aber mit der gleichen Leidenschaft fort. »Wenn wir den Weg weiterverfolgen, den wir eingeschlagen haben, dann wird meine Demonstration im Vergleich zu den natürlichen Abläufen eine harmlose Kinderei sein. Wir müssen einiges ändern, und nur die Narren, die diese Welt lenken, weigern sich, das zu erkennen. Verdammt, Geoff, du bist Wissenschaftler, du verstehst es doch sicherlich. Während des nächsten Jahrhunderts wird die globale Erwärmung alles vernichten, was der Mensch geschaffen und erreicht hat.

Eine Zunahme der Oberflächentemperatur um nur ein Grad wird schon unvorhersehbare Folgen für die Umwelt haben – und die Veränderungen sind bereits im Gange. Der Planet ist noch nicht warm genug, um alle Gletscher zum Schmelzen zu bringen, aber in Grönland fließt das Eis schneller als je zuvor ins Meer, weil das Schmelzwasser die Wirkung eines Schmiermittels hat, wenn das Eis über den Untergrund scharrt. An einigen Stellen bewegt es sich doppelt so schnell wie früher vorwärts. Und das geschieht *heute*. In diesem Augenblick.«

»Ich leugne nicht, dass zutrifft, was du erzählst ...«

»Das kannst du auch gar nicht«, schnappte Singer. »kein vernünftiger Mensch kann das, aber trotzdem wird nichts dagegen unternommen. Die Menschen müssen die Auswirkungen mit eigenen Augen sehen, bei sich zu Hause und nicht auf irgendeinem Gletscher in Grönland. Sie müssen zum Handeln bewegt werden, sonst sind wir dem Untergang geweiht.«

»All die Tode, Dan ...«

»Harmlos im Vergleich mit dem, was kommen wird. Diese Leben müssen geopfert werden, um die Milliarden anderer Leben zu retten. Man muss das vom Wundbrand befallene Glied abschneiden, um das Leben des Patienten zu erhalten.«

»Aber wir reden hier von den Leben Unschuldiger. Nicht von krankem, abgestorbenem Gewebe!«

»Okay, vielleicht war es ein unpassender Vergleich, aber ich bleibe dabei. Außerdem ist die Zahl der Opfer bei Weitem nicht so hoch, wie du annimmst. Die Vorhersagen sind im Laufe der Zeit immer genauer und zuverlässiger geworden. Es wird ausreichende Warnungen geben.«

»Tatsächlich? Dann frag doch mal die Menschen, die in

New Orleans wohnten, als Katrina über sie kam«, zischte Merrick.

»Ganz genau. Regionale, staatliche und nationale Behörden hatten genügend Zeit für eine Evakuierung, und trotzdem sind mehr als tausend Menschen völlig unnötigerweise ums Leben gekommen. Genau das ist es doch, was ich meine. Wir hatten zwei Jahrzehnte lang wissenschaftliche Fakten gesammelt, was unsere schädlichen Einflüsse auf die Umwelt betrifft, und es wurden allenfalls symbolische Gegenmaßnahmen ergriffen. Kannst du nicht begreifen, dass ich einen Schritt weiter gehen muss? Ich muss all das tun, um die Menschheit zu retten.«

Geoffrey Merrick wusste, dass sein ehemaliger Partner und bester Freund verrückt war. Sicher, Dan war schon immer ein wenig seltsam gewesen, eigentlich sogar sie beide, sonst hätten sie am MIT gewiss nicht so viel Erfolg gehabt. Aber was früher ein allenfalls verschrobenes Verhalten gewesen war, hatte sich mittlerweile zu einer ausgewachsenen Manie entwickelt. Außerdem wusste er, dass er niemals ein Argument finden würde, das Singer zum Aufgeben seines Plans bewegen konnte. Man würde mit einem Fanatiker nicht vernünftig diskutieren können.

Trotzdem wollte er es noch einmal versuchen. »Wenn dir die Menschheit so sehr am Herzen liegt, weshalb musstest du dann Susan Donleavy töten?«

Singers Gesichtsausdruck war nicht zu deuten, als er den Blick senkte und den Augenkontakt unterbrach. »Den Leuten, die mir helfen, mangelte es an, hm, gewissen Fertigkeiten, daher musste ich Fremde engagieren.«

»Söldner?«

»Ja. Sie gingen tatsächlich weiter, als nötig war. Susan ist zwar nicht tot, aber ich fürchte ... ihr Zustand ist ernst.«

Merrick verriet durch nichts seine Absicht. Er schüttelte die Männer ab, die ihn nur locker festhielten, und stürmte quer durch den Raum. Er sprang auf den Schreibtisch und schaffte es, Singer sein Knie gegen das Kinn zu rammen, ehe die Wächter reagierten. Einer riss heftig genug am Ärmel seines Overalls, um den Industriellen zu Fall zu bringen. Mit den auf dem Rücken gefesselten Händen konnte er seinen Sturz nicht abfangen und landete auf dem Gesicht. Es gab kein kurzes Flackern, kein allmähliches Wegtreten. Sobald sein Kopf den Fußboden berührte, war er schlagartig bewusstlos.

»Es tut mir leid, Dan«, sagte einer der Wächter und trat hinter den Schreibtisch, um Singer auf die Füße zu helfen. Blut sickerte aus seinem Mundwinkel.

Er verwischte das Blut mit einem Finger und inspizierte die rote Flüssigkeit auf der Fingerkuppe, als könne er nicht glauben, dass sie aus seinem Körper stammte. »Lebt er?«

Der zweite Wächter überprüfte Merricks Pulsschlag am Handgelenk und am Hals. »Sein Herz schlägt gleichmäßig. Wahrscheinlich hat er eine Gehirnerschütterung, wenn er wieder aufwacht.«

»Gut.« Singer beugte sich über Merricks reglose Gestalt. »Geoff, ich hoffe, dieser lächerliche Versuch war es wert, denn das war der letzte Akt deines freien Willens, den du ausgeführt hast. Sperrt ihn wieder ein.«

Zwanzig Minuten später stieg die *Twin Otter* erneut in den Himmel und nahm Kurs auf die Provinz Cabinda in Angola.

15

Sobald der Hafenlotsc über die Strickleiter zu seinem wartenden Tender hinuntergestiegen war, fuhren Max Hanley und Linda Ross mit dem geheimen Fahrstuhl vom Ruderhaus nach unten ins Operationszentrum. Es war, als wechselte man von einer Mülldeponie ins Kontrollzentrum der NASA über. Für den südafrikanischen Lotsen hatten sie die Rollen von Kapitän und Steuermann gespielt, aber Max hatte offiziell dienstfrei. Linda war für die Wache eingeteilt.

»Gehst du wieder in deine Kabine zurück?«, fragte sie, ließ sich im Kommandosessel nieder und setzte den Kopfhörer auf.

»Nein«, erwiderte Max säuerlich. »Unsere medizinische Koryphäe, Julia, macht sich immer noch Sorgen wegen meines Blutdrucks, deshalb wollen sie und ich ins Fitnesszentrum. Sie will mir ein sogenanntes Power-Yoga zeigen, was immer das sein mag.«

Linda kicherte. »Das würde ich mir gern ansehen.«

»Wenn sie versucht, mich zu einer Brezel zu verbiegen, werde ich Juan bitten, den Chefposten der Sanitätsstation neu zu besetzen.«

»Es wird bestimmt ganz gut für dich sein. Es reinigt deine Aura und so weiter.«

»Meine Aura ist okay«, sagte er betont barsch, aber immer noch freundlich, und schlug den Weg zu seiner Kabine ein.

Die Wache verlief ruhig, während sie die Schifffahrtsrouten hinter sich ließen und Tempo aufnahmen. Ein unerwarteter Sturm braute sich im Norden zusammen, würde aber höchstwahrscheinlich nach Westen abgezogen sein, sobald sie am Spätnachmittag des nächsten Tages Swakopmund erreichten. Linda nutzte die ereignislosen Stunden, um den Missionseinsatzplan durchzugehen, den Eddie und Lincoln zu ihrer bevorstehenden Attacke auf die *Oase des Teufels* zusammengestellt hatten.

»Linda«, machte sich Hali Kasim von seiner Funkstation aus bemerkbar. »Ich habe soeben etwas vom Funkservice erhalten. Du wirst es nicht glauben. Ich schick es dir aufs Display.«

Sie überflog die Meldung und ließ Max sofort schiffsweit ausrufen und bat ihn, sofort ins Op-Center zu kommen. Er erschien schon eine Minute später aus dem Maschinenraum, wo er eine völlig unnötige Inspektion durchgeführt hatte. Das Yogatraining hatte seinen Tribut von ihm gefordert. Sein Gang war ziemlich schwerfällig, nachdem die Yogaübungen Muskelgruppen in Mitleidenschaft gezogen hatten, die an derartige Dehn- und Streckaktionen nicht gewöhnt waren.

»Du wolltest mich sprechen?«

Linda drehte ihr Paneldisplay so herum, dass Max die Nachricht selbst lesen konnte. Die Spannung im Raum war merklich gestiegen, als wäre zwischen den beiden ein elektrischer Strom geflossen.

»Würde uns vielleicht jemand verraten, was geschehen ist?«, fragte Eric Stone vom Steuerstand.

»Benjamin Isaka wurde beschuldigt, den Umsturz zu planen«, erwiderte Linda. »Er wurde vor zwei Stunden verhaftet.«

»Isaka. Warum kommt mir der Name so bekannt vor?«

Max beantwortete die Frage. »Er war am Kongo unser Kontaktmann für das Waffengeschäft.«

»Oh, Mann, das ist überhaupt nicht gut«, sagte Mark Murphy. Obwohl keine Notwendigkeit bestand, die Abwehrsysteme der *Oregon* zu überwachen, nahm er gewöhnlich seine Position immer dann ein, wenn die oberste Schiffsführung Wache hatte.

»Hali, gibt es irgendwelche Hinweise auf die Waffen, die wir geliefert haben?«, fragte Linda. Im Grunde interessierte sie sich nicht für die Innenpolitik des Kongo, aber die Corporation hatte doch eine gewisse Verantwortung für diese Waffen.

»Tut mir leid, das habe ich noch nicht überprüft. Diese Meldung kam erst vor ein paar Minuten vom Funkservice der AP.«

Linda sah Max fragend an. »Was hältst du davon?«

»Ich muss mich Mark anschließen. Das könnte ein potentielles Desaster werden. Wenn Isaka den Rebellen von den Minisendern erzählt hat und diese dann unschädlich gemacht wurden, dann haben wir soeben einer der gefährlichsten Verbrecherbanden Afrikas fünfhundert Sturmgewehre und zweihundert Granatwerfer geliefert.«

»Ich kann über irgendwelche beschlagnahmten Waffen nichts finden«, sagte Hali. »Die Meldung ist gerade erst eingegangen. Vielleicht kommen später noch weitere Einzelheiten.«

»Darauf würde ich mich nicht verlassen.« Max hatte seine Pfeife in der Hand und klopfte mit dem Mundstück gegen seine Zähne. »Isaka muss es ihnen erzählt haben. Hali, gibt es eine Möglichkeit, die Signale der Minisender zu überprüfen?«

Der aus dem Libanon stammende Amerikaner runzelte

die Stirn. »Ich glaube nicht. Ihre Reichweite ist ziemlich begrenzt. Der Gedanke hinter der Mission war *der*, dass die kongolesische Armee die Waffen mit Hilfe tragbarer Detektoren, die die Signale der Sender auffangen können, bis ins Lager der Rebellen verfolgen sollten. Die Sender brauchten nur eine Reichweite von drei bis vier Kilometern.«

»Dann sind wir geliefert«, sagte Linda, und der mühsam gebändigte Zorn verlieh ihrer Stimme einen harten Klang. »Die Waffen könnten demnach wer weiß wo geblieben sein, und wir haben keine Möglichkeit, sie zu finden.«

»Oh, ihr Ungläubigen«, sagte Murph mit einem breiten Grinsen.

Linda fuhr zu ihm herum. »Was hast du?«

»Werdet ihr jemals damit aufhören, Juans Raffinesse und Weitsicht zu unterschätzen? Ehe wir die Waffen verkauften, bat er mich und den Chef-Waffenmeister, ein paar Sender der CIA gegen Chips aus meiner Produktion auszutauschen. Deren Reichweite beträgt gut hundertfünfzig Kilometer.«

»Die Reichweite ist aber gar nicht der entscheidende Punkt«, sagte Hali. »Isaka wusste, wo an den Waffen wir die Sender versteckt haben. Er dürfte den Rebellen alles verraten haben, also konnten sie unsere genauso stilllegen wie diejenigen, die wir von der CIA erhalten haben.«

Marks Lächeln wollte nicht vergehen. »Die CIA-Sender waren in den Kolben und in den vorderen Griffen der RPGs versteckt. Ich habe unsere Sender in die Griffe der AKs eingesetzt und die Drehstützen der Granatwerfer entsprechend verändert, damit die Sender sich dort unterbringen ließen.«

»Oh, das ist geradezu genial«, sagte Linda mit aufrichtiger Bewunderung. »Sobald sie die CIA-Sender finden, suchen sie nicht weiter. Dann sind unsere aber immer noch an Ort und Stelle.«

»Und senden auf einer anderen Frequenz, wenn ich das noch hinzufügen darf.« Mark verschränkte die Arme vor der Brust und lehnte sich in seinem Sessel zurück.

»Warum hat uns Juan nichts davon erzählt?«, fragte Max.

»Er dachte, diese Idee würde ihn endgültig als Paranoiker abstempeln«, antwortete Murph. »Er wollte es nicht zur Sprache bringen, weil es mehr als nur wahrscheinlich war, dass unsere Sender gar nicht gebraucht würden.«

»Was meintest du, wie nahe wir heran müssen, um die Signale aufzufangen?«, fragte Linda.

»Etwa hundertfünfzig Kilometer.«

»Damit suchen wir immer noch nach der Nadel im Heuhaufen, solange wir nicht irgendeine Vorstellung haben, wohin die Rebellen verschwinden wollten.«

Mark wurde ernst. »Es gibt allerdings auch noch ein anderes Problem. Damit die Sender überhaupt eine solche Reichweite haben, musste ich die Batterien stärker anzapfen. Sie dürften in achtundvierzig bis zweiundsiebzig Stunden den Dienst quittieren. Danach gibt es praktisch keine Möglichkeit mehr, die Sender und damit die Waffen aufzuspüren.«

Linda sah Max Hanley an. »Die Entscheidung, diese Waffen zu suchen, muss von Juan kommen.«

»Du hast Recht«, sagte Max. »Aber wir beide wissen, dass er will, dass wir sie suchen und die kongolesische Armee davon in Kenntnis setzen, damit sie die Waffen kassieren kann.«

»So wie ich es sehe, haben wir zwei Optionen«, stellte Linda fest.

»Warte einen Moment«, unterbrach Max. »Hali, ruf Juan über sein Satellitentelefon. Okay, zwei Optionen?«

»Die eine besteht darin, dass wir umkehren und ein Team mitsamt Suchsystem von Kapstadt aus den Kongo hinaufschicken. Mark, diese Empfänger sind doch tragbar, oder?«

»Das Ding ist nicht viel größer als ein Ghettoblaster«, klärte der Technikfreak sie auf.

Normalerweise hätte jetzt jemand eine kritische Bemerkung über seinen eigenen Ghettoblaster gemacht, den er immer dann aufdrehte, wenn er einen Teil des Frachtdecks der *Oregon* in einen Skateboard-Parcours umfunktionierte, komplett mit Rampen, Sprüngen und einer Halfpipe ausgerüstet und aus einem einzigen Stück alten Schiffsschornsteins zusammengebastelt.

Max rechnete laut vor: »Nach Kapstadt zurückzukehren kostet uns die fünf Stunden, die wir bereits unterwegs sind, weitere zwei für den Aufenthalt im Hafen und wieder fünf, um zu diesem Punkt des Ozeans zurückzufahren.«

»Oder wir setzen unsere Fahrt fort und schicken ein Team von Namibia aus los. Tony hält die Pendelmaschine auf dem Flughafen von Swakopmund einsatzbereit und dürfte bis morgen, wenn wir Geoffrey Merrick befreit haben, einen unserer Jets dorthin dirigiert haben. Wir können sie mit dem Helikopter direkt zum Flughafen bringen. Dann kann Tiny sie den Kongo hinaufbringen und für unsere Angriffsaktion rechtzeitig wieder zurück sein.«

»Ich kann Juan über das Satellitentelefon nicht erreichen«, meldete Hali.

»Hast du es mit dem Funkgerät auf dem Rettungsboot versucht?«

»Auch nichts.«

»Verdammt.« Anders als Cabrillo, der sich im Kopf ein Dutzend Szenarien zurechtlegen und dann intuitiv das einzig richtige auswählen konnte, ging Hanley stets etwas überlegter vor. »Was meinst du, wie viel Zeit wir für das Suchteam einsparen, wenn wir jetzt sofort umkehren?«

»Etwa zwölf Stunden.«

»Weniger«, sagte Mark, ohne den Blick auch nur einen Moment lang von seinem Computermonitor zu lösen. »Ich gehe gerade mal die Flüge zwischen Kapstadt und Kinshasa durch. Viel ist dort nicht.«

»Demnach müssen wir eine Maschine chartern.«

»Das checke ich gerade«, sagte Eric Stone. »Ich finde in Kapstadt nur eine Firma mit einem Düsenjet. Moment. Nein, aus der Website geht hervor, dass beide Learjets Startverbot haben.« Er blickte über die Schulter zu seinen Gefährten. »Wenn das ein Trost ist! Sie entschuldigen sich für diese Unannehmlichkeit.«

»Demnach sparen wir etwa acht Stunden ein«, rechnete Mark aus.

»Und es kostet uns zwölf Stunden, wenn wir den Rettungsversuch um einen ganzen Tag verschieben. Okay, wir machen es folgendermaßen. Wir fahren weiter nach Norden.« Max fixierte Hali. »Versuch weiterhin, Juan zu erreichen. Ruf ihn alle fünf Minuten an, und gib mir sofort Bescheid, wenn du ihn an der Strippe hast.«

»Aye, Max.«

Max gefiel es gar nicht, dass Juan jetzt nicht antwortete. Da ihr geplanter Angriff auf die *Oase des Teufels* unmittelbar bevorstand, war es eigentlich unvorstellbar, dass er sein Satellitentelefon nicht bei sich haben sollte.

Ständig und überall erreichbar zu sein, stand bei ihm an erster Stelle.

Es mochte sicher ungefähr zweihundert Gründe geben, weshalb er sich nicht meldete, und Hanley gefiel kein einziger von ihnen.

16

Cabrillo schaute mit zusammengekniffenen Augen in die Ferne, ohne sich für die dunklen Wolken zu interessieren, die sich im Osten auftürmten. Als er und Sloane Walvis mit dem Rettungsboot verließen, hatte es keine Wetterwarnungen gegeben, doch das hatte in diesem Teil der Welt nicht viel zu bedeuten. Ein Sandsturm konnte innerhalb von Minuten aufkommen und den Himmel von Horizont zu Horizont verhüllen. Was allem Anschein nach in diesem Augenblick auch tatsächlich geschah.

Er schaute auf die Uhr. Bis zum Sonnenuntergang dauerte es noch einige Stunden. Aber wenigstens war Tony Reardons Flugzeug vor wenigen Minuten in Windhoek, der Hauptstadt Namibias, nach Nairobi und weiter nach London gestartet.

Am Abend vorher hatten sie die *Pinguin* etwa anderthalb Kilometer vor der Hafeneinfahrt eingeholt. Nachdem ihm berichtet wurde, was mit Papa Heinrick geschehen war, erklärte sich Justus Ulenga damit einverstanden, mit seinem Boot die Fahrt zu einem anderen Hafen weiter im Norden fortzusetzen und dort ein oder zwei Wochen lang auf Angeltour zu gehen. Dafür übernahm Cabrillo Tony Reardon in sein Rettungsboot.

Der britische Beamte hatte sich bitter über seine Lage beklagt und über Sloane, Cabrillo, DeBeers, Namibia und alles Mögliche, was ihm sonst noch in den Sinn kam, geschimpft. Juan ließ ihm zwanzig Minuten Zeit, Dampf abzulassen, während sie still vor der Küste lagen. Als es schien, dass er noch stundenlang so weitermachen würde, setzte ihm Cabrillo ein Ultimatum: Entweder hielt er sofort den Mund, oder er, Cabrillo, würde ihn k.o. schlagen.

»Das wagen Sie nicht!«, hatte der Engländer daraufhin gebrüllt.

»Mr. Reardon, ich habe seit vierundzwanzig Stunden nicht mehr geschlafen«, erwiderte Juan, machte einen Schritt auf ihn zu und beugte sich so zu ihm vor, dass der Abstand zwischen ihren Gesichtern nur noch wenige Zentimeter betrug. »Ich habe soeben die Leiche eines Mannes gesehen, der auf die grausamste Weise gefoltert wurde, ehe man ihn tötete, und ich wurde etwa fünfzig Mal beschossen. Um das Ganze abzurunden, melden sich bei mir im Augenblick heftige Kopfschmerzen, daher werden Sie auf der Stelle nach unten gehen, sich auf eine Bank setzen und ihre verdammte Klappe halten.«

»Sie können mir nicht befeh…«

Juan schlug in der letzten Sekunde zu, um Reardons Nase nicht zu brechen, aber der Hieb war kräftig genug, um ihn durch die Tür ins Passagierabteil des Rettungsbootes zu schleudern, wo er wie ein Haufen schmutziger Wäsche auf dem Boden liegen blieb. »Ich habe Sie gewarnt«, sagte Cabrillo und kümmerte sich dann wieder darum, dass das Boot weiterhin gegen den Wind lief, während sie auf die Abenddämmerung warteten.

Sie blieben gut drei Kilometer vor der Küste, während

die Fischfangflotte von Walvis zu ihrer täglichen Ausfahrt an ihnen vorbeiglitt, und machten erst Anstalten, in den Hafen einzufahren, nachdem Juan über sein Satellitentelefon einige Arrangements veranlasst hatte. Reardon blieb unter Deck, wo er ein geschwollenes Kinn und ein noch heftiger angeschlagenes Ego pflegte.

Ein Taxi wartete auf dem Kai, als Cabrillo das Rettungsboot auf einen Liegeplatz bugsierte. Er sorgte dafür, dass Sloane und Tony unter Deck blieben, während er einem Zollbeamten seinen Pass zeigte. Ohne die Notwendigkeit, ein Visum zu beantragen, und nach einer flüchtigen Besichtigung des Rettungsbootes sowie angesichts der bereits abgestempelten Pässe der beiden Briten wurde Juans Pass ebenfalls gestempelt. Ungehindert konnten sie das Hafengelände verlassen.

Er bezahlte für das Auftanken des Bootes und gab dem dafür zuständigen Angestellten ein reichliches Trinkgeld, um zu gewährleisten, dass der Job auch zufrieden stellend ausgeführt wurde. Er holte die Glock aus ihrem Versteck in der Bilge und achtete darauf, dass nichts verdächtig aussah, ehe er den Wagen heranwinkte und seine beiden Begleiter auf den Rücksitz verfrachtete.

Sie überquerten den Swakop River und fuhren durch Swakopmund zum Flughafen. Da einer der Schützen vom vergangenen Abend der Pilot des gecharterten Helikopters war, konnte Cabrillo nicht das Risiko eingehen, ein Privatflugzeug zu mieten, um Reardon außer Landes zu bringen. Aber heute war gerade einer der vier Tage in der Woche, an denen die Air Namibia einen Flug von dem Küstenort zur Hauptstadt anbot. Er passte ihre Ankunft in der Stadt zeitlich derart ab, dass Reardon sich vor seinem Flug nur für ein paar Minuten im Flughafen aufhielt, und seine Verbindung nach Nairobi war der nächste Flug, der Kenia verließ.

Juan bemerkte eine zweimotorige Maschine, die ein Stück von den anderen Flugzeugen entfernt auf der Piste stand. Es war jene Maschine, die Timy Gunderson, der Chefpilot der Corporation, für ihre Angriffsaktion gemietet hatte. Wenn alles nach Plan ging, dann war der große Schwede bereits mit ihrer Gulfstream IV unterwegs. Juan hatte in Erwägung gezogen, zu warten und Reardon mit ihrem eigenen Flugzeug aus Namibia auszufliegen, doch er hatte das Gefühl, als könnte er die Gesellschaft des Mannes nicht länger ertragen.

Die drei betraten gemeinsam den kleinen Terminal. Dabei achteten Cabrillos geschärfte Sinne auf alles, was aus dem Rahmen des Gewohnten fiel, obwohl ihre Gegner immer noch davon überzeugt sein sollten, dass ihr Jagdwild längst tot war. Während sich der Engländer für seinen Flug eincheckte, versprach Sloane, seine persönlichen Dinge, die noch im Hotel waren, zusammenzupacken und nach London mitzubringen, sobald sie und Cabrillo ihre Untersuchung abgeschlossen hätten.

Reardon kommentierte dies mit einem unverständlichen Gemurmel.

Sie wusste, dass mit ihm nicht mehr zu reden war, und konnte ihm das ehrlicherweise auch nicht einmal übel nehmen. Tony absolvierte die Sicherheitsüberprüfung, ohne sich ein einziges Mal zu ihnen umzudrehen, und war schon bald verschwunden.

»*Bon voyage*, Mr. Chuckles«, sagte Juan halblaut. Dann verließen er und seine Begleiterin die Abflughalle und fuhren in die Stadt zurück.

Sie begaben sich sofort in das Viertel, in dem Sloanes

Führer, Tuamanguluka, wohnte. Selbst am helllichten Tag war Juan froh, dass die Pistole in seinem Hosenbund steckte und unter seinem Hemd verborgen war. Die Gebäude waren vorwiegend zweistöckig und hatten nichts von jener deutschen Ordentlichkeit, wie man sie manchmal in den besseren Vierteln der Stadt antreffen konnte. Was an Straßenpflaster noch übrig war, wies tiefe Schlaglöcher auf und war weiß gebleicht. Selbst zu dieser frühen Stunde lungerten Männer vor den Eingängen der Mietshäuser herum. Die wenigen Kinder, die sich auf der Straße aufhielten, beobachteten sie mit gehetzten Blicken. Die Luft war mit dem Geruch von verdorbenem Fisch und dem allgegenwärtigen Staub der namibischen Wüste erfüllt.

»Ich weiß nicht genau, in welchem Gebäude er wohnt«, gestand Sloane. »Wir haben ihn immer vor einer Bar abgesetzt.«

»Wen suchen Sie?«, erkundigte sich der Taxifahrer.

»Er hört auf den Namen Luka. Er ist so etwas wie ein Führer.«

Das Taxi stoppte vor einem heruntergekommenen Gebäude, in dessen Parterre sich ein garagengroßes Restaurant und ein Laden für gebrauchte Kleidung befanden. Der Wäsche nach zu urteilen, die in den offenen Fenstern flatterte, bestand der erste Stock aus Wohnungen. Nach ein paar Sekunden kam ein hagerer Mann aus dem Restaurant und steckte den Kopf durchs Seitenfenster auf der Fahrerseite. Die beiden Namibier wechselten ein paar Worte, und der Mann deutete die Straße hinauf.

»Er meint, Luka wohnt zwei Straßen weiter in dieser Richtung.«

Eine Minute später hielten sie vor einem anderen Gebäude an, das noch armseliger aussah als die meisten anderen. Die mit Schindeln verkleidete Seitenwand war von der Sonne gebleicht und brüchig. Die einzige Tür des Gebäudes hing nur noch an einem Scharnier. Ein räudiger Hund hob an der Ecke des Hauses das Bein und jagte dann hinter einer Ratte her, die aus einem Riss im Fundament herausgekommen war. Irgendwo im Haus weinte ein Kind und heulte wie eine Sirene.

Cabrillo öffnete die Taxitür und stieg aus. Er stand auf dem Bürgersteig und sah sich um. Sloane rutschte quer über die Sitzbank und stieg ebenfalls auf seiner Seite aus, da sie nicht einmal durch eine Wagenbreite von ihm getrennt sein wollte.

»Warten Sie hier«, sagte Cabrillo zu dem Taxichauffeur, reichte ihm einen Hundertdollarschein und achtete darauf, dass er auch die beiden anderen Scheine sah, die er noch in der Hand hielt.

»Kein Problem.«

»Woher wissen wir, welche Wohnung die seine ist?«, fragte Sloane.

»Keine Sorge, wenn wir davorstehen, werden wir es schon wissen.«

Cabrillo ging voraus in das Apartmenthaus. Im Innern herrschte gedämpftes Licht. Die Hitze war erdrückend, und von den Gerüchen konnte einem schlecht werden – es war der Gestank der Armut, der auf der ganzen Welt der gleiche ist. Im ersten Stock befanden sich vier Apartments. In einem weinte das Kind. Juan blieb vor jeder Tür kurz stehen und untersuchte die billigen Schlösser. Ohne ein Wort zu verlieren eilte er über die Treppe in den zweiten Stock hinauf.

Auf dem Absatz hörte er das, was er am meisten befürchtet hatte. Nämlich ein ständiges Summen von Fliegen. Dieses Geräusch hob und senkte sich wie ein Gesang ohne Text. Der Geruch war nur eine Sekunde danach wahrzunehmen. Er überdeckte sogar die anderen Hintergrundgerüche. Es war ein Gestank, den er instinktiv erkannte, selbst wenn er ihn noch nie wahrgenommen hätte. Es war, als könnte das menschliche Gehirn sofort erkennen, wenn ein Vertreter seiner Art verweste.

Seine Ohren und seine Nase führten ihn zu einem der hinteren Apartments. Dessen Tür war verschlossen, und das Schloss wies keinerlei Beschädigungen auf. »Er hat seinen Mörder hereingelassen, was bedeutet, dass er ihn kannte.«

»Der Pilot?«

»Wahrscheinlich.«

Juan trat gegen die Tür. Das Holz um das Schloss herum war so brüchig, dass es sofort zerfiel. Die Fliegen summten, wütend über die Störung, und der Geruch war jetzt so stark, dass er sich wie eine Folie auf ihre Schleimhäute legte. Sloane würgte, weigerte sich jedoch zurückzubleiben.

Der Raum wurde von dem fahlen Licht erhellt, das durch den Schmutz auf dem einzigen Fenster gestreut wurde. Die Möblierung war karg – ein Stuhl, ein Tisch, ein Einzelbett und eine Holzkiste, die als Nachttisch benutzt wurde. Der überquellende Aschenbecher, der darauf stand, war aus einer Radkappe angefertigt worden. Die Wände waren vor dreißig Jahren weiß gestrichen worden, bis die Jahrzehnte voller Tabaksqualm sie in ein schmutziges Braun umgefärbt hatten. Außerdem waren sie mit dunklen Flecken von zahllosen Insekten übersät, die achtlos auf dem Putz zerquetscht worden waren.

Luka lag auf dem ungemachten Bett, bekleidet mit

schmuddeligen Boxershorts und Schuhen, deren Schnürsenkel fehlten. Seine Brust war blutüberströmt.

Juan zwang sich, die Wunde zu inspizieren. »Kleines Kaliber, zweiundzwanzig oder fünfundzwanzig, und auf kurze Entfernung abgefeuert. Ich kann Schmauchspuren erkennen.« Er betrachtete die Dielenbretter zwischen dem Bett und der Tür. Blutstropfen bildeten eine leicht erkennbare Spur. »Sein Mörder hat an die Tür geklopft und sofort geschossen, als Luka sie geöffnet hat, ihn dann auf das Bett zurückgestoßen, damit der Körper, als er zu Boden stürzte, keinen Lärm verursachte.«

»Meinen Sie, irgendjemand in diesem Haus hätte darauf reagiert, wenn er es gehört hätte?«

»Wahrscheinlich nicht, aber unser Freund war vorsichtig. Ich wette, wenn wir gestern Abend an Ort und Stelle geblieben wären und das Sportboot untersucht hätten, wären wir bestimmt auf eine Pistole mit einem Schalldämpfer gestoßen.«

Juan untersuchte jeden Quadratzentimeter der Wohnung und hielt Ausschau nach irgendetwas, das ihm einen Hinweis darauf liefern könnte, wer hinter dem Mord steckte. Er fand einen Vorrat von Marihuanazigaretten unter der Küchenspüle und ein paar Sexmagazine unter dem Bett, aber das war auch schon alles. In den wenigen Lebensmittelpackungen war nichts versteckt, und im Abfalleimer befand sich außer stinkenden Zigarettenstummeln und Plastikkaffeetassen auch nichts. Er filzte die Kleider, die neben dem Bett auf dem Fußboden lagen, und förderte ein paar Geldmünzen örtlicher Währung, eine leere Brieftasche und ein Taschenmesser zutage. Die Kleider, die an einem Nagel in der Wand hingen, waren leer. Er versuchte, das Fenster zu öffnen, aber das war unmöglich, weil es von der Farbe mehrerer Anstriche verklebt war.

»Zumindest haben wir eindeutig festgestellt, dass er tot ist«, bemerkte er grimmig, während sie die Wohnung verließen. Er schloss die Tür hinter ihnen. Ehe sie nach unten gingen, machte Cabrillo, gründlich wie er war, noch einen Umweg, um den Wasserkastendeckel der öffentlichen Toilette am Ende des Flurs anzuheben und nachzuschauen.

»Was nun?«

»Wir könnten uns mal im Büro des Hubschrauberpiloten umsehen«, sagte Juan mit wenig Begeisterung. Er war jedoch überzeugt, dass der Südafrikaner seine Spuren perfekt verwischt hatte und sie dort nichts von Bedeutung finden würden.

»Was ich jetzt am liebsten tun würde, ist, in mein Hotel zurückzukehren, das längste Bad der Geschichte zu nehmen und anschließend vierundzwanzig Stunden durchzuschlafen.«

Juan stand am oberen Ende der Treppe und sah, wie das Licht, das durch die Haustür hereindrang, kurz flackerte, als ob etwas oder jemand soeben das Gebäude betreten hätte. Er schob Sloane einen Schritt zurück und zog seine Glock.

Wie konnte ich nur so dämlich sein, dachte er. *Sie müssen herausbekommen haben, dass irgendetwas bei ihrem Angriff auf die* Pinguin *und bei ihrer Ermordung Papa Heinricks schiefgegangen sein musste.* Jeder, der herauszubekommen versuchte, was los war, würde irgendwann in Lukas Wohnung auftauchen, daher beobachteten sie das Haus.

Zwei Männer kamen in Sicht, beide mit hässlich aussehenden kleinen Maschinenpistolen bewaffnet. Ihnen folgte ein dritter Mann, der ebenfalls eine Skorpion tschechischer Herkunft bei sich trug. Juan wusste, dass er einen der drei mit einem ersten Schuss erwischen würde, aber die beiden anderen würde er niemals ausschalten können, ohne das Treppenhaus in ein Schlachthaus zu verwandeln.

Er zog sich leise zurück und hielt Sloanes Handgelenk dabei fest. Sie musste die Anspannung in seinem Griff gespürt haben, denn sie sagte nichts und achtete ebenfalls darauf, dass ihre Schritte so leise wie möglich waren.

Der Flur war eine Sackgasse, und in etwa fünf Sekunden hätten die Mörder sie in der Falle. Juan machte kehrt und ging wieder zu Lukas Wohnung. Er brach durch die Tür. »Denken Sie nicht nach«, sagte er. »Folgen Sie mir nur.«

Er rannte zum Fenster und machte einen Hechtsprung durch die Scheibe. Das Glas explodierte um ihn herum, Scherben zerrten an seinen Kleidern. Direkt unterhalb von Lukas Wohnung befand sich das Wellblechdach eines Schuppens, wie er bereits bemerkt hatte, als er anfangs versucht hatte, das Fenster zu öffnen. Er landete auf dem Dach, schürfte sich dabei die Handflächen auf und hätte beinahe die Glock verloren. Der Stahl war kochend heiß, und sein Fleisch wurde versengt. Als er ausrutschte, rollte er sich auf den Rücken. Er erreichte die Kante des Daches, warf die Beine über den Kopf und machte einen engen Salto rückwärts. Mit seiner Landung hätte er bestimmt keine olympische Medaille erringen können, aber so schaffte er es, auf den Füßen zu bleiben, während vom Dach aus Glasscherben wie Hagelkörner auf ihn niederprasselten.

Er achtete nicht auf den alten Mann, der im Schatten des Daches ein Fischernetz flickte. Sekunden später hörte er auch Sloane über das Wellblechdach rutschen. Ihr Körper glitt über den Rand, und Juan stand bereit, um sie aufzufangen. Ihr Gewicht ließ ihn leicht in die Knie gehen.

Im gleichen Moment wurden münzgroße Löcher in das Dach gestanzt, während das Rattern einer Maschinenpistole die triste Ruhe der Straße zerriss. Hanffetzen wurden in die Luft geschleudert: ein Dutzend Kugeln wurden von dem großen Netz aufgefangen. Der Fischer wurde durch das überhängende Dach ausreichend gedeckt, sodass sich Juan seinetwegen keine Sorgen zu machen brauchte. Er ergriff Sloanes Hand, und zusammen rannten sie nach links in Richtung einer belebteren Straße.

Als sie unter dem Vordach hervorkamen, schlugen um sie herum Kugeln in den Boden ein. Die Skorpion war für den Einsatz auf kurze Distanzen konstruiert, und der Schütze musste derart unter Adrenalin stehen, dass er die für ihre Ungenauigkeit berüchtigte Waffe nicht bändigen konnte. Juan und Sloane fanden hinter einem fünfachsigen Lkw vorübergehend Deckung.

»Sind Sie okay?«, fragte er keuchend.

»Ja, aber es tut mir so leid für Sie, dass ich hier seit meiner Ankunft ziemlich viel gegessen habe.«

Cabrillo wagte einen Blick um das Heck des MAN-Trucks herum. Einer der Schützen kroch zentimeterweise das Dach hinunter, während ihm seine Kameraden von Lukas Apartmentfenster aus Feuerschutz gaben. Sie entdeckten Juan und beharkten den Truck sofort mit Dauerfeuer. Er und Sloane rannten zum Führerhaus. Das hohe Frachtabteil verbarg sie vor dem Fenster und gestattete Juan, auf das Vorderrad und von dort auf die lange Motorhaube und weiter auf das Dach des Führerhauses zu klettern. Er brachte seine Pistole in Anschlag und schoss, ehe ihn der Schütze über ihm in seiner unerwarteten Position entdecken konnte. Die Distanz betrug nur fünfundzwanzig Meter, und Juan glich beim Zielen das veränderte Höhenverhältnis aus. Die Kugel traf den Schützen auf dem Dach, streifte seine rechte Hand. Die Skorpion flog durch die Luft, während er sie und den Halt auf dem Wellblechdach verlor. Er rollte das Dach hinunter und krachte so schwer auf den Erdboden, dass das Brechen seiner Knochen noch bis auf die andere Straßenseite zu hören war.

Juan duckte sich und machte sich unsichtbar, ehe der andere Killer seine Position bestimmen konnte.

»Was jetzt?«, fragte Sloane mit weit aufgerissenen Augen.

»Einer von ihnen wird wohl am Fenster stehen bleiben, um darauf zu achten, dass wir nicht abhauen, während der andere die Treppe benutzt.« Juan sah sich um.

In diesem Teil der Stadt war es eigentlich niemals besonders geschäftig zugegangen, aber jetzt schien die Straße vollkommen verlassen und sah insgesamt so aus, als wäre sie schon seit Jahren nicht mehr benutzt worden. Abfall verstopfte die Gullys, und jeden Augenblick rechnete er damit, Steppenläufer zu sehen, die der Wind vor sich her trieb.

Er öffnete die Beifahrertür des Lasters und musste feststellen, dass der Zündschlüssel nicht im Schloss steckte. Franklin Lincoln konnte ein solches Fahrzeug innerhalb einer Minute kurzschließen, aber Juan war nicht so geschickt. Der Schütze hätte sie erreicht, lange bevor er den Dieselmotor in Gang gebracht hätte. Er blickte schnell noch einmal zu Lukas Wohnung hinüber. Der Schütze hatte sich vom Fenster zurückgezogen, behielt den Truck aber weiterhin ständig im Blick.

»Denk nach, verdammt noch mal, denk nach.«

In dem Gebäude in ihrer nächsten Nähe hatte früher ein Gemüseladen residiert, doch dessen Schaufenster waren jetzt mit Holzlatten vernagelt. Weiter die Straße hinauf erstreckte sich ein Park, der mehr von nacktem Erdreich als von Rasen beherrscht wurde. Dahinter erhoben sich weitere Mietshäuser sowie kleine Einfamilienhäuser, die sich müde aneinanderzulehnen schienen, um sich aufrecht zu halten.

Er klopfte mit dem Fingerknöchel gegen den außerhalb des Führerhauses angebrachten Treibstofftank. Es klang hohl: fast leer, aber nicht ganz. Er schraubte den Tankdeckel auf und sah, wie Dieseldämpfe schwadenweise in die heiße Luft aufstiegen.

Es gab einige Dinge, die Juan zu jeder Zeit bei sich trug: einen kleinen Kompass, ein Taschenmesser, eine kleine Taschenlampe mit Xenonbirne und ein Zippo-Feuerzeug, dessen Flamme ständig brannte, sobald das Reibrad am Feuerstein gedreht worden war. Mit dem Taschenmesser schnitt er einen Streifen Stoff von seinem Hemd ab und zündete ihn mit dem Zippo an. Er schob Sloane zum vorderen Ende des Trucks und warf den brennenden Stoff in den Benzintank.

»Steigen Sie auf die Stoßstange, aber behalten Sie den Kopf unten und machen Sie den Mund auf«, riet er ihr und deutete außerdem mit den Händen an, sie solle sich die Ohren zuhalten.

Wäre der Tank gefüllt gewesen, hätte die Explosion den Truck auseinandergerissen. So jedoch, als der Stofffetzen die Benzinpfütze in Brand setzte, die sich auf dem Grund des Tankbehälters gesammelt hatte, war die Explosion immerhin noch um einiges heftiger, als Juan erwartet hatte.

Und obwohl er vor ihren Auswirkungen durch das Führerhaus und, noch wichtiger, durch den Motorblock geschützt wurde, konnte er ihre sengende Hitze trotzdem spüren. Der Lastwagen wiegte sich in seiner Federung, als wäre er von einer Kanonenkugel getroffen worden, und Juans Kopf dröhnte wie nach einem Hammerschlag.

Er sprang zurück auf den Erdboden und sah sich an, was er damit erreicht hatte. Wie er gehofft hatte, waren die Bretter vor den Schaufenstern des Supermarktes zerschmettert worden, und die Glasscherben hatten sich über die leeren Regale und Durchgänge verteilt. »Kommen Sie, Sloane.«

Hand in Hand flüchteten sie durch den dunklen Verkaufsraum des Ladens, während draußen der Truck brannte. Juan knipste seine Kugelschreiberlampe an und entdeckte eine Tür, die nach draußen führte. Er ging davon aus, dass ihre Verfolger wussten, wohin sie verschwunden waren, daher gab er sich keine sonderliche Mühe, leise zu sein. Cabrillo schoss mit seiner Pistole das Vorhängeschloss von der Stahlkette, mit der die Tür gesichert war. Die Kette fiel klirrend auf den Zementboden, und er stieß die Tür auf.

Auf der anderen Seite der Straße befand sich hinter dem Lebensmittelladen der Kai, wo sie das Rettungsboot festgemacht hatten. Es machte den Eindruck, als gehöre es dort und nirgendwo anders hin: zwischen all die abgewrackten Fischerboote und baufälligen Landungsstege. Sie starteten durch, überquerten im Laufschritt die Straße und rannten am Labyrinth miteinander verbundener Molen vorbei, während hinter ihnen einer der Schützen aus dem Hinterausgang des Supermarktes trat und die Verfolgung fortsetzte.

Fischer, die auf ihren Booten arbeiteten, und Kinder, die Leinen auf den Kais losmachten, beobachteten noch immer die aufsteigende Rauchwolke über dem verlassenen Ladenlokal, während Juan und Sloane an ihnen vorbeirannten. Die aus Holz gezimmerten Kaianlagen waren von Moder und Fischschleim glitschig, aber sie versuchten trotzdem, noch schneller zu rennen.

Das Kreissägengeheul einer auf Dauerfeuer geschalteten Skorpion schnitt durch die Luft. Joan und Sloane ließen sich einfach fallen, rutschten über die feuchten Holzplanken, stürzten über die Kante des Kais und landeten zum Glück in einem kleinen Boot mit Außenbordmotor. Juan erholte sich sofort von dem Sturz, blieb aber in geduckter Haltung, während Holzsplitter und Bleikugeln von der Kante des Kais wegflogen.

»Starten Sie den Motor«, rief er Sloane zu und wagte einen Blick über die Kante der Hafenmole. Der Schütze war nur fünfzehn Meter entfernt, müsste aber auf Grund der verwirrenden Anordnung der Kais mindestens fünfzig Meter zurücklegen, um das Motorboot zu erreichen. Als er den oberen Teil von Cabrillos Kopf entdeckte, versuchte er einen gezielten Schuss anzubringen, aber das Magazin der Maschinenpistole war leer.

Sloane zog an der Starterleine, und zu ihrer namenlosen Erleichterung sprang der Motor schon beim zweiten Versuch an. Juan kappte die Vorderleine, und Sloane drehte das Gas hoch. Das kleine Boot entfernte sich zügig vom Kai und nahm Kurs auf das Rettungsboot. Der Verfolger musste erkannt haben, dass seine Beute im Begriff war zu fliehen und er selbst zu ungeschützt blieb, um sie zu verfolgen. Namibia hatte trotz allem noch immer eine Polizeitruppe, und nach den ersten Schüssen wäre jeder

Polizist in Walvis und Swakopmund unterwegs zu Hafen. Er schleuderte also seine Waffe ins Wasser, um sich jeden Beweisstücks zu entledigen, und rannte dorthin zurück, woher er gekommen war.

Der Bug des kleinen Flitzers berührte die Seite des Rettungsbootes. Juan hielt das kleine Boot in Position, während Sloane an Bord kletterte. Danach folgte er ihr in sein eigenes Boot, beugte sich hinaus, drehte den Gashebel des Außenborders auf volle Leistung und schickte das kleine Boot quer durch den Bootshafen.

Er schaffte es in Rekordzeit, die Leinen zu lösen und den Motor zu starten. Nach wenigen Minuten ließen sie bereits die äußerste Orientierungsboje des Hafens hinter sich und jagten aufs offene Meer hinaus. Er hielt geraden Kurs auf internationale Gewässer, falls die Hafenpolizei sie verfolgen sollte. Nicht dass sie die geringste Chance hätte, sie einzuholen, wenn Juan erst einmal die Tragflächen ausgefahren hätte und sein Boot aus dem Meer hochgestiegen wäre.

»Wie geht es Ihnen?«, fragte Juan, als er das Boot auf sicherem Kurs wusste.

»Ich habe noch immer ein Klingeln in den Ohren«, gestand sie. »Das war so in etwa das Irrsinnigste, was ich jemals jemanden habe tun sehen.«

»Irrsinniger, als einer Frau zu helfen, die von Gott weiß wie vielen schießwütigen Gaunern verfolgt wird?«, hänselte er sie.

»Okay, es war das Zweitirrsinnigste.« Ihr Mund verzog sich zu einem Lächeln. »Werden Sie mir jetzt endlich verraten, wer Sie wirklich sind?«

»Ich schlage Ihnen einen Handel vor. Sobald wir uns die Gegend, wo Papa Heinrick seine Riesenschlangen aus

Metall entdeckt haben will, angesehen und uns selbst von dem überzeugt haben, was dort vorgeht, erzähle ich Ihnen meine gesamte Lebensgeschichte.«

»Abgemacht.«

Sie überquerten laut GPS schon bald die Grenze der Zwölfmeilenzone Namibias, und Juan nahm das Gas zurück, um die Tragflügelfahrt des Bootes zu beenden.

»Dieses alte Mädchen säuft den Sprit mit einem unglaublichen Tempo, wenn sie auf ihren Flügeln daherkommt«, erklärte er. »Wenn wir es bis dorthin und wieder zurück schaffen wollen, dann müssen wir uns bei fünfzehn Knoten halten. Ich übernehme die erste Wache, also warum gehen Sie nicht nach unten? Ich kann Ihnen zwar kein Bad anbieten, aber wir haben genug Wasser, damit Sie sich gründlich frisch machen und anschließend ein wenig schlafen können. Ich wecke Sie dann in sechs Stunden.«

Mit den Lippen berührte sie kurz seine Wange. »Vielen Dank. Für alles.«

Zwölf Stunden später näherten sie sich der Region, wo laut Bericht die stählernen Schlangen lauern sollten. Der Wind frischte auf, während der Sturm über die Wüste fegte und mit den feuchten, kalten Luftmassen über dem Ozean zusammenprallte. Cabrillo machte sich keine Sorgen darüber, einen Sturm im Rettungsboot überstehen zu müssen. Was ihn störte, war die Beeinträchtigung ihrer Sicht, was ihre Suche erheblich erschwerte. Und um allem die Krone aufzusetzen, trieb die statische Elektrizität, die sich in der Atmosphäre aufbaute, ihr unangenehmes Spiel mit der Elektronik des Bootes. Aus seinem Satellitentelefon bekam er keinen Ton heraus, und das Funkgerät empfing nichts außer statischem Rauschen auf allen Bandbreiten.

Und als er das letzte Mal das GPS zu Rate gezogen hatte, empfing es von den im Erdumlauf befindlichen Satelliten nicht genügend Signale, um ihre Position genau und zweifelsfrei festzustellen. Der Tiefenmesser stand bei null Fuß, was eigentlich unmöglich war, und sogar der Kompass spielte verrückt und rotierte langsam in seiner flüssigen Kardanaufhängung, als umkreiste sie der magnetische Nordpol ständig.

»Was meinen Sie, wie schlimm wird es?«, fragte Sloane und deutete mit dem Kinn in Richtung des Unwetters.

»Schwer zu sagen. Es sieht nicht so aus, als regnete es auch noch, aber das kann sich sehr schnell ändern.«

Cabrillo suchte mit Hilfe eines Fernglases den Horizont ab, wobei er seine Körperbewegungen dem Auf und Ab der Wellen anpasste, damit er stets die größtmögliche Höhe hatte, während er die Umgebung erforschte. »Nichts als leere Wasserfläche«, meldete er. »Ich gestehe es nur ungern, aber ohne GPS kann ich mich an kein halbwegs genaues Suchraster halten, daher stochern wir hier eigentlich nur blind herum.«

»Was wollen Sie tun?«

»Der Wind dürfte weiterhin stetig aus Osten wehen. Ich kann ihn als Orientierungshilfe benutzen, damit wir unseren Kurs einhalten. Ich denke, so können wir bis zum Einbruch der Dunkelheit suchen. Und wenn wir Glück haben, dreht der Wind am Abend noch, und vielleicht funktioniert das GPS dann auch wieder.«

Grob geschätzt folgte Juan mit dem Boot etwa anderthalb Kilometer breiten Bahnen und fuhr auf dem grenzenlosen Ozean hin und her, als mähte er einen Rasen. Dabei nahm der Seegang während ihrer Suche ständig zu. Die Wellen wurden bis zu zweieinhalb Meter hoch, während der Wind noch einmal auffrischte und den Geruch der Wüste vom Land aufs Meer hinübertrug.

Mit jeder neuen Bahn, die sie ergebnislos abgesucht hatten, festigte sich bei ihnen die Überzeugung, dass alle Gerüchte über den verrückten alten Papa Heinrick zutrafen und dass seine Schlangen aus Metall nicht mehr waren als Phantasieprodukte seines Säuferwahns.

Als Cabrillo in der Ferne einen weißen Schimmer wahrnahm, tat er ihn als vereinzelte Schaumkrone einer Welle ab. Doch er behielt die Stelle im Auge, und als sie auf einen weiteren Wellenkamm gehoben wurden, befand sich der Fleck immer noch an der gleichen Stelle. Er angelte das Fernglas aus seinem Köcher. Seine abrupten Bewegungen weckten nach so vielen monotonen Stunden Sloanes Neugier.

»Was ist los?«

»Ich bin mir nicht sicher. Vielleicht ist es überhaupt nichts.«

Er wartete, bis das Boot auf den Buckel der nächsten Welle gehoben wurde, ehe er das Fernglas ansetzte und auf den fernen Schimmer richtete. Er brauchte einige lange Sekunden, um ganz zu begreifen, was er da sah. Es war einfach unglaublich.

»Ich glaube, ich werde allmählich ... verrückt«, murmelte er langsam.

»Was ist?«, fragte Sloane aufgeregt.

Er reichte ihr das Fernglas. »Sehen Sie selbst.«

Während sie den Abstand zwischen den Okularen auf ihr kleineres Gesicht einstellte, beobachtete Juan seine Entdeckung mit bloßen Augen. Er versuchte immer wieder, die Größe zu schätzen, stellte jedoch fest, dass es ihm so gut wie unmöglich war. Da es auch nichts gab, womit man das Objekt hätte vergleichen können, konnte es leicht an die dreihundert Meter lang sein. Er fragte sich, wie George Adams es während seines Aufklärungsflugs in dieser Gegend hatte übersehen können.

Dann sandte das weiße Objekt einen intensiven Lichtimpuls aus, der von den dahinjagenden Wolken reflektiert wurde. Der Abstand betrug zwei Kilometer, vielleicht ein wenig mehr, aber bei tausend Meilen pro Stunde überwand die in Israel gefertigte Rafael-Spike-MR-Panzerabwehrrakete diese Distanz so schnell, dass Juan nur wenige Sekunden blieben, um zu reagieren.

»Achtung!«, war alles, was er brüllen konnte.

17

Juans Glock befand sich immer noch auf seinem Rücken gesichert im Hosenbund, daher schnappte er sich das Satellitentelefon in seinem wasserdichten Schutzbeutel, schlang den anderen Arm um Sloanes Taille und warf sich zusammen mit ihr über die Reling ins dunkle Wasser. Sie begannen mit hektischen Bewegungen vom Rettungsboot wegzuschwimmen, um so viel Abstand wie möglich zwischen sich und die bevorstehende Explosion zu legen.

Die duale elektrooptische und Infrarot-Visiereinrichtung blieb auf ihr Ziel gerichtet, während die Rakete dicht über der Wasseroberfläche dahinjagte und die Abgaswolke aus dem glühenden Auspuffrohr des Rettungsbootmotors als Orientierung benutzte. Sie schlug wenige Sekunden nach dem Start in den Rumpf ein, riss ein Loch in die Seite und detonierte dicht vor dem Motorblock. Konstruiert, um eine dreißig Zentimeter dicke Panzerung zu durchschlagen, durchschnitt der spitze Sprengkopf den Kiel und brach dem Rettungsboot das Rückgrat, während Trümmer teilweise zehn Meter hoch in die Luft geschleudert wurden.

Das qualmende, stellenweise brennende Wrack klappte regelrecht auf seine halbe Länge zusammen, während es sank. Dabei wallte unter lautem Zischen eine Dampfwolke hoch, als das Meerwasser mit dem glühend heißen Motor und den heißen Leitungsrohren in Berührung kam.

Die Druckwelle war um etliches größer als die des explodierenden Lastwagentanks in Walvis Bay, und hätten er und Sloane das Boot nicht hinter sich gelassen, so wären sie von ihrer Wucht zerrissen worden. Sie paddelten ziemlich hilflos in den aufgewühlten Wellen, die sich vom Explosionszentrum wegbewegten. Dabei husteten sie heftig und spuckten Wasser aus, das sie versehentlich geschluckt hatten.

Wassertretend, um mit dem Kopf über Wasser zu bleiben, streckte er die Hand nach ihr aus, um sich zu vergewissern, dass sie nicht verwundet war.

»Erkundigen Sie sich jetzt bloß nicht, ob ich okay bin«, brachte sie mit einiger Mühe hervor. »Das haben Sie mich seit gestern mindestens ein Dutzend Male gefragt.«

»Es waren aufregende vierundzwanzig Stunden«, gab Juan zu und streifte mit den Füßen seine Schuhe ab. »Wir müssen uns so weit wie möglich von dem Boot entfernen. Es dürfte so gut wie sicher sein, dass sie jemanden herschicken, um nachzuschauen.«

»Könnte es sein, dass ich weiß, wo wir hinwollen?«

»Ich denke, es wird Zeit für einen Ritt auf Papa Heinricks Schlange.«

Obwohl eine Schwimmstrecke von knapp zwei Kilometern für zwei Erwachsene, die körperlich gut in Form waren, keine unlösbare Aufgabe darstellte, behinderte der Kampf gegen dic Wellen, die sie überrollten, jede andere Bewegung. Es wurde sogar noch schwieriger, als sich ihnen eine weiße Luxusjacht, die mit jener identisch war, die die *Pinguin* gejagt hatte, näherte und das zyklopenhafte Auge eines Suchscheinwerfers durch die zunehmende Dunkelheit schnitt. Es war das Boot, das Juans Neugier anfangs geweckt hatte, aber eigentlich fesselte das, woran das Boot festgemacht war, seine Aufmerksamkeit noch mehr.

»Die Jacht muss ein Sonderangebot gewesen sein, ganz nach dem Motto: ›Beim Kauf von einer bekommen Sie eine zweite geschenkt‹«, sagte Juan.

»Solche Angebote kenne ich nur aus dem Supermarkt, und dort gelten sie allenfalls für Kartoffelchips«, witzelte Sloane.

Nachdem sie eine Viertelstunde lang schwimmend eher ziellos herumgeschwommen waren, um dem kräftigen Lichtstrahl des Suchscheinwerfers zu entgehen, rauschte die große Jacht in die Dunkelheit davon und lieferte Juan einen Hinweis, welche Richtung er einschlagen musste. Allerdings hatte er keine Sekunde lang angenommen, dass er ihr Ziel verfehlen könnte.

Das kalte Wasser begann sich kräftezehrend bemerkbar zu machen. Um ihnen ihre Aufgabe zu erleichtern, reichte Juan Sloane seine Glock und sein Satellitentelefon und streifte seine Hose ab. Er band die Hosenbeine jeweils am Saum zu und hielt den offenen Einstieg so in den Wind, dass sich die Hose mit Luft füllte. Dann zog er sie schnell mit dem Gürtel zu. Er tauschte mit Sloane die behelfs-

mäßige Schwimmhilfe gegen seine Pistole und sein Satellitentelefon ein. »Achten Sie nur darauf, mit einer Hand den Hosenbund zusammenzuhalten, damit nicht zu viel Luft herausdringt.«

»Ich habe schon mal von dieser Technik gehört, aber noch nie gesehen, wie sie eingesetzt wird.«

Noch klapperte Sloane nicht mit den Zähnen, aber ihrer Stimme war die Anstrengung inzwischen deutlich anzuhören. Juan erwiderte: »Es war viel einfacher, das Ganze in einem Swimmingpool zu üben.« Jetzt war nicht der richtige Zeitpunkt, um ihr zu erzählen, dass ihm dieses Manöver schon mehr als einmal das Leben gerettet hatte.

Unterstützt durch die mit Luft gefüllte Hose schwamm Sloane viel kräftiger und schneller. Und als sie sich ihrem Ziel näherten, wirkten seine enormen Ausmaße wie eine Art Wellenbrecher.

»Spüren Sie das?«, fragte Sloane.

»Was denn?«

»Das Wasser, es ist wärmer.«

Einen Moment lang befürchtete Juan, dass sich Sloanes Körper nicht länger gegen die Kälte wehrte, sondern sich ihrem eisigen Griff ergab. Aber dann spürte er es ebenfalls. Das Wasser wurde wärmer, und nicht nur um ein oder zwei Grad, sondern mindestens um fünf oder sechs. Er fragte sich, ob irgendein aktiver geothermischer Kamin für einen solchen Temperaturanstieg verantwortlich sein konnte. Konnte das am Ende auch eine Erklärung für das riesige Gebilde sein, das auf den Wellen trieb? Machte es sich irgendwie seine Energie zu Nutze?

Was Papa Heinrick als Schlange aus Metall bezeichnet hatte, war in Wirklichkeit eine mattgrüne Röhre mit einem, wie Juan schätzte, Durchmesser von etwa zehn Metern, von denen nur zwei aus dem Wasser ragten. Die Röhre war nicht fest und starr, sondern sie bog sich auf der gesamten Länge mit jeder Welle, die darunter hinwegrollte. Er kam zu dem Schluss, dass seine frühere Vermutung, das Gebilde sei mehr als dreihundert Meter lang, durchaus zutraf.

Das Wasser hatte eine Temperatur von etwa fünfundzwanzig Grad Celsius, als sie die Röhre schließlich erreichten. Juan legte eine Hand auf die metallene Hülle und stellte fest, dass sie sich warm anfühlte. Außerdem konnte er die Vibrationen der Maschinen innerhalb des Gebildes spüren – massive Kolben, die mit jedem Wogen der See hin und her schwangen.

Sie schwammen an der Flanke der Röhre entlang und hielten dabei genügend Abstand, um von den Wellen nicht dagegengeworfen zu werden. Nach knapp siebzig Metern erreichten sie eine der Gelenkverbindungen. Der Klang der Maschinen war lauter, während der Mechanismus die Bewegung der Wellen in irgendeine Form von Energie umwandelte. Stufen waren auf die Oberfläche der Röhre geschweißt worden, um Arbeitern Zugang zu der massiven Gelenkkonstruktion zu gestatten. Juan ließ Sloane vorausklettern. Als er zu ihr aufschloss, hatte sie seine Hose geglättet und säuberlich zusammengefaltet.

Sie atmete zischend ein. Es war hell genug für sie, um zu erkennen, dass das Bein unter seinem rechten Knie aus einer Prothese bestand. »Tut mir leid, das war ziemlich unsensibel«, flüsterte sie. »Ich hatte keine Ahnung. Sie humpeln gar nicht.«

»Ich habe mich im Laufe der Jahre daran gewöhnt«, erwiderte Juan und klopfte gegen die Titanstrebe, die als

Schienbein diente. »Der Schuss, der vor ein paar Jahren das Bein traf, war das Abschiedsgeschenk der chinesischen Marine.«

»Ich muss mir *unbedingt* Ihre Lebensgeschichte anhören.«

Juan verdrängte die Frage, wie George Adams die Röhre hatte übersehen können, als er die Gegend mit dem Helikopter der *Oregon* überflogen hatte. Stattdessen stellte er sich auf die praktischen Anforderungen ihrer aktuellen Situation ein. Er und Sloane waren verwundbar und ständig in Gefahr, solange die Männer auf der Jacht, die am Ende der Röhre lag, ihren Aktivitäten unbehelligt nachgehen konnten. Daher gab es keine andere Option.

Er schlüpfte in seine Hose und fand eine Luke in der oberen Wölbung der Röhre. Er öffnete sie und stellte fest, dass sich darunter eine zweite Luke befand. Das würden sie sich später noch ansehen. Er verstaute den Beutel mit dem Satellitentelefon in dem freien Raum zwischen den Luken, schloss die äußere und verriegelte sie.

Er griff nach Sloanes Hand, damit sie ihm in die Augen sah. »Ich kann es mir nicht leisten, Gefangene zu machen, da ich nicht weiß, wie lange wir hier draußen festhängen. Verstehen Sie?«

»Ja.«

»Sie können hierbleiben, wenn Sie wollen, aber ich befehle es Ihnen nicht.«

»Ich komme mit Ihnen und sehe, wie ich mich fühle, wenn wir näher herangekommen sind.«

»Wenigstens sind Sie ehrlich. Gehen wir.«

Die ersten hundertachtzig Meter konnten sie geduckt gehen, um von der Jacht nicht gesehen zu werden, aber als sie näher herankamen, wies Juan Sloane an, auf den Bauch runterzugehen, und gemeinsam robbten sie über die sich windende Röhre, wobei sie sich gelegentlich, wenn eine besonders hohe Welle die Röhre etwas heftiger herumpeitschen ließ, an die glatte Oberfläche klammern mussten.

Juan, der in seinem ganzen Leben niemals so etwas wie Seekrankheit kennengelernt hatte, empfand diese Art von Bewegung als ausgesprochen unangenehm und Übelkeit erregend. Auch Sloane sah ziemlich mitgenommen aus.

Etwa zwanzig Meter von der Jacht entfernt, rutschten sie auf Juans Geheiß so von der Oberseite der Röhre herunter, dass die Wölbung sie vor der Jacht verbarg, bis sie sich ihr auf drei bis vier Meter genähert hatten. Sie konnten die Jacht deutlich sehen und erkennen, dass sie an eine Art Pier angebunden war, der wiederum an der Seite eines Röhrensegments befestigt schien. Schwere Gummifender verformten sich und knarrten, um alles auf Distanz zueinander zu halten. Helles Licht drang aus den Fenstern der Jacht, während auf der Brücke ein Wächter als Silhouette vor dem grünen Schimmer eines Radarschirms zu erkennen war. Außerdem konnten sie einen Raketenwerfer ausmachen, der auf dem langgestreckten Vordeck auf einer dreibeinigen Lafette ruhte.

Wäre dies eine Operation der Corporation gewesen, Juan hätte die gesamte Truppe wegen mangelhafter Disziplin auf der Stelle gefeuert. Die Jacht war aus zwei Kilometern Entfernung zu sehen, und ein Beobachter konnte sich vor den Hintergrundturbulenzen des aufkommenden Sturms leicht vor dem Radar verstecken.

Obwohl er zugeben musste, dass sie ihm und Sloane ganz schön übel mitgespielt hatten, als sie bei ihnen erschienen waren.

Sie hielten sich fast eine Stunde lang an der Seite der

Röhre fest. Dank der wärmenden Metalloberfläche waren ihre Körper in der Lage, die nasse Kleidung und den kalten Wind einigermaßen zu ertragen. Juan meinte, dass sich vier Männer an Bord der Jacht aufhielten und sich bei der Überwachung des Radarschirms auf der Kommandobrücke abwechselten. Für eine Weile trugen sie ihre Waffen ständig bei sich, weil sie nach der Vernichtung des Rettungsbootes der *Oregon* immer noch unter äußerster Anspannung standen. Aber schon bald dämpfte Langeweile ihre Kampfbereitschaft, und Juan konnte erkennen, dass sie ihre Maschinenpistolen nicht mehr umgehängt hatten.

Mit nichts anderem als dem Überraschungsmoment auf ihrer Seite, um die Vier-zu-eins-Überlegenheit auszugleichen, wusste Juan, dass die beste Taktik aus Heimlichkeit mit anschließender vernichtender Grausamkeit bestand.

»Ich mache das lieber allein«, sagte er zu Sloane und kroch langsam über die Wölbung der Röhre.

Der klirrende Klang seiner Stimme ließ sie erschauern.

Cabrillo ließ sich auf der anderen Seite behutsam auf den Steg rutschen. Dabei löste er den Blick nicht von dem Mann, der auf der Kommandobrücke Wache hielt und sich die Zeit damit vertrieb, den aufkommenden Sturm mit Hilfe eines Nachtsichtgeräts zu beobachten. Er huschte über den Steg und kletterte über den Bootsrand und auf das Achterdeck der Jacht. Eine Schiebetür aus Glas führte in die Kabine hinunter, während eine in den Fiberglasaufbau des Bootes integrierte Treppe oben auf der Kommandobrücke endete.

Die Tür war zum Schutz vor dem Wind fest verschlossen.

Juan duckte sich, während er die Treppe überwand. Am oberen Ende drehte er den Kopf so hin und her, dass von der Brücke aus nur ein schmaler Streifen seines Gesichts zu sehen war. Der Wächter blickte immer noch hinaus aufs Meer. Indem er sich so langsam bewegte, dass es aussah, als bewegte er sich gar nicht, schob sich Juan den Rest der Treppe hinauf. Eine Pistole lag auf dem Armaturenbrett, weniger als dreißig Zentimeter von dem Mann entfernt, der, wie Juan bemerkte, knapp zehn Zentimeter größer und gut dreißig Pfund schwerer war als er selbst. Der Größenunterschied machte es so gut wie unmöglich, ihn leise und unbemerkt zu erwürgen. Er würde kämpfen wie ein Stier.

Cabrillo überwand die dreieinhalb Meter, die sie noch voneinander trennten, als eine kräftige Böe das Boot traf. Der Mann hob soeben die Hände, um die Nachtsichtbrille abzunehmen, als Juan das Kinn des Mannes mit der einen Hand packte und alle Kraft zusammenraffte, um den anderen Unteram seitlich gegen seinen Schädel zu schmettern. Die kombinierten Kräfte dehnten die Wirbelsäule bis über ihre Bruchgrenze hinaus, und Wirbel lösten sich mit einem leisen Knacken voneinander. Juan ließ die Leiche behutsam auf das Deck sinken.

»Da waren's nur noch drei«, murmelte er lautlos und empfand bei seiner Tat nichts, denn zwei Stunden zuvor hatten sie sein Boot ohne Vorwarnung zu den Fischen geschickt.

Er schlängelte sich über die Brüstung der Brücke hinaus auf einen schmalen Laufgang, der vom Achterdeck der Jacht auf ihr langgestrecktes Vorschiff führte. Rechts und links von ihm befanden sich Fenster. Eins war dunkel, während das Flackern eines Fernsehers hinter dem zweiten dies mit einem bläulichen Schimmer füllte. Er wagte einen schnellen Blick auf den Bereich, wo der Fernseher stand. Einer der Wächter saß auf einem Ledersofa und sah sich eine DVD über asiatische Kampftechniken an, während ein anderer Wächter in der kleinen Kochnische stand und eine Kanne mit Teewasser auf einen der Gasbrenner stellte. Er hatte eine Pistole in einem Schulterhalfter bei sich. Ob der erste Mann bewaffnet war, hatte Juan nicht erkennen können.

Anhand des Zuschnitts der Raums konnte er feststellen, dass er vom Achterdeck aus auf keinen der beiden Männer einen sauberen Schuss würde abfeuern können, und er hatte keine Ahnung, wo sich der vierte Wächter gerade aufhielt. Wahrscheinlich schlief er, aber Juan wusste auch, wie gefährlich es sein konnte, von falschen Vermutungen auszugehen.

Cabrillo lehnte sich rückwärts über die auf Hochglanz polierte Aluminiumreling, um auf dem schmalen Laufgang etwas mehr Platz zu haben, und eröffnete das Feuer. Er erwischte den Mann am Herd mit zwei Schüssen, sodass der Aufprall seinen Körper auf die bläulichen Flammen des Gasbrenners warf. Sein Hemd fing sofort Feuer.

Der Wächter auf der Couch hatte Reflexe wie eine Katze. Als Juan den Lauf herumgeschwenkt und zwei weitere Schüsse abgefeuert hatte, hatte er schon die Couch verlassen und rollte sich über den roten Teppich. Die Kugeln bohrten sich in die Couch und wirbelten Fetzen des Bezugstoffs durch die Luft.

Juan zielte genauer, doch der Wächter hatte hinter einer Bar vor der hinteren Kabinenwand Deckung gefunden. Juan besaß nicht genug Munition, um wild draufloszuschießen, und ärgerte sich bereits über die beiden Kugeln, die er für die Couch vergeudet hatte. Als der zweite Wächter hinter der Bar wieder hochkam, hatte er seine Maschinenpistole im Anschlag und jagte in einer unkontrollierten Salve das halbe Magazin hinaus.

Cabrillo ging auf Tauchstation, während Glassplitter und Kugeln über ihn hinwegsummten. Die Kugeln prallten von der massigen Stahlröhre hinter ihm ab und segelten harmlos in die Nacht. Er bewegte sich nach achtern und kämpfte gegen den natürlichen Drang an, das Boot zu verlassen und sich auf den Steg zu rollen. Stattdessen ergriff er einen Pfosten, der eine einfahrbare Markise stützte, und schwang seinen Körper so um ihn herum, dass er wieder auf die Treppe fand. Er stieg sie so schnell wie möglich hoch und beugte sich oberhalb des zertrümmerten Fensters über die Reling.

Der kurze Lauf der Maschinenpistole des Wächters erschien und wanderte hin und her, während er seine Beute suchte. Als der Mann Cabrillos Leiche nicht auf dem Laufgang liegen sah, schob er den Kopf und die Schultern aus der Fensteröffnung. Er schaute nach vorn und nach hinten und lehnte sich noch weiter hinaus, um bis auf den Steg blicken zu können, als er Cabrillo noch immer nicht entdeckte.

»Falsche Richtung, Kumpel.«

Der Wächter verdrehte die Schultern und versuchte, die Skorpion hochzubringen. Juan beendete seine Bemühungen mit einer Kugel in die Schläfe. Die Maschinenpistole fiel in den Spalt zwischen dem Boot und dem Steg.

Der scharfe Knall der Glock verriet dem letzten Wächter seine Position. Der Brückenboden explodierte, und gezackte Löcher klafften überall, da der Schütze von unten die Kabinendecke unter Beschuss nahm.

Juan versuchte, sich auf das Armaturenbrett zu retten, als eine Kugel seinen künstlichen Fuß regelrecht halbierte. Die kinetische Energie des Aufpralls sowie sein eigener Schwung fegten ihn über die niedrige Windschutzscheibe, und er rollte die schräge Glasfläche hinunter, die den vorderen Teil der Kabine abdeckte.

Sein Rücken krachte auf das Vorderdeck, und dann wurde ihm die Luft mit einem lauten Zischen aus der Lunge getrieben. Er kam hoch auf die Knie, doch als er aufzustehen versuchte, reagierte der Mechanismus, der seinen Fuß steuerte, nicht mehr. Seine hochmoderne Prothese war jetzt nicht mehr als ein steifes Holzbein.

In einer der luxuriös eingerichteten Kabinen der Jacht konnte er den vierten Schützen als dunkle Silhouette vor den lodernden Flammen in der Hauptkabine erkennen. Die Propangasleitung, die den Herd versorgte, war durchgebrannt. Eine brüllende Zunge flüssigen Feuers schoss hoch und hüllte die Decke von Rand zu Rand in leckende Flammen. Geschmolzenes Plastik tropfte auf den Teppich und bewirkte Dutzende kleiner Schwelbrände.

Der Wächter hatte über dem Geprassel des Feuers Juans polternden Sturz gehört. Er schwenkte den Lauf von der Kabinendecke zum Hauptfenster und beharkte das Sicherheitsglas mit einer Dauersalve. Ein Dutzend Spinnennetze erschien in der Scheibe, und Scherben regneten auf Cabrillo herab wie Hände voller Diamanten.

Juan wartete einen Augenblick lang und erhob sich dann, um das Feuer zu erwidern. Während er noch in der Bewegung war, warf sich der Wächter durch die geschwächte Glasscheibe, prallte gegen seine Brust und warf ihn abermals rücklings auf den Boden. Er schaffte es, einen Arm um die Beine des Mannes zu schlingen, während sie über das Deck rutschten. Am Ende lag der Wächter auf Cabrillo, konnte jedoch seine Maschinenpistole für einen gezielten Schuss nicht in Position bringen. Er nagelte Juans Pistolenhand fest. Dann versuchte er, seine Stirn gegen Juans Nase zu rammen, aber Cabrillo drückte in der letzten Sekunde sein Kinn nach unten, sodass ihre Schädel derart hart miteinander kollidierten, dass Juans Augenlider flatterten.

Dann versuchte der Wächter, sein Knie in Cabrillos Unterleib zu bohren. Juan lenkte den Schlag ab, indem er seinen Körper verdrehte und die Wucht des Kniestoßes mit dem Oberschenkel abfing. Als der Wächter es ein zweites Mal versuchte, zwängte Juan ein Knie zwischen sie und stieß es mit aller Kraft nach oben. Er schaffte es, den Mann für einen kurzen Moment hochzuheben, doch der Wächter war mindestens genauso stark wie er und erdrückte Cabrillo regelrecht, als er wieder nach unten sackte.

Juan hatte es jedoch geschafft, sein künstliches Bein so weit hochzuschieben, dass sich die messerscharfen Überreste seines Kohlefaserfußes in die angespannten Bauchmuskeln seines Gegners bohrten. Juan packte die Schultern des Angreifers und zog den Wächter zu sich heran, während er gleichzeitig mit dem Bein einen Tritt ausführte.

Das Gefühl, als sich das künstliche Glied in den Bauch des Wächters wühlte, würde Cabrillo noch Jahre später in seinen Albträumen verfolgen. Juan stieß den Wächter zu Seite, während seine Schreie in ein matschiges Gurgeln mündeten und schließlich ganz verstummten.

Cabrillo kam schwankend auf die Beine. Die hintere Hälfte der Jacht war in einen Feuersturm gehüllt, wobei die Flammen vom Wind vorwärtsgepeitscht wurden. Es gab keine Möglichkeit, das Feuer einzudämmen, daher zog sich Juan zu einer Seite der Jacht zurück. Er schwang sich über die Reling und ließ sich auf das Deck hinunter. Er kniete sich hin und spülte die Prothese schnell im Meer ab.

»Sloane«, rief er in die Nacht. »Sie können jetzt rauskommen!«

Ihr Gesicht erschien über der Wölbung der Röhre als bleiches Oval vor der dunklen Nacht. Langsam kam sie aus ihrer zusammengekauerten Haltung hoch und bewegte sich auf ihn zu. Juan humpelte ihr über das Deck entgegen. Sie waren vielleicht einen knappen Meter voneinander entfernt, als er sah, wie ihre Augen sich weiteten. Ihr Mund öffnete sich, aber Juan hatte ihre Warnung längst begriffen. Er wirbelte herum, wobei sein demoliertes Bein unter ihm auf dem glitschigen Boden wegrutschte. Doch er hob die Glock, während ein fünfter Wächter auf dem Vorderdeck der Jacht erschien. In der einen Hand hatte er eine Pistole, in der anderen einen Aktenkoffer. Außerdem war er mindestens eine Sekunde schneller als Cabrillo.

Seine Waffe krachte ein einziges Mal, während Juan das Gleichgewicht verlor und wie in Zeitlupe zu Boden stürzte. Juan jagte zwei Kugeln hinaus, während sein Rücken auf dem Steg landete. Die erste Kugel ging daneben, doch die zweite traf mitten ins Ziel. Die Waffe des Wächters wurde in die Nacht gewirbelt, und der Aktenkoffer prallte klappernd auf den Steg.

Er drehte sich zu Sloane um.

Sie war auf die Knie gesunken und hielt sich mit einer Hand den Unterarm. In ihrem Gesicht spiegelte sich eine stumme Qual.

Juan eilte an ihre Seite.

»Halten Sie durch, Sloane, halten Sie durch«, versuchte er, sie zu trösten. »Lassen Sie mich mal sehen.«

Behutsam hob er ihren Arm hoch und löste ein zischendes Einatmen bei ihr aus. Tränen rannen aus ihren Augen. Ihr Blut war heiß und dickflüssig, während Juan die Wunde tastend suchte, und als er schließlich das aufgerissene Fleisch berührte, schrie Sloane auf.

»Tut mir leid.«

Er zog die Bluse von der Haut weg, schob die Finger in das Loch, das die Kugel verursacht hatte, und riss den Stoff auseinander, um die Einschussstelle sehen zu können. Mit einem Stück Stoff wischte er vorsichtig einen Teil des Blutes weg. Das Licht, das von der brennenden Jacht kam, war flackernd und verwirrend, aber er konnte immerhin erkennen, dass die Kugel eine fünf Zentimeter lange Spur auf dem Brustkorb unter ihrem Arm hinterlassen hatte.

Er sah ihr in die Augen. »Mit Ihnen ist alles okay. Ich glaube nicht, dass die Kugel eingedrungen ist. Sie hat Sie nur gestreift.«

»Es tut weh, Juan, gütiger Himmel, tut das weh!«

Er hielt sie unbeholfen, weil er an ihre Wunde dachte. »Ich weiß. Ich weiß.«

»Das kann ich mir vorstellen«, sagte sie und unterdrückte den Schmerz. »Ich heule wegen so etwas wie ein kleines Kind, und Ihnen wurde von den Chinesen das Bein abgeschossen.«

»So wie Max es erzählt, muss ich gejammert haben wie eine ganze Säuglingsstation mit Magenkolik, als der Schock nachließ. Warten Sie hier einen Augenblick.«

Juan kehrte auf die Jacht zurück. Das Feuer war schon

zu weit fortgeschritten, als dass er irgendetwas aus den Kabinen hätte retten können, aber er befreite den unerwartet aufgetauchten Wächter von seinem Sportsakko. Die Tatsache, dass er einen Tausend-Dollar-Armani-Blazer trug, verriet ihm, dass dieser Typ keinesfalls ein Wächter, sondern wahrscheinlich der Chef der gesamten Operation war. Dieser Verdacht bestätigte sich, als sich der Aktenkoffer als Laptop entpuppte.

»Wenn er wichtig genug war, um gerettet zu werden«, sagte Juan und hielt den ThinkPad hoch, als er zu Sloane zurückkehrte, »dann ist er auch wertvoll genug, um von uns geborgen zu werden. Wir müssen zusehen, dass wir dieses Boot so weit wie möglich hinter uns lassen. Als sein Schwesterschiff neben der *Oregon* explodierte, war das ein Riesenfeuerwerk.«

Fast schien es so, dass einer den anderen brauchte, um überhaupt voranzukommen, Juan mit seiner beschädigten Prothese und Sloane mit ihrem Streifschuss an der Brust. Aber irgendwie schafften sie es, bis zu der Stelle zu schwanken, wo Juan sein Satellitentelefon deponiert hatte. Er half Sloane, sich auf die warme Metallröhre zu legen, und setzte sich dann neben sie, damit sie den Kopf auf seinen Oberschenkel legen konnte. Er deckte sie mit dem Sportsakko zu und streichelte ihr Haar, bis ihr Körper den Schmerz besiegt hatte und sie ohnmächtig wurde.

Cabrillo klappte den Laptop auf und begann, die Dateien durchzugehen. Er brauchte eine Stunde, um herauszufinden, was diese über dreihundert Meter lange Maschine tat, und eine weitere, um zu erfahren, dass es noch neununddreißig weitere gab, die in der Nähe in vier langen Reihen angeordnet waren. Obwohl er noch immer keine Ahnung von ihrem Zweck hatte, fehlte nur noch eine Stunde bis zum Tagesanbruch, als er schließlich herausbekam, wie sie ausgeschaltet werden konnte: nämlich indem er den Laptop an einer Serviceschnittstelle unter der Luke anschloss, wo er sein Telefon versteckt hatte.

Als die Kontrollleuchte auf dem Laptopmonitor verkündete, dass die Maschine keinen Strom mehr erzeugte, obgleich ihr Mechanismus weiterhin auf die Bewegung der Wellen reagierte, schaltete Juan sein Telefon ein. Er bekam sofort ein Signal.

Es war das ausgedehnte elektromagnetische Feld, das durch den Wellengenerator und seine Kollegen erzeugt wurde, das die Elektronik auf dem Rettungsboot gestört, das Telefon lahmgelegt und die Kompassnadel völlig verwirrt hatte. Nun, da die Generatoren nicht mehr arbeiteten, brach das Feld zusammen, und sein Telefon funktionierte wieder einwandfrei. Er vermutete, dass der Laptop mit einer speziellen Abschirmung gegen elektromagnetische Felder versehen worden war.

Gleich wählte er eine Nummer, und am anderen Ende wurde bereits nach dem vierten Klingeln abgenommen.

»Hier ist die Rezeption, Mr. Hanley. Sie wollten um halb fünf geweckt werden.«

»Juan? Juan!«

»Hi, Max.«

»Wo zum Teufel bist du? Wir konnten dich auf dem Rettungsboot nicht erreichen. Du wolltest nicht ans Telefon gehen. Selbst dein transdermaler Peil-Chip hat nicht gesendet.«

»Würdest du es glauben, wenn ich dir erzähle, dass wir mitten auf dem Ozean auf dem Rücken von Papa Heinricks stählerner Riesenschlange hocken? Wir sind vielleicht auf etwas Irres gestoßen!«

»Ach, du hast ja keine Ahnung, mein Freund. Du ahnst ja nicht, was sonst noch los ist.«

18

Dr. Julia Huxley, die Chefin der Sanitätsstation an Bord der *Oregon*, war mit dem Robinson R44 zum Wellenkraftwerk hinausgeflogen, sodass Sloane Macintyre, als der kleine Helikopter auf dem Deck des Frachters aufsetzte, bereits an einen intravenösen Tropf angeschlossen war, der ihren Körper mit schmerzstillenden Mitteln, Antibiotika und einer Salzlösung gegen die drohende Dehydrierung versorgte. Julia hatte ihr die nassen Kleider ausgezogen und sie in eine Thermodecke gewickelt. Sie hatte die Schusswunde gesäubert und so gut verbunden, wie sie es mit dem Inhalt des Erste-Hilfe-Kastens, den sie vorsichtshalber mitgenommen hatte, nur vermochte. Sie konnte es aber kaum erwarten, die Verletzung gründlich zu behandeln.

Zwei Sanitäter warteten mit einer Bahre, während der bewegliche Hubschrauber-Landeteller in den Frachtraum hinuntersank und Sloane ins Sanitätsrevier gebracht wurde, eine Krankenstation, die es mit jedem großstädtischen hypermodernen Traumazentrum aufnehmen konnte.

Julia Huxleys Erste-Hilfe-Maßnahme für Juan hatte in der Feststellung bestanden, dass er okay sei. Außerdem bekam er einen Liter von einem widerlich schmeckenden Sportgetränk sowie zwei Aspirintabletten. Wenigstens erschien Max mit einem von Cabrillos Reservebeinen im Hangar.

Juan ließ sich auf eine Werkbank sinken, um seine beschädigte Prothese abzunehmen. Die *Oregon* hatte ihre rasante Fahrt von Kapstadt aus inzwischen erheblich verlangsamt, damit George Adams mit dem Helikopter landen konnte, und nun, während Juan das künstliche Bein von seinem Freund und Stellvertreter in Empfang nahm, spürte er, wie das Schiff wieder beschleunigte.

Wütend streifte er das Hosenbein nach unten und entfernte sich mit schnellen Schritten. Dabei rief er über die Schulter: »Treffen der Führungsebene im Konferenzraum in einer Viertelstunde.«

Als er geduscht und sich mit dem altmodischen Rasiermesser rasiert hatte, das seiner Haut stets zu einer leichten Rötung verhalf, hatte sich sein Team bereits versammelt. Maurice hatte Kaffee zubereitet und ihm eine dampfende Tasse ans Kopfende des kirschroten Konferenztisches gestellt. Die gepanzerten Läden der Konferenzraumfenster standen offen, sodass das Zimmer von Tageslicht durchflutet wurde, das zu den düsteren Blicken der Männer und Frauen, die am Tisch saßen, in scharfem Kontrast stand.

Juan trank einen Schluck Kaffee und kam direkt zum Thema. »Okay, was zum Teufel ist also passiert?«

Als leitende Abhör- und Nachrichtenexpertin machte Linda Ross den Anfang. Sie kaute noch einige Sekunden auf dem Happen Gebäck, den sie abgebissen hatte, schluckte ihn schließlich hinunter und räusperte sich. »Gestern Morgen haben Angehörige der Polizei von Kinshasa in einem Haus außerhalb der Stadt eine Razzia durchgeführt, da sie der Meinung waren, dass sich dort ein Drogenverteilungszentrum befände. Sie nahmen mehrere Verhaftungen vor und fanden ein umfangreiches Waffenlager sowie eine geringe Menge Drogen. Außerdem stießen sie auf zahlreiche Dokumente, deren Inhalt eine enge Verbindung der Drogendealer zu Samuel Makambo und seiner kongolesischen Revolutionsarmee nahelegt.«

»Also zu dem Knaben, der unsere Waffen gekauft hat«, fügte Mark Murphy unnötigerweise hinzu. Er schaute dabei nicht von dem Laptop hoch, den Juan von seinem Ausflug auf das Wellenkraftwerk mitgebracht hatte.

Linda fuhr fort: »Wie sich herausstellte, benutzte Makambo die Einnahmen aus den Drogenverkäufen, um seine weiteren Aktivitäten zu finanzieren, was eigentlich auch zu erwarten war. Was die Polizei aber völlig verblüffte, war die Art und Weise, wie Makambo es geschafft hatte, mittels Bestechung die obersten Führungskreise der Regierung zu unterwandern. Auf seiner Lohnliste standen unzählige hochrangige Bürokraten, darunter auch Benjamin Isaka vom Verteidigungsministerium. Für fünfzigtausend Euro im Jahr, die regelmäßig auf sein Nummernkonto in der Schweiz überwiesen wurden, versorgte Isaka Makambo mit Informationen über die Versuche der Regierung, seine geheime Operationsbasis zu finden. Er hielt den Rebellenführer ständig auf dem Laufenden, sodass Makambos Armee den Regierungstruppen immer mindestens einen Schritt voraus war.«

Max saß am gegenüberliegenden Ende des auf Hochglanz polierten Tisches, sein Bulldoggengesicht wirkte missmutiger als sonst. »Makambo wusste von dem Moment an, als wir Kontakt mit ihm aufnahmen und uns als Waffenhändler ausgaben, dass er ausgetrickst werden sollte. Isaka verriet ihm, dass die Waffen mit Peilsendern ausgestattet worden waren. Seine erste Maßnahme nach unserer Flucht bestand darin, die AKs und RPGs auseinanderzunehmen und die Sender in den Fluss zu werfen.«

»Hat Isaka das gestanden?«

»Nicht öffentlich«, sagte Max. »Aber ich habe mit ein paar Leuten von der Regierung telefoniert. Sobald ich ihnen erklärte, wer ich bin und so weiter, teilten sie mir mit, dass das Team, das ausgesandt wurde, um die Waffen aufzuspüren, gemeldet habe, die Waffen hätten das Dock gar nicht verlassen, ehe die Sender verstummten.«

»Und als sie auf dem Kai eintrafen«, sagte Juan, indem er zum gleichen Schluss kam wie die anderen, »war von den Rebellen oder den Waffen nichts mehr zu sehen.« Er schaute Mark Murphy an. »Wie sieht es aus, Mark, funktionieren unsere Sender noch?«

»Das sollten sie eigentlich während der nächsten vierundzwanzig bis sechsunddreißig Stunden tun. Wenn ich rechtzeitig hinkomme, versuche ich, sie von einem Hubschrauber oder einem Flugzeug aus aufzuspüren.«

»Ist Tiny mit unserer Citation mittlerweile in Swakopmund gelandet?«, fragte Juan, während er im Kopf Entfernungen, Geschwindigkeiten und Zeitspannen berechnete.

»Er sollte eigentlich gegen eins dort eintreffen.«

»Okay, wir gehen folgendermaßen vor. Sobald wir in Operationsreichweite sind, fliegt Murph mit dem Helikopter zur Küste, und Tiny bringt ihn weiter nach Kinshasa. Dort, Mark, bist du auf dich allein gestellt und kannst irgendein Flugzeug chartern, denn Tiny muss wegen des Fallschirmabsprungs heute Nacht gleich wieder umkehren.«

»Ich brauche Hilfe«, sagte Murph.

»Nimm Eric. Max kann die Aufgaben des Kapitäns und des Steuermanns übernehmen, wenn wir unseren Rettungsversuch starten.«

Eddie Seng ergriff zum ersten Mal das Wort. »Juan, es gibt keinen Grund anzunehmen, dass diese Waffen noch nicht über den gesamten Kongo verteilt wurden.«

Cabrillo nickte. »Ich weiß, aber wir müssen es trotzdem versuchen. Wenn die zehn Gewehre, die wir mit unseren Minisendern präpariert haben, als gebündelte Ladung existieren, kann man wohl davon ausgehen, dass auch die anderen Waffen noch dort sind.«

»Meinst du, Makambo plant irgendeinen Angriff?«, fragte Linda.

»Das wissen wir nicht, solange Mark und Eric sie nicht gefunden haben.«

»Treffer!«, rief Mark und blickte vom ThinkPad auf.

»Was hast du?«

»In diesem Computer befanden sich ein paar verschlüsselte Dateien. Ich habe sie gerade geöffnet.«

»Und was enthalten sie?«

»Gib mir eine Minute.«

Juan trank seinen Kaffee, während Linda ein weiteres Stück Gebäck verschlang. Auch Julia Huxley erschien plötzlich in der Tür zum Konferenzraum. Sie maß zwar nur knapp eins sechzig, zeichnete sich jedoch durch ein ausgesprochen selbstsicheres Auftreten aus, wie es für Mediziner nicht selten typisch ist. Ihr dunkles Haar hatte sie zu einem Pferdeschwanz zusammengerafft, und unter ihrem Laborkittel trug sie grüne Arztkleidung, die ihre frauliche Figur nicht unbedingt vorteilhaft zur Geltung kommen ließ.

»Wie geht es unserer Patientin?«, fragte Juan, sobald er sie entdeckte.

»Sie dürfte bald wieder fit sein. Sie war ein wenig ausgetrocknet, aber das hat sie überstanden. Die Wunde musste mit zwanzig Stichen genäht werden, und außerdem hat sie zwei gebrochene Rippen. Vorerst habe ich sie mit entsprechenden Medikamenten ruhig gestellt, und die wird sie in niedrigerer Dosierung auch noch eine Zeit lang nehmen müssen.«

»Gute Arbeit.«

»Machst du Witze? Nachdem ich hier seit etwa zwei Jahren ständig damit beschäftigt bin, diese Piratenbande immer wieder neu zusammenzuflicken, hätte ich unseren Gast im Schlaf versorgen können.« Julia bediente sich von dem Kaffee.

»Kommt sie allein zurecht, bis du wieder hier bist, oder solltest du lieber bei ihr bleiben?«

Julia Huxley überlegte kurz. »Solange keine Symptome einer Infektion bei ihr festzustellen sind wie Fieber oder ein Überschuss an weißen Blutkörperchen, braucht sie mich auch nicht als Schutzengel in ihrer Nähe. Aber wenn die Entführer Geoffrey Merrick ernsthaft verletzt haben oder einen von euch erwischen ... nun, du weißt schon. Dann wirst du den Wunsch haben, dass ich in unserer Citation und damit ganz in eurer Nähe bin, um sofort eingreifen zu können. Ich werde die letzte Entscheidung kurz vor meinem Abflug treffen, aber mein Bauchgefühl sagt mir, dass sie sich zügig erholt und ohne mich auskommt.«

Wie üblich überließ Juan seiner Schiffsärztin sämtliche medizinischen Entscheidungen. »Es liegt ganz allein bei dir, Hux.«

»Ich glaub es nicht«, sagte Mark staunend. Eric Stone beugte sich über die Schulter seines besten Freundes, sodass sich der Text auf dem Bildschirm in den Gläsern seiner neuen Brille spiegelte.

Alle Köpfe wandten sich dem jungen Waffenexperten zu.

Er las weiter, ohne zu bemerken, was um ihn herum vorging, bis Juan sich räusperte und er aufschaute. »Oh, Entschuldigung. Wie du weißt, bist du da draußen auf ein Wellenkraftwerk gestoßen, allerdings in unglaublichen Dimensionen. Soweit mir bekannt ist, befand sich diese Technologie noch in ihren Kinderschuhen, und es gab bisher überhaupt nur zwei derartige Einrichtungen vor den Küsten Portugals und Schottlands, wo sie einem Praxistest unterzogen wurden.

Diese Art von Röhrensystem nutzt die Energie der Wellen, die seine Gelenke durch ihr ständiges Auf und Ab bewegt – die wiederum eine Hydraulik antreiben. Die dabei bewegten Kolben drücken Öl durch einen Motor – und dies unter Verwendung eines Ausgleichspeichers, um für einen halbwegs gleichmäßigen Fluss zu sorgen. Der Motor treibt seinerseits einen Generator an und heraus kommt am Ende elektrischer Strom.«

Als Ingenieur war Max Hanley höchst beeindruckt. »Verdammt genial«, sagte er. »Wie viel Strom können diese Dinger erzeugen?«

»Eine dieser Maschinen kann eine Stadt mit zweitauend Einwohnern ausreichend versorgen. Und insgesamt gibt es da draußen vierzig von der Sorte, also haben wir es mit einer ganzen Menge Strom zu tun.«

»Und wofür das alles?«, fragte Juan. »Wohin geht dieser ganze Strom?«

»Genau das war verschlüsselt«, erklärte Mark. »Jeder Generator ist mit einem aufrollbaren Haltekabel am Meeresboden verankert, weshalb George sie auch nicht sehen konnte, als er diese Gegend vor zwei Tagen überflog.

Wenn das Wasser ruhig ist oder das Radar auf den Wachbooten meldet, dass sich ein Schiff nähert, werden die Generatoren um etwa zehn Meter abgesenkt. Ein separates Kabel leitet den elektrischen Strom zu einer Reihe von Heizaggregaten an den Generatoren.«

»Habe ich richtig gehört? Heizaggregate?«, fragte Eddie.

»Yup. Irgendjemand findet offensichtlich, dass das Wasser hier zu kalt ist und angewärmt werden muss.«

Cabrillo trank einen weiteren Schluck Kaffee und sicherte sich ein Stück Gebäck, ehe Linda den Teller endgültig leerte. »Kannst du feststellen, wie lange sie hier schon mit diesen Dingern arbeiten?«

»Angefangen haben sie damit im Jahr 2004.«

»Und was sind die Auswirkungen?«

»Diese Daten sind nicht im Computer«, erwiderte Mark. »Ich bin kein Ozeanograph, aber ich kann mir nicht vorstellen, dass Wärmezufuhr sogar in einem solchen Ausmaß irgendeine Wirkung auf den gesamten Ozean haben könnte. Ich weiß, dass die Abwärme eines Kernreaktors einen Fluss um einige Grade aufheizen kann. Aber das ist eher ein eng begrenztes, lokales Problem.«

Juan lehnte sich zurück und trommelte mit den Fingerspitzen auf seinem Kinn. Sein Blick wanderte in die Ferne, kehrte zurück, verschwamm wieder. Seine Leute diskutierten weiter, äußerten Vermutungen und Schlussfolgerungen, aber er hörte sie nicht. Vor seinem geistigen Auge sah er riesige Generatorstationen, die im Rhythmus der Wellen aufstiegen und niedersanken, während unter ihnen Heizaggregate dunkelrot glühten und das Wasser anwärmten, das an der afrikanischen Küste entlang nach Norden strömte.

»Wenn da nicht diese schießwütigen Kerle wären, die sich dort rumtreiben«, sagte Mark gerade, als Juan wieder in die Gegenwart zurückkehrte, »würde ich fast vermuten, dass das Ganze eine Art Kunstinstallation von diesem Typen ist – wie heißt er noch? Ihr wisst doch, das ist der Typ, der ständig irgendwelche großen Gebäude verpackt und auch diese Tore im Central Park aufgestellt hat. Crisco?«

»Christo«, korrigierte Max geistesabwesend.

»Mark, du bist ein Genie«, sagte Cabrillo.

»Was? Glaubst du wirklich, es ist irgendein fehlgeschlagenes Kunstprojekt?«

»Nein. Ich meine das, was du über den Fluss gesagt hast.« Juan blickte in die Runde. »Hier geht es nicht darum, den gesamten Ozean aufzuheizen, sondern nur einen ganz bestimmten Teil davon. Wir befinden uns doch mitten im Benguelastrom. Das ist eine der stärksten Meeresströmungen der Welt. Er hat einen klaren Verlauf wie ein Fluss mit deutlich definierten Ufern. Und genau hier teilt er sich auf. Der eine Teil strömt weiter nach Norden an der Küste entlang, während der andere nach Westen abschwenkt und sich mit dem subtropischen Kreislauf im Südatlantik verbindet. Dieser Kreislauf transportiert Wasser an der südamerikanischen Küste entlang, wo es um einige Grade mehr erwärmt wird als der Strom vor der afrikanischen Küste.«

»Bis hierher kann ich dir folgen«, sagte Mark.

»Beide Strömungen kommen in der Nähe des Äquators zusammen, vermischen sich dort und stellen eine Art Pufferzone zwischen den Strömungen der nördlichen Halbkugel und denen der südlichen dar.«

»Ich wüsste nicht, was daran so besonders ist, großer Meister. Tut mir leid.«

»Wenn die beiden Strömungen beim Zusammentreffen nur einen geringen Temperaturunterschied aufweisen, verringert sich ihre Fähigkeit als Puffer, möglicherweise sogar so sehr, dass sie den Coriolis-Effekt aufheben, der die herrschenden Winde und daher auch diese Oberflächenströmungen antreibt.«

Eddie Seng, der gerade einen Schluck Kaffee trinken wollte, hielt inne, und seine Miene hellte sich auf, als er begriff, um was es hier ging. »Auf diese Art und Weise könnte die Fließrichtung sämtlicher Meeresströmungen verändert werden.«

»Genau. Die Erddrehung bestimmt die vorherrschende Windrichtung. Deshalb rotieren Wirbelwinde auf der Nordhalbkugel gegen den Uhrzeigersinn und Zyklone auf der Südhalbkugel drehen sich im Uhrzeigersinn. Die Erddrehung ist auch der Grund dafür, dass der warme Golfstrom, der an der Ostküste der Vereinigten Staaten entlangzieht, nach Norden und dann nach Osten fließt und das Wetter Europas bestimmt. Eigentlich dürfte der größte Teil Europas gar nicht bewohnbar sein. Schottland, zum Beispiel, liegt viel weiter im Norden als die kanadische Arktis.«

»Und was geschieht, wenn das Wasser aus dem Süden den Äquator vor Afrika überschreitet?«, fragte Linda.

»Dann gelangt es in die Entstehungszone der atlantischen Wirbelstürme«, erwiderte Eric Stone, der als inoffizieller Meteorologe der *Oregon* fungierte. »Die wärmeren Gewässer bewirken eine höhere Verdunstungsrate, und eine höhere Verdunstungsrate hätte stärkere Stürme zur Folge. Ein tropisches Tiefdruckgebiet braucht eine Oberflächentemperatur von über fünfundzwanzig Grad Celsius, um genügend Energie zu sammeln, um sich zu einem

Wirbelsturm zu steigern. Sobald das der Fall ist, absorbiert das Tief etwa zwei Milliarden Tonnen Wasser pro Tag.«

»Zwei Milliarden *Tonnen*?«, rief Linda ungläubig.

»Und wenn die Tiefs aufs Festland treffen, laden sie zwischen zehn und zwanzig Milliarden Tonnen pro Tag ab. Was den Unterschied zwischen einem Sturm der Kategorie eins und einem verheerenden Sturm der Kategorie fünf ausmacht, ist der Zeitraum, in dem sie das Wasser vor der afrikanischen Küste aufnehmen.«

Mark Murphy, gewöhnlich der schnellste Denker im Raum, bekam leuchtende Augen, als er begriff. »Wenn der Benguelastrom nun künstlich erwärmt wird und ein Teil dieses Wassers nach Norden fließt, können die Stürme viel schneller an Stärke zunehmen.«

»Und sie werden zahlreicher«, fügte Juan hinzu. »Denkt irgendwer, was ich denke?«

»Dass die schweren Stürme, die die Vereinigten Staaten in den letzten zwei Jahren heimgesucht haben, den Prozess in nicht geringem Maß unterstützt haben.«

»Wirbelsturmexperten sind sich darin einig, dass wir mit einem natürlichen Zyklus von Stürmen größerer Heftigkeit rechnen müssen«, sagte Eric und konterte Murphs Schlussfolgerung.

»Das bedeutet aber noch lange nicht, dass die Generatoren und Heizaggregate diesen Zyklus nicht verstärken«, schoss Mark zurück.

»Freunde«, sagte Juan begütigend, »es ist die Aufgabe kundigerer Geister, als wir es sind, die Auswirkungen all dieser Vorgänge exakt zu beurteilen. Im Augenblick reicht es, dass diese Apparate ausgeschaltet sind. Nach dieser Konferenz rufe ich Overholt an und berichte ihm, was wir in Erfahrung gebracht haben. Er wird sich höchstwahrscheinlich an die NUMA wenden, und dann ist es deren Problem. Murph, bereite den Computer vor, damit ich ihm alle Dateien schicken kann.«

»Kein Problem.«

»Im Augenblick«, fuhr Juan fort, »möchte ich, dass wir uns auf die Rettung Geoffrey Merricks konzentrieren. Danach können wir daran denken, uns die- oder denjenigen vorzunehmen, der diese Generatoren installiert hat.«

»Meinst du, da gibt es irgendeine Verbindung?«, fragte Max vom anderen Ende des langen Tisches herüber.

»Anfangs dachte ich das nicht. Aber jetzt bin ich sogar davon überzeugt. Dieser Kerl, den Sloane und ich mit dem Rettungsboot verfolgt haben, hat lieber Selbstmord begangen, als das Risiko einzugehen, mir in die Hände zu fallen. Dabei hat er bestimmt nicht einen Aufenthalt in einem afrikanischen Gefängnis vermeiden wollen. Nein, er war ein Fanatiker und bereit sich zu opfern, damit wir die Heizaggregate nicht entdecken. Und wir wissen ja, dass es bei der Entführung Merricks nicht um ein Lösegeld geht. Sie hat politische Gründe – das heißt, er hat jemanden derart verärgert, dass er ihn aus dem Verkehr zog.«

»Umweltschützer«, meinte Linda knapp.

»Das muss es sein«, sagte Juan. »Wir sind irgendwie in eine Riesenverschwörung mit zwei Stoßrichtungen hineingestolpert. Einerseits wollen sie aus irgendeinem Grund Merrick, und andererseits versuchen sie die Meeresströmungen mit diesen Riesengeneratoren zu beeinflussen.«

Eddie räusperte sich. »Ich verstehe das nicht, Juan. Wenn diese Leute so umweltbewusst sind, warum pfuschen sie dann derart an den Ozeanen herum?«

»Das werden wir heute noch in Erfahrung bringen, wenn wir Merrick retten und ein paar von den Entführern schnappen.«

Techniker hatte die Fallschirme des Einsatzteams in einem der leeren Frachträume der *Oregon* bereit gelegt. Der glänzende schwarze Nylonstoff sah auf den Deckplatten wie verschüttetes Öl aus. Als Juan nach einem zwanzigminütigen Gespräch mit Langston Overholt bei der CIA hereinkam, waren Mike Trono und Jerry Pulaski bereits dort und falteten ihre Fallschirme sorgfältig zusammen, damit sie nicht versagten, wenn sie in fünfundzwanzigtausend Fuß Höhe über der Namibwüste damit absprangen. Mike war ein ehemaliger Rettungsspringer der Air Force, und Ski war nach fünfzehn Jahren als Marineaufklärer zur Corporation gestoßen. Max schwatzte mit Eddie und Linc, während sie Ausrüstung und Waffen überprüften, die auf großen Tischen vor einer Wand des Laderaums ausgebreitet waren.

Cabrillo wusste zwar, dass jedes Mitglied der Corporation mit jedem anderen Mitglied ohne das geringste Problem zusammenarbeiten konnte, doch gab es innerhalb seiner Mannschaft einige Traumpaarungen. Linc und Eddie waren eine solche und Mike und Ski waren eine andere. Wenn sie zusammen im Einsatz waren, entwickelte jedes Team, sobald es attackiert wurde, eine vernichtende Wirkung und kommunizierte fast auf telepathischer Ebene.

Neben den Tischen standen vier ausgesprochen robust aussehende Motorräder. Sie waren es, die die *Oregon* in Kapstadt abgeholt hatte. Konstruiert für den Einsatz in der Wüste, verfügten sie über dicke Ballonreifen, um sich im weichen Sand fortbewegen zu können, und ebenso über besonders wirkungsvolle Stoßdämpfer. Während der letzten Tage hatte sie ein Trupp Mechaniker von allen nicht unbedingt notwendigen Teilen befreit, um Gewicht zu sparen, und ihre normalerweise grellen Farben mit einem auf die Wüste abgestimmten Tarnanstrich bedeckt.

Sein Mobiltelefon, das mit dem internen Schiffsnetz verbunden war, klingelte, während er durch den Frachtraum ging. »Cabrillo.«

»Juan, hier ist Eric. Ich wollte dir nur Bescheid sagen, dass wir in zwanzig Minuten in Reichweite von Swakopmund sind. Ich habe George bereits benachrichtigt, dass er den Chopper auftankt und startklar machen kann. Mark stellt gerade unsere Ausrüstung zusammen. Tiny wird mit der Citation auf dem Flughafen landen, wenn wir dort sind, und ich habe eine Maschine nach Kinshasa chartern können.«

»Gute Arbeit.«

»Wenn alles läuft wie geplant, sind wir morgen bei Tagesanbruch auf der Jagd.«

»Damit habt ihr, mal sehen, achtzehn Stunden Zeit, ehe die Batterien schlappmachen, oder?«

»Mehr oder weniger. Ich weiß, es ist nicht viel, aber wir werden sie finden.«

Jedermann an Bord war sich bewusst, wie persönlich Juan es nahm, von Benjamin Isaka und seinem Rebellenpartner Samuel Makambo benutzt worden zu sein. Dass er so viele Waffen zu einem brutalen Bürgerkrieg beigesteuert hatte, lag wie ein Bleigewicht in seinem Magen, und jede Sekunde, die diese Waffen unkontrolliert zugänglich waren, erhöhte die Wahrscheinlichkeit, dass sie gegen unschuldige Bürger eingesetzt wurden. Trotz den Sätzen, die er vorher zu Sloane über Verantwortung gesagt hatte, wusste er, dass, wenn Menschen wegen dieses Debakels sterben würden, ein Teil von ihm mit ihnen starb.

»Danke, Eric«, sagte er leise.

»Kein Problem, großer Meister.«

»Wie sieht es aus?«, fragte Juan, während er auf die drei Männer zuging. Auf dem Tisch befand sich ein maßstabgetreues Modell des Gefängnisses in der *Oase des Teufels*, das Kevin Nixon im Zauberladen mit Hilfe von Satellitenbildern und den wenigen grobkörnigen Fotos, die sie im Internet hatten aufstöbern können, angefertigt hatte.

»Kevin hat uns ein nettes Spielzeug gebastelt«, sagte Eddie, »aber ohne Kenntnis von der Raumaufteilung und Merricks genauem Aufenthaltsort gehen wir völlig blind in den Bau.«

»Und wie willst du vorgehen?«

Als Chef für landgestützte Operationen war es Sengs Job, den Angriff zu planen. »So wie wir es am Anfang besprochen haben. Ein Absprung aus großer Höhe mit früher Auslösung des Schirms etwa hundert Kilometer nördlich der Anlage, damit sie unser Flugzeug nicht hören oder misstrauisch werden, falls sie über Radar verfügen. Wir schweben ein, landen auf dem Dach und halten uns an die Regel, dass alle Pläne Makulatur sind, sobald es zur Feindberührung kommt.«

Juan grinste.

»Während Linc die Motorräder hinunterbringt, suchen wir Merrick und Susan Donleavy«, fuhr Eddie fort. »Sobald wir sie gefunden haben, verschwinden wir mit ihnen auf den Wüstenbikes und treffen Tiny dort, wo George einen Landeplatz für die Kuriermaschine gefunden hat.«

»Vergesst nicht, dass wir einen der Entführer mitnehmen müssen, um uns über diese Wellenkraftwerke mit ihm zu unterhalten.«

»Ich werde persönlich einen von ihnen zusammenschnüren wie eine Weihnachtsgans«, versprach Linc.

»Ihr habt einen Zeitplan, um jeden mit dem Chopper zur Küste zu bringen?«

»Ja. Wegen der Gewichtsbeschränkungen wird George heute eine ganze Menge Flugstunden zusammenbekommen. Es sind vier Flüge nötig, um alles zum Flughafen zu schaffen. George und ich haben es so vorbereitet, dass er beim letzten Flug das geringste Gewicht transportiert. Auf diese Weise können wir die leeren Zusatztanks mitnehmen. Er wird an der Küste auftanken und hat dann genügend Reichweite, um Tinys Landeplatz auszukundschaften.«

»Sorgt bloß dafür, dass ich beim letzten Flug dabei bin«, sagte Juan. »Ich brauche heute noch ein wenig Schlaf.«

»Das habe ich bereits in meinem Plan berücksichtigt.«

»Damit stehst du auf der Liste für den Angestellten des Monats auf dem ersten Platz.«

»Wie ist es mit Lang gelaufen?«, wollte Max wissen.

»Das erzähle ich dir, während ich meinen Fallschirm einpacke.«

Juan begann seine sorgfältige Inspektion des großen Fallschirms, der so konstruiert war, dass sich eine Person mitsamt zweihundert Pfund Ausrüstung mit Winden bis zu hundertzwanzig Stundenkilometern treiben lassen konnte, während er zur Erde sank. Ein beliebtes Gerät der Special Forces, wies das Geschirr eine spezielle Polsterung der Gurte auf und besaß außerdem ein Zweistufen-Entfaltungssystem, um den Schock beim Übergang vom kurzen

Freifall nach Verlassen des Flugzeugs in die Gleitphase zu dämpfen. Selbst mit diesen Sicherheitseinrichtungen war das Ziehen der Reißleine immer noch eine regelrechte Mutprobe, denn der Springer wusste genau, dass sein Körper kurzfristig brutalen Kräften ausgesetzt war.

»Gute Neuigkeiten an beiden Fronten«, sagte Cabrillo und fuhr mit den Fingern an den Fang- und dann an den Trageleinen entlang, um nach ausgefransten Stellen zu suchen. »Lang meinte, er wolle die NUMA alarmieren, damit sie wenn möglich ein Schiff losschicken, um diese Generatoren in Augenschein zu nehmen. Und da die CIA das Geschäft mit Isaka eingefädelt hat, werden sie uns auf jeden Fall für das bezahlen, was wir ohnehin zu tun beabsichtigt hatten – und dafür, dass wir die Waffen zurückholen.«

»Wie viel?«

»Kaum genug, um unsere Kosten zu decken, also schlag dir jeden Gedanken an eine Frühpensionierung aus dem Kopf.«

»Das ist immerhin besser als nichts.«

»Dass sich Benjamin Isaka als Agent von Makambos Kongolesischer Revolutionsarmee entpuppt hat, ist in der Afrika-Abteilung der CIA wie eine Bombe eingeschlagen.« Cabrillo ordnete die Leinen so, dass er sie, als er sie zusammenzufalten begann, mit Gummibändern zusammenbinden konnte.

»Sie haben nicht damit gerechnet?«

»Es hat sie völlig unvorbereitet getroffen. Es bringt sie dazu, über jede Hilfe und Unterstützung nachzudenken, die sie auf dem Kontinent leisten. Lang sagte, der Chef der Afrika-Abteilung habe bereits seinen Rücktritt angeboten.«

»Und? Tritt er zurück?«

»Es ist eine Sie, und nein, sie tut es nicht. Vorausgesetzt wir holen die Waffen zurück, wird die CIA das ganze Fiasko wohl unter den Teppich kehren.«

»Wie komme ich nur zu der Vermutung, dass unter diesem Teppich nicht mehr allzu viel Platz ist?«

»Weil dort keiner mehr ist«, sagte Cabrillo bitter. »Niemand möchte hören, wie die CIA irgendetwas vermasselt hat. Das ließe die USA ziemlich inkompetent aussehen und – was noch wichtiger ist – unvorbereitet. Also wenn es irgendein Problem geben sollte …«

»Wie zum Beispiel dass die Agency jemandem vertraut hat, bei dem sich herausstellt, dass er für die Rebellen arbeitet, die die Regierung stürzen wollen.«

»Genau so. Sie tun dann so, als wüssten sie von nichts – und niemand muss für diesen Fehler bezahlen. Diese spezielle Firmenpolitik ist es auch, weshalb niemand 9/11 oder die Invasion Kuwaits durch den Irak oder die Verfeinerung der Atomprogramme Indiens und Pakistans vorausgesehen hat, und«, schloss Juan, »zum Teil ist es auch der Grund, weshalb ich von dort weggegangen bin.«

»Nun, wenigstens befinden wir uns diesmal in einer Position, um alles wieder ins Lot zu bringen. Hm, Juan?«

Der wechselnde Tonfall in Hanleys Stimme ließ Cabrillo aufschauen.

»Ist alles okay?«, fragte Max und deutete mit einem Kopfnicken auf den Fallschirm.

Von allen menschlichen Emotionen verabscheute Cabrillo Mitleid am meisten. Die Blicke verlogenen Mitgefühls, mit denen ihn Passanten an dem Tag bedacht hatten, als Julia Huxley ihn im Rollstuhl mit einem säuberlich zusammengefalteten und mit einer Sicherheitsnadel zusammengesteckten Hosenbein aus einem Krankenhaus in San Francisco herausholte, hatten ihn in Rage gebracht. Er schwor sich an diesem Tag, dass niemand ihn jemals wieder so ansehen würde. Daher hatte er nach dem Verlust des Beines drei Operationen über sich ergehen lassen und praktisch Tausende Stunden Physiotherapie absolviert, damit er laufen konnte, ohne auch nur andeutungsweise zu humpeln. Er konnte jetzt besser Ski laufen und schwimmen als zu dem Zeitpunkt, als er noch beide Beine besaß – und er konnte sogar auf der Prothese balancieren.

Er hatte zwar ein Handicap, aber er war nicht gehandikapt.

Trotzdem gab es Dinge, die er nicht so gut tun konnte wie in der Zeit, als er noch beide Beine hatte, und eins davon war Fallschirmspringen. Seinen Körper gerade und stabil zu halten, während man sich im freien Fall befand, erforderte zwar auch winzige Korrekturen mit den Armen, aber im Wesentlichen waren es doch die Beine, die einen Fallschirmspringer in Position hielten. Juan hatte während der letzten beiden Jahre Dutzende von Übungssprüngen absolviert, und ganz gleich, wie sehr er sich auch bemühte, er konnte trotzdem nicht verhindern, dass sein Körper in eine langsame Rotation überging, die sich schnell zu einem gefährlichen Trudeln steigerte.

Da er den Druck des Windes auf seinen Fuß nicht spürte, vermochte er die Drehung ohne einen Partner, der ihn festhielt und bremste, nicht zu stoppen. Es war ein seltenes Manko, das Juan nur ungern eingestand. Max wusste das.

»Es wird schon klappen«, sagte Cabrillo und fuhr fort, seinen Schirm zu falten.

»Bist du sicher?«

Juan schaute hoch und lächelte. »Max, du benimmst dich wie eine alte Frau. Sobald ich das Flugzeug verlassen habe, brauche ich mich nur gerade zu halten. Ich bin nicht lange genug im freien Fall, um mit meinem Derwischtanz anzufangen. Große Höhe, frühes Öffnen, alter Freund. Wenn es eine andere Art des Abspringens wäre, säße ich sicher im Operationszentrum und würde das Geschehen zusammen mit dir auf dem Monitor verfolgen.«

»Na schön«, sagte Max. »Ich wollte nur sichergehen.«

Eine halbe Stunde später übergab Juan seinen Fallschirm und seine Ausrüstung einem der Deckhelfer, damit er beides zu dem Hubschrauberhangar in der Nähe des Hecks der *Oregon* brachte. Ehe er sich in seine Kabine zurückzog, um sich seinen längst fälligen Schlaf zu gönnen, machte er noch einen Abstecher in die Sanitätsstation, um nach Sloane zu sehen. Doc Huxley saß nicht an ihrem Schreibtisch oder im angrenzenden Operationssaal, daher schaute er in den drei Ruheräumen nach. Im dritten fand er Sloane. Die Beleuchtung war gedämpft, während sie halb aufgerichtet in einem Krankenhausbett schlief. Sie hatte die Bettdecke weggeschoben, Juan konnte den Wundverband unter ihrem Arm sehen. Nichts wies darauf hin, dass die Schusswunde noch blutete.

Ihr kupferrotes Haar lag ausgebreitet auf dem weißen Kissenbezug, und eine kleine Strähne fiel ihr in die Stirn. Ihre Lippen waren leicht geöffnet, und während Juan die Strähne zurückstrich, veränderte sich ihr Mund, als erwartete sie, geküsst zu werden, und ihre Augenlider flatterten für einen kurzen Moment, ehe sie noch tiefer in den Schlaf sank.

Er deckte sie zu und verließ den Raum. Zehn Minuten später – und trotz der bevorstehenden Rettungsaktion und der Sorge um die verschwundenen Waffen – war Cabrillo mindestens ebenso tief eingeschlafen wie Sloane Macintyre.

Sein Wecker klingelte eine Stunde bevor er nach Swakopmund fliegen sollte, um dort mit Tiny Gunderson zusammenzutreffen. Er schlug die Augen auf. Sie waren blau und völlig klar und bereit, sich allem zu stellen, was ihn erwartete. Er rollte sich aus dem Bett, überlegte, ob er noch einmal duschen sollte, verzichtete dann aber darauf.

Juan knipste zwei Lampen an und hüpfte auf einem Bein zu seinem begehbaren Wandschrank. Aufgereiht wie Reitstiefel standen seine künstlichen Beine hinten im Schrank. Einige waren fleischfarben und kaum als Prothesen zu erkennen, während andere eher wie Maschinen aussahen. Es waren Modelle mit Titanstreben und chromblitzenden Scharnieren. Er setzte sich auf eine Bank und schnallte sich an, was er als sein Kampfbein – Version 2.0. – bezeichnete. Das Original war vor ein paar Monaten in einem Abwrackbetrieb in Indonesien zerstört worden.

In dem runden Unterschenkel befanden sich ein Wurfmesser und eine Kaliber-.380-Kel-Tec Pistole, eine der kleinsten Handfeuerwaffen der Welt. Es war in dem Bein auch noch genügend Platz für ein kleines Überlebenspaket und einen mit Diamantsplittern besetzten Würgedraht. Kevin Nixon, der dieses Bein für Juan hatte modifizieren müssen, hatte sogar noch ein flaches Paket C-4-Sprengstoff im Fuß untergebracht und den Zeitzünder im Fußgelenk versteckt. Außerdem waren zusätzlich einige andere Tricks in das Bein eingebaut worden.

Cabrillo vergewisserte sich, dass es an Ort und Stelle

perfekt saß, und entschied sich als zusätzliche Vorsichtsmaßnahme für Gurte, die er anlegte, damit sich die Prothese auf keinen Fall vom Beinstumpf löste, ganz gleich, was Cabrillo damit tat. Er schlüpfte in einen Wüstentarnanzug und ein Paar widerstandsfähige Kampfstiefel. Aus seinem Waffenschrank holte er eine weitere Glock und eine H&K-MP-5-Maschinenpistole. Der Waffenmeister wartete sicherlich mit geladenen Magazinen für beide Waffen am Hubschrauber. Die Waffen und ein Reservekampfgeschirr verstaute er in einem billigen Nylonsack.

Maurice klopfte leise an die Kabinentür und trat ein. Auf Cabrillos Geheiß hatte er auf einem Tablett ein Frühstück mitgebracht, das vorwiegend aus Früchten und Kohlehydraten bestand. Und während er am liebsten etwas von dem starken Kaffee getrunken hätte, der ein Markenzeichen des Stewards war, begnügte sich Juan mit mehreren Gläsern Orangensaft. Ihr Einsatz führte sie in die Wüste, und er wollte vorher so viel Flüssigkeit wie möglich aufnehmen – für den Fall, dass irgendetwas schiefging.

»Sie machen der Royal Navy alle Ehre«, sagte Juan, wischte sich den Mund ab und legte die Serviette auf das Tablett, als er seine Mahlzeit beendet hatte.

»Bitte, Captain Cabrillo«, sagte Maurice mit seinem typischen zurückhaltenden Tonfall. Er war der einzige Angehörige der Corporation, der mit Juan konsequent auf förmlicher Basis verkehrte. »Ich habe Tee für zwanzig Offiziere serviert, und zwar in einem Orkan der Stärke sieben, und das während des kleinen Geplänkels vor den Falklandinseln. Wenn Sie mir gestatten, ganz offen zu sein, Sir, dann müssen Sie meine wahren Fähigkeiten erst noch auf die Probe stellen.«

»Na schön«, sagte Juan mit einem hinterhältigen Grinsen. »Wenn wir das nächste Mal in einem Hurrikan stecken, möchte ich ein Hummer-Gruyère-Soufflé mit einem Omelette à la Norvégienne Alaska als Dessert.«

»Sehr wohl, Captain«, erwiderte Maurice und verließ den Raum.

Auf dem Weg zum Hangar machte Juan noch eine weitere Stippvisite in der Krankenstation. Julia Huxley klappte soeben zwei rote Arztkoffer aus Plastik zu. Sie trug einen grünen Overall, doch ihr allgegenwärtiger Laborkittel war über die Rückenlehne eines Stuhls drapiert.

»Daraus dass du packst, schließe ich, dass du mitkommst und es unserer Patientin gut geht«, sagte er statt einer Begrüßung.

»Sie ist vor einer Stunde aufgewacht«, erwiderte Julia. »Ihre Funktionen sind allesamt stabil, und ich sehe keinerlei Anzeichen für eine Infektion, daher dürfte es ihr auch gut gehen, solange ich nicht da bin. Außerdem sind meine Sanitäter besser ausgebildet als die meisten Schwestern in der Notaufnahme eines Krankenhauses.«

»Na schön. Gib mir eine Minute, um hallo zu sagen, und dann helfe ich dir mit deinen Koffern.«

Sloane lag auf einem Berg von Kissen. Ihr Gesicht war bleich, und ihre Augen wirkten irgendwie eingesunken. Als sie aber Juan am Türpfosten lehnen sah, verzog sich ihr Mund zu einem strahlenden Lächeln.

»Hallo, Sonnenschein. Wie fühlen Sie sich?« Juan durchquerte den Raum und setzte sich auf die Bettkante.

»Ein bisschen groggy von den Medikamenten, aber sonst okay, glaube ich.«

»Julia meint, Sie sind bald wieder topfit.«

»Ich war überrascht, dass Sie eine Ärztin auf dem Schiff haben.«

»Zu meiner Mannschaft gehören insgesamt elf Frauen«, verriet ihr Juan, »inklusive Linda Ross – mein zweiter Offizier.«

»Habe ich gerade einen Helikopter gehört?«

»Ja, er bringt nur ein paar Männer an Land.«

Sie betrachtete seinen Tarnanzug und musterte ihn misstrauisch. »Sie haben versprochen, mir zu verraten, wer und was Sie wirklich sind.«

»Das werde ich auch tun«, versicherte er ihr, »sobald ich wieder zurück bin.«

»Was haben Sie vor?«

»Den Job erledigen, wegen dem wir eigentlich nach Namibia gekommen waren, und vielleicht feststellen, wer hinter den Anschlägen auf Sie steckt und wer die Wellenkraftwerke gebaut hat.«

»Gehören Sie zur CIA?«

»Nein. Aber ich war mal bei diesem Verein. Und das ist jetzt alles, was ich Ihnen bis morgen verrate. Wie wäre es, wenn ich um acht vorbeischaue und wir gemeinsam frühstücken?«

»Abgemacht.«

Juan beugte sich vor und hauchte einen Kuss auf ihre Wange. »Schlafen Sie gut. Wir sehen uns morgen früh.«

Sie hielt seine Hand fest, als er sich erhob. »Ich möchte mich noch einmal bei Ihnen dafür entschuldigen, dass ich Sie in meine Angelegenheiten verwickelt habe.« Ihre Stimme klang ernst und aufrichtig.

»Wie sich herausgestellt hat, hat Ihr Problem auch mit meinem zu tun. Daher gibt es für Sie gar keinen Grund, sich zu entschuldigen. Außerdem sollte *ich* derjenige sein, der sich entschuldigt.«

»Weshalb?«

»Sie haben Ihr Diamantenschiff nicht gefunden.«

»Ich war eben ein Esel«, sagte sie matt.

»Hey, auch ein Esel kann das große Los ziehen.« Damit verließ er ihr Zimmer und machte sich, mit einem Arztkoffer in der einen Hand und dem Nylonsack mit seinen Waffen in der anderen, an der Seite Julias auf den Weg zum Hangar.

19

Das Frachtabteil in der altertümlichen *de Havilland C-7 Caribou* war so geräumig, dass sich die Männer mitsamt ihrer Ausrüstung auf den Bänken ausstrecken konnten. Die vier kleinen Motorräder standen achtern vor der Laderampe und waren mit dicken Gummiseilen gesichert. Während irgendwann in ihrer wechselvollen Karriere das Innere der Maschine dergestalt umgebaut worden war, dass es unter Druck gesetzt und so den Männern erspart werden konnte, die eisigen Temperaturen in dieser Höhe ertragen oder zum Atmen ein Sauerstoffsystem benutzen zu müssen, machte das Dröhnen der beiden Pratt-&-Whitney-Motoren eine Unterhaltung so gut wie unmöglich.

Cabrillo studierte die Gesichter seiner Männer, während er sich mit dem Rücken gegen eine Wand lehnte, um seine Schultern ein wenig vom Gewicht des Fallschirms zu befreien. Eddie Seng bemerkte Juans prüfenden Blick und schickte ihm ein unternehmungslustiges Grinsen hinüber. Mike Trono und sein Partner, Jerry Pulaski, saßen nebeneinander und spielten Schere, Stein, Papier. Es war ihr ureigenes Ritual und kein echter Wettstreit. Sie spielten so lange, bis beide fünf Mal hintereinander die gleiche Wahl getroffen hatten. Juan hatte mehr als einmal erlebt, dass sie schon nach dem fünften Versuch aufhören konnten.

Wegen seiner Körpergröße und der Gewichtsbeschränkung seines Fallschirms war Linc als Einziger nicht mit einem der Querfeldeinmotorräder belastet. Er hatte sich in einen Segeltuchsitz gezwängt, sein Kopf lag auf seiner Schulter, und der Mund stand ihm halb offen, ein sicheres Zeichen, dass er eingeschlafen war.

»Hey, Juan-Chef«, rief Tiny Gunderson. Juan schaute zum Vorderende des Flugzeugs. Die Tür zum Cockpit stand offen, und er konnte den großen blonden Schweden angeschnallt auf seinem Pilotensitz und mit einer Hand am Steuerknüppel sehen. Julia nahm den Copilotensessel ein. Ihre Arztkoffer standen zwischen den beiden Sitzen.

»Was ist, Tiny?«

»Nur ein kleiner Weckruf. In einer Viertelstunde sind wir am Ziel.« Er drehte die Kabinenbeleuchtung noch weiter herunter und schaltete eine automatische rote Notlampe ein.

»Verstanden«, erwiderte Cabrillo. Er erhob dann die Stimme über das Dröhnen der Turbopropmotoren und rief: »Fünfzehn Minuten, Gentlemen!«

Linc wachte sofort mit einem übertriebenen Gähnen auf.

Es bestand keine Notwendigkeit, die Ausrüstung noch einmal zu überprüfen, denn das war sicherlich bereits ein Dutzend Male geschehen, und es war wirklich nicht nötig, längst stramm gezogene Gurte und Riemen noch strammer zu ziehen, aber die Männer machten es trotzdem. Man hatte nun mal nur einen einzigen Versuch, um einen

Fallschirmabsprung ordnungsgemäß zu absolvieren. Sie machten die Motorräder bereit, lösten die Gummiseile und begaben sich in Absprungposition.

Fünf Minuten vor Ankunft schaltete Tiny eine gelbe Warnleuchte ein, die die Männer anwies, ihre zusätzlichen Sauerstoffatemgeräte anzulegen. Jeder schnallte sich seine Flasche vor die Brust und achtete darauf, dass der Gummischlauch, durch den das Atemgemisch strömen sollte, nirgendwo eingeklemmt wurde. Cabrillo und seine Kampfgefährten stülpten sich die Atemmasken über Münder und Nasen und justierten die Luftzufuhr. Dann setzten sie große Schutzbrillen auf. Als ihm jeder mit einem nach oben gerichteten Daumen das Okay-Zeichen gegeben hatte, wandte sich Juan um und nickte Tiny zu, der auf sein Signal wartete. Der erfahrene Air Force-Pilot hatte seine eigene Sauerstoffmaske bereits aufgesetzt.

Gunderson schloss die Cockpittür, und einen Augenblick später begann der Servomotor, der die hintere Laderampe bewegte, zu winseln. Der Lärm wurde sofort vom Getöse eisiger Luft, die wie ein Wirbelsturm in den Frachtraum hineinfuhr, übertönt. Ein loses Stück Papier wirbelte an Cabrillo vorüber und wurde in den Nachthimmel hinausgesogen.

Er konnte die frostigen Temperaturen auf seinen Wangen spüren, den einzigen freiliegenden Hautpartien seines Körpers. Also schob er den dicken Schal zurecht, den er sich zum Schutz seiner Haut um den Hals geschlungen hatte.

Als die Rampe vollständig ausgefahren war, erschien das Heck des Flugzeugs wie ein tintenschwarzes Loch, in dem es außer dem Funkeln der Sterne, die über dem Horizont zu sehen waren, nichts gab, was den Himmel von der konturlosen Wüste abgrenzte. In dieser Höhe hatte Juan das Gefühl, als bräuchte er nur die Hand auszustrecken, um die Sterne zu berühren.

»Komm-Check«, sagte er in sein Kehlkopfmikrofon, und nacheinander meldeten sich die Männer über das taktische Funknetz.

Die gelbe Lampe blinkte. Noch eine Minute.

Zum hundertsten Mal, seit er ins Flugzeug eingestiegen war, ging Juan in Gedanken die Schritte beim und nach dem Aussteigen aus dem Flugzeug durch, wie er vortrat und sich fallen ließ und sofort seinen Rücken durchdrückte, die Arme und die Beine ausbreitete, um den Luftwiderstand zu vergrößern und dadurch den Fangstoß zu mildern, wenn sich der Fallschirm entfaltete. Er konnte an den geschlossenen Augen und konzentrierten Mienen der anderen erkennen, dass sie in diesem Augenblick die gleiche mentale Übung durchführten.

Die Motoren veränderten leicht ihren Ton, als Tiny in einen leichten Steigflug überging, und während sich das Deck nach oben neigte, erlosch die gelbe Lampe und wurde von einer grünen abgelöst.

Im Gegensatz zu jedem anderen Typ vom Kommandounternehmen brauchten die Männer nicht in einer dichten Traube aus der Maschine abzuspringen. Bei einer so kurzen Freifallphase hatten sie genügend Zeit, sich in der Luft zu sammeln und dafür zu sorgen, dass sie nicht getrennt wurden. Nacheinander schlurften die Männer nun vorwärts und verschwanden von der Heckrampe. Die Leichtmotorräder sackten unter ihnen weg, als sich jeder von ihnen streckte, ehe er die Reißleine zog. Als Juan an den Rand der Rampe trat, konnte er vier winzige Lichter auf den Schirmkappen erkennen, die ihre einwandfreie

Funktion anzeigten. Wenn sie sich der *Oase des Teufels* näherten, erloschen die Lichter und wurden durch infrarote Lichtquellen ersetzt, die sie mit Hilfe ihrer Nachtsichtbrillen deutlich erkennen konnten.

Cabrillo rollte sein Motorrad in den Abgrund wie ein Rockstar beim »stage dive«, jenem rituellen Sprung von der Bühne und in die Arme der Fans. Er breitete die Arme aus und spannte den Rücken, wie er es schon x-mal geübt hatte. Der Fahrtwind zerrte an ihm, doch er schaffte es, die Haltung beizubehalten, und als er spürte, wie er im Begriff war, sich zu drehen und einen Salto auszuführen, veränderte er seine Haltung, um seinen Körper wieder zu stabilisieren. Er griff quer über seine Brust, um die Reißleine zu ziehen, kurz bevor das fallende Motorrad das Ende seiner eigenen langen Leine erreichte. Der Vorschirm sprang heraus und füllte sich mit Luft und zog den Hauptschirm aus seinem Sack.

Juan wusste fast sofort, dass es ein Problem gab. Der Schirm hakte für einen kurzen Moment, als er aus dem Sack rutschte, aber der erwartete Ruck, wenn er sich öffnete, blieb aus. Der Luftwiderstand des teilweise entfalteten Schirms riss ihn zwar zur Seite, doch er stürzte weiterhin nahezu haltlos in die Tiefe, während der knisternde Nylonstoff über seinem Kopf wie ein nicht gespanntes Segel klang, das in einer steifen Brise flatterte.

Es war zu dunkel, um hochzuschauen und erkennen zu können, was passiert war, doch er hatte genügend Sprünge absolviert, um zu begreifen, dass sich die Fangleinen verheddert hatten.

Während seine nächsten Bewegungen ohne übertriebene Hast erfolgten, rasten seine Gedanken. Er verfluchte sich selbst, während er versuchte, die Leinen zu entwirren, indem er seinen Körper verdrehte und abwechselnd an den einzelnen Leinen zog. Er hatte den Fallschirm selbst gefaltet und verpackt, daher war sein Versagen ganz allein seine Schuld. Wenn er die Fangleinen nicht schnellstens frei bekäme, würde er die gesamte Mission gefährden.

Er hatte genügend Höhe, daher setzte er seine Bemühungen mit den Fangleinen fort, doch spätestens in zwanzigtausend Fuß Höhe müsste er eine Entscheidung treffen. Wenn er noch viel weiter fiel und es ihm dann erst gelänge, den Schirm so frei zu bekommen, dass er sich öffnete, würde er es doch niemals schaffen, sich vom Wind bis zum Gefängnis tragen zu lassen. Selbst mit dem eingebauten Sicherheitsfaktor, den Eddie in seinen Berechnungen der Gleitphase berücksichtigt hatte, würde er weit vor der *Oase* landen. Wenn er den Schirm andererseits abschneiden und sich auf den viel kleineren Reservefallschirm verlassen müsste, wäre er sehr schnell viel zu niedrig, um in Richtung Küste zu segeln, wo George ihn mit dem Hubschrauber auflesen könnte.

Er schaute auf den digitalen Höhenmesser an seinem Handgelenk. Die Neunzehntausendfußmarke hatte er bereits hinter sich.

Mit einem Fluch schnitt er die Leine des Motorrads durch, löste die Gurtschlösser und fiel aus den Trageleinen des flatternden Hauptschirms heraus. Der neuerliche freie Fall ließ automatisch den Vorschirm seines Reservefallschirms herausspringen, und zum ersten Mal, seit er die Reißleine gezogen hatte, erlaubte Cabrillo sich nun den Luxus, seine augenblickliche Situation zu überdenken. Wenn auch der Reserveschirm versagen sollte, hätte er genau drei Minuten Zeit, um sich zu überlegen, wie sich ein Aufprall auf den Wüstenboden bei knapp zweihundert

Stundenkilometern anfühlen würde. Ganz gleich wie, das Gefühl wäre auf jeden Fall extrem kurz.

Mit einem Rauschen blühte der Reservefallschirm wie eine schwarze Blume über ihm auf, und der Schmerz der Gurte, die sich zwischen seinen Beinen und an seinen Schultern strafften, war der herrlichste, den Cabrillo je in seinem Leben verspürt hatte.

»Beau Geste an Death Valley Scotty«, rief er über sein Mikrofon. Die Rufnamen entsprangen Max' skurrilem Humor und stellten seinen Beitrag zu dieser Mission dar.

»Entweder hattest du es verdammt eilig runterzukommen«, erwiderte Eddie, »oder du hattest ein Problem.«

»Mein Fallschirm hat sich nicht geöffnet. Ich musste ihn abschneiden.«

»Wie ist deine Höhe, Beau?«

»Achtzehntausendfünfhundert Fuß.«

»Ich brauche eine Sekunde.«

»Ich warte, Scotty.«

Es war Eddies Job, das Team ins Ziel zu führen, daher hatte er einen tragbaren Sprungcomputer wie auch ihr GPS bei sich.

»Okay, Beau, bei höchster Bremswirkung sinkst du etwa vierzehn Fuß pro Sekunde. Damit bleibst du noch zweiundzwanzig Minuten in der Luft.« Selbst mit der zusätzlichen Last der Motorräder wären die restlichen Männer dank ihrer großen Gleitfallschirme mindestens die doppelte Zeit in der Luft. »Die Winde in deiner Höhe erreichen immer noch gut fünfzig Knoten, aber das nimmt ab, je tiefer du sinkst.«

»Verstanden.«

»Ich schätze, dass du etwa siebenhundert Kilometer landeinwärts von der Küste entfernt runterkommst.« Da die herrschenden Winde vorwiegend von Osten nach Westen wehten, waren die Männer abgesprungen, als sich die Maschine fast über der Grenze nach Botswana befand. Dort, wo Juan landen würde, könnte ihn der Robinson-R-44-Helikopter nicht erreichen und zum Schiff zurückbringen. Nicht einmal mit Zusatztanks würde er das schaffen.

»Ich werde wohl warten müssen, dass man mich auf dem Landweg von hier wegholt«, sagte Juan. »Scotty, da eins der Motorräder mittlerweile Schrott sein dürfte, sollten Merrick und Donleavy höchste Priorität für euch haben. Einen der Kidnapper werdet ihr nicht mitnehmen können, also vergesst es.«

Der Möglichkeit verlustig zu gehen, einen der Entführer eingehend zu verhören, war das, was Cabrillo am meisten ärgerte. Dies und die Tatsache, dass sich seine Männer ohne ihn in die Höhle des Löwen wagen würden.

»Verstanden, Beau.« Die zunehmende Entfernung zwischen der Hauptgruppe und Juan wirkte sich bereits auf ihre Funkverbindung aus. Eddies Stimme klang zunehmend blechern und dünn.

Juan überlegte, was er noch sagen müsste, ehe er nicht mehr mit dem Team reden könnte, aber sie waren jeden Punkt der Mission oft genug durchgegangen, daher beließ er es bei: »Viel Glück, Beau Geste Ende.«

»Danke gleichfalls, Death Valley Scotty, ebenfalls Ende.«

Obwohl er nicht damit rechnete, noch einmal von seinen Männern zu hören, ließ Juan sein Funkgerät für alle Fälle eingeschaltet.

Um die Zeit in der Luft auszudehnen und damit die über dem Boden zurückgelegte Distanz zu verlängern, musste Cabrillo den Gleitschirm derart extrem fliegen, dass er jeden Moment abzuschmieren drohte. Er musste die Leinen, die die aerodynamische Form des Schirms bestimmten, bis zu seiner Taille herunterziehen. Dies erforderte Kraft und Koordinationsvermögen, aber vorwiegend war ein eiserner Wille dazu nötig, die Kälte und die Schmerzen zu ignorieren, die sich in seinen Schultern zu melden begannen, sich über seinen Rücken ausbreiteten und schließlich sogar zu Krämpfen seiner Bauchmuskulatur führten.

Während er langsam abwärtsschwebte und der Willkür des Windes ausgeliefert war, schweifte Juans Blick über die kahle Wüste unter sich. Aus dieser Höhe konnte er unendlich weit blicken, aber wohin er auch schaute, die Einöde blieb dunkel. Er konnte keine erleuchteten Ortschaften, keine Lagerfeuer entdecken. Da war nichts als Dunkelheit, so grenzenlos wie der Ozean.

Als er die Zehntausendfußmarke erreichte, rutschte ihm die rechte Steuerleine aus der Hand. Der Fallschirm beschrieb augenblicklich eine scharfe Kurve, die ihn sofort schneller sinken ließ und seinen Körper in heftige Pendelbewegungen versetzte. Er ließ die rechte Leine nach, um die Kurve abzubrechen, und ergriff nun die linke Steuerleine wieder. In diesen aufregenden Sekunden glaubte er, weit zu seiner Linken etwas Ungewöhnliches bemerkt zu haben, doch als er erneut in diese Richtung schaute, vermochte er nichts dergleichen zu erkennen.

Wohl wissend, dass es ein Fehler sein konnte, ließ er die Steuerleinen los und griff nach seiner Brusttasche, in der sich ein Etui mit einer Nachtsichtbrille befand. Er riss sich die Schutzbrille und die Sauerstoffmaske vom Gesicht, die er nun nicht mehr brauchte, und setzte schnell die Nachtsichtbrille auf. Dann zog er die Steuerleinen wieder herunter, um seinen Sinkflug abzubremsen.

Die Wüste verwandelte sich mit Hilfe der Licht verstärkenden Brille aus einer matten Khakifarbe in ein irisierendes Grün, und das Objekt, das ihm aufgefallen war, entpuppte sich als kleiner Fahrzeugkonvoi, der die Wüste durchquerte. Sie entfernten sich von Cabrillo, und nur der erste Wagen hatte die Schweinwerfer eingeschaltet. Die schwachen Lichtstrahlen wurden gelegentlich von den Dünen reflektiert, während die anderen Fahrzeuge ihrem Führer unbeleuchtet folgten. Sie waren auch viel zu weit von ihm entfernt, als dass er sie bei seiner augenblicklichen Flughöhe irgendwie hätte erreichen können, aber er wusste, dass sie irgendwann anhalten würden.

Er korrigierte seinen Gleitweg, schwebte in einem weiten Bogen wie ein Raubvogel auf Beutesuche durch die Luft und folgte der Karawane, die sich stetig weiter von ihm entfernte. Nach nur zwei Minuten konnte er den Konvoi schon nicht mehr sehen, und der einzige Beweis, dass die Fahrzeuge tatsächlich existierten, waren die Reifenspuren, die sie hinterlassen hatten.

Cabrillo blieb so lange er konnte in der Luft – laut seiner Uhr immerhin zwanzig Minuten. Am Ende aber musste er doch landen. Das Gelände unter ihm bestand aus nichts anderem als endlosen Sandwellen, Dünen, deren Kämme und Täler sich mit der Regelmäßigkeit einer ozeanischen Dünung abwechselten. Er stellte den Fallschirm auf, kurz bevor er den Boden berührte, und bremste den Flug absichtlich ab, sodass seine Landegeschwindigkeit ein gemütliches Spaziertempo war und er es schaffte, auf den Beinen zu bleiben.

Indem er die Luft so schnell wie möglich aus der Schirmkappe drückte, raffte Juan den Nylonstoff zu einem dicken Bündel zusammen, damit der Wind ihn nicht vor sich her treiben konnte. Er hakte die Gurte los und ließ erleichtert den Fallschirmsack und die wenige Ausrüstung, die er bei sich hatte, fallen. Sein Oberkörper schien in hellen Flammen zu stehen, ein Schmerz, der sich erst nach Tagen legen würde, obwohl er schon jetzt eine Idee hatte, die weitere extreme Belastungen seiner gepeinigten Muskulatur zur Folge haben würde.

Er war nur wenige Schritte von den Reifenspuren der Wagenkarawane entfernt gelandet. Während er einen Schluck Wasser aus seiner Feldflasche trank, fiel ihm auf, dass die Spuren sehr weit auseinander verliefen und dass die Reifen, die sie hinterlassen hatten, extrem breit sein mussten – offensichtlich handelte es sich um Lastwagen, die für den Einsatz in der Wüste speziell ausgerüstet waren.

Das bedeutete, dass es für ihn drei Optionen gab. Zwei davon waren gut. Entweder gehörten die Fahrzeuge zum namibischen Militär oder einem Safariveranstalter und würden also jemandem, der in der Wüste gestrandet war, bereitwillig helfen. Oder es waren Schmuggler, die ihn höchstwahrscheinlich sofort töteten, wenn er sich ihnen näherte.

So oder so war es nicht seine Art, tagelang zu warten, bis Max ihn mittels seines subdermalen Peilsenders lokalisierte und ein Team losschickte, um ihn aus seiner misslichen Lage zu retten. Cabrillo würde sich viel lieber aus eigener Kraft aus diesem Schlamassel befreien, denn er könnte den Spott seines Freundes, wenn dieser ihn zur *Oregon* zurückbrachte, nicht lange ertragen.

Juan breitete sämtliche Ausrüstungsgegenstände aus, die nicht am Hauptschirm befestigt worden waren. Die Ausbeute war mager. Er hatte seine Maschinenpistole, die

Glock Automatik und reichlich Neun-Millimeter-Munition, ein Messer, ein Erste-Hilfe-Set, die Feldflasche und ein Überlebensset mit Streichhölzern, Wasserreinigungstabletten, einem Stück Angelschnur und ein paar anderen Gegenständen. Er besaß außerdem noch seinen Fallschirm und seinen Sack, der über eine Platte aus Hartplastik verfügte, die nach einem Gipsabdruck seines Rückens gegossen worden war und helfen sollte, die durch den Fallschirmabsprung bedingten Extrembelastungen, denen ein menschlicher Körper ausgesetzt war, so gut wie möglich zu vermindern.

Alles in allem gab es nicht viel, das ihm helfen könnte, die Karawane einzuholen, aber Cabrillo hatte noch ein fünftes Ass im Ärmel. Er klopfte auf sein künstliches Bein und dachte: *Das ist sogar noch besser als ein Ass.*

Etwa vierzig Minuten lang glitten Eddie, Linc, Mike und Ski lautlos unter dem nächtlichen Himmel dahin. Da er für die CIA an vorderster Front tätig gewesen war, hatte Seng nicht das Sprungtraining der ehemaligen Soldaten in seinem Team genossen, aber wie bei fast allem, was er anpackte, entpuppte sich Eddie als ein Naturtalent. Es waren die Jahrzehnte intensiven Trainings diverser asiatischer Kampftechniken – beigebracht von seinem Großvater in Chinatown in New York –, die ihm gestatteten, sich stets ausschließlich auf jedwede neue Aufgabe zu konzentrieren. Er besaß auch nicht die Nahkampferfahrung der anderen Waffenexperten der Corporation. Er hatte im Laufe seiner Karriere stets undercover agiert, immer ohne Rückversicherung, und alle möglichen Rollen gespielt, um sich ein Netzwerk von Informanten aufzubauen, die ihm die Daten lieferten, die er haben wollte. Jedoch machte ihn

Juan schon wenige Monate nach seinem Eintritt in die Corporation zum Chef landgestützter Operationen, weil Eddie ganz einfach keinen Fehlschlag duldete, egal mit welcher Situation er konfrontiert wurde.

Unter Verwendung des GPS führte er sein Team geradewegs zur *Oase des Teufels.* Sie erreichten das einsame Gefängnis in ausreichender Höhe, um noch ein paar Minuten darüber kreisen und sich einen Eindruck von dem konturlosen Dach und dem rundum geschlossenen Innenhof zu verschaffen. Durch ihre Infrarotbrillen sahen sie drei Wächter vor dem geschlossenen Tor sitzen sowie ein Fahrzeug, dessen Motor noch warm war. Eddie vermutete, dass damit vor mindestens einer Stunde eine Patrouillenfahrt unternommen worden war. Die anderen Fahrzeuge, eins innerhalb des Hofs, das andere außerhalb, waren so kalt wie die Nachtluft.

Er tippte im vorher abgesprochenen Rhythmus gegen sein Kehlkopfmikrofon und gab damit Linc das Zeichen, als Erster zu landen.

Franklin Lincoln lockerte den Zug auf seine Steuerleinen, um seinen Anflug einzuleiten, und drehte sich in den Wind, kaum dass seine Füße die Brustwehr so weit wie möglich entfernt von den Wächtern überflogen hatten. Er landete mit einem kaum hörbaren Scharren seiner Schuhe und ließ den Fallschirm in sich zusammensinken. Er brauchte ein paar Sekunden, um den größten Teil seiner Ausrüstung abzulegen und den Nylonstoff niederzuhalten, damit er nicht flatterte. Als er das erledigt hatte, klopfte er gegen sein eigenes Mikrofon.

Wie ein Geist tauchte Eddie aus der Dunkelheit auf, sein Fallschirm war zu voller Breite aufgebläht, sodass er an einen Habicht erinnerte. Er wählte einen Anflugwinkel, damit das Motorrad an seiner Leine direkt neben Linc aufsetzte. Der athletische SEAL packte die Lenkstange, sobald die Ballonreifen Bodenberührung hatten, und hielt das Motorrad fest, damit es nicht umkippte. Eddies Landung war perfekt, und als er sich von seinem Schirm befreit und diesen gesichert hatte, war Mike Trono an der Reihe zu landen. Erneut sorgte Linc dafür, dass das Motorrad nicht auf das dicke Holzdach polterte und die Wachen aufschreckte.

Jerry Pulaski kam als Letzter. Während sein Motorrad auf dem Dach aufsetzte und er seinen Fallschirm aufstellte, kam plötzlich eine Windbö auf und riss ihn nach hinten. Linc hatte das Motorrad zwar fest im Griff, doch der Winddruck auf Skis Fallschirm war so mächtig, als versuchte er, eine Reklametafel in einem Hurrikan festzuhalten.

»Helft mir«, flüsterte er, wobei seiner Stimme die Anstrengung anzuhören war, während Ski hastig versuchte, den Fallschirm zusammenzuraffen.

Lincs Schuhe rutschten über das feinkörnige Geröll auf dem Dach, sodass Pulaski von der Kante des Gebäudes herabhing.

Mike schlang einen Arm um Lincs Taille, stemmte seine Absätze gegen den Zug, während Eddie das Motorrad von vorn sicherte und es mit aller ihm zur Verfügung stehenden Kraft nach hinten schob. Sie stoppten Skis unvermeidliches Abrutschen für einen kurzen Moment, aber die hier wirkenden Kräfte waren einfach zu groß. Nach wenigen Sekunden war Eddie nur noch knapp dreißig Zentimeter davon entfernt, vom Dach zu stürzen.

Er traf eine schnelle Entscheidung. Er zückte das Messer, das an seinem Kampfgeschirr befestigt war, und hielt es hoch, damit Ski es sehen konnte und gleich wusste, was er beabsichtigte. Und dann legte er die Schneide auf die Halteleine des Motorrads. Bei so viel Spannung riss die Schnur beim leisesten Druck.

Wieder in der Lage, seinen Schirm zu kontrollieren, ließ Ski Luft ab, schwebte an der Seite des Gebäudes abwärts und landete ziemlich hart im Sand, der sich vor dem Fundament auftürmte. Erleichtert, dass er die Mission nicht zum Scheitern gebracht hatte, lag er einen Augenblick lang benommen da, während sich der Fallschirm aufblähte und raschelnd über den Wüstenboden tanzte. Und dann entdeckte er den Pfosten, der zehn Meter vor ihm aus dem Boden ragte. Auf dem Holzpfahl war ein elektronisches Gerät installiert, und er wusste sofort, dass es sich um einen Bewegungsmelder handelte, der nach draußen gerichtet war, um die Entführer zu warnen, sobald sich jemand dem Gefängnis näherte. Der Nylonschirm befand sich bereits unterhalb des Sensors, und eine leichte Brise würde ihn schnell aufblähen und den Alarm sofort auslösen.

Also packte er die Fangleinen und zog den Schirm so hastig zu sich heran, dass sich der Stoff hinter ihm sammelte. Aber ganz gleich, wie viel von dem Stoff er auch einsammelte, es schien, als schaffte er es nicht, den Teil des Schirms, der in der Nähe des Sensors hing, wegzuziehen.

Der Wind drehte, und wie ein Luftballon begann sich der Fallschirm mit Luft zu füllen. Ski sprang auf und rannte zum Sensor, machte dann einen Hechtsprung, sodass sein Körper den Fallschirm niederdrückte, ehe er in das elektronische Auge geriet. Er rutschte über den glatten Nylonstoff und wäre wahrscheinlich sogar gegen den Pfosten geprallt, wenn er sich nicht herumgeworfen hätte. Er landete auf dem Rücken und kam zur Ruhe, seine Hüfte lag nur wenige Zentimeter vom Sensor entfernt.

Ski konnte drei dunkle Silhouetten erkennen, die vom Dach der Festung zu ihm herabschauten, und gab ihnen mit dem Daumen das Zeichen, dass alles okay sei. Dabei achtete er aber darauf, am Ende nicht doch noch den Alarm auszulösen.

Vorsichtig barg er seinen Fallschirm und raffte ihn unterm Arm wie schmutzige Wäsche zusammen. Vor den Grundmauern des Gefängnisses benutzte er die Plastikschale seines Fallschirmsacks, um ein flaches Loch zu graben, in dem er den Fallschirm mitsamt seinem Gurtsystem deponierte. Er bemerkte, dass im Fundament des Gebäudes Belüftungslöcher zu sehen waren. Er erinnerte sich, während der Einsatzbesprechung gehört zu haben, dass unter dem Gefängnis einige Tunnel verliefen, damit der ständige Wind den Inhalt der Latrinen auf natürliche Weise entfernte. Als er seinen Fallschirm vergraben hatte, kletterte er an dem Seil nach oben, das Linc mittlerweile heruntergelassen hatte.

»Na, das war ja richtig lustig«, flüsterte er, als er das Dach erreichte und Eddie und Mike ihm über die Brustwehr halfen.

»Alles ist glatt gegangen«, sagte Eddie.

Während der nächsten zwei Stunden beobachteten sie das Gefängnis von verschiedenen Positionen auf dem Dach aus. Die Wächter waren dunkelhäutig, was sie überraschte. Sie hatten erwartet, dass die umweltschutzmotivierten Entführer weißhäutige Europäer oder Amerikaner waren, verwarfen jedoch nicht die Möglichkeit, dass die Entführer afrikanische Söldner angeheuert hatten. Zwei von den Männern, die am Tor postiert waren, unternahmen stündlich einen Rundgang, während der dritte das offene Portal bis zu ihrer Rückkehr bewachte.

Die Eintönigkeit ihrer Routine war ein Zeichen mangelnder Professionalität, die dem Geiselrettungsteam der Corporation entgegenkam. Einer der Männer rauchte sogar während seines Rundgangs und beeinträchtigte seine Nachtsicht, als er die Zigarette mit einem Streichholz anzündete. Danach verriet er seine Position mit der Glut seines Glimmstäbchens.

Eddie entschied zu warten, bis die Wächter ihren nächsten Rundgang begannen, und dann erst aktiv zu werden. Linc würde die Motorräder vom Dach herunterlassen, während er, Mike und Ski das Innere des Gefängnisses auskundschafteten. Sie hofften, Geoffrey Merrick und Susan Donleavy zu finden, ohne den Wächtern ihre Anwesenheit zu verraten, aber falls man sie doch entdeckte, wären sie in jeder Hinsicht darauf vorbereitet.

Cabrillo hätte lieber bis zum Tagesanbruch gewartet, um die Karawane zu verfolgen. Doch die Temperatur würde sicherlich bis zu fünfzig Grad Celsius ansteigen, und die Sonne würde jeden Tropfen Schweiß aufsaugen, den sein Körper produzieren konnte. Unter diesen Umständen abzuwarten, war keine vernünftige Option.

Nachdem er sich über Satellitentelefon kurz mit Max Hanley beraten hatte, traf Juan seine Vorbereitungen. Er zog seine Schuhe und die Socke aus, damit er den Block C-4-Sprengstoff von der Sohle seines künstlichen Beins ablösen konnte. Danach legte er den Plastikschild seines Fallschirmsacks auf den Boden, stellte sich darauf und drückte die Platte in den Sand, um ihren genauen Schwerpunkt zu ermitteln.

Zufrieden, dass er die richtige Position gefunden hatte, nahm er sein Bein ab und packte ein wenig von dem Plastiksprengstoff unter den Fuß. Er zündete ein Feuerzeug und hielt die Flamme an den weichen Sprengstoff, bis er Feuer fing und zu brennen begann. Es war ein Trick, den Max ihm beigebracht hatte. In Vietnam hatten sie das C-4 aus den Tretminen benutzt, um sich etwas zu essen zu kochen.

Er stellte den Fuß genau auf den Schwerpunkt der Platte und drückte mit seinem ganzen Gewicht darauf. Schnell wurden die beiden Plastikteile weich wie Wachs und dann flüssig, während sie sich miteinander verbanden und die Trennlinie zwischen ihnen unsichtbar wurde. Er schaufelte Sand auf die Platte, um alle Flammen zu ersticken, und ließ das Ganze zehn Minuten lang abkühlen. Nun ergriff Juan die Vorderkante der Platte und schlug das daran befestigte Bein so hart er konnte auf den Boden. Die behelfsmäßige Schweißfläche hielt. Um das Gebilde zu verstärken, schoss er mit der Glock vier Löcher in die Platte und sicherte die Prothese mit einem Stück Fangleine, die er von seinem Fallschirm abgeschnitten hatte.

Juan sammelte nun seine bescheidenen Besitztümer ein, verzichtete auf einen Teil der Munition, um Gewicht einzusparen, und kletterte auf die Kuppe der höchsten Düne in der Nähe. Er legte den Fallschirm auf den Sand und band die Fangleinen an die Schultergurte seines Kampfgeschirrs, wobei er darauf achtete, dass er die Steuerleinen dergestalt anordnete, dass er den Fallschirm lenken konnte. Er setzte sich hin, befestigte das Bein an seinem Beinstumpf und überprüfte seinen ausbalancierten Stand auf der Platte.

Er hatte weiterhin Rückenwind, dessen Geschwindigkeit gelegentlich fünfzig Stundenkilometer erreichte, jedoch nie unter fünfunddreißig Stundenkilometer sank. Von der Kuppe der Düne aus konnte er sehen, wie sich die Reifenspuren der Fahrzeuge in der Dunkelheit verloren, aber es herrschte genügend diffuses Licht, dass er sein Nachtsichtgerät nicht einsetzen musste.

Schwerfällig ging er zum Rand der Düne und stürzte sich, ohne lange nachzudenken, den Steilhang hinunter – wie ein Snowboarder auf der Jagd nach olympischem Gold. Der Fallschirm rutschte hinter ihm her, während die Platte über den weichen Sand glitt. Als seine Geschwindigkeit zunahm, drang Luft in den Fallschirm ein, bis ein kritischer Punkt erreicht war und sich die Schirmkappe mit einem Knall öffnete. Dieser Vorgang warf Juan so herum, dass sich der Fallschirm vor ihm befand, wie ein Ballon vom Wind in der Luft gehalten. Die Kraft des Windes überstieg sein schwerkraftbedingtes Abrutschen, und plötzlich wurde Cabrillo vom Fallschirm über den Sand gezogen.

Er lehnte sich zurück, stemmte sich gegen den Schirm und verlagerte seinen Körperschwerpunkt, während er die Düne hinunterflitzte. Als er in der Senke ankam, ging er leicht in die Knie, um den Aufprall abzufangen, und segelte weiter durch die Wüste, angetrieben vom Wind. Und als der Wind leicht drehte und ihn von den Reifenspuren der Karawane wegschleppte, konnte er ebenso kreuzen wie ein Segelboot, indem er an den Steuerleinen zog, sodass er sich nie mehr als einen halben Kilometer von den Reifenspuren entfernte.

Als Extremsport in Staaten wie Vermont und Colorado erfunden, brauchte man zum Paraskiing ein Snowboard oder ein Paar Ski sowie einen Schirm oder Drachen, dessen Fläche viel kleiner war als die von Cabrillos Fallschirm.

Der Sand bot einen größeren Widerstand als Schnee. Jedoch schleppte ihn sein großer Reservegleitfallschirm mit einem Tempo über die Dünen, von der Adrenalinjunkies nur träumen konnten.

Er stürzte zwei Mal während der ersten Viertelstunde, als er noch seinen Rhythmus suchte, doch danach glitt er locker dahin und folgte einem Schlängelkurs, der ihn die Dünen hinauf und hinunter führte und für eine Spur sorgte, die ebenso gut von einer Sidewinder hätte stammen können.

Die Wächter beendeten ihren Rundgang durch die *Oase des Teufels* um zehn Minuten nach Mitternacht. Das große Tor schloss sich, und das Geräusch eines Riegels, der vorgelegt wurde, drang bis zu den Männern, die auf dem Dach kauerten. Sie ließen den Wächtern weitere zehn Minuten Zeit, um sie in Sicherheit zu wiegen. Dann wurden sie aktiv.

Mike und Ski benutzten einen leisen Ratschenschlüssel, um große Schrauben über der Stelle ins Holz zu drehen, wo sie die Motorräder hinunterlassen wollten. Sie platzierten außerdem zwei weitere Schrauben auf beiden Seiten eines der Fenster. An diesen Schrauben befestigten sie Kletterrollen, hängten ihre Seile ein und ließen die graufarbenen Schnüre an der Gefängnisfassade herabhängen.

Eddie schwang sich seine Maschinenpistole auf den Rücken und schob die Nachtsichtbrille zurecht. Er kletterte über die Brustwehr und turnte an dem mit Knoten versehenen Seil so schnell wie ein Affe hinunter. Als er sich in Höhe des scheibenlosen Fensters befand, holte er eine Automatik mit Schalldämpfer aus dem Halfter.

Der Zellenblock war eigentlich drei Stockwerke hoch und nahm etwa ein Viertel des gesamten Gebäudes ein. Dicht unter Sengs unsicherer Position befanden sich zwei übereinander angeordnete Reihen von Eisenkäfigen, die den gesamten Raum umsäumten und nur über schmale eiserne Laufgänge und Wendeltreppen erreicht werden konnten. Die Treppen und Ränge waren bewusst schmal gehalten, um zu verhindern, dass eine Phalanx von Gefangenen die Wächter, die früher hier gearbeitet hatten, angriff und überwältigte. Jede Zelle enthielt zwei leere Pritschenrahmen mit den Vorrichtungen, auf denen früher die Matratzen gelegen hatten. Eddie tippte auf ein Geflecht von Lederriemen, das längst ein Opfer der Wüste geworden war.

Die Bodenfläche war durch lange steinerne Trennwände aufgeteilt, die als Rückwände weiterer Zellen dienten. Die würfelförmigen Zellen maßen nicht mehr als drei Meter im Quadrat. Eisenstäbe bildeten die Vorderseite und die offene Decke. Von seinem Standort am Fenster aus konnte Eddie erkennen, dass die oberen Zellen leer waren, allerdings hatte er auf die unteren Zellen keine ungehinderte Sicht.

Er blickte nach oben und gab Mike und Ski mit einem Kopfnicken zu verstehen, dass sie zu ihm herunterkommen sollten, während Linc außerhalb des festungsähnlichen Gefängnisses die Motorräder auf die Erde hinunterließ. Direkt unter dem Fenster befand sich keine Zelle, daher schleuderte Eddie das untere Ende des Seils so hinein, dass er mit seiner Hilfe auf den schmalen Laufgang gelangen konnte, der zur oberen Zellenreihe gehörte. Er landete lautlos auf dem Eisenabsatz, und Sekunden später waren auch seine beiden Kampfgefährten bei ihm.

Mit sparsamen Gesten wies er Mike und Ski geeignete Positionen zu, damit sie ihm Rückendeckung geben konnten, während er eine langsame Runde durch den Zellenblock machte. Er schaltete seine Brille von Nachtsicht auf Infrarot, um möglicherweise die Wärmestrahlung von jemandem wahrnehmen zu können, der in einer der unteren Zellen lag.

Da!

Im hinteren Bereich schienen sich zwei Leute eine Zelle zu teilen. Sie lagen so dicht nebeneinander, dass sie einander berührten. Er schaltete die Brille wieder zurück auf Nachtsicht. Durch das große Fenster drang genug Licht herein, um zwei Gestalten unter einer Decke unterscheiden zu können. Es waren ein Mann und eine Frau. Er lag auf dem Rücken und hatte das Gesicht abgewandt, während sie sich von ihm weggedreht hatte, auf der Seite lag und die Knie bis zur Brust angezogen hatte.

Eddie machte sich bei Mike und Ski bemerkbar, streckte zwei Finger hoch und deutete dorthin, wo die Gefangenen schliefen. Ski blieb auf der Plattform und gab Eddie und Mike mit einer Maschinenpistole mit Ziellaser Schutz. Sie schlichen die Treppe hinunter und verlagerten ihr Gewicht bei jedem Schritt mit äußerster Behutsamkeit, um auch das leiseste Geräusch zu vermeiden.

Als sie die Zelle erreichten, sahen sie, dass die Tür offen stand. Trono und Eddie wechselten einen überraschten Blick. Sie hatten erwartet, dass Merrick und Donleavy eingeschlossen wären, aber vielleicht reichte die Tür, durch die man in den Zellenblock und wieder hinausgelangte, völlig aus, um die Gefangen in Gewahrsam zu halten.

Eddie holte eine kleine Sprühdose aus einer seiner zahlreichen Gürteltaschen und sprühte die Türangeln mit Graphitpulver ein, ein Schmiermittel, das Öl in einer solchen Situation bei Weitem überlegen war. Als er an einer Stange zog, gab die Tür ein leises Knarren von sich, und Seng erstarrte. Die Frau seufzte leise und veränderte ihre Lage, wachte jedoch nicht auf. Eddie bewegte die Tür einen weiteren Millimeter, aber das Graphit hatte sich bereits in dem Scharnier verteilt, und sie schwang lautlos auf.

Die beiden Elitesoldaten durchquerten die Zelle mit gezückten Pistolen. Die übliche Prozedur bei jeder Geiselbefreiung bestand darin, dass man die Zielperson überprüfte, ehe man sie als freundlich gesinnt behandelte. Als sie das schlafende Paar erreichten, deutete Eddie auf die Frau und bedeutete Mike, dass er sich um sie kümmern solle, während er selbst auf der anderen Seite des Deckenhaufens, den das Paar als Bett benutzte, Stellung bezog.

Gleichzeitig legten die beiden Männer die Hände auf die Münder des schlafenden Paares und drückten dabei ihre Köpfe auf den Boden. Und fast gleichzeitig erkannte Eddie, dass die Fotografien, die sie auf der Website von Merrick/Singer gesehen und sich eingeprägt hatten, keineswegs zu dem Mann passten, der da gerade in einem Zustand benommener Panik aufwachte.

Eddie versetzte ihm mit dem Pistolengriff einen Schlag hinters Ohr, und als sich seine Augen nicht schließen wollten, schlug er abermals zu, bis der Mann wegtrat. Mike hingegen hielt die Frau weiterhin fest, bis er sie als Susan Donleavy erkannte. Er behielt die Hand auf ihrem Mund und legte sich einen Finger auf die Lippen, um ihr klarzumachen, dass sie leise sein solle. Sie fuhr fort sich zu wehren, während Eddie den Mund des Mannes mit Klebeband verschloss und seine Hände und Füße mit Plastikkabelbindern fesselte.

»Wir sind gekommen, um Sie zu befreien«, wiederholte Mike immer wieder im Flüsterton, bis Susan sich so weit beruhigte, dass er die Hand wegnehmen konnte. Der Ausdruck ihrer Augen blieb wachsam.

»Wer sind Sie?«, fragte sie, und Mike legte schnell wieder eine Hand auf ihren Mund.

»Leise«, warnte er. »Wir sind hergekommen, um Sie und Dr. Merrick zu befreien. Wer ist das?« Mike deutete auf die bewusstlose Gestalt, die Eddie mittlerweile an die Gitterstäbe der Zelle gebunden hatte.

»Er ... er ist einer meiner Entführer. Er ...« Ihre Stimme versiegte.

Mike hatte es nicht nötig, dass sie ihm in allen Einzelheiten schilderte, wie einer der Entführer sie in diese verlassene Zelle geschleift hatte, um sie zu vergewaltigen. »Ist er bewaffnet?«

»Ich fand dies unter dem Kissen.« Eddie hielt eine Pistole hoch.

Trono schaute Susan beruhigend an. »Es ist jetzt vorbei. Er wird Sie nie mehr anrühren.«

»Ist er tot?«, fragte sie mit zaghafter Stimme.

»Nur bewusstlos.« Mike reichte ihr ein Bündel Kleider, das auf dem Fußboden gelegen hatte. »Ziehen Sie sich an.«

Die Kleider verschwanden unter der Decke, und Susan verrenkte sich, um in sie hineinzuschlüpfen, ohne unter der Decke hervorzukommen.

»Wissen Sie, wo Dr. Merrick gefangen gehalten wird?«, fragte Eddie, als sie die Decke zurückschlug.

»Ja, in einem anderen Zellenblock.«

»Sagen Sie uns, wo.«

»Ich könnte es Ihnen zeigen«, schlug sie vor.

Eddie schüttelte den Kopf. »Zu gefährlich.«

»Bitte. Ich möchte es.« Sie zögerte. »Ich muss langsam wieder zu mir kommen. Außerdem hat er vor dem Zellenblock Wache gehalten. In den oberen Stockwerken ist niemand. Sie schlafen alle im alten Verwaltungstrakt.«

»Wie viele sind es?«, fragte Mike.

»Ich glaube, acht oder neun, aber ich bin nicht sicher.«

Die Zahl kam ihm ziemlich niedrig vor, wenn er bedachte, dass sie gleich drei Männer am Haupttor aufgestellt hatten, aber Mike ging nicht näher darauf ein. »Sind die anderen genauso bewaffnet wie dieser hier?«

»Ein paar von ihnen hatten Maschinenpistolen, als wir hierherkamen«, berichtete Susan. Sie weinte. »Bitte erlauben Sie mir, Sie zu Dr. Merrick zu bringen. Wenn ich nicht das Gefühl haben kann, Ihnen geholfen zu haben, kann ich mit dem, was mir der da angetan hat, nicht weiterleben.« Sie deutete mit einer Kinnbewegung auf den bewusstlosen Vergewaltiger.

Eddie wollte schon wieder ablehnen, doch er glaubte ihr, dass sie sich von ihrer Tortur niemals erholen würde, wenn sie so einfach vom Ort des Geschehens verschwand. Seine eigene Schwester hatte nach ihrer Vergewaltigung erst dann ihren Frieden gefunden, als sie eine halbe Flasche Wodka und ein Röhrchen Schlaftabletten geleert hatte. Das friedliche Lächeln auf ihrem erkalteten Gesicht verfolgte ihn noch immer. Und er sah nichts Nachteiliges darin, dass Susan sie begleitete, während der einzige Wächter in diesem Stockwerk gefesselt und geknebelt auf dem Boden lag. »Okay«, sagte er. Mike warf ihm einen missbilligenden Blick zu. Eddie wischte seine Besorgnis mit einer Handbewegung weg. »Sie können bis zum Eingang des Zellenblocks mitkommen. Ich bleibe in Ihrer Nähe, und dann sehen wir zu, dass wir schnellstens von hier verschwinden.«

»Vielen Dank«, murmelte sie und wischte sich die Tränen mit dem Handrücken aus den Augen.

Nachdem er einen Bund schwerer Bronzeschlüssel aus der Hosentasche des Vergewaltigers gefischt hatte, gab Eddie Ski ein Zeichen, ihm zu folgen. Ski kam die Treppe herunter und gesellte sich an der einzigen Tür zum Zellenblock zu ihnen. Die Scharniere befanden sich auf der Außenseite der Tür, daher hoben Mike und Ski sie an, um ein Quietschen zu vermeiden, während Eddie sie gerade weit genug öffnete, dass sie alle hindurchschlüpfen konnten.

Der Korridor hinter der Tür war lang und gerade und der Fußboden mit einer dünnen Sandschicht bedeckt. Es gab keinerlei Lichtschein, den die Nachtsichtbrillen hätten verstärken können, daher schoben sich Ski, Eddie und Mike die Brillen auf die Stirn. Sie tasteten sich blind vorwärts und fuhren mit den Fingerspitzen über die raue Steinwand, bis sie zu einer Ecke kamen. Dahinter erstreckte sich ein weiterer Gang.

»Die Zelle befindet sich etwa in der Mitte auf der rechten Seite«, flüsterte Susan. »Gewöhnlich steht davor ein Stuhl für den Wächter.«

Eddie riskierte es, eine mit roter Linse versehene Taschenlampe anzuknipsen, und schirmte den roten Lichtstrahl mit der Hand ab. Wie Susan es beschrieben hatte, stand der Aluminiumklappstuhl vor einer Tür, die mit der im ersten Zellenblock identisch war. Eddie besprühte den altmodischen Schließmechanismus wieder mit Graphitpulver und reichte Ski die Dose, damit er die Scharniere damit besprühte. Gleichzeitig probierte er einen Schlüssel nach dem anderen aus, bis er den richtigen fand, der in das Schloss passte.

Selbst unter der Einwirkung des Graphitpulvers gab das Schloss nur widerwillig nach, aber glücklicherweise geschah es so gut wie lautlos. Die Männer setzten ihre Nachtsichtbrillen wieder auf, und während sich Mike und Ski mit ihren Maschinenpistolen hinter ihm in Position brachten, zog Eddie behutsam die Tür auf. Dabei gaben die Scharniere ein leises Knarren von sich.

Die Läufe von Skis und Mikes Maschinenpistolen wanderten ständig hin und her. Während die Einzelheiten des Zellenblocks immer deutlicher zu erkennen waren, suchten sie jeden Quadratzentimeter ab, den sie einsehen konnten, bis die schwere Tür weit genug offen stand, um sie einzulassen.

Ein Balken Mondlicht drang durch das große Fenster auf den Fußboden, und in seinem milchigen Schein glänzten die Gitterstäbe wie Elfenbein.

In geduckter Haltung drangen die beiden Scharfschützen in den Raum ein und sicherten ihn mit ihren Waffen. Sie hielten sich dicht an den Wänden und vergewisserten sich, dass im Umkreis alles sauber war und niemand im Korridor zwischen den Zellen lauerte. Ski betrat eine Wendeltreppe am einen Ende des Ganges, während Mike die Treppe am anderen Ende benutzte. Sie stiegen gerade hoch genug, um in die Zellen im zweiten Stockwerk schauen zu können, nachdem sie die Brillen wieder auf Infrarot geschaltet hatten. Diese Zellen waren leer. Dann nahmen sie sich die Zellen im dritten Stock vor und hatten mit ihrer Suche auch dort keinen Erfolg.

Wieder unten, überprüften sie die Zellenreihen dort, wobei sie am Ende des Raums begannen und sich in Richtung Tür bewegten, um nicht den ganzen Weg noch einmal zurücklegen zu müssen, sobald sie fertig waren. Es war eine Technik, die einige Sekunden einsparte, denn jetzt zählte wirklich jeder Moment. Eddie blieb mit Susan draußen und wartete.

Im vorderen Teil des Raums stießen sie auf eine schlafende Gestalt. Mike präparierte die Scharniere und das Schloss der Zellentür in altbewährter Weise, während Ski den richtigen Schlüssel heraussuchte. Sekunden später standen sie in der Zelle. Ski ging neben Geoffrey Merrick in die Hocke. Er erkannte ihn trotz der eine Woche alten Bartstoppeln in seinem Gesicht. Sanft legte er eine Hand auf Merricks Mund und schüttelte ihn wach.

Merrick versuchte aufzuspringen, aber Ski hielt ihn fest.

»Wir sind hier, um Sie zu befreien«, sagte der ehemalige Marineinfanterist. »Alles ist okay.«

Der Ausdruck in Merricks Augen verwandelte sich von erschrocken über ängstlich zu erleichtert. Er stellte seine Gegenwehr sofort ein. Als Ski ihn fragte, ob er die Hand von seinem Mund wegnehmen könne, nickte Merrick.

»Wer sind Sie?«, fragte Merrick halblaut.

»Ein professionelles Geiselbefreiungsteam. Sind Sie verletzt? Können Sie laufen?«

»Und wie ich laufen kann«, antwortete Geoffrey. »Hat meine Firma Sie geschickt?«

»Über die Einzelheiten wird noch verhandelt. Im Augenblick sollten wir lieber zusehen, dass wir Sie und Miss Donleavy von hier wegschaffen.«

»Sie haben Susan gefunden? Wie geht es ihr?«

»Sie ist ziemlich angeschlagen. Sie wurde vergewaltigt.«

»Nach dem, was diese Bastarde ihr angetan haben, wurde sie auch noch vergewaltigt? Herrgott im Himmel, dafür wird Dan Singer bezahlen!«

»Demnach steckt Ihr ehemaliger Partner hinter dieser Geschichte«, sagte Ski und half Merrick auf die Beine.

Mit ihrem Schützling zwischen ihnen bewegten sich Ski und Mike zur Tür. Geoffrey Merrick beschleunigte seine Schritte, als er Susan neben Eddie Seng stehen sah, ihr Gesicht wirkte im fahlen Mondlicht düster. Er breitete die Arme aus, um sie an sich zu drücken, blieb dann aber abrupt stehen. Verwirrung breitete sich auf seinem Gesicht aus.

»Ihr Gesicht«, sagte er irritiert. »Sie wurden nicht …?«

Das war alles, was er über die Lippen brachte. Susan stieß Eddie im gleichen Moment zur Seite, in dem sie die Pistole aus seinem ungesicherten Halfter riss. Ihre Augen funkelten wütend, trotzig, während sie die Waffe in Anschlag brachte und gleichzeitig den Sicherungsflügel der Beretta umlegte.

»Stirb, du Hurensohn!«, kreischte sie schrill und drückte ab.

Eddies Reaktion erfolgte trotz der Situation, die etwas Irrationales hatte, blitzartig. Doch noch während sein Körper reagierte, begriff er sofort, was geschehen war. Susan Donleavy war überhaupt kein Opfer. Sie gehörte zu den Entführern, und was im anderen Zellenblock geschehen war, hatte überhaupt nichts mit einer Vergewaltigung zu tun. Es war nur ein Liebespaar, das sich ein stilles Plätzchen gesucht hatte.

Er holte aus und traf mit der Hand Susans Handgelenk, kurz bevor der Schuss sich löste. Der Rückstoß und der Schlag ließen die Pistole in den Gang hinausfliegen und ihren Hals ungeschützt. Eddie drehte die Hand und zielte mit der Kante auf ihren Hals, bremste den Schlag jedoch im letzten Moment ab, um nicht die Halsschlagader zu zerquetschen und sie zu töten. Er fuhr herum.

Geoffrey Merrick lag auf dem Fußboden. Ski und Trono beugten sich über ihn. Das Blut, das hinter ihm gegen die Wand gespritzt war, sah aus wie ein Bild aus dem Rorschach-Test.

»Lebt er noch?«

»Ja, sie hat ihn ziemlich hoch in der Brust erwischt«, sagte Ski und holte steriles Verbandsmaterial aus einem Erste-Hilfe-Paket. Merricks Gesicht war schneeweiß, er atmete hechelnd, während er sich gegen den Schmerz wehrte. Seine Brust war nass, und noch mehr Blut sickerte aus der Wunde. »Ich weiß nicht, ob lebenswichtige Organe getroffen wurden, aber vorläufig hast du ihm das Leben gerettet.«

»Noch habe ich das nicht«, sagte Eddie, während er Ski das Verbandszeug aus der Hand nahm. »Dafür haben wir jetzt keine Zeit. Sie ist eine von denen und hat wahrscheinlich gelogen, was die Anzahl der Wächter betrifft. In zehn Sekunden dürfte es hier von Wächtern nur so wimmeln. Hebt ihn hoch, und lasst uns verschwinden.«

»Was ist los?«, erkundigte Linc sich über Funk.

»Donleavy hat Merrick niedergeschossen. Ich glaube, sie arbeitet mit den Entführern zusammen.«

Ski bückte sich, damit Mike und Eddie Merrick auf seine breiten Schultern legen konnten. Merrick wimmerte nur und schrie nicht auf. Das Blut, das über Skis Tarnjacke rann, sah aus wie Tinte und roch wie eine Handvoll alter Pennys.

»Was habt ihr vor?«, fragte Linc.

»Wir halten uns an unseren Plan und hoffen, dass uns die Zeit nicht davonläuft. Bereite dich darauf vor, Merrick zu den Motorrädern runterzulassen. Er ist ziemlich schwer getroffen.«

»Ich warte.«

»Was ist mit ihr?« Mike deutete dorthin, wo Susan Donleavy bewusstlos vor der Wand lag. Sie erinnerte an eine Lumpenpuppe, die den größten Teil ihrer Füllung verloren hatte.

»Lass sie liegen«, erwiderte Eddie mit mühsam unterdrücktem Zorn. Er hätte das Ganze kommen sehen müssen, aber seine eigenen Gefühle in Erinnerung an das, was mit seiner großen Schwester vor all den Jahren passiert war, hatten seine Gedanken wohl abgelenkt. Er erwartete, dass Juan ihn wegen einer solchen Fehleinschätzung feuern würde, falls sie lebend aus diesem Schlamassel herauskämen.

Sie machten sich auf den Weg – mit Eddie an der Spitze und Mike als Rückendeckung. Lampen, die mit Drähten verbunden an der Decke hingen, flammten kurz auf, wurden wieder matt und brannten dann mit normaler Helligkeit, während irgendwo in der Festung ein Generator ansprang. Hinter einer fernen Gangbiegung war das Schlagen einer Tür zu hören, gefolgt vom Geräusch zahlreicher Füße auf dem sandigen Korridorboden. Es war ein Wettrennen zu der Zelle, wo die Seile bereit hingen. Die Männer beschleunigten instinktiv ihre Schritte, bis sie rannten und sich keine Mühe mehr gaben, leise zu sein.

Es war ihnen egal, dass Merrick jedes Mal aufstöhnte, wenn sein Körper sich verschob und das zerfetzte Fleisch um die Schusswunde neue Schmerzwellen durch seinen Körper jagte.

Die Tür zum Zellenblock war noch etwa fünf Meter weit entfernt, als eine solide Wand aus Männern um die ferne Gangbiegung herumkam. Viele waren nur mit Boxershorts bekleidet, nachdem sie durch den Pistolenknall aus dem Schlaf gerissen worden waren, aber jeder hatte so viel Geistesgegenwart besessen, sich schnell eine Waffe zu schnappen. Das Team der Corporation stand mindestens zehn bewaffneten afrikanischen Wächtern in einem Flur gegenüber, der jetzt einem Schießstand ähnelte.

Eddie hatte den Bruchteil einer Sekunde Zeit, ehe die Wächter begriffen, dass sie ihr Jagdwild gestellt hatten und mit allem darauf feuerten, was ihnen zur Verfügung stand. Er ließ seine Maschinenpistole fallen, hob beide Hände und ging damit das größte Risiko seines Lebens ein. Keiner der Wächter ließ seine Waffe sinken, und aus einer Sekunde wurden zwei, in denen kein Schuss fiel. Hinter sich konnte Eddie hören, wie Skis und Mikes Waffen klappernd auf den Steinfußboden prallten. Und dann folgte das Geräusch von weiteren Männern, die in den Korridor quollen. Er wagte einen kurzen Blick über die Schulter. Ein Dutzend weitere Soldaten waren erschienen, von denen jeder mit seinem AK-47 auf ihn zielte.

»Wir sind geplatzt«, flüsterte er in sein Mikrofon, um Linc zu warnen. »Ruf die *Oregon*.«

Ein weiterer Mann erschien wenig später, und obgleich er nur eine Tarnhose und ein Paar nicht zugeschnürter Schuhe trug, hatte er die Haltung und das Auftreten eines Offiziers. Sein Gesicht war schmal, mit einer Hakennase und eingesunkenen Wangen.

»Ich habe Berichte erhalten, dass eine kleine Armee unterwegs sei, um Moses Ndebele zu befreien«, erklärte er in perfekten Englisch. »Und nicht nur eine Handvoll weißer

Söldner. Dennoch wird eure Exekution im Morgengrauen höchst befriedigend sein.«

»Wie würde es Ihnen gefallen, wenn ich Ihnen verriete, dass wir engagiert wurden, um Dr. Merrick zu retten, und noch nie etwas von Moses Ndebele gehört haben?«, fragte Mike Trono spöttisch.

»In diesem Fall wird Ihre Exekution gar nicht so befriedigend sein.«

20

Noch nie hatte Juan Cabrillo solche Schmerzen empfunden. Das war nicht die akute Qual von damals, nachdem ihm das Bein von einem chinesischen Kanonenboot weggeschossen worden war, sondern es war eine allgegenwärtige Tortur, die seine Muskeln mit Krämpfen attackierte, bis er glaubte, nicht mehr weitermachen zu können. Seine Oberschenkel und sein Rücken mussten den größten Teil der durch das Paraskiing hervorgerufenen Belastungen ertragen, und sie fühlten sich an, als würden sie innerlich von einem Schwelbrand aufgezehrt. Seine Hände waren zu Klauen verkrümmt, die die Steuerleinen des Gleitschirms festhielten, und es gab keine Möglichkeit, sich zu entspannen oder gar auszuruhen. Es gab keine Möglichkeit, irgendeinem Teil seines Körpers eine Rast zu gönnen, ehe er seinen Dienst quittierte.

Und das stand nicht zur Debatte.

Solange der Wind über die Wüste fegte, hing Cabrillo grimmig an seinem Gleitschirm und jagte über den Sand. Seine Schwünge waren nicht mehr fließend und elegant, und wenn er stürzte, dann dauerte es länger und länger, bis er sich wieder aufgerafft hatte. Er hatte keine Pause mehr gemacht, seit das Satellitentelefon geklingelt und Max Hanley ihn davon in Kenntnis gesetzt hatte, dass Eddie, Mike und Ski gefangen genommen worden seien.

Nach dem zu urteilen, was Linc über Funk gehört hatte, als seine Kameraden aufgeflogen waren, gab es eine Einheit Soldaten aus Simbabwe, die den Oppositionsführer des Landes, Moses Ndebele, in der *Oase des Teufels* bewachte. Linda hatte einige schnelle Recherchen angestellt und erfahren, dass Ndebele schon in zwei Tagen wegen Vergehen gegen den Staat vor Gericht gestellt und höchstwahrscheinlich auch gleich hingerichtet werden solle. Die offizielle Beschwerde der Vereinten Nationen über Simbabwe hatte nicht mehr erreicht, als dass die Regierung die Bürgerrechte innerhalb der Landesgrenzen noch mehr einschränkte. Im ganzen Land war das Kriegsrecht ausgerufen worden, und in Harare, der Hauptstadt, galt eine allgemeine Ausgangssperre.

Linda erfuhr, dass Ndebele über eine umfangreiche Gefolgschaft verfügte, die über Stammesgrenzen hinwegreichte. Seine Widerstandsbewegung war die erste, der zuzutrauen war, dass sie die korrupte Regierung Simbabwes stürzte und in einem Land, das einst zu Afrikas reichsten Nationen gehört hatte, nun jedoch von Hunger und Krankheit verwüstet war, eine stabile Demokratie etablierte. Obgleich er früher, als Simbabwe noch Rhodesien hieß und von einer weißen Minderheit mit strengen Apartheidsgesetzen regiert wurde, ein zu allem entschlossener Guerillaführer gewesen war, verfolgte Moses Ndebele mittlerweile einen gewaltfreien Kurs zum Sturz des gegenwärtigen Regimes – und Linda fand heraus, dass er häufig mit Mahatma Ghandi verglichen wurde.

Max hatte die Informationen bereits an Langston Overholt weitergeleitet. Lang hatte gemeint, Ndebele zu finden sei bereits eine geheimdienstliche Großtat, und fügte hinzu, dass wenn es die Corporation schaffen sollte, ihn zu befreien, dies erheblich dazu beitragen würde, die Position Amerikas in Südafrika entscheidend zu stärken. Es sei zwar noch zu früh, um über konkrete Geldbeträge zu sprechen, aber Lang versicherte Max, dass die Belohnung für die Rettung Ndebeles mit Sicherheit in die Millionen ginge.

Max hatte außerdem berichtet, dass Susan Donleavy anscheinend überhaupt nicht entführt worden sei. Sie sei bei der Entführung Geoffrey Merricks vielmehr eine willfährige Komplizin gewesen und habe dem Wissenschaftler eine Kugel in die Brust gejagt, sobald sie dazu die Gelegenheit hatte. Wie schwer sie ihn getroffen habe, konnte Linc nicht sagen.

Da der Rest seines Teams in Gefangenschaft war und bei Tagesanbruch hingerichtet werden sollte, hatte sich Linc bei Max erkundigt, was er nun tun solle. Die Wächter würden das gesamte Gefängnis durchkämmen und ihn schon nach wenigen Minuten aufstöbern. Er könne versuchen, sich zur Wehr zu setzen, oder auf einem der Motorräder flüchten.

»Was hast du ihm geraten?«, hatte Juan gefragt.

»Was glaubst du denn?«

»Es muss ihm gar nicht gefallen haben, seine Leute zurückzulassen, aber es war der richtige Schritt.« Juan war sich darüber im Klaren gewesen, dass dies die einzige sinnvolle Alternative war.

»Er ist stocksauer.«

»Verfolgst du ihn?«

»Er ist etwa dreißig Kilometer von der Stelle entfernt, wo Tiny mit dem Flugzeug gelandet war, und legt auf dem Motorrad in der Stunde etwa fünfzig Kilometer zurück. Und was dich betrifft, so hast du bisher etwa siebzig Kilometer geschafft, falls es dich interessiert.«

Die Idee war absolut irrsinnig, aber Cabrillo musste einfach die Frage stellen: »Wie weit bin ich vom Flugzeug entfernt?«

»Über zweihundertdreißig Kilometer«, hatte Max ihm geantwortet.

Der Tag würde anbrechen, lange bevor er die Hälfte der Distanz geschafft hätte, und wenn die Sonne aufging, müsste Juan sich verstecken oder einen sehr gefährlichen Wasserentzug riskieren. Die andere Alternative bestand darin, einen Ort zu finden, in dessen nächster Nähe Tiny landen könnte, aber bisher hatte Cabrillo nichts anderes gesehen als weiche Dünen, auf denen noch nicht einmal ein Leichtflugzeug hätte aufsetzen können geschweige denn die zweimotorige Frachtmaschine, die sie für den Fallschirmabsprung gemietet hatten.

»Falls Linc nicht verfolgt wurde«, sagte Juan, »möchte ich, dass er mit Tiny und Hux wartet.«

»Hast du einen Plan?«

»Nein, ich sammle nur die Häupter meiner Lieben für den Moment, da mir etwas einfällt.«

Keiner der beiden zweifelte daran, dass dies auch geschehen würde.

Das war vor zwei Stunden gewesen, vor zwei der längsten Stunden in Cabrillos Leben.

Er ließ die rechte Steuerleine etwas nach, als der Wind

drehte, flog über die Kuppe einer Düne und blieb fast dreißig Sekunden in der Luft, ehe er wieder zur Erde zurückkehrte. Er fing den Aufprall mit schmerzenden Knien ab und rauschte auf der anderen Seite der Düne abwärts. Die Reifenspuren hatten sich rechts von ihm befunden, aber auf Grund der veränderten Windrichtung glitt er bald an ihnen entlang und wechselte dann auf die linke Seite. Er bereitete einen Schwenk vor, während er auf einen weiteren Sandberg gezogen wurde, der bisher der höchste von allen gewesen war. Sein Schwung nahm ab, als der Wind gegen die Reibung der Plastikschale auf dem Sand ankämpfte, und er hatte Mühe, nicht von seinem Fuß gerissen zu werden.

Er war erschöpfter als je zuvor in seinem Leben, so müde, dass seine Reflexe immer träger wurden und sein Geist sich nur noch nach Schlaf sehnte.

Der Schirm wurde zunehmend langsamer und zwang ihn, sich so weit zurückzulehnen, dass sein Körper tief einknickte und er mit dem Gesäß fast durch den Sand schleifte. Gerade als er das Gefühl hatte, der Wind lasse ihn im Stich und zwinge ihn, den restlichen Weg bergauf zu laufen, packte eine Bö den Schirm und riss Cabrillo von den Füßen und über den höchsten Punkt der Düne hinweg.

Zu seinem Schrecken sah er am Fuß der Düne vier Lastwagen, die im Halbkreis geparkt waren, sodass ihre Scheinwerfer einen fünften anstrahlten, dessen lange Motorhaube aufgeklappt war. Männer drängten sich um das gestrandete Fahrzeug. Zwei von ihnen waren auf die Stoßstange geklettert und beugten sich in den Motorraum. Mehrere hielten Sturmgewehre in den Armen. Juan hatte sich den Fahrzeugen vorsichtig nähern wollen, um in

Erfahrung zu bringen, um wen es sich handelte und was sie so weit draußen in der Wüste zu suchen hatten, ehe er sich bemerkbar machte.

Die Bö, die ihn gnädigerweise über den Dünenkamm gehoben hatte, würde ihn mitten unter ihnen absetzen. Hastig ließ er die Luft aus dem Schirm und fiel in der vergeblichen Hoffnung auf die Erde zurück, über die Düne zurückkriechen zu können, ehe er entdeckt wurde. Er landete im weichen Sand, wurde sofort nach vorn gerissen und rollte in einem Gewirr von Nylonstoff und Fangleinen den steilen Abhang hinunter.

Er kam dann am Fuß der Düne zur Ruhe, eingewickelt in seinen Fallschirm wie eine Mumie in ihre Leinenlappen, sein Mund und die Nase voller Sand. Cabrillo spuckte und schnaubte, um seine Atemwege frei zu bekommen, aber egal wie sehr er sich auch bemühte, er konnte keinen seiner Arme befreien, um die Fesselung zu zerschneiden. Hilflos musste er zusehen, wie vier von den Männern das Lager im Laufschritt verließen und mit ihren AK-47 im Anschlag auf ihn zukamen.

»Hi, Freunde«, sagte Juan fröhlich, als sie in Hörweite waren. »Könnte mir vielleicht mal einer von Ihnen behilflich sein?«

Nachdem man ihnen ihre Waffen, Funkgeräte und Ausrüstungsgegenstände abgenommen hatte, wurden Eddie, Mike und Ski in dem Block, den die simbabwischen Soldaten benutzten, um Moses Ndebele zu bewachen, in benachbarte Zellen gesperrt. Geoffrey Merrick war von einer Gruppe von Zivilisten übernommen worden, die ihrem Äußeren nach dem Bild entsprachen, das sich Eddie von leidenschaftlichen Umweltschutzfanatikern machte.

Man konnte ihr Geschlecht nicht nur an der Länge ihrer Haare erkennen. Der schwere Duft von Patschuliöl überdeckte nur unzureichend den Dunst von Marihuana, der ihren Kleidern entströmte.

Eddie massierte sich das Kinn, wo ihn Susan Donleavy mit einem wütenden Faustschlag getroffen hatte, nachdem ihre Freunde sie aufgeweckt hatten. Ein Wächter, der die Szene miterlebt hatte, ging in diesem Augenblick an seinem Käfig vorbei, sah, womit er beschäftigt war, und grinste spöttisch.

Eddie schätzte, dass sich etwa einhundert bewaffnete Männer in dem Gefängnis aufhielten, und nun, da sich das Adrenalin in seinem Körper verflüchtigt und er Zeit gehabt hatte, seine Lage zu überdenken, begriff er auch, weshalb es so viele waren. Moses Ndebele wurde von vielen als möglicher Retter der Nation betrachtet – also würde die herrschende Regierung alles tun, um ihn zum Schweigen zu bringen. Wenn sie ihn in einem Gefängnis in Simbabwe festhielten, konnte es schon bald zum Wallfahrtsort seiner Anhänger mutieren. Aber hier draußen würde ihn niemand finden. Hier könnten sie ihn für ewig und alle Zeiten einsperren.

Er fragte sich, weshalb Merrick und Ndebele wohl gleichzeitig an diesem Ort waren, und vermutete, dass zwischen den beiden eine Verbindung bestand, konnte aber nicht erkennen, wie sie aussah. Daniel Singer musste irgendeinen Handel mit der Regierung abgeschlossen haben, um das alte Gefängnis benutzen zu dürfen – oder aber es war genau umgekehrt.

Zwei Stunden waren verstrichen, seit man sie entdeckt hatte. Dass Linc nicht ebenfalls in den Zellenblock gebracht worden war, bedeutete offensichtlich, dass der ehemalige SEAL auf einem der Motorräder hatte fliehen können. Eddie war erleichtert. Der befehlshabende Offizier der Garnison hatte angekündigt, dass das Corporation-Team bei Tagesanbruch hingerichtet würde. Es hätte keinen Sinn gehabt, wenn Linc sich unnötigerweise geopfert hätte, vor allem da er stattdessen offenbar eine Gelegenheit zur Flucht gehabt hatte.

Aber angesichts der Tatsache, dass Cabrillo irgendwo da draußen in der Wüste herumirrte, Lincoln außer Tiny Gunderson und Doc Huxley allein war und die *Oregon* dreihundertfünfzig Kilometer weit entfernt wartete, kam Eddie zu dem Schluss, dass die Chance, gerettet zu werden, verschwindend gering schien. Sie brauchten eine ganze Helikopterstaffel, um einen Angriff aus der Luft zu starten, und das einzige Fahrzeug an Bord des Schiffes war im Augenblick Lincs Harley, daher fiel ein Durchqueren der Wüste von vornherein flach.

Eddie war kurz nach dem College zur CIA gegangen und hatte den überwiegenden Teil der nächsten fünfzehn Jahre damit zugebracht, regelmäßig in China ein- und wieder auszureisen und ein Netz von Informanten aufzubauen und zu pflegen, die es ihrerseits den USA ermöglichten, eine unsichere Beziehung mit dem Festland zu unterhalten. Er war mit einem U-Boot im Frühling des Jahres 2001 nach Hainan geschmuggelt worden, wo die Chinesen die Besatzung eines EP-3-Spionageflugzeugs gefangen hielten, und hatte Informationen weitergegeben, die bewirkten, dass sich die Krise nicht zu einem Krieg hochschaukelte. Er hatte unter den Augen der chinesischen Geheimpolizei, einer der effizientesten der Welt, fast ungehindert agieren können, weil er in dem, was er tat, unerreicht gut war. Die Ironie, von der Prätorianergarde eines drittklassigen

Diktators aus dem Verkehr gezogen worden zu sein, ließ ihn keinesfalls kalt.

Trotz alle Widrigkeiten vertraute Eddie immer noch darauf, dass Juan Cabrillo einen Weg finden würde, um sie zu retten. Obwohl sie beide zur gleichen Zeit in der CIA gedient hatten, waren sie sich niemals begegnet, ehe sie aus dem Regierungsdienst ausschieden. Das hieß allerdings nicht, dass Eddie nicht schon von Cabrillo gehört hatte. Juan hatte ganz allein einige der schwierigsten Missionen in der Geschichte der Agency ausgeführt. Und weil er fließend Spanisch, Arabisch und Russisch sprechen konnte, hatten ihn seine Missionen in einige der gefährlichsten Länder der Welt geführt. Er war in Langley so etwas wie eine Legende. Sein Ruf sowie sein weißblondes Haar hatten ihm den Spitznamen Mr. Phelps eingebracht, das war der Hauptdarsteller jener legendären Fernsehserie *Mission: Impossible*. Sei es die Verfolgung von Drogenschmugglern von Kolumbien nach Panama oder das Infiltrieren einer Terroristengruppe in Syrien, die plante, die Knesset in Israel in die Luft zu sprengen, Cabrillo hatte das alles schon erledigt.

Wenn also jemand fähig war, sie aus diesem Höllenloch herauszuholen, auch wenn ihm lediglich zwei Stunden Zeit bis zum Sonnenaufgang blieben und er nur über begrenzte Ressourcen verfügte, dann war Juan derjenige. Dessen war sich Eddie ganz sicher.

Der Lichtstrahl einer Taschenlampe stach aus dem Dunkel und blendete Cabrillo. Hinter dem grellen Schein hörte er ganz deutlich das Geräusch von Gewehrschlössern, die gespannt wurden. Er lag äußerst still da. In den nächsten Sekunden würde sich entscheiden, ob er am Leben blieb oder starb. Einer der Männer kam näher und hielt Juan mit einem großen Revolver in Schach. Wenn er sich nicht gewaltig irrte, dann war es ein alter Webley. Der Mann, der ihn in der Hand hielt, war älter als Juan, sicherlich schon beinahe fünfzig, mit weißen Strähnen zwischen den krausen Locken auf seinem Kopf und einer zerfurchten Stirn.

»Wer sind Sie?«, fragte er misstrauisch.

»Mein Name ist Juan Rodriguez Cabrillo.« Dem Alter des Mannes nach zu urteilen und auf Grund der Tatsache, dass sie alle bewaffnet und in Richtung der *Oase* unterwegs waren, riskierte Juan sein Leben, indem er fortfuhr: »Ich will Ihnen helfen, Moses Ndebele zu befreien.«

Die Faust des Mannes spannte sich um die antike Pistole. Dabei war der Ausdruck seiner Augen in dem wechselnden Licht nicht zu deuten.

Juan fuhr fort und betete im Stillen, dass er sich hinsichtlich der Identität der Gruppe nicht täuschte. »Drei meiner Männer sind zur Zeit im Gefängnis. Sie versuchten, einen amerikanischen Geschäftsmann zu befreien, als sie von den Soldaten, die Moses Ndebele bewachen, überrumpelt und gefangen genommen wurden. Einer meiner Männer konnte fliehen und wartet mit einem Flugzeug etwa siebzig Kilometer vom Gefängnis entfernt. Wenn ich meine Leute retten kann, bin ich auch bereit, Ihnen dabei zu helfen, Ihren Führer zu befreien.«

Die Pistole blieb auf ihn gerichtet und schwankte keinen Millimeter. »Wie haben Sie uns gefunden?«

»Mein Hauptfallschirm hat versagt, und als ich am Reservefallschirm herunterkam, sah ich Ihre Scheinwerfer. Ich habe mir einen Para-Ski gebastelt und bin Ihnen gefolgt.«

»Ihre Geschichte ist wirklich seltsam genug, um wahr

zu sein.« Der Mann ließ die Pistole sinken und sagte etwas in seiner Muttersprache. Ein anderer Afrikaner trat vor und holte ein Messer aus der Tasche.

»Nur damit Sie Bescheid wissen, ich habe eine Glock Automatik in einem Halfter und eine MP-5-Maschinenpistole mit einem Gurt auf dem Rücken.

Der Mann mit dem Messer blickte zum Anführer der Gruppe hinüber. Dieser nickte, und der zweite Afrikaner machte einen Schnitt durch das Nylongewirr, sodass Juan seinen ersten freien Atemzug tun konnte, seit er den Steilhang der Düne hinabgestürzt war. Er stand langsam auf und achtete darauf, dass seine Hand der Glock in ihrem Halfter nicht zu nahe kam.

»Danke«, sagte er und streckte eine Hand aus. »Nennen Sie mich Juan.«

»Mafana«, sagte der Häuptling des Ganzen und umklammerte zu Begrüßung Cabrillos Daumen in einer traditionellen Begrüßungsgeste. »Was wissen Sie von unserem *baba*, unserem Vater, Moses Ndebele?«

»Ich weiß, dass er schon sehr bald vor Gericht gestellt und anschließend hingerichtet werden soll, und wenn das geschieht, dann ist jede Chance, die Regierung zu stürzen, für Sie verloren.«

»Er ist der erste Führer, der die beiden größten Stämme, die Matabele und die Mashona, zusammengebracht hat«, sagte Mafana. »Während unseres Unabhängigkeitskriegs bekleidete er den Rang eines Generals, noch ehe er dreißig Jahre alt wurde. Aber nach dem Krieg betrachtete die herrschende Elite seine Popularität als Bedrohung für ihre Macht. Er wurde eingesperrt und oft gefoltert. Diesmal haben sie ihn seit zwei Jahren in Gewahrsam und werden ihn töten, wenn wir ihn nicht befreien.«

»Wie viele Männer haben Sie?«

»Dreißig. Alle von uns haben unter Moses gedient.«

Juan blickte in die Gesichter der Männer. Keiner von ihnen war unter vierzig, doch in ihren Augen flackerte ein stiller Hunger, gepaart mit dem Selbstvertrauen von Männern, die zusammen in einem Krieg gekämpft hatten und bereit waren, ihr Leben noch einmal für die gleiche Sache zu riskieren.

»Können Sie Ihr Auto reparieren?«, fragte er und machte einen Schritt vorwärts, wobei er jedoch vergaß, dass er noch immer mit der Plastikplatte aus dem Tragesack des Hauptfallschirms verbunden war. Prompt fiel er auf die Nase. Zwei der Männer lachten.

Verärgert drehte sich Cabrillo um, setzte sich auf und zog das Hosenbein hoch. Das Lachen erstarb auf ihren Lippen, als sie das glänzende künstliche Bein sahen. Er nahm es ab und bemerkte: »Betrachten Sie es einfach als das größte Schweizer Messer der Welt.«

Das Lachen setzte wieder ein. Mafana half Juan aufzustehen und lieh ihm seinen Arm als Stütze, während er über den weichen Sand zum Camp der Freiheitskämpfer hüpfte.

»Um Ihre Frage zu beantworten: Ja, es kann repariert werden. Sand ist in die Benzinpumpe eingedrungen und hat sie verstopft. Ich denke, wir können schon in wenigen Minuten unseren Weg fortsetzen, aber wir haben sehr viel Zeit verloren.«

Juan holte sich Hammer und Meißel von einer Decke neben dem liegen gebliebenen Lastwagen, auf der Werkzeug zurechtgelegt worden war, und machte sich an die Arbeit, seine Prothese von dem Plastikteller zu lösen. »Wie wollen Sie Ndebele befreien?«

»Wir bereiten außerhalb des Gefängnisses einen Hinterhalt vor und warten ab, bis sie Moses wegbringen. Vielleicht benutzen sie dazu Lastwagen, aber wir gehen eher davon aus, dass es ein Flugzeug sein wird. Gerüchte in der Hauptstadt besagen, dass der Prozess in zwei Tagen stattfinden soll.«

Was zu spät wäre, um meine Leute zu retten, dachte Juan. Er glaubte auch, dass Mafanas Hinterhalt-Idee Ndebele zu einer Kugel in den Kopf verhelfen würde, sobald sie die Wachen angriffen. Er musste irgendeinen Weg finden, Mafana zu einem Angriff auf die *Oase* vor Tagesanbruch zu bewegen, sonst wären Eddie, Mike und Ski dem Tod geweiht. »Was wäre denn, wenn ich einen Plan hätte, Moses schon heute zu befreien und ihn nach Südafrika in Sicherheit zu bringen?«

Der ehemalige Guerilla sah Cabrillo aufmerksam an. »Ich würde gerne mehr über diesen Plan erfahren.«

»Ich auch«, murmelte Juan halblaut, wusste er doch, dass ihm nur wenige Sekunden Zeit blieben, sich irgendetwas einfallen zu lassen. »Zuerst eine Frage: Verfügen Sie über raketengetriebene Granaten?«

»Alte russische RPGs-7 aus dem letzten Krieg.«

Juan stöhnte innerlich auf. Simbabwes Freiheitskampf lag fünfundzwanzig Jahre zurück.

»Kein Sorge«, fügte Mafana eilig hinzu. »Sie wurden getestet.«

»Was ist mit Seilen? Wie viel Meter Seil besitzen Sie?«

Mafana gab die Frage an einen seiner Männer weiter und übersetzte seine Antwort für Juan. »Wie es scheint, eine ganze Menge. Mindestens siebenhundert Meter Nylonschnur.«

»Und eine letzte Frage noch«, sagte Juan und schaute dorthin, wo sein zerschnittener Gleitfallschirm im Wind flatterte, während ihm blitzartig eine grandiose Idee kam. »Kann jemand von Ihnen nähen?«

21

Das ständige Summen der Insekten bewirkte, dass Daniel Singer das Klingeln seines Satellitentelefons beinahe überhörte. Er tastete in dem klammen Durcheinander seiner Bettlaken und des Moskitonetzes blind nach dem Apparat. Wenn er schlief, hatte er es stets in seiner Nähe, da er sich nicht darauf verließ, dass die Söldner, die er angeheuert hatte, es nicht stehlen würden, während er schlief. Mit Geld ließ sich immer nur eine begrenzte Menge an Loyalität kaufen.

»Hallo«, meldete er sich verschlafen.

»Dan, hier ist Nina. Es gibt ein Problem. Jemand hat versucht, Merrick zu befreien.«

Singer wurde hellwach. »Was? Erzähl mir sofort, was passiert ist.«

»Sie waren zu viert. Drei wurden erwischt, und ein Vierter entkam auf einem Motorrad. Susan hat Merrick in die Brust geschossen. Dadurch wussten wir, dass sie hier waren. Die Wächter, die auf Moses Ndebele aufpassen, fanden auf dem Dach Fallschirme.«

»Moment mal, Susan hat auf Geoff geschossen?«

»Ja, sie hat ihn in die Brust getroffen. Sie tat so, als ob sie ebenfalls entführt worden sei, und als sich ihr die Gelegenheit bot, schnappte sie sich eine Pistole und schoss auf ihn. Wir haben die Blutung gestoppt und ihm gegen die Schmerzen etwas Heroin aus Jans Vorrat gegeben. Und mach dir keine Sorgen, den Rest habe ich konfisziert.«

Drogenmissbrauch unter seinen Leuten war das Letzte, weshalb sich Singer Sorgen machte. »Wer sind sie, diese Männer, die wegen Merrick gekommen sind?«

»Sie behaupten, sie seien von der Firma engagiert worden, um ihn und Susan zu retten. Darüber hinaus wollen sie uns nichts erzählen. Der Hauptmann der Wachmannschaft will sie bei Tagesanbruch hinrichten, Danny.« Entsetzen schwang in ihrer Stimme mit, als sie die letzte Information weitergab. »Mir kommt es so vor, als geriete alles nach und nach außer Kontrolle. Ich weiß nicht, was ich tun soll.«

»Zuerst einmal beruhige dich, Nina.« Singer machte einen tiefen Atemzug, um seine eigenen Nerven zu beruhigen und sich zu überlegen, wie er die Situation bewältigen sollte. Dampf stieg von den Mangrovensümpfen draußen vor dem Schuppen auf, in dem er schlief, und der auf einer Seite offen war. In der Nähe seufzte einer der afrikanischen Söldner im Schlaf, während in der Ferne Abfackelkamine der zahlreichen Ölfirmen so viele Flammen in den Himmel schleuderten, dass es aussah, als ob die ganze Welt brannte. Der Anblick von so viel Umweltschädigung machte ihn ganz krank.

»Was soll ich tun?«, fragte Nina.

Singer betrachtete das Leuchtzifferblatt seiner Uhr, bis er erkannte, dass es vier Uhr dreißig morgens war. Ehe er eingeschlafen war, hatte er sich die jüngsten Wettervorhersagen angesehen. Sie zeigten, dass der Sturm, der sich über dem mittleren Atlantik zusammenbraute, wahrscheinlich in diesem Jahr der zehnte wäre, der mit einem

Namen versehen würde, und alles deutete darauf hin, dass er sich zu einem furchtbaren Hurrikan steigerte.

Die *Oase des Teufels* zu benutzen, um seinen ehemaligen Partner einzusperren und seinen Geist ein wenig durcheinanderzubringen, war erst Phase eins gewesen. Sie vertrieben sich nur die Zeit, bis ein heftiger Sturm aufzog und Singer den zweiten Teil seiner Operation in Angriff nahm. Da sich die Natur selbst so kooperativ zeigte und sich auch die Heizaggregate, die er im Jahr 2004 vor der Küste Namibias zum Einsatz gebracht hatte, als hilfreich erwiesen, könnte er Merrick schon gleich morgen früh nach Cabinda ausfliegen lassen.

»Ich schicke morgen ein Flugzeug, um dich zu holen«, sagte er.

»Hm«, begann Nina und verstummte dann.

»Was ist?«

»Dan, sie wollen die drei Mitglieder des Befreiungstrupps bei Tagesanbruch erschießen. Wir alle haben darüber diskutiert, und keiner von uns will auch nur in der Nähe sein, wenn das geschieht. Die Stimmung ist im Augenblick sehr schlecht. Der Chef der Wachen glaubt immer noch, dass eine Gruppe hierher unterwegs ist, um Ndebele zu befreien, und keine der Frauen, ich eingeschlossen, fühlt sich in der Nähe dieser Männer besonders wohl, wenn du weißt, was ich meine.«

Singer dachte kurz nach. »Okay, es gibt einen Ort etwa achtzig Kilometer östlich von euch entfernt. Der Pilot, der mich das erste Mal zur *Oase* brachte, hat mir davon erzählt. Der Name fällt mir nicht mehr ein, aber man kann ihn auf der Landkarte sehen. Es ist jetzt eine Geisterstadt, aber dort gibt es einen Flugplatz. Ich rufe den Piloten in Kinshasa an und weise ihn an, dass er im ersten

Morgengrauen starten soll. Nehmt einen der Lastwagen, und wartet dort auf ihn. Er müsste irgendwann kurz vor Mittag eintreffen.«

»Danke, Danny. Das ist absolut perfekt.«

Singer unterbrach die Verbindung. Er hatte Besseres zu tun, als jetzt wieder einzuschlafen. Jahre sorgfältiger Planung lagen hinter ihm. Um wie viel einfacher wäre es gewesen, wenn er von seinem Vermögen nicht so viel weggegeben hätte, nachdem er Merrick gezwungen hatte, ihn auszubezahlen. Er hätte ganz einfach zahlen können, was er brauchte, und die Notwendigkeit so vieler schwieriger Schritte ignorieren können.

Aber während er sich an einen Pfosten lehnte und das höllische Leuchten des Ölfeldes betrachtete, wusste er, dass das Schwierige an dieser Operation ihren Erfolg um so süßer schmecken ließ. Es gab keinen Ersatz für harte Arbeit. Und vielleicht war dies auch der Grund, weshalb er die meisten seiner Milliarden verschenkt hatte. Sie waren ihm zu einfach zugefallen. Er und Merrick waren gerade Anfang zwanzig gewesen, als sie sich ihre Steinkohle-Skrubber hatten patentieren lassen. Sicher, sie hatten viele Stunden gebraucht, um das System zu perfektionieren, aber das war nichts im Vergleich mit der Lebenszeit, die man brauchte, um so viel Reichtum und Erfolg zu verstehen und zu würdigen.

Weil er so hart gearbeitet hatte, um diese Operation auf die Beine zu stellen, konnte er den Erfolg auch umso intensiver auskosten. Die Opfer, die Mühen und Entbehrungen machten seinen endgültigen Sieg für ihn wertvoller als alles Geld, das er in seinem vorangegangenen Leben aufgehäuft hatte. Und dass dies alles nur zum Segen der Menschheit geschah, machte es noch besser.

Er fragte sich – und das nicht zum ersten Mal – wie viele Leben er wohl rettete, wenn die Erde sich endlich der Tatsache der globalen Erwärmung stellte. Die Zahl belief sich auf zig Millionen, aber manchmal glaubte er, dass er im Grunde die gesamte Menschheit rettete und dass zukünftige Historiker zurückblicken und dieses Jahr und diesen Sturm als das Ereignis definieren würden, das den Menschen die Augen geöffnet und die mutwillige Zerstörung des Planeten gestoppt hatte.

Er fragte sich auch, wie man eine solche Person wohl nennen konnte. Der einzige Begriff, der ihm dazu in den Sinn kam, war *Messias*. Während ihn die religiösen Anklänge nicht interessierten – da er überzeugt war, dass alle Religionen nichts anderes als Mythen waren –, gab er zu, dass dieser Begriff am besten passte.

»Messias«, flüsterte er laut. »Sie werden niemals erfahren, dass ich sie gerettet habe, aber ich bin ihr Messias.«

Der Konvoi – mit Ausnahme eines der Fahrzeuge – stoppte knapp zehn Kilometer von der *Oase des Teufels* entfernt, um letzte Vorbereitungen für den Angriff zu treffen. Sie hatten den Gefängniskomplex umrundet, um den Wind im Rücken zu haben. Cabrillo hatte den größten Teil der Fahrt zusammen mit Mafana im führenden Lastwagen damit verbracht, den Angriffsplan zu verfeinern und mit Max Hanley und Franklin Lincoln abzustimmen. Die Batterien seines Satellitentelefons waren fast erschöpft, als sie alle das beruhigende Gefühl teilten, nun auch jeden Punkt bedacht und berücksichtigt zu haben.

Mafana schien froh zu sein, dass Juan zu ihnen gestoßen war. Er gab zu, dass er während des Befreiungskrieges lediglich den Rang eines Unteroffiziers bekleidet hatte und nicht über Cabrillos taktisches Gespür verfügte. Der Plan, den Juan entwickelt hatte, war weitaus vielschichtiger und komplizierter als Mafanas beabsichtigter Frontalangriff, aber er barg auch die größere Wahrscheinlichkeit des Gelingens in sich.

Während er aus dem Truck stieg, massierte Cabrillo mit den Fingerknöcheln seinen unteren Rückenansatz und versuchte, Verspannungen zu lösen, die für jede professionelle Masseuse eine echte Herausforderung dargestellt hätten. Seine Augen waren vom Staub rot gerändert, und ganz gleich, wie viel Wasser er trank, er spürte noch ständig Sand zwischen den Zähnen. Der Gedanke an warmes Wasser bescherte ihm einen neuerlichen Anfall von Müdigkeit. Wären da nicht die Koffeintabletten gewesen, die er vor einigen Monaten seiner medizinischen Notfallausrüstung hinzugefügt hatte, er wäre wohl auf der Stelle umgekippt und hätte sich zusammengerollt wie ein Hund.

Er machte mehrere schnelle Atemzüge und schüttelte die Arme aus, um seinen Blutkreislauf wieder in Schwung zu bringen, und entschied sich stattdessen für eine kurze Dusche und das längste Nickerchen seines Lebens. Während zwei von Mafanas Männern seinen Fallschirm auseinanderfalteten und auf dem Wüstenboden ausbreiteten, ging Cabrillo seine Ausrüstung durch und sortierte alles aus, was nicht unbedingt nötig war, darunter seine Glock mitsamt Halfter, sowie ein Wurfmesser, seine Feldflasche und das Erste-Hilfe-Set sowie die Hälfte seiner Munition für die H-&-K-Maschinenpistole. Dadurch konnte er zwei zusätzliche Raketen für den RPG-7 mitnehmen, den er sich von Mafana auslieh.

Er vergewisserte sich, dass er sein Taschenmesser bei sich hatte. Das Original war ein Geschenk seines Großvaters zu seinem zehnten Geburtstag gewesen. Dies hatte er schon vor einigen Jahrzehnten verloren und auch ein Dutzend weitere. Aber jedes Mal, wenn er das Klappmesser in seiner Tasche spürte, wurde er daran erinnert, wie er sich an dem Tag, an dem ihm das Geschenk überreicht worden war, in den Finger geschnitten und daraufhin unter Tränen seinem Großvater erklärt hatte, dass er für den Besitz eines Messers noch nicht verantwortungsvoll genug sei. Der alte Mann hatte nur gelächelt und gemeint, dass er so denke, beweise nur, dass er doch schon reif dafür sei.

Er rief Max noch einmal an. »Wir starten unseren Angriff in fünf Minuten.«

»Linc und Tiny sind informiert«, teilte Max ihm mit. »George hält sich mit dem Robinson startbereit, und wir nähern uns unserer vereinbarten Position. Mark hat sich gemeldet. Er und Eric fangen bei Tagesanbruch mit der Suche nach den Waffen an. Dank seiner guten Kontakte und seiner Pilotenfreunde hat Tiny einen der besten Buschpiloten von Zentralafrika angeheuert.«

»Okay, wunderbar.«

»Wie geht es dir, Hoss? Du klingst nicht so gut.«

»Ich bin okay. Ich wurde nur gerade daran erinnert, dass Altwerden Scheiße ist.«

»Warte ab, bis du deinen faltigen Hintern aus dem Bett hieven musst, wenn du erst mal sechzig bist.«

Juan lachte verhalten. »Und mit diesem Bild vor den Augen muss ich in den Kampf ziehen – na, super!«

»Viel Glück.«

»Danke. Wir sehen uns in zwei Stunden.«

»Ich stelle schon mal Bier für dich kalt.«

»Wir werden zu viert sein, also nimm lieber gleich einen Kasten.« Juan unterbrach die Verbindung.

Mafana kam zu ihm, während sich Cabrillo hinsetzte und damit begann, die Plastikschale aus seinem Fallschirmsack an der Beinprothese zu befestigen. Die Knoten waren recht stabil, wenn auch nicht so widerstandsfähig wie eine Schweißnaht. Aber für das, was er im Sinn hatte, reichte es allemal.

»Sind Sie bereit?«, erkundigte sich der ehemalige Rebell. »Bis zum Morgengrauen dauert es nur noch knapp eine Stunde, und wir brauchen einige Zeit, um in Stellung zu gehen.«

Juan erhob sich. »Ich bin zu allen Schandtaten bereit.«

Mit Mafanas Hilfe stakste Cabrillo zum Fallschirm. Entsprechend seiner Anweisungen hatten Mafanas Männer den schwarzen Nylonstoff in der Wüste ausgebreitet und die Ränder mit Sand beschwert, um zu verhindern, dass der Wind den Schirm wegwehte. Ehe er sich in das Geschirr schnallte, schwang sich Juan einen Rucksack voller Raketen für den RPG so auf die Schulter, dass er vor seiner Brust hing. Darunter waren das Rohr des Raketenwerfers und seine MP-5 befestigt. Er hatte sich bereits die Stelle angesehen, wo einer der Afrikaner den Schnitt zugenäht hatte, der gemacht worden war, um ihn aus seiner unfreiwilligen Fesselung zu befreien, daher gab es für ihn nichts mehr zu tun, als die bohrende Spannung in seiner Magengegend zu ignorieren.

»Wir warten auf Ihr Signal«, sagte Mafana und schüttelte Cabrillo die Hand. »Heute Nacht helfen Sie mit, eine Nation zu retten.«

Die afrikanischen Rebellen trabten zu ihren Wagen zurück, die in vierhundert Metern Entfernung warteten. Der Klang anspringender Motoren brandete Sekunden später auf. Juan überprüfte ein zweites Mal die Knoten, während er wartete und sich in Erwartung des bevorstehenden heftigen Rucks ein wenig nach hinten lehnte.

Zum Glück für ihn betätigte der Fahrer das Gaspedal nur sehr vorsichtig. Die knapp siebenhundert Meter Nylonschnur, die sie zusammengeknüpft hatten, strafften sich, als der Lastwagen anruckte. Cabrillo lehnte sich noch weiter zurück, als das Seil, das um seine Brust geschlungen war, Zug bekam. Die Plastikschale, mit der er quer durch die Wüste gesegelt war, begann über den Sand zu zischen, als der Lastwagen beschleunigte. Der Fallschirm schüttelte den Sand ab, der sich auf ihm gehäuft hatte, und als sie eine Geschwindigkeit von etwa zwanzig Stundenkilometern erreichten, begann sich die Stoffkappe mit Luft zu füllen. Sie sprang regelrecht vom Wüstenboden hoch und straffte Cabrillos Fangleinen. Aber sie waren noch nicht schnell genug unterwegs, um den Auftrieb zu erzeugen, der nötig war, um ihn in die Luft steigen zu lassen.

Weil die Leine so lang war, wusste Juan, dass – wenn er jetzt stürzte – der Fahrer nicht sehen würde, dass er nicht mehr auf den Beinen war. Er würde dann über den Boden geschleift, bis es ihm gelänge, sich irgendwie von dem Schleppseil zu befreien. Um das Gleichgewicht zu halten, musste er sich tief bücken, während der Lastwagen stetig schneller wurde und die Spannung der Fangleinen von Sekunde zu Sekunde zunahm.

Juan schwenkte nach links, um einem großen Stein auszuweichen, kollidierte beinahe mit einem anderen und drohte auf den Rücken zu fallen, als die Platte unter ihm wegrutschte. Er hob beide Beine vom Erdboden hoch, um den Ski wieder unter seinen Körper zu ziehen. Dabei verließ er sich darauf, dass ihm der teilweise aufgeblähte Schirm eine kurze Gnadenfrist verschaffte. Seine Aktionen führten beinahe dazu, dass er wieder in sich zusammensank, doch schließlich schaffte er es, auf den Füßen zu bleiben und sein Gleichgewicht wiederzufinden.

Der Lastwagen erreichte dreißig Stundenkilometer, dann vierzig. Juans Beine und Knie waren ein einziger brennender Schmerz, und plötzlich fühlte er gar nichts mehr. Er flog.

Genügend Luft strömte über die Schirmkappe, um sein Gewicht und das seiner Ausrüstung zu tragen. Der Truck nahm mehr Tempo auf, und Juan stieg höher. Schon bald zeigte der Höhenmesser an seinem Handgelenk neunzehnhundert Fuß. Der Flug war berauschend.

»Fallschirmspringen, Paraskiing, Parasailing.« Er lachte. »Und das alles an einem einzigen Tag!«

Mit seinem Taschenmesser schnitt er die Schnüre durch, mit denen er den Plastikteller unter sein künstliches Bein geschnallt hatte. Er wünschte sich, das olivgrüne Stück Plastik als Souvenir behalten zu können, aber er hatte keine andere Wahl, wenn er am Ende sicher landen wollte.

Die Schnur hing so weit durch und hatte so viel Spiel, dass sein Flug einigermaßen glatt verlief, wenn auch nicht so gleichmäßig wie hinter einem Boot: dies war die Art und Weise, wie das Parasailing gewöhnlich betrieben wurde und wie es sich überall auf der Welt zunehmender Beliebtheit erfreute. Der Truck unter ihm rollte gelegentlich durch eine Senke und zerrte ruckartig an Juan – wie an einem klassischen Drachen am Ende seiner Schnur. Aber das war nicht so schlimm.

Es hing einzig und allein von Cabrillo ab zu entscheiden, wann er sich von der Schleppleine trennte. Hinter ihm breitete sich der erste Schimmer des kommenden

Tages wie kobaltblaue Tinte aus. Er wusste von ihrer Einsatzbesprechung auf der *Oregon*, dass die Sonne in einer Viertelstunde aufgehen würde. Aber während sich die Farben auf die Wüste legten, konnte er die Blockhausarchitektur der *Oase* in etwa zwei Kilometern Entfernung erkennen. Ohne einen weiteren Gedanken löste er die Schnur, die mit Hilfe eines Karabinerhakens mit seinem Kampfgeschirr verbunden war. Die Schnur rutschte aus seiner Hand, als der Fallschirm, nicht länger an den Lastwagen gefesselt, weitere dreißig Meter in die Höhe stieg.

Einer von Mafanas Männern würde darauf achten, wann er in den Sinkflug ginge und vom Himmel herabfiele, sodass der Konvoi anhalten konnte, ehe er von einem Wachtposten im Gefängnis entdeckt würde. Die Männer hätten danach nur wenige Minuten Zeit, ihre Positionen einzunehmen.

Juan zog an den Steuerleinen, um sich so viel Gleitzeit wie möglich zu verschaffen, während ihn der Wind in Richtung der alten Gefängnisanlage trug. Es war nicht das erste Mal in dieser Nacht, dass ihm das Glück hold war. Vorausgesetzt, der Wind hielt, hatte er mehr als genug Höhe, um bis auf das Dach des Gefängnisses zu schweben.

Tatsächlich frischte der Wind sogar auf und trug ihn mit sich wie ein Laubblatt. Er zog abwechselnd an den Steuerleinen und änderte die Richtung seines Fluges minimal, damit das Gefängnis weiterhin als Ziel zwischen seinen herabhängenden Schuhen zu sehen war. Der Himmel war noch immer von einem kräftigen Blau, als er über die *Oase* einschwebte und kein Alarmsignal ertönte. Er ließ in einem kontrollierten Sinkflug Luft aus seinem Gleitschirm ab und landete so sacht, dass es ihm so vorkam, als hätte er die letzte Stufe einer langen Treppe verlassen.

Nun drehte er sich um und raffte mit beiden Armen den Schirm zusammen, damit er nicht in den Innenhof des Gefängnisses geweht wurde. Er legte sein Kampfgeschirr und den Rucksack mit den Raketengranaten ab und benutzte beides vorübergehend als totes Gewicht, um den Fallschirm zu fixieren. Er zückte die MP-5 und führte eine schnelle Erkundung der Brustwehr durch. Dann stellte er fest, wo sein Team vorher Seile angebracht hatte, um sich ins Gefängnis hinabzulassen. Die Seile waren abgeschnitten worden, doch die Ringbolzen steckten immer noch dort im dicken Holzdach, in das sie hineingebohrt worden waren. Als er einen Blick über die Außenmauer warf, bemerkte er, dass der Sand an einer Stelle aufgewühlt war, und er erkannte auch die Reifenspuren, wo die Motorräder entlanggefahren waren. Zwei Spuren beschrieben einen Bogen, der zum Haupttor führte, während die dritte Reifenspur – Lincs – in der Wüste verschwand. Es gab einen anderen Satz Reifenspuren, der Breite und ihrem Abstand zueinander nach zu urteilen stammten sie von einen Lastwagen und verloren sich nach Osten.

Nachdem er den Fallschirm an einem der Ringbolzen gesichert hatte, suchte sich Cabrillo schnell seine Ziele und fand den besten Ausgangspunkt für seine Attacke. Er hatte sieben Raketen für den RPG-7 und vier Ziele, aber er rechnete sich aus, dass nach so vielen Jahren mindestens zwei der Projektile Blindgänger wären. Trotzdem beurteilte er seine Erfolgschancen als recht günstig.

Er rief die *Oregon*. Obwohl Hali Kasim der Kommunikationschef des Schiffs war, leitete und koordinierte Linda Ross diesen Angriff. Sie antwortete bereits, noch ehe das erste Klingeln verhallt war. »Lindas Palast der Freuden und Qualen«, meldete sie sich anstelle einer Begrüßung.

»Reserviere mir einen Termin für Ersteres«, flüsterte Juan. »Ich bin drin.«

»Wir haben nicht weniger erwartet. Natürlich habe ich in Cabo schon siebzigjährige Großmütter beim Parasailing gesehen, deshalb bin ich nicht allzu beeindruckt.« Ihr lockerer Ton verflüchtigte sich. »Tiny ist vor einer Viertelstunde gestartet. Er bleibt bis eine Viertelstunde nach Sonnenaufgang außer Reichweite. Danach solltest du mit Linc über unser taktisches Funknetz kommunizieren können.«

Es bestand keine Notwendigkeit für Cabrillo, seinen Standort möglicherweise durch allzu lautes Reden zu verraten, daher sagte er nichts mehr.

»Ich will dir nur noch viel Glück wünschen«, fügte Linda hinzu, »und hol unsere Jungs dort raus. *Oregon* Ende.«

Juan schaltete das Telefon aus und verstaute es im Hardcase an seiner Hüfte.

Die drei Wächter, die am vorderen Tor herumlungerten, nahmen zwar keine Habachthaltung an, aber zumindest wurden sie etwas wachsamer, als sich die Tür direkt unter Juans augenblicklichem Standort öffnete. Umgeben von Brustwehren und Zinnen wie in einer mittelalterlichen Burg, hatte Juan ausreichend Deckung, während er beobachtete, wie eine einsame Gestalt mit einer Taschenlampe in der Hand den Innenhof überquerte. Sie unterhielt sich einen Augenblick lang mit einem der Wächter, dann kehrte sie dorthin zurück, woher sie gekommen war.

Die volle Kraft der Sonne traf Juans Rücken, während sie sich endlich über den Horizont erhob. Trotz der langen Schatten konnte er drei Holzpfähle erkennen, die vor der Mauer links neben dem Haupttor in die Erde gerammt worden waren. Ehe das Licht den rundum geschlossenen quadratischen Hof durchflutete, holte Juan sein kleines Klappmesser aus der Tasche und schleuderte es mit einer lässigen Bewegung aus dem Handgelenk zu den Exekutionspfählen hinüber. Es landete und rutschte dicht an den mittleren Pfosten heran. Es war der Großvater gewesen, der ihm nicht nur sein erstes Messer geschenkt, sondern außerdem auch noch das Hufeisenwerfen beigebracht hatte.

Während Juan den Raketenwerfer einsatzfertig machte, traten Männer auf den Paradeplatz, zuerst einzeln und zu zweit, aber dann strömten sie schon zu Dutzenden herein. Er erkannte an ihrer Körpersprache und der Art und Weise, wie sie herumalberten, dass sich die Soldaten auf das Schauspiel der Exekution freuten. Er schätzte, dass sich inzwischen etwa einhundert Männer eingefunden hatten. Unglücklicherweise hatten mehr als die Hälfte ihre Waffen bei sich. Stimmengewirr und raues Gelächter drang von unten heraus, bis eine andere Tür lautstark aufgerissen wurde.

Juan musste sich den Hals ziemlich verrenken, um zwei Eskorten sehen zu können, die Eddie, Mike und Ski aus dem Gefängnis herausführten. Er empfand großen Stolz. Seine Leute hatten die Köpfe hoch erhoben, hielten sich gerade und drückten die Brust heraus. Und wären ihre Hände nicht auf dem Rücken gefesselt gewesen, sie hätten im Takt der Schritte auf und ab geschwungen. So gingen sie als tapfere Männer in den Tod.

Er schaltete den Ziellaser seiner Maschinenpistole ein.

Eddie Seng hatte während seiner verdeckten Operationen in China mehr als nur ein paar Hinrichtungen miterlebt, und während diese mit ruhiger Effizienz ausgeführt worden waren, machte der Wachkommandant hier ein Schauspiel für seine Männer daraus, zweifellos dazu angeregt durch einen Film, der ihm zeigte, wie man so etwas machte.

Wäre er nicht derjenige gewesen, der gefesselt und im Begriff war, vor ein Exekutionskommando gestellt zu werden, er hätte das Absurde dieser Situation mit schallendem Gelächter belohnt.

Er war ein tapferer Mann, tapferer als die meisten, aber er wollte auch nicht sterben, nicht so – machtlos. Seine Gedanken wanderten zu seiner Familie. Obwohl seine Eltern schon seit zwei Jahren tot waren, gab es Dutzende von Tanten und Onkeln in New York und mehr Cousinen, als er zählen konnte. Keiner von ihnen wusste, womit er sich seinen Lebensunterhalt verdiente, oder interessierte sich für seine unregelmäßigen Reisen nach Hause. Sie hießen ihn einfach in ihrer Mitte willkommen, solange er blieb, setzten ihm mehr Köstlichkeiten vor, als er essen konnte, und achteten darauf, dass er sich die Kinder anschaute, die seit seinem letzten Besuch geboren worden waren.

Er würde sie mehr vermissen, als ihm klar war. Aber sie würden gar nicht wissen, dass es ihn nicht mehr gab, nicht bevor Juan mit einem sieben- oder achtstelligen Scheck bei ihnen auftauchte, dem Gegenwert von Eddies Anteil an der Corporation. Ganz gleich, was Juan sagen würde, um zu erklären, wie Eddie ein solches Vermögen hatte aufhäufen können, er wusste, dass sie ihm nicht glauben würden. Das waren einfache, hart arbeitende Menschen, und so würden sie annehmen, dass Eddie in irgendetwas Illegales verwickelt gewesen war. Der Scheck würde vernichtet und sein Name nie mehr genannt werden.

Eddie biss die Zähne noch fester zusammen und blinzelte Tränen aus seinen Augen weg, weil er Schande über seine Familie gebracht hatte.

Er achtete nicht auf den winzigen Lichtpunkt am Ansatz von Skis Hals, bis sein Unterbewusstsein registrierte, dass das wahllose Blinken ganz und gar nicht wahllos war. Es war ein Morse-Code.

»...au Geste wacht über euch.« Eddie zwang sich, sich nicht umzudrehen, während sie sich der Hinrichtungsstätte näherten. Juan Cabrillo war da und benutzte einen Laser, wahrscheinlich den Ziellaser seiner Pistole, um ihm eine Nachricht zu schicken. Dieser raffinierte Hundesohn würde sie hier noch rausholen.

»RPG vor Fesseln. Messer Pfahl Mitte.«

Eddie verstand die Nachricht so, dass Cabrillo eine raketengetriebene Granate einsetzte, um Verwirrung zu stiften und ihnen Deckung zu verschaffen. Und dass ein Messer in der Nähe des mittleren Exekutionspfahls läge, an den sie ihn wahrscheinlich binden würden, weil er im Augenblick zwischen Mike und Ski ging. Der Plan war brillant, denn wenn sich die Wächter anschickten, sie zu fesseln, war die Wahrscheinlichkeit gering, dass ihre Kameraden auf sie schießen würden.

»Juan ist hier«, teilte Seng seinen Kameraden über den Lärm der grölenden Soldaten hinweg mit, die ihren Weg säumten. Mehr brauchte er nicht zu sagen. Sie würden auf alles reagieren, was Cabrillo unternahm, und sich der veränderten Situation anpassen. Skis Bestätigung, dass er verstanden hatte, war die Andeutung eines Kopfnickens.

»Das wurde aber auch verdammt Zeit«, sagte Mike, und ein Wächter rammte ihm die Handkante in den Nacken.

Ein paar Soldaten bespuckten die Gefangenen, während sie an ihnen vorbeigingen, oder versuchten sie zu Fall zu bringen. Eddie bemerkte es kaum. Er konzentrierte sich darauf, wie er das Messer in seinen Besitz bringen könnte, und ging in Gedanken die verschiedenen Schritte durch, die er tun musste, um Skis Plastikfesseln zu durchtrennen.

Die Soldatenphalanx öffnete sich, als sie sich den Holzpfählen näherten. Drei Wächter standen hinter den Pfählen und hielten Stricke bereit, um sie zu fesseln. Einer der Männer an der Spitze der Parade blickte zufälligerweise nach unten, als sie die Pfähle erreichten. Er entdeckte das Messer, und ehe jemand eingreifen konnte, hob er es auf und ließ es in einer Tasche seines Tarnanzugs verschwinden.

Als er sich zu den Verurteilten umsah, erschrak er über den mörderischen Blick, den Eddie ihm zuwarf.

Das war der größte Fehler deines Lebens, Kumpel, dachte Eddie und änderte seinen Angriffsplan.

Cabrillo wartete, wobei nur ein kleiner Teil seines Gesichts für die Männer unten zu sehen war. Nicht dass einer von ihnen woanders hinschaute als zu den Gefangenen. Seine Hand umschloss den Pistolengriff des RPG-7, und es würde nur eine Sekunde dauern, um die Waffe auf seine Schulter zu schwingen und zu feuern.

Der Wachkommandant stolzierte durch das Gedränge grölender Soldaten, winkte und erwiderte gelegentlich die Salute seiner Leute. Er hatte ihnen zu einem unerwarteten Vergnügen verholfen und wollte sich in ihrem Beifall sonnen. So blieb er vor den Gefangenen stehen und hob die Arme, um die ausgelassene Soldatenbande zum Schweigen zu bringen.

Juan wünschte sich, den Mann persönlich niederstrecken zu können, aber während eines Kampfes war die Wahrscheinlichkeit dafür erheblich geringer.

Der Kommandant begann seine Rede in einer afrikanischen Sprache, wobei seine tiefe Stimme von den umgebenden Mauern das Paradeplatzes widerhallte. Die Männer lauschten und brachen ab und zu in Beifall aus, wenn er etwas besonders Bejubelnswertes gesagt hatte.

Cabrillo konnte sich vorstellen, wovon er sprach. Drei CIA-Agenten erwischt, bla, bla, bla. Lang lebe die Revolution und so weiter und so fort. Bin ich nicht der Größte und Beste, den ihr je hattet?

Nun mach schon weiter.

Der Kommandant beendete seine zehnminütige Ansprache und nickte den drei Männern zu, die hinter den Gefangenen standen.

Juan schob sich hinter dem Steinklotz hervor, hinter dem er sich versteckte hatte, und brachte den RPG-7 in Anschlag. Sobald er eine der Türen, die ins Gefängnis führten, in diesem doch recht ungenauen Visier des Raketenwerfers hatte, betätigte er den Abzug und war in diesem Augenblick auch schon wieder in Bewegung, als die Rakete das Abschussrohr verließ. Der Raketenantrieb zündete und versengte seinen Handrücken, während Juan dorthin rannte, wo er das nächste Projektil bereit gelegt hatte.

Eine weiße Dampfspur hinter sich her ziehend, raste der fünf Pfund schwere Gefechtskopf durch den Innenhof und explodierte dicht über der Tür, die zu den ehemaligen Baracken des Gefängnisses führte. Die Explosion des

Geschosses sprengte den Türsturz und bewirkte, dass die Mauer darüber teilweise einstürzte. Lose Steine ergossen sich in die Öffnung, bis sie vollständig blockiert war.

Als Eddie das Fauchen des zündenden Raketenmotors hörte, drehte er sich herum und trat dem Wächter, der ihn fesseln wollte, seitlich hart genug gegen den Kopf, um ihn gut zwei Meter zurückzuschleudern. Dann ging er zu dem Soldaten, der das Taschenmesser gefunden hatte. Eddie setzte einen Fuß hinter die Beine des Mannes und bewegte sich weiter vorwärts. Obgleich der Wächter einige Zentimeter größer war als er, lag das Überraschungsmoment auf Eddies Seite, und er hatte keine Mühe, ihn zu Fall zu bringen.

Sie stürzten in dem Moment zu Boden, als die Rakete vor der Gefängniswand explodierte. Da seine Hände auf dem Rücken gefesselt waren, nutzte Eddie die Sturzbewegung aus, um sein Kinn hart genug gegen den Hals des Soldaten zu rammen, um ihm den Kehlkopf zu zerquetschen. Da seine Atemwege schlagartig versperrt waren, würgte der Soldat und warf sich hin und her. Dabei griff er sich an die Kehle, als könnte er sie von außen wieder öffnen.

Eddie rollte sich von ihm herunter und streckte die Hände nach seiner Hosentasche aus, konnte jedoch wegen der spastischen Verrenkungen des Soldaten nicht hineingreifen. Er ertastete die Konturen von Cabrillos kleinem Taschenmesser durch den Tarnstoff und riss in einem letzten verzweifelten Versuch das Messer einfach an sich. Zusammen mit einem Fetzen Stoff hielt er es schließlich in der Hand.

Eine zweite RPG zischte durch das offene Stück Himmel über dem Innenhof. Eddie achtete zwar nicht darauf, wo sie einschlug, doch er vermutete, dass Juan systematisch alle Eingänge des Gefängnisses verschloss. Er hebelte die Messerklinge heraus. Ski begriff offensichtlich, was gerade geschah, denn er saß bereits keinen halben Meter von Eddie entfernt auf dem Boden und wandte ihm den Rücken zu. Seng rollte sich so zu ihm hinüber, dass sie Rücken an Rücken saßen, und zerschnitt die Plastikfessel auf dem Rücken des athletischen Polen.

Ski nahm das Messer und durchtrennte Eddies Plastikhandschellen. Um keine Sekunde Zeit zu vergeuden, rollte sich Seng von Ski weg, wobei er wusste, dass der Exledernacken Mike Trono sofort befreien würde. Endlich in der Lage, wieder seine Hände einsetzen zu können, verschaffte sich Eddie ein AK-47 von einem der verwirrten Wächter – mit einem Schlag auf seinen Hinterkopf. Anders als bei Susan Donleavy bremste er den Schlag diesmal nicht ab. Der Soldat war schon tot, ehe sein Körper in den Staub sank.

Eddie kreiselte herum und sah, wie ein Wächter mit seinem Gewehr dorthin zielte, wo Ski soeben damit beschäftigt war, Mikes Fesseln zu durchschneiden. Eddie streckte ihn mit zwei Kugeln nieder, die ihn rücklings gegen mehrere seiner Kameraden warfen. Die Schüsse waren von den Maschinengewehrsalven überlagert worden, die jetzt auf die Schutzwälle des Gefängnisses abgefeuert wurden. Zwanzig oder mehr Gewehre feuerten auf die Brustwehren und hüllten die niedrigen Mauern in eine einzige Wolke aus Steinsplittern und Staub. Eddie rannte auf seine Kameraden zu und gab ihnen mit seinem Gewehr Feuerschutz, bis sie unter einem der Lastwagen, die auf dem Innenhof parkten, Deckung fanden.

Während Soldaten die Ost- und Westmauern unter Beschuss nahmen, blieb Cabrillo in Deckung und umrundete das Gefängnis. Während er noch rannte, lud er schon eine weitere RPG. Er erreichte den Schutzwall gegenüber der letzten Tür, die ins Gefängnis führte. Bisher hatte keiner der Wächter seine Strategie, sie auf dem Paradeplatz einzuschließen, durchschaut, aber nur ein einziger scharfsinniger Offizier war nötig, um zu begreifen, was da geschah, und Männer ins Gefängnis zurückzuschicken. Er wusste, dass ihr erster Job darin bestünde, Moses Ndebele zu erschießen. Der Erfolg seines Plans hing einzig und allein davon ab, dass jeder Wächter herausgekommen war, um der Hinrichtung beizuwohnen, und dass er in der Lage wäre, ihre Rückkehr in den Gefängnisbau zu verhindern.

Er kam zwischen zwei Steinblöcken hoch und feuerte, um gleich wieder zu verschwinden, als Maschinenpistolen die Dampfspur der RPG zurückverfolgten und seine Position mit Dauerfeuer eindeckten. Die Luft war von Steinsplittern und Patronenfragmenten erfüllt. Der Raketenmotor arbeitete nicht gleichmäßig und sorgte dafür, dass die Raketengranate senkrecht in den Himmel stieg und als Fehlschuss verbucht werden musste. Er verließ auf allen vieren das Zentrum des gegnerischen Feuers und kroch zehn Meter weiter, wo er eine Pause einlegte, bis die unkontrollierten Dauersalven nachließen. Er schob seine MP-5 über die Mauer und jagte ein halbes Magazin hinaus. Dabei zielte er auf den zweiten Stock, um nicht unglücklicherweise seine eigenen Männer zu erwischen.

Als Antwort verdoppelten die Wächter ihre Bemühungen und beharkten die Steinmauer, als würde sich allein die Menge der einschlagenden Kugeln durch den Stein fressen können. Juan ignorierte das Kreischen und Singen der Kugeln, die über seinen Kopf hinwegflogen, und lud in aller Ruhe sein Gewehr nach. Er schob sich weiter über das Dach und kam zu der Stelle, von wo aus er aus einem fast unmöglichen Winkel auf die letzte Tür zu feuern und diese unbedingt zu treffen hätte. Doch war er mindestens noch zwanzig Meter von der Stelle entfernt, die die Wächter mit ihren AKs im Visier hatten.

Die Strecke, die er zurückgelegt hatte, würde ihm vielleicht eine Sekunde Ruhe verschaffen, ehe er wieder entdeckt würde. Dann überlegte er sich eine bessere Strategie und rollte sich von der Mauer weg, die den Innenhof säumte. Er zog sich weiter von der Kante zurück, bis er, als er sich auf die Knie aufrichtete, die Männer unten auf dem Hof nicht mehr sehen konnte. Noch wichtiger war jedoch, dass sie ihn auch nicht sahen. Er rutschte ein kleines Stück vor und konnte nun ins Gefängnis hineinblicken, das sich ein Stück entfernt an der äußeren Mauer befand. Er machte zwei weitere vorsichtige Schritte auf den Knien. Da! Er erkannte den römisch anmutenden Steinbogen über der fernen Tür, sah dort jedoch keinen der Wächter herumlaufen.

Cabrillo legte sich das Rohr mit der RPG auf die Schulter, zielte sorgfältig und drückte ab.

Was er nicht sehen und auch nicht wissen konnte, war, dass ein Unteroffizier der Wachen Juans Taktik durchschaut hatte und eine kleine Gruppe zu der Tür führte, als die Rakete quer über den Hof fegte. Einer der Soldaten stand genau unter dem Türbogen, als sich das Geschoss in die Wand bohrte. Während die Explosion Steinsplitter über den Paradeplatz streute und die Gruppe sprengte, zerschmetterte die Druckwelle der Explosion jeden Knochen im Körper des führenden Soldaten, ehe er unter einer Lawine von Steintrümmern begraben wurde.

Juan arbeitete sich vor, um die Wirkung seines Angriffs begutachten zu können. Obwohl dieser bereits schwer beschädigt schien, konnte er noch immer die dunklen Umrisse des Gefängnisbaus durch die demolierte Türöffnung erkennen. Zwischen den Trümmern klafften genügend Lücken, durch die ein Mann ohne Schwierigkeiten kriechen konnte. Da entdeckte er einen Soldaten, der auf die Tür zurannte. Cabrillo aktivierte den Ziellaser seiner Maschinenpistole, und als der winzige Lichtpunkt zwischen die Schultern des Wächters wanderte, drückte er mit einer Hand ab, wobei er vergaß, dass die Waffe auf Dauerfeuer geschaltet war. Da machte es also nichts aus, dass die zweite, dritte und vierte Kugel daneben ging. Die erste traf den Wächter genau an der Stelle, auf die er gezielt hatte. Er stürzte auf den Trümmerhaufen und blieb reglos liegen.

Cabrillo lud den Raketenwerfer ein fünftes Mal und suchte sich eine neue Position, um die Tür besser unter Beschuss nehmen zu können. Eine Bleilawine wurde von den wütenden Soldaten ausgelöst und schien die Luft dort auszufüllen, wo er soeben noch gestanden hatte. Er schob sich wieder vorwärts, sodass er den oberen Teil der Tür sehen konnte, und feuerte den nächsten Schuss ab. Gleichzeitig duckte er sich, als er erkannte, dass dieser Schuss ein Treffer war. Er lud das russische Altertümchen ein weiteres Mal und hörte das Rumpeln einer Steinlawine über dem hektischen Maschinengewehrfeuer. Als er einen Blick über die Mauerkante wagte, sah er, dass die Türöffnung mit einem Berg großer und kleiner Steintrümmer verschlossen war. Die Staubwolke, die alles einhüllte, verzog sich nur langsam.

Die Wächter konnten nicht mehr ins Gefängnis hinein. Es wurde Zeit, die Kavallerie zu rufen.

Unten auf dem Hof brüllte der kommandierende Offizier aus Leibeskräften, um seine Männer auf sich aufmerksam zu machen. Der Angriff hatte sie wie tollwütig reagieren lassen, und abgesehen von dem einen Unteroffizier, der erkannt hatte, dass der Angriff kein anderes Ziel hatte, als sie auf dem Paradeplatz zu isolieren, schienen sich die Männer nicht im Geringsten darüber im Klaren zu sein, dass sie sich auf einem potentiellen Schlachtplatz befanden. Jeden Moment rechnete er damit, dass Schützen vom Dach aus das Feuer eröffneten und seine Soldaten niederstreckten wie Lämmer auf der Schlachtbank.

Er suchte drei seiner kleinsten Leute aus, schlanke junge Männer, die durchaus eine Chance hatten, sich durch einen der zerstörten Eingänge zu schlängeln und Moses Ndebele zu töten, ehe ihn die Angreifer herausholen könnten. Er wies außerdem einige Männer an, das Haupttor des Gefängnisses zu öffnen, dabei aber vorsichtig zu Werke zu gehen: für den Fall, dass weitere feindliche Soldaten draußen warteten. Da mit so vielen Waffen geschossen wurde, war es unmöglich, irgendeinen Alarm zu hören, der anzeigte, dass jemand Unbefugtes in das Gefängnis eingedrungen war.

Er gab ein zufriedenes Knurren von sich, als er gewahrte, dass einer seiner Offiziere versuchte, eine lange Röhre gegen die Dachtraufen zu lehnen, damit Männer daran emporklettern und aufs Dach gelangen konnten. Sobald das obere Ende in einer Nische zwischen zwei Brustwehrhälften lag, huschte ein Soldat auf nackten Füßen und mit der Beweglichkeit einer Spinne, dazu ein AK-47 auf dem Rücken, das Rohr hinauf.

Eddie entdeckte den Soldaten, der an dem Rohr emporkletterte, zu spät. Er hatte nur wenige Sekunden, um zu zielen, ehe der Mann den oberen Mauerrand erreichte und verschwand. Da sein Blickfeld durch das Fahrgestell des Lastwagens aber stark eingeengt wurde, warf er sich auf den Rücken, um bessere Sicht zu haben, und hob den Lauf des AK-47 an, um einen halbwegs genauen Schuss abzufeuern. Er war kurz davor abzudrücken, als der Mann verschwand – und er seinen Zeigefinger wütend entspannte. Es hätte keinen Sinn, blindlings zu schießen und ihre Position zu verraten. Juan würde mit dieser neuen Bedrohung allein fertig werden müssen. Eddie schob sich tiefer in den Schatten des Lastwagens. Mike legte eine Hand auf seine Schulter. Es war eine freundschaftliche Geste, mit der er ihm sagen wollte, dass er nichts hätte tun können.

Das tröstete ihn jedoch nur wenig.

Cabrillo beugte sich über das Rohr des Granatwerfers und lud seine vorletzte RPG. Alles, was er jetzt noch tun musste, war das Haupttor aufzusprengen, sodass Mafana und seine Männer das Gefängnis stürmen und ihn befreien und er sich auf die Suche nach Ndebele und Geoffrey Merrick machen konnte. Er ließ die Granate einrasten und erhob sich.

Die Sonne stand immer noch dicht über dem Horizont, und die Schatten, die sie erzeugte, waren derart verlängert, dass unmöglich festzustellen war, zu was sie gehörten. Der Schatten allerdings, der plötzlich dicht neben ihm erschien, war vor einer Sekunde noch nicht dort gewesen. Juan drehte sich blitzartig und gerade noch rechtzeitig, um einen der Wächter zu entdecken, der mit dem

Rücken zum Hof vor ihm stand, mit seinem AK auf ihn zielte und abdrückte. Die Gewehrmündung verschwand in einem grellen Blitz, der sich direkt in sein Gehirn zu brennen schien.

Juan tauchte jedoch nach links weg, prallte mit der Schulter auf das Holzdach, und ehe sich der Wächter auf die Tatsache einstellen konnte, dass sein Opfer der Attacke entgangen war, hatte er den Granatwerfer an der Hüfte angelegt. Er drückte ab und zielte eher nach Instinkt als nach Sicht.

Die Rakete sprang in einer heißen Gaswolke aus dem Lauf. Der Körper des Wächters bot nicht genug Widerstand, um den Sprengkopf auszulösen, als er sich in seine Brust bohrte, aber die kinetische Energie des fünf Pfund schweren Projektils, das mit tausend Fuß pro Sekunde unterwegs war, richtete mehr als genug Schaden an. Mit Rippen, die bis zur Wirbelsäule verschoben worden waren, wurde der Wächter wie eine Lumpenpuppe vom Dach herabgeschleudert. Er landete in einer Gruppe seiner Kameraden, zehn Meter von der Mauer entfernt, auf deren Kante er gestanden hatte, und diesmal reichte die Wucht des Aufpralls aus, um das Geschoss zu zünden. Die Explosion fraß sich durch Fleisch und Knochen und hinterließ einen qualmenden Krater, der von Toten und Verletzten gesäumt wurde.

Juan hatte noch eine allerletzte Granate für das Abschussrohr, und wenn die versagte, wäre der Angriff trotz allem gescheitert. Er lud hastig, ging einige Schritte vor, um auf die dicken Holzbalken zu zielen, die den Haupteingang des Gefängnisses schützten, und feuerte. Dabei bemerkte er eher am Rande, dass eine Gruppe von Männern im Begriff war, das Tor zu öffnen.

Die Rakete folgte einer schnurgeraden, präzisen Bahn und traf das Tor, aber das Projektil detonierte nicht. Die Wächter, die sich zu Boden geworfen hatten, als die Granate über ihre Kopfe hinwegraste, kamen langsam wieder auf die Füße, während sich ihr nervöses Lachen zu lauten Freudenrufen steigerte, als sie begriffen, dass sie verschont worden waren.

Als Cabrillo erkannte, was geschehen war, riss er sich die Maschinenpistole vom Rücken. Sobald der Lichtpunkt des Ziellasers den Bereich um die im Holz steckende Granate berührte, eröffnete er das Feuer. Splitter wurden aus der Tür herausgehämmert, als sich die heißen 9-mm-Geschosse ins Holz fraßen. Kurz bevor das Magazin leer geschossen war, traf eine Kugel das schlummernde Projektil. Die Explosion mähte die Männer nieder, die soeben noch ihr Glück gefeiert hatten – und verwandelte die Tür in einen Haufen Brennholz.

Knapp außerhalb der Reichweite der Bewegungssensoren an der Grenze des Gefängniskomplexes warteten vier Lastwagen mit laufenden Motoren. Besetzt waren sie mit kampferprobten Veteranen aus einem der blutigsten Bürgerkriege Afrikas, die ausnahmslos bereit und willens waren, ihr Leben für den einen Mann in die Waagschale zu werfen, dem sie zutrauten, ihre Nation vor dem endgültigen Ruin zu retten.

22

»Lawrence von Arabien ruft Beau Geste. Beau, bitte kommen.«

Völlig erschöpft nach diesen letzten achtundvierzig Stunden – vor allem nach den letzten zwölf – hatte Cabrillo das Funkgerät, das er trug, völlig vergessen und glaubte, Geisterstimmen zu hören. Dann fiel ihm ein, dass Lawrence von Arabien Lincs Rufkennung war.

»Verdammt, Larry«, antwortete Juan. »Bin ich froh, dich zu hören.«

»Habe soeben eine Explosion am Haupttor beobachtet, und es sieht auch so aus, als rückten unsere neuen Verbündeten nun an.«

»Richtig. Wie ist deine Position?«

»Etwa fünf Kilometer entfernt in fünftausend Fuß Höhe. Adlerauge Gunderson sah den Blitz. Seid ihr bereit, dass wir landen können?«

»Negativ«, antwortete Cabrillo. »Ich muss unsere Passagiere erst noch in Sicherheit bringen, und wir müssen uns vergewissern, dass Mafanas Männer die Wächter so lange in Schach halten, dass ihr reinkommen könnt.«

»Kein Problem, wir kreisen weiter«, sagte Linc und fügte mit seiner sonoren Stimme scherzhaft hinzu: »Außerdem wird unsere Gefahrenzulage nach Stunden berechnet.«

Juan rammte ein frisches Magazin in seine MP-5 und hebelte eine Patrone in die Kammer. Ehe jemand versuchen konnte, in seine Flanke zu kommen, indem er etwa aufs Dach kletterte, rannte er dorthin, wo sich sein Fallschirm über der Außenmauer des Gefängnisses blähte und von einem der Ringbolzen, die seine Männer vorher angebracht hatten, an Ort und Stelle gehalten wurde – als das Ganze noch wie eine simple Geiselbefreiung aus der Gewalt einer Bande langhaariger Ökoterroristen aussah.

Die Schlacht im Gefängnishof klang jetzt wie der dritte Weltkrieg, während die simbabwischen Truppen auf derart engem Raum gegeneinander kämpften, dass sie ihre Sturmgewehre eher als Knüppel und weniger als Schusswaffen einsetzten.

Indem er sich an den Nylonstoff des Schirms klammerte, schwang sich Juan so über den Dachrand, dass seine Füße drei Stockwerke über dem Wüstenboden in der Luft baumelten. Er ließ sich langsam und vorsichtig herunter. Der Nylonstoff war so glatt wie Seide. Als er das Ende des flatternden Schirms erreichte, befand er sich noch immer gut einen Meter oberhalb der Fensteröffnung. Er setzte seine Schuhsohlen gegen die Wand, zog die Knie an und stieß sich so kraftvoll wie möglich ab.

Sein Körper schwang fast drei Meter von der Gefängnismauer weg, ehe ihn die Schwerkraft wieder zur Mauer zurückschwingen ließ. Es fühlte sich an, als würden seine Knie explodieren, während er auf das raue Mauerwerk prallte. Doch das Experiment zeigte ihm, dass er den Versuch wagen konnte, jedoch müsste sein Timing absolut perfekt sein.

Wieder zog er die Beine an die Brust und stieß sich in die Luft hinaus, wobei er sich mit eisernem Griff am Fallschirm festhielt. Als er den höchsten Punkt des Schwungs erreichte, konzentrierte er sich auf nichts anderes als die dunkle Öffnung, die ihm Zugang zum Gefängnis gewähren sollte. Er schwang wieder nach unten, wurde nun schneller und, was noch wichtiger war, baute eine horizontale Beschleunigung auf. Wie ein Stein, der sich aus einer Schleuder löst, ließ Juan los, als seine Füße genau auf die Fensterhöhle zielten.

Er flog durch das Fenster, verfehlte die Fensterbank nur um wenige Zentimeter und krachte auf den Fußboden. Er rollte sich ab und landete unsanft auf der eisernen Gitterkonstruktion, von wo aus man auf die darunterliegenden Etagen hinabblicken konnte. Das Geräusch, das sein Körper verursachte, als er auf den Laufgang prallte, tanzte als eine Art gespenstisches Echo durch den gesamten höhlenartigen Zellenblock.

Er stöhnte, als er wieder auf die Füße kam, und wusste sofort, dass sein Rücken in ein paar Stunden von einem gleichmäßigen Zebrastreifenmuster violetter Blutergüsse verziert sein würde.

Da er es nicht mehr für nötig hielt, nach einem derart lauten Eindringen in den Zellenblock möglichst lautlos aufzutreten, rannte Cabrillo die Treppen hinunter. Er wusste aus Eddies Meldungen an Linc, dass dieser Teil des Gefängnisses leer stand. Im Parterre verharrte er an der offenen Tür, inspizierte den Korridor in beiden Richtungen und nahm dankbar zur Kenntnis, dass der Generator die Lampen immer noch mit elektrischem Strom versorgte. Als er sich nach rechts auf den Weg machte, war er so umsichtig, die nackten Glühbirnen zu zertrümmern, sobald er sie passiert hatte. Er hatte nicht die Absicht, das Gefängnis auf dem Weg zu verlassen, auf dem er hineingelangt war, und wollte es einem Wächter, der es womöglich schaffte, sich durch eine der verschütteten Türöffnungen zu wühlen, nicht allzu einfach machen.

Er lugte um die Ecke und sah einen Stuhl vor einer großen Tür: genauso wie Eddie den Ort beschrieben hatte, wo sie Merrick gefangen hielten. Obwohl ihre ursprüngliche Mission darin bestanden hatte, den Wissenschaftler zu befreien, hatte die Rettung Moses Ndebeles für Cabrillo in diesem Augenblick eine höhere Priorität. Er ging an der Tür vorbei und stellte sich vor, dass Merricks Entführer sich dort verkrochen hatten und nicht wussten, wie sie auf die neue Situation reagieren sollten.

Das Gefängnis strahlte die Hitze, die es während des Tages aufnahm, niemals richtig ab, und jetzt, als der neue Tag anbrach, wurde es in dem Gang doch merklich wärmer. Schweiß drang aus seinen Poren, während Cabrillo in einen leichten Trab verfiel. Er hatte den langen Korridor zur Hälfte überwunden, als ihm weiter vorn eine Bewegung auffiel. Zwei nicht allzu kräftig gebaute Wächter rannten aus der entgegengesetzten Richtung auf ihn zu. Sie waren dem Eingang zum nächsten Zellenblock viel näher als Cabrillo selbst, und ihre Anwesenheit verriet ihm, dass ihr wertvoller Gefangener dort festgehalten wurde.

Juan ging auf Tauchstation, wobei seine Ellbogen über den Steinfußboden rutschten, während er mit der Maschinenpistole zielte. Er feuerte eine Salve, die die Soldaten dorthin, woher sie gekommen waren, und dann um eine weitere Gangbiegung zurücktrieb.

Sie mussten sich durch den Schutt gearbeitet haben, der die Türen versperrte, dachte er flüchtig und versuchte die Tatsache zu ignorieren, dass er viel zu ungeschützt und waffenmäßig auch noch weit unterlegen war. Er zog sich in einen dunkleren Teil des Korridors zurück und rollte sich zur gegenüberliegenden Wand, um seine Gegner zu verwirren. Dabei feuerte er jedes Mal, sobald einer der Wächter versuchte, in den Korridor zu blicken, und füllte die Luft mit dem Gestank verbrannten Schießpulvers.

Der Bereich um Juan herum war von leeren Patronenhülsen übersät.

Er huschte abermals durch den Gang, kurz bevor einer der Soldaten eine Salve in seine Richtung abfeuerte. Steinsplitter und heiße Kupfergeschosse schienen den gesamten Korridor auszufüllen. Juan versuchte, das Dauerfeuer seinerseits durch eine Salve zu stoppen, doch der Wächter ließ sich nicht irritieren und schoss weiter.

Sein Partner kam um die Gangbiegung herum, um seinen Partner zu unterstützen. Während keiner der beiden Cabrillo in der Dunkelheit ausmachen konnte, verdoppelte sich die Gefahr eines Zufallstreffers. Der erste Wächter verließ seine Position und rannte zum Eingang des Zellenblocks. Entweder war die Tür nicht verriegelt gewesen oder er hatte das Schloss zerschossen, denn er verschwand dahinter, ehe Juan ihn ausschalten konnte.

Cabrillo blieben nur Sekunden, ehe der Wächter Moses Ndebele erschoss. Offenbar in einem Anflug rasender Wut, die ihn jede Vorsicht vergessen ließ, kam Juan vom Boden hoch und tauchte aus dem dunklen Gangabschnitt auf. Seine Waffe spuckte Feuer, während er losrannte und aus der Hüfte schoss. Der Strahl seines Ziellasers schnitt sich wie ein roter Pfeil durch den Pulverdampf. Schließlich kam er auf dem Oberkörper des Wächters zur Ruhe. Die nächsten drei Kugeln trafen mitten ins Ziel und warfen ihn um.

Cabrillo spurtete weiter. Anstatt abzubremsen, um durch die offene Tür in den Zellenblock vorzudringen, prallte er gegen den Türpfosten und fing den Stoß mit der Schulter ab, ohne merklich langsamer zu werden.

Die Zellenreihe lag direkt vor ihm, jedes Abteil mit Eisenstäben abgesperrt. Sie schienen allesamt leer zu sein. Soweit er wusste, konnte sich Ndebele auch im zweiten oder dritten Stock befinden, und das würde bedeuten, dass der Wächter einen zu großen Vorsprung und er nicht mehr genug Zeit hätte, um ihn zu suchen. Dann, fast überlagert von seinem heftigen Atmen und dem Hämmern seines Herzens, hörte er Stimmen aus der Richtung der Zellen. Die eine Stimme war melodisch, beruhigend, das war nicht das verzweifelte Flehen eines dem Tod Geweihten, sondern eher das väterliche Verständnis eines Priesters, der einem Sünder die Absolution erteilt.

Er rannte um die Ecke und sah den Wächter vor einer der Zellen, während ein Mann in schmutziger Häftlingskleidung am Gitter stand, nicht mehr als einen halben Meter von dem Soldaten entfernt, der mit einer AK-47 auf seinen Kopf zielte. Moses Ndebele war ganz ruhig. Seine Arme hingen herab, als stünde er nicht vor seinem Henker, sondern als unterhielte er sich mit einem guten Freund, den er lange nicht mehr gesehen hatte.

Juan legte seine Maschinenpistole an die Schulter, und der Laserpunkt klebte geradezu auf der glänzenden Stirn des Wächters, als sich der Afrikaner zu Cabrillo umdrehte, während dieser in zehn Metern Entfernung stehen blieb. Der Soldat wollte seine Waffe in Anschlag bringen, um zu schießen, hatte aber nicht mehr genug Zeit, ehe Juan abdrückte. Der Bolzen schlug jedoch auf eine leere Kammer. Das Klicken von Metall auf Metall war laut, aber gleichzeitig nichts im Vergleich mit dem, was gleich passieren würde.

Der Wächter zielte mit der Waffe auf einen Punkt zwischen Juan und Moses Ndebele. So vergeudete er eine halbe Sekunde, in der er zwischen dem schwankte, was sein Fahneneid von ihm verlangte, und der Notwendigkeit, Cabrillo zu eliminieren. Er musste zu dem Schluss gekommen sein, den Gegner des Diktators seines Vaterlandes niederstrecken und Juan trotzdem erwischen zu können, ehe Cabrillo seine Maschinenpistole nachladen oder eine Handfeuerwaffe ziehen konnte, denn nun machte er Anstalten, sich zu Ndebele umzudrehen.

Juan ließ die Heckler & Koch einfach fallen und riss sein künstliches Bein so hoch vor die Brust, dass er den Unterschenkel ergreifen konnte, während er das Knie gegen seine Schulter drückte, als hielte er ein Gewehr im Anschlag.

Der Lauf der AK des Soldaten war nur noch wenige Winkelgrade von Ndebele entfernt, als Juans Finger einen Knopf in der Plastikhülle seines Kampfbeins fand. Es war eine Sicherung, die ihm gestattete, einen anderen Knopf auf der gegenüberliegenden Seite des Beins zu drücken.

Integriert in die Prothese war ein weiterer Trick, den Kevin Nixon im Zauberladen der *Oregon* zusammengebastelt hatte – ein zwanzig Zentimeter langer Nickellauf vom Kaliber-.44. Die beiden Auslöser gewährleisteten, dass die Waffe niemals irrtümlich ausgelöst werden konnte. Als Juan den zweiten Knopf drückte, ging die einschüssige Waffe mit einem Knall los, der den gesamten Komplex erzittern ließ und ein fast ein Zentimeter großes Loch in die Sohle seines Schuhs stanzte.

Der Rückschlag ließ ihn nach hinten taumeln. Er fing sich schnell und zog sein Hosenbein hoch, damit er die .380-Kel-Tec-Automatik ziehen konnte. Die Mühe hätte er sich jedoch sparen können. Das Kaliber-.44-Hohlspitzgeschoss hatte den Wächter, der Cabrillo sein Profil zeigte, in den rechten Arm getroffen, war durch seinen gesamten Oberkörper gedrungen und hatte sämtliche inneren Organe im Brustkorb zerfetzt. Die Austrittswunde in seiner gegenüberliegenden Schulter war so groß wie ein Frühstücksteller.

Moses Ndebele starrte Juan schweigend an, während dieser ein frisches Magazin in seine Maschinenpistole einsetzte und die Kel-Tec wieder in ihrem Versteck an seinem Bein verstaute. Blutflecken waren auf seiner Häftlingskleidung zu sehen, und ein roter Fleck zierte auch eine Wange. Juan bemerkte dazu Brandwunden an Ndebeles nackten Armen, eine Schwellung um die Augen und den Mund, und er sah, dass der Gefangene sein gesamtes Gewicht auf ein Bein verlagerte. Juan warf einen Blick auf Ndebeles nackte Füße. Einer sah völlig normal aus, der andere war auf Fußballgröße angeschwollen. Er vermutete, dass jeder Knochen vom Knöchel bis zu den Zehen gebrochen worden war.

»Mr. Ndebele, ich bin mit einer Gruppe Ihrer Gefolgsleute hergekommen, angeführt von einem Mann namens Mafana. Wir holen Sie hier raus.«

Der afrikanische Revolutionsführer schüttelte den Kopf. »Dieser verdammte Narr. Als sie mich das erste Mal verhafteten, habe ich ihm verboten, so etwas zu versuchen, aber ich hätte wissen müssen, dass er nicht gehorchen würde. Mein alter Freund Mafana sucht sich selbst aus, welche Befehle er befolgt.«

Juan bedeutete ihm mit einer Handbewegung, sich von der Zellentür zurückzuziehen, damit er das Schloss zerschießen konnte. Ndebele musste hüpfen, damit sein geschädigter Fuß den Boden nicht berührte. »Ich habe einen Freund namens Max, der die gleiche Nummer mit mir abzieht.« Juan schaute Ndebele an. »Und meistens liegt er hinsichtlich der Befehle, die er nicht befolgt, ganz richtig.«

Er jagte zwei Kugeln in das alte Eisenschloss und zog an der Tür. Sie öffnete sich mit einem protestierenden Quietschen. Ndebele wollte schon durch die Öffnung aus der Zelle hüpfen, aber Juan hob eine Hand.

»Wir nehmen einen anderen Weg.«

Bei ihren Nachforschungen über die *Oase des Teufels* war Linda Ross auf den Bericht über einen Gefangenen gestoßen, der versucht hatte, die zehn Zentimeter großen Abflusslöcher in den Zellen im Parterre zu vergrößern. Ein Häftling, der für die Gefängnisleitung Spitzeldienste leistete, kontrollierte diese Öffnungen alle zwei Tage, und als er feststellte, dass der Mann einen Löffel oder irgendein anderes Werkzeug benutzt hatte, um an dem dreißig Zentimeter dicken Steinfußboden herumzukratzen, um das Loch so weit zu vergrößern, dass er es als Fluchtweg benutzen konnte, meldete er dies den Wachen. Diese stopften den Gefangenen in die kleine Öffnung und brachen ihm jeden Knochen, bis nur noch sein Kopf in die Zelle ragte.

Niemand hatte danach je wieder versucht, auf diesem Weg zu fliehen.

Juan reichte Ndebele seine MP-5 und bat ihn, ihnen wenn nötig Feuerschutz zu geben, und hockte sich dann neben die Öffnung. Eilig zog er seinen Schuh aus und holte den Rest Plastiksprengstoff heraus, der noch übrig war. Er knetete die Masse zu einer langen dünnen Wurst zusammen, die er als Ring auf den Grund der Öffnung legte. Nun holte er den Zünder aus dem Fußgelenk seines künstlichen Beins und stellte die Uhr auf eine Minute, genug Zeit, um Ndebele in eine sichere Distanz zu bringen.

Mit dem Schuh drückte er den Zeitzünder in die weiche Sprengstoffmasse und verließ die Zelle mit Moses über seiner Schulter, um den Fuß des Mannes zu schonen. Die Bombe ging los wie ein Vulkan und schickte einen Geysir aus Flammen, Qualm und Gesteinsbrocken bis zur Decke. Cabrillo schlüpfte wieder in seinen Schuh, verzichtete jedoch darauf, ihn zuzuschnüren, als er in die Zelle zurückkehrte. Wie erwartet, war die Ladung groß genug gewesen, um das gewünschte Ergebnis zu erzielen. Die Öffnung hatte jetzt einen Durchmesser von anderthalb Metern, und ihre gezackten Ränder waren von der Explosion geschwärzt.

Er sprang in die Öffnung und half Ndebele beim Hinuntersteigen. Der Mann sog zischend die Luft zwischen den Zähnen ein, als sein gebrochener Fuß über den Boden unterm Gefängnis scharrte.

»Alles okay?«

»Ich denke, wenn es so weit ist, werde ich Sie fragen, woher Sie Ihr künstliches Bein haben. Ich glaube nicht, dass ich diesen Fuß noch allzu lange besitze.«

»Keine Sorge. Ich kenne jemanden, der sich mit solchen Blessuren gut auskennt.«

»So gut kann er aber nicht gewesen sein, wenn Sie Ihr Bein verloren haben.«

»Glauben Sie mir, sie ist es – sie fing erst bei mir an zu arbeiten, als das Bein schon verloren war.«

Zusammen krochen sie durch den Tunnel, der dem ständigen Wüstenwind gestattete, die menschlichen Ausscheidungen, die früher einfach von oben herabgefallen waren, auszutrocknen, sodass die Notwendigkeit entfiel, sie umständlich zu leeren.

Die Räumlichkeiten waren jedoch sehr eng, und sie mussten auf allen vieren durch den Schmutz kriechen. Juan führte sie zur Ostseite des Gefängnisses, die dem

Flugplatz am nächsten lag. Glücklicherweise hatten sie den Wind im Rücken, sodass ihnen kein Sand ins Gesicht geweht wurde. Sie brauchten fünf Minuten, um den äußeren Rand des Gebäudes zu erreichen. Nach dem gedämpften Licht im Innern des Gefängnisses erschien die Sonne, die in die Öffnung strahlte, besonders hell. Die beiden Männer blieben dicht vor der Öffnung liegen.

Cabrillo schaltete sein Funkgerät ein. »Beau Geste an Lawrence von Arabien. Kannst du mich hören, Larry?«

»Laut und deutlich, Beau«, antwortete Linc. »Wie ist die Lage?«

»Ich habe unseren eingeborenen Gast bei mir. Wir haben es bis zur Außenmauer geschafft. Vor uns liegt der Flugplatz. Gib mir fünfzehn Minuten, um das erste Objekt zu sichern, und dann hol uns ab. Unsere Leute kommen raus, sobald sie das Flugzeug sehen.«

»Negativ, Beau. So wie es aussieht, beziehen unsere Verbündeten da drin anständig Prügel. Sie werden keine fünfzehn Minuten mehr durchhalten. Ich komme jetzt gleich.«

»Dann gib mir zehn Minuten.«

»Juan, ich mache keine Witze. Diese Zeit hast du nicht. Wenn ich nicht jetzt gleich komme, kannst du das, was von Mafanas Männern noch übrig ist, an einer Hand abzählen. Das war keine Selbstmordmission. Wir sind es ihnen schuldig, ihren Rückzug zu decken.« Noch während Linc sprach, sank die große Frachtmaschine vom Himmel herab. »Ich habe außerdem soeben von Max erfahren, dass sich unsere Situation ein wenig verändert hat.«

Indem er jetzt landete, zwang Linc Cabrillo zum Handeln. Moses würde es ohne Hilfe niemals bis zum Flugplatz schaffen. Juan würde ihn wohl tragen müssen. Das

Flugzeug war am Boden viel zu verwundbar, um darauf zu warten, dass er ins Gefängnis zurückkehrte und Geoffrey Merrick befreite. Sobald Mafana und seine Männer mit dem Rückzug aus dem Gefängnis begannen, würden die Wächter sie verfolgen. Und ohne Unterstützung aus der Luft würden sie in der offenen Wüste ungehindert niedergemetzelt werden.

Was die Veränderung betraf, von der Max Hanley gesprochen hatte, so würde Juan darauf vertrauen müssen, dass sein Stellvertreter einen besseren Überblick über die gesamte Operation hatte.

Die alte *de Havilland Caribou* sah eher plump aus. Sie hatte ein Heckleitwerk, so hoch wie ein dreistöckiges Haus, und das Cockpit über einer stumpfen Nase. Als Hochdecker konnte sie eine für ihre Größe erstaunliche Ladung aufnehmen. Zudem kam sie für Start und Landung mit einer unglaublich kurzen Piste aus. Die Maschine, die Tiny Gunderson hier gemietet hatte, war weiß lackiert und besaß einen verblichenen blauen Streifen, der über die gesamte Länge des Rumpfs verlief.

Juan sah, dass sein Chefpilot soeben zum Landeanflug ansetzte. Es wurde Zeit aufzubrechen.

»Kommen Sie«, sagte er zu Moses Ndebele und verließ ihr Versteck unter dem Gefängnis. Die Schießerei auf dem Gefängnishof wurde durch die dicken Mauern des Gebäudes gedämpft, doch es klang noch immer, als kämpften mindestens tausend Menschen um ihr Leben.

Als beide Männer vor der Außenmauer des Gefängnisses standen, wechselte Juan die H & K in die linke Hand und bückte sich, um sich den afrikanischen Rebellenführer auf die Schulter zu wuchten. Moses Ndebele war ein hochgewachsener Mann, aber die Jahre der Gefangenschaft hatten ihn bis auf Haut und Knochen zusammenschrumpfen lassen. Er konnte nicht mehr als hundertzwanzig Pfund auf die Waage bringen. Normalerweise hätte Cabrillo keine Probleme gehabt, eine solche Last zu tragen, aber auch sein Körper war nach Stunden unbarmherziger Belastung total ausgelaugt.

Juan richtete sich auf, sein Mund bildete eine schmale, grimmige Linie. Sobald Ndebele auf seinen Schultern lag, startete er zu einem schwerfälligen Trab. Seine Schuhe versanken im Sand, während er lief und dabei seine zitternden Beine und den schmerzenden Rücken mit jedem weiteren Schritt über die Maßen peinigte. Er hatte ein wachsames Auge auf die Seite des Gefängnisses, wo sich die Eingangstore befanden, aber bis jetzt hatte noch keiner von Mafanas Männern zu fliehen versucht. Sie kämpften weiter gegen die Wächter und wussten: Je länger sie durchhielten, desto größer war die Chance ihres Anführers zur Flucht.

Das dreiundzwanzig Meter lange zweimotorige Frachtflugzeug setzte auf, als Cabrillo die Hälfte des Weges zum Flugplatz zurückgelegt hatte. Tiny kehrte die Steigung der Propeller um, gab Gas und entfachte mit dem Luftdruck der Propeller einen veritablen Sandsturm, der das Flugzeug vollständig einhüllte. Das Manöver verkürzte die Distanz, die er zum Landen brauchte, auf weniger als zweihundert Meter, sodass genügend Piste vorhanden war, um gleich wieder gegen den Wind zu starten, ohne zum Anfang der Piste zurückrollen zu müssen. Gunderson stellte die Propellerflügel flach, damit sie keine Luft mehr aufnahmen, drosselte aber die 1500 PS starken Motoren nur unwesentlich. Das ganze Flugzeug erzitterte unter dem Ansturm mühsam gebändigter Energie.

Juan bemerkte aus den Augenwinkeln eine Bewegung zu seiner Linken. Er wandte den Kopf und sah, wie einer von Mafanas Lastwagen aus dem Gefängnis auftauchte. Männer auf der Ladefläche feuerten weiterhin in den Gefängnishof, während der Fahrer in schneller Fahrt auf das Flugzeug zuhielt. Sekunden später tauchten die anderen drei Trucks auf. Sie fuhren bei Weitem nicht so schnell. Die Befreier versuchten, die Wächter weiterhin an einem Ausbruch zu hindern.

Juan konzentrierte sich wieder auf die *Caribou*. Die Frachtrampe senkte sich herab. Franklin Lincoln stand mit einem Karabiner in der Hand an ihrer Kante. Er winkte Juan zu, löste dabei aber keineswegs den Blick von dem heranschaukelnden Lastwagen. Neben ihm stand ein anderer Schwarzer. Es war einer von Mafanas Männern, den Juan am Tag zuvor dem Flugzeug entgegengeschickt hatte.

Der Boden unter Cabrillos Füßen wurde fester, härter, während sie sich der mit losem Geröll bedeckten Piste näherten, und er beschleunigte seine Schritte, wobei ihm ein neuerlicher Adrenalinstoß half, die Schmerzen noch ein paar Minuten länger zu ignorieren.

Juan erreichte das Flugzeug und wankte wenige Sekunden, ehe der führende Truck die Laderampe wie ein Betrunkener hinauffuhr. Julia Huxley wartete bereits mit ihren Arztkoffern. Sie hatte Tropfbeutel mit Salzlösung an Drähten aufgehängt, die an der Decke der Kabine verliefen, und Kanülen bereit gelegt, um jede Blutmenge zu ersetzen, die die Kämpfer verloren hatten. Juan legte Ndebele behutsam auf eine der mit Nylongeflecht bespannten Bänke und machte dann kehrt, um zu sehen, wie er sich als Helfer noch weiter nützlich machen könnte.

Linc hatte bereits die hintere Ladeklappe des Trucks geöffnet. Ein Dutzend verwundete Männer lagen verstreut auf der Ladefläche, und über dem Dröhnen der Motoren konnte Juan ihr Jammern und Stöhnen hören. Blut tropfte von der Ladefläche.

Lincoln hob den ersten Mann heraus und trug ihn in den Frachtraum des Flugzeugs. Ski war direkt hinter ihm. Er trug einen anderen Verwundeten. Mike und Eddie hatten einen dritten zwischen sich. Er war ein Bär von einem Mann. Blut tränkte seine Hose von den Oberschenkeln abwärts. Juan half einem Mann, der noch laufen konnte, beim Aussteigen. Er drückte den Arm an seine Brust. Es war Mafana, und sein Gesicht wirkte aschfahl, aber als er Moses Ndebele an ein Schott gelehnt dasitzen sah, stieß er einen lauten Freudenschrei aus. Die beiden verwundeten Männer begrüßten einander so gut es ging.

Am Gefängnis fuhren die restlichen Trucks hinaus in die Wüste, wobei ihre Räder Staubsäulen hochwirbelten, die sich bis in den Himmel schraubten. Sekunden später erschienen zwei andere Fahrzeuge. Das eine machte sich an die Verfolgung der flüchtenden Allradfahrzeuge, während der zweite Lastwagen den Weg zum Flugplatz einschlug.

»Juan!«, rief Linc über den Lärm, während er mit einem anderen Verwundeten auf den Armen die Rampe betrat. »Das ist der letzte. Sag Tiny, er soll uns rausbringen.«

Juan winkte zur Bestätigung und schlängelte sich nach vorn. Tiny lehnte sich gerade aus seinem Sessel und konzentrierte sich wieder auf seine Kontrollen, als Cabrillo ihm mit dem Daumen das Okay-Zeichen gab. Er änderte sofort die Stellung der Propellerflügel, und das große Flugzeug begann loszurollen.

Cabrillo ging wieder nach hinten. Julia schnitt soeben die Buschjacke eines Mannes auf und legte zwei Einschusslöcher in seiner Brust frei. Die Wunden blubberten. Seine Lunge war getroffen worden. Unbehelligt von den unhygienischen Bedingungen oder dem holperigen Start nahm sie eine Triage vor.

»Musstest du unbedingt bis zur letzten Sekunde warten?«, fragte Eddie, als Juan herankam. Er grinste.

Cabrillo schüttelte seine ausgestreckte Hand. »Du weißt doch, was für ein großer Zauderer vor dem Herrn ich bin. Seid ihr okay?«

»Ein paar graue Haare mehr, aber nichts Schlimmeres. Irgendwann demnächst musst du mir mal erzählen, wie du es geschafft hast, mitten im Nichts eine Armee auf die Beine zu stellen.«

»Große Zauberer bewahren ihre Geheimnisse.«

Das Flugzeug nahm weiter Geschwindigkeit auf und war bald schneller als der Wagen der Wächter. Durch die offene Ladeklappe konnte Juan beobachten, wie sie ein paar hilflose Schüsse abfeuerten, ehe der Fahrer scharf bremste und wendete, um sich an der Jagd auf den Rest von Mafanas Männern zu beteiligen. Ein dritter und kurz danach auch noch ein vierter Truck kamen durch das Gefängnistor und nahmen die Verfolgung auf.

Tiny zog den Steuerknüppel nach hinten, und die alte *Caribou* hob von dem rauen Flugfeld ab. Die Vibrationen, die sich gesteigert hatten, bis Juan sicher war, dass ihm jeden Moment eine Füllung aus den Zähnen fallen würde, ließen nun schlagartig nach. Eingedenk der Tatsache, dass die Rampe offen bleiben musste, wurden die Patienten weiter nach vorn gebracht, sodass der hintere Bereich des Frachtraums frei blieb. Linc stand auf der Rampe, gesichert mit einer Leine, die sich von einem Ringbolzen am Fußboden zum Rücken seiner Kampfjacke spannte. Er trug einen Helm mit Mikrofon, um mit Tiny im Cockpit kommunizieren zu können. Vor ihm stand eine lange Kiste.

Juan klinkte sich ebenfalls ein und näherte sich vorsichtig dem athletischen SEAL. Heißer Wind fegte durch die Kabine, während Tiny das Flugzeug auf die Seite legte, um sich hinter die Lastwagen der Wächter zu setzen. Mit ihren neueren Trucks hatten sie bereits die Hälfte des Vorsprungs aufgeholt, den Mafanas Leute herausgefahren hatten.

Die Lastwagen näherten sich einem tiefen Tal zwischen zwei hoch aufragenden Dünen, als das Flugzeug über die beiden Fahrzeuggruppen hinwegraste. Sie waren weniger als einen Kilometer voneinander entfernt. Tiny blieb auf tausend Fuß Höhe, während er über die Länge des Tals flog. Aber schon nach einem kurzen Moment war das Tal zu Ende. Anstatt sich wieder zur Wüste zu öffnen, war es nur fünf Kilometer lang und eine Sackgasse. Sein Abschluss war eine schräg abfallende Düne, die so steil schien, dass die Trucks bis auf Gehtempo abbremsen mussten, um auf ihren Kamm zu gelangen.

»Bring uns wieder zurück«, rief Linc in sein Mikro. »Und flieg wieder von hinten an.«

Er winkte Mike und Eddie zu, ihm zu helfen. Die beiden Männer sicherten sich schnell und lehnten sich zur Seite, um das Gleichgewicht zu behalten, während das Flugzeug eine enge Kurve flog. Linc öffnete die Kiste. Darin befanden sich noch weitere vier von Mafanas RPGs. Sie waren auch der Grund, weshalb Juan einen von Mafanas Männern zu Linc geschickt hatte.

Linc reichte jedem von ihnen einen der Granatwerfer.

»Das wird aber ein ganz besonderes Schützenfest«, rief Mike skeptisch. »Vier Trucks. Vier RPGs. Wir machen über zweihundert Sachen und sie höchstens neunzig.«

»Oh, ihr Ungläubigen!«, rief Linc zurück.

Das Flugzeug glich seine Lage am Eingang des Tales wieder aus. Tiny brachte sie ein Stück herunter, indem er heißen Aufwinden vom Wüstenboden entgegensteuerte. Die Dünen rasten in einem Abstand von höchstens dreißig Metern an den Tragflächenenden vorbei. Linc lauschte dem Piloten, während er abzählte, wie lange es dauerte, bis sie sich über den Trucks der Wächter befanden. Als er den RPG an die Schulter legte, folgten die anderen drei seinem Beispiel.

Er deutete auf Juan und Ski. »Zielt auf die Basis der Düne links vom Konvoi. Mike und ich nehmen die rechte Seite. Setzt die Granaten etwa zwanzig Meter vor das führende Fahrzeug.«

Tiny ging noch tiefer herunter und zog die Maschine gleich wieder hoch, als es von unten beschossen wurde. Er richtete die *Caribou* aus, als sie den letzten Truck des Konvois passierten. Für eine flüchtige Sekunde blickten Juan und seine Gefährten auf den Konvoi, und es schien, als ob jedes Gewehr, das die Wachen zur Verfügung hatten, wie wild auf sie feuerte.

»Jetzt!«

Sie zündeten die RPGs gleichzeitig. Die vier Raketen schossen aus ihren Röhren und starteten. Ihre weißen Kondensstreifen schraubten sich durch die klare Morgenluft. Das Flugzeug hatte Mafanas Lastwagen bereits hinter sich gelassen, als die Sprengköpfe in die Dünen einschlugen. Die Projektile explodierten und schleuderten Sandfontänen in die Luft. Und während sie im Vergleich zu den enormen Dimensionen der Dünen lächerlich harmlos erschienen, hatten die Explosionen doch die gewünschte Wirkung.

Das Gleichgewicht aus Steilheit und Höhe, dass die Dünen an Ort und Stelle stabil hielt, wurde durch die Explosionen gestört. Sand begann in winzigen Mengen abwärtszurieseln, beschleunigte so lange, bis es aussah, als würden beide Seiten der Schlucht aufeinander zufließen. Und eingekeilt in der Mitte war der Konvoi der Wächter.

Die beiden Erdrutsche ergossen sich auf den Talgrund. Die Lawine auf der rechten Seite hatte einen leichten Vorsprung vor ihrer Schwester, sodass die vier Fahrzeuge, als die Sandflut den Konvoi erreichte, einfach umgestoßen wurden. Männer und Waffen wurden von den Ladeflächen der Trucks geschleudert, um mit der zweiten Wand aus Sand konfrontiert zu werden, die sich auf sie ergoss und alles unter zehn oder mehr Metern Erde begrub.

Eine Staubwolke war alles, was ihr Grab markierte.

Linc legte den Hebel um, der die Rampe schloss, und alle vier Männer traten zurück.

»Was habe ich dir gesagt?« Linc grinste Mike an. »Ein Kinderspiel.«

»Ein Glück, dass sich gerade dieses Tal hier befand«, erwiderte Mike.

»Von wegen Glück. Ich hatte es gesehen, als ich gestern von hier verschwand. Juan hatte Mafanas Männer ausdrücklich dorthin geschickt, damit wir die Wächter allesamt auf einen Schlag ausschalten konnten.«

»Ganz schön raffiniert, unser Chef«, musste Trono zugeben.

Juan versuchte gar nicht erst, sein selbstzufriedenes Lächeln zu verstecken. »Das war es auch. Das war es wirklich!« Er wandte sich wieder an Lincoln. »Hat Max alles vorbereitet?«

»Die *Oregon* liegt am Pier in Swakopmund. Max erwartet uns auf dem Flughafen mit einem Sattelschlepper und einem leeren Frachtcontainer. Wir laden die Verwundeten ein und gehen ebenfalls an Bord. Max bringt uns dann runter zum Hafen, wo ein Zollinspektor, dessen Taschen vor Bakschisch aus allen Nähten platzen, die Ladeliste abhakt, und dann werden wir aufs Schiff gehievt.«

»Und Mafanas Männer fahren weiter bis nach Windhoek«, schloss Juan, »von wo aus sie hinfliegen können, wo immer wir für Ndebele ein sicheres Plätzchen finden.« Sein Tonfall wurde bitter. »Alles schön und gut, außer dass wir Geoffreys Merrick nicht befreit haben und jede Chance verloren haben, ihn jemals wiederzufinden. Ich bin sicher, dass seine Entführer die *Oase* fünf Sekunden nach den Wächtern verlassen haben.«

»Oh, ihr Ungläubigen!«, sagte Linc zum zweiten Mal und schüttelte traurig den Kopf.

Nina Visser saß im Schatten einer Zeltbahn, die an der Ladefläche ihres Lastwagens befestigt war, als sie ein summendes Geräusch hörte. Sie hatte gerade Tagebuch geführt, eine Angewohnheit, mit der sie bereits als junger Teenager begonnen hatte. So hatte sie im Laufe der Jahre unzählige Notizbücher gefüllt und wusste, dass sie eines Tages eine wichtige Quelle für ihren Biographen darstellen würden. Dass sie wichtig genug wäre, um mit einem Buch über ihr Leben gewürdigt zu werden, war etwas, woran sie niemals gezweifelt hatte. Sie würde eine der großen Persönlichkeiten der Umweltbewegung sein, jemand wie Robert Hunter und Paul Watson, die Gründer von Greenpeace.

Natürlich würde man die augenblickliche Operation nicht mit aufführen. Sie war ein Schlag, den sie aus der Deckung heraus tat. Sie führte ihr Tagebuch nur aus Gewohnheit und wusste ganz genau, dass sie diesen Band und jeden anderen, in dem ihre Verbindung mit Daniel Singer und seinen Plänen auch nur angedeutet wurde, vernichten müsste.

Sie klappte das Tagebuch zu und verstaute den Schreibstift in der Spiralbindung. Unter der Zeltbahn hervorzukriechen war, als öffnete man die Tür eines Backofens. Die Nachmittagssonne brannte unbarmherzig vom Himmel. Nina Visser stand auf, klopfte sich den Staub von ihrer Hose und schirmte die Augen ab, um nach dem Flugzeug Ausschau zu halten, das Danny versprochen hatte. Selbst mit der dunklen Sonnenbrille brauchte sie ein paar Sekunden, um den kleinen Diamanten zu entdecken, der am Himmel funkelte. Zwei ihrer Freunde kamen unter der Zeltbahn hervor und gesellten sich zu ihr, darunter auch Susan. Sie alle waren müde von der Fahrt und durstig, weil sie nicht genug Wasser mitgenommen hatten.

Merrick ging es von allen am schlechtesten, da er gefesselt und geknebelt war und an der Seite des Trucks lehnte, wo es nur die Andeutung eines Schattens gab. Seit der Heroininjektion hatte er das Bewusstsein nicht wiedererlangt, und sein sonnenverbranntes Gesicht war mit einer Kruste getrockneten Schweißes umrahmt. Fliegen kreisten summend über seiner Schusswunde.

Das Flugzeug überquerte einmal die unbefestigte Piste, und alle winkten, als es über ihre Köpfe hinwegflog. Der Pilot wackelte mit den Tragflächen und kam in großem

Bogen zurück. Es schwebte etwa dreißig Meter weit über die Rollbahn, ehe der Pilot es endlich nach unten zog. Er nahm schnell das Gas zurück und lenkte die Maschine genau dorthin, wo der Truck am Rand des Flugfeldes parkte. Die verlassene Stadt lag einige hundert Meter hinter ihnen. Sie war nicht mehr als eine Ansammlung dem Verfall preisgegebener Gebäude, die sich die Wüste nach und nach einverleibte.

Eine Rampe am Heck des Flugzeugs wurde langsam herabgelassen und erinnerte Nina an eine mittelalterliche Zugbrücke. Ein Mann, den sie nicht kannte, erschien und kam auf ihre Gruppe zu. »Nina?«, rief er und übertönte den Motorenlärm.

Nina ging ihm entgegen. »Ich bin Nina Visser.«

»Hi«, sagte er in freundlichem Tonfall. »Dan Singer wollte, dass ich Ihnen erzähle, dass die Vereinigten Staaten ein Programm namens Echelon haben. Damit kann man nahezu jede elektronische Unterhaltung auf der ganzen Welt abhören.«

»Und?«

»Sie sollten mit dem, was Sie übers Satellitentelefon mitteilen, ein wenig vorsichtiger sein, denn gestern hat jemand mitgehört.« Noch während sie die Bedeutung seiner Worte verarbeitete, ließ Cabrillo seine freundliche Maske fallen und holte eine Pistole hinter seinem Rücken hervor und zielte damit auf Nina Vissers hohe Stirn. Drei weitere Männer kamen die Rampe der *Caribou* herunter, angeführt von Linc. Jeder war mit einer MP-5-Maschinenpistole bewaffnet, dann ließen sie die Läufe von einem zum anderen wandern. »Ich hoffe, Ihnen gefällt es hier draußen«, fuhr Juan fort. »Wir haben einen ziemlich engen Terminplan und nicht die Zeit, um Sie zur Polizei zu schaffen.«

Einer der Umweltfanatiker verlagerte sein Gewicht, um sich zu ihrem Truck vorzubeugen. Juan feuerte einen Schuss dicht genug vor seinen Fuß, um die Gummisohle seines Schuhs einzukerben. »Überlegen Sie sich gut, was Sie tun.«

Linc hielt die Umweltkrieger in Schach und machte Juan den Weg frei, um Geoffrey Merrick zu befreien, während die anderen beiden Mitglieder der Corporation jeden der Entführer mit Plastikhandschellen fesselten. Merrick war bewusstlos, sein Hemd steif von getrocknetem Blut. Julia befand sich an Bord der *Oregon* und versorgte die verwundeten Freiheitskämpfer von Simbabwe, aber einer ihrer Sanitäter war bei diesem Einsatz auch mitgeflogen. Juan überließ Merrick dem medizinischen Experten und kehrte in den Sonnenschein zurück, bewaffnet mit zwei Kanistern Wasser.

»Wenn Sie das sorgfältig rationieren, sollten Sie damit eine Woche auskommen.« Er hievte die Kanister auf die Ladefläche des Trucks.

Dann durchsuchte er das Fahrzeug und fand Ninas Satellitentelefon im Handschuhfach. Außerdem entdeckte er zwei Gewehre und eine Pistole.

»Kinder sollten nicht mit Waffen spielen«, sagte er über die Schulter, während er zum Flugzeug zurückkehrte. Dann hielt er inne und kam zu der Gruppe zurück. »Beinahe hätte ich etwas vergessen.«

Er ließ den Blick über ihre Gesichter wandern und entdeckte genau die Person, die er suchte, während sie versuchte, sich hinter einem hochgewachsenen bärtigen jungen Mann zu verstecken. Juan ging hinüber und ergriff Susan Donleavys Arm. Der Mann, der sie beschützte, holte aus und zielte auf Cabrillos Kopf. Der Versuch wirkte aber unbeholfen, Juan wich dem Schlag locker aus und hatte plötzlich seine 9-mm-Pistole in der Hand. Er drückte ihre Mündung zwischen den erschrockenen Augen des Studenten gegen seine Stirn. »Wollen Sie das nicht gleich noch ein zweites Mal versuchen?«

Der junge Mann trat zurück. Juan zog Susan Donleavys Fesseln eng genug, um ihr klarzumachen, dass Schlimmes auf sie wartete. Dann brachte er sie zum Flugzeug. An der Rampe hielt er inne und wandte sich an die beiden Mitglieder des Teams, die zurückbleiben würden. Sie hatten einen Gummibehälter voller Benzin für den Truck vom Flugzeug abgezweigt. »Sie kennen doch den Ablauf, oder?«

»Wir fahren etwa fünfzig Kilometer weit in die Wüste und lassen sie dort zurück.«

»Auf diese Art und Weise wird das Flugzeug, das Singer geschickt hat, sie niemals finden«, sagte Juan. »Und vergesst nicht, die GPS-Koordinaten festzustellen, damit wir sie später holen können.«

»Dann fahren wir zurück nach Windhoek, lassen den Truck irgendwo stehen und nehmen uns in einem Hotel ein Zimmer.«

»Meldet euch auf dem Schiff, sobald ihr angekommen seid«, sagte Juan und schüttelte ihnen die Hand. »Vielleicht können wir euch rausholen, ehe wir im Kongo – oben im Norden – auf die Suche nach den Waffen gehen.«

Während Cabrillo Anstalten machte, mit seiner Gefangenen in der *Caribou* zu verschwinden, rief er den Umweltaktivisten noch einen Abschiedsgruß zu: »Wir sehen uns in einer Woche.«

Linc folgte ihm, und sobald er an Bord war, ließ Tiny die Motoren aufheulen. Neunzig Sekunden, nachdem sie gelandet waren, befanden sie sich schon wieder in der Luft und ließen acht entgeisterte Möchtegern-Ökoterroristen zurück, die niemals erfahren würden, was da so plötzlich und unangekündigt über sie gekommen war.

23

»Willkommen zu Hause, großer Meister«, sagte Max Hanley, als Juan das obere Ende der Jakobsleiter erreichte, die zur *Oregon* gehörte.

Die beiden wechselten einen Händedruck. »Es tut gut, wieder zurück zu sein«, sagte Cabrillo und hatte Mühe, die Augen offen zu halten. »Die letzten zwölf Stunden dürften in etwa die schlimmsten meines Lebens gewesen sein.« Er drehte sich um und winkte Justus Ulenga zu, dem namibischen Kapitän der *Pinguin*. Dies war das Boot, das Sloane Macintyre und Tony Reardon seinerzeit gechartert hatten, als auf sie Jagd gemacht worden war. Juan hatte mit dem Fischer in Terrace Bay Kontakt aufgenommen, wo dieser sich nach dem Angriff auf seinem Boot versteckt hatte.

Der freundliche Kapitän tippte zum Abschied an den Schirm seiner Baseballmütze und grinste breit, als er an das dicke Bündel Geldscheine dachte, das ihm für den simplen Job bezahlt worden war, Juans Leute zu dem Frachter zu bringen, der außerhalb der Zwölfmeilenzone Namibias ankerte. Sobald sich sein Boot ein Stück von der *Oregon* entfernt hatte, nahm der große Frachter, begleitet von einer Wolke künstlichen Rauchs, die aus seinem einzigen Schornstein quoll, Kurs nach Norden.

Geoffrey Merrick war mit einem Krankenkorb an Bord

gehievt worden. Julia Huxley beugte sich bereits über ihn, wobei ihr Kittel durch eine zu Teer verhärtete Ölpfütze schleifte. Darunter trug sie ihre blutverschmierte Krankenhauskombination. Sie hatte verwundete Männer zusammengeflickt, seit der Container, den Max für den Transport der Soldaten zum Schiff benutzt hatte, geöffnet worden war. Bei ihr hielten sich zwei Sanitäter bereit, um Merrick in die Chirurgie hinunterzubringen, doch sie wollte sich schon hier so schnell wie möglich einen Überblick über seinen Zustand verschaffen.

Sobald sie einen Fuß auf die *Oregon* gesetzt hatte, war Susan Donleavy mit verbundenen Augen von Mike, Ski und Eddie ins Schiffsgefängnis gebracht worden. Es war deutlich zu erkennen: zunehmend beunruhigte sie, dass niemand ein Wort mit ihr gesprochen hatte, seit Juan sie in der Wüste aufgestöbert hatte. Zwar noch nicht völlig eingeschüchtert, war mittlerweile aber deutlich zu erkennen, dass ihre Fassade der Selbstsicherheit zu bröckeln begann.

»Was denkst du?«, fragte Juan, als Julia ihr Stethoskop von Merricks nackter Brust herunternahm.

»Die Lunge ist in Ordnung, aber sein Herz schlägt ziemlich schwach.« Sie blickte auf den Tropfbeutel mit Kochsalzlösung, den einer ihrer Leute über Merricks ausgestreckter Gestalt hochhielt. »Das ist schon die dritte Einheit, die er kriegt. Ich möchte ihm etwas Blut geben, um seinen Blutdruck zu stabilisieren, ehe ich mich an die Kugel heranwage, die immer noch in der Wunde steckt. Mir gefällt nicht, dass er noch bewusstlos ist.«

»Könnte es an dem Heroin liegen, das sie ihm in der *Oase* verabreicht haben?«

»Das müsste von seinem Körper längst verarbeitet worden sein. Es ist etwas anderes. Er hat außerdem Fieber, und seine Wunde sieht aus, als hätte sie sich entzündet. Ich muss ihm Antibiotika geben.«

»Was ist mit den anderen? Mit Moses Ndebele?«

Ihre Augen verdüsterten sich. »Zwei habe ich verloren. Ein weiterer ist in einem kritischen Zustand. Die anderen hatten vorwiegend Fleischwunden. Solange es keine Infektionen gibt, sollten sie sich schnell erholen. Moses ist ganz schlimm dran. Der menschliche Fuß besitzt sechsundzwanzig Knochen. Ich habe auf der Röntgenaufnahme achtundfünfzig einzelne Knochenfragmente gezählt, ehe ich es aufgab. Wenn er seinen Fuß behalten soll, müssen wir ihn innerhalb von zwei Tagen in die Obhut eines orthopädischen Chirurgen geben.«

Cabrillo nickte, sagte jedoch nichts.

»Und wie geht es dir?«, erkundigte sich Julia.

»Ich fühle mich mieser, als ich aussehe«, antwortete Juan mit einem müden Lächeln.

»Dann musst du dich beschissen fühlen, denn du siehst absolut mies aus.«

»Ist das deine offizielle medizinische Diagnose?«

Julia legte ihm eine Hand auf die Stirn – wie eine Mutter, die feststellen will, ob ihr Kind Fieber hat. »Jawohl.« Sie gab ihren Leuten ein Zeichen, Merricks Bahre wegzubringen, und ging zur nächsten Luke. »Ich bin unten, falls du mich brauchst.«

Cabrillo hatte noch etwas auf dem Herzen und konnte nicht fassen, dass er es beinahe vergessen hätte. »Julia, wie geht es Sloane?«

»Bestens. Ich habe sie aus der Krankenstation und aus der Gästekabine ausquartiert, weil ich den Platz brauchte. Und dann habe ich sie sogar als Hilfsschwester eingesetzt. Sie schläft bei Linda. Sie wollte dich oben in Empfang nehmen, aber ich habe sie wieder ins Bett gesteckt. Wir hatten ein paar hektische Stunden, und sie ist immer noch ein wenig schwach.«

»Danke«, sagte Juan erleichtert, während Julia und ihr Team unter Deck verschwanden.

Max tauchte neben ihm auf. Seiner Pfeife entströmte ein Duft von Apfel und Zedernholz. »Da hat sich wohl dein siebter Sinn gemeldet, als du mich batest, Langston anzurufen und ihn um Zugang zu Echelon zu bitten.«

Eine von Juans ersten Handlungen, nachdem er erfahren hatte, dass Geoffrey Merricks Befreiung fehlgeschlagen war, hatte darin bestanden, Max zu bitten, Overholt zu kontaktieren, um sich des Echelon-Programms der NSA bedienen zu dürfen. In jeder Sekunde wurden überall auf der Welt auf elektronischem Weg zig Millionen Daten ausgetauscht: per Mobiltelefon, Netztelefon, Fax, Satellitentelefon, Funkgerät, E-Mail und Web-Posting. In der Zentrale der NSA in Fort Meade waren Legionen von Computern zusammengeschaltet, die nichts anderes taten, als sämtliche Bandbreiten abzugrasen und nach speziellen Phrasen oder Begriffen zu suchen, die für die amerikanischen Geheimdienste von Interesse sein könnten. Obwohl es nicht als realzeitorientiertes Lauschprogramm vorgesehen war, konnte Echelon anhand der richtigen Parameter – zum Beispiel eines Anrufs von den geographischen Koordinaten der *Oase* mit Begriffen wie *Merrick, Singer, Geisel, Befreiung, Donleavy* – die sprichwörtliche Nadel im Cyber-Heuhaufen finden. Eine Abschrift von Nina Vissers Gespräch mit Daniel Singer wurde, drei Minuten nachdem das Gespräch beendet worden war, per E-Mail an Max auf die *Oregon* geschickt.

»Ich hatte so eine Ahnung, dass, nachdem unsere Jungs

aufgeflogen waren, Singers Kontaktperson im Gefängnis ihn davon in Kenntnis setzen würde, was geschehen war, und sich neue Marschbefehle holen würde.« Juan rieb sich die Augen mit den Handballen, um seine Erschöpfung ein wenig zu mildern. »Das ist ein Haufen Amateure. Sie hatten ganz sicher keinen Ersatzplan parat.«

»Was hast du mit den restlichen Entführern gemacht?«, fragte Max. Seine Pfeife war erloschen, und es herrschte zu starker Wind, um sie wieder anzuzünden.

Juan steuerte auf eine Luke zu, in Gedanken bereits in seiner rundum verglasten Duschkabine unter einem Wasserstrahl, der so heiß wäre, wie er es gerade noch ertragen konnte. Max hielt mit ihm Schritt. »Ich hab sie da draußen mit genügend Wasser zurückgelassen, um eine Woche durchzuhalten. Dann habe ich Langston veranlasst, Interpol zu informieren. Sie können sich mit den namibischen Behörden abstimmen, um sie aufzugreifen und in die Schweiz zu bringen, um wegen Entführung und im Falle Susan Donleavys wegen versuchten Mordes angeklagt zu werden.«

»Warum hast du sie dann hierhergebracht und nicht mit den anderen verrotten lassen?«

Cabrillo blieb stehen und drehte sich zu seinem alten Freund um. »Weil die NSA Singers Aufenthaltsort nicht ermitteln konnte und ich weiß, dass sie ihn kennt, und weil die ganze Geschichte noch nicht vorüber ist. Noch lange nicht. Merrick zu entführen, war nur der Eröffnungszug des Spiels, das sein ehemaliger Partner im Sinn hat. Sie und ich haben ein langes und interessantes Gespräch vor uns.«

Wenig später erreichten sie Juans Kabine und setzten ihre Unterhaltung fort, während Juan seine schmutzige

Kombination auszog und in einen Wäschekorb stopfte. Seine Schuhe warf er in den Abfalleimer, schüttete aber vorher eine Viertel Tasse Sand aus, die durch das Kaliber-.44-Loch in den einen Schuh eingedrungen war. »Nur gut, dass ich das nicht spüren konnte«, bemerkte er beiläufig. Er nahm sein Kampfbein ab und stellte es beiseite. Er würde es später in den Zauberladen bringen, damit sie die Pistole nachladen und die Mechanik gründlich von jeglichem Schmutz und Sand reinigen konnten.

»Mark und Eric haben sich vor etwa einer Stunde gemeldet«, sagte Max. Er saß auf der Kante der kupfernen Jacuzziwanne, während Juan in den Dampfschwaden verschwand, die aus der Duschkabine herausquollen. »Sie haben einige tausend Quadratkilometer abgesucht, aber keine Spur von den Waffen oder von Samuel Makambos kongolesischer Revolutionsarmee gefunden.«

»Was ist mit der CIA?«, fragte Juan über das Rauschen des Wassers hinweg, das auf seine Haut prasselte. »Haben ihre Kontaktleute im Kongo irgendeine Spur von Makambo?«

»Nichts. Es ist so, als könnte der Kerl spurlos verschwinden, wann immer es ihm einfällt.«

»Ein Mensch kann nicht verschwinden. Und nicht auch noch fünf- oder sechshundert seiner Gefolgsleute und Sympathisanten. Wie hat Murph die Suche organisiert?«

»Sie haben auf dem Kai angefangen, sind immer weitere Kreise geflogen und haben dabei die Reichweite der Peilsender um etwa vierzig Kilometer überschritten, um ganz sicherzugehen.«

»Der Fluss ist die Grenze zwischen der Republik Kongo und der Demokratischen Republik Kongo«, sagte Juan. »Halten sie sich südlich davon?«

»Die Namensähnlichkeit mal beiseitegelassen, die Beziehungen zwischen den beiden Ländern sind extrem schlecht. Sie haben keine Erlaubnis erhalten, die Grenze der Republik Kongo zu überschreiten, daher bleiben sie südlich der Grenze.«

»Was wetten wir, dass Makambo die Waffen nach Norden transportiert hat?«

»Das wäre möglich«, gab Max zu. »Wenn die nördlichen Nachbarn des Kongo seine Armee beschützen, dann wäre das eine Erklärung dafür, warum er nie geschnappt wurde.«

»Wir haben nur noch ein paar Stunden, bis die Batterien der Sender den Geist aufgeben.« Juan drehte den Wasserkran zu und öffnete die Tür der Duschkabine. Er war zwar sauber, aber nur wenig erfrischt. Max reichte ihm ein Badetuch aus dicker brasilianischer Baumwolle. »Ruf Mark an, und lass ihn alles ausprobieren, was nötig ist, um über diese Grenze zu kommen und sich umzuhören. Die Waffen sind nicht weiter als dreihundert Kilometer vom Fluss entfernt. Da bin ich mir ganz sicher.«

»Ich telefoniere gleich mit ihm«, sagte Max und erhob sich vom Wannenrand.

Juan trug sein Haar so kurz, dass er es nicht zu kämmen brauchte. Er benutzte ein Deodorant und entschied, dass er mit seinem Dreißigstundenbart deutlich verwegener aussah, daher ließ er sein Rasiermesser unbenutzt auf der Badezimmerkonsole liegen. Die dunklen Ränder unter seinen Augen und ihre Rötung verliehen ihm sogar eine dämonische Aura. Er schlüpfte in eine schwarze Cargohose und ein schwarzes T-Shirt. Dann rief er im Zauberladen an, damit ein Techniker sein Kampfbein holen komme, und machte auf dem Weg zum Frachtraum des Schiffs einen Abstecher in die Messe, um sich ein Sandwich zu besorgen.

Linda Ross wartete vor dem Frachtraum. Sie hielt einen Black Berry in der Hand, der soeben Signale aus dem Wi-Fi-Netz des Schiffs empfing.

»Wie geht es unserem Gast?«, fragte Juan.

»Sieh selbst.« Sie drehte das kleine Gerät so, dass er auf das Display sehen konnte. »Oh, ich wollte dir noch zu der erfolgreichen Rettungsaktion gratulieren.«

»Ich hatte schließlich jede Menge Hilfe.«

Susan Donleavy war in dem höhlenartigen Frachtraum, in dem Juan am Vortag seinen Fallschirm zusammengefaltet hatte, auf einen stählernen Einbalsamierungstisch geschnallt worden. Das einzige Licht kam von einer Hochleistungshalogenlampe, die einen gebündelten Lichtkegel um den Tisch erzeugte, sodass sie außerhalb des Lichtkegels nichts erkennen konnte. Das Bild auf dem Black-Berry kam von einer Kamera, die genau über der Lampe installiert war.

Susans Haare waren nach ihrem langen Aufenthalt in der Wüste – und ohne jedes Wasser für ihre persönliche Hygiene – schlaff und stumpf, und die Haut ihrer Arme war fleckig von Insektenstichen. Ihr Gesicht wirkte so blutleer, dass sie vollkommen erledigt aussah, und ihre Unterlippe zitterte. Sie war in Schweiß gebadet.

»Wenn sie nicht angeschnallt worden wäre, hatte sie sich sämtliche Fingernägel abgekaut«, sagte Linda.

»Bist du bereit?«, wollte Juan von ihr wissen.

»Ich gehe nur noch ein paar Notizen durch. Ich habe schließlich schon lange kein Verhör mehr durchgeführt.«

»Wie Max immer sagt, es ist wie Fahrradfahren. Einmal gelernt und man vergisst es sein Leben lang nicht mehr.«

»Ich hoffe bei Gott, dass er bei seiner Bewerbung nicht auch noch seinen besonderen Humor erwähnt hat.« Linda schaltete den BlackBerry aus. »Dann mal los.«

Juan öffnete die Tür des Frachtraums. Eine Hitzewoge wallte ihm entgegen. Sie hatten den Thermostaten auf dreißig Grad eingestellt. Ebenso wie die Beleuchtung war die Temperatur ein Teil der Verhörtechnik, die Linda anwendete, um Susan Donleavy weichzukochen. Sie betraten leise den Raum, hielten sich jedoch außerhalb des Lichtkegels.

Juan musste Susan Anerkennung zollen, denn für fast eine Minute sagte sie kein Wort. »Wer ist da?«, fragte sie aber schließlich doch mit einem Anflug von Hysterie in der Stimme.

Cabrillo und Ross schwiegen.

»Wer ist da?«, fragte Susan etwas angespannter. »Sie dürfen mich nicht so behandeln. Ich habe Rechte.«

Es gab eine schmale Grenze zwischen Panik und Zorn – der Trick bestand darin, diese Grenze während eines Verhörs nicht zu überschreiten. Lass niemals zu, dass sich die Angst deines Verhörpartners in Wut verwandelt. Linda passte es perfekt ab. Sie konnte erkennen, wie sich die Wut in Susans Gesicht abzuzeichnen begann, wie ihre Halsmuskeln sich anspannten. Sekunden bevor Susan Donleavy schrie, trat sie ins Licht. Ihre Augen weiteten sich, als sie sah, dass sich eine andere Frau bei ihr im Frachtraum befand.

»Miss Donleavy, um eins von Anfang an klarzustellen, Sie haben keinerlei Rechte. Sie befinden sich an Bord eines in internationalen Gewässern unter iranischer Flagge fahrenden Schiffs. Hier ist niemand, der Sie in irgendeiner Form vertreten könnte. Sie haben zwei Alternativen – und zwar *nur* zwei. Sie können mir erzählen, was ich wissen will, oder ich übergebe Sie einem Verhörspezialisten.«

»Wer sind Sie? Sie wurden engagiert, um Geoffrey Merrick zu befreien, nicht wahr? Nun, Sie haben ihn, also übergeben Sie mich der Polizei oder was auch immer.«

»Wir versuchen es mal mit dem ›Was-auch-immer‹-Weg«, sagte Linda. »Dazu gehört, dass Sie mir verraten, wo sich Daniel Singer im Augenblick aufhält und welche Pläne er verfolgt.«

»Ich weiß nicht, wo er ist«, erwiderte Susan schnell.

Zu schnell, stellte Linda fest. Sie schüttelte den Kopf, als sei sie enttäuscht. »Ich hatte gehofft, Sie würden sich kooperativer verhalten. Mr. Smith, würden Sie bitte kommen?« Juan trat vor. »Das ist Mr. Smith. Bis vor Kurzem arbeitete er für die Regierung der Vereinigten Staaten und hatte die Aufgabe, Terroristen wichtige Informationen zu entlocken. Sicherlich sind Ihnen schon Gerüchte zu Ohren gekommen, dass die Staaten Gefangene in Länder verbringen, in denen, wie soll ich es ausdrücken, weniger strenge Gesetze gelten, was das Foltern betrifft. Er war derjenige, auf den sie zurückgriffen, wenn es darum ging, Informationen zu beschaffen, gleichgültig mit welchen Mitteln.«

Susan Donleavys Unterlippe zitterte wieder, während sie Juan anstarrte.

»Er hat stets alles erfahren, was er wissen wollte, und das von den abgebrühtesten Männern der Welt, Männern, die zehn Jahre lang in Afghanistan erst gegen die Russen und dann noch einmal jahrelang gegen unsere Streitkräfte gekämpft haben, von Männern, die geschworen haben, lieber zu sterben, als sich einem Ungläubigen zu ergeben.«

Juan strich mit den Fingerspitzen sanft über Susans Arm. Es war eine intime Geste, eher die Liebkosung eines Geliebten als eines Folterers, und sie ließ die Frau erstarren und zurückweichen. Doch die Gurte, die sie auf dem Tisch fixierten, verhinderten, dass sie sich mehr als nur ein paar Zentimeter bewegen konnte. Die Androhung von Schmerz war weitaus effektiver, als ihn wirklich zuzufügen. Susans Geist produzierte bereits Bilder, die schlimmer waren, als Linda oder Cabrillo sich vorstellen konnten. Sie sorgten dafür, dass sie sich selbst folterte.

Erneut war Lindas Timing perfekt. Susan bemühte sich zwar, ihre Phantasie zu bremsen, aus ihrem Geist zu verbannen, was immer sie sich vorgestellt hatte. In sich fand sie die Kraft und den Mut, sich dem zu stellen, was immer auf sie zukommen mochte. Es war also Lindas Job, sie in einem Zustand der Unsicherheit zu halten.

»Was er mit einer Frau anstellt, das weiß ich nicht«, sagte Linda leise, »aber ich weiß, dass ich nicht dabei sein und es mit ansehen werde.« Sie beugte sich so vor, dass ihr Gesicht nur wenige Zentimeter von Susans Gesicht entfernt war, und achtete gleichzeitig darauf, dass Juan immer noch in ihrem Blickfeld blieb. »Erzählen Sie mir, was ich wissen will, und nichts wird Ihnen geschehen. Das verspreche ich Ihnen.«

Juan hatte Mühe, ernst zu bleiben, denn plötzlich schaute Susan Donleavy Linda mit einem solchen Vertrauen an, dass er wusste: Sie würden alles von ihr erfahren, was sie hören wollten – und noch mehr.

»Wo ist Daniel Singer, Susan?«, flüsterte Linda. »Sagen Sie mir, wo er sich aufhält.«

Susans Mund zuckte, während sie sich gegen das Gefühl des Verrats wehrte, das sie bei der Vorstellung empfinden musste preiszugeben, was sie wusste. Dann spuckte sie Linda mitten ins Gesicht. »Leck mich, du Schlampe! Ich sage nichts!«

Lindas einzige Reaktion bestand darin, sich die Wange abzuwischen. Sie blieb dicht bei Susan und sprach weiter im Flüsterton. »Sie müssen begreifen, dass ich das hier eigentlich gar nicht tun will. Wirklich nicht. Ich weiß, dass Ihnen der Schutz der Umwelt wichtig ist. Vielleicht sind Sie sogar bereit, für dieses Anliegen zu sterben. Aber Sie haben keine Ahnung, was auf Sie zukommt. Sie können sich die Schmerzen nicht vorstellen, die Sie erleiden werden.«

Sich aufrichtend wandte sich Linda an Juan. »Mr. Smith, ich muss mich dafür entschuldigen, dass ich Sie gebeten habe, darauf zu verzichten, Ihr Werkzeug mitzubringen. Ich dachte wirklich, sie wäre kooperativer. Ich helfe Ihnen noch bei den Bohrern und den anderen Geräten, die Sie brauchen, und dann lasse ich Sie beide allein.« Sie schaute wieder Susan an. »Ihnen ist doch hoffentlich klar, dass Sie nach dem heutigen Tag jedes Mal entsetzt zurückschrecken werden, wenn Sie sich in einem Spiegel sehen.«

»Es gibt kein Opfer, das ich nicht für Daniel Singer bringen würde«, erklärte Susan trotzig.

»Stellen Sie sich nur eine Frage – was wäre er bereit, für Sie zu opfern?«

»Es geht hier nicht um mich. Es geht darum, den Planeten zu retten.«

Linda ließ den Blick durch den dunklen Frachtraum schweifen, als suchte sie etwas. »Ich sehe hier niemand anderen außer uns, Susan, daher geht es ganz ohne Zweifel um Sie. Singer hält sich an irgendeinem sicheren Ort auf, während Sie hier auf diesen Tisch geschnallt sind. Denken Sie nur für einen Moment darüber nach. Und dann denken Sie darüber nach, wie lange Sie mit den Konsequenzen Ihrer heutigen Entscheidung leben werden. Vor ihnen liegen viele Jahre Gefängnis. Die können Sie in einem namibischen Gefängnis absitzen oder in einer netten, gemütlichen Zelle in Europa – mit fließendem Wasser und einem Bett, das nicht von Flöhen wimmelt. Noch haben wir nicht entschieden, wem wir Sie ausliefern.«

»Wenn Sie mir etwas antun, dann sorge ich dafür, dass Sie dafür bezahlen werden«, fauchte Susan.

Linda runzelte die Stirn. »Wie bitte? Wir sollen dafür bezahlen?« Sie kicherte. »Sie haben keine Ahnung, wer wir sind. Also … wie wollen Sie uns dafür bezahlen lassen? Sie haben es noch immer nicht begriffen. Sie gehören uns, mit Leib und Seele. Wir können mit Ihnen tun, was immer wir wollen. Sie haben keinen freien Willen mehr. Den haben wir Ihnen in dem Moment weggenommen, als wir Sie in unsere Gewalt brachten, und je eher Sie das erkennen, desto eher wird das hier auch zu Ende sein.«

Darauf wusste Susan keine Antwort.

»Wie wäre das denn? Verraten Sie mir, was Dan Singer geplant hat, und ich sorge dafür, dass Sie den Schweizer Behörden übergeben und wegen Beteiligung an einer Entführung vor Gericht gestellt werden. Ich werde Geoffrey Merrick überreden, auf eine Klage wegen versuchten Mordes zu verzichten.« Linda hatte ständig auf sie eingeprügelt, jetzt wurde es Zeit, sie auch ein wenig zu streicheln. »Sie brauchen mir noch nicht einmal zu sagen, wo er sich befindet, okay? Schildern Sie bloß in groben Zügen, welche Absichten er verfolgt, und Ihr Leben wird um einiges leichter sein.«

Linda machte eine Geste, mit der sie eine ungleichgewichtige Waage beschrieb, und meinte: »Zwei oder drei Jahre in einem Schweizer Gefängnis oder Jahrzehnte in einem Gefängnis der Dritten Welt. Kommen Sie schon, Susan, machen Sie es sich einfacher. Erzählen Sie mir von seinen Plänen.«

Als Teil ihrer Technik ritt Linda ständig darauf herum, wie einfach es sei, ihr Gewissen zu erleichtern, und dass Susan alles zu gewinnen und nichts zu verlieren hatte, wenn sie redete. Hätte Juan die Informationen nicht so schnell haben wollen, Linda hätte sich für eine andere Frage entschieden, eine die keinerlei Konsequenzen nach sich zog, nur um das Gespräch in Gang zu halten. Trotzdem machte sie Fortschritte. Der Trotz, der Susan Donleavys Miene noch vor Minuten beherrscht hatte, wich nun einem Ausdruck der Unsicherheit.

»Niemand wird es je erfahren«, fuhr Linda fort. »Erzählen Sie mir, was er vorhat. Ich nehme an, es ist irgendeine Art von Demonstration, irgendetwas, wobei Merrick Zeuge sein soll. Ist es das, Susan? Sie brauchen nur zu nicken, wenn ich Recht habe.«

Susans Kopf bewegte sich nicht, aber ihre Augen flackerten.

»Sehen Sie, das war doch gar nicht so schwer«, säuselte Linda, als hätte sie es mit einem Kind zu tun, das soeben eine bittere Medizin geschluckt hatte. »Was für eine Art von Demonstration? Wir wissen schon, dass es mit der Erwärmung des Benguelastroms zu tun hat.«

Ein schockierter Ausdruck breitete sich auf Susans Miene aus, und ihr Mund schnappte nach Luft.

»Richtig. Wir haben die Wellenkraftwerke und die Unterwasserheizaggregate gefunden. Sie wurden vor einiger Zeit stillgelegt. Ein Teil von Singers Plan ist also bereits gescheitert, aber das ist im Augenblick gar nicht so wichtig. Wichtig ist nur, dass Sie mir den Rest erzählen.«

Als Susan nicht redete, zuckte Linda übertrieben die Achseln. »Sie vergeuden nur meine Zeit! Ich versuche, Ihnen einen Gefallen zu tun, und Sie wollen nicht einmal sich selbst helfen. Schön. Wenn Sie es tatsächlich so wollen, dann soll es eben so sein. Mr. Smith.« Damit verließ Linda den Frachtraum mit Juan im Schlepptau. Er schloss die Luke und verriegelte sie.

»Mein Gott, du kannst einem richtig Angst machen«, sagte Juan.

Linda sah sich das Kamerabild auf ihrem BlackBerry an und schaute nicht hoch, als sie meinte: »Offenbar nicht genug. Ich hätte gedacht, dass sie zusammenbricht.«

»Was tut sie?«

»Sie bemüht sich, nicht in die Hose zu machen.«

»Warten wir jetzt, bis sich irgendetwas verändert?«

»In einer halben Stunde gehe ich wieder rein«, sagte Linda. »Damit hat sie genügend Zeit, über das nachzudenken, was auf sie zukommt.«

»Und wenn sie dann immer noch nicht reden will?«

»Ohne genügend Zeit, um sie richtig weich zu kochen, habe ich keine andere Wahl, als Drogen einzusetzen, was ich übrigens verabscheue. Es passiert zu leicht, dass der Kandidat anstatt die Wahrheit zu sagen, erzählt, was man hören will.« Linda blickte wieder auf den kleinen Bildschirm. »Andererseits ...« Sie hielt eine Hand hoch, die Finger gespreizt, und zählte stumm ab. Als sie den letzten Finger krümmte, begann Susan Donleavy auf der anderen Seite der Luke zu schreien.

»Kommen Sie zurück! Bitte! Ich erzähle Ihnen, was er vorhat!«

Ein Schatten huschte über Lindas Miene. Anstatt mit ihrer Arbeit zufrieden zu sein, erschien sie traurig und enttäuscht.

»Was ist los?«, fragte Juan.

»Nichts.«

»Nun sag schon. Was ist?«

Sie schaute ihn an. »Ich hasse das. Menschen zu zerbrechen, meine ich. Sie zu belügen, um von ihnen zu kriegen, was ich haben will. Irgendwie bin ich nachher innerlich wie tot. Ich dringe in einen fremden Geist ein, um mir irgendwelche Informationen zu verschaffen, und am Ende weiß ich alles über den Betreffenden – wie er denkt, welche Hoffnungen und Träume er hat, jedes Geheimnis, das er niemals mit jemanden hatte teilen wollen. In zwei Stunden werde ich mehr über Susan Donleavy wissen als irgendein anderer Mensch auf dieser Welt. Aber es ist nicht so, als hätte sich ein Freund einem anvertraut. Es ist nichts anderes als ein Diebstahl, ein Diebstahl von Informationen. Und das hasse ich, Juan.«

»Ich hatte keine Ahnung«, sagte er leise. »Wenn ich das gewusst hätte, dann hätte ich dich nicht darum gebeten.«

»Deshalb habe ich es dir auch nie erzählt. Du hast mich eingestellt, weil ich einen ganz bestimmten Background habe und über Fähigkeiten verfüge, die niemand anders in der Mannschaft hat. Dass ich einen Teil meines Jobs hasse, heißt noch lange nicht, dass ich ihn nicht tun muss.«

Juan legte eine Hand auf ihre Schulter. »Bist du okay?«

»Ja, ja. Ich lasse sie noch ein paar Minuten schreien,

und dann gehe ich wieder rein. Ich komme zu dir, wenn ich fertig bin. Danach werde ich ein Glas Wein zu viel trinken und versuchen, Susan Donleavy aus meinem Bewusstsein zu verbannen. Geh und ruh dich aus. Du siehst schrecklich aus.«

Er wandte sich zum Gehen und fragte sich, wie viel ein jeder von ihnen der Corporation von sich selbst opferte. Sie achteten stets auf die physischen Gefahren, wenn sie einen Auftrag annahmen, aber es gab auch versteckte Kosten. Aus dem Dunkel zuzuschlagen bedeutete, dass die Rechfertigung für ihr Tun aus jedem Einzelnen selbst kommen musste. Sie waren keine Soldaten, die sich damit entschuldigen konnten, dass sie lediglich Befehle ausführten. Sie hatten sich dafür entschieden, hier zu sein und Dinge zu tun, die nötig waren, um eine freie Gesellschaft zu erhalten, auch wenn sie selbst außerhalb der gesellschaftlichen Normen agierten.

Juan hatte diese Last bei mehr als nur einer Gelegenheit gespürt. Und während die Corporation regelmäßig internationale Gesetze missachtete, um ihre makellose Erfolgsquote zu erhalten, waren sie oft in Grauzonen vorgedrungen, was ihm nicht selten größtes Unbehagen bereitete.

Während er zu seiner Kabine zurückkehrte, sagte er sich, dass es in diesem Punkt keine Alternativen gab. Die Gegner, mit denen er sich hatte auseinandersetzen müssen, als er noch bei der CIA gearbeitet hatte, spielten größtenteils nach festen Regeln. Aber sämtliche Regelwerke wurden in dem Augenblick wertlos, wenn das Steuern von Flugzeugen in Wolkenkratzer zu einer legitimen Angriffstaktik erhoben wurde. Kriege wurden nicht mehr zwischen Armeen auf dem Schlachtfeld ausgefochten. Sie tobten längst in U-Bahnen und Moscheen, in Nachtclubs und auf Marktplätzen. Es schien, als sei in der Welt von heute alles und jeder ein potentielles, legitimes Opfer.

Er erreichte seine Suite und zog die Vorhänge vor die Bullaugen seiner Kabine. Nun, angesichts seines Bettes, das nur zwei Schritte entfernt stand, ließ die Erschöpfung Cabrillo schwanken. Er zog sich aus und schlüpfte zwischen die kühlen Laken.

Trotz seiner Müdigkeit dauerte es lange, bis der Schlaf über ihn kam.

24

Daran, dass das diffuse Sonnenlicht, das an den Vorhängen vorbei in seine Kabine drang, blutrot erschien, erkannte Juan, dass er nur zwei Stunden geschlafen hatte, als das Telefon klingelte. Er rutschte hoch und lehnte sich an das Kopfbrett, wobei er sich fühlte, als hätte er soeben fünfzehn Runden gegen den Schwergewichtsweltmeister überstanden. Und verloren.

»Hallo«, meldete er sich und bewegte die Zunge in seinem Mund, um den Speichelfluss anzuregen.

»Tut mir leid, deinen Schönheitsschlaf zu stören.« Es war Max. Wenn überhaupt, klang er so, als genieße er es, Juan Cabrillo zu wecken. »Es gibt einige wichtige Entwicklungen. Ich habe ein Treffen im Konferenzraum einberufen. In einer Viertelstunde.«

»Mach mir etwas Appetit.« Juan schleuderte die Laken beiseite. Die Haut um seinen Beinstumpf war rot und geschwollen. Eine von Julias Sanitäterinnen war eine ausgebildete Masseuse, und er wusste, dass er sein Bein behandeln lassen musste, wenn er weiterhin hundertprozentig einsatzfähig bleiben wollte.

»Daniel Singer plant die größte Ölpest, die die Welt je gesehen hat, und dabei ist ihm eine Söldnertruppe behilflich, der wir die dazu notwendigen Waffen geliefert haben.«

Diese Neuigkeit vertrieb auch die letzten Reste Schlaf aus Cabrillos Gehirn.

Er betrat den Konferenzraum nach vierzehn Minuten, die Haare noch nass vom Duschen. Maurice hatte Kaffee und ein Omelett mit Zwiebeln und Wurst für ihn vorbereitet. Sein erster Gedanke galt Linda Ross. Die zierliche Nachrichtenspezialistin saß auf ihrem angestammten Platz und hatte einen aufgeklappten Laptop vor sich stehen. Ihr Gesicht hatte das bleiche, zerbrechliche Aussehen einer Porzellanpuppe, und ihre sonst hellen und leuchtenden Augen waren so stumpf und glanzlos wie alte Münzen. Obwohl nur zwei Stunden vergangen waren, seit sie mit dem Verhör Susan Donleavys begonnen hatte, schien Linda um zehn Jahre gealtert zu sein. Sie versuchte, Juan anzulächeln, aber das Lächeln erstarb auf ihren Lippen. Er quittierte ihren Versuch mit einem verständnisvollen Kopfnicken.

Franklin Lincoln und Mike Trono waren ebenfalls zugegen, um Eric Stone und Mark Murphy zu ersetzen.

Max erschien als Letzter und telefonierte, während er den Raum betrat. »Das ist richtig. Ein Ölbetrieb an der Küste. Ich weiß nicht genau wo, aber dein Pilot muss irgendeine Idee haben.« Er schwieg einen Augenblick, während er zuhörte. »Ich weiß, dass einige der Peilsender mittlerweile verstummt sein dürften. Ich weiß auch, dass du sie verstärkt hast, also müssten ein paar noch senden. Ihr müsst nur näher herankommen, um sie zu finden.«

»Murph?«, fragte Juan, nachdem er einen Bissen von seinem Omelett hastig hinuntergeschluckt hatte.

»Er soll sich auf die Küste konzentrieren. Ich habe einige Recherchen angestellt und herausbekommen, dass es in der Mündung des Kongo eine Reihe von Offshore-Ölplattformen gibt, die sich in einem Bogen bis zur Provinz Cabinda in Angola hinziehen.«

»Angola liegt südlich des Kongo«, sagte Eddie.

»Das habe ich auch gedacht.« Max ließ sich in seinen Sessel sinken. »Aber es gibt eine Enklave nördlich des Flusses, und die sitzt auf zwei Milliarden Barrel Öl. Falls es überhaupt von Bedeutung ist ... Aber ich habe in Erfahrung gebracht, dass die USA mehr Rohöl aus Angola beziehen als aus Kuwait, was das Gerede wegen eines drohenden Ölkriegs vor zwei Jahren ziemlich unsinnig erscheinen lässt.«

Juan wandte sich an Linda. »Möchtest du uns ins Bild setzen?«

Sie straffte die Schultern. »Wie ihr alle wisst, hat Daniel Singer Geoffrey Merrick gezwungen, ihn aus ihrer gemeinsamen Firma herauszukaufen. Seitdem setzt Singer sein Geld ein, um Umweltschutzgruppierungen zu unterstützen – für den Erhalt des Regenwaldes in Südamerika, für den Kampf gegen das Wildererunwesen in Afrika und für einige der besten Lobbyisten in Hauptstädten auf der ganzen Welt. Dann begriff er, dass das ganze Geld, das er ausgab, wenig bewirkt hatte, um die Einstellung der Menschen zu ändern. Sicher, er hatte vielleicht ein paar Tierarten vor dem Aussterben gerettet und einige Landstriche in ihrem natürlichen Zustand erhalten, aber er hatte nichts im Hinblick auf die Lösung eines wesentlichen Problems erreicht. Nämlich des Problems, dass die Menschen zwar behaupten, ihnen liege die Umwelt am Herzen, dass jedoch, wenn es um Geld geht, niemand bereit ist, seinen Lebensstil einzuschränken, um eine wesentliche Veränderung herbeizuführen.«

»Also beschloss Singer, radikaler zu werden?«, fragte Juan.

»Eher schon fanatischer.« Linda sah für einen Augenblick auf ihren Computerschirm. »Laut Susan sympathisierte er mit Gruppen, die im Bau befindliche Luxusbauten in Colorado, Utah und Vermont in Brand steckten und Geländefahrzeuge auf den Höfen von Autohändlern zerstörten. Sie berichtet, er habe Golfbälle in die Benzintanks von Holztransportern geschmuggelt und Sand in die Zuleitungen von Ölfiltern gefüllt.«

»Golfbälle?«, fragte Linc.

»Offensichtlich löst Dieselkraftstoff die Plastikhüllen auf, sodass sich die Gummibänder im Innern aufdröseln. Das verursacht größere Schäden als Zucker oder Salz im Tank. Singer brüstete sich damit, Schäden in Höhe von mindestens fünfzig Millionen Dollar verursacht zu haben, aber das reichte ihm noch nicht. Er dachte daran, Briefbomben an führende Manager der Ölindustrie zu schicken, kam jedoch zu dem Schluss, dass ihnen am Ende höchstens irgendein harmloser Bürobote in der Postabteilung der jeweiligen Firma zum Opfer fallen würde. Außerdem wusste er, dass deshalb niemand sein Leben ändern würde.

Dann erfuhr er, dass die Hurrikansaison während der nächsten zwei Jahre besonders heftig würde. Während dies einerseits die Folge eines ganz natürlichen Zyklus ist, rechnete er sich aus, dass die Medien versuchen würden, diese Entwicklung mit der globalen Erwärmung in Verbindung zu bringen, und er überlegte, ob er dafür sorgen könnte, dass die Stürme noch heftiger ausfielen.«

»Demnach lagen wir mit unserer Vermutung, was die unterseeischen Heizaggregate vor der Küste von Namibia betrifft, ganz richtig.« Es war eher eine Feststellung als eine Frage Cabrillos.

»Er kappte sämtliche Verbindungen mit der Umweltschutzbewegung und begann, seinen Plan in die Tat umzusetzen. Er engagierte einige führende Klimatologen und Ozeanographen, um die Kapazität der Heizaggregate und ihre Position zu berechnen, wobei Susan meint, dass den Experten vorgegaukelt wurde, es handele sich um rein wissenschaftliche Untersuchungen und nicht um etwas, das tatsächlich realisiert werden sollte. Sie sollen den Benguelastrom so weit ablenken, dass die Wassertemperatur vor der Küste Westafrikas um zwei Grad ansteigt. Und wie wir vorher schon besprochen haben, eine höhere Temperatur hat eine stärkere Verdunstung und damit auch heftigere Stürme zur Folge.

Einen Hurrikan zu beeinflussen, ist unmöglich«, fuhr Linda fort. »Nicht einmal eine Atomexplosion hätte Einfluss auf die Struktur des Auges, auf die Windgeschwindigkeit oder die Richtung, in der sich der Sturm bewegt. Indem er dessen Ursachen beeinflusst, glaubt Singer jedoch, dass er etwas schaffen kann, das er als Hyperstürme bezeichnet, Stürme, die über der Kategorie fünf auf der Saffir-Simpson-Skala liegen.«

»Was hat das mit der Sprengung von Ölbohranlagen zu tun?«, fragte Eddie und schenkte sich aus Juans Kanne eine Tasse Kaffee ein.

»An dieser Stelle vertraut er auf die Medien und die von ihnen verbreiteten Ängste. Das Rohöl, das in der Nähe der Kongo-Mündung aus dem Meeresboden gepumpt wird, hat den höchsten Benzolgehalt auf der ganzen Welt. Das Alaska-Öl rangiert bei etwa null Komma eins Prozent. Öl aus einem der neuesten Felder vor Angola und dem Kongo ist um das Hundertfache gehaltvoller – und noch mehr. Außerdem ist das Rohöl mit Arsen kontaminiert. Dies wird in Raffinerien herausgefiltert, aber wenn es aus der Erde kommt, ist es eine ziemlich giftige Mischung aus Öl und einer Substanz, die Benzolarsonsäure genannt wird. Und diese Substanz ist ein bekanntes und unter strengster Kontrolle stehendes Karzinogen.«

»Hat er etwa die Absicht, Scharen von Westafrikanern krank zu machen?«, fragte Linc entsetzt.

»Nicht unbedingt, obwohl es sicher zu einigen Krankheitsfällen kommen wird. Nein, er will, dass sich der Ölschlick so weit ausbreitet, dass ein Teil des Öls verdunstet.«

»Und sobald es in der Luft ist«, folgerte Juan, »tragen östliche Winde die giftigen Dämpfe über den Ozean zur amerikanischen Ostküste.«

»Die Konzentration wird sicher nicht ausreichen, um Erkrankungen in den Vereinigten Staaten auszulösen«, sagte Linda. »Aber Singer verlässt sich darauf, dass die durch einen giftigen Hurrikan ausgelöste Panik seinen Forderungen Nachdruck verleiht.«

»Angenommen, er schafft es tatsächlich, eine Ölpest auszulösen«, warf Mike ein. »Kann sie nicht noch rechtzeitig eingedämmt werden, ehe sie zu einer allgemeinen Gefahr wird?«

»Zwei Dinge erschweren das«, sagte Juan. »Erstens sind

die Vorschriften und Gesetze in Bezug auf Ölunfälle in diesem Teil der Welt ziemlich lax. Es gibt dort einfach nicht genug Ölsammelschiffe oder Eindämmungsschwimmbäume. Zweitens – und korrigiere mich, wenn ich mich irre – plant Singer, so viele Plattformen zu beschädigen, dass selbst mit entsprechender Ausrüstung Reinigungsmannschaften ganz einfach überfordert wären.«

»So kann man es kurz und knapp zusammenfassen«, sagte Juan. »Einheimische Arbeiter können einen Ölteppich, hervorgerufen durch eine Unachtsamkeit auf einem Tanker oder auch durch ein kleines Leck, durchaus eingrenzen und entfernen. Aber wenn Singers Truppe sie daran hindert und das Öl weiterhin aus den demolierten Bohrlöchern und Pipelines ausläuft, können sie nichts tun.«

»Wenn das Öl erst einmal ausgetreten ist und sich auf dem Meer verteilt, wie lange dauert es dann, bis die Dämpfe in die Atmosphäre gelangen?«, wollte Max wissen.

»Im Prinzip sofort«, sagte Linda. »Aber es dauert eine Woche oder so, ehe sie mit dem Wind auf die andere Seite des Atlantik gelangen. Es ist dann die Aufgabe der Söldner, die Singer angeheuert hat, diese Bohrinseln so lange wie möglich zu besetzen. Wenn sie sich nur zwei Tage halten können, haben wir es mit einer Ölpest zu tun, die hundert Mal größer und schlimmer ist als die *Exxon-Valdez*-Katastrophe.«

Juan blickte in die Runde. »Dann ist es unser Job, sie daran zu hindern, die Plattformen zu stürmen, und falls wir dazu zu spät kommen, werden wir diese verdammten Dinger wieder zurückholen.«

»Dabei könnte es Probleme geben«, sagte Eddie. Er faltete die Hände auf der Tischplatte. »Linda, du hast Max doch erzählt, Singer habe Samuel Makambo angeheuert, um die Ölplattformen zu stürmen, oder?«

»Susan Donleavy nannte seinen Namen sowie seine Kongolesische Revolutionsarmee. Es ist eine rein geschäftliche Abmachung. Makambo hat keinerlei politische Interessen in dieser Sache. Für ein paar Millionen Dollar liefert Makambo Singer das benötigte Kanonenfutter.«

»Was für ein netter Mensch«, sagte Linc sarkastisch. »Seine Männer folgen ihm aus politischer Überzeugung, und er verleiht sie, damit sie für jemand anders ihr Leben riskieren. Ich hasse Afrika.«

»Du hast Recht«, meinte Eddie. »Aber siehst du unser Problem? Wir haben ihm genug AK-47er, RPGs und Munition geliefert, um zweihundert Mann auszurüsten.«

Juan erkannte es sofort. »Die *Oregon* verfügt über genügend Feuerkraft, um es sogar mit der Kriegsmarine eines Landes aufzunehmen, aber im Kampf gegen Terroristen auf irgendeiner Bohrinsel, die die dortigen Arbeiter als Schutzschild benutzen, hilft uns das wenig.«

»Genau.« Eddie beugte sich vor. »Um die Plattformen zurückzuerobern, müssen wir an mehreren Fronten kämpfen. Jedes Mitglied unserer Mannschaft ist ein potentieller Kämpfer, aber wenn Makambo nur fünf Plattformen besetzt und auf jeder hundert von seinen Männern stationiert, können wir sie nicht befreien, ohne mindestens zwei Drittel oder gar drei Viertel unserer eigenen Leute zu verlieren.

Und ich glaube kaum, dass die angolanische Armee oder Polizei eine große Hilfe ist«, fügte er hinzu. »Sie brauchen schon ein paar Tage, nur um sich zu organisieren. Bis dahin wird Singer das gesamte Kongo-Delta in einen stinkenden Öltümpel verwandelt und die Plattformen so weit demoliert haben, dass der Ölfluss nicht mehr gestoppt werden kann. Wenn wir nicht verhindern können, dass er die Plattformen stürmt, haben wir höchstens einen Tag Zeit, um sie wieder in unsere Gewalt zu bringen.«

Eddies nüchterne Einschätzung hing wie ein Menetekel im Raum, weil ihm niemand widersprechen konnte.

In diesem Augenblick klopfte es leise an der Tür zum Konferenzraum. Juan drehte sich um und sah zu seiner Freude Sloane Macintyre hereinkommen. Sie trug weite Shorts und ein weißes T-Shirt. Ihr Arm lag in einer Schlinge vor ihrem Bauch. Ihr kupferrotes Haar ergoss sich in Wellen auf ihre Schultern. Außerdem war es das erste Mal, dass er sie mit Make-up sah. Die Mascara und der Lidschatten hoben ihre tiefen grauen Augen hervor, und die kunstvoll aufgetragenen Rougeschattierungen verbargen die Blässe ihres immer noch sehr strapazierten Körpers. Ihre vollen Lippen glänzten.

»Ich hoffe, ich störe nicht«, sagte sie mit einem Lächeln, das verriet, wie klar ihr war, dass sie genau das soeben tat.

Juan erhob sich. »Nein, überhaupt nicht. Wie fühlen Sie sich?«

»Sehr gut, danke. Doktor Huxley meint, ich sei in zwei Wochen wieder ganz gesund, wenn ich mich an das physiotherapeutische Programm halte, das sie für mich erstellt hat. Die Mannschaft spricht nur von Ihrer Rettungsaktion und dass Sie nicht nur Ihre Männer und Geoffrey Merrick heil herausgeholt haben, sondern auch irgendeine simbabwische Führungspersönlichkeit.«

»Glauben Sie mir, es war nichts als Teamwork.«

»Ich habe Stimmen gehört und wollte nur mal hallo sagen.« Sie sah Juan vielsagend an. »Sie schulden mir noch immer eine Erklärung, was Sie da eigentlich alle treiben und woher Sie dieses unglaubliche Schiff haben.«

»Und Sie sollen auch alles erfahren, das verspreche ich Ihnen.«

»Das möchte ich Ihnen auch raten.« Sie sah Linda an. »Wir sehen uns bald wieder in Ihrer Kabine.«

»Bis nachher, Sloane.«

»Also was zum Teufel sollen wir tun?«, fragte Max direkt, um wieder auf den Grund ihrer Zusammenkunft zurückzukommen.

»Wir können Langston informieren«, sagte Linda. »Wenn er auch nicht schnellstens eine Einsatztruppe herschicken kann, hat er doch zumindest die Möglichkeit, die Regierungen von Angola und des Kongo vor einer ernstzunehmenden terroristischen Bedrohung zu warnen.«

»Wie sehen unsere Beziehungen zu diesen Ländern aus?«, wollte Linc wissen.

»Keine Ahnung.«

»Wie wäre es, wenn wir mit einigen unserer Leute Verbindung aufnähmen, die die Corporation verlassen haben? Ich denke zum Beispiel an Dick Truitt, Carl Gannon oder Bob Meadows«, schlug Mike vor. »Ich weiß, dass Tom Reyes in Kalifornien einen Bodyguard-Service betreibt.«

»Haben die Ölfirmen nicht ihre eigenen Sicherheitsdienste?«, fragte Max. »Ich denke doch, oder, Juan?«

»Hm?«

»Langweilen wir dich?«

»Nein.« Cabrillo sprang auf. »Ich bin gleich zurück.«

Er hatte den Raum bereits verlassen, ehe einer der Anwesenden ihn fragen konnte, wohin er wolle. Er schritt durch den Korridor, die breiten Schultern gebeugt und den Kopf gesenkt. Entscheidungen waren ihm schon immer leicht gefallen, und bei dieser war es nicht anders, aber er brauchte die Antwort auf eine wichtige Frage, ehe er sich festlegte. Er holte Sloane ein, als sie vor Linda Ross' Kabine stehenblieb.

»Juan!« Sie erschrak über sein plötzliches Erscheinen und seine ernste Miene.

»Wie sicher sind Sie sich, dass sich die Diamanten an Bord der *Rove* befinden?«, fragte er direkt. Für das, was er vorhatte, reichten nicht einmal die beträchtlichen Finanzen der Corporation aus, und er bezweifelte, dass er die CIA dazu bewegen konnte, seinen Plan ausreichend zu finanzieren.

»Wie bitte?«

»Die *Rove*. Wie sicher sind Sie, dass die Diamanten sich noch dort befinden.«

»Ich habe keine Ahnung, was Sie …«

»Wenn Sie eine Wette darauf abschließen würden, wie groß wären die Chancen? Hundert zu eins? Tausend zu eins? Nun?«

Sie überlegte kurz. »H. A. Ryder war zur damaligen Zeit der beste Führer in Afrika, und er kannte die Wüste besser als jeder andere. Ich weiß so sicher, wie ich hier stehe, dass er diese Männer durch die Kalahari geführt hat. Und sie waren im Besitz der Steine, als sie die Küste erreichten.«

»Demnach sind sie noch auf der *Rove*.«

»Ja.«

»Sie sind sich dessen sicher.«

»Absolut.«

»Okay. Danke.«

Er wandte sich zum Gehen, aber Sloane legte eine Hand auf seinen Arm, um ihn aufzuhalten. »Was hat das alles zu bedeuten? Weshalb fragen Sie nach den Diamanten?«

»Weil ich sie jemandem versprechen werde, wenn er mir hilft.«

»Sie wissen aber nicht, wo die *Rove* ist. Es kann Jahre dauern, sie zu finden.«

Juan grinste wölfisch. »Es gibt jemanden, der mir einen Gefallen schuldet und der sie für mich suchen wird.«

»Wem wollen Sie die Diamanten überlassen und weshalb?« Überrumpelt von seiner Entschlossenheit, hatte Sloane für einen kurzen Augenblick vergessen, für wen sie arbeitete und was sie ursprünglich nach Namibia geführt hatte. »Einen Moment mal. Diese Edelsteine gehören Ihnen nicht. Sie gehören meiner Firma.«

»Laut internationalem Seerecht gehören sie dem, der sie findet. Und was die Frage betrifft, weshalb ich sie haben will, kommen Sie mal mit.«

Juan machte vorher noch einen Abstecher in seine Kabine, um dort etwas aus dem Safe zu holen. Als sie zur Gästekabine kamen, klopfte Juan an die Tür und trat ein. Moses Ndebele saß auf dem Fußboden im Wohnzimmer und unterhielt sich mit vier seiner Männer. Alle trugen umfangreiche Wundverbände. Gehstöcke und Krücken lagen auf dem Fußboden herum wie die überdimensionierte Version eines Mikado-Spiels. Aber das alles machte ihnen nichts aus. Sie freuten sich einfach, dass ihr Anführer wieder da war.

Moses machte Anstalten aufzustehen, aber Juan bedeutete ihm mit einer Handbewegung, er solle sich die Mühe sparen und sitzen bleiben. »Ihre Ärztin, Doktor Huxley, meint, ich brauchte mich nicht nach einem neuen Bein umzusehen«, sagte Ndebele.

»Das freut mich zu hören. Ich komme mit einem zwar ganz gut zurecht, aber ich wäre doch verdammt froh, wenn ich sie beide noch hätte«, sagte Juan, während sie sich mit Handschlag begrüßten. »Kann ich Sie mal unter vier Augen sprechen?«

»Natürlich, Captain.« Moses Ndebele sagte ein paar Worte zu seinen Gefolgsleuten, dann erhoben sie sich langsam und humpelten aus dem Raum.

Juan wartete, bis sich die Tür hinter ihnen geschlossen hatte.

»Wie groß sind Ihre Chancen, die Regierung zu stürzen und Simbabwe wieder zu seinem alten Wohlstand zu verhelfen?«

»Sie sind ein Mann, also werden wir uns wie Männer unterhalten. Ich habe tapfere Kämpfer, aber nur wenige Waffen, und wenn die Menschen aufstehen, um eine nur unzureichend bewaffnete Revolte zu starten, werden sie niedergeschossen. Die Regierung ist skrupellos. Ihre Führer sind zu jeder Form von Grausamkeit bereit, um an der Macht zu bleiben.«

»Was wäre nötig, um sie zu stürzen?«

»Das Gleiche wie bei jedem anderen Problem. Geld und Zeit.«

»Mit Zeit kann ich Ihnen leider nicht dienen, aber was wäre, wenn ich Ihre Bewegung finanziell unterstützen könnte?«

»Captain, ich weiß, dass Sie ein tapferer und ehrenwerter Mensch sind, aber Sie reden von zig Millionen Dollar.«

»Mr. Ndebele, tatsächlich rede ich von Hunderten Millionen Dollar.« Juan hielt für einen kurzen Moment inne, um seine Worte wirken zu lassen, und fügte dann hinzu: »Und die sollen Ihnen gehören, aber dann brauche ich eine Gegenleistung von Ihnen.«

»Ich will jetzt nicht nach dem Geld fragen«, sagte Moses, »Freunde sollten über dieses Thema nicht diskutieren. Welchen Gefallen soll ich Ihnen tun?«

»Ich brauche hundert Ihrer besten Krieger«, offenbarte Cabrillo ihm. Dann erklärte er die augenblickliche Lage. Ndebele lauschte schweigend, obwohl Sloane zischend einatmete, als er darauf zu sprechen kam, dass ein mit Gift aufgeladener Hurrikan die Vereinigten Staaten heimsuchen und höchstwahrscheinlich zuerst in Florida, wo sie geboren worden war, zuschlagen würde.

»Meine Leute sind bereit, sich für ihre Kinder und die Zukunft unseres Landes zu opfern«, sagte Ndebele, als Juan geendet hatte. »Sie verlangen von mir, sie in einen Kampf zu schicken, bei dem sie nichts gewinnen, aber alles verlieren können. Für das, was Sie für mich getan haben, würde ich überall an Ihrer Seite kämpfen. Aber ich kann doch nicht meine Männer bitten, das Gleiche zu tun.«

»Aber sie kämpfen durchaus für ihr Land«, hielt ihm Juan entgegen. »Sie werden dadurch die finanziellen Ressourcen zum Sturz Ihrer Regierung sichern und Simbabwe die Demokratie zurückbringen, für die Sie sich alle eingesetzt haben, als Sie die Unabhängigkeit erlangten. Ich mache Ihnen nichts vor und behaupte nicht, dass alle zurückkommen werden. Denn das wird nicht der Fall sein. Aber ihr Opfer wird der Kampfruf für Ihre Anhänger sein. Erklären Sie ihnen, was sie erreichen, und Sie werden es für Sie, für ihre Nation und, was am wichtigsten ist, für sich selbst tun.«

Ndebele schwieg einige Sekunden lang, während er Cabrillo musterte.

»Ich werde diese Angelegenheit vor einer *indaha* vortragen, einer Ratsversammlung meiner Männer.« Er deutete auf die geschlossene Schlafzimmertür. »Und ich werde sie entscheiden lassen.«

»Um mehr kann ich Sie nicht bitten«, erklärte Juan und drückte Ndebele wieder die Hand. Er holte einen kleinen Beutel aus der Hosentasche und öffnete Ndebeles Hand. Auf die Handfläche schüttete er die Diamanten, die die Corporation als Bezahlung für die Waffen erhalten hatte. »Betrachten Sie dies als eine Geste des guten Willens. Sie gehören Ihnen, ganz gleich, wie die Entscheidung ausfällt. Auf dem Schreibtisch steht eine Sprechanlage. Der Kommunikationsexperte, der sich meldet, wird mich überall finden.«

Draußen im Korridor ergriff Sloane Juans Hand. »Ist das alles wahr? Und woher haben Sie diese Diamanten?«

»Unglücklicherweise ist es wahr. Daniel Singer hatte jahrelang Zeit, das Ganze zu planen, und wir haben nur zwei Tage, um ihn aufzuhalten. Was die Herkunft dieser Diamanten betrifft, so ist das eine lange Geschichte, die uns zum Anfang dieses Schlamassels zurückführt.«

»Ich nehme an, ich muss mich gedulden, wenn ich auch diese Geschichte erfahren möchte, nicht wahr?«

»Tut mir leid, ja. Ich muss zurück in die Konferenz. Es gibt noch eine Menge zu besprechen.«

Sloane ließ seine Hand los. »Sie sollen wissen, dass ich Sie in jeder erdenklichen Weise unterstützen werde.«

»Gut, denn sobald wir die *Rove* gefunden haben, müssen Sie mir helfen, Ihre Bosse zu zwingen, diese Diamanten anzukaufen.«

»Das«, sagte sie grinsend, »wird mir ein besonderes Vergnügen sein.«

Ehe er in den Konferenzraum zurückkehrte, suchte Cabrillo noch einmal seine Kabine auf, um das Festland anzurufen. An der Ostküste war es gerade früher Morgen, aber er vermutete, dass der Mann, den er erreichen wollte, bereits in seinem Büro saß.

Juan hatte seine direkte Durchwahl, und als der Hörer abgenommen wurde, sagte er ohne Einleitung: »Sie schulden mir zwar ein Bein, aber wir sind quitt, wenn Sie mir nur eine helfende Hand leihen.«

»Es ist ja schon eine Weile her, Mr. Cabrillo«, erwiderte Dirk Pitt in seinem Büro hoch oben im NUMA-Gebäude über den Dächern von Washington, D. C. »Was kann ich für Sie tun?«

25

Die *Oregon* jagte wie ein Windhund nach Norden, angetrieben von ihren einzigartigen Maschinen und der Ungeduld ihrer Mannschaft. In fast jeder Abteilung des Schiffs herrschte geschäftiges Treiben. Fünf Männer packten in der Waffenkammer die Waffen aus, die von Ndebeles Männern benutzt werden sollten, reinigten sie von Cosmoline und luden Hunderte von Magazinen. Andere Waffentechniker überprüften die Verteidigungssysteme des Schiffs und vergewisserten sich, dass die Munitionskisten aufgefüllt waren und die salzige Meeresluft die Maschinengewehre, die Gatlings und die Maschinenkanonen nicht in Mitleidenschaft gezogen hatte.

Unten im Moonpool untersuchten Techniker die beiden Tauchboote der *Oregon*. Ausrüstungsteile wurden ausgebaut und zusätzliche CO_2-Skrubber eingebaut, um die

Anzahl der Passagiere zu erhöhen, die jedes Boot aufnehmen konnte. Sie besserten außerdem die nicht reflektierende Beschichtung aus, die die beiden Boote – bei Tauchfahrt – für gegnerische Ortungsgeräte nahezu unsichtbar machte. Dazu ratterte im Hintergrund ein Kompressor und füllte Dutzende von Atemflaschen für den Fall, dass sie gebraucht wurden.

In der Küche war jeder Koch und Küchengehilfe mit der Zubereitung von Marschverpflegung beschäftigt, während das Servicepersonal die Speisen luftdicht verpackte, sobald sie aus der Küche kamen. Im Sanitätsrevier bereiteten Julia Huxley und ihre Mannschaft den Operationssaal für die Aufnahme von Verletzten vor.

Juan Cabrillo besetzte seinen angestammten Sessel im Operationszentrum, während um ihn herum sein Stab in Schwindel erregendem Tempo das Schiff und sich selbst auf die bevorstehende Schlacht vorbereitete. Er las jede Meldung über den jeweiligen Zustand des Schiffs sofort nach ihrem Eingang, und kein Detail, so unwichtig es auch erscheinen mochte, wurde übersehen.

»Max«, rief er, ohne den Blick von seinem Computermonitor zu lösen, »ich habe hier eine Meldung, die besagt, dass der Druck im Feuerlöschsystem um fünfzehn Pfund zu niedrig ist.«

»Ich habe im Frachtraum einen Testlauf angesetzt. Das System müsste in einer Stunde wieder ordnungsgemäßen Druck haben.«

»Okay. Hali, wie ist Georges augenblickliche Position?«

Hali Kasim klappte eine Ohrmuschel seines Kopfhörers hoch. »Er ist soeben zusammen mit Eric und Murph von Cabinda in Angola gestartet. Unser Rendezvous dürfte in zweieinhalb Stunden stattfinden. Er meldet sich alle zehn Minuten, damit wir unsere Fahrt verlangsamen und den Hangar vorbereiten können.«

»Und Tiny? Wo ist der gerade?«

»Dreißigtausend Fuß über Sambia.«

Juan war erleichtert. Wie so vieles in letzter Zeit war nämlich auch dieser Plan in aller Eile zusammengeschustert worden. Eines der größten Hindernisse bestand darin, hundert von Moses' besten Männern aus ihrem Flüchtlingslager in der Nähe der Industriestadt Francistown in Botswana herauszuholen. Im Gegensatz zum größten Teil des südlich der Sahara gelegenen Afrika gab es in Botswana nur wenig Korruption, daher war es viel teurer geworden, als es Cabrillo gefallen wollte, die Männer ohne gültige Pässe in ein Flugzeug zu setzen. Tinys Buschpilot hatte den Weg für sie am anderen Ende geebnet und dafür gesorgt, dass es bei ihrer Ankunft in Cabinda keine Schwierigkeiten gäbe. Die *Oregon* würde etwa fünf Stunden nach ihrer Landung am Hauptkai der Stadt anlegen und nur so lange dort bleiben, wie sie brauchten, um die Männer an Bord zu bringen.

Von dort aus würden sie Kurs nach Norden zu den Ölfeldern vor der Küste nehmen, wo Murph und Eric drei von den zehn AK-47ern mit den Peilsendern der Corporation aufgespürt hatten. Die Waffen befanden sich in einem Sumpfgebiet weniger als zehn Kilometer von einem großen neuen Tankerterminal und knapp zehn Minuten Bootsfahrt von einem Dutzend Ölbohrinseln entfernt.

Juan hatte mit Langston Overholt Kontakt aufgenommen, sobald sich Murph gemeldet hatte. Langston hatte das Außenministerium alarmiert, damit es der Regierung Angolas eine Warnung zukommen lassen konnte. Die Räder der Diplomatie drehten sich jedoch nur sehr langsam, und soweit Juan informiert war, schmorte seine Information in irgendeinem Eingangskorb vor sich hin, während die Politstrategen noch an einer Erklärung herumfeilten.

Aufgrund der bürgerkriegsähnlichen Verhältnisse in der gesamten Provinz Cabinda verfügten die Ölfirmen, die die Ölfelder gepachtet hatten, über ihre eigenen Sicherheitsmannschaften. Der Tankerterminal und die Arbeiterunterkünfte waren abgezäunt und wurden von bewaffneten Wachmannschaften gesichert. Cabrillo hatte in Erwägung gezogen, sich direkt an die Firmen zu wenden, doch er wusste: Man würde ihn ignorieren. Er wusste auch, dass, egal, wie sich die Truppe zusammensetzte, die sie verwendeten, diese allenfalls Diebstähle und unbefugtes Betreten verhindern sollte, aber auf keinen Fall fähig wäre, eine Söldnertruppe abzuwehren. Jede Warnung, die er weitergab, würde höchstens zur Folge haben, dass noch mehr Angehörige ihrer Wachmannschaften getötet würden.

Außerdem erfuhr er aus Murphs Luftaufklärung, dass Hunderte von Menschen in Barackenstädten rund um die Ölfelder lebten. Es gäbe erheblich weniger Opfer unter der zivilen Bevölkerung, wenn die Kampfhandlungen innerhalb der jeweiligen ölverarbeitenden Betriebe stattfänden.

Linda Ross betrat das Operationszentrum mit Sloane Macintyre im Schlepptau. Sloane blieb, sobald sie die Schwelle überschritten hatte, sofort stehen. Ihr Mund öffnete sich unwillkürlich, als sie sich in der futuristisch anmutenden Kommandozentrale umsah. Der Hauptschirm an der Stirnseite des Raums war in Dutzende von Kamerapositionen aufgeteilt, die die Aktivitäten rund um das Schiff wiedergaben sowie einen Blick voraus vom Bug der *Oregon* lieferten, während sie noch durch die See pflügte.

»Linda meinte, ich bekäme eine bessere Vorstellung von dem, was Sie alle hier tun, wenn ich Sie begleiten würde«, sagte Sloane schließlich, während sie auf Juan zukam. »Ich glaube, ich bin jetzt noch verwirrter, als ich es vor fünf Sekunden war. Was ist das alles?«

»Das Herz und das Gehirn der *Oregon*«, sagte Juan. »Von hier aus können wir das Ruder, die Maschinen, die Kommunikation, die Sicherheitsteams sowie die Waffensysteme des Schiffes kontrollieren.«

»Dann gehören Sie zur CIA oder so?«

»Wie ich Ihnen bereits gesagt habe, ich gehörte früher mal zu dem Verein. Wir sind nichts anderes als Privatleute, die eine gewinnorientierte Firma betreiben, die bestimmte Sicherheitsleistungen auf Honorarbasis liefert. Allerdings muss ich zugeben, dass uns die CIA im Laufe der Jahre eine Menge Aufträge erteilt hat, die am besten nicht einmal in ihren schwarz geführten Büchern auftauchen sollten.

Ursprünglich bestand unsere Mission darin, einer Gruppierung afrikanischer Revolutionäre ein paar Waffen zu verkaufen. Die Waffen waren auf eine so spezielle Art und Weise präpariert, dass man ihren Weg später verfolgen konnte. Unglücklicherweise wurde ein falsches Spiel mit uns getrieben, aber davon erfuhren wir erst, nachdem wir uns dazu entschlossen, Geoffrey Merrick zu befreien. Jetzt versuchen wir, die Waffen zurückzuholen. Jedoch hat sich herausgestellt, dass Merricks Partner seine eigenen Pläne damit verfolgt.«

»Wer hat Sie denn zuerst dafür bezahlt, dass Sie diese Waffen liefern?«

»Es war ein Geschäft, das zwischen unserer und der Regierung des Kongo ausgehandelt wurde. Der größte Teil des Geldes kam von der CIA. Der Rest sollte durch den Verkauf der Blutdiamanten erlöst werden, die wir als Bezahlung für die Waffen erhielten.«

»Waren das die Diamanten, die Sie Moses Ndebele für seine Unterstützung gaben?«

»Sie haben es erfasst. Hey, so lang war die Geschichte doch gar nicht, oder?« Juan grinste.

»Und Sie verdienen damit Ihren Lebensunterhalt?«, fragte sie und beantwortete dann ihre eigene Frage. »Natürlich tun Sie das. Ich habe die Garderobe in Lindas Kleiderschrank gesehen. Da drin sieht es aus wie am Rodeo Drive.«

»Juan, kann ich dich mal unter vier Augen sprechen?«, fragte Linda.

Juan gefiel der Klang ihrer Stimme gar nicht. Er erhob sich aus seinem Sessel und bot ihn Sloane mit einer einladenden Geste an. »Das Schiff gehört Ihnen.« Er zog sich mit Linda in eine Nische des Operationszentrums zurück. »Was ist los?«

»Ich bin die Aufzeichnungen meines Verhörs durchgegangen und glaube, obwohl ich mir nicht ganz sicher bin, dass Susan Donleavy uns etwas verschwiegen hat.«

»Was?«

»Es geht jetzt nicht um das, was Singer hier durchzuziehen versucht. Darüber habe ich alles aus ihr herausgeholt, was da war. Es ist irgendetwas anderes. Ich kann es nicht genau sagen.«

»Es hat mit dem Zeitablauf der gesamten Operation zu tun«, meinte Juan.

»Möglich. Ich weiß es nicht. Wie kommst du darauf?«

»Es hat mich den größten Teil der Nacht wach gehalten«, gab er zu. Er erklärte, was ihn beschäftigte. »Singer hatte diese Sache jahrelang geplant, hat Generatoren und Heizanlagen installiert, und plötzlich will er eine Ölbohrinsel angreifen, um einige Millionen Tonnen kontaminierten Rohöls freizusetzen. Warum? Warum jetzt? Er erwartet, dass Wirbelstürme die giftigen Dämpfe über den Atlantik tragen, aber er kann nicht voraussagen, wann und wo ein solcher Sturm entsteht.«

»Meinst du, dass er es vielleicht doch kann?«

»Was ich denke, ist, dass er jedenfalls *glaubt*, er könne es.«

»Das ist unmöglich. Zumindest mit einem gewissen Grad von Genauigkeit. Wirbelstürme entwickeln sich rein zufällig. Einige werden nicht stärker als ein tropisches Tiefdruckgebiet und toben sich mehr oder weniger harmlos auf dem Meer aus.«

»Genau, und das wäre keine Hilfe für seine großartige Demonstration.«

»Glaubst du, er weiß, wo dieser heftige Sturm entsteht, und dass er die Öldämpfe übers Meer transportiert?«

»Ich gehe sogar noch weiter«, sagte Juan. »Ich denke, er weiß, dass der Wirbelsturm sie in die Vereinigten Staaten bringt.«

»Woher will er das wissen?«

Juan fuhr sich mit einer Hand über seine Bürstenfrisur. Es war das einzige äußere Anzeichen seiner Ratlosigkeit. »Genau das hat mich wach gehalten. Er kann unmöglich einen Hurrikan vorhersagen, erst recht nicht seinen Weg, aber Singers Aktionen lassen dennoch keinen anderen Schluss zu. Auch ohne uns werden Makambos Männer am Ende überwältigt, und der Ölfluss wird gestoppt. Daher kann Singer nicht davon ausgehen, dass die Dämpfe weit genug vordringen und lange genug in der Luft bleiben, um von einem Hurrikan angezogen zu werden, und selbst wenn das geschehen sollte, kann er doch nicht garantieren, dass sich der Sturm nicht irgendwann von selbst wieder auflöst. Es sei denn, er hat noch etwas anderes in petto, etwas, wovon wir keine Ahnung haben.«

»Ich kann ja mit Susan noch einmal mein Glück versuchen«, bot Linda an. »Ich habe das Verhör abgebrochen, nachdem ich von ihr erfahren habe, was ich über den Angriff auf die Ölbohrinseln wissen wollte.«

Juan betrachtete sie voller Stolz. Sie war bereit, noch mehr von ihrer Seele preiszugeben. Doch so gerne er ihr die Strapazen erspart hätte, die ein Verhör mit Susan Donleavy für sie bedeuteten, so wusste er doch gleichzeitig, dass sie es abermals tun müsste.

»Irgendetwas ist da noch«, sagte er. »Und ich weiß, dass du es aus ihr herausholen kannst.«

»Ich tue mein Bestes«, versprach Linda und wandte sich zum Gehen.

»Halt mich auf dem Laufenden.«

Knapp zwanzig Kilometer vom Flughafen von Cabinda entfernt, wo Tiny Gunderson mit hundert kampfbereiten Soldaten in seinem Flugzeug saß, unterhielt sich Daniel Singer mit General Samuel Makambo von der Kongolesischen Revolutionsarmee. Bis zum Tagesanbruch sollte es noch zwei Stunden dauern, und im Dschungel wurde es allmählich still, als sich die nachtaktiven Insekten und Tiere für den Tag zur Ruhe begaben. Obwohl es angesichts der vielen Ölbohrinseln offshore und an der Küste, die ständig Erdgas abfackelten und die Nacht zum Tage machten, ein Wunder war, wie die Lebewesen es schafften, ihren natürlichen Lebensrhythmus beizubehalten. Bei ihnen im Unterstand befanden sich die meisten hochrangigen Soldaten, die Makambo bei dieser Mission zu opfern bereit war. Angeführt wurde das vierhundert Mann starke Expeditionscorps von Oberst Raif Abala. Er war aus zwei Gründen hier: zum einen als Strafe für das Debakel auf dem Kongo, als er die Waffenhändler mit den Diamanten hatte entkommen lassen, und zum anderen, weil Makambo den Oberst im Verdacht hatte, einige Diamanten aus dem Handel für sich beiseitegeschafft zu haben. Er wäre nicht allzu betroffen, wenn Abala von seinem Einsatz nicht mehr zurückkehrte.

Die Rebellen hatten sich in Sichtweite der Arbeiterlager versteckt, die in der Nähe der Anlagen, die dem Ölgiganten Petromax gehörten, aufgeschlagen worden waren. Sie trugen zivile, allerdings zerlumpte Kleidung und verhielten sich, als ob sie hier Arbeit suchten. Ihre Waffen und Motorboote hatten sie ohne Schwierigkeiten zwischen den Mangroven versteckt und Wachen aufgestellt, die Fischer oder jeden anderen vertreiben sollten, der Ausschau nach jagdbarem Wild hielt und ihnen zu nahe kommen könnte.

»Oberst«, sagte Makambo, »Sie kennen Ihre Befehle.«

Dank seiner Körpergröße war Makambo eine imposante Erscheinung. Und obwohl das, was einst kampfgestählte Muskelpakete gewesen waren, sich allmählich in wabbeliges Fett verwandelte, verfügte er doch noch immer über enorme Kraft. Er bevorzugte wie sein großes Vorbild Idi Amin verspiegelte Sonnenbrillen und trug stets ein Offiziersstöckchen aus geflochtener Nilpferdhaut, *sjambok* genannt, bei sich. Die Pistolen in seinem Zwillingshalfter waren maßgefertigte Berettas. Allein ihre goldenen Verzierungen waren schon ein Vermögen wert.

»Jawohl, Sir«, antwortete Abala sofort. »Hundert Männer werden mit den Booten den Ladeterminal vor der Küste und die Ölplattformen angreifen, während sich der Rest darauf konzentriert, den gesamten Komplex zu sichern.«

»Es ist von höchster Wichtigkeit, dass Sie die Generatorstation und die Pumpenkontrolle besetzen«, sagte Dan Singer, der Planer des Angriffs. »Beides darf auf keinen Fall beschädigt werden.«

»Die Angriffe auf diese beiden Bereiche des Terminals werden von meinen besten Männern ausgeführt. Sie werden sich dort festsetzen, sobald wir den Zaun überwunden haben.«

»Und Ihre Männer wissen auch, wie man die Anlagen bedient?«, fragte Singer.

»Viele von ihnen waren in diesem Betrieb beschäftigt, bis unsere Regierung den Angehörigen unseres Stammes verbot, in der Ölindustrie des Kongo zu arbeiten«, sagte Abala. »Sobald der Tanker, der zur Zeit noch beladen wird, vom Terminal abgekoppelt wurde, schalten sie die Pumpen auf höchste Leistung und lassen das Öl ins Meer fließen.«

»Und auf den Plattformen?«

»Sie zerstören die unter Wasser verlaufenden Rohre, die die Lagertanks an Land mit Rohöl versorgen.«

Singer wünschte sich, sie könnten die Vorratstanks einfach sprengen, aber sie standen in einer Senke, in der sich das Öl sammeln würde. Damit das Öl in ausreichendem Maß verdunstete, musste es über eine möglichst große Fläche verteilt werden. Er wandte sich an Makambo. »Für jede Stunde, die sie den Terminal halten und Öl ins

Meer fließt, wird automatisch eine Million Dollar auf Ihr Schweizer Bankkonto überwiesen.«

»Das Geld wird eingesetzt, um meine Revolution zu finanzieren und die Lebensqualität unseres Volkes zu verbessern«, erklärte der Guerillaführer mit betont ernster Miene. Singer wusste, dass der Löwenanteil des Geldes auf Makambos eigenem Konto liegen bliebe. »Ich habe mich zu diesem Geschäft und dem Einsatz unserer Soldaten nur zu unser aller Nutzen bereit erklärt.«

Auf der Suche nach seiner Söldnertruppe hatte sich Singer umfassend über Makambo und seine Kongolesische Revolutionsarmee informiert. Im Grunde waren sie nicht mehr als ein blutrünstiger Haufen, der die wehrlosen Bürger mittels Folter und Einschüchterung zwang, sie mit allem Lebensnotwendigen zu versorgen. Während in dem Konflikt auch Stammesrivalitäten eine Rolle spielten, schätzten Menschenrechtsgruppen, dass die KRA mehr von ihren eigenen Leuten getötet hatte, als sich überhaupt gegen die Regierung auflehnten. Makambo war nur ein weiteres Beispiel für den despotischen Charakter afrikanischer Politik.

»Na schön«, sagte Singer. »Dann wird es Zeit für mich aufzubrechen.«

Er hatte geplant, Cabinda einen Tag vor dem Angriff zu verlassen, doch er war bis zum letzten Moment dort geblieben und hatte gegen alle Vernunft gehofft, etwas von Nina Visser zu hören. Sie und die anderen hatten nicht am Treffpunkt gewartet, als das Flugzeug landete, obgleich Reifenspuren neben der Rollbahn darauf hinwiesen, dass vor Kurzem jemand dort gewesen war. Der Pilot hatte die Spuren aus der Luft verfolgen können, aber nur drei oder vier Kilometer weit. Der unbarmherzige Wind hatte die

Wüste längst wieder glatt gefegt. Danach war er so lange über dem Gebiet gekreist, bis er gerade noch genügend Treibstoff hatte, um nach Windhoek zurückzukehren, ohne eine Spur von ihnen entdeckt zu haben.

Singer hatte ihn nach Cabinda zurückbeordert, sodass sie zur Hafenstadt Nouakchott in Mauretanien fliegen konnten, wo der betagte Hunderttausendtonnentanker wartete, den er heimlich von einer libyschen Schifffahrtsgesellschaft gekauft hatte. Er trug den Namen *Gulf of Sidra* und hatte das Mittelmeer befahren, in dem er libysches Öl nach Jugoslawien und Albanien transportiert hatte.

Als er den Tanker zusammen mit Susan Donleavy besichtigt hatte, war sie der Meinung gewesen, dass sich die Tanks hervorragend als Brutbehälter für ihr organisches Flockungsmittel nutzen ließen. Die Schiffsbaufirma, die Singer engagiert hatte, um das Schiff zu inspizieren, hatte festgestellt, dass der Rumpf einer längerfristigen Erwärmung bis auf sechzig Grad durchaus standhalten würde. Allerdings vermerkten sie in ihrem Abschlussbericht, dass kein Ölterminal auf der ganzen Welt Rohöl lagere, das derart aufgeheizt aus der Erde komme. Singer hatte das Geschäft abgeschlossen, das Schiff unter liberischer Flagge registrieren lassen – im Gegensatz zu anderen Nationen erfolgte dies bei dieser als eine Routineangelegenheit – und darauf verzichtet, den Namen des Tankers zu ändern.

Susan hatte die Unterbringung ihrer Wärme erzeugenden Gallerte beaufsichtigt und vor ihrer »Entführung« ihren Zustand von Zeit zu Zeit kontrolliert. Ihre Berichte zeigten, dass alles perfekt funktionierte, daher wusste Singer, dass sie nicht dabei sein musste, wenn er die Substanz freisetzen würde. Dennoch könnte sich etwas ergeben, wozu ihre Fachkenntnis benötigt wurde. Der Verlust Ninas und ihrer Gruppe hatte eher geringe Bedeutung, er wünschte sich nur, dass Susan bei ihm wäre. Das Flockungsmittel war ihr Geistesprodukt, und als sie sich bei ihm gemeldet und ihn von ihrer Entdeckung und ihrer möglichen Anwendung in Kenntnis gesetzt hatte, hatte sie gleichzeitig den Wunsch geäußert, beim Finale dabei zu sein.

Und dann war da noch Merrick. Singer hatte sich sehnlichst gewünscht, miterleben zu können, wie seine überhebliche, selbstgerechte Miene aus den Fugen geriet, wenn er miterlebte, wie der furchtbarste Hurrikan erzeugt wurde, der die Vereinigten Staaten jemals heimgesucht hätte, und begriff, dass er und Umweltverschmutzer wie er daran die Schuld trugen. Singer hatte Merrick von seinem Plan erzählt, daher hatte er die Hoffnung, dass sein ehemaliger Partner noch am Leben war und über die weitere Entwicklung Bescheid wissen würde.

Weil das Lenken eines Supertankers ganz spezielle Kenntnisse erforderte, konnte er sich dabei nicht auf eine Bande langhaariger Umweltschützer verlassen, sondern war gezwungen gewesen, eine professionelle Mannschaft anzuheuern, also Männer, deren Schweigen erkauft werden konnte. Der Kapitän war ein griechischer Säufer, der seine Kapitänslizenz verloren hatte, nachdem er einen Tanker im Persischen Golf auf Grund gesetzt hatte. Der Chefingenieur war ebenfalls ein Grieche, der die Finger nicht von der Flasche lassen konnte. Er hatte nicht mehr auf einem Schiff gearbeitet, seit die Explosion eines Dampfrohrs in einem Maschinenraum vier seiner Leute getötet hatte. Eine Untersuchungskommission sprach ihn zwar von jeglicher Schuld frei, aber Gerüchte über sein fahrlässiges Verhalten ruinierten am Ende doch noch seine Karriere.

Gegen diese beiden erschien die restliche Mannschaft wie eine Schar Heiliger.

»Greifen Sie im Morgengrauen an?«, fragte Singer.

»Ja. Sie werden also mehr als genug Zeit haben, um in Ihr Flugzeug zu steigen und zu verschwinden«, sagte Makambo mit einem Anflug von Spott. Nicht dass er dem Kampf selbst beiwohnen würde. Auf ihn wartete ein schnelles Boot, um ihn an der Küste entlang zur Kongo-Mündung und weiter den Kongo hinauf zu bringen.

Singer reagierte nicht auf den unverschämten Tonfall. Er stand auf. »Denken Sie daran, jede Stunde ist eine Million Dollar wert. Wenn Ihre Männer es schaffen, die Sicherheitskräfte und die angolanische Polizei achtundvierzig Stunden lang aufzuhalten, lasse ich auch noch einen Fünfmillionendollarbonus springen.« Er sah Abala an. »Und weitere fünf Millionen für Sie, Oberst.«

»Dann rufet Mord«, sagte Makambo und benutzte sein Lieblingszitat, »und entfesselt die Hund' des Krieges.«

26

Juan stand auf der Brückennock und beobachtete die alten Schulbusse, die über den Damm krochen, der zum einzigen Kai in Cabinda führte. Jeder war mit schreienden Farben bemalt und stieß ölige Abgaswolken aus, während sich die altersschwachen Motoren abmühten. Sie suchten sich ihren Weg vorbei an einer Reihe von Frachtcontainern und gespendeten landwirtschaftlichen Maschinen, die soeben aus einem russischen Frachter ausgeladen worden waren, der vor der *Oregon* am Kai festgemacht hatte.

Unten auf dem Kai warteten Max Hanley und Franklin Lincoln mit einem Zollbeamten. Beide waren wie zwei Hafenratten gekleidet, um sich dem heruntergekommenen Äußeren der *Oregon* anzupassen. Tiny Gundersons Freund, der Buschpilot, war ebenfalls bei ihnen, um dafür zu sorgen, dass alles glatt ging, sowie Mafana, Ndebeles alter Unteroffizier. Der Zollbeamte hatte seiner Frau bereits einen Aktenkoffer übergeben. Sie war eigens in den Hafen gekommen, um das Bestechungsgeld abzuholen und nach Hause mitzunehmen.

Der Fahrstuhl aus dem Operationszentrum kam plötzlich in die Brücke herauf. Linda Ross wartete nicht, bis er auf Deckniveau stoppte, sondern sprang schon vorher heraus und eilte auf Cabrillo zu.

»Juan«, sagte sie vorwurfsvoll, »du hast dein Mobiltelefon nicht eingeschaltet! Der Angriff hat begonnen. Hali hat Rufe vom Petromax-Betrieb an dessen Zentrale in Delaware abgefangen. Sie schätzen, dass mindestens vierhundert bewaffnete Männer das Gelände gestürmt haben. Und die Bohrinseln melden, dass zahlreiche kleine Boote zu ihnen unterwegs sind. Die Sicherheitsmannschaften wurden regelrecht überrannt.«

Er hatte gehofft und gebetet, dass sie wenigstens einen Tag Zeit hätten, um Moses Ndebeles Truppe auf ihren besonderen Einsatz vorzubereiten, aber irgendwie hatte er schon geahnt, dass er diese Frist nicht haben würde. Er würde wohl oder übel darauf vertrauen müssen, dass die Zeit ihren Fähigkeiten nicht geschadet hatte, die sie in ihrem schlimmen Bürgerkrieg vor dreißig Jahren entwickelt und perfektioniert hatten.

Cabrillo legte die Hände zu einem Schalltrichter geformt an den Mund und rief Max' Namen. Als Hanley hochschaute, machte Juan eine Armbewegung, um ihn und seine Leute zur Eile anzutreiben. Max sagte etwas zu Mafana, während der erste Bus mit kreischenden Bremsen vor der Gangway anhielt. Die Tür schwang auf, und eine Kette von Männern stieg aus. Die Ersten gingen auf Mafana zu, um ihn zu umarmen und zur Befreiung von Moses Ndebele zu beglückwünschen, aber der afrikanische Rebell musste ihnen erklärt haben, schnellstens an Bord zu gehen. Die Männer stiegen zum Hauptdeck hinauf, während die anderen Busse neben dem Schiff stoppten.

Juan aktivierte sein Mobiltelefon und wählte sich in den Hangar, wo, wie er wusste, George Adams mit seinem Helikopter wartete. Der Pilot meldete sich bereits nach dem zweiten Klingeln.

»Fly By Night Airlines.«

»George, ich bin's – Juan.«

»Was ist los, großer Meister?«

»Singers Männer haben mit dem Angriff begonnen. Sobald wir den Hafen hinter uns haben, möchte ich, das wir eins unserer UAVs losschicken.« Die ferngesteuerten Flugkörper, auch »unmanned aerial vehicles« genannt, waren im Grunde nichts anderes als kommerziell genutzte Modellflugzeuge, die mit Minikameras und Infrarotdetektoren ausgerüstet waren.

»Ich bereite eins vor«, sagte Adams. »Aber ich kann nicht beide fliegen, falls du den Helikopter brauchst.«

»Tiny kommt mit Ndebeles Männern an Bord. Er wird es fliegen. Ich möchte nur, dass du das Ding startklar machst.«

»Bin schon dabei.«

Cabrillo blickte hinüber zur Reling. Zwei Schlangen Männer marschierten die Gangway herauf. Keiner von ihnen trug zu viel Gewicht mit sich herum, was ihn nicht überraschte, da sie in einem Flüchtlingslager wohnten. Aber es gab einige ausgesprochene Riesen unter ihnen. Er sah mehr graue Haare, als er gehofft hatte, doch die ehemaligen Freiheitskämpfer wirkten fit und entschlossen. Das waren keine gebrochenen alten Männer, sondern hagere, hungrige Soldaten, die ihre Aufgabe kannten.

Er wollte Eddie Seng anrufen und ihn bitten, die neuen Passagiere in Empfang zu nehmen. Doch sein Chef für landgestützte Operationen stand bereits am Ende der Gangway und dirigierte die Soldaten in einen der Frachträume des Schiffes, wo Moses Ndebele wartete, um sie mit einer kurzen Ansprache zu begrüßen. Dort sollten sie außerdem mit Sturmgewehren, Munition und anderer Ausrüstung ausgestattet werden.

Durch die Tatsache angetrieben, dass der Angriff bereits im Gange war, schienen Juans Leute einen völlig neuen Grad von Effizienz erreicht zu haben. Im Grunde hatte er auch nichts anderes erwartet.

Eric Stone hatte die Prozession vom Operationszentrum aus über das interne Fernsehnetz verfolgt. Sobald Max und Linc das Schiff nach dem letzten Soldaten betreten hatten, wurde die Gangway eingezogen. Juan schaute hoch und sah, wie eine dicke Wolke künstlichen Qualms aus dem Schornstein der *Oregon* quoll. Das ramponiert aussehende Intercom neben der Tür zur Brückennock klingelte.

»Wir sind bereit«, sagte Eric, als Juan sich meldete. Er blickte über das Schiff, wo ein Helfer an der Achterleine wartete. Er gab dem Mann ein Zeichen, und er hob das schwere Tau über den Poller und ließ es ins Wasser gleiten. Sofort begann eine Winde, es ins Schiff hineinzuziehen. Juan winkte auch den Hafenarbeitern am Bug zu. Ehe er Stone melden konnte, dass sie frei waren, schäumte das Wasser zwischen der *Oregon* und dem Kai auf, während die achtern gelegenen Korrekturdüsen ihre Arbeit aufnahmen. Als sie sich hinter dem Heck des russischen Frachters hervorschoben, aktivierte Eric den magnetohydrodynamischen Antrieb, drosselte jedoch die Geschwindigkeit, damit sich der Rumpf nicht aufstellte oder tiefer ins Wasser tauchte. Erst als der seichte Hafen knapp zwei Kilometer hinter ihnen lag, ging er auf volle Kraft voraus.

Juan blieb noch für einen Augenblick auf der Brückennock stehen. Er wusste, dass dies die letzten friedlichen Sekunden für ihn waren, bis die Mission abgeschlossen war. Die Nervosität, die ihn überkam, als Linda ihm mitteilte, dass der Angriff begonnen hatte, machte einer neuen Empfindung Platz, einer Empfindung, die er nur zu gut kannte. Es war das Gefühl, wenn die erste Adrenalindosis in seinen Körper gepumpt wurde. Es schien ihm, als würde er jedes Mal bewusst registrieren, wie sein Blutkreislauf mit einem weiteren Schuss Adrenalin angekurbelt wurde.

Sein Beinstumpf war noch immer wund, aber davon spürte er inzwischen nichts mehr. Sein Rücken schmerzte ebenfalls, doch auch dies störte ihn nicht länger. Er vermisste nicht einmal den Schlaf, der ihm fehlte, sondern konzentrierte sich auf die bevorstehende Aufgabe, und sein Körper reagierte mit der Bereitschaft zu leisten, was von ihm gefordert wurde.

Er wandte sich an Linda. »Alles okay?«

»Aye.«

Während der Fahrt im Lift hinunter ins Operationszentrum erkundigte er sich nach Susan Donleavy.

»Ich hatte vor, heute wieder mit ihr zu reden, aber, nun …«

»Kein Problem«, sagte Juan. Die Fahrstuhltüren glitten auf. »Hali? Was gibt es Neues?«

»Petromax versucht, Verbindung mit den Behörden aufzunehmen, um den Angriff zu melden, aber bis jetzt hat die Regierung noch nicht geantwortet. Im Lager der Arbeiter tut sich nichts. Der Angriff konzentriert sich ausschließlich auf die Ladestation und auf die Bohrinseln. Es scheint, als würden bereits zwei Plattformen von Terroristen kontrolliert werden, während sich zwei andere noch mit den Wasserkanonen der Feuerwehr verteidigen können. Einer der Maschinisten einer Insel hat uns angefunkt und mitgeteilt, dass zwei seiner Männer erschossen wurden, und dass er glaubt, dass sie die Insel nicht mehr lange halten können.«

»Eric, wann werden wir wahrscheinlich dort sein?«

»In einer Stunde.«

»Murph, wie ist unser Waffenstatus?«

Mark Murphy verrenkte sich fast den Hals, um Juan anzusehen. »Wir sind bis an die Zähne bewaffnet, Meister.«

»Okay, gut. Ach ja, Glückwunsch, dass ihr die präparierten Gewehre gefunden habt. Das war ein guter Job. Wer weiß, wie viel schlimmer es jetzt aussähe, wenn wir auch noch auf dem Kongo herumirrten.«

Cabrillo machte Anstalten, seine Kabine aufzusuchen, und entdeckte Chuck »Tiny« Gunderson an einer Arbeitsstation im hinteren Teil des Raums. Der Computermonitor war eingeschaltet. Auf dem Schirm war George Adams zu sehen, der die Linse der Kamera in der Nase der Flugdrohne soeben polierte.

»Sieht richtig gut aus«, sagte Tiny ins Mikrofon. Seine Finger flogen über die Tastatur. »Geh mal zurück. Ich starte den Motor.«

Die Kamera begann zu vibrieren, als der kleine Motor des Flugkörpers ansprang.

»Okay, grünes Licht. Guten Flug, mein Engel.«

Das Bild bewegte sich, während die kleine Maschine über eine schmale Startrampe rollte, die vorderen Derrickkräne der *Oregon* passierte und sich über die Reling schwang. Tiny drückte die Nase mit einem Joystick nach unten, um an Tempo zu gewinnen, und zog den Steuerknüppel dann ganz sacht nach hinten, um die kleine Maschine in den Himmel steigen zu lassen.

Juan suchte seine Kabine auf, um sich einsatzfertig zu machen. Ehe er sein instand gesetztes Kampfbein wieder anlegte und in seinen dunklen Tarnanzug schlüpfte, schaltete er seinen Computer ein, um die Kamerabilder des UAV zu empfangen. Mit einem Auge ständig auf dem Monitor legte er sein Waffenarsenal bereit.

Der knapp anderthalb Meter lange Flugkörper war auf etwa tausend Fuß gestiegen und überflog die große Halbinsel, die die *Oregon* umrunden musste, um den Petromax-Ölterminal zu erreichen. Mit Hilfe eines stärkeren Transmitters an Bord hatten sie die Reichweite der Drohne von dreißig Kilometern auf siebzig Kilometer steigern können, sodass sich der kleine Flieger weiter vom Schiff entfernen konnte. Er glitt über Ackerland und Dschungel und schließlich auch über die Mangrovensümpfe hinweg, die den Hafen von der restlichen Provinz Cabinda abtrennten. Eine Straße war die einzige Verbindung dorthin.

Tiny ließ die kleine Maschine sinken, bis sie nur noch etwa fünfhundert Fuß von der Zufahrtsstraße entfernt war. Ein paar Kilometer vor der Einfahrt zum Terminal wartete eine Reihe Lkw. Juan hatte eine Vermutung, weshalb – und schon nach wenigen Sekunden zeigte die Kamera, dass die Straße durch gefällte Bäume blockiert war. Weil der Untergrund seitlich der Straße zu weich war, konnten die schweren Tankzüge nicht wenden. Um das Hindernis zu beseitigen, wären Planierraupen oder ein Trupp Arbeiter mit Motorsägen nötig. Falls die angolanische Regierung Hilfstruppen schickte, müssten die Soldaten ihre Kampffahrzeuge weit vor dem Einsatzort verlassen.

Nach dem Studium des Satellitenbildes, das die abgeschiedene Hafenanlage zeigte, hatte Cabrillo mit dieser Entwicklung gerechnet. Genau das Gleiche hätte auch er veranlasst, wenn er den Angriff geplant hätte.

Er verfolgte, wie Tiny das kleine Flugzeug wieder hochzog, während es sich dem Terminal näherte. Aus tausend Fuß Höhe erschien alles zuerst völlig normal. Die Anlage, die eine Fläche von zweihundert Acres einnahm, zog sich an der Küste entlang: mit riesigen Vorratstanks am südlichsten Punkt und den Unterkünften und Freizeiteinrichtungen für die Arbeiter im Norden. Dazwischen bildeten Kilometer von Rohren unterschiedlichster Durchmesser und Farben ein Labyrinth, das nur seine Schöpfer verstanden und entwirren konnten. Cabrillo sah gigantische Lagerhallen sowie einen Hafen für die Tender und Barkassen, die Personal zwischen den Bohrinseln und der Küste hin und her transportierten. Von der Anlage führte ein knapp zwei Kilometer langer Damm zu den Ladeplätzen für die Supertanker, die die Märkte auf der ganzen Welt mit Rohöl versorgten. Ein Liegeplatz war mit einem über dreihundert Meter langen Tanker besetzt, seine Tanks waren wahrscheinlich leer, wie Juan an dem breiten Streifen roter Schutzfarbe oberhalb der Wasserlinie erkennen konnte.

Er entdeckte ein großes Gebäude, das auf einer eigens zu diesem Zweck befestigten Fläche in der Nähe eines Entlüftungsturms der Ölterminals errichtet worden war. Juan wusste aus den Recherchen seiner Leute, dass innerhalb des Gebäudes drei Hochdruckpumpen sowie Generatoren von General Electric in Betrieb waren und die gesamte Anlage mit Strom versorgten. Hochspannungsleitungen verliefen von dort zu jeder Ecke des Hafens.

Fünf Kilometer vor der Küste erstreckte sich eine Reihe von einigen Dutzend Bohrplattformen – wie ein künstlich geschaffener Archipel – nach Norden. Jede war durch eine unter Wasser verlaufende Pipeline mit dem Hafen verbunden. Obwohl nicht so groß wie die Bohrinseln, die Juan aus der Nordsee oder dem Golf von Mexiko kannte, ragte jede mindestens sechzig Meter aus dem Wasser heraus und ruhte auf massiven Stützpfeilern.

Alles erschien normal, bis er genauer hinsah. Einige der lodernden Flammen gehörten nicht zu den Entlüftungskaminen, über die das bei der Ölförderung frei werdende Erdgas abgefackelt wurde. Mehrere Tankwagen waren in Brand gesetzt worden, und mehr als ein Gebäude erschien in dichten schwarzen Qualm gehüllt. Die winzigen Gestalten, die wahllos verstreut auf dem Gelände lagen, waren die Leichen von Arbeitern und Angehörigen der Sicherheitstruppe, die von Makambos Soldaten niedergemäht worden waren. Was Juan auf den ersten Blick für Schatten in ihrer Nähe gehalten hatte, waren Blutlachen.

Tiny Gunderson lenkte nun die Drohne über die Küste und am Damm entlang. Die Rohre, die das Schwimmdock versorgten, hatten einen Durchmesser, der einem Güterwagen Platz geboten hätte. Juan stieß einen halblauten Fluch aus, als er die Männer in der Nähe der Laderohre bemerkte. Sie hatten sie von den Tankern abgekoppelt, und Rohöl strömte in vier dicken Strahlen ins Meer. Der Ölteppich hatte bereits den Kai erreicht und wurde von Sekunde zu Sekunde größer. Einer der Männer musste die Drohne entdeckt haben, denn plötzlich schauten mehrere von ihnen zum Himmel. Einige deuteten nach oben, während andere mit ihren Gewehren auf das kleine Flugzeug schossen.

Die Chance, das UAV zu treffen, war zwar gering, aber Tiny brachte den Flugkörper auf einen Zickzackkurs und steuerte auf die nächste Bohrinsel zu. Aus knapp einem Kilometer Entfernung konnte Tiny erkennen, dass sie bereits von einem Ölteppich umgeben war. Das Öl war schwer genug, um die Wellen flachzuhalten, die unter ihm durchliefen. Die Bewegung des Ozeans erinnerte an das zeitlupenhaft träge Flattern eines gigantischen schwarzen Seidentuchs. Die herrschende Meeresströmung ließ den Teppich bereits nach Norden driften, während er, gespeist von dem Öl, das von der Bohrinsel herabregnete, stetig größer wurde. Als sich die Drohne der zweiten Plattform näherte, die von den Terroristen besetzt worden war, erkannte Cabrillo, dass der Ölteppich, der sie umgab, sogar noch größer war.

Obgleich es völlig unmöglich sein musste, glaubte Juan den stechenden Geruch des Rohöls, das sich ins Meer ergoss, riechen zu können. Er kratzte in seiner Kehle und trieb ihm die Tränen in die Augen. Dann wurde ihm bewusst, dass er in Wahrheit nur körperlich auf seine eigene Abscheu vor dieser vorsätzlich ausgeführten Umweltzerstörung und sinnlosen Vergeudung menschlichen Lebens reagierte. Singers Demonstration war der schlimmste Akt von Öko-Terrorismus seit Menschengedenken, und sosehr er auch beteuern mochte, dass er den Planeten retten wollte, seine Aktivitäten würden doch nur dafür sorgen, dass die Erde einen schweren Tribut zahlen müsste.

Und wenn die Corporation versagte, würden die Auswirkungen auch noch auf der anderen Seite des Erdballs zu spüren sein.

Er raffte seine Ausrüstung zusammen und machte sich auf den Weg zum Frachtraum. Als er eintraf, drängten sich dort schon mehr als hundert Männer. Einige stammten aus seiner Mannschaft, die restlichen gehörten zu Moses Ndebele. An die Afrikaner waren bereits Waffen und Munition sowie Kleidung, soweit es ihnen daran mangelte – und das war vorwiegend festes Schuhwerk –, verteilt worden. Sie alle saßen auf dem Boden und lauschten gebannt, während ihr Anführer von einem Podium aus zu ihnen sprach, das aus aufgestapelten Paletten gebaut worden war. Seinen Fuß zierte ein dicker Verband, und ein Paar Krücken lehnte an der Trennwand hinter ihm. Juan betrat den Frachtraum nicht, sondern lehnte sich an den Türpfosten und hörte zu. Er verstand zwar die Sprache nicht, aber das machte kaum etwas. Er spürte die Leidenschaft in Ndebeles Worten – und welche Wirkung sie auf seine Anhänger hatte. Sie teilte sich einem geradezu körperlich mit. Er sprach klar und deutlich. Dabei wanderten seine Blicke durch den Raum, blieben kurz an jedem Mann hängen und gaben ihm das Gefühl, persönlich angesprochen zu sein, ehe sie weiterglitten. Als sie sich auf

Juan konzentrierten, verspürte er ein Ziehen in der Brust, als ob Ndebele unmittelbar sein Herz berührt hätte. Juan nickte, und Moses erwiderte die Geste.

Nachdem er seine Rede beendet hatte, spendeten ihm die Männer donnernden Applaus, der durch den gesamten Frachtraum hallte. Volle zwei Minuten verstrichen, bis der Jubel nachließ.

»Captain Cabrillo«, rief Moses über den Lärm. Die Männer verstummten augenblicklich. »Ich habe meinen Männern erklärt, dass, wenn sie für Sie kämpfen, sie auch gleichzeitig für mich in den Kampf ziehen. Dass Sie und ich nach dem, was Sie für mich getan haben, jetzt Brüder sind. Ich habe ihnen gesagt, Sie verfügten über die Kraft eines Elefantenbullen, den Listenreichtum eines Leoparden und die Wildheit eines Löwen. Ich sagte weiter, dass, obgleich wir in einem anderen Land kämpfen, dies der Tag ist, an dem wir den ersten Schritt tun, um unser Land zurückzugewinnen.«

»Ich hätte es nicht besser ausdrücken können«, erwiderte Juan. Er überlegte, ob auch er zu den Männern sprechen sollte, aber er erkannte in ihren Augen, an ihrer Körperhaltung, dass nichts von dem, was er zu sagen vermochte, sie stärker motivieren könnte als Moses' Worte. Daher sagte er nur ganz ruhig: »Ich möchte euch allen dafür danken, dass ihr meinen Kampf zu eurem macht. Ihr erweist mir und eurem Vaterland damit eine hohe Ehre.«

Er machte sich bei Eddie Seng bemerkbar und winkte ihm zu, er solle kurz herüberkommen. »Hast du schon so etwas wie einen Dienst- oder Einsatzplan aufgestellt?«

»Ich habe ihn sogar bei mir.« Er tippte auf ein elektronisches Klemmbrett. »Mafana hat mir geholfen, die Männer zu sortieren, daher habe ich eine ziemlich genaue

Vorstellung von ihren Fähigkeiten gewonnen. Außerdem habe ich Sitzpläne für alle an diesem Angriff beteiligten Schiffe aufgestellt.«

»Gibt es noch irgendwelche Verbesserungen für unseren Plan?«

»Nichts, Juan.«

»Okay. Dann lasst uns mit der Show anfangen.«

Juan würde den Angriff auf eine der besetzten Bohrinseln leiten und Eddie den anderen. Also sammelten die beiden Männer die Handvoll Simbabwer, die sie begleiteten, und verließen den Frachtraum in Richtung Moonpool. Andere würden das Rettungsboot des Schiffes und die anderen Boote benutzen, um den Ladekai und die gesamte Anlage selbst zusammen mit der *Oregon*, die unter Max' Befehl stand, als Feuerschutz angreifen.

Auf ihrem Weg nach unten rief Max aus dem Operationszentrum an. »Ich wollte euch nur Bescheid sagen, dass wir in zehn Minuten die Position erreichen, um die Tauchboote abzusetzen.«

Juan sah auf die Uhr. Eric hatte sie schneller als versprochen dorthin gebracht. »Sobald wir die Klappe verlassen haben, brauchen wir weitere zwanzig Minuten, um die Inseln zu erreichen, also halte erst auf die Küste zu, wenn wir dir Bescheid geben.«

»Ich habe bei der Einsatzbesprechung gestern durchaus aufgepasst«, sagte Max wie ein Schüler, der zu Unrecht kritisiert wurde. »Kurz bevor ihr euern Gegenangriff beginnt, gehen wir auf direkten Kurs zum Terminal und schicken das Rettungsboot auf die Reise. Wir schalten sämtliche Terroristen aus, die die Inseln attackieren, und dann gehen wir vor dem Kai in Position. Wenn wir nahe genug heran sind und sie decken können, starten Ski und

Linc mit dem SEAL-Sturmboot, um bei der Rückeroberung des Ladekais zu helfen.«

»Hoffen wir bloß, dass Linda Recht hat und Makambos Männer keine Lust haben, ihr Leben aufs Spiel zu setzen, um den Terminal besetzt zu halten. Vielleicht haben wir ja sagenhaftes Glück und greifen sie so schnell und heftig an, dass sie genauso schnell kapitulieren.«

»Und wenn sie sich irrt und diese Typen an ihre Mission wirklich glauben?«

»Dann werden wir einen langen, blutigen Tag vor uns haben.«

Da das Schiff noch Fahrt machte, waren die Rumpfklappen unter dem Moonpool geschlossen, aber das Stahlgitter über der Öffnung hatte man bereits entfernt, und das größere der beiden Tauchboote der *Oregon*, die zweiundzwanzig Meter lange Nomad 100, ruhte schon an ihrem Schlitten über dem Loch. Fähig, mehr als dreihundert Meter tief zu tauchen, besaß die Nomad eine ganze Traube von Lichtern um ihre stumpfe Nase und einen Manipulator, so gelenkig und feingliedrig wie ein menschlicher Arm, der allerdings in der Lage war, Stahl zu durchtrennen. Die kleinere Discovery 1000 hing noch über der Nomad und würde zu Wasser gelassen, sobald sich ihre größere Schwester entfernt hätte.

Linda würde Juan begleiten, während sich Jerry Pulaski bereit hielt, um zu Eddie ins Boot zu steigen. Der Uferangriff würde von Franklin Lincoln und Mike Trono angeführt, die bereits ihre Truppen sowohl im Rettungsboot wie auch in der mittschiffs gelegenen Bootsgarage sammelten. Techniker hatten die Tauchboote untersucht, daher blieb Juan nichts anderes zu tun, als dem Rumpf einen aufmunternden Klaps zu versetzen und die Leiter zu besteigen, die ein Matrose festhielt. Das U-Boot schwankte leicht, als er das obere Ende der Leiter erreichte. Er winkte Eddie kurz zu und ließ sich dann durch die Luke gleiten.

Juan stieg in das Tauchboot hinunter und begab sich ins Cockpit, das aus klaustrophobisch engen Zwillingssitzen bestand, umgeben von Dutzenden von Computerschirmen, Kontrolltafeln und drei kleinen Bullaugen. Obwohl es den Außenmaßen nach größer schien als die Discovery, war das Innere des Nomad tatsächlich kleiner, und zwar wegen der Rumpfdicke, der sehr großen Batterien, die ihr eine Operationsdauer von sechzig Stunden ermöglichten, und der Tatsache, dass sie über eine Druckausgleichstauchkammer verfügte. Juans Mannschaft hatte genügend Ausrüstungsteile ausgebaut, um die Anzahl der Passagiere von sechs auf acht zu erhöhen, die gleiche Anzahl, die die Discovery transportieren konnte. Es war nur eine kleine Streitmacht, um die Bohrinseln anzugreifen, und nur die besten von Ndebeles Kämpfern würden die beiden Tauchboote begleiten.

Linda drängte sich hinter ihm ins Boot, nahm ihren Platz jedoch nicht ein. Sie zeigte den Männern, wie sie sich anschnallen mussten, während Juan die vor jeder Tauchfahrt obligatorische Checkliste durchging.

Cabrillo stöpselte ein Paar Leichtgewichtkopfhörer in die Kontrolltafel des Intercoms. »Nomad an *Oregon*. Dies ist nur ein Verbindungstest. Wie empfangt ihr uns?«

»Laut und deutlich, Nomad«, antwortete Hali sofort. »Wir haben den Bremsvorgang gleich abgeschlossen. Die Moonpooltüren können in etwa einer Minute geöffnet werden.«

»Roger.«

Er blickte über die Schulter, während sich Linda in ihren

Sitz begab und ihre mit Schalldämpfer versehene Maschinenpistole neben Juans legte. »Sind dahinten alle auf ihren Plätzen?« Ein paar Männer sahen nicht allzu glücklich aus, derart eingeengt zu sein, vor allem als die Luke geschlossen wurde. Doch sie schafften es alle, es ihm nachzumachen und mit dem Daumen das Okay-Zeichen zu geben. »Mafana? Ist mit Ihnen auch alles in Ordnung?«

Obwohl er während Moses Ndebeles Befreiung verwundet worden war, hatte der ehemalige Unteroffizier darauf bestanden, sich Cabrillo anzuschließen. »Ich verstehe die Bibel jetzt viel besser.« Juans Gesicht spiegelte Verwirrung wider, daher fügte Mafana hinzu: »Ich denke an Jonas und den Wal.«

»Es wird eine kurze Fahrt, und wir gehen nicht tiefer als zwanzig Meter runter.«

Eine Reihe von Stroboskopleuchten, die an mehreren Stellen des drei Stockwerke hohen Raums installiert waren, begannen zu blitzen, und ein Hupsignal ertönte, allerdings konnte Juan im Tauchboot nichts davon hören. Er blickte nach unten durch das Bullauge, während die großen Türen am Kiel des Schiffes allmählich aufgingen. Wasser schwappte über die Stahlplatten, als dem Meer vorsichtig Eintritt ins Schiff gewährt wurde und es den Moonpool bis zur Wasserlinie der *Oregon* füllte.

Mit einem mechanischen Klappern und Klirren begann der Schlitten, auf dem das U-Boot ruhte, ins Meer zu gleiten. Das Wasser stieg an den Bullaugen hoch, und im Innern des Nomad wurde es merklich dunkler, da es nur noch durch die Computerschirme und ein Schwachstrombeleuchtungssystem im Mannschaftsbereich erhellt wurde. Sobald das Tauchboot schwamm, wurde es vom Schlitten entkoppelt.

»Sie sind frei«, gab ein Matrose über Juans Kopfhörer Bescheid.

»Verstanden.« Juan betätigte die Kontrollen, um die Ballasttanks zu fluten, und nach wenigen Sekunden verschwand das Mini-U-Boot im Moonpool und steuerte auf den offenen Ozean zu. »Die Nomad ist weg. Sie können die Disco jetzt zu Wasser lassen.«

Er schaltete die Motoren ein und lauschte dem mechanischen Singen, während die Schrauben Schub entwickelten, und gab dem Computer den Befehl, sie bei fünfzig Fuß Tiefe zu halten. Das war tief genug, sodass ein Beobachter auf der Wasseroberfläche nicht bemerkte, wenn der mattschwarze Rumpf an ihm vorbeiglitt. Der Hauptcomputer der *Oregon* hatte den Kurs bereits berechnet und auf den Computer des Mini-U-Boots kopiert, daher gab es für Juan nichts anderes zu tun, als die Fahrt zu genießen.

Fünf Minuten später gab Eddie durch, dass die Discovery erfolgreich ins Meer gesetzt wurde und dass sie zur zweiten Bohrinsel unterwegs seien.

Da die Nomad nur zehn Knoten schaffte, schien die Fahrt zur Küste eine Ewigkeit zu dauern. Was Juan daran am meisten frustrierte, war, dass in jeder Minute, die nutzlos verstrich, weitere Ölmengen ins Meer gepumpt wurden. Wenn er auch nur den vagen Eindruck gehabt hätte, dass es helfen würde, wäre er ausgestiegen und hätte das Boot geschoben.

»*Oregon*, hier ist die Disco«, meldete sich Eddie über die akustische Verbindung. »Wir haben die Insel erreicht und halten uns dicht unter der Wasseroberfläche. Der Ölteppich muss mittlerweile einen Durchmesser von fünf Kilometern haben.«

»Disco, hier ist die Nomad«, antwortete Juan. »Laut

Computer sind wir in drei Minuten unter unserer Plattform.« Daran, wie dunkel der Ozean mittlerweile geworden war, erkannte er, dass sie unter einem Ölteppich kreuzten, und das schon seit einiger Zeit.

Das GPS des Nomad führte das U-Boot zwischen zwei der hohen Stützpfeiler der Bohrinsel hindurch und ließ das Boot dicht vor einem dritten Pfeiler anhalten. Vom Aufklärungsflug des UAV wussten sie, dass an diesem Pfeiler eine Leiter befestigt war, die bis auf die Plattform führte.

»Houston, die Nomad ist gelandet.«

»Verstanden, Nomad«, erwiderte Hali. »Gib uns eine Minute, damit sich Tiny vergewissern kann, dass ihr da unten keine Gesellschaft habt und gefahrlos auftauchen und die Luke öffnen könnt.«

Juan schloss sein Headset wieder an sein Funkgerät an, stemmte sich aus dem Polstersitz hoch und ging mit seiner MP-5 über der Schulter leise zur Luke. Mafana und seine Männer lösten ihre Hüftsitzgurte.

»Juan«, rief Linda durch das Schiff. »Hali sagt, bei uns sei reine Luft. Hier ist zurzeit niemand, aber Tiny schätzt, dass mindestens dreißig Terroristen auf der Plattform rumlaufen.«

»Nicht mehr lange«, murmelte Cabrillo, dann gab er Linda Anweisung, die Ballasttanks zu entleeren.

Wie eine Kreatur aus einem Horrorfilm tauchte der breite Rücken der Nomad langsam durch die stinkende Schicht aus Rohöl auf, die sich unter der Ölplattform sammelte. Es sickerte an seinem Rumpf herab, als noch mehr von dem Mini-U-Boot an der Meeresoberfläche erschien, war jedoch gleichzeitig dick genug, um an allem kleben zu bleiben, das vom Rumpf des U-Boots abstand. Große Ölbrocken klebten an der Lukenkimming und am Steuerruder.

»Masken aufsetzen«, befahl Juan und zog eine Chirurgenmaske über Nase und Mund. Julia hatte sich inzwischen über das giftige Öl und seine Auswirkungen auf den menschlichen Körper informiert. Dabei hatte sie erfahren, dass wenn sie den Aufenthalt in nächster Nähe des Öls auf zwei Stunden begrenzten und sich anschließend wieder in einer gut belüfteten Umgebung aufhielten, sie nicht gezwungen seien, die weitaus unbequemeren Gasmasken zu tragen.

Er betätigte den Schalter, der die Luke öffnete, und wich vor dem scharfen, brennenden Gestank zurück, der seinen Geruchssinn attackierte. Diese Nähe zum Ölteppich ließ seine Augen tränen.

Er kletterte aus dem Mini-U-Boot und hängte eine Leine in die am Rumpf angeschweißte Öse. Eine mit Muscheln besetzte kleine Plattform umgab den nächsten Stützpfeiler, und er sprang hinauf und befestigte die Leine an der integrierten Leiter. Genau in der Mitte zwischen den vier aufragenden Pfeilern senkte sich eine Röhre, die an eine Steigleitung erinnerte, ins Meer hinab. In der Röhre befand sich wahrscheinlich die Druckleitung, durch die das Rohöl aus dem Bohrloch zum Ufer gepumpt wurde. Im Gegensatz zu anderen Ölfeldern stand das Rohöl hier unter genügend Druck, sodass es nicht aus der Erde geholt werden musste. Es strömte aus eigener Kraft. Und nun, da die Terroristen entweder das Rohrsystem auf der Plattform zerstört oder einige Ventile geöffnet hatten, kam es als Wasserfall aus schimmerndem Obsidian zurück und schillerte im Licht der frühen Morgensonne. Der Klang, mit dem es auf den Ölteppich herunterprasselte, ähnelte am ehesten einer Art Donner.

Juan löste den Blick von dem hypnotisierenden Anblick

und schaute hinaus aufs Meer, während die Männer aus der Nomad kletterten. Die *Oregon* hielt auf die Küste zu. Obwohl sie ein hässliches Industrieschiff abgab, mehr Funktion als Form, mit einem Deck, das mit einem entlaubten Wald aus Kränen bedeckt war, und einem Rumpf, der ein Puzzle aus allen möglichen Farben, von der keine zur anderen passte, darstellte, hatte sie nie besser ausgesehen. Max steuerte auf die dritte Bohrinsel zu, wo sich Angestellte von Petromax immer noch gegen die Terroristen behaupteten, allerdings auch meldeten, dass sie sich darauf vorbereiteten, die Insel in ihren Rettungsbooten zu verlassen. Die Männer, die die vierte Insel verteidigten, teilten über Funk mit, dass sie nicht aufgeben würden.

Nachdem sie die Luke des Mini-U-Boots verschlossen hatte, war Linda die Letzte, die von der Nomad auf die Plattform überwechselte. »Dann mal los«, rief sie über den Lärm des herabrauschenden Öls hinweg. »Die Luft hier unten ist das reinste Gift für meine Haut. Ich spüre schon, wie sich die Poren damit verschmutzen.« Mit einem zufriedenen Grinsen fügte sie hinzu: »Ihr könnt mir glauben, dass mir die Corporation jede Kur und jeden Aufenthalt auf einer Schönheitsfarm teuer bezahlen wird.«

27

Als die *Oregon* am Horizont auftauchte, schenkte ihr keiner der Rebellen in den schnellen Außenbordern, die zwischen den Pfeilern der dritten Plattform auf den Wellen tanzten, auch nur die geringste Beachtung. Ihr einziges Ziel war, die Leiter hinaufzusteigen und die Bohrinsel unter ihre Kontrolle zu bringen. Bisher waren ihre Bemühungen durch die Arbeiter vereitelt worden, die Feuerlöschkanonen auf die Säule richteten und die Terroristen so ins Meer zurücktrieben. Aber ganz so einseitig entwickelte sich die Auseinandersetzung dann doch nicht. Die Männer in den Booten schickten einen ständigen Kugelhagel an dem zehn Meter hohen Pfeiler empor. Gelegentlich fand eine der Kugeln auch ihr Ziel, und ein Petromax-Angestellter wurde niedergestreckt. Manchmal brachen sie, wo sie gerade standen, auf dem Deck zusammen, aber gelegentlich stürzte auch einer von der Plattform und wurde von den Fluten verschluckt – für die Angreifer ein Anlass zu jubeln und ihre Bemühungen zu verstärken. Es war ein Zermürbungskrieg zwischen Wasserpistolen und automatischen Feuerwaffen, dessen Ausgang unausweichlich war.

Auf seinem Platz an der Waffensteuerung im Operationszentrum beobachtete Mark Murphy gleichzeitig ein halbes Dutzend Kamerabilder sowie die Statusanzeigen der Waffensysteme der *Oregon*. Eric Stone saß an der nächsten Station, eine Hand am Joystick, der das Ruder und die Korrekturdüsen steuerte, die andere locker auf den Gashebeln.

»Eric, bring uns in fünfhundert Meter Entfernung von der Plattform«, sagte Max auf dem Kapitänsplatz. »Und halt den Bug frei, damit wir die Gatling einsetzen können. Mark, öffne schon mal die Rumpfplatten der Gatling-Stellung und halte dich bereit, auf mein Zeichen zu feuern.«

Tiny Gunderson lenkte das UAV in einem weiten Bogen um die Bohrinsel, damit Mark sich seine Ziele aussuchen konnte. Murph versah die vier Boote, die unter der Plattform kreuzten, mit den Bezeichnungen Tango eins bis vier und gab sie in den Computer ein, sodass das elektronische Gehirn des Schiffes sie unter ständiger Beobachtung hielt. Hoch oben im Bug lief die sechsläufige GE M61A1 an. Ihre rotierenden Läufe führten minimale Bewegungen nach oben und unten und zur Seite aus, während der Computer die Fahrt der *Oregon*, den Seegang und die Geschwindigkeit der Außenborder unter der Plattform berechnete und ausglich.

»Nomad an *Oregon*, wir haben die Insel erreicht.« Juans Stimme drang aus verborgenen Lautsprechern und füllte den Raum.

»Das wurde aber auch Zeit, Nomad«, hänselte Max. »Discovery wartet bereits zwei Minuten.«

»Wir haben unterwegs noch eine Kaffeepause gemacht. Seid ihr in Position?«

»Wir warten auf euer Zeichen, um das Rettungsboot abzusetzen. Dann kann's losgehen.«

»Wir sind so weit.«

Max wechselte den Kanal auf seiner Kommunikationskonsole. »Op-Zentrum an Rettungsboot. Mike, hörst du?«

»Wir sind bereit«, antwortete Trono. Seine Stimme hatte das emotionslose Timbre absoluter Konzentration.

»Rettungsboot unterwegs und viel Glück.«

An Deck und vor der Bohrplattform durch den Rumpf des Schiffes geschützt, wurde das Rettungsboot, besetzt mit sechzig Freiheitskämpfern, die praktisch übereinander saßen, von seinem Schlitten gehoben und über die Reling geschwenkt. Die Davits senkten das Boot langsam aufs Meer hinunter, und sobald es im Wasser lag, ließ Mike die Leinen lösen und startete den Motor.

Als Trono die Air Force nach sechs Jahren als Rettungsspringer und fünf erfolgreich geborgenen Piloten verließ, hatte er sich eine Zeit lang als professioneller Powerbootrennfahrer betätigt. Der Reiz, mit mehr als hundertachtzig Stundenkilometern übers Wasser zu fliegen, hatte seine Adrenalinsucht wenigstens teilweise befriedigt. Doch als sich ihm die Chance bot, der Corporation beizutreten, hatte er sofort zugegriffen und seine Erfahrung als einer der weltbesten Rennbootlenker mitgebracht.

Blitzschnell balancierte er das Rettungsboot aus und nahm Fahrt auf. Dann fuhr er die Tragflügel aus und ging auf volle Fahrt. Das hässlich aussehende Boot schoss wie ein fliegender Fisch übers Wasser und hielt sich außerhalb der Schussweite der Terroristen, während Mike auf die Anweisung wartete, nach Osten zu schwenken und nicht weit von den Vorratstanks des Petromax-Terminals an Land zu gehen. Von dort aus würde er den Gegenangriff leiten, um Makambos Männern die Kontrolle über die Anlage zu entreißen.

Auf der Bohrinsel, die die *Oregon* im Visier hatte, kam es zu einer unerwarteten Explosion. Tiny zoomte die Plattform mit der Kamera heran: Zu sehen waren zwei Rebellen, die soeben in einem der Aluminiumaußenborder einen Raketenwerfer luden. Flammen und dichter Qualm wallten von einem Laufgang hoch, wo kurz zuvor zwei Ölarbeiter mit einer Feuerlöschkanone die Angreifer aufs Korn genommen hatten. Die Männer waren verschwunden, und die Wasserkanone war nicht mehr als ein Haufen verbogenen und geborstenen Stahls.

»Ich fange gerade einen Funkruf von der Insel an die Hauptverwaltung von Petromax in Delaware auf«, meldete Hali und hob einen Finger, während er lauschte. »Sie geben die Plattform auf.«

»Nein, das tun sie nicht«, stieß Max wütend hervor. »Waffenkontrolle?«

»Ich hab sie im Visier.«

Mark deaktivierte die Sicherung der Gatling und gab dem Computer Feuererlaubnis. Fähig, einen Strom von 20-mm-Urangeschossen mit einer Frequenz von sechstausend Schuss pro Minute abzufeuern, hatte Murph die Rotationsgeschwindigkeit der Läufe so reduziert, dass in den zwei Sekunden, die die Munition durch die Ladevorrichtung glitt, nur acht Geschosse die Waffe verließen, begleitet von einem Geräusch wie von einer Kreissäge.

Die siegesgewiss jubelnden Terroristen unter der Plattform hatten keine Ahnung, was sie da traf. Soeben kreuzten noch vier Boote hin und her, und schon im nächsten Moment lösten sich zwei von ihnen in einer Wolke zerfetzten Aluminiums und verdampften Fleisches auf.

Die Gatling hatte Tango zwei und vier vernichtet. Der Lenker von Tango eins musste gesehen haben, woher die Salve gekommen war, denn er steuerte sein Boot hinter einen der hinteren Pfeiler und verschwand aus dem Visier der *Oregon*. Der Computer wartete einen Moment länger, als Murph lieb war, auf das Auftauchen des Bootes. Er betätigte einen Schalter, um die automatische Computersteuerung der Gatling zu deaktivieren, und nahm sich gleichzeitig vor, die Programmierung des Systems bei nächster Gelegenheit zu überarbeiten und zu perfektionieren.

Auf seinem Hauptschirm erschien ein Fadenkreuz und zeigte, worauf der sechsfache Lauf der Gatling im Augenblick zielte, nämlich auf die Seite eines Stützpfeilers. Er fuhr den Kamerazoom zurück und entdeckte das vierte Boot, das soeben in Richtung der vierten Bohrinsel davonrauschte. Eine winzige Bewegung des Joysticks zog das Fadenkreuz auf das flüchtende Boot, und ein sekundenlanger Druck auf den Auslöser fegte es vom Wasser.

Murph schaltete die Waffe auf Automatik, und die mehrläufige Kanone richtete sich wieder auf die Bohrinsel aus, wo sich noch das letzte Boot versteckte. Ein Teil vom Heck des Außenborders erschien hinter der Säule, ein Ziel, weniger als neunzig Quadratzentimeter groß. Selbst bei einer Entfernung von fünfhundert Metern und einem instabil im Wasser liegenden Schiff reichte das völlig aus. Die Gatling kreischte abermals. Der Motor des Außenborders explodierte, sprengte das Boot aus dem Wasser und ließ seine acht Insassen in alle Richtungen davonfliegen. Einige landeten im Meer, andere wurden gegen den Stützpfeiler geschleudert, und zwei schienen sich regelrecht aufzulösen.

»Plattform drei gesichert«, meldete Mark und atmete langsam aus.

»Jetzt nichts wie weiter zur letzten Bohrinsel«, knurrte Max und wusste gleichzeitig, dass die beiden U-Boot-Teams einen schweren Stand haben würden.

Cabrillo hatte genau den gleichen Gedanken, während er auf einer exponierten Treppe herumkauerte, die über die Seitenkante der Plattform hinausragte. Unter ihm pulsierte der Ölteppich wie ein lebendiges Wesen, während er alles Leben im umgebenden Ozean abtötete. Er hatte sich schwarz glänzend so weit ausgebreitet, wie Juans Auge reichte, und musste mittlerweile die Betonwellenbrecher vor dem Petromax-Terminal erreicht haben. Dank eines auffrischenden Windes von Süden war der Gestank nicht mehr ganz so schlimm wie unter der Plattform. Doch der petrochemische Geruch hing noch immer in der Luft.

Im Gegensatz zu den gigantischen Bohrinseln in der Nordsee oder im Golf von Mexiko, die Hunderte von Arbeitern monatelang beherbergen konnten und höher aufragten als so mancher Wolkenkratzer, hatte diese Plattform eine Größe von gerade mal hundertdreißig Metern im Quadrat und wurde von einem schlanken Bohrturm und einem mit Signalfarbe gestrichenen mobilen Kran beherrscht, der gewöhnlich Versorgungsgüter und Material zwischen der Insel und den Tenderbooten hin und her hievte.

Mehrere stählerne Gebäude klebten auf dem Deck und ragten über die Kanten der Konstruktion hinaus. In einem befand sich höchstwahrscheinlich ein Kontrollzentrum, während die anderen alle möglichen Maschinen beherbergten, mit denen sich der Ölfluss aus dem Bohrloch auf dem Meeresgrund steuern ließ. Auf dem Deck war ebenfalls ein Gewirr von Rohren zu sehen. Außerdem war es mit Geräteteilen bedeckt – geborstenen Bohreisen, Bündeln von Bohrgestängen und zwei kleinen Frachtcontainern zur Lagerung. Obwohl nur wenige Jahre alt, wies die Plattform breite Schmutzstreifen auf und machte den Eindruck vollkommener Vernachlässigung. Er hielt es für ein gutes Zeichen, dass er nirgendwo die Leichen von Arbeitern entdecken konnte.

Am Fuß des Bohrturms schleuderte ein nicht versiegender Vulkan Rohöl tief aus der Erde in die Luft. Die ebenholzschwarze Fontäne erreichte eine Höhe von fünf Metern, ehe sie unter ihrem eigenen Gewicht zusammenbrach, nur um weiter mit frischem Öl in Gang gehalten zu werden. Das Öl strömte durch Öffnungen des runden Bohrtisches und ergoss sich in den Atlantik. Bei einer solchen Menge Öl im Steigrohr war es unmöglich festzustellen, ob die Leitungsrohre irreparabel beschädigt oder die Sicherheitsventile geöffnet worden waren.

Cabrillo rechnete ständig damit, dass ein Funke das Öl in Brand setzen würde. Die dadurch ausgelöste Explosion würde sicherlich zahlreiche Bäume entlang der Küste flachlegen.

Als er und sein Team die Plattform erreicht hatten, wimmelte es dort von Terroristen. Ein paar blickten ziemlich desinteressiert über den Rand der Konstruktion, nur um sicherzugehen, dass sich niemand näherte. Insgesamt jedoch schienen sie davon auszugehen, dass sie die Situation im Griff hatten.

Erst als sich die *Oregon* der dritten Bohrinsel näherte und ihre Kameraden wie Weizenstroh in die vier Winde verstreute, fanden sie zu ihrer Disziplin zurück. Der Anführer des dreißig Mann starken Trupps teilte Wachen ein, um nach feindlichen Schiffen Ausschau zu halten, und veranlasste, dass andere ihre RPGs vorbereiteten, für den Fall nämlich, dass sich der Frachter bis auf Schussweite heranwagte. Juan und seine Leute hatten sich in einem Kettenkasten versteckt, als eine Patrouille von vier Mann die Runde auf dem unteren Deck der Insel machte.

Nun, da sich die *Oregon* an der Reihe Bohrinseln entlang entfernte, schien die Wachsamkeit der Terroristen nachzulassen. Die Wachen ließen sich ablenken, und Männer standen an der hinteren Reling und verfolgten, welche Auswirkungen das Auftauchen des Schiffes auf ihre Komplizen hätte, die die letzte Plattform angriffen. Juan war eingefallen, dass viele von Makambos Soldaten noch keine zwanzig Jahre alt waren, und er bezweifelte, dass der Rebellengeneral Daniel Singer seine besten Leute zur Verfügung gestellt hatte, egal was ihm dafür bezahlt worden war. Er würde die Männer nicht damit entschuldigen, dass Armut und Hoffnungslosigkeit sie an diesen Ort geführt hatten, hier ging es vielmehr nur darum, dass sie die Absicht hatten, einen terroristischen Akt auszuführen, und um jeden Preis davon abgehalten werden mussten.

Er tippte Mafana auf die Schulter und bedeutete ihm, seinen Platz oben auf der Treppe einzunehmen. Dann zog er sich selbst nach unten zurück, um sich mit Linda Ross zu beraten. »Das war die erste Bohrinsel, die sie angriffen, daher nehme ich an, dass sie nur auf wenig Gegenwehr stießen«, flüsterte er, obwohl seine Stimme über dem lauten Rumpeln des ausströmenden Öls nicht allzu weit zu hören war. »Erst als sie die zweite Bohrinsel einnahmen, setzte sich die Mannschaft zur Wehr.«

»Meinst du, sie haben die Leute zusammengetrieben und eingesperrt?«

»Ich weiß, dass diese Kerle skrupellos sind, aber es wäre praktischer gewesen, als hundert Arbeiter zu erschießen.«

»Soll ich sie suchen?«

Juan nickte. »Wenn wir die Bohrinsel zurückerobert haben, brauchen wir sie, um den Ölfluss zu stoppen, und wenn auf Eddies Plattform keine Überlebenden sind, müssen wir sie dorthin transportieren, um dort das Gleiche zu tun. Nimm dir drei Männer, und schaut euch im Innern der Insel um. Irgendwo muss es einen Freizeitraum oder einen Speisesaal geben, der groß genug ist, um die Mannschaft darin unterzubringen.«

»Ich bin schon unterwegs.«

Cabrillo musste lächeln, als er sah, wie Linda drei Männer, die fast doppelt so groß waren wie sie, durch eine Tür ins Innere der Bohrinsel führte. Es erinnerte ihn an Goldilocks mit drei Bären im Schlepptau, nur dass Baby Bär hundertachtzig Pfund wog. Er stieg die Treppe wieder hinauf und ging neben Mafana in Deckung. Dann überflog er die Szene noch einmal, berechnete Schusswinkel, Deckungen und Bereiche, in die sie sich falls nötig würden zurückziehen können. Er spürte Mafanas Blicke.

»Sie würden sie am liebsten frontal angreifen, nicht wahr?«, fragte Cabrillo.

»Das ist der beste Plan, den ich habe«, gab der Farbige mit einem breiten Grinsen zu. »Damit habe ich früher immer Erfolg gehabt.«

Juan schüttelte den Kopf und gab Mafana seine Anweisungen. Der Unteroffizier leitete sie an seine Männer weiter. Wortlos erstiegen die Afrikaner die Treppe. Cabrillo hatte die Schusspositionen mit der Raffinesse eines Schachmeisters festgelegt, der seine Figuren für das letzte Gambit über das Brett bewegt.

Obwohl sie nur an den Dschungelkampf gewöhnt waren, fanden sich die Männer in der ungewohnten Umgebung sehr gut zurecht und schlichen mit der Geduld erfahrener Jäger über das Deck – Jäger, die ihre Jugend damit zugebracht hatten, die gefährlichste Beute von allen zu jagen: andere Männer. Sie brauchten zehn Minuten, um sich wie vorgesehen zu verteilen. Anschließend studierte Juan erneut das Deck und vergewisserte sich, dass jeder die für ihn bestimmte Position einnahm. Das Letzte, was er sich auf sein Gewissen laden wollte, waren Opfer durch *freundliches Feuer*.

Zufrieden mit dem, was er sah, nahm er die letzten beiden Stufen und rannte zur Ecke eines in der Nähe stehenden Containers. Dort presste er sich mit dem Rücken an die Außenwand und vergewisserte sich, dass seine

Maschinenpistole entsichert war. Der Terroristenführer stand etwa hundert Meter entfernt und sprach in ein großes Funkgerät. Wahrscheinlich war sein Gesprächspartner der Anführer dieses Angriffs, der sich immer noch an Land aufhielt. Juan legte die MP-5 an und richtete den Ziellaser auf die linke Brustseite des Mannes.

Den Bruchteil einer Sekunde später wurde der rote Leuchtpunkt durch ein münzgroßes Einschussloch ersetzt. Der Mann brach zusammen, als gäbe es in seinem Körper keinen Knochen mehr. Der Schalldämpfer verhinderte, dass irgendjemand den Schuss hörte, aber eine Handvoll Männer hatten gesehen, wie ihr Anführer fiel. Es war, als wären die Rebellen ein einzelnes Wesen mit einem einzigen Gehirn, denn plötzlich schien es, als würden alle gleichzeitig aus ihrer Lethargie gerissen. Gewehre wurden in Anschlag gebracht, während die Männer in Deckung gingen.

Als einer von Cabrillos Männern das Feuer mit einem nicht schallgedämpften AK-47 aus der Waffenkammer des Schiffs eröffnete, antworteten dreißig Gewehre. Kugeln flogen kreuz und quer über das Deck, außer in eine bestimmte Richtung. Cabrillo hatte darauf geachtet, dass sich keiner seiner Leute in der Nähe des Bohrturms befand, damit die Rebellen auf keinen Fall verleitet wurden, auch nur andeutungsweise in die Richtung des ausströmenden Öls zu schießen.

Sechs Rebellen wurden bereits während der ersten Sekunden des Angriffs ausgeschaltet, und Juan erwischte zwei weitere mit einer Salve aus der Hüfte, als sie hinter dem Container hervorkamen. Doch die Heftigkeit des Schusswechsels nahm zu. Einer seiner Männer suchte sich eine andere Deckung und fing sich eine Kugel ins Bein ein.

Er landete auf dem Deck, gut drei Meter von Cabrillo entfernt. Ohne lange nachzudenken, feuerte Juan eine sekundenlange Salve, stürzte aus seinem Versteck hervor und schleifte den Mann am Kragen in Sicherheit.

»*Ngeyabongo*«, keuchte dieser und umklammerte mit schmerzverzerrtem Gesicht sein Bein.

»Gern geschehen«, sagte Juan. Er verstand den Sinn des Wortes auch so, ohne die Sprache zu beherrschen. Einen kurzen Augenblick später schien sich seine Welt auf den Kopf zu stellen, als auf der anderen Seite des Containers eine RPG explodierte.

Linda wünschte sich, dass die Beleuchtung innerhalb der Plattform ausgeschaltet wäre, sodass sie ihre Nachtsichtbrille einschalten könnte und damit einen bedeutenden Vorteil hätte. Doch die Versorgungskorridore waren hell erleuchtet.

Das untere Stockwerk der Bohrinsel beherbergte den größten Teil der Maschinen, die in vier großen Räumen untergebracht waren. Doch als sie zum oberen Deck hinaufstiegen, erreichten sie ein Labyrinth aus Korridoren und miteinander verbundenen Räumen. Sie fanden mehrere kleine Schlafsäle für Männer, die für längere Zeit als nur ihre Arbeitsschicht auf der Bohrinsel blieben, sowie eine Reihe von Büros für das Verwaltungspersonal.

Jeden Raum zu überprüfen, nahm ziemlich viel Zeit in Anspruch, doch es gab keine andere Möglichkeit. Sie spürte fast körperlich, dass die Zeit drängte. Je länger es dauerte, desto länger musste Cabrillo fast auf die Hälfte seiner Streitmacht verzichten. Sie hatte nicht die Absicht, seine Taktik zu kritisieren, aber sie wollte doch intensiver in die Kämpfe eingebunden sein.

Sie wagte einen Blick um die nächste Ecke und sah zwei Rebellen, die zu beiden Seiten einer Tür an der Wand lehnten und sich AK-47er über die Schultern gehängt hatten. Schnell zog sie den Kopf zurück. Diese unerwartete Bewegung erregte die Neugier ihrer Männer. Sie schauten sie fragend an. Linda deutete auf ihre Augen, machte eine Geste in Richtung Gangbiegung und hielt zwei Finger hoch. Diese Art von Zeichensprache war nahezu universell und von jedem zu verstehen, der einmal in einem Krieg gekämpft hatte. Und ihre Männer nickten. Sie deutete auf einen von ihnen und wies ihn mit einer Geste an, auf den Boden hinunterzugehen. Er schüttelte den Kopf, zeigte auf einen Kameraden, machte eine Geste, als feuerte er ein Gewehr ab, und stieß dann einen Daumen nach oben. Nein, sagte er, dieser Mann ist ein besserer Schütze. Linda gab dem Scharfschützen ein Zeichen, und er bezog seinen Posten.

Der Ziellaser ihres H&K zeichnete abstrakte Muster auf die Decke, während sie sich näher an die Ecke des Ganges heranschob. Sie brachte ihre Waffe sorgfältig in Anschlag, während sie abermals einen Blick um die Gangwand warf. Sie erwischte den weiter entfernt stehenden Wächter mit zwei Kugeln in der Brust, während der Scharfschütze aus den Reihen ihrer Männer den näher stehenden mit einer Kugel traf. Dabei kaschierte der Knall seines AK-47 das Wispern ihrer schallgedämpften Maschinenpistole.

Das gesamte Team rannte um die Ecke und zur Tür. Ein dritter Wächter erschien um eine weitere Gangbiegung vor ihnen, und alle vier schossen los, sodass die kinetische Wucht so vieler Geschosse die Leiche gegen ein Schott warf. Als die Schüsse stoppten, konnte Linda von hinter der Tür Dauerfeuer und die Schmerzens- und Angstschreie von Männern hören.

Sie erreichte die Tür als Erste und schoss die Klinke und das Schloss mit einem kurzen Feuerstoß weg. Sie prallte ohne zu bremsen gegen die Tür und flog regelrecht in den Raum dahinter. Ihr schlanker Körper segelte ein paar Meter durch die Luft, ehe sie auf einer Schulter landete, mit Hilfe des eigenen Schwungs auf die Knie hochkam und die MP-5 anlegte. Aufgeschreckt von den Schüssen außerhalb der Messe, feuerten zwei Rebellen wahllos in das Gedränge verängstigter Ölarbeiter hinein.

Es herrschte ein völliges Chaos. Männer rannten herum und brüllten, brachten sich in ihrer Eile, sich vor dem Gemetzel in Sicherheit zu bringen, gegenseitig zu Fall, während andere mit schrecklichen Schusswunden zusammenbrachen. Linda wurde von zwei Männern angerempelt, als sie gerade abdrückte, und ihre drei Kugeln zischten durch die Türöffnung der Küche und stanzten drei eng beieinanderliegende Löcher in eine Edelstahlabzugshaube. Zwei weitere Arbeiter wurden niedergeschossen, ehe sie neu zielen und den ersten Rebellen mit einem Kopfschuss töten konnte.

Ihre drei Begleiter hatten sich in den Speisesaal gedrängt und riefen den Arbeitern zu, sie sollten sich zu Boden werfen, während sie den zweiten Terroristen suchten. Er hatte in dem Augenblick aufgehört zu schießen, als Linda seinen Kameraden erwischt hatte, und versuchte nun, sich zwischen den Arbeitern zu verstecken, während sie zum Ausgang rannten.

»Niemand kommt raus!«, rief sie, und ihre hohe Stimme ging in dem Tumult beinahe unter. Doch der Schütze hatte sie gehört. Er und die anderen wichen zurück und machten kehrt, um die Tür zu blockieren, und ganz gleich wie heftig die Arbeiter auch versuchten, sich den Weg freizukämpfen, sie blieben stehen und wichen keinen Deut zur Seite.

Linda erhob sich und betrachtete die Gesichter. Sie hatte einen kurzen Blick auf den zweiten Rebellen erhascht, konnte ihn aber jetzt nicht mehr sehen. Dann bemerkte sie eine Bewegung zu ihrer Linken. Die Küchentür schwang sacht hin und her. Sie durchquerte mit schnellen Schritten den Raum, während die Männer wegen der Waffe in ihrer Hand und wegen ihres mörderischen Blicks sofort Platz machten.

Als sie die solide Tür erreichte, trat sie sie mit dem Fuß nach innen. Sie krachte gegen etwas Schweres, Großes, nachdem sie halb aufgeschwungen war, dann federte sie zurück. Als in der Küche keine Reaktion erfolgte, ging sie in die Hocke und schlich sich vorsichtig hinein. Sie konnte eine Spülstation links von sich erkennen sowie einen Korridor, der entweder in einen Lagerraum oder sogar ganz aus der Küche hinausführte. Die Sicht in die restlichen Teile der Küche wurde ihr allerdings durch die Tür versperrt.

Als sie sich umdrehte, um den Raum rechts von der Tür zu überprüfen, packte sie eine kräftige Hand im Nacken. Sie wurde hochgerissen, und der heiße Lauf eines Sturmgewehrs bohrte sich in ihre Nierengegend. Der Rebell benutzte seine Muttersprache und stieß Worte hervor, die Linda nicht verstehen konnte, ihr Sinn war ihr jedoch trotzdem völlig klar. Sie war nun seine Gefangene, und falls jemand auf die Idee käme, ihn anzugreifen, würde er ihre Wirbelsäule zertrümmern, ehe er im Kugelhagel unterginge.

Die *Oregon* hatte weniger als zehn Minuten gebraucht, um die vierte Bohrinsel zu erreichen und das Meer von

Rebellenbooten zu säubern. Nur eins war bei der Insel geblieben und genauso zerstört worden wie die erste kleine Außenborderflotte. Aber Tiny Gundersons fliegendes Himmelsauge entdeckte die anderen drei, wie sie in Richtung Tankerladekai flohen. Damit sie nicht als Verstärkung an dem zu Land geplanten Angriff teilnahmen, hatte Max Hanley Murph befohlen, sie aus dem Verkehr zu ziehen. Die Entfernung hatte erheblich zugenommen, als Murph das letzte Boot aufs Korn nahm, und es war eine fünf Sekunden lange Salve nötig, ehe acht Kugeln aus der Gatling inmitten der Wasserfontänen, hervorgerufen von Geschossen, die rund um das Boot ins Wasser einschlugen, ihr Ziel fanden. Der letzte Außenborder drehte sich auf den Wellen wie ein Windrad, ehe er praktisch in zwei Hälften zerschnitten wurde.

In einem Manöver, das die Rumpfplatten protestierend aufstöhnen ließ, hatte Eric die *Oregon* unter Einsatz der Korrekturdüsen und der Antriebsröhren fast auf der Stelle gedreht und nahm bereits in Richtung Dock Fahrt auf, während das kleine Motorboot versank.

»*Oregon* an *Liberty*«, sendete Max. Auch wenn es niemals offiziell mit einem Namen versehen worden war, war *Liberty* die Bezeichnung des Rettungsbootes. Das Boot, das Juan vor der Küste von Namibia praktisch unterm Hintern weggeschossen worden war, hatte den Spitznamen *Or Death* getragen.

»Hier ist die *Liberty*«, antwortete Mike Trono.

»Wir haben die vierte Insel gesichert und begeben uns jetzt in Position, um euern Angriff zu decken.« Sich einem entschlossen verteidigten Kai im unbewaffneten Rettungsboot zu nähern, war der reinste Selbstmord, aber dank des Schutzes, der von den Waffen der *Oregon* kam, waren Cabrillo und seine engsten Mitarbeiter, die den Plan entwickelt hatten, mehr als sicher, dass sie ungefährdet landen würden.

»Verstanden, *Oregon*. Ich sehe euch. Sieht so aus, als bräuchtet ihr noch fünf Minuten, ehe wir Kurs auf die Küste nehmen können.«

»Wartet nicht auf mich«, meldete Eric am Steuerruder und schob die Gashebel, sofern es möglich war, noch weiter vor. »Ich bin an Ort und Stelle, ehe ihr zwei Kilometer vom Strand entfernt seid.«

Max schaltete seinen Monitor ein, um sich über den Status seiner geliebten Maschinen zu informieren, und sah, dass Eric sie bis knapp unterhalb des roten Bereichs belastete. Sämtliche Befürchtungen, die er gehabt hatte, als sie bei ihrer kurzen Grundberührung im Kongo beschädigt worden waren, verflüchtigten sich. Das alte Mädchen gab ihnen alles, was sie hatte. Und mehr.

»Wir kommen.«

Mike hatte sich mit dem Tragflügelboot etwa vier Kilometer von der Küste entfernt gehalten, wo er langsame Kreise zog, bis der Zeitpunkt zum Zuschlagen erreicht war. Er wirbelte das Ruderrad nach Osten und nahm Kurs auf die Gruppe mächtiger Vorratstanks an der südlichen Grenze des Terminalgeländes. Die Kamera des UAV hatte beim Überfliegen gezeigt, dass in diesem Bereich die geringste Rebellenaktivität herrschte, aber sie würden sicherlich entdeckt werden, wenn sie sich der Küste näherten. Und ganz sicher würden Männer dorthin verlegt werden, um ihren Angriff abzuwehren.

Er musste den Ölpfützen ausweichen, die sich nach und nach zu einem einzigen dichten Teppich vereinigten. Er hatte keinen Anhaltspunkt, um die Ausmaße des Ölteppichs halbwegs realistisch zu schätzen. Was er bisher aber sehen konnte, erinnerte beängstigend an den Prince William Sund, nachdem die *Exxon Valdez* auf das Blight Reef aufgelaufen war.

Er stand im hinteren Cockpit, um eine totale Rundumsicht zu haben, und hörte über dem Motorenlärm des Tragflügelbootes nicht das Summen des sich nähernden UAV. Tiny überflog ihn in einer Höhe von nicht mehr als sechs Metern und wackelte mit den Tragflächen der Drohne, während sie sich in Richtung Kaimauer entfernte.

»Verrückter Bastard«, murmelte er ein wenig ungehalten und schaute auf das Flatscreendisplay, das am Abend zuvor eilig installiert worden war.

Alles sah noch genauso aus wie zu dem Zeitpunkt, als das Modellflugzeug die Anlage zum ersten Mal überflogen hatte. Kein Rebellensoldat war bei den Tanks oder in der Umgebung des Kraftwerks zu sehen. Erst als Tiny das UAV nach Norden lenkte, entdeckte er Eindringlinge. Einige bewachten die Einfahrten, während andere eine Flotte von sechsachsigen Tanklastzügen leer laufen ließen. Dicke Ölströme ergossen sich aus dem Heck jedes Lasters und strömten über die Kaimauer ins Meer. Ein weiterer Trupp hatte es bis zum Schwimmkai geschafft und bereitete soeben die zweite Ladevorrichtung vor, um mit ihrer Hilfe Rohöl ins Meer zu pumpen. Linc würde den Angriff auf diese Position starten, sobald Mike und seine Männer ihnen Feuerschutz geben konnten.

Dann, als sie sich dem Kai, der dem Tanklager am nächsten lag, bis auf knapp zwei Kilometer genähert hatten, meldete ihm der digitale Sensor, dass sie entdeckt worden waren. Männer verließen im Laufschritt den Damm und stiegen in Petromax-Fahrzeuge, um quer über das Gelände zu rasen. Sie kamen in Lkws, Gabelstaplern, sogar mit einem größeren Fahrkran und allem, was sie irgendwie hatten in Gang setzen konnten. Andere kamen zu Fuß und näherten sich dem Terminal wie eine Herde wilder Raubtiere.

»*Oregon*, seht ihr, was ich sehe?«

»Wir sehen es«, erwiderte Max.

Mark Murphy fuhr die Platten zur Seite, die die 40-mm-Bofors-Maschinenkanone des Schiffs verbargen, und aktivierte die Hydraulik, die die Waffe in Schussposition brachte. Sein Computerschirm teilte sich augenblicklich in zwei Hälften. Eine zeigte das Bild der Zielkamera der Gatling, die andere das Kamerabild der Kanone. Er begann augenblicklich, Ziele auszusuchen, und zwar so schnell er konnte. Er bewegte das Fadenkreuz mit Hilfe eines Joystick-Paars über den Bildschirm und markierte Fahrzeuge im Visier, sobald der Computer Zielkontakt meldete. Die Bofors begann Explosivgeschosse auszuspucken, und aus der Gatling in der Seite der *Oregon* leckte eine fünf Meter lange Feuerzunge. Die Visiereinrichtungen der Waffen suchten bereits neue Ziele, noch ehe die ersten Salven eingeschlagen waren.

Die Gatling-Geschosse beharkten die Seitenfläche eines Müllfahrzeugs, wobei die Hochgeschwindigkeitsgeschosse den Motor aus seiner Verankerung sprengten, alles im Führerhaus zerfetzten und faustgroße Löcher in der zweieinhalb Zentimeter dicken Ladefläche hinterließen. Die Wucht der Einschläge ließ das zwölf Tonnen schwere Fahrzeug für einen kurzen Moment nur auf den Rädern der rechten Seite balancieren, ehe es vollständig umkippte.

Zwei 40-mm-Geschosse gruben vor einem Geländewagen zwei Krater in den Asphalt. Der Wagen war mit bewaffneten Männern beladen, die sich auf den Trittbrettern drängten und an den Türgriffen hingen. Der Fahrer machte einen Schlenker, aber das linke Vorderrad sackte in eins der qualmenden Schlaglöcher, während das dritte Geschoss dicht hinter dem rechten Vorderrad einschlug. Die Explosion trug den Lastwagen durch die Luft, während Rebellen geradezu aus dem Wrack herausflogen: wie Lumpenpuppen, die von einem ungezogenen Kind weggeworfen werden.

»Eric«, sagte Murph, ohne von seinem Computer hochzuschauen, »bring uns breitseits. Wir sind für die Kaliber-.30 an Deck nahe genug dran.«

Von anderen Waffenstationen gesteuert, konnte jedes der Kaliber-.30-M-60er individuelle Ziele anvisieren. Während sie vorwiegend zur Verteidigung gegen Entermannschaften eingesetzt wurden, konnten die sechs schweren Maschinengewehre aber auch höchst wirkungsvoll in ufernahe Gefechte eingreifen. Sie waren in Ölfässern an Deck versteckt, und auf einen Befehl Murphs klappten die Deckel auf, die Gewehre sprangen heraus, brachten die Läufe in Horizontallage und richteten sich aus. Jedes Gewehr verfügte über seine eigene Kamera mit Restlichtverstärkung und Infrarotoptik. Sobald die MGs einsatzbereit waren, wandte sich Murph wieder seinen eigenen Waffensystemen zu und überließ alles Weitere seinen Schützen. Und Sekunden später stimmten auch die Maschinengewehre mit ihrem Knattern in die explosive Symphonie ein, die er da dirigierte.

Es dauerte weitere fünf Minuten, um den Sturm der Männer zum Kai unterhalb der Lagertanks zu bremsen, wo Mike soeben das Tempo des Tragflügelboots zurücknahm, um die Landung vorzubereiten. Trotzdem schafften es immer noch einige Rebellen, das Gelände zu zweit oder dritt zu überqueren und sich von Deckung zu Deckung weiterzutasten, wenn die M-660er gerade ein anderes Ziel aufs Korn nahmen. Außerdem hatte eine ganze Lkw-Ladung Rebellen das Gelände umrundet und den gesamten Terminal als Deckung genutzt, um unbemerkt vorrücken zu können.

Murph hatte Mikes Landezone weitgehend von feindlichen Truppen gesäubert, aber sie mussten trotzdem noch mit heftigen Kämpfen rechnen. Und ehe Trono und seine afrikanischen Hilfstruppen die Rebellen nicht vertrieben hätten, kämen Linc und Ski auch nicht an den Tankerkai heran, um die Eindringlinge daran zu hindern, vierhundert Tonnen giftiges Rohöl pro Minute ins Meer zu leiten.

28

Eddie Seng blickte auf das Öl, das aus dem Bohrloch tief unter der Plattform heraussprudelte, und hatte den dringenden Wunsch, die fünfzehn Rebellen zu erschießen, die sich nach einem nur fünfminütigen Schusswechsel ergeben hatten. Die Bemühungen der Petromax-Arbeiter, den Ölfluss zu stoppen, wirkten angesichts dieser schrecklichen Demonstration eines menschlichen Versuchs, die Natur zu zähmen, armselig und erschreckend wirkungslos.

Erneut ließ er den Blick an den Terroristen entlangwandern, die am Rand der Plattform in einer Reihe knieten. Ihnen waren die Arme mit den Plastikbändern, die er mitgebracht hatte, und mit Stromkabeln, die die Arbeiter besorgt hatten, auf dem Rücken gefesselt worden. Die von Kugeln durchbohrten Körper der sechs Kämpfer, die Eddies Blitzattacke nicht überlebt hatten, waren nebeneinandergelegt und mit einer alten Segeltuchplane bedeckt worden.

Nur einer von Eddies Männern war während des minutenlangen Angriffs verletzt worden, und diese Verletzung war lediglich eine Fleischwunde im Bein, die von einem Querschläger herrührte. Sobald die restlichen Rebellen erkannten, dass ihre Chancen, sich gegen die wilde Attacke zu behaupten, nur minimal waren, hatten sie ihre Waffen fallen gelassen und die Hände gehoben. Einige waren sogar in Tränen ausgebrochen. Eddie war ins untere Stockwerk gestiegen und hatte die Mannschaft der Bohrinsel unbewacht in der Messe angetroffen. Dort hatte er dann erfahren müssen, dass acht ihrer Kollegen während des ersten Angriffs auf die Bohrinsel niedergeschossen worden waren.

Der Bohrmeister der Bohrinsel war getötet worden, als die Rebellen die Plattform stürmten, daher musste sich jetzt sein Stellvertreter darum kümmern, dass der Ölfluss schnellstens gestoppt wurde. Er verließ die Gruppe der Männer, die sich um das Bohrgestänge drängten, und kam auf Eddie zu. Sein Overall und seine Handschuhe waren schwarz von Öl, und sein ebenholzschwarzes Gesicht war schmutzverschmiert.

»Wir kriegen das hin«, sagte er auf Englisch. »Sie haben den Weihnachtsbaum durch ein Zwölf-Zoll-Schiebeventil ersetzt. Dieses haben sie dann geöffnet, sodass das Öl ausströmen kann, und den Verschlusshebel abgebrochen. Den Weihnachtsbaum haben sie vermutlich einfach ins Meer geworfen.«

Eddie vermutete, dass mit Weihnachtsbaum der Verschluss des Bohrlochs bezeichnet wurde, von dem man das Öl auf die Pipelines zum Festland verteilte. »Wie lange werden Sie brauchen?«

»Wir haben noch einen anderen Weihnachtsbaum in Reserve. Er ist nicht so stark wie der, den wir verloren haben, aber den Druck wird er wohl aushalten. Vielleicht drei Stunden lang.«

»Dann sollten wir keine Zeit mit langen Gesprächen vergeuden.«

Obgleich er fast zwei Kilometer entfernt war und das Öl, das aus dem Bohrloch sprudelte, wie ein vorbeirollender Güterzug klang, konnte Eddie den Schusswechsel auf Juans Insel hören und wusste, dass ihm noch ein hartes Stück Arbeit bevorstand.

Einen benommenen Augenblick lang hatte Cabrillo keine Ahnung, wo er war oder sogar, wer er war. Erst als das ständige Bellen automatischer Waffen das Klingeln in seinem Kopf übertönte, fiel ihm wieder ein, was gerade geschah. Er schlug die Augen auf und hätte beinahe einen Schrei ausgestoßen. Er hing fast fünfzehn Meter über der blubbernden Masse Öl, die gegen die Pfeiler der Insel leckte, und wäre von der Insel weggesprengt worden, wenn er sich nicht in den Sicherheitsnetzen verheddert hätte, die das obere Deck umschlossen. Der Container, hinter dem er sich versteckt hatte, trieb auf dem Rohölteppich, aber von dem Verwundeten, der neben ihm gesessen hatte, als die RPG explodierte, war nichts zu sehen.

Er warf sich auf den Rücken und tastete sich im Spinnengang über das schwankende Netz. Dabei achtete er auf den Rand der Plattform, um sicherzugehen, dass keiner der Rebellen etwas von seiner heiklen Lage bemerkte. Als er die Plattform dann erreichte, lugte er vorsichtig über ihren Rand. Die Terroristen hatten die Insel immer noch unter Kontrolle, und das Gegenfeuer, das von seinen eigenen Männern kam, war deutlich weniger geworden. Er stellte fest, dass nur noch zwei Männer aktiv in den Kampf eingriffen. Und daran, dass sie nur einzelne Schüsse abfeuerten, erkannte er, dass ihr Munitionsvorrat fast erschöpft war. Die Rebellen dagegen schienen solche Probleme nicht zu haben und schossen aus allen Rohren.

Als Juan sicher sein konnte, dass niemand in seine Richtung sah, rollte er sich aus dem Netz unter die Gleise des Fahrkrans. Er überprüfte seine Waffe und tauschte das zur Hälfte geleerte Magazin gegen ein volles aus. Er hatte keine ausreichende Sicht auf das Schlachtfeld, um damit anzufangen, Rebellen einzeln aufs Korn zu nehmen, ohne einen weiteren Treffer mit einer RPG zu riskieren. Er rutschte über den Boden und schlängelte sich zum Heck des Krans, wobei er nach einer besseren Deckung Ausschau hielt.

Ein Aufständischer sprang plötzlich hinter einer Kiste hoch und wollte eine Granate quer über das Deck genau dorthin schleudern, wo ein verwundeter Simbabwer hinter einem mächtigen Ventil kauerte. Juan schaltete den Terroristen mit einem einzigen Schuss aus, und nur Sekundenbruchteile später explodierte die Granate und hievte seine Leiche und den zerfleischten Körper eines Kameraden auf einer Flammensäule in die Luft.

Ehe jemand sich ausrechnen konnte, woher der Schuss gekommen war, startete Juan unter dem Kran hervor, rannte geduckt über das Deck und warf sich hinter einen Stapel fünfzehn Zentimeter dicker Bohrstangen. Er schob sich so um die Röhren herum, dass er durch sie hindurchblicken konnte. Der Effekt war ein wenig verwirrend, ähnlich dem Blick durch das Facettenauge eines Insekts, aber so konnte er einen der Rebellen auf dem Bohrturm ausmachen. Er befand sich nur noch ein paar Meter von der Stelle entfernt, wo das Öl aus dem Bohrloch strömte.

Juan schob den Lauf seiner MP-5 in eine Röhre und schickte eine dreischüssige Salve hinaus. Zwei Kugeln berührten die Innenwand der Röhre und flogen harmlos davon, die dritte aber traf den Terroristen unterhalb der Gürtellinie in den Bauch. Er stolperte rückwärts und wurde von einer Rohölwoge erfasst. Sekundenlang schien er sich noch der schwarzen Lawine entgegenzustemmen, doch dann wurde er von ihr eingesogen, als verschluckte sie ihn, und verschwand in der Kaskade, die auf den Ozean hinabregnete.

Cabrillo zog sich hinter den Stapel Röhren zurück, als ihn ein halbes Dutzend Rebellen unter Dauerfeuer nahm. Die Kugeln brachten die Stahlröhren zum Singen. Juan gelangte nach und nach zu der Erkenntnis, dass der Angriff möglicherweise scheitern konnte. Falls Linda eine Etage tiefer nicht bald fertig würde und ihr Team als Verstärkung zur Verfügung stellte, müsste er ernsthaft einen Rückzug in Erwägung ziehen. Es gab nichts, womit die *Oregon* ihnen hätte helfen können, ohne das Risiko einzugehen, die gesamte Bohrinsel in Flammen aufgehen zu lassen.

Bei so vielen noch kampfbereiten Rebellen wäre es der reinste Selbstmord gewesen, ins Mini-U-Boot hinunterzusteigen. Man würde sie entdecken und abschießen, kaum dass sie ein Viertel der Leiter hinter sich gebracht hätten. Juan musste sich eine andere Möglichkeit einfallen lassen, und überlegte, ob er nicht einfach das Rettungsboot der Bohrinsel nehmen sollte. Es war eine aus verstärktem Fiberglas hergestellte Barkasse, die automatisch aufs Wasser hinuntergelassen werden konnte. Das einzige Problem war, dass die Davits des Rettungsbootes in einem isolierten Bereich auf der anderen Seite der Plattform aufragten und von freiem Gelände umgeben waren – ein Präsentierteller, wie Juan bisher selten einen gesehen hatte.

Er schaltete sein Sprechfunkgerät ein und suchte Lindas Frequenz, als eine weitere Maschinenpistolensalve in den Röhrenstapel einschlug. »Linda, hier ist Juan. Vergesst die Arbeiter und bewegt eure Hintern schnellstens nach hier oben.« Als sie sich nicht meldete, wiederholte Juan ihren Namen. »Verdammt, wo zum Teufel ist sie?«

Fünf Stunden pro Woche hatte sie zwei Jahre lang damit zugebracht. Insgesamt waren das mehr als fünfhundert Trainingsstunden auf den Matten, die Eddie Seng in den Dojo des Fitnesscenters der *Oregon* mitgebracht hatte. Er hatte diese Kunst von einem Meister erlernt, der sich nicht mehr für Rangfolgen oder Dan-Grade interessierte, weil es auf dem ganzen Planeten ohnehin nur wenige Personen gab, die gut genug waren, um ihn zu bewerten.

Juans Stimme zu hören reichte aus, um Linda Ross ihre augenblickliche Panik überwinden und aktiv werden zu lassen. Sie trat so schnell und heftig nach hinten aus, dass der Killer gar nicht begriff, dass sich die Kammer seines Gewehrs nun an ihrer Hüfte befand. Sie rammte ihren Ellbogen in seine Brustgrube und wurde mit eine Woge stinkenden Atems mitten ins Gesicht belohnt. Dann schmetterte sie eine Faust zwischen seine Beine und erinnerte sich an Eddies Kommentar zu dieser häufig praktizierten

Gegenattacke: »Wenn du sein Gewicht auf deinem Rücken spürst, wirf ihn von dir. Wenn nicht, dann pack ihn und drück zu, bis er in die Knie geht.«

Aber sie spürte, wie der Mann gegen sie sank. Sie packte seinen Arm, schob die Hüfte vor und warf ihn über ihre Schulter. Dabei hielt sie ihn so fest, dass ihrer beider Gewicht ihn aufs Deck nagelte. Nicht fähig, seine völlig ausgepressten Lungen zu füllen, schnappte der Terrorist nach Luft – wie ein Fisch auf dem Trockenen. Linda spendierte ihm noch einen gezielten Handkantenschlag auf einen speziellen Druckpunkt an der Seite seines freien Halses, und seine Augen flackerten und drehten sich nach hinten. So würde er für einige Stunden weggetreten sein.

Sie kam wieder auf die Füße und bemerkte den Mann, den sie für sich als »den Scharfschützen« bezeichnete, in der Durchreiche zur Messe. Er senkte gerade das AK, nachdem er es nicht gewagt hatte zu schießen. Sie winkte ihm dankbar zu, und er revanchierte sich mit einem breiten Grinsen.

Linda legte ein Paar Plastikhandschellen um die Beine eines schweren Kochherdes und fesselte vorsichtshalber die Hände des Terroristen. Danach kehrte sie in die Messe zurück. Ihre anderen beiden Männer bewachten noch immer die Tür, um darauf zu achten, dass keiner der Arbeiter hinausging, um an Deck erschossen zu werden.

Körper lagen auf dem Boden verstreut. Einige mussten tot sein, doch die meisten waren in dem sinnlosen Gemetzel nur verwundet worden. Einige ihrer Kollegen leisteten bereits erste Hilfe, brachten sie in eine bequemere Lage und drückten Stofffetzen und Servietten auf ihre Wunden. Ein Mann schien die Erste-Hilfe-Aktion zu leiten. Es war ein Weißer mit einem Kranz blonder Haare um seinen sonst kahlen roten Schädel. Er hatte die größten Hände, die sie je bei einem Menschen gesehen hatte. Auf seine ungestüme und ruppige Art war er auch der bestaussehende Mann, dem sie je begegnet war. Als er aufstand, nachdem er einen Arbeiter, der an einem umgestürzten Tisch lehnte, untersucht hatte, entdeckte er sie und durchquerte mit fünf langen Schritten den Raum.

»Kleine Lady, ich weiß nicht, wer Sie sind oder woher auch immer Sie gekommen sein mögen, aber verdammt noch mal, Darlin', ich kann sagen, ich bin wirklich froh, Sie zu sehen.« Er stand vor ihr wie ein Riese, und seine Stimme war reinstes West-Texas. »Ich bin Jim Gibson, der Bohrmeister auf dieser Insel.«

Linda wusste natürlich, dass dies die Bezeichnung für den Chef einer Ölbohrinsel war. »Ross, mein Name ist Linda Ross. Warten Sie einen Augenblick.« Sie setzte ihren Ohrhörer wieder ein, der während des Kampfs verrutscht war. »Juan, hier ist Linda.«

»Gott sei Dank. Ich brauche dich und deine Männer *jetzt* hier oben. Wir beziehen kräftig Prügel. Um die Arbeiter kannst du dich später kümmern.« Im Hintergrund unterstrich ein heftiger Schusswechsel seine Worte.

»Sie sind außer Gefahr, und ich bin schon unterwegs.« Sie drehte sich zu dem großen Texaner um. »Mr. Gibson.«

»Jim.«

»Dann Jim, Sie müssen Ihre Leute hier festhalten. Oben laufen immer noch Terroristen herum. Sie haben irgendetwas mit der Plattform gemacht, sodass Öl in den Ozean fließt. Wenn wir die Rebellen ausschalten, könnten Sie dann mit Ihren Leuten das Ausströmen des Rohöls stoppen?«

»Na klar können wir das. Was ist denn los?«

Linda rammte ein frisches Magazin in ihre Maschinenpistole, während sie antwortete. »Eine Gruppe Rebellen aus dem Kongo wurde angeheuert, um mehrere Bohrinseln und den Tanker-Terminal zu besetzen.«

»Ist es was Politisches?«

»Jim, ich verspreche Ihnen, alles zu erklären, wenn diese Sache vorbei ist, aber im Augenblick muss ich mich erstmal verabschieden.«

»Sie können es mir beim Abendessen erzählen. Ich kenne ein hervorragendes portugiesisches Restaurant in Cabinda City.«

»Und ich kenne ein noch besseres in Lissabon«, rief Linda über die Schulter. »Aber Sie bezahlen.«

Mike hielt die *Liberty* auf direktem Kurs zur Kaimauer, ehe er im letzten Augenblick noch das Ruder herumriss und die Gashebel nach hinten zog. Obwohl es nicht mehr von den Flügeln getragen wurde, tauchte das Boot ein wenig tiefer ins Wasser ein, während es mit der Seite die Betonmauer so sanft berührte, dass noch nicht einmal die Muscheln, die auf der rauen Oberfläche klebten, in ihrem beschaulichen Dasein gestört wurden.

Die vordere Luke war geöffnet, und Männer strömten aus dem Boot auf den Kai, wo sie jede Deckung aufsuchten, die sie finden konnten. Vereinzelte Schüsse aus Handfeuerwaffen kamen aus der Richtung des Terminals, aber dank Mark Murphys Einsatz und Mike Tronos Fähigkeiten, mit dem Boot umzugehen, waren bisher nur wenige Rebellen bis in Schussweite vorgedrungen.

Mike raffte seine Ausrüstung zusammen und sprang auf die Kaimauer. Dort gab es keine Möglichkeit, das Boot festzumachen, daher holte er eine besondere Waffe aus dem Hosenbund auf seinem Rücken. Angetrieben von einer Kaliber-.22-Patrone, trieb die Pistole einen zehn Zentimeter langen Stahlstab in den Beton. Er lud die Waffe nach und verschoss einen zweiten Bolzen, dann schlang er eine Leine darum, die über den Rand der *Liberty* ins Wasser hing.

Die Freiheitskämpfer hatten ihre mühsam gelernten Lektionen in den Jahren seit dem Bürgerkrieg nicht vergessen. Sie hatten sich so umsichtig verteilt, dass jeder dem Mann rechts und links von sich wirkungsvoll Feuerschutz geben konnte. Ihr erstes Ziel lag weniger als hundert Meter von ihnen entfernt. Mike warf einen Blick auf die metallisch glänzende Stofffläche auf der Innenseite seines linken Ärmels und fluchte. Die Übertragung war unterbrochen.

Da er keine andere Wahl hatte, führte er den Angriff an und arbeitete sich von Position zu Position vor. Dabei feuerten ständig Männer hinter ihm, um die Terroristen in Schach zu halten. Auch wenn sie es im Augenblick nur mit einer Handvoll Terroristen zu tun hatten, es tauchten doch ständig weitere in diesem Bereich auf, nachdem sie die raffinierten Überwachungssysteme der *Oregon* hatten überlisten können.

Die sechzig Mann starke Truppe hatte die ersten Verluste zu verzeichnen, als ein Terrorist das Feuer hollywoodmäßig eröffnete, indem er hinter einem Geräteschuppen hervorsprang und sie, das AK an der Hüfte und den Finger am Abzug, mit Dauerfeuer eindeckte. Es war eine Selbstmordaktion, und das Gegenfeuer erfüllte ihm seinen Wunsch, doch vier von Mikes Männern wurden getroffen, einer von ihnen offenbar sogar tödlich.

Ungerührt rannten sie weiter, Haken schlagend und jede Deckung nutzend, um ihren vorrückenden Kameraden Feuerschutz zu geben. Das war klassischer Straßenkampf in seiner schlimmsten Form, und zwar mit Gegnern, die praktisch überall auftauchen konnten.

Mikes Funkgerät knisterte, daher ging er hinter einer umgestürzten Zugmaschine in Deckung, um den Ruf zu beantworten. »*Liberty*, hier ist Eagle Eye, entschuldige die Verzögerung, aber ich musste erst wieder die Verbindung zu dir herstellen.« Es war Tiny Gunderson mit dem UAV.

Trono blickte wieder auf das Quadrat auf dem Ärmel seiner schwarzen Kampfjacke. Das silberfarbene Material zeigte jetzt ein Bild vom Tanker-Terminal, das von der Drohne auf das E-Papier gesendet wurde. Die Auflösung des biegsamen Monitors war genauso klar wie die des großen Flatscreens im Operationszentrum der *Oregon*, allerdings konnten auf Grund eingeschränkter Sendeleistung vom UAV nur Schnappschüsse in Zehnsekundenintervallen, jedoch keine Videostreams übertragen werden. Die Technologie befand sich auf aktuellstem Stand, war jedoch noch nicht ganz fehlerfrei, daher würde es sicher noch einige Jahre dauern, bis diese Einrichtung bei der USA Army zum Einsatz käme.

Das Bild veränderte sich, während Tiny die Kamera auf Mikes Position richtete. Er sah, dass drei Rebellen auf der Rückseite eines Lagerhauses im Begriff waren, vorzurücken und in die Flanke seiner Männer zu gelangen. Anstatt zu erklären, woher er die Information hatte, sprang er hinter der Zugmaschine auf und rannte zurück, sodass er die Ecke des Gebäudes, hinter dem sie sich verbargen, anvisieren konnte. Mit Hilfe eines Hebels an dem Granatwerfer, den er an der Unterseite seiner Maschinenpistole befestigt hatte, ließ sich der Lauf millimeterweise verkürzen, wodurch das Projektil abgebremst wurde, und gestattete ihm, jede gewünschte Distanz einzustellen. Er schätzte die Entfernung zur Gebäudeecke auf vierzig Meter und gab diesen Wert ein. Die Waffe gab, als er sie abfeuerte, einen spaßigen, hohlen Knall von sich – wie ein Champagnerkorken. Aber das Resultat war alles andere als spaßig. Die Granate landete knapp einen halben Meter von der Ecke des Gebäudes entfernt und explodierte. Splitter fraßen sich durch dünnes Wellblech und menschliches Fleisch.

Als er wieder auf das Bild auf seinem Ärmel blickte, sah er drei Rebellen ausgestreckt auf der Erde liegen, umhüllt von einer Pulverdampfwolke.

Dank ihres Schutzengels, der von oben zusah, beschleunigte sich ihr Vorrücken erheblich, da Mike seinen Männern zeigen konnte, wo sie mit einem Hinterhalt rechnen mussten, ehe die Rebellen Gelegenheit hatten, ihnen erfolgreich aufzulauern.

Sie erreichten das Kraftwerk des Terminals, ohne einen weiteren Mann zu verlieren. Obwohl es schallgeschützt war, erzitterte das Gebäude unter dem Lärm der Strom erzeugenden Maschinen. Mike hatte bereits die fünf Soldaten bestimmt, die ihn begleiten sollten, und befahl dem Rest, den Platz zu überqueren, damit sie Lincs Angriff auf den Tankerkai unterstützen konnten.

Er drang in das Kraftwerk ein, nachdem er das Schloss einer Seitentür mit einem gezielten Schuss zerstört hatte. Der Lärm der Turbinen nahm zu. Ohne Ohrenschützer würden sie sich nur wenige Minuten lang in der Halle aufhalten können. Er rannte hinein, wobei der Ziellaser seines H&K durch den Raum zuckte. In einer Reihe auf Fundamenten aus Stahl und Beton angeordnet, standen dort die drei General-Electric-Turbinen. Durch eine Ansammlung von chromblitzenden Rohren wurde Luft angesaugt, während die Abgase durch Röhren, die von der enormen Hitze geschwärzt worden waren, aus der Rückseite des Gebäudes nach draußen geleitet wurden.

Nur eine der Maschinen war in Betrieb. Während ihrer Einsatzbesprechung hatte Max erklärt, dass bei einer solchen Anlage stets zwischen zwei Turbinen gewechselt wurde, während eine dritte als Reserve bereitstand, falls die Höchstspannung gefordert wurde. Anstatt das Turbinenhaus mit der 120-mm-Kanone der *Oregon* dem Erdboden gleichzumachen, hatten sie entschieden, die eine in Betrieb befindliche Maschine auszuschalten, da die Männer, die anschließend die Aufräumarbeiten ausführen würden, elektrischen Strom benötigten.

Mike eilte im Schutz seiner Männer zum Kontrollraum im vorderen Teil des Gebäudes. Sie konnten durch die dreilagigen Glasschiebetüren, die einen Überblick über die gesamte Anlage erlaubten, zwei Arbeiter erkennen, die von drei Aufständischen bewacht wurden. Die Petromax-Angestellten studierten ein hohes Display mit zahlreichen blinkenden Signallampen. Die Wächter und die Arbeiter standen zu dicht beieinander, um einen gezielten Schuss zu riskieren, daher feuerte Mike, während er sich ihnen näherte, über ihre Köpfe und verwandelte die Glasscheiben in einen Hagelsturm scharfkantiger Splitter. Der Maschinenlärm, der schlagartig in den schallgeschützten Raum drang, sorgte allein schon für heillose Verwirrung, aber Mike schleuderte zusätzlich auch noch eine Blitzgranate durch die geborstene Glasscheibe.

Er duckte sich, damit der Explosionsdruck über ihn hinwegrollte, und befand sich bereits im Raum, ehe jemand von den anderen überhaupt auf die Füße kam. Er schaltete einen der Rebellen mit dem Gewehrkolben aus, und seine Männer hielten die beiden anderen mit ihren AKs in Schach. Mike warf ihnen eine Handvoll Plastikfesseln zu und sah nach den Technikern. Einer von ihnen hatte durch die herumfliegenden Glassplitter eine Schnittverletzung abbekommen, aber es sah nicht allzu schlimm aus. Die anderen waren nur benommen.

Er blickte dem am wenigsten in Mitleidenschaft gezogenen Mann in die Augen und musste aus Leibeskräften brüllen, um über dem Kreischen der Turbine verstanden zu werden. »Können Sie das Ding ausschalten?«, fragte er und deutete mit dem Daumen über die Schulter.

Der Mann starrte ihn verständnislos an. Mike deutete wieder auf die Maschine und zeigte mit einer Hand vor seinem Hals eine Schneidebewegung. Diese universelle Geste war eindeutig. Der Techniker nickte und ging zu einer Kontrollstation. Mit Hilfe einer Maus scrollte er auf einem Computer durch eine Reihe von Datenfenstern und klickte dabei verschiedene Icons an. Es schien, als würde dadurch nicht das Geringste bewirkt, bis das schrille Heulen plötzlich leiser wurde und nicht mehr schmerzte, sondern höchstens noch als unangenehm empfunden werden konnte. Es wurde stetig leiser, und schließlich blieb das Schaufelrad des Kompressors stehen und verstummte. Allerdings hatte Mike weiterhin ein Klingeln im Ohr.

Er wandte sich an den Anführer seiner Minitruppe. »Bleiben Sie hier und achten Sie darauf, dass niemand die Maschine wieder einschaltet.« Er hatte ihm schon vorher ein Walkie-Talkie ausgehändigt. »Rufen Sie mich, falls hier weitere Rebellen auftauchen.«

»Ja. *Nkosi.*« Sein Tonfall ließ keinen Zweifel daran, dass es ihm gar nicht passte, sich vorläufig nicht mehr am aktiven Kampf beteiligen zu können. »Was ist mit denen?« Er deutete mit dem Lauf seines Gewehrs auf die gefesselten Rebellen.

Mike war bereits unterwegs zum Ausgang. »Wenn sie Ärger machen, erschießen Sie sie.«

»Ja. *Nkosi.*« Diesmal klang die Antwort um einiges begeisterter.

Während Linda ihre Männer zum Hauptdeck der Bohrinsel führte, stand sie ständig mit Juan in Verbindung und ließ sich über die Kampfhandlungen auf dem Laufenden halten. Anstatt den Weg zur nächsten Luke einzuschlagen, die nach draußen führte, wies Cabrillo sie an, sich einen Weg durch das untere Deck zu suchen, um zur anderen Seite der Bohrinsel und damit in den Rücken der geballten Rebellentruppe zu gelangen.

Er ließ sie außer Sicht warten, während er seinen restlichen Kämpfern Handzeichen gab, um den hoffentlich letzten Angriff zu koordinieren, der entweder den Kampfeswillen der Rebellen brach oder sie endgültig überwältigte. Mit nur noch zwei Reservemagazinen in seiner Munitionstasche war dies sein letzter Schachzug.

»Okay, Juan, wir haben unsere Position eingenommen«, meldete Linda. »Ich kann vier von ihnen sehen. Sie verstecken sich hinter einem großen Lagertank. Ein fünfter Mann versucht gerade, an den Kran heranzukommen.«

»Sag mir Bescheid, wenn er einen Meter von dem Fahrgleis entfernt ist. Ich ziehe ihn dann aus dem Verkehr.

Ihr könnt die anderen vier übernehmen, die ihr seht. Ich glaube, zwei weitere hängen an der Seite der Insel und klammern sich ans Sicherheitsfangnetz. Ich habe keine Ahnung, ob sie kapitulieren wollten oder was. Also passt auf, wenn ihr sie euch vornehmt.«

»Roger. Ihr müsst übrigens noch zehn Meter überwinden.«

Juan wartete mit dem Rücken gegen die warmen Röhren gepresst. In all dem Chaos und Adrenalinrausch beschäftigten sich seine Gedanken mit dem Problem von Daniel Singers Zeitplan. Ganz gleich, wie weit hergeholt die Idee auch erscheinen mochte, er war überzeugt, dass Singer eine Möglichkeit gefunden hatte, tatsächlich einen Hurrikan nach seinem Gutdünken zu beeinflussen. Schließlich war Singer trotz allem ein technisches Genie. Seine Erfindung hatte ihn zum hundertfachen Millionär gemacht, als er noch keine dreißig war. Max würde sagen: Bei dem Mann ist vielleicht eine Schraube locker, aber die Maschine läuft noch.

»Fünf Meter«, sendete Linda.

Was immer Singer geplant hatte, es musste etwas Großräumiges sein, aber Juan hatte keine Ahnung, um was es sich handeln konnte. Er konnte sich nicht vorstellen, dass man die Entstehung eines Hurrikans, seine Heftigkeit oder den Weg, den er nehmen würde, in irgendeiner Weise künstlich beeinflussen konnte. Wieder einmal meldete sich sein aufwallender Zorn. Falls Singer tatsächlich eine solche Technologie entwickelt hatte, warum setzte er sie dann auf diese Art und Weise ein? Hurrikane und ihre pazifischen und indischen Cousinen und Vettern, Taifune und Tsunamis, richteten Schäden für mehrere Milliarden Dollar an, töteten jedes Jahr Tausende von Menschen und ließen unzählige ruinierte Existenzen zurück. Wenn Singer den Planeten retten wollte, dann wäre es nach Juans Meinung ein fantastischer erster Schritt, solchem Leid ein Ende zu setzen. Es war einfach die sinnlose Vergeudung, die ihn wütend machte. Wie dieser Angriff hier, wie Samuel Makambos Revolution aus Gründen von persönlicher Bereicherung, wie die Korruption, die Moses Ndebeles Vaterland vergiftete. All das ekelte ihn nur noch an.

»Zwei Meter.«

Mein Gott, war er es leid zu kämpfen! Als die Berliner Mauer fiel und die Sowjetunion zusammenbrach, saßen seine Vorgesetzten bei der CIA herum und klopften sich in Anerkennung eines sauber erledigten Jobs gegenseitig auf die Schultern. Juan hatte damals schon gewusst, dass ihnen das Schlimmste noch bevorstand, als die Welt zunehmend von religiösen Trennlinien und Stammesgrenzen zerschnitten wurde und die Kämpfe zunehmend im Verborgenen tobten.

Er hasste es, Recht zu haben.

»Schnapp ihn dir.«

Cabrillo konzentrierte sich sofort wieder auf das Kampfgeschehen. Er setzte über den Stapel Bohrstangen und traf den herankriechenden Gegner mit einem kurzen Feuerstoß in die Seite und in den Rücken. Links von ihm brandete dichter Kugelhagel auf, als ihn weitere Rebellen unter Beschuss nahmen. Sie wurden von Linda und ihrem Team niedergestreckt. Juan sprintete hinter den Stangen hervor und zog das Feuer ganz bewusst auf sich, um die Angreifer aus ihrer Deckung zu locken. Seine restlichen Leute waren darauf vorbereitet, und zum zweiten Mal seit Beginn der Schlacht fegte Maschinengewehrfeuer über die Plattform, als hätte die Hölle sämtliche Tore geöffnet.

Es war der schlimmste Nahkampf, in den er je verwickelt gewesen war. Kugeln erfüllten die Luft, und einige flitzten so dicht an ihm vorbei, dass er ihre Hitze spüren konnte. Er setzte mit einem Hechtsprung über ein Ölfass, das umgekippt worden war, und kam unsanft damit in Kontakt, als eine Salve aus mindestens zwei AKs das Fass gegen ihn warf.

Linda sah einen der Männer auf Juan feuern, aber ihr gezielter Schuss ging daneben, während er hinter einem Bündel von Leitungsrohren verschwand. Sie verließ ihre Position und setzte ihm im Laufschritt nach. Es war, als renne sie durch einen Wald aus stählernen Bäumen. Die Art und Weise, wie die Rohre einander kreuzten und sich hin und her schlängelten, verschaffte dem gegnerischen Schützen den entscheidenden Vorteil. Ganz gleich, wohin sie schaute, ob nach unten oder nach oben, die Sicht war ihr ständig versperrt.

Als ihr bewusst wurde, dass sie jeden Moment in eine Falle tappen könnte, startete sie den Rückzug aus dem Labyrinth. Dabei blieb ihr Blick nie länger als eine Sekunde auf einen Punkt gerichtet, für den Fall, dass der Schütze in ihre Flanke gelangt war.

Sie schlängelte sich um ein vertikal aufragendes Rohr herum, das so dick wie ein unterirdischer Abwasserkanal war, und eine Hand schoss dahinter hervor, riss am Lauf ihrer Maschinenpistole und schleuderte sie zu Boden. Sie wünschte sich, dass in der letzten Sekunde, die ihr noch blieb, irgendein bedeutender Gedanke durch den Kopf schoss, aber das Einzige, was sie dachte, war, dass sie ihr Leben wegen eines Anfängerfehlers verlieren würde.

Die Waffe hatte einen Knall wie eine Kanone. Der Kopf des Rebellen, der vor ihr gestanden hatte, streckte und verformte sich wie eine Halloweenmaske, ehe er einfach verschwand. Sie schaute hoch und erkannte Jim Gibson, der ein paar Schritte entfernt in seinen Tony Lamas Größe 13 stand, in der Hand einen mächtigen Revolver, den Lauf zum Himmel gerichtet und rauchend.

»Streng genommen darf ich meinen kleinen Freund nicht auf die Insel mitnehmen, aber ich war schon immer der Meinung, dass Regeln etwas für Trottel sind.« Er streckte eine mächtige Hand aus und zog Linda auf die Füße. »Sind Sie okay, Schätzchen?«

»Gerettet von einem echten Cowboy. Wie kann es mir da anders als gut gehen?«

Gibson, der jede Niete, Schraube und Schweißnaht auf der Insel kannte, führte sie mit traumwandlerischer Sicherheit durch das Labyrinth. Als sie sich der Stelle näherten, wo Linda die Insel zuerst betreten hatte, stellte sie fest, dass sie überhaupt keine Schüsse mehr hören konnte.

Sie schaute vorsichtig hinaus. Fünf der Terroristen standen aufgereiht da, die Arme so hoch gestreckt, dass es aussah, als stünden sie auf Zehenspitzen. Zwei weitere kletterten soeben aus dem Sicherheitsfangnetz, wo sie sich bis jetzt versteckt hatten.

»Juan, ich glaube, es ist vorbei«, sagte sie in ihr Kehlkopfmikrofon.

Juan kam hinter dem Fass hervor und stand auf. Dabei blieb der Lauf seiner Waffe ständig auf die Terroristen gerichtet. Er rannte auf sie zu und brüllte: »Runter mit euch! Alle runter! Los, alle auf den Bauch!«

Linda beeilte sich, ihm dabei zu helfen, sie in Schach zu halten, während sie sich auf dem Boden ausstreckten. Die Simbabwer begannen, die Verwundeten und die Toten zu untersuchen, während Juan die Überlebenden fesselte. Nachdem er das erledigt hatte, rief er sein Schiff.

»Nomad an *Oregon*, das Ziel ist gesichert. Wiederhole, Ziel ist gesichert.«

»Hab dich schon beim ersten Mal verstanden«, antwortete Max träge. »Ich bin zwar älter als du, aber nicht taub.« Dann fügte er hinzu: »Gute Arbeit. Ich hatte auch nichts anderes erwartet.«

»Danke. Wie ist die Lage?«

»Mike hat das Kraftwerk lahmgelegt. Zwar fließt noch immer Öl aus den Ladeköpfen, aber ohne Pumpen bei Weitem nicht mehr in solchen Mengen. Es ist nur das eigene Gewicht, das das Öl vom Tanklager durch die Leitungen drückt.«

»Ist Linc bereit?«

»Wir hatten vereinbart, dass das SEAL-Boot genau fünf Minuten, nachdem Mike die Generatoren ausgeschaltet hat, in See sticht. Und das geschieht in diesem Augenblick.«

Wie ein Düsenjäger, der von einem Flugzeugträger in die Luft katapultiert wird, beförderte eine Schleudervorrichtung das halbstarre schwarze Boot über eine Teflonrampe von der Bootsgarage hinunter in den Ozean. In der militärischen Abteilung von Zodiac in Vancouver, Kanada, erbaut, verfügte es über einen V-förmigen Rumpf für höhere Stabilität und einen aufblasbaren Randwulst zur Aufnahme einer größeren Ladung. Das Boot konnte nahezu jede Welle so glatt und lässig wie ein Otter durchschneiden und erreichte dank zweier 300 PS starker Außenbordmotoren Geschwindigkeiten von über vierzig Knoten.

Linc bediente das Ruderrad, während Jerry Pulaski neben ihm stand. Beide trugen über ihren Kampfanzügen Schutzwesten. Zusätzliche Panzerplatten waren montiert worden, sodass der Rumpf mittschiffs praktisch unverwundbar war. Zwischen ihren Füßen lagen zwei lange schwarze Kästen, die Barrett-M107-Kaliber-.50-Gewehre enthielten. Die zweiunddreißig Pfund schweren Gewehre hatten eine Reichweite von knapp zwei Kilometern und galten als die besten Präzisionsgewehre, die je gebaut worden waren.

Bei so viel Rohöl, das das Wasser in der Umgebung des Ladeterminals verschmutzte, wollten weder Juan noch Max das Risiko eingehen, dass die Antriebsdüsen der *Oregon* mit Öl verstopft würden. Und keiner der beiden war außerdem bereit, auf die empfindlichen Ladeköpfe zu feuern, wenn sie nicht von einer hundertprozentigen Genauigkeit ihrer Waffensysteme ausgehen konnten. Es wäre einzig und allein Lincs und Skis Aufgabe, Mikes Angriff über den Damm von hinten zu sichern.

Sie jagten über die Wellen mit Kurs auf den Bug des Supertankers, der am Terminal ankerte, und bremsten erst ab, als das Boot den Ölteppich erreichte. Die Ölschicht war mindestens zehn Zentimeter dick und klebte an dem Gummiponton, der den Rumpf umgab. Glücklicherweise befanden sich die Propeller unterhalb des giftigen Schlicks, sonst wären sie kaum noch vorangekommen.

Hinter ihnen setzte sich die *Oregon* wieder in Bewegung, um in einen günstigeren Schusswinkel im Hinblick auf diesen wichtigen Teil der Anlage zu gelangen. Obwohl sie nicht direkt auf den Damm mit dem Zufahrtsweg oder auf den ausgedehnten Schwimmkai zielen würden, hatte Max keine Hemmungen, den Ozean um sie herum mit den Gatlings zu beharken.

Mit dem Fernglas suchte Ski den Tanker nach irgendwelchen Anzeichen ab, dass die Terroristen ihn möglicherweise als vorgeschobenen Beobachtungsposten benutzten. Das war jedoch offensichtlich nicht der Fall. Um auf Nummer sicher zu gehen, würden sie den Ozeanriesen in der Nähe des Bugs rund dreihundertdreißig Meter entfernt vom Deckaufbau – der sich als wahrscheinlichster Standort für einen Beobachter anbot – erreichen.

Sie kamen zur Bojenkette, die die hundert Meter breite Schutzzone um das Schiff markierte, und noch immer wurden sie nicht von oben beschossen.

»Die sind wirklich so dämlich, wie wir vermutet haben«, stellte Linc fest.

Aus der Nähe sah der Rumpf des Schiffes mit seinem roten Antialgenanstrich eher wie eine massive Stahlwand aus und nicht wie etwas, das dazu konstruiert war, die Ozeane zu durchkreuzen. Da die Tanks so gut wie leer waren, erstreckte sich die Reling ungefähr zwanzig Meter über ihren Köpfen.

Während Linc sie zum Bug manövrierte, bereitete Ski das Entergewehr mit dem mit Gummi beschichteten Enterhaken vor. Kurz bevor sich das Sturmboot unter die Wölbung des Bugs schob, schoss er den Haken in den Himmel. Er zog zwei Nanofäden hinter sich her. Der Haken segelte über die Reling, und als Ski an den Nanofäden zog, fand der Haken einen Widerstand und setzte sich fest. Linc befestigte eine Fangleine an einem starken Magneten und klebte diesen an den Rumpf des Tankers, um das Sturmboot in Position zu halten.

Obgleich viel zu dünn, um daran emporzuklettern, waren die Nanofäden doch stärker als Stahldraht. Ski fädelte den Faden durch eine Winde, die auf dem Bootsdeck verschraubt war, und vergewisserte sich, dass die Fußbügel eingehängt waren. Als er seine Inspektion beendet hatte, sah er, dass Linc schon die beiden Kästen öffnete, in denen sich die Präzisionsgewehre befanden. Jedes war bereits mit einem zehnschüssigen Magazin versehen, und ihnen standen noch zehn weitere pro Mann zur Verfügung.

»Es kann losgehen«, sagte Ski und schob den Fuß in den Steigbügel.

Linc folgte seinem Beispiel und schaltete die Winde ein. Der Nanofaden glitt durch die Rolle am Enterhaken. Skis Faden spannte sich, der Steigbügel ruckte, und Ski wurde aus dem Sturmboot gehievt. In der einen Hand das Gewehr, hielt er sich mit der anderen am Faden fest. Als er knapp drei Meter über dem Boot schwebte, spannte sich auch Lincs Faden, und nun wurden beide Männer am Rumpf des Tankers in die Höhe gezogen.

Es dauerte nur wenige Sekunden, bis sie das Tankerdeck erreichten. Ski stieg aus dem Fußbügel und schwang sich über die Reling. Er landete leise und brachte das Gewehr sofort in Anschlag und sein Auge an das Zielfernrohr. Aufmerksam suchte er das Deck und den Deckaufbau nach irgendeiner Bewegung ab. Sein Steigbügel blieb an der kleinen Rolle hängen und fixierte den Nanofaden, sodass auch Linc über die Reling klettern konnte.

»Alles klar«, sagte Ski, ohne sich zu seinem Partner umzudrehen.

Sie starteten zum Heck. Jeder Mann rannte zwanzig Meter und suchte dann Deckung, während der andere das Deckhaus im Visier behielt. Obwohl nirgendwo auf dem Schiff irgendwelche Anzeichen von Aktivität zu bemerken waren, behielten sie diese Technik der Fortbewegung vorsichtshalber bei. Sie brauchten drei Minuten bis zum

Ruderhaus, und dann gingen sie zur Backbordseite des Tankers und schauten zum ersten Mal auf den Ladekai hinunter. Die Lifte mit den Zwillingsladeköpfen waren höher als das Schiff, aber die dicken Schläuche baumelten unbewacht herab, sodass das Öl, das aus ihnen herauslief, nur sechs, sieben Meter tief auf den Kai fiel und von dort ins Meer sickerte.

Grob gezählt bereiteten sich mindestens hundert Aufständische darauf vor, das Dock zu verteidigen. Sie hatten genügend Zeit gehabt, Barrikaden zu errichten und ihre Positionen zu befestigen. Trono und seine Männer hatten einen harten Kampf vor sich, wenn es Linc und Ski nicht gelingen sollte, die Verteidigungslinie ins Wanken zu bringen.

»Was meinst du?«, fragte Ski. »Ist das hier gut genug, oder wäre dir eine höhere Position lieber?«

»Die Höhe ist in Ordnung, aber wir sind hier draußen zu ungeschützt, falls doch noch jemand auf dem Schiff herumschleicht. Wir sollten versuchen, aufs Dach des Deckhauses zu kommen.«

Während sie ins Schiff eindrangen und eine scheinbar endlose Folge von Treppen hinauf und hinunter stiegen, gab Linc einen Lagebericht an Max durch und erfuhr, dass sich Mike und seine Männer den Weg über das Terminalgelände freigekämpft hatten und sich jetzt in der vorgesehenen Position befanden.

Am oberen Ende der Treppe öffnete sich eine Tür. Ein Mann in einer schwarzen Hose und einem weißen Oberhemd mit Epauletten erschien. Linc hatte seine Pistole gezückt und dem Offizier die Mündung zwischen den Augen auf die Stirn gesetzt, ehe der Mann überhaupt begriff, dass er auf der Treppe nicht allein war.

»Nein, bitte …«, rief er laut.

»Still«, sagte Linc und nahm seine Automatik herunter. »Wir sind die Guten.«

»Sind Sie Amerikaner?« Der Offizier war eindeutig Engländer.

»Richtig geraten, Captain«, erwiderte Linc, nachdem er die vier goldenen Streifen auf den Schulterstücken registriert hatte. »Wir sind dabei, die Situation zu bereinigen. Dazu müssen wir aber aufs Dach.«

»Natürlich. Folgen Sie mir.« Sie setzten sich in Bewegung. »Was ist eigentlich los? In der einen Minute nehmen wir noch unsere normale Ladung Rohöl auf, und plötzlich kommt so ein Idiot, reißt die Schläuche raus und demoliert mein Schiff. Ich rufe beim Hafenmeister an, aber niemand nimmt den Hörer ab. Dann melden meine Beobachter bewaffnete Männer auf dem Kai. Und jetzt klingt es auch noch so wie damals auf den Falklandinseln.«

»Erst einmal muss es Ihnen reichen, wenn ich sage, dass Ihrer Mannschaft nichts passieren wird. Sorgen Sie bloß dafür, dass sich keiner an Deck oder ins Freie wagt.«

»Das war schon heute Morgen mein Dauerbefehl«, versicherte ihm der Kapitän. »Da wären wir.«

Sie hatten das obere Ende der Treppe erreicht. Es gab an dieser Stelle keine Türen mehr, sondern nur noch eine Luke in der Decke, die über eine Leiter erreichbar war. Ski stieg sie ohne lange Vorrede hinauf.

Linc streckte eine Hand aus. »Vielen Dank, Captain. Ab hier übernehmen wir wieder.«

»O ja, richtig. Viel Glück«, sagte er und schüttelte Lincs ausgestreckte Hand.

Ski stieß die Luke auf, sodass die Treppe in hellen Sonnenschein getaucht wurde. Er stieg durch die Öffnung, gefolgt von Linc. Man konnte die Luke nicht von oben verriegeln, daher würden sie die Öffnung wohl im Auge behalten müssen, um sicherzugehen, dass ihnen niemand folgte.

Das Dach des Ruderhauses war eine konturlose Platte weiß lackierten Stahls, überschattet vom Schornstein des Schiffes und einem Bündel Antennen. Als sie an seinen Rand herangingen, warfen sie sich auf den Bauch, um von unten nicht gesehen zu werden, und blickten wieder auf das Dock hinunter. Am Ende des niedrigen Damms mit dem Weg auf seiner Krone konnten sie Mikes kleine Armee sehen, die auf ihr Einsatzsignal wartete. In der Nähe war das Summen des UAV zu hören.

»*Oregon*, hier ist Linc. Wir sind in Position. Lasst uns etwas Zeit, um Ziele zu bestimmen. Bleibt aber in Bereitschaft.«

Nachdem sie ihre Gewehre schussbereit gemacht und gefüllte Magazine am Dachrand aufgereiht hatten, damit sie schnell die Stellung wechseln konnten, nahmen die beiden Männer jeden gegnerischen Soldaten ins Visier, um zu entscheiden, wer Offizier war und wer zur Mannschaft gehörte, und um dann durch Ausschalten der Führungsebene den Verein kopflos zu machen, wie es so schön heißt.

»Ich fass es nicht«, murmelte Linc.

»Was ist los?«

»Elf Uhr. Da hackt ein Typ mit Sonnenbrille auf einem Teenager herum.«

Ski veränderte die Position seines Gewehrs, damit er sehen konnte, wen Linc meinte. »Ich hab ihn. Ja? Und? Wer ist das?«

»Das, mein Freund, ist Oberst Raif Abala, der hinterhältige Bastard, der uns aufs Kreuz gelegt hat, als wir ihm die Gewehre verkauften. Er ist General Makambos rechte Hand.«

»Er scheint aber nicht mehr in seiner Gunst zu stehen, wenn Makambo ihn hierhergeschickt hat«, stellte Ski fest. »Sollen wir ihn zuerst ausknipsen?«

»Nein, ich glaube, ich möchte lieber sein Gesicht sehen, wenn er begreift, was Sache ist. Bist du bereit?«

»Ich habe auf meiner Hälfte des Docks mindestens vier Offiziere und sechs weitere, die aussehen, als wüssten sie ganz genau, was sie tun. Der Rest ist Kanonenfutter.«

»Okay, dann wollen wir mal. *Oregon*, wir sind so weit.«

»Wir können hier starten«, hörte er Mike Trono über das taktische Funknetz melden.

Max' Erwiderung ließ Mark Murphy eine wahre Bleilawine aus der Gatling Gun entfesseln. Die Wasser-und-Ölsuppe zehn Meter vor dem Damm schien auf ihrer gesamten Länge zu explodieren. Es war, als bäumte sich der Ozean in Form einer wandernden Wasserwand auf. Die Rebellen duckten sich bei dem Anblick und dem Lärm und wurden mit schmutzig-klebriger Gischt überschüttet. Ein Soldat auf dem Damm tauchte aus seiner Deckung auf, um zum Schwimmdock zu rennen.

Während das Kreischen der Gatling ihre Schüsse übertönte, machten sich Linc und Ski ans Werk und feuerten so schnell sie konnten. Jeder Schuss war ein Treffer und bedeutete einen Gegner weniger. Jedes Mal. Nachdem sie fünf Mal geschossen hatten, konnten sie sehen, wie sich verwirrte Soldaten suchend umschauten, als ihre Anführer zusammenbrachen. Die beiden Scharfschützen zogen sich von der Dachkante zurück und wechselten die Stellung. Als Linc wieder durch sein Zielfernrohr schaute, konnte er sehen, wie Abala seine Männer anschrie. An der Angst, die Linc in den Gesichtern von Abalas Soldaten erkannte, las er ab, dass sein Schimpfen nur wenig Erfolg hatte. In der Ferne schlichen sich Mike und sein Team langsam den Damm hinunter.

Wieder fanden er und Ski ihre Ziele, und wieder wurde die gegnerische Führungsriege dezimiert. Ein Soldat begriff endlich, dass die Schüsse von oben und hinter ihnen kamen, und blickte am Tanker hoch. Der Guerillakrieger war schon im Begriff, seine Kameraden mit einem lauten Ruf zu warnen, kam aber nicht weiter, als den Mund zu öffnen, ehe Ski ihn mit einer der halbzölligen Kugeln aus seiner Barrett fällte.

»Mike, du bist etwa fünfundzwanzig Meter vom ersten Hinterhalt entfernt«, gab Tiny Gunderson über Funk durch.

»Was tun sie denn? Mein Softscreen ist schon wieder ausgefallen.«

»Ich würde fast drauf wetten, dass sie über Kapitulation diskutieren. Nein, Moment, Irrtum meinerseits. Ich glaube, einer versucht, sie davon abzuhalten. Nein, Moment noch mal. Er ist aus dem Spiel. Guter Schuss, Ski.«

»Das war ich«, protestierte Linc.

»Und so viel zum Thema Courage«, freute sich Tiny. »Sie haben die Waffen fallen gelassen und machen mit den Armen Streckgymnastik.«

Die ersten Anzeichen von Kapitulation waren für den Rest der Männer der Auslöser. Überall auf dem Damm und auf dem Ladekai legten die Männer die Waffen aus der Hand. Nur Abala schien den Kampf fortsetzen zu wollen. Er wedelte mit seiner Pistole wie ein Verrückter hin und her. Linc beobachtete, wie Abala damit auf einen jungen Guerilla zielte und ihn anschrie. Wahrscheinlich verlangte er von ihm, sein AK-47 wieder aufzuheben. Linc schoss Abala den halben Fuß weg, ehe der Oberst einen unbewaffneten Mann ermordete.

Tronos Team bewegte sich zwischen den besiegten Rebellen, legte ihre AKs zu einem Stapel zusammen und tastete jeden Mann auf weitere Waffen ab.

Linc und Ski blieben in ihrem Scharfschützennest und achteten darauf, dass es keine Zwischenfälle gab, bis der gesamte Bereich gesichert war.

»Das ist der Letzte«, verkündete Mike. Er stand vor Oberst Abala, der auf dem Kai lag und sich vor Schmerzen krümmte. »Wer hat denn bei dem danebengeschossen?«

»Da hat niemand danebengeschossen, mein Freund«, sagte Linc. »Sobald er aus dem Krankenhaus kommt, wird er uns einiges über Makambo und Singer erzählen können.«

Linc und Ski brauchten zehn Minuten, um zum Dock zu kommen. Linc trat zu Abala hinüber und hockte sich neben ihn. Der Rebellenoberst stand unter Schock und schien von seinem Besucher nichts mitzubekommen, daher tätschelte Linc unsanft seine Wange, bis er den Kopf in seine Richtung drehte. Speichelblasen zerplatzten zwischen Abalas Lippen, und unter seiner dunklen Haut lauerte eine tödliche Blässe.

»Erinnerst du dich an mich, du Bastard?«, fragte Linc. Abalas Augen weiteten sich. »Richtig. Auf dem Kongo, vor etwa einer Woche. Du dachtest, du könntest uns aufs Kreuz legen. Nun, das hast du jetzt davon.« Linc beugte sich tiefer zu ihm hinab. »Leg dich niemals – und ich meine wirklich *niemals* – mit der Corporation an.«

Als die angolanische Armee endlich auf dem Petromax-Terminal eintraf, war die *Oregon* – mitsamt ihrer Ausrüstung, ihrer Mannschaft und allen Männern von Moses Ndebele, lebendig oder tot, hinterm Horizont verschwunden.

Die angolanischen Streitkräfte stellten fest, dass das Öl, das zum Ladekai floss, abgesperrt worden war, und dass Techniker die beiden offshore gelegenen Bohrlöcher verschlossen hatten. Sie entdeckten außerdem sechsundachtzig Leichen, vor einem Verwaltungsgebäude aufgereiht, und über vierhundert verängstigte und gefesselte Männer – darunter viele Verwundete –, die in dem Gebäude eingesperrt waren. Einer von ihnen, dessen Fußstumpf mit einem blutigen Verband umwickelt war, trug ein Schild um den Hals, auf dem zu lesen war:

MEIN NAME IST RAIF ABALA. ICH BIN OBERST IN SAMUEL MAKAMBOS KONGOLESISCHER REVOLUTIONSARMEE UND WURDE VON DANIEL SINGER, EHEMALS MITINHABER VON MERRICK/SINGER, ZUR AUSÜBUNG DIESES TERRORISTISCHEN AKTES ENGAGIERT. WENN ICH NICHT KOOPERIERE, WERDEN MICH DIE LEUTE, DIE UNS HEUTE AUFGEHALTEN HABEN, SUCHEN UND FINDEN.

ANSONSTEN WÜNSCHEN WIR IHNEN ALLEN EINEN SCHÖNEN TAG.

29

Die schäbige Erscheinung der *Oregon* war eine gekonnt ausgewählte und angebrachte Tarnung, um ihr das Aussehen vollständiger Vernachlässigung zu verleihen. Doch der Verfall der *Gulf of Sidra* war dagegen echt. Zwanzig Jahre lang war sie kreuz und quer durchs Mittelmeer gedampft und hatte ihre Ölladungen transportiert, während ihre Eigner jeden Penny Profit, den sie erzielen konnten, aus ihr herausholten. Wenn etwas nicht mehr funktionierte, wurde es durch ein gebrauchtes Teil ersetzt, hastig mit Klebeband oder Verpackungsdraht repariert oder einfach ausgebaut. Als die Abwasseraufbereitungsanlage den Geist aufgab, wurde sie stillgelegt und aus dem Reinigungskreislauf herausgenommen, sodass sich die Abwässer direkt ins Meer ergossen. Die Klimaanlage des Schiffes wälzte lediglich heiße Luft im Deckaufbau um, anstatt sie auch nur andeutungsweise zu kühlen. Und da der große begehbare Kühlschrank der Küche nicht funktionierte, mussten die Köche ständig darauf achten, dass Lebensmittel, die aus der Gefrierkammer kamen, nur auftauten und nicht verdarben.

Ihr schwarzer Rumpf war mit Rost bedeckt, während am Deckaufbau nackter Stahl zum Vorschein kam. Und der einzelne Schornstein war derart mit Abgasrückständen verschmiert, dass von seinem grün-gelben Farbanstrich so gut wie nichts mehr zu erkennen war. Der einzige moderne Ausrüstungsgegenstand an Bord war die neue Rettungskapsel, die über dem Heck hing. Sie war auf Verlangen des Kapitäns dort installiert worden, nachdem er erfahren hatte, wohin sie dampften.

Mit ihrer Breite von vierzig Metern und einer Länge von fast drei Footballfeldern war die *Gulf of Sidra* ein großes Schiff, obgleich sie neben dem 350.000-Tonnen-Tanker, der am Petromax-Terminal ankerte, eher klein und zierlich erschien. Auf Grund ihrer altmodischen Konstruktion hatte sie in ihren sieben Tanks Platz für nur hundertviertausend Tonnen Rohöl.

Obwohl sie auf ihrem Ankerplatz vor dem mauretanischen Hafen von Nouakchott ein vertrauter Anblick geworden war – eine dunstverhangene Silhouette vor dem westlichen Horizont, die wochenlang hatte beobachtet werden können –, fand ihre Abreise nahezu unbemerkt statt. Sie war sofort abgedampft, nachdem Daniel Singer aus Angola eingetroffen war, und hatte eine Distanz von über vierhundert Kilometern zwischen sich und die Küste gelegt.

Sie verfolgte ein tropisches Tiefdruckgebiet, das über den Atlantik zog und das Potential besaß, sich zu einem Wirbelsturm zu entwickeln. Es war genau der Sturm, auf den Singer gewartet hatte. Er bot die günstigsten Bedingungen, um zu testen, was die besten Meteorologen der Welt und die raffiniertesten Computermodelle prophezeiten.

Da die Temperatur in seiner Kabine nur selten unter vierzig Grad Celsius sank, hatte Singer es sich angewöhnt, so viel Zeit wie möglich auf der Brückennock zu verbringen, wo die siebzehn Knoten Geschwindigkeit des Schiffs wenigsten so etwas wie einen Fahrtwind schufen.

Er hatte soeben über den Funkservice der BBC erfahren, das Samuel Makambos Angriff durch angolanische Truppen vereitelt worden war. Fast hundert Guerillas waren bei dem schnellen Gegenangriff getötet worden, und vierhundert Rebellen befanden sich in Gefangenschaft. Singer überlegte kurz, ob sich wohl Oberst Abala, der einzige Rebell, der ihn identifizieren konnte, unter den Lebenden oder den Toten befand, entschied jedoch dann, dass es ganz und gar unwichtig sei. Falls es zwischen ihm und der Attacke eine Verbindung gab, würde sein Auftreten vor Gericht dies nur weltweit bekannt machen. Er würde die besten Anwälte engagieren und seinen Fall vor den Internationalen Gerichtshof in Den Haag bringen. Dort würde er die Gelegenheit nutzen, der Menschheit wegen ihres nachlässigen Umgangs mit der Erde den Prozess zu machen.

Was ihm im Zusammenhang mit dem gescheiterten Angriff aber Sorgen machte, waren die Schätzungen, dass die Menge des ausgelaufenen Öls etwa zwölftausend Tonnen betrage. Es war in jeder Hinsicht eine Umweltkatastrophe, jedoch weit von jenen Millionen Tonnen entfernt, die er geplant hatte. Es würde keine giftige Wolke aus Benzolarsonsäure geben, die der Sturm über dem Südosten der Vereinigten Staaten verbreitete. Es würde zwar ein mörderischer Sturm werden, der schlimmste Hurrikan aller Zeiten, der Amerika heimsuchen würde, aber ohne die Giftwolke würde er, wie er befürchtete, wohl kaum das Maß an Panik auslösen, das er erwartet hätte.

Er wusste, dass er sich mit den Medien würde in Verbindung setzen und erklären müssen, sobald der Sturm vorbei war – oder besser noch, wenn er im Begriff war, auf die Küste zu treffen –, dass eine zufällige kriegerische Auseinandersetzung in einem abgelegen Teil der Erde eine größere Katastrophe verhindert habe. Es wäre somit ein weiteres Beispiel dafür, wie eng sämtliche Entwicklungen auf der Erde miteinander zusammenhingen und wie leichtfertig wir unsere Zukunft den Launen des Zufalls überlassen.

Adonis Cassedine, der Kapitän des Schiffes, trat auf die Brückennock hinaus. Im Gegensatz zu seinem gut aussehenden mythologischen Namensvetter war Cassedine ein ständig unzufrieden dreinblickender Mann mit unrasiertem Gesicht und Rattenaugen. Seine Nase war nach einem unfachmännisch gerichteten Bruch schief geblieben, daher schwebte der Bügel seiner schmuddeligen Brille über einem seiner Blumenkohlohren.

»Ich habe soeben den Bericht eines Containerschiffs ungefähr zweihundert Kilometer von uns entfernt erhalten.« Bis zum Sonnenuntergang dauerte es noch einige Stunden, aber sein Atem roch schon jetzt nach dem billigen Gin, den er getrunken hatte. Zu seiner Ehrenrettung muss jedoch festgestellt werden, dass er beim Sprechen nicht lallte und dass sein Körper nur wenig schwankte. »Sie rechnen mit einem Sturm der Kategorie vier aus Nordost.«

»Der Sturm baut sich auf«, stellte Singer zufrieden fest. »Und zwar genau dort, wo wir ihn brauchen. Nicht zu weit draußen, sodass er schon auf einem festen Kurs ist, aber auch nicht zu nahe vor der Küste, um sich nicht doch noch vorzeitig aufzulösen.«

»Ich kann Sie hinbringen«, bot Cassedine an, »aber es gefällt mir nicht.«

Jetzt geht das schon wieder los. Singer hatte sich schon genug über Makambos Versagen geärgert. Er wollte keine weiteren Beschwerden von diesem hoffnungslosen Säufer.

»Dieses Schiff ist alt, der Rumpf verrottet, und was in den Frachträumen lagert, ist zu heiß. Es greift den Stahl an und schwächt ihn.«

»Und ich habe Ihnen den technischen Bericht gezeigt, aus dem hervorgeht, dass der Rumpf mit der Erwärmung keine Probleme hat.«

»Bah!« Cassedine wischte diesen Einwand mit einer Handbewegung weg. »Elegante Männer in Anzügen, die keine Ahnung vom Meer und von der Seefahrt haben. Sie wollen uns in einen Hurrikan lenken, und ich sage Ihnen, dass das Schiff in der Mitte durchbrechen wird, wenn wir auf Stärke sechs treffen.«

Singer trat auf den Kapitän zu und setzte seine überlegene Körpergröße ein, um den Griechen einzuschüchtern. »Hören Sie mir gut zu, Sie verdammter Jammerlappen. Ich zahle Ihnen mehr Geld, als Sie jemals in Ihrem Leben auf einem Haufen gesehen haben. Es ist so viel, dass Sie sich davon bis an Ihr Lebensende jeden Tag besaufen können. Dafür erwarte ich aber auch, dass Sie Ihren Job tun und endlich aufhören, mich mit Ihren Voraussagen, Ihren Sorgen oder Ihrer Meinung zu belästigen. Habe ich mich klar und verständlich ausgedrückt?«

»Ich sage doch nur ...«

»Nichts!«, brüllte Singer. »Sie sagen gar nichts. Und jetzt gehen Sie mir aus den Augen, ehe mir von Ihrem stinkenden Atem schlecht wird.«

Singer starrte den Kapitän wütend an, bis er wie erwartet zurückwich. Singer glaubte, dass alle Alkoholiker schwach waren, und dieser war keineswegs anders. Er war schon so weit abgesunken, dass er alles tun würde, was man von ihm verlangte, nur um seinen ständigen Alkoholpegel zu erhalten. Singer verspürte keine Gewissensbisse, solche Schwächen auszunutzen, wie er auch keinerlei Bedenken hatte, sich der Naivität von Nina Vissers Umweltschützern oder der Habgier Samuel Makambos zu bedienen. Wenn das unumgänglich sein sollte, um die Menschen dazu zu bringen, sich endlich einmal aufmerksam umzuschauen und die Schäden zu erkennen, die sie ihrem Planeten zufügten, dann musste es wohl so sein. Hatte Geoffrey Merrick nicht Singers Genialität ausgenutzt, um ihre Erfindung hervorzubringen? Singer hatte den Löwenanteil der Arbeit geleistet, während Merrick nur den Lohn eingestrichen hatte.

Ständig hatten die Leute geglaubt, dass Singer es vorzog, sich vom Scheinwerferlicht fernzuhalten und im Hintergrund zu bleiben. Was für ein elender Quatsch. Wer würde nicht gerne das Lob seiner Kollegen, die öffentlichen Ehrungen, die Preise entgegennehmen und auskosten? Singer hatte sich all das ebenfalls gewünscht, aber es war, als ob die Medien immer nur die eine Hälfte von Merrick/Singer sahen, die telegene Hälfte, die Hälfte mit dem charmanten Lächeln und den wortgewandten Antworten und Statements. Es war nicht Singers Schuld, dass er am Rednerpult regelrecht zu Eis erstarrte und im Fernsehen aussah wie eine lebende Leiche oder während eines Interviews wie ein Idiot erschien. Ihm blieb keine andere Wahl als eine Existenz im Schatten – nur war es eben immer Merricks Schatten, in dem er leben musste.

Wieder machte er seinem Unmut mit einem Fluch Luft, dass sein ehemaliger Partner nicht hier war und ihm die Gelegenheit versagt blieb, es ihm heimzuzahlen. Er wollte Merrick in die Augen schauen und ihm entgegenschleudern: »Es ist deine Schuld! Du hast es zugelassen, dass die Umweltverschmutzer weiterhin die Natur schädigen, und jetzt darfst du die Konsequenzen erleben!«

Er spuckte über die Reling der *Gulf of Sidra* und schaute seinem Speichel nach, bis er zu einem Teil des Ozeans wurde, ein winziger Tropfen im größten Eimer der Welt. Singer war früher genauso gewesen, ein winziger Teil von etwas, das so unendlich viel größer war als er selbst, dass es nahezu unmöglich schien anzunehmen, dass er einen entscheidenden Einfluss darauf ausüben könnte.

Er würde nun aber nicht länger unbedeutend sein.

Sobald Cabrillo auf die *Oregon* zurückgekehrt war, lautete sein erster Befehl, dass sie auf nördlichen Kurs gehen solle, nämlich dorthin, wo sich Afrika in den Atlantik hinausschob und wo die heißen Winde aus der Sahara genug Wasser aufsogen, um Wirbelstürme hervorzubringen. Er kehrte nicht in seine Kabine zurück, bis das Schiff unter seiner Aufsicht wiederhergestellt worden war. Der Rumpf der *Liberty* wurde abgeschrubbt, ihre Tanks wurden aufgefüllt, und sie wurde wieder an ihren Davits aufgehängt. Die beiden Tauchboote wurden mit Hilfe von Lösungsmitteln und Schrubbern von ihrer schwarzen Ölschicht befreit, die Batterien wurden aufgeladen, und die ausgebauten Geräte und Einrichtungen wurden wieder eingebaut. Die Gatlings, 40 mm wie Kaliber-.31, wurden überprüft, die Läufe und Schlösser gereinigt und die Munitionsbehälter wieder aufgefüllt. Waffentechniker verpackten die AK-47er, die an Moses' Männer ausgehändigt worden waren, und markierten die fast fünfhundert Gewehre, die sie sich von Makambos Streitmacht zurückgeholt hatten. Juan hatte nicht vergessen, welche Belohnung Lang Overholt ihnen für die Wiederbeschaffung der Waffen versprochen hatte.

Aber so beschäftigt er auch gewesen war, mit *der* Arbeit, die Dr. Julia Huxley und ihr Team in der Sanitätsstation leisteten, konnte er auch nicht annähernd Schritt halten.

Sie hatten dreiundzwanzig Patienten zu versorgen, mussten insgesamt einunddreißig Kugeln herausholen und so viele Organe und Gliedmaßen zusammenflicken, dass es schon so schien, als käme sie nie mehr aus dem Operationssaal heraus. Kaum hatte sie ein Paar blutige Gummihandschuhe abgestreift, da hielt ihr ein Sanitäter bereits ein frisches Paar hin, damit sie den nächsten Verwundeten behandeln konnte. Irgendwann bemerkte ihr Anästhesist scherzhaft, er habe schon so viel Gas verbraucht, dass man damit hätte einen Zeppelin füllen können.

Aber nach fünfzehn Stunden Arbeit nähte sie einen Streifschuss an Mike Tronos Schulter zu – eine Wunde, die erlitten zu haben er sich gar nicht erinnern konnte – und wusste, dass nun nichts mehr zu tun war. Als Mike vom Operationstisch gehüpft war, hatte sich Julia mit einem theatralischen Seufzer darauf ausgestreckt.

»Nun komm schon, Hux«, lästerte Mike. »Sich die Verwundungen einzufangen ist verdammt viel schlimmer, als sie zu behandeln.«

Sie schlug nicht einmal die Augen auf, während sie erwiderte: »Zuerst einmal kann man diesen kleinen Kratzer wohl kaum als Verwundung bezeichnen. Die Katze, die ich mal besaß, hat mir schlimmere Kratzer zugefügt. Zweitens, wenn du meine Arbeit nicht angemessen zu würdigen weißt, dann kann ich liebend gern alle Fäden wieder rausziehen und dich noch ein wenig länger bluten lassen.«

»Tsk, tsk ... und was meint dein Hippokratischer Eid dazu?«

»Ich habe ein Erdkreuz gemacht, als ich ihn ablegte.«

Er drückte ihr einen Kuss auf die Wange. »Träume süß, Doc. Vielen Dank.«

Kaum hatte Mike den Operationssaal verlassen, als ein

Schatten die Lampen über dem Tisch verdunkelte. Julia schlug die Augen auf und sah Juan, der sich über sie beugte. An seiner grimmigen Miene erkannte sie, dass er Bescheid wusste.

»Ich will zu ihr.«

Julia stieg vom Tisch herunter und führte Cabrillo zu einem anderen Teil der Sanitätsstation. Es war ein kleiner gekühlter Raum mit einem einzelnen Tisch in der Mitte. Vier Edelstahlschubladen waren in eine Wand eingebaut. Ohne einen Ton zu sagen, zog sie eine davon auf und gab den Blick auf einen nackten Körper frei, der in einem undurchsichtigen Plastiksack steckte. Juan öffnete die Plastikfolie in Höhe des Kopfes und trat einen halben Schritt zurück, um das blassgraue Gesicht Susan Donleavys eingehend zu betrachten.

»Wie hat sie es getan?«

»Es war eine hässliche Art zu sterben«, sagte Julia, die in diesem Augenblick mindestens zehn Mal so erschöpft war wie kurz zuvor. »Sie streckte die Zunge so weit aus dem Mund, wie sie konnte, und hat sich dann lang wie sie war nach vorne fallen lassen. Ihr Kinn schlug auf den Boden, und ihre Zähne durchtrennten die Zunge. Dann hat sie sich auf den Rücken gedreht und ist an ihrem eigenen Blut erstickt. Ich kann mir überhaupt nicht vorstellen, wie es ist, sich auf diese Art und Weise fallen zu lassen und nicht zu versuchen, den Sturz mit den Händen abzufangen.«

»Sie war gefesselt.«

»Sie hätte doch im letzten Moment noch den Kopf zur Seite drehen können.« Julia betrachtete den Körper traurig. »Durchaus möglich, dass sie es immer wieder versuchen wollte, bis sie endlich den Mut hatte, es tatsächlich zu tun.«

Einige Sekunden lang schwieg Cabrillo. Er erinnerte sich an die Bootsjagd in Sandwich Bay, nachdem er und Sloane die Leiche Papa Heinricks gefunden hatten. Der Lenker des Bootes, das sie verfolgt hatten, hatte sein Boot mit vollem Bewusstsein auf den Strand krachen lassen, anstatt eine Gefangennahme zu riskieren. Er hatte angenommen, dass es vielleicht aus Angst geschehen war, dass er nicht in ein afrikanisches Gefängnis eingesperrt sein wollte. Aber in Wahrheit hatte sich der Mann für die Sache geopfert. Genauso wie Susan Donleavy.

»Nein«, sagte er mit absoluter Gewissheit. »Sie hat es gleich beim ersten Mal richtig gemacht.«

»Hast du dir die Überwachungsbänder ihrer Zelle angesehen?«

Er wandte sich zu ihr um. »Das brauchte ich gar nicht. Ich kenne den Typ.«

»Eine Fanatikerin.«

»Genau. Sich die Zunge abzubeißen war eine annehmbare Alternative zum Harakiri gefangener japanischer Soldaten während des Zweiten Weltkriegs.«

»Es tut mir leid, Juan. Im Schiff gehen Gerüchte um, dass sie noch einige nützliche Informationen hatte.«

»Die hatte sie gewiss.« Er sah Julia an. »Und ich glaube, dass Geoff Merrick sie ebenfalls kennt. Du musst ihn wecken.«

»Vergiss es. Sein Blutdruck ist noch zu niedrig. Ich habe seine Wunden noch nicht mal richtig auf Fremdkörper untersucht, und ich schaffe es gerade, seine Infektion unter Kontrolle zu bekommen. Ich gebe zu, dass sich sein komatöser Zustand gebessert hat, aber sein Körper weigert sich aufzuwachen.«

»Julia, ich habe keine Wahl. Singer hat den Angriff heute Morgen um eine ganz bestimmte Zeit angeordnet, denn er plante noch etwas anderes. Er hat Merrick entführt, weil er wollte, dass er es mit eigenen Augen sah. Als sich Linda mit Susan unterhielt, erfuhr sie, dass Singer sich in der *Oase* ein paar Stunden lang mit Merrick unterhalten hat. Ich würde fast darauf wetten, dass er bei dieser Gelegenheit alles preisgegeben hat.«

»Bist du bereit, dafür sein Leben zu riskieren?«

»Ja«, erwiderte Juan, ohne zu zögern. »Was immer Singer vorhat, auf jeden Fall gehört ein Hurrikan dazu. Ich glaube, er hat eine Möglichkeit gefunden, ihn irgendwie zu beeinflussen. Muss ich dir im Einzelnen erst erklären, was das bedeutet? Du hast dir doch damals nach Katrina frei genommen, um als freiwillige Helferin nach New Orleans zu gehen.«

»Ich bin dort geboren.«

»Wir können vielleicht eine andere Stadt vor dem gleichen Schicksal bewahren. Julia, du hast auf diesem Schiff die vollständige Entscheidungsfreiheit in medizinischen Angelegenheiten, aber nur weil ich es dir gestatte. Wenn es dir lieber ist, dass ich dir einen Befehl gebe, dann tue ich das.«

Sie zögerte erst, dann nickte sie. »Okay, ich versuche es.«

Juan wusste, dass er Linda an diesem Gespräch teilnehmen lassen sollte – es war schließlich ihr Fachgebiet. Aber er wollte sich keine Informationen von einem widerspenstigen Gefangenen verschaffen, sondern er war jetzt im Begriff, sich mit einem halb bewusstlosen Opfer zu unterhalten. »Gehen wir.«

Hux nahm einige Dinge aus dem Operationssaal mit und geleitete Cabrillo zu den Krankenzimmern. Hatte

Geoffrey Merrick vorher ein Zimmer für sich allein gehabt, so musste er sich jetzt den Raum mit drei verwundeten Afrikanern teilen. Sein sonnenverbranntes Gesicht war mit einem Gel bedeckt, damit seine Gesichtshaut schneller heilte, aber Juan konnte erkennen, dass der Wissenschaftler darunter totenbleich war. Nachdem sie ihn eingehend untersucht hatte, injizierte Julia ein Stimulans in seinen intravenösen Tropf.

Merrick kam langsam zu sich. Zuerst blieben seine Augen geschlossen, und die einzige Bewegung rührte von seiner Zunge her, die versuchte, seine trockenen Lippen zu befeuchten. Julia benetzte sie mit einem feuchten Tuch. Dann flatterten seine Augenlider und öffneten sich. Sein Blick wanderte von Julia zu Juan und wieder zurück zur Ärztin. Er war offensichtlich verwirrt.

»Dr. Merrick, mein Name ist Juan Cabrillo. Sie sind hier in Sicherheit. Sie wurden aus der Gewalt der Leute befreit, die Sie entführt hatten, und nun befinden Sie sich in der Sanitätsstation meines Schiffes.«

Ehe Merrick etwas darauf erwidern konnte, ergriff Julia das Wort. »Wie fühlen Sie sich?«

»Ich habe Durst«, krächzte er.

Sie nahm ein Glas Wasser mit Strohhalm vom Nachttisch und hielt es so hin, dass sie den Strohhalm zwischen seine Lippen schieben und er mehrere Schlucke trinken konnte. »Wie geht es Ihrer Brust?«

Er musste einige Sekunden lang überlegen. »Sie ist ... taub.«

»Sie wurden angeschossen«, sagte Juan.

»Daran kann ich mich nicht erinnern.«

»Susan Donleavy hat während der Rettungsaktion auf Sie geschossen.«

»Sie wurde gar nicht misshandelt«, sagte Merrick, als seine Erinnerung bruchstückhaft zurückkehrte. »Ich dachte, sie hätten sie gefoltert, aber das war alles Schminke.«

»In der Zeit, in der Sie gefangen gehalten wurden, hatten Sie einmal Besuch von Daniel Singer. Erinnern Sie sich noch daran?«

»Ich glaube schon.«

»Er war wirklich da, und Sie beide haben sich unterhalten.«

»Wo ist Susan jetzt?«, fragte der Wissenschaftler.

»Sie hat Selbstmord begangen, Doktor.« Merrick starrte ihn an. »Sie hat es getan, damit wir nicht herauskriegen, was Singer plant.«

»Bohrinseln.« Merricks Stimme sank zu einem Flüstern herab, während sich sein Körper gegen die Drogen wehrte, um sich wieder in die Bewusstlosigkeit zurückzuziehen.

»Das ist richtig. Er verfolgte den Plan, Bohrinseln vor der Küste von Angola anzugreifen und eine gigantische Ölpest auszulösen. Was hat er sonst noch geplant? Hat er es Ihnen verraten?«

»Sie müssen ihn aufhalten. Speziell dieses Öl ist giftig.« Seine letzten Worte waren gelallt.

»Das haben wir getan«, sagte Juan. »Sein Angriff ist fehlgeschlagen. Die Ölpest lässt sich eingrenzen.«

»Ein Schiff«, sagte er verträumt.

»Am Terminal lag ein Schiff, aber es wurde nicht angegriffen.«

»Nein, Singer besitzt ein Schiff.«

»Wofür benutzt er es?«

»Das war Susans Entdeckung. Sie zeigte sie ihm. Ich dachte, es sei nur ein Test, aber sie hatte es bereits verbessert.« Seine Augen fielen zu.

»Was verbessert, Geoff? Was hat Susan verbessert? Dr. Merrick?«

»Ein organisches Gel, das Wasser in eine Art Pudding verwandelt.«

»Warum?«, fragte Juan verzweifelt, da er fürchtete, dass Merrick gleich wieder wegtreten könnte. »Wofür wird es benutzt?«

Zwanzig Sekunden lang sagte Merrick überhaupt nichts. »Wärme«, flüsterte er schließlich. »Das Zeug gibt eine Menge Wärme ab.«

Und da war die Verbindung, nach der Cabrillo gesucht hatte. Hurrikane brauchten Wärme, und Singer hatte die Absicht, einen dieser Stürme aufzuladen. Wenn er den Inhalt eines Schiffs, das mit Susan Donleavys Gel beladen war, in den Ozean entließ, möglichst im Epizentrum eines entstehenden Sturms, würde die Wärme dem Wettersystem – und zwar genau, wann und wo er es wollte – auf die Sprünge helfen. Daher hatte er gewusst, wann er den Petromax-Terminal hatte angreifen müssen. Die herrschenden Winde würden die Öldämpfe nach Norden in den Hurrikan tragen, den zu erzeugen er geholfen hatte.

Juan wusste, dass das Meer vor der Westküste Afrikas der logische Ort war, wo Singer das Gel abladen würde, aber diese Region war riesig, und es blieb ihnen nicht genug Zeit, jetzt noch eine Suche durchzuführen. Er musste die Parameter weiter eingrenzen. »Welche Art von Schiff setzt Singer ein?« Höchstwahrscheinlich wäre es wohl ein Tanker, aber Juan wollte den halb bewusstlosen Mann nicht mit seinen Vermutungen durcheinanderbringen.

Merrick schwieg. Er hatte die Augen geschlossen, seine Lippen waren halb geöffnet. Julia betrachtete den Monitor, und Juan kannte diesen Gesichtsausdruck. Ihr gefiel nicht, was sie sah.

Er ergriff Merricks Schulter und schüttelte sie leicht. »Geoff, was für eine Art von Schiff?«

»Juan!« Julias Stimme hatte einen warnenden Unterton.

Merricks Kopf rollte so herum, dass er ihm ins Gesicht schauen konnte, aber er konnte die Augen nicht öffnen. »Ein Tanker. Er hat einen alten Öltanker gekauft.«

Der Monitor begann zu jaulen, als seine Herzfrequenz gefährlich abnahm. Julia stieß Juan zur Seite und rief: »Er baut rapide ab! Holt den Wagen her!« Sie zog das Laken weg, das seine Brust bedeckte, während jemand von ihren Leuten mit einem tragbaren Defibrillator hereinstürmte.

Gleichzeitig schaffte es Merrick, die Augen aufzuschlagen. Sie waren dunkel vor Schmerzen. Er streckte eine Hand aus und ergriff Cabrillos Hand. Dabei formte sein Mund drei Worte, die laut auszusprechen sein Atem nicht ausreichte.

Der zwitschernde Alarm steigerte sich zu einem konstanten Ton.

»Alles klar«, sagte Julia und hielt die Metallplatten über Merricks nacktem Oberkörper hoch. Juan nahm seine Hand weg, damit Julia den elektrischen Impuls auslösen konnte, um Merricks Herz wieder zum Schlagen zu bringen. Sein Körper bäumte sich auf, während der Strom durch ihn hindurchfloss, und der Monitor zeigte eine entsprechende Spitze, ehe die Kurve sich wieder zu einer flachen Linie streckte.

»Eppy.« Der Sanitäter reichte Julia eine Spritze, gefüllt mit Epinephrin. Die Nadel erschien unmöglich lang. Sie trieb sie in den Bereich zwischen zwei von Merricks Rippen und injizierte die Droge direkt in sein Herz. »Gehen Sie hoch auf zweihundert Joules.«

»Ladevorgang läuft«, meldete der Sanitäter und konzentrierte sich auf das Gerät. »Jetzt.«

Sie legte die Platten wieder auf, und für eine Sekunde schien Merricks Körper regelrecht aus dem Bett springen zu wollen. Die Linie auf dem Monitor zeigte wieder eine Spitze.

»Komm schon. Komm schon«, drängte Julia, und dann war der Herzschlag wieder da, anfangs noch langsam, danach stetig schneller und stärker werdend. »Holt einen Ventilator her.« Sie bedachte Cabrillo mit einem anklagenden Blick. »War es das wirklich wert?«

Er hielt ihrem Blick stand. »Das werden wir wissen, wenn wir einen Tanker namens *Gulf of Sidra* finden.«

30

Das Wetter verschlechterte sich, während die *Oregon* nach Norden jagte und ein sorgfältiges Abwägen zwischen einerseits der Geschwindigkeit und andererseits der Notwendigkeit erzwang, die Verwundeten vor weiteren Schäden durch die Bewegungen des Schiffes zu bewahren. Julia hatte aufs neunzehnte Jahrhundert zurückgegriffen, indem sie die am schwersten Verwundeten in Hängematten hatte betten lassen, sodass sie mit der Dünung hin und her schaukelten und weich aufgefangen wurden, wenn das Schiff von einer besonders hohen Welle getroffen wurde. Sie war länger als zwanzig Minuten nicht von Merricks

Seite gewichen, seit sein Herz wieder zu schlagen begonnen hatte.

Nachdem der Name genannt geworden war, hatten Murph und Eric weniger als eine halbe Stunde gebraucht, um in Erfahrung zu bringen, dass ein Tanker namens *Gulf of Sidra* fast einen Monat lang vor der Küste Mauretaniens vor Anker gelegen hatte, seinen Platz am Vortag aber verlassen hatte. Das Schiff war im Besitz des staatlichen Ölmonopols Libyens gewesen, bis es durch einen kurz zuvor stattgefundenen Verkauf auf eine neu gegründete liberianische Firma namens CroonerCo. übergegangen war, was eine, wie Murph fand, höchst unzureichend verschleierte Anspielung auf Singers Nachnamen bedeutete.

Mit dieser Information hatten die beiden ein noch größeres Gebiet berechnen können, in dem sich das Schiff verstecken konnte, eine Region, die schon bald ein tropisches Tiefdruckgebiet einschließen würde, das knapp elfhundert Kilometer vor der afrikanischen Küste zunehmend schneller rotierte. Diese Region wollten sie so schnell wie möglich erreichen.

Um seine Chancen zu erhöhen, hatte Juan abermals bei Lang Overholt um die Erlaubnis gebeten, das von der amerikanischen Regierung unterhaltene Netz von Spionagesatelliten zu benutzen, um die Position der *Gulf of Sidra* zu bestimmen. Nun, da sich jeder der drohenden Gefahr bewusst war, hatte Overholt Cabrillos Erkenntnisse dem Chef der CIA vorgetragen. Der Präsident wurde kurz danach informiert, und entsprechende Anweisungen gingen an die Küstenwache und an die Navy wie auch an die NUMA und den National Weather Service, der regelmäßig die Zugrouten der Wirbelstürme überwachte. Ein mit Marschflugkörpern ausgerüsteter Kreuzer, der von einer Patrouillenfahrt durchs Rote Meer zurückkehrte, und ein Zerstörer, der zu einem Höflichkeitsbesuch im Hafen von Algier lag, brachen ihre jeweilige Mission ab und schickten sich an, das Mittelmeer zu verlassen. Außerdem operierten zwei atomgetriebene Unterseeboote nahe genug, um das in Frage stehende Gebiet innerhalb von zwanzig Stunden zu erreichen.

Die englische Regierung wurde von der Situation in Kenntnis gesetzt und bot an, zwei Schiffe von Gibraltar und eins von Portsmouth zu schicken. Sie würden zwar erst einige Tage nach den Amerikanern an Ort und Stelle sein, ihre Hilfe aber wurde dankbar angenommen.

Juan wusste jedoch, dass trotz all dieser Schiffe, die die Suche nach dem Tanker aufnahmen, die *Oregon* mit ihrer überlegenen Geschwindigkeit als Erste die Ausläufer des Sturms erreichen würde. Und die Last, Daniel Singer aufzuhalten, ruhte somit auf seinen Schultern.

Sloane Macintyre schlängelte sich mit einem Dinnertablett, das Maurice persönlich vorbereitet hatte, durch den Korridor. Mit einem Arm immer noch in einer Schlinge, war das ziemlich mühsam, und sie musste sich mehrmals mit der Schulter an die Korridorwände lehnen, um das Gleichgewicht zu halten. Es war fast elf Uhr, und sie traf keine Menschenseele an, während sie nach achtern ging. Sie erreichte die Tür, zu der sie wollte, und musste den Fuß einsetzen, um leise anzuklopfen. Als keine Antwort erfolgte, klopfte sie ein wenig lauter, allerdings mit dem gleichen Ergebnis.

Sie setzte das Tablett auf dem Teppichboden ab und öffnete die Tür einen Spalt breit. Im Zimmer dahinter konnte sie gedämpftes Licht erkennen.

»Juan«, rief sie halblaut und hob das Tablett wieder hoch. »Sie waren nicht beim Abendessen, daher habe ich von Maurice eine Kleinigkeit für Sie vorbereiten lassen.«

Sie trat über die Schwelle und hatte noch nicht das Gefühl zu stören. Eine Lampe erhellte Cabrillos Schreibtisch zur Hälfte. Die andere Hälfte wurde vom gedämpften Schimmer eines Computermonitors beherrscht. Der Sessel war zurückgeschoben, als wäre Juan soeben erst aufgestanden. Doch er stand weder am Aktenschrank noch an dem antiken Safe. Das Sofa, das unter einem dunklen Bullauge stand, war leer.

Sie stellte das Tablett auf den Schreibtisch und rief noch einmal seinen Namen, während sie sich dem dunklen Schlafzimmer näherte. Er lag bäuchlings auf dem Bett, und ehe Sloane das gesamte Bild in sich aufnahm, wandte sie schon den Kopf ab, weil sie annahm, dass er nackt war. Als sie verlegen wieder hinsah, erkannte sie jedoch, dass er Boxershorts trug, die fast die gleiche Farbe hatte wie seine Haut, obwohl ein weißer Streifen oberhalb des Gummibundes der Shorts deutlich zu sehen war. Dann hatte sie plötzlich Angst, dass er nicht mehr atmete, bis seine Brust sich wie ein Blasebalg aufblähte.

Zu ersten Mal nahm sie sich die Zeit, seinen Beinstumpf zu betrachten. Die Haut war gerötet und geschwollen und sah irgendwie wund aus, zweifellos eine Folge der heftigen Kämpfe, in die er verwickelt gewesen war. Die Muskeln seiner Oberschenkel waren ausgeprägt, und selbst im Schlaf schienen sie sich nicht zu entspannen. Genau genommen wirkte überhaupt nichts an ihm entspannt. Sein ganzer Körper schien zu vibrieren. Sie hielt den Atem an, lauschte aufmerksam und hörte seine Zähne knirschen.

Sein Rücken war ein Flickenteppich aus alten Narben und frischen Blutergüssen. Da waren sechs identische Flecken, die aussahen, als hätte er eine Schrotflintenpatrone abbekommen, und dann noch etwas, von dem sie hoffte, dass es eine verheilte Operationsnarbe und keine Messerwunde war, denn sie begann dicht über seiner Niere und verschwand in seiner Shorts.

Seine Kleider lagen auf dem Fußboden, und während sie sie zusammenfaltete, fragte sie sich, welche Art von Mensch wohl bereit wäre, einen so hohen Preis zu zahlen, um das zu tun, was er tat. Ihm war äußerlich nicht anzumerken, dass seine nächtlichen Träume einen heftigen Bruxismus auslösten, der klang, als wolle er seine Zähne regelrecht pulverisieren. Und obgleich er kaum in den Vierzigern war, hatte er Narben angesammelt, die für zwei Leben gereicht hätten. Irgendeine Macht musste ihn dazu treiben, sich trotz der nachteiligen Auswirkungen auf seinen Körper immer wieder in Gefahr zu begeben.

Es war kein verkappter Todeswunsch, dessen war sie sich sicher. Seine lockere Art im Umgang mit Max und den anderen zeigte ihr, dass Juan Cabrillo das Leben mehr liebte als jeder andere. Aber vielleicht war genau das der Punkt. Er hatte es sich zur Aufgabe gemacht, dafür zu sorgen, dass andere Menschen die Gelegenheit bekamen, sich ihres Lebens genauso zu erfreuen, wie er es tat. Er hatte sich zu einem Beschützer aufgeschwungen, selbst wenn all jene, die er unter seine Fittiche nahm, niemals von seinen Bemühungen erfuhren. Sie erinnerte sich an das Gespräch anlässlich ihrer Frage, was er mit Ausnahme des Kapitäns der *Oregon* am liebsten wäre. Er hatte mit Sanitäter geantwortet, ein klassischer unbesungener Held, wie er im Buche stand.

Als sie seine Hose über einen altmodischen Hausdiener aus Holz hängte, fiel seine Brieftasche auf den Fußboden.

Sloane schaute zu Juan hinüber. Er hatte keinen Muskel gerührt. Von Schuldgefühlen geplagt, die aber nicht so heftig waren, um ihre Neugier zu verdrängen, klappte sie die Brieftasche auf. Alles, was sie enthielt, war Bargeld in verschiedenen Währungen. Keine Kreditkarten, keine Visitenkarten, nichts, was ihn in irgendeiner Weise hätte identifizieren können. Sie hätte es wissen müssen. Er würde niemals etwas bei sich haben, das ihn mit seinem Schiff in Verbindung bringen oder seinen Gegnern Informationen darüber liefern würde, wer er wirklich war.

Sloane blickte zum Arbeitszimmer hinüber, wo die Beleuchtung dafür sorgte, dass sein Schreibtisch den Raum beherrschte. Sie ging leise darauf zu, warf abermals einen kurzen Blick in seine Richtung, ehe sie behutsam die mittlere Schublade aufzog. Dort bewahrte Cabrillo seine Persönlichkeit auf. Sie fand ein goldenes, mit Onyx besetztes Dunhill-Feuerzeug und einen kunstvoll verzierten Zigarrenabschneider. Daneben lag ein amerikanischer Reisepass. Sie blätterte darin und stellte fest, dass nahezu jede Seite einen Stempel trug. Ihr gefiel sein kurzes Haar, so wie er es jetzt trug, viel besser als die Frisur auf dem Foto, das sechs Jahre zuvor aufgenommen worden war. Sie fand noch zwei weitere amerikanische Reisepässe, einen mit dem Bild einer ziemlich schlampigen Erscheinung von einem Mann namens Jeddediah Smith – und es dauerte einige Sekunden, ehe sie erkannte, dass es sich um Juan in einer entsprechenden Verkleidung handelte. Da waren andere Reisepässe aus verschiedenen Ländern sowie dazu passende Kreditkarten für alle Charaktere sowie Kapitänslizenzen für Juan und seine Smith-Identität. Sie fand auch eine goldene Taschenuhr mit einer Inschrift für Hector Cabrillo von Rosa und vermutete, dass sie seinem Großvater gehört hatte. Zwischen all den Gegenständen befanden sich außerdem ein paar Briefe von seinen Eltern, seine alte ID-Marke von der CIA, eine kleine vierschüssige Pistole, wie sie ein Berufsspieler auf einem Mississippi-Dampfer bei sich gehabt haben könnte, ein Vergrößerungsglas mit Elfenbeingriff und ein verrostetes Cub-Scout-Taschenmesser.

Ganz hinten in der Schublade stieß sie auf eine mit Einlegearbeiten verzierte türkische Schatulle, und darin machte sie eine Entdeckung, mit der sie niemals gerechnet hätte – einen goldenen Trauring. Es war ein ganz schlichter Ring, und danach zu urteilen, wie wenig zerkratzt er war, dürfte er nicht allzu oft getragen worden sein. Sie fragte sich, welche Frau so dumm gewesen sein konnte, einen Mann wie Juan gehen zu lassen. So einen wie ihn fand man unter einer Million Männer nur einmal, und wenn man das Glück hatte, diesen einen gefunden zu haben, dann sollte man auch alles Erdenkliche versuchen, um die Beziehung zu erhalten. Sie untersuchte die Schatulle ein wenig sorgfältiger und bemerkte ein zusammengefaltetes Stück Papier, das den gesamten Boden bedeckte.

Sie war sich nicht sicher, ob sie ihre Neugier weiter befriedigen sollte, und schaute zu ihm hinüber. Juan schlief fest, und sie angelte das Papier aus der Schatulle. Es war der Polizeibericht über einen Verkehrsunfall in Falls Church, Virginia, der Amy Cabrillo das Leben gekostet hatte. Sloanes Augen wurden feucht. Während sie den amtlichen Bericht las, erfuhr sie, dass der Blutalkoholgehalt von Juans Frau die gesetzlich erlaubte Grenze um fast das Dreifache übertroffen hatte.

Ein Mann wie Juan heiratete nur einmal im Leben, und zwar die Frau, von der er überzeugt war, dass er mit ihr alt werden wollte. Die Tatsache, dass ihm diese Frau diesen Traum genommen hatte, ließ Sloane sie umso mehr hassen. Sie wischte sich die Wange ab, faltete den Bericht sorgfältig und legte alles zurück in die Schublade, so wie sie es vorgefunden hatte. Sie nahm das Tablett und verließ die Kabine.

Linda Ross bog um die Ecke, als Sloane soeben die Tür geschlossen hatte.

»Hi«, sagte Sloane schnell, um ihre Verlegenheit zu kaschieren. »Ich habe Juan nicht beim Essen gesehen, daher wollte ich ihm eine Kleinigkeit bringen. Er schläft aber.«

»Weinen Sie deshalb?«

»Ich ...« Sloane kam nicht weiter.

Linda lächelte freundlich. »Machen Sie sich keine Sorgen. Es bleibt unser Geheimnis. Meiner unmaßgeblichen Meinung nach ist er wahrscheinlich der beste Mann, den ich je kennengelernt habe.«

»Haben Sie und er ...?«

»Ich gebe zu, dass er verteufelt gut aussieht und dass mir der Gedanke schon kam, als ich das erste Mal an Bord mitfuhr, aber nein, wir haben nicht, und es wird auch niemals so weit kommen. Er ist mein Chef und mein Freund, und beides ist viel zu wichtig, um es mit einer Affäre zu verderben.«

»Aber das wird auch alles ein, was jemals möglich ist, nicht wahr? Ich habe das Gefühl, dass er einer von denen ist, für die es nur eine einzige Frau gibt, und diese Gelegenheit ist ein für alle Mal vorbei.«

»Sie wissen über Amy Bescheid?«

»Ich habe ein wenig herumgeschnüffelt und den Polizeibericht gefunden.«

»Sagen Sie Juan nicht, dass Sie ihn gelesen haben. Er glaubt, dass niemand von der Mannschaft weiß, dass er verwitwet ist. Max hat den Fehler gemacht und mit Maurice einmal darüber gesprochen, und, nun ja, Maurice tratscht wie ein altes Waschweib. Und – ja richtig, es wäre wahrscheinlich nur eine kurzfristige Angelegenheit, aber nicht, weil er wegen Amy trauert. Er hat eine andere große Liebe, mit der keine Frau konkurrieren kann.«

»Die *Oregon*.«

Linda nickte. »Also überlegen Sie sich gut, was Sie wirklich wollen, ehe Sie es tun.«

»Danke.«

Während sie sich entfernten, öffnete sich Juans Kabinentür einen Spalt, und er blickte in den Korridor. Das Geräusch der Schublade, als sie geöffnet wurde, hatte ihn geweckt, aber er hatte sich schlafend gestellt, um Sloane nicht in Verlegenheit zu bringen. Er würde mit Max über seine Unfähigkeit reden müssen, ein Geheimnis für sich zu behalten, und ebenfalls mit Maurice. Er schloss die Tür wieder und dachte, dass das, was er gehört hatte, die Entscheidung, über die er nachgedacht hatte, um einiges erschwerte.

Juan saß im Wohnraum der Gästekabine und unterhielt sich mit Moses Ndebele. Heimgesucht von heftiger Seekrankheit hüteten seine Männer das Bett. Ihm gefiel sein Intellekt, und er konnte seine Fähigkeit zu verzeihen nur bewundern, wenn er bedachte, wie übel seine Regierung ihm mitgespielt hatte. Anders als andere Männer, die, sobald sie an der Macht sind, Freiheiten beschneiden und ihr Volk in ihrem Streben nach persönlichem Reichtum und Ansehen in Armut stürzen, wollte Ndebele tatsächlich nur das Beste für Simbabwe. Er sprach von Wirtschaftsreformen und davon, der einst blühenden Landwirtschaft des Landes wieder zu ihrer früheren Leistungsfähigkeit und Bedeutung zu verhelfen. Er sprach davon, die Macht unter den Stämmen zu verteilen und die Vetternwirtschaft zu beenden, die schon so viele afrikanische Nationen ruiniert hatte.

Mehr als alles andere wünschte er sich, dass sich seine Leute nicht mehr vor ihrer eigenen Regierung fürchteten.

Cabrillo war mehr als je zuvor davon überzeugt, dass seine Vereinbarung mit Moses genau das Richtige gewesen war. Sie hatten die Chance wiederherzustellen, was früher einmal ein funkelndes Juwel des südlich der Sahara gelegenen Afrika gewesen war, und es wieder zu dem – von allen beneideten – Stern des Kontinents zu machen. Natürlich müsste dazu nur ein Schiff gefunden werden, das seit einem Jahrhundert vermisst wurde und irgendwo in einem Gebiet von einigen tausend Quadratkilometern gesunken war.

Er spürte, wie das Schiff plötzlich den Kurs änderte. Er schätzte den Schwenk auf mindestens fünfzehn Grad und erhob sich, als sein Telefon klingelte.

»Jemand hat sie gefunden«, sagte er, da er wusste, dass es niemand anders als Max sein konnte, der die Neuigkeit brachte, auf die sie seit dreißig Stunden warteten. Er entschuldigte sich mit einer stummen Geste bei Moses, während er den Raum verließ.

»Sie wurde von etwas namens Mag-Star geortet«, sagte

Hanley. »Offensichtlich ein neuer militärischer Satellit, der die Veränderung aufspüren kann, die ein großes Schiff mit stählernem Rumpf im Magnetfeld der Erde hervorruft.«

Juan war die Technologie bekannt. »Wie weit sind wir von ihr entfernt?«

»Etwa zweihundertsiebzig Kilometer, und, um deine nächste Frage auch gleich zu beantworten, wir sind von allen Schiffen, die dorthin unterwegs sind, immer noch das nächste.«

Indem er Geschwindigkeit und Entfernungen berechnete, meinte Juan: »Damit müssten wir sie etwa bei Sonnenuntergang vor uns haben, auch wenn wir die Sonne schon seit Längerem nicht mehr gesehen haben.«

Die *Oregon* war seit dem Morgengrauen unter einer dichten Wolkendecke unterwegs, während sich der Seegang zu fünf Meter hohen Wellen gesteigert hatte, die ständig gegen ihren Rumpf donnerten. Das Schiff hatte keine Probleme, die Brecher beiseitezuschieben. Es war konstruiert, um mit Schlimmerem fertig zu werden, und das bei höheren Geschwindigkeiten, als es derzeit vorlegte. Dennoch mussten die Verwundeten trotz Julias Bemühungen einiges über sich ergehen lassen. Der Wind wehte stetig mit dreißig Knoten mit gelegentlichen Böen der Stärke acht auf der Beaufort-Skala. Noch hatte der Regen nicht eingesetzt, doch der Wetterbericht prophezeite, dass in zwei Stunden damit zu rechnen sei.

»Die *Gulf of Sidra* bei diesem Sturm stillzulegen ist schon schwierig genug«, meinte Max. »Die Dunkelheit macht es nur noch komplizierter.«

»Erzähl mir alles«, sagte Juan. »Ich bin in einer Sekunde da.«

Sekunden später betrat er das Operationszentrum. Die Wachen wurden durch das beste Team der Corporation ersetzt. Es war nicht so einfach, denn das Schiff schwankte heftig, und die Mannschaft musste sich ständig mit den Händen an Tischen oder an Schotts abstützen. Eric Stone nahm bereits den Platz am Ruderrad ein. Mark Murphy, der ein T-Shirt trug, dessen Aufschrift die Waljagd mit Atombomben empfahl, glitt auf seinen Platz an den Waffenkontrollen, während sich Hali in die Kommunikationssysteme einschaltete. Linda Ross traf ein, während Eddie und Linc sich vor der Rückwand aufbauten. Abgesehen von ihrer gleichermaßen hohen Kompetenz waren sie so unterschiedlich wie Mutt und Jeff.

Max kam von seinem Platz, auf dem er seine geliebten Maschinen überwachte, herüber, sobald sich Juan in den Kommandantensessel in der Mitte des Raumes sinken ließ. Der Hauptschirm lieferte ein Satellitenbild vom Atlantik. Die Wolken formierten sich bereits zu den bekannten Wirbelmustern eines entstehenden Hurrikans. Soeben bildete sich das Auge.

»Okay, wo sind wir also, und wo ist die *Sidra*?«, fragte Juan.

Stone tippte etwas in seinen Computer, und zwei blinkende Symbole erschienen auf dem Monitor. Die *Gulf of Sidra* befand sich in nächster Nähe der Zone, in der sich das Auge entwickelte und größer wurde, während die *Oregon* von Südosten darauf zuhielt.

Sie beobachteten den Monitor mehr als eine Stunde lang, während das Bild vom National Reconnaissance Office ständig aktualisiert wurde. Das war jene geheime Dienststelle der Regierung, die fast alle Spionagesatelliten der Vereinigten Staaten betreute. Je deutlicher der Sturm die typische Form eines Hurrikans annahm, desto enger manövrierte Singers Tanker, damit er innerhalb des Auges blieb.

»Ich bekomme gerade weitere Informationen von Overholt«, meldete Hali und starrte auf seinen Computerbildschirm. »Es heißt hier, das NRO habe zusätzliche Daten über das Zielobjekt. Sie sind noch einmal ihre Aufzeichnungen durchgegangen und konnten den Kurs während der zwei Stunden, ehe sie sie aufspürten, rekonstruieren. Eric, ich schicke dir die Angaben mal rüber.«

Als er die E-Mail vom anderen Ende des Raums empfing, tippte Eric die Koordinaten ein. »Gleich haben wir sie«, sagte er und betätigte die Enter-Taste.

Das Symbol für die *Sidra* sprang auf dem Bildschirm etwa drei Zentimeter zurück und wanderte dann wieder vorwärts. Es sah so aus, als entstünde das Auge genau auf ihrem Kurs, und nicht, als liefe das Schiff an seinem Rand entlang.

»Was zum Teufel?«, murmelte Juan.

»Ich hatte Recht!«, rief Eric.

»Ja, ja, du bist ein Genie«, sagte Max, dann wandte er sich zu Cabrillo um. »Er und ich haben unsere Gehirnzellen in meiner Kabine ein wenig angestrengt. Na ja, wir haben uns auch in den Hauptcomputer von Merrick/Singer eingehackt. Susan Donleavy hatte dort keinerlei Notizen gespeichert. Entweder hatte sie einen eigenen separaten Rechner, oder sie hat handschriftliche Aufzeichnungen angefertigt. Wie dem auch sei, alles, was wir von ihrem Projekt auftreiben konnten, war der ursprüngliche Vorschlag, und sogar der war ziemlich dünn. Sie hatte die Idee, ein organisches Flockungsmittel zu entwickeln.«

»Ein was?«

»Das ist ein Stoff, der Erde und andere solide Bestandteile, die im Wasser schweben, dazu bringt, Klumpen zu bilden«, antwortete Eric. »Das Zeug wird in Kläranlagen dazu benutzt, die Abfallstoffe auszufällen.«

»Sie hat nach einer Möglichkeit gesucht, im Meerwasser gefundenes organisches Material zu binden, um Wasser in ein Gel zu verwandeln.«

»Und wofür?«, fragte Max.

»Das hat sie nicht gesagt«, erwiderte Mark, »und offensichtlich hat es in der Bewilligungskommission auch niemanden interessiert, denn sie bekam das Okay, ohne die Notwendigkeit für die Entwicklung eines solchen Stoffs zu erläutern.«

Stone räusperte sich und fuhr fort: »Wir wissen aus deinem Gespräch mit Merrick, dass die Reaktion exotherm und, wie ich vermute, nicht beeinflussbar ist. Die Wärme tötet am Ende das organische Material ab, und das Gel löst sich zu ordinärem Meerwasser auf.«

»Bis jetzt kann ich dir folgen«, sagte Juan, »aber ich erkenne in all dem keinen Sinn.«

»Wenn Singer das Flockungsmittel ablässt, wird es sich für eine Weile ausbreiten und sich dann einfach auflösen.« Mark schnaubte verächtlich, um seinem Argument Nachdruck zu verleihen. »Der Hurrikan wird einen Teil der Wärme absorbieren, wenn er darüber hinwegzieht. Doch es wird nicht genug sein, um irgendwelche bedeutenden Veränderungen hinsichtlich seiner Stärke oder seiner Richtung auszulösen.«

Eric schaltete sich ein. »Ich denke, wenn er das Zeug in einem Kreis ausbringt, während der Hurrikan zu rotieren beginnt, dann kann er schon bestimmen, wo und wann das Auge sich bildet – und was am wichtigsten ist, wie groß es sein wird.«

»Und je enger das Auge ist, desto schneller kann der Wind es umkreisen«, fügte Max hinzu.

»Andrews Auge hatte einen Durchmesser von knapp zwanzig Kilometern, als er in Miami auf die Küste traf«, sagte Murph. »Natürliche Prozesse bestimmen, wie klein das Auge sein kann, aber Singer schafft es offensichtlich, den Hurrikan so weit aufzuladen, dass er den Wert fünf auf der Saffir-Simpson-Skala übersteigt. Er kann vielleicht auch die Richtung des Sturms kontrollieren, wenn er über den Atlantik zieht, und sich infolgedessen die Küstenregion aussuchen, wo er zuschlagen soll.«

Cabrillo schaute wieder auf den Monitor. Es sah so aus, als täte die *Gulf of Sidra* genau das, was Eric und Murph prophezeit hatten. Sie begann soeben eine spiralförmige Kreisfahrt und benutzte die Wärme, die von Susan Donleavys Gel erzeugte wurde, das sie ins Meer leitete, so schnell es ihre Pumpen nur erlaubten, um den Sturm zu einer zunehmend engeren Rotation zu zwingen. Singer verkleinerte so das Auge und verhalf dem Hurrikan damit zu mehr Wucht, als auf natürlichem Weg zu erreichen wäre.

»Wenn er diesen Kreis schließt, gibt es nichts mehr, was wir tun können«, schloss Eric. »Das Auge wird sich schließen, und keine Macht der Erde wird es mehr aufhalten können.«

»Hat irgendwer eine Idee, wohin er es schickt?«

»An seiner Stelle würde ich mich für New Orleans entscheiden«, sagte Murph, »aber ich weiß nicht, ob er den Sturm so genau lenken kann. Am sichersten wäre es für ihn, wenn der Hurrikan in Florida zuschlägt, wo ihn die warmen Küstengewässer nicht schwächen. Miami oder Jacksonville wären die Städte, die sich am ehesten anbieten. Andrew hat Schäden in Höhe von neun Milliarden Dollars verursacht, und das war nur ein Sturm der Kategorie vier. Lasst einen Hurrikan der Kategorie sechs auf eine dieser Städte los, und Wolkenkratzer werden in Schutt und Asche gelegt.«

»Max«, fragte Juan, ohne ihn anzusehen, »wie hoch ist unsere Geschwindigkeit?«

»Knapp unter fünfunddreißig Knoten.«

»Eric, bring uns auf vierzig.«

»Das wird Julia gar nicht gefallen«, warnte Max mit leisem Spott.

»Ich stehe schon jetzt auf ihrer Abschussliste, weil ich sie gezwungen habe, Merrick aufzuwecken«, sagte Juan ernst.

Eric führte den Befehl aus und fuhr die magnetohydrodynamischen Maschinen hoch, um aus dem Meerwasser mehr Elektrizität für die Pump-Jets zu gewinnen. Die Fahrt der *Oregon* wurde merklich rauer, sie jagte noch schneller über die Wellen. Eine Außenkamera zeigte, wie ihr Bug unter einer Wasserwand verschwand, während sie sich in die Brecher wühlte. Wasser wogte einen Meter hoch über das Deck, als sich das Vorschiff wieder hob.

Cabrillo wählte auf seiner Kommunikationskonsole den Hangar. Ein Techniker meldete sich und holte auf Juans Bitte George Adams ans Intercom. »Es gefällt mir gar nicht, dass du mich anrufst«, sagte Adams anstelle einer Begrüßung.

»Kannst du es schaffen, George?«

»Es wird ein Albtraum«, erwiderte der Pilot, »aber ja, ich glaube, ich schaffe es, solange es nicht anfängt zu regnen. Und ich will kein Gemeckere hören, wenn ich die Landekufen des Robinson beschädige.«

»Ich werde kein Wort sagen. Halt dich bereit, sodass du innerhalb von zehn Minuten starten kannst, und warte auf mein Okay.«

»Kannst du haben.«

Juan unterbrach die Verbindung. »Mark, wie sieht es mit unseren Fischen aus?«

Auf beiden Seiten des Bugs der *Oregon* und unterhalb der Wasserlinie befand sich je ein Rohr, aus dem ein russischer Test-71-Torpedo abgeschossen werden konnte. Beide Zwei-Tonnen-Waffen waren drahtgelenkt, hatten eine Reichweite von rund fünfzehn Kilometern, eine Höchstgeschwindigkeit von vierzig Knoten und trugen vierhundertfünfzig Pfund Sprengstoff in sich. Als er die *Oregon* damals konstruierte, hatte Cabrillo sie mit amerikanischen MK-48-ADCAP-Torpedos ausrüsten wollen, aber Langston hatte sich strikt geweigert, sie ihm zur Verfügung zu stellen. Wie die Dinge lagen, waren die ausgemusterten sowjetischen Torpedos jedoch stark genug, um jedes Schiff zu versenken, außer es verfügte über eine besonders schwere Panzerung.

»Du hast doch nicht etwa vor, der *Sidra* mit den Torpedos zu Leibe zu rücken, oder?«, fragte Mark. »Damit würde die gesamte Ladung Gel an einem konzentrierten Punkt ins Meer fallen. Und in diesem Stadium könnte ein solcher Wärmezufluss die gleiche Wirkung haben, als wenn das Schiff seine Kreisfahrt beendet hätte.«

»Ich will mir nur alle Optionen offen halten«, beruhigte Juan seinen Waffenexperten.

»Okay, gut.« Mark rief eine Statusmeldung für die Torpedos auf. »Sie wurden vor drei Tagen zu einer Routineinspektion aus den Rohren geholt. Bei dem Torpedo in Rohr eins wurde eine Batterie ausgetauscht. Beide zeigen jetzt volle Ladung.«

»Und was hast du vor?«, wollte Max von Juan wissen.

»Die einfachste Lösung wäre, mit dem Hubschrauber ein Team rüberzubringen, die Kontrolle über den Tanker zu übernehmen und die Pumpen stillzulegen.«

»Keine schlechte Idee, Juan«, sagte Eric. »Wenn wir die *Sidra* weit genug vom Auge des Sturms wegbringen und das Gel dort ablassen, könnte der Wärmezufluss im Ozean eine stärkere Verdunstung zur Folge haben und auf diese Art und Weise eine weitere Tiefdruckzone schaffen. Sie würde die Entstehung des Sturm stören und ihn regelrecht auseinanderreißen.«

»O Gott!«, rief Hali plötzlich. Er betätigte einen Schalter auf seiner Konsole, und eine aufgeregte Stimme erfüllte sofort den Kontrollraum.

»Ich wiederhole, hier spricht Adonis Cassedine, Kapitän der VLCC *Gulf of Sidra*. Ein Sturm hat unseren Rumpf beschädigt. Wir fahren unter Ballast, daher ist keine Ölpest zu befürchten, aber wir müssen das Schiff aufgeben, wenn das Leck sich vergrößert.« Er nannte seine Koordinaten. »Ich melde einen Notfall. Hört irgendjemand mein Signal? Mayday, Mayday, Mayday.«

»Unter Ballast, wie nett«, knurrte Max. »Was willst du tun?«

Cabrillo saß regungslos da, das Kinn in eine Hand gestützt. »Lass sie schmoren. Er wird weitere Meldungen absetzen, auch wenn niemand antwortet. Eric, wann sind wir schätzungsweise dort?«

»Es dürfte immer noch an die drei Stunden dauern.«

»So lange wird die *Sidra* mit geborstenem Rumpf bei

diesem Seegang nicht durchhalten«, sagte Max. »Vor allem dann nicht, wenn ihr Kiel beschädigt ist. Verdammt, sie könnte schon in drei Minuten zerbrechen.«

Dem konnte Juan nicht widersprechen. Sie mussten irgendetwas tun, aber seine Möglichkeiten waren begrenzt. Zuzulassen, dass der Tanker zerbrach, war die schlechteste Lösung, und es schien, als wäre Erics Idee, den Tanker zu benutzen, um den Sturm zu entschärfen, gar nicht durchführbar. Das Beste, was ihm dazu einfiel, war, das Schiff zu versenken und zu hoffen, dass sich der Gelaustritt in engen Grenzen hielt. Die Test-71-Torpedos würden das schon schaffen, aber es könnte Stunden dauern, ehe der Rumpf endgültig absoff, was zur Folge hätte, dass der Tanker bis dahin einen Großteil seiner Ladung ins Meer abgeben würde.

Auf der Suche nach einer Lösung des Problems fiel ihm ein, was er mit Sloane auf der *Or Death* erlebt hatte. Als das Boot von einer Rakete getroffen wurde, die von der Jacht abgefeuert worden war, die die Wellenkraftwerke beschützt hatte, war es in kürzester Zeit gesunken, weil ihm bei voller Fahrt der Bug weggesprengt worden war. Cabrillo hielt sich nicht damit auf, darüber nachzudenken, was möglicherweise gegen die Durchführbarkeit seiner verrückten Idee sprechen mochte, sondern unternahm sofort alle erforderlichen Schritte zu ihrer Umsetzung.

»Linc, Eddie, geht runter ins Materiallager, und holt mir siebzig Meter Hypertherm, und zwar das Zeug mit den Elektromagneten auf der Ummantelung.« Bei diesem plastischen sprengstoffähnlichen Material handelte es sich um eine Verbindung auf Magnesiumbasis, die mit fast zweitausend Grad Celsius verbrannte und von Abwrackunternehmen zum Schneiden von Stahl unter Wasser benutzt wurde. »Wir treffen uns im Hangar, Eddie, und sieh zu, dass du dich unterwegs ausreichend bewaffnest. Ich habe keine Ahnung, welche Art von Empfang sie uns auf der *Sidra* bereiten werden.«

»Was ist mit mir?«, wollte Linc wissen.

»Tut mir leid, aber wir müssen Gewicht einsparen.«

Max tippte Juan auf die Schulter. »Offenbar hast du etwas Gemeines und Hinterhältiges ausgebrütet. Würdest du uns vielleicht aufklären?« Nachdem Cabrillo seinen Plan dargelegt hatte, nickte Hanley. »Wie ich schon sagte, absolut gemein und hinterhältig.«

»Fällt dir vielleicht was Besseres ein?«

31

George Adams' Gesicht spiegelte höchste Konzentration wider, während sich seine Finger um den Steuerknüppel des Robinson legten. Wind und die rasenden Propellerflügel des Hauptrotors ließen den kleinen Hubschrauber auf dem erhöhten Heli-Pad erzittern, aber er wollte erst den richtigen Zeitpunkt abwarten.

Die *Oregon* sackte nach einer hohen Welle in die Tiefe, und eine Wasserwand stieg vor dem Bug in die Höhe. Ihr Kamm krümmte sich und drohte, den Helikopter mit seinen drei Insassen unter sich zu begraben.

»Sag was, Eric«, verlangte er, während das Schiff von der nächsten Welle in die Höhe gehoben wurde.

»Warte ab, die Kamera hat fast den höchsten Punkt erreicht. Okay, ja, auf der anderen Seite ist ein tiefes Tal. Du hast noch reichlich Zeit.«

In dem Augenblick, da das Schiff den Gipfel seines Aufstiegs erreicht hatte, schob Adams den Gashebel einen Deut nach vorn. Er wusste, wenn sie starteten, würde die *Oregon* unter ihnen wegsacken und nicht von einer weiteren Welle gegen den Helikopter gedrückt werden. Während sie sich in die Luft erhoben, begann der Trampfrachter seine Talfahrt. George senkte die Nase ein wenig ab, um Geschwindigkeit aufzunehmen, und brachte den Helikopter dann außer Reichweite der tobenden See und in einen Mahlstrom von Wind. Er musste sich vom Wind mitnehmen lassen, um an Tempo und Höhe zu gewinnen, ehe er sich wieder dem Sturm entgegenstemmte. Bei einem Gegenwind von fünfzig Knoten schaffte der Robinson nur sechzig Knoten über dem Ozean und war damit nicht viel schneller als die *Oregon* selbst, aber Juan wollte so schnell wie möglich zur *Gulf of Sidra* kommen.

Wenn der Plan funktionierte, befände sich sein Schiff genau in dem Augenblick in Torpedoreichweite, wenn er und Eddie die Hyperthermladungen angebracht hätten.

»Nach meinen Berechnungen beträgt unsere Flugzeit eine Stunde und zwanzig Minuten«, sagte George, nachdem er für den schwierigen Flug auf Kurs gegangen war.

»Juan?« Das war Max über Funk.

»Lass hören.«

»Cassedine hat wieder SOS gesendet.«

»Okay, antworte ihm wie besprochen.«

»Alles klar.« Max ließ die Verbindung bestehen, damit Cabrillo den Dialog verfolgen konnte. »*Gulf of Sidra*, hier ist Kapitän Max Hanley der MS *Oregon*. Ich habe Ihren Notruf gehört und nähere mich Ihrer Position mit Höchstgeschwindigkeit, aber wir sind noch mindestens zwei Stunden von Ihnen entfernt.«

»*Oregon*, Gott sei Dank.«

»Captain Cassedine, bitte schildern Sie Ihre Lage.«

»Unser Rumpf hat mittschiffs an Backbord einen Riss, wir nehmen Wasser auf. Meine Pumpen arbeiten mit Höchstleistung, und wir scheinen noch nicht zu sinken, aber wenn sich der Riss vergrößert, müssen wir das Schiff aufgeben.«

»Hat sich das Leck denn schon vergrößert?«

»Noch nicht. Eine Querwelle hat uns erwischt und die Rumpfplatten aufgerissen. Aber bis jetzt ist alles stabil.«

»Wenn Sie auf Ostkurs gehen, sind wir schneller bei Ihnen.« Das stimmte zwar nicht, aber wenn die *Gulf of Sidra* wendete, während sie ihr Gift verteilte, würde das Auge des Hurrikans immerhin ein wenig abgeschwächt werden. Im Grunde war es nur ein Test, um festzustellen, wer auf dem Schiff das Kommando führte, sein Kapitän oder Daniel Singer.

Fast eine Minute lang ertönte nur ein Rauschen. Als Cassedine sich wieder meldete, lag ein neuer Unterton von Angst in seiner Stimme. »Ah, das ist nicht möglich, *Oregon*. Mein Ingenieur meldet soeben einen schweren Schaden an der Ruderanlage.«

»Höchstwahrscheinlich hält ihm jemand eine Pistole an den Kopf«, sagte Juan zu Max.

Sie hatten mit einem solchen Szenario schon gerechnet, daher fuhr Max fort, als sei das nicht so schlimm. »Verstanden – Schaden in Ihrer Ruderanlage. In diesem Fall, Captain, können wir eine Kollision unter den herrschenden Bedingungen nicht ausschließen. Wenn wir uns bis auf zwanzig Kilometer genähert haben, empfehle ich Ihnen, mit Ihren Leuten in die Rettungsboote zu gehen.«

»Wie bitte? Damit Sie mein Schiff auf den Haken nehmen und später als Bergungsgut für sich reklamieren können?«

Juan lachte verhalten. »Dieser Kerl schaut dem Tod ins Auge und macht sich Sorgen, dass wir sein Schiff stehlen.«

»Captain, die *Oregon* ist ein 1000-Tonnen-Fischkutter.« Die Lüge ging Max glatt von den Lippen. »Wir könnten nicht mal auf einem Ententeich einen Tanker abschleppen, geschweige denn in einem Orkan. Ich habe nur keine Lust, mitten in einem Sturm eine Kollision mit einem steuerlosen Wrack zu riskieren.«

»Ich, hm, ich verstehe«, antwortete Cassedine schließlich.

»Wie viele Leute haben Sie an Bord?«

»Drei Offiziere, zwölf Matrosen und eine außerplanmäßige Person. Insgesamt sechzehn.«

Der außerplanmäßige Gast dürfte Singer sein, dachte Juan und fand, dass es selbst nach Tankerstandards eine sehr kleine Mannschaft war, auch wenn die Seefahrt mittlerweile derart automatisiert war, dass ein Schiff mit nur wenigen Leuten betrieben werden konnte. Aber wahrscheinlich reichten die paar Leute für das, was Singer vorhatte, völlig aus.

»Verstanden«, antwortete Max. »Sechzehn Personen also. Ich melde mich, wenn wir in Ihrer Nähe sind. *Oregon* Ende.«

»Verstanden, Captain Hanley. Ich rufe Sie sofort, falls unsere Lage sich verändern sollte. *Gulf of Sidra* Ende.«

»Gewöhn dich bloß nicht zu sehr an diese Captain-Hanley-Nummer«, sagte Juan, als sich der Tanker abgemeldet hatte.

»Ich weiß nicht«, meinte Max fröhlich. »Es klingt irgendwie nett. Was meinst du, ist Singer dabei, wenn sie das Schiff aufgeben?«

»Schwer zu sagen. Auch wenn er einen Rückschlag zu verdauen hat, könnte er versuchen, seine Mission ohne Mannschaft an Bord zu Ende zu führen. Sie werden ihre Fahrt abbremsen müssen, um das Rettungsboot zu Wasser zu lassen, aber wenn Cassedine ihm zeigt, wie der Tanker wieder Fahrt aufnimmt, dann könnte er es schaffen, das Auge des Sturms auf einen Durchmesser von weniger als zehn Kilometern zu verkleinern.«

»Würdest du so etwas versuchen?«

»Wenn ich an seiner Stelle und so weit gekommen wäre, ja. Ich glaube, ich würde die Geschichte bis zum Ende durchziehen.«

»Daraus ergeben sich zwei Aspekte. Der eine ist, dass Singer völlig verrückt ist, und der andere, dass du und Eddie lieber ein wachsames Augen auf ihn haben solltet, wenn ihr die Schweißladungen anbringt.«

»Wir passen schon auf.«

Eine Stunde später funkte George die *Oregon* an und meldete, dass sie die erste Zwischenstation ihres Flugs erreicht hatten. Es wurde Zeit, die Mannschaft von der *Gulf of Sidra* zu holen.

»Die *Oregon* ruft Captain Cassedine«, meldete sich Max per Funk.

»Hier ist Cassedine, *Oregon* kommen.«

»Wir sind zwanzig Kilometer von Ihrer Position entfernt. Sind Sie bereit, das Schiff zu verlassen?«, fragte Max.

»Ich will Ihnen nicht widersprechen, Captain«, erwiderte Cassedine, »aber mein Radar zeigt, dass Sie fast fünfzig Kilometer von uns entfernt sind.«

»Sie vertrauen bei sieben Meter hohen Wellen auf Ihr

Radar?«, fragte Max spöttisch. »Auf meinem Radar sind Sie noch nicht einmal zu sehen. Ich verlasse mich auf mein GPS, und nach unserer Schätzung liegen Sie zwanzig Kilometer vor uns.« Hanley rasselte die Längen- und Breitenangaben eines Punktes zwanzig Kilometer östlich der *Gulf of Sidra* herunter. »Das ist unsere augenblickliche Position.«

»Nun ja. Ich sehe schon, Sie haben Recht und sind tatsächlich zwanzig Kilometer entfernt.«

»Wir können näher kommen, wenn Sie Ihre Ruder repariert haben.«

»Nein, das haben wir nicht. Aber der außerplanmäßige Passagier hat sich bereit erklärt, an Bord zu bleiben und die Anlage in Ordnung zu bringen.«

»Alle anderen lassen ihn allein?«, fragte Max und spielte den besorgten Seemann.

»Er ist der Schiffseigner und kennt das Risiko«, erwiderte Cassedine.

»Verstanden«, sagte Max mit gespieltem Unbehagen. »Nachdem Sie das Boot zu Wasser gelassen und sich weit genug vom Tanker entfernt haben, gehen Sie auf zweihundertsiebzig Grad und senden Sie ein Signal auf der EPIRB-Notfrequenz, damit wir Sie finden können.«

»Kurs zweihundertsiebzig Grad und ein Signal auf 121,5 Megahertz. Wir starten in zwei Minuten.«

»Viel Glück, Captain. Möge Gott mit Ihnen sein«, sagte Max ernst. Selbst wenn Cassedine und seine Mannschaft Singer mit voller Absicht halfen, wusste der Seemann in ihm, in welche Gefahr sie sich begaben, wenn sie sich bei diesem Wellengang einem Rettungsboot anvertrauten.

Eine Viertelstunde später schaltete Hali Kasim das 121,5-Megahertz-Marine-Notfallband auf die Lautsprecher des Operationszentrums, damit jeder den hohen, schrillen Peilton hören konnte.

»Hast du das mitgekriegt, Juan?«

»Ich höre es. Wir gehen in den Anflug.«

In gut hundertfünfzig Metern Höhe unterwegs, brachen sie erst durch die Wolken, als sie sich dem Tanker bis auf etwa anderthalb Kilometer genähert hatten. Mit neunzigtausend Bruttoregistertonnen schwerer als die *Oregon*, lag er viel ruhiger in der bewegten See, und nur gelegentlich sprühten Gischtwolken über seinen stumpfen Bug. Sie konnten nur mit Mühe einen winzigen gelben Fleck erkennen, der sich von dem Riesen mit dem roten Oberdeck entfernte. Es war das Rettungsboot, und wie befohlen bewegte sich Cassedine nach Westen, also weg von der *Oregon*, sodass nicht die Gefahr bestand, dass er sich einmischen würde. Außerdem konnten sie feststellen, dass der Tanker wieder Fahrt aufnahm, nachdem er langsamer geworden war, um das Rettungsboot abzusetzen.

»Sieh dir das an.« George deutete nach unten.

In der Nähe des Hecks der *Gulf of Sidra* schoss Flüssigkeit in hohem Bogen aus einer Öffnung etwa zweieinhalb Meter unterhalb der Reling. Es war die Ablassdüse ihrer Wasseraufnahme, eines Systems von Röhren und Pumpen, das ihr erlaubte, Ballastwasser aufzunehmen oder abzulassen.

Nur pumpte sie kein Wasser ab. Was aus dem etwa ein Meter großen Loch strömte, war eine zähe und dickflüssige Substanz, in ihrer Beschaffenheit dem Rohöl ähnlich, das die Bucht um den Petromax-Terminal in Angola verseucht hatte. Nur war diese Flüssigkeit glasklar und schien sich auf dem Ozean schneller auszubreiten, als die Pumpe sie aus dem Schiff herausschleudern konnte.

»Sie vermehrt sich von selbst«, sagte Eddie vom Rücksitz. Neben ihm lagen die dicken Schläuche Hypertherm. »Die organischen Bestandteile des Gels kontaminieren das umgebende Wasser und verwandeln es in Pudding.«

Sie umkreisten den Supertanker, um sich ein Bild von den Schäden auf der Backbordseite zu machen. Im Rumpf klaffte ein Riss, der sich von der Wasserlinie bis hoch zur Reling erstreckte. Während sich der Rumpf unter dem Wellengang bog, öffnete und schloss sich der Riss wie ein vertikales Maul. Das Wasser in der Umgebung des Lecks war mit einer ständig wachsenden Schicht gelatineartigen Flockungsmittels bedeckt.

»Wo soll ich euch absetzen?«, fragte George.

»So nah am Bug wie möglich«, sagte Juan.

»Ich habe keine Lust, etwas von dem Zeug abzukriegen, deshalb muss es mindestens dreißig Meter weiter hinten sein.«

»Wir werden keine Zeit haben, Singer zu suchen, also sieh zu, dass du dich beeilst, wenn du uns wieder abholst.«

»Du kannst dich auf mich verlassen, Juan, ich werde in diesem Wind keine Sekunde länger bleiben als nötig.«

Adams flog eine enge Kurve, drehte in den Wind und näherte sich in dreißig Meter Höhe dem Tanker. Das aufgewühlte Meer unter ihnen schien unter den Landekufen wie ein lebendiges Wesen zu pulsieren. Sie überquerten die Schiffsreling, und George bremste den kleinen Helikopter ab und hielt ihn in einer Demonstration seines überragenden fliegerischen Könnens in den heftigen Böen völlig ruhig, während er an Höhe verlor. Er achtete darauf, wie hoch das Schiff von den höchsten Wellen gehoben wurde, und sorgte dafür, dass am höchsten Punkt der Abstand zwischen Hubschrauber und Schiffsdeck gut fünf Meter betrug.

»Eddie, los.«

Eddie Seng stieß die gegenüberliegende Tür auf, hielt sie mühsam mit einem Fuß offen und schob mit dem anderen die Hyperthermschläuche aus der Maschine. Der Sprengstoff landete auf dem Deck und blieb dort liegen wie ein Schlangennest. Als der letzte Schlauch über die Kante gerutscht war, setzte er sich wieder gerade hin, und der Wind schlug die Tür zu.

»Und jetzt kommt der schwierige Teil«, murmelte George, richtete den Blick auf den Horizont und berechnete den Wellengang und die Frequenz der Windböen. Erste Regentropfen zerplatzten auf der Windschutzscheibe. Er ließ sich durch diese unangenehme Entwicklung aber nicht in seiner Konzentration stören.

Juan und Eddie warteten mit den Händen an den Türgriffen. Die Maschinenpistolen hatten sie sich auf den Rücken geschnallt.

Eine riesige Gischtwolke stieg auf der gesamten Breite des Tankerbugs in die Luft, als das Schiff durch eine weitere Monsterwelle pflügte. Als es hochzusteigen begann, ließ George den Robinson sinken. Er hatte den Augenblick genau abgepasst. Das Deck war kaum anderthalb Meter von den Kufen entfernt, als das Schiff ins nächste Wellental hinabtauchte.

»Dann bis bald, Jungs.«

Cabrillo und Seng öffneten ihre Türen und sprangen ohne zu zögern hinaus. Dadurch konnte Adams den Helikopter vom Schiff hochziehen, ehe es in die nächste Welle krachte.

Juan landete auf dem Deck und rollte sich über die

Schulter ab. Dabei stellte er überrascht fest, wie heiß der Stahl war. Er konnte die Hitze trotz des dichten Stoffs seiner Tarnkleidung kaum ertragen und sah zu, dass er so schnell wie möglich wieder auf die Füße kam. Er wusste, dass die Hitze innerhalb weniger Minuten durch die Gummisohlen seiner Schuhe dringen würde. Wegen seiner Prothese machte er sich keine Sorgen, dort würde er nichts spüren, aber seinem anderen Fuß und Eddie blühten Verbrennungen ersten und zweiten Grades, wenn dieser Einsatz zu lange dauerte.

»Das wird eine Strapaze«, sagte Eddie, als könnte er Juans Gedanken lesen.

»Die Gischt vorne sorgt sicher dafür, dass es dort um einiges kühler ist«, sagte Juan, während sie zu ihrem Vorrat Hypertherm gingen. Er winkte zu George im Robinson hinauf, der mittlerweile hundertfünfzig Meter über ihnen stand. Adams fungierte als ihr Ausguck für den Fall, dass sich Singer an Deck zeigte.

Wegen der Schwerfälligkeit der *Gulf of Sidra* hatte Juan entschieden, dass eine Änderung des Kurses oder ein Umschalten der Maschinen auf Rückwärtslauf kaum etwas bewirken würde. Die beste Chance, Singer zu stoppen, bestand darin, das Hypertherm so schnell wie möglich anzubringen und zu zünden.

Der Sprengstoff, der eigentlich entwickelt worden war, um damit Stahl zu durchtrennen, wurde in sieben Meter langen Schläuchen mit Stromanschlussklemmen an beiden Enden geliefert, sodass mehrere Teilstücke zu einer einzigen großen Ladung zusammengehängt werden konnten. Der Zünder und die Batterieeinheit konnten zwischen zwei Segmenten installiert werden, aber um die gewünschten Ergebnisse zu erzielen, mussten sie die Ladungen so nahe wie möglich an der Mitte platzieren.

Juan lud sich die Hypertherm-Schläuche auf die Schulter, bis er das Gefühl hatte, dass seine Knie nachgaben. Als er seinen Anteil an Schläuchen zusammengerafft hatte, war seine rechte Socke schweißnass.

»Fertig?«, knurrte er.

»Gehen wir.«

Unter ihren Hundertfünfzigpfundlasten schwankend, marschierten die beiden Männer in Richtung Bug und zogen Dreadlocks aus grauem Sprengstoff hinter sich her. Der Wind und die Bewegungen des Schiffs ließen sie gelegentlich taumeln wie Betrunkene, aber sie kämpften sich weiter. Als sie schließlich in einen Bereich gelangten, der von der Gischt beregnet wurde, sahen sie kleine Dampfwölkchen vom Deck aufsteigen. Der Anblick erinnerte Juan an einen Besuch des Yellowstone-Parks, als er noch ein Kind war. Er ließ seine Last zehn Meter vom Bug entfernt einfach fallen. Es war so nah, wie sie sich an den Bug überhaupt heranwagen konnten, ohne zu riskieren, von den Gischtwolken über Bord gespült zu werden.

»Wie sieht es aus, George?«, keuchte Juan.

»Ich habe gerade die Brücke überflogen, konnte jedoch niemanden sehen. Auf den Decks herrscht ein Durcheinander von Röhren und Sammelleitungen. Von Singer keine Spur.«

»Und was ist mit dir, Max?«

»Wir befinden uns in Torpedoreichweite und warten auf dein Zeichen.«

»Okay.«

Was Juan für eine weitere Gischtwolke hielt, die über das gesamte Vorschiff wehte, entpuppte sich als ein Miniwolkenbruch. Er ließ schon nach wenigen Sekunden nach, versiegte jedoch nicht vollständig. Sie agierten unter doppeltem Zeitdruck. Zum einen mussten sie verhindern, dass der Tanker seine Kreisfahrt vollendete, und zum anderen mussten sie die Schweißladungen verteilen und auf die *Oregon* zurückkehren, ehe der Regen jeglichen Flugverkehr unmöglich machte. Er konnte nur hoffen, dass ihnen wenigstens das Erste gelänge.

Eddie begann damit, den Sprengstoff über die Breite des Schiffs entlang einer Naht zu verlegen, wo zwei Rumpfabschnitte zusammengeschweißt worden waren. Juan beschäftigte sich eingehend mit dem Zünder und testete ihn zweimal mit der Fernbedienung, die er stets bei sich trug, ehe er sie an das erste Stück Hypertherm anschloss. Sechs sieben Meter lange Teilstücke waren nötig, um die Breite des Tankers zu überspannen. In jedem Schlauch befand sich eine Batterie, die, wenn sie aktiviert war, ein Magnetfeld erzeugte, das den Sprengstoff auf den Stahlplatten des Decks fixierte und ihn vor dem Verrutschen bewahrte.

Eddie und Juan ließen je ein Teilstück über den Seitenrand des Tankers hängen, sodass das jeweilige Ende des Hypertherm-Schlauchs ins Wasser eintauchte. Auch dort fixierten die Elektromagneten die Sprengladungen entlang der Schweißnähte am Schiffsrumpf. Am Ende erhielten sie eine Schweißladung, die jeden Zentimeter des Schiffs oberhalb der Wasserlinie abdeckte. Die überzähligen Schlauchstücke ließen sie einfach an Deck liegen.

Sobald Eddie die letzte Verbindung geschlossen hatte, meldete sich Juan per Funk bei George, damit er sie wieder abholte. Der Regen nahm zu und fiel in dichten, vom Wind gepeitschten Wänden, die die Sicht derart beeinträchtigten, dass der Deckaufbau am Heck nur noch vage zu erkennen war. Während sich Adams auf die heikelste Abholaktion seiner ohnehin bemerkenswerten Karriere vorbereitete, nahm Cabrillo Verbindung mit Hanley auf.

»Max, die Ladungen liegen an Ort und Stelle. Ihr könnt jetzt die Torpedos abfeuern. Bis sie hier einschlagen, dürften wir das Feld geräumt haben.«

»Verstanden«, antwortete Max.

Im Operationszentrum öffnete Mark Murphy die Außenschotts der Torpedorohre und rief auf seinem Computer das Steuerprogramm der Torpedos auf. Mit den Daten der Radar- und Sonarsysteme versorgt, erschien das dreidimensionale taktische Gitternetzbild auf seinem Monitor. Er konnte die *Gulf of Sidra* deutlich sehen, die knapp zweieinhalbtausend Meter von der *Oregon* entfernt durch die bewegte See stampfte. Im Jargon der U-Bootfahrer des Zweiten Weltkriegs konnten sie mit einem Blattschuss rechnen.

»Mark, auf ›Jetzt‹ Rohr eins abfeuern«, befahl Max. »Jetzt!«

Eingehüllt in eine Blasenwolke hochkomprimierter Luft schoss der sieben Meter lange Torpedo aus dem Rohr und legte fast zwanzig Meter zwischen sich und das Schiff, ehe die Silbersulfat-Zink-Batterien den Elektromotor starteten. Es dauerte nur wenige Sekunden, bis Test-71 sein Marschtempo von vierzig Knoten erreichte.

Mark konnte auf seinem Bildschirm verfolgen, wie der Torpedo auf den Tanker zuglitt. Deutlich waren die dünnen Fäden der Steuerleitung zu erkennen, die er hinter sich herzog. Vorläufig ließ er dem stählernen Fisch freie Bahn, doch er hatte die Hand am Joystick, um, wenn nötig, Kurskorrekturen vornehmen zu können.

»Rohr zwei – Jetzt!«

Murph schickte den zweiten Torpedo auf die Reise, während das Abschussgeräusch wie ein hohles Husten durch das ganze Schiff hallte. Nach einem kurzen Moment meldete er: »Beide Torpedos abgefeuert und auf Zielkurs.«

»Juan«, gab Max durch, »zwei Fische sind zu euch unterwegs, daher wird es nun Zeit, die Fliege zu machen.«

»Wir arbeiten daran«, antwortete Cabrillo.

Er blickte hinauf in den Regensturm, während George den Robinson Stück für Stück herunterbrachte. Es war sein dritter Versuch, mit dem Helikopter auf dem Deck aufzusetzen. Die tobenden Winde hatten die ersten beiden Versuche bereits vereitelt, als der Hubschrauber noch zwanzig Meter über dem Schiff stand. Eine Böe traf den Helikopter, und George glich die Turbulenz augenblicklich aus, damit die Maschine mit der *Gulf of Sidra*, die siebzehn Knoten Fahrt machte, auf gleicher Höhe blieb.

»Komm schon, Georgie-Boy«, murmelte Eddie und trat auf der Stelle, damit seine Schuhsohlen nicht verschmorten. »Du schaffst es.«

Der Robinson näherte sich, diesmal erheblich niedriger, sodass der Luftdruck der Rotorflügel eine kreisrunde regenfreie Fläche auf dem Deck schuf. Sie konnten Adams hinter der Windschutzscheibe aus Plexiglas erkennen. Sein filmreifes Gesicht war vor Konzentration angespannt. Die Kufen schwebten verlockende drei Meter über dem Deck, und als die *Sidra* auf einer Welle hochstieg, verringerte sich der Abstand noch. Eddie und Juan brachten sich in Position, damit sie die hinteren Türen des Hubschraubers aufreißen und so schnell wie möglich hineinhechten konnten.

Adams schaffte es, den Robinson fast fünfzehn Sekunden lang in Position zu halten und abzuwarten, bis der

Tanker den höchsten Punkt der Welle erreichte. Als er wieder zu sinken begann, ließ er den Robinson den letzten halben Meter sacken. Cabrillo und Eddie rissen die Türen auf und warfen sich mit dem Kopf voran in die Kanzel, während sich der Hubschrauber wieder in die Luft erhob. Adams betätigte den Gashebel, und sie lösten sich von dem Tanker.

»Das war echte Flugkunst in ihrer reinsten Form«, stellte Juan anerkennend fest, während er seinen Platz einnahm und sich anschnallte.

»Bitte keine Vorschusslorbeeren. Noch muss ich sicher auf der *Oregon* landen«, wiegelte Adams ab. Dann grinste er. »Aber ganz richtig, das war verdammt gekonnt, wenn ich das bemerken darf. Ach ja, und falls es euch interessiert, der Riss mittschiffs ist größer geworden. Das Deck zeigt ebenfalls erste Risse.«

»Das tut jetzt auch nichts mehr zur Sache«, sagte Juan und aktivierte sein Funkgerät. »Max, wir sind klar. Wo sind die Torpedos?«

»Zweitausend Meter und auf Zielkurs. Etwa vier Minuten bis zum Kontakt.«

Der Atlantik war viel zu rau, um die Blasenspur der Torpedos im Wasser verfolgen zu können, aber die drei Männer im Hubschrauber, der in etwa zweihundertfünfzig Metern Höhe über der Szene stand, hätten eine einzigartige Sicht, wenn sie einschlugen und explodierten.

»Ich zünde das Hypertherm zehn Sekunden vor dem Aufschlag«, sagte Juan. »Treffer an Backbord und an Steuerbord dürften alles unterhalb der Wasserlinie zerschneiden, und der Sprengstoff wird von oben her alles durchtrennen. Der Bug müsste wie eine Scheibe Brot abfallen.«

Murph meldete sich über das taktische Funknetz. »Ich

gebe die Entfernungen durch. Bei fünfzig Metern kannst du zünden.«

Drei angespannte Minuten verstrichen, während Mark die Torpedos auf die Punkte der *Gulf of Sidra* lenkte, wo Juan und Eddie das Hypertherm angebracht hatten. Juan hielt den Fernzünder in der Hand, sein Daumen war nur Millimeter vom Auslöseknopf entfernt.

»Einhundert Meter«, meldete Mark.

Während sich die Torpedos von zwei Seiten dem Tanker näherten, stiegen sie unter Wasser auf, sodass man die Blasenspur ihres Kielwassers erkennen konnte. Murph hatte den Zieleinlauf perfekt justiert.

»Fünfundsiebzig.«

Adams mit seinen scharfen Augen war der Erste, der es bemerkte. »Was zur Hölle ist das?«, rief er plötzlich.

»Was? Wo?«

»Eine Bewegung an Deck.«

Jetzt sah Cabrillo es ebenfalls, eine winzige Gestalt, die vom Bug der *Gulf of Sidra* nach achtern rannte. Sie trug eine Regenjacke fast im gleichen Rotton wie das Deck des Tankers, die perfekte Tarnung, um unentdeckt durch das Labyrinth von Rohren zum Bug zu gelangen. »Das ist Singer! Augen zu!«

Er drückte auf den Auslöseknopf und wandte das Gesicht ab, um die Augen vor dem grellen Schein des verbrennenden Hypertherms zu schützen. Als er aus den Augenwinkeln nichts von dem sonnenhellen Blitz bemerkte, blickte er direkt auf das Schiff. Das Hypertherm befand sich noch an Ort und Stelle, aber es hatte sich nicht entzündet.

»Mark, abbrechen! Abbrechen! Abbrechen!«

Mark Murphy hätte den Selbstzerstörungsmechanismus

der Torpedos auslösen können, jedoch sendete er ein Signal, um die Sprengwaffen abzubremsen, und benutzte die Joysticks, um sie tauchen zu lassen. Auf dem Bildschirm verfolgte er ihr Absinken. Der Winkel war viel zu flach, um sich aus dem mächtigen Sog des Tankers zu befreien, aber er konnte nichts anderes tun. Sie befanden sich jetzt so nah am Schiff, dass ein Auslösen der Selbstzerstörung den Rumpf der *Sidra* aufgerissen und sie zu einem langwierigen Todeskampf verurteilt hätte, der ihr gestattete, die gesamte Ladung Gel ins Meer abzulassen.

»Tauchen, Baby, tauchen«, flehte Eric Stone auf seinem Platz neben Murphs Station.

Max hielt die Luft an und starrte auf den Monitor, der die Bahn der Torpedos zeigte. Sie marschierten kaum zwei Meter unter dem flachen Kiel des Tankers hindurch und passierten einander in einem Abstand von nur wenigen Zentimetern. Ein Aufatmen ging durch das Operationszentrum.

»Bring mich runter!«, rief Juan und deutete auf den Tanker.

Adams ging mit dem Helikopter in einen steilen Sinkflug, ehe er erwiderte: »Ich kann dir aber nicht garantieren, dich auch wieder abholen zu können. Unser Sprit wird nämlich langsam knapp.«

»Egal!« Cabrillos Stimme zitterte vor Wut.

Der Robinson kam über den Bug des Tankers wie ein Habicht nach einem Sturzflug, die Kufen höchstens drei Meter über dem Deck, während Adams Singer über die gesamte Länge des Schiffes jagte. Juan hatte den Sicherheitsgurt bereits gelöst und hielt sich bereit, die Schulter an der Tür. Er nahm seine MP-5 vom Rücken und legte sie auf den Sitz. Als er das erste Mal abgesprungen war, hatte sich die Maschinenpistole schmerzhaft in seinen Rücken gebohrt. Dieser Absprung jetzt würde noch härter werden.

Singer musste den Hubschrauber gehört haben, denn er blickte über die Schulter. Seine Augen weiteten sich, und er rannte noch schneller. In der Hand hielt er einen dunklen Gegenstand, in dem Juan die Batterie des Zünders erkannte. Singer schlug einen Haken nach rechts, um einerseits seine Verfolger zu verleiten, in einen Turm aus Rohren zu fliegen, der etwa fünfzehn Meter hoch vom Deck aufragte, und um andererseits die Reling zu erreichen, damit er die Batterie ins Meer werfen konnte.

Juan drückte seine Tür auf. Der Abstand betrug gut drei Meter, und der Hubschrauber flog mit mindestens zwanzig Stundenkilometern, aber er sprang trotzdem.

Er landete hart, rollte über die heißen Stahlplatten, bis er gegen die Stütze eines Leitungsrohrs prallte. Er kämpfte sich auf die Füße, während sein Körper auf die Summe der bislang ertragenen Strapazen mit Schmerzen an allen möglichen Stellen reagierte. Die Pistole zog er aus dem Halfter und hielt sie fest in seiner Faust: Damit startete er zu einem langen Sprint.

Singer hatte ihn aus dem Hubschrauber springen sehen und verdoppelte seine Anstrengungen mit langen Schritten – wie eine Gazelle. Aber ganz gleich, wie verzweifelt er die Batterie über Bord schleudern und seine Mission abschließen wollte, der Mann hinter ihm ließ sich nicht abschütteln. Er warf einen weiteren Blick über die Schulter und sah, wie Cabrillo aufholte, sein Gesicht glich einer Maske rasender Wut.

Eine neue Welle rollte unter dem Tanker durch und ließ

den Rumpf qualvoll aufstöhnen. Der Riss auf der Backbordseite schloss sich, als die Welle das Schiff hochdrückte. Dann, als sie durchgelaufen war, weitete sich der Spalt wieder und diesmal noch stärker als vorher. Singer hatte den Spalt gesehen und war von der Reling weit genug entfernt, um ihm auszuweichen, als er sich wieder schloss, doch als sich der Spalt dann öffnete, wurde er davon überrascht, dass er das Deck aufriss – wie ein Stück Papier.

Singer wollte noch zurückweichen, sich in Sicherheit bringen, aber sein Fuß trat ins Leere, und seine Hose und sein Bein wurden von der gezackten Bruchkante zerfetzt. Die Batterie, nicht größer als ein Taschenbuch, rutschte über das Deck. Singer schrie vor Schmerzen auf, das andere Bein verschwand in der Öffnung und baumelte kraftlos über der glänzenden Oberfläche der Flockungssubstanz, die immer noch in dem Tank schwappte. Das glühend heiße Metall versengte seine Hände, während er versuchte, sich aus dem Spalt zu befreien, ehe sich dieser wieder schloss.

Cabrillo rammte ihn aus vollem Lauf, während der Tanker eine weitere Rollbewegung machte und die beiden Seiten der Schere sich schlossen. Er rutschte mit Singer übers Deck, begleitet vom Schwall einer warmen Flüssigkeit und einem schrillen Schrei, der wie ein Messer durch sein Bewusstsein schnitt. Als er sich nach dem Sturz aufrichtete, drehte er sich zu Singer um. Alles unterhalb seiner Oberschenkel war abgeschnitten worden und im Tank verschwunden. Blut pulste in dicken Strahlen, die sich im Regen rosa färbten, aus den glatten Schnittflächen.

Er kroch zu Singer hin und drehte ihn auf den Rücken. Er war geisterhaft bleich, und seine Lippen liefen bereits bläulich an. Sein Schrei brach abrupt ab, als sein Gehirn sich weigerte, weitere Schmerzen zu empfinden. Er tauchte ab in einen Schock.

»Warum?«, fragte Juan, ehe der Mann das Bewusstsein verlor.

»Ich musste es tun«, flüsterte Singer. »Die Menschen müssen handeln, ehe es zu spät ist.«

»Ist Ihnen denn nicht klar geworden, dass die Zukunft für sich selbst sorgt? Vor hundert Jahren konnte man in London wegen der industriellen Verschmutzung nicht einmal die Sonne sehen. Die Technik entwickelte sich weiter, und der Smog löste sich auf. Heute heißt es, dass Autos für die globale Erwärmung verantwortlich sind. In zehn oder zwanzig Jahren wird es etwas geben, das herkömmliche Verbrennungsmotoren überflüssig macht.«

»So lange können wir nicht warten.«

»Dann hätten Sie Ihre Millionen für die Erfindung einer solchen Lösung verwenden sollen, anstatt sie für eine Demonstration zu vergeuden, die überhaupt nichts ändern kann. Das ist doch das Problem mit Ihrer ganzen … Bewegung, Singer. Sie hat nichts anderes zu bieten als Propaganda und Pressemitteilungen, aber keine konkreten Lösungen.«

»Die Menschen hätten nach Veränderung verlangt«, erwiderte der andere schwach.

»Für einen Tag oder auch für eine Woche. Um Veränderungen in Gang zu setzen, braucht man aber Alternativen, kein Ultimatum.«

Singer sagte nichts, aber als er starb, war der Ausdruck des Trotzes das Letzte, was aus seinen Augen verschwand.

Fanatiker wie er würden niemals das Prinzip des Kompromisses verstehen, und Juan wusste, dass er sich keine

Mühe hätte geben müssen, um ihn zu überzeugen. Er kam mühsam hoch, um die Batterie aufzuheben, und bewegte sich im Laufschritt in Richtung Schiffsbug.

»Sag was, Max.«

»Du hast drei Minuten Zeit, bis die Batterien der Torpedos leer sind.«

Wegen der Steuerdrähte, die sich von der *Oregon* abspulten, konnten die äußeren Schotts der Torpedorohre nicht geschlossen werden, um die Rohre neu zu laden. Wenn Juan das Hypertherm nicht sofort zündete, würde es mindestens eine halbe Stunde dauern, um zwei neue Torpedos abzuschießen, und er wusste, dass die *Gulf of Sidra* bis dahin längst in zwei Teile zerbrochen wäre.

»Wartet nicht auf mich, egal was geschieht. Wenn ich das Hypertherm nicht zünden kann, dann schießt das Schiff auf jeden Fall mit den Torpedos ab. Vielleicht haben wir Glück, und die Explosion zündet die Hypertherm-Schläuche.«

»Ich hab's gehört, aber es gefällt mir nicht.«

»Was meinst du denn, wie mir zu Mute ist?«, fragte Juan, während er rannte.

Der Tanker kam ihm unendlich lang vor. Sein Bug erschien ihm wie ein Horizont, der keinen Deut näher rückte. Die Hitze, die die Decksplatten ausströmten, trieb ihm den Schweiß aus den Poren, und jedes Mal, wenn er den linken Fuß aufsetzte, spürte er, wie seine Brandblasen zerplatzten. Er ignorierte den Schmerz jedoch und sprintete weiter.

»Zwei Minuten«, meldete Max über Funk, als Cabrillo endlich den Schlauch Hypertherm erreichte, der sich quer über das Schiff spannte.

Als Singer die Batterie vom Zünder losgerissen hatte,

hatte er gleichzeitig die Drähte entfernt, die den elektrischen Impuls zur Zündung der Sprengladung weitergeleitet hätten. Juan musste zuerst den Zünder von den beiden Schläuchen lösen, zwischen denen er installiert worden war, um nicht ungewollt den Stromkreis zu schließen. Mit dem Taschenmesser, das Eddie aus der *Oase* mitgebracht hatte, musste er dann die Plastikisolierung entfernen, die den Kupferdraht umschloss, ehe er die Drähte zurechtbiegen und wieder miteinander verbinden konnte. Es waren insgesamt drei Stück, und für jeden brauchte er zwanzig Sekunden.

Eine Kontrollleuchte im Zünder färbte sich grün. Der Stromkreis war komplett.

»Eine Minute, Juan.«

Er klemmte den Hypertherm-Schlauch auf der einen Seite an den Zünder und wollte gerade nach dem zweiten greifen, als sich sein Funkgerät meldete. »Großer Meister, hier ist Murph. Die Torpedos sind hundertfünfzig Meter entfernt.«

»Lass sie kommen! Ich hab's fast geschafft. So!«

Die Verbindung war hergestellt. Er machte kehrt und rannte nach achtern, gebremst durch einen stechenden Schmerz in seinem versengten Fuß. Er befand sich jetzt in einem Wettrennen gegen zwei Torpedos, die sich dem Schiff mit vierzig Knoten näherten. Er hatte dreißig Meter zurückgelegt, als Murph durchgab, dass die Torpedos noch hundert Meter freies Wasser vor sich hatten. Er beschleunigte seine Schritte trotz der Schmerzen, wobei ihm nicht einmal bewusst war, dass er bei jedem Schritt aufschluchzte.

»Fünfzig Meter, Juan«, sagte Mark, als wäre es seine Schuld.

Juan wartete noch ein paar Sekunden, schaffte noch ein paar Schritte, ehe er den Fernzünder auslöste.

In einem grellen Blitz, der der Sonne Konkurrenz machte, explodierte das Hypertherm, während sich sein Magnesiumkern auf zweitausend Grad Celsius erhitzte. Die Zündung breitete sich von der Mitte des Schiffs blitzartig aus, machte das stählerne Deck weich wie Wachs und erhitzte es weiter, sodass es wie Wasser in den Laderaum hinuntertropfte. Der Bug war in eine giftig stinkende Wolke aus Qualm und verbranntem Stahl eingehüllt. Das Licht strahlte in den Himmel und verwandelte das freudlose Grau in ein grelles Weiß. Der Sprengstoff schnitt durch das gesamte Deck, wanderte rasend schnell weiter und öffnete den Rumpf bis zur Wasserlinie in der Zeitspanne eines Lidschlags.

Juan spürte den Hitzeschock auf seinem Rücken auf eine Entfernung von hundert Metern. Und hätte es nicht so heftig geregnet, er hätte wahrscheinlich einige Haare auf seinem Kopf verloren.

So schnell es sich entzündet und durch das Schiff gefressen hatte, so schnell erlosch das Hypertherm und hinterließ einen langen schmalen Spalt mit rot glühenden Rändern.

Er schaffte es noch, weitere zwanzig Meter zurückzulegen, ehe sich die Test-71er dicht unter der Stelle, wo die Schweißladung den Rumpf aufgeschnitten hatte, ins Schiff bohrten. Die Erschütterung der beiden fast gleichzeitig stattfindenden Explosionen riss ihn von den Füßen und schleuderte ihn aufs Deck, während Wasser und zerfetzter Stahl zu beiden Seiten des Tankers in die Höhe schossen. Der Bug wurde vom restlichen Teil des Tankers abgerissen und versank in Sekundenschnelle. Die Fahrt, die der buglose Tanker machte, drückte das Wasser in seine Frachträume und presste fast drei Viertel der Ladung Flockungssubstanz durch die Verbindungsleitungen der Tanks ins Heck. Ein Geysir schoss aus dem Riss in der Rumpfseite und spritzte Gel über dreißig Meter weit. Sie hatten gewusst, dass so etwas passieren würde, betrachteten dies jedoch als notwendigen Preis, der gezahlt werden musste, da der Rest des organischen Flockungsmittels im Schiff eingeschlossen blieb.

Juan kam schwankend auf die Füße, ein schreckliches Dröhnen in seinem Kopf. Er blickte nach vorn und konnte verfolgen, wie der Ozean dort, wo der Bug gewesen war, hochstieg und eine Wasserwand bildete, die immer noch an Höhe zuzunehmen schien, während sich das Schiff in die ausgebreiteten Arme des Meeres begab. Die *Gulf of Sidra* besiegelte ihr eigenes Schicksal, indem ihr mächtiger Dieselmotor weiterhin die Schraube antrieb und sie mit siebzehn Knoten unter die Wellen schob.

»Juan, hier ist George.« Er legte den Kopf in den Nacken und sah den Hubschrauber über sich stehen. »Ich glaube, ich habe genug Sprit für einen Versuch.«

»Aber du hast die Zeit nicht«, erwiderte Juan, während er wieder nach achtern rannte. »Dieses Mistding sinkt schneller, als ich erwartet hatte. In weniger als einer Minute ist der Kasten weg.«

»Ich versuche es trotzdem. Ich erwarte dich an der Heckreling.«

Cabrillo rannte einfach weiter.

»Und wir kommen auch schon«, gab Max Hanley von der *Oregon* durch. »Rettungsteams machen sich bereit, falls du in den Bach fällst.«

Juan wurde keinen Deut langsamer. Bei seinem Lauf

hatte er sich für die Steuerbordseite entschieden, weil der Rumpf dort nicht geborsten war. Hinter ihm stieg das Wasser ständig höher. Ein Drittel des Tankers wurde bereits vom rauen Seegang überspült, und jede Sekunde sackte das Wrack tiefer.

Er erreichte den Decksaufbau und eilte über den schmalen Laufgang zwischen Aufbau und Reling, wobei das zunehmend steilere Deck seinen Beinen die letzten Kraftreserven abverlangte. Er erreichte den Flaggenmast der *Sidra* mit seiner durchnässten liberianischen Flagge, während das Wasser bereits die obere Kante des Baus mit den Mannschaftsquartieren überspülte. Von George Adams mit seinem Robinson war nichts zu sehen. Cabrillo musste wohl oder übel abwarten und beten, dass er nicht zu tief ins Meer gesogen wurde, wenn das Schiff unter ihm wegsackte.

Er wollte gerade über die Reling klettern, als der Hubschrauber hinter dem grotesk schief stehenden Decksaufbau hervorkam. Aus der hinteren Tür hing eine behelfsmäßige Leiter herab, die aus zusammengeknüpften Gewehrriemen, einer Tarnjacke, einigen längeren Kabelenden irgendwo aus dem Cockpit und Eddie Sengs Hose am unteren Ende bestand.

Ein Stockwerk über Cabrillo explodierte zu diesem Zeitpunkt eine ganze Reihe von Bullaugen, die durch den enormen Luftdruck aus den Rahmen gedrückt worden waren, als Wasser den Decksaufbau füllte. Er wandte den Kopf ab, um sein Gesicht vor den Glassplittern zu schützen, die auf ihn herabregneten. Dann schaute er wieder hoch und bemerkte Eddies Hose, die flatternd auf ihn zukam.

Er sprang hoch, als der Helikopter genau über seinem Kopf schwebte, schob einen Arm durch ein Hosenbein und wurde in die Luft gerissen. Dabei drehte er sich und schaukelte wie eine Puppe an einer Schnur. Unter ihm verschwand die *Gulf of Sidra* in den Wellen. Markiert wurde ihr Grab durch eine Gelpfütze, die einige tausend Mal kleiner war, als Singer beabsichtigt hatte.

Der Erste, der sie nach ihrer unglaublichen Landung im Hangar der *Oregon* begrüßte, war Maurice. In seinem üblichen schwarzen Anzug und mit einem frischen weißen Geschirrtuch über einem Arm bot er den gewohnt makellosen Anblick. In der anderen Hand hielt er ein Serviertablett mit silbernem Deckel. Während Juan schwerfällig aus dem Robinson stieg und Max, Linda und Sloane erschienen, um ihn freudig zu begrüßen, kam Maurice näher und hob mit einer eleganten Bewegung den Deckel vom Tablett.

»Hier ist Ihre frühere Bestellung, Captain.«

»Meine frühere Bestellung?« Erschöpft nach den überstandenen Strapazen, hatte Juan keine Ahnung, wovon der Steward redete.

Maurice war viel zu förmlich, um auch nur ein Lächeln zustande zu bringen, doch seine Augen funkelten fröhlich. »Ich weiß zwar, dass dies im strengen Sinn kein Hurrikan ist, aber ich glaube doch, dass Ihr Gruyère und das Hummer-Soufflé mit gebackenem Alaska als Dessert gewiss munden werden.«

Sein Timing war so perfekt, dass das köstliche Soufflé noch nicht eingefallen war und sogar dampfte. Belohnt wurde diese Aufmerksamkeit mit lauten Gelächter, das durch den Hangar hallte.

Es war das zehnte Gewitter, das über dem Atlantik entstand und genügend Kraft besaß, um sich zu einem tropischen Sturm zu entwickeln und daher mit einem eigenen Namen versehen zu werden. Obwohl sich der Sturm sogar zu einem Hurrikan mit enormer Zerstörungskraft gesteigert hatte, schien sich das Auge nicht vollständig auszubilden. Meteorologen hatten dafür keine Erklärung. Ein solches Phänomen war ihnen noch nie begegnet.

Das war auch ganz in Ordnung. Die Saison war für eine hohe Anzahl von Stürmen noch ziemlich jung, und eine Bevölkerung, die solcher Naturkatastrophen überdrüssig war, machte sich keine ernsthaften Sorgen wegen eines Hurrikans, der aus irgendeinem Grunde darauf verzichtete, sein Zerstörungswerk zu beginnen. Um der Tradition zu entsprechen, wurde jeder Sturm nach dem entsprechenden Anfangsbuchstaben im Alphabet benannt, sodass der Name des ersten Sturms immer mit einem A begann, der zweite mit einem B und so weiter. Da dies der zehnte Sturm war – zudem ein Sturm, der niemals auf dem Festland sein Unwesen trieb –, sollten sich später nur wenige daran erinnern, dass er auf den Namen Juan getauft worden war.

32

Auf seinen breiten Reifen flog der Dünenbuggy mit Cabrillo, Max, Sloane und Mafana an Bord geradezu über die Wüste. Sein getunter Motor röhrte ohrenbetäubend, während Juan ein halsbrecherisches Tempo vorlegte. Moses Ndebele hatte auch an dem Ausflug teilnehmen wollen, doch die Ärzte eines Privatkrankenhauses in Südafrika hatten ihn so kurz nach der Operation, die seinen zerschmetterten Fuß wiederherstellen sollte, nicht aus ihrer Obhut entlassen wollen. Zu seiner Vertretung hatte er seinen alten Unteroffizier mitgeschickt, auch wenn er Cabrillo uneingeschränkt vertraute.

Der offene Buggy erklomm eine Düne, und Juan brachte ihn rutschend zum Stehen, wobei die Reifen tiefe Furchen in den Sand gruben. Das Fahrzeug schaukelte in seiner Federung, während die vier Insassen verblüfft ins Tal vor ihnen hinunterblickten.

Die *Rove* sah aus, als pflügte sie durch einen Ozean aus Sand. Kleinere Dünen leckten an ihrem Rumpf wie kleine Wasserwellen. Hätte ihr Schornstein nicht gefehlt und wären ihre Frachtkräne nicht geborsten und sämtliche Farbspuren von dem Schiff abgeschliffen worden, man hätte niemals annehmen können, sie wäre vor hundert Jahren vom schrecklichsten Sandsturm des Jahrhunderts begraben worden.

Nicht weit von ihr entfernt stand ein großer türkisfarbener Frachthubschrauber mit der Aufschrift NUMA auf der Rotorsäule. In seiner Nähe parkten zwei kleine Planierraupen, die die zehn Meter Sand weggeräumt hatten, unter denen das Schiff begraben gewesen war. Ein Trupp Arbeiter ruhte sich im Schatten eines weißen Zeltdachs aus.

Juan lehnte sich in diesem Augenblick zur Seite und gab Sloane einen dicken Kuss auf die Wange. »Sie hatten also recht. Glückwunsch.«

Sie quittierte das Kompliment mit einem strahlenden Lächeln. »Gab es da jemals irgendeinen Zweifel?«

»Jede Menge«, rief Max vom Rücksitz. Sloane drehte sich halb um und gab ihm einen freundschaftlichen Klaps auf den Oberschenkel.

Juan legte den Gang ein und lenkte den Buggy in schneller Fahrt die Düne hinunter. Ihr Erscheinen brachte die Arbeiter dazu aufzustehen. Zwei von ihnen lösten sich von der Gruppe und stapften durch den Sand zu einer Rampe, über die man auf das Hauptdeck der *Rove* gehen konnte. Einer trug eine Kiste unterm Arm.

Cabrillo bremste dicht vor der Rampe und unterbrach die Zündung. Das einzige Geräusch kam von einer leichten Brise, die die Luft bewegte. Er öffnete den Sicherheitsgurt und stemmte sich aus dem Schalensitz, während die beiden Arbeiter näher traten. Beide waren athletisch gebaut und vielleicht ein oder zwei Jahre jünger als er. Allerdings hatte einer der beiden schneeweißes Haar, und die Augen waren so blau wie seine eigenen. Der andere war ein Latino mit einem amüsierten Lächeln, das offenbar so etwas wie sein Markenzeichen zu sein schien.

»Ich kenne nicht sehr viele Leute, die Dirk Pitt aufrichtig beeindrucken«, sagte der weißhaarige Vertreter der NUMA. »Daher habe ich sofort zugegriffen, als sich mir die Gelegenheit bot, einen solchen kennenzulernen. Juan Cabrillo, nehme ich an?«

»Richtig geraten.« Sie schüttelten sich die Hand.

»Ich bin Kurt Austin, und dieser Gauner hier ist Joe Zavala. Übrigens vielen Dank, dass Sie uns von den Aufräumarbeiten in Angola weggelotst haben, an denen die NUMA maßgeblich beteiligt ist.«

»Es freut mich, Sie kennenzulernen. Wie sieht es denn so aus?«

»Besser als erwartet. Unser Schiff war im Zusammenhang mit einem Forschungsauftrag zufällig in der Nähe. Joe konnte einen Saugbagger, mit dem wir normalerweise Meerwasserproben entnehmen, derart umrüsten, dass er nun als Ölsammler eingesetzt werden kann. Wir können das Rohöl direkt in die Lagertanks an Land pumpen. Da Petromax alle technischen Einrichtungen aus anderen Betrieben in Nigeria zur Verfügung stellt, sollten wir die Ölpest in weniger als zwei Wochen beseitigt haben.«

»Das freut mich zu hören«, sagte Juan und fügte dann mit einem Anflug von Schuldbewusstsein hinzu: »Wären wir nur ein paar Stunden früher an Ort und Stelle gewesen, es hätte überhaupt keine Notwendigkeit für eine solche Reinigungsaktion bestanden.«

»Und ein paar Stunden später hätten sicherlich den doppelten Arbeitsaufwand zur Folge gehabt.«

»Das ist allerdings richtig.« Cabrillo wandte sich zu seinen Begleitern um. »Dies ist der Präsident der Corporation, Max Hanley. Mafana vertritt Moses Ndebele, und dies ist Sloane Macintyre – und die eigentliche Ursache, weshalb wir alle fünfzehn Kilometer vom Meer entfernt vor einem Dampfschiff stehen.«

»Ein toller Anblick, was?«

»Nicht dass es mir nicht recht ist, aber wie haben Sie den Kahn so schnell gefunden?«

Ehe Kurt Austin antworten konnte, holte Joe Zavala ein paar Flaschen Tusker Lager aus der Kiste. Das Glas war eiskalt und mit dicken Tropfen Kondenswasser bedeckt. Er öffnete die Flaschen und reichte sie herum. »Das ist ungefähr die beste Methode, sich gegen den Staub zu wappnen.«

Sie prosteten einander zu und tranken mit tiefen Schlucken.

»Ah!«, seufzte Zavala zufrieden. »Wirklich genau das Richtige.«

»Um Ihre Frage zu beantworten«, ergriff Austin wieder

das Wort und wischte sich den Mund ab, »wir haben das Problem unserem Computergenie Hiram Yeager anvertraut, der für solche Sachen zuständig ist. Er hat sämtliche Informationen über den Sturm zusammengetragen, der hier zu jener Zeit tobte, als die *Rove* verschwand. Seine Quellen waren alte Schifflogbücher, Erinnerungen von Leuten, die in Swakopmund leben, Tagebücher von Missionaren und ein Bericht an die Britische Admiralität über Veränderungen an der Küste von Südwestafrika, nachdem der Sturm sich gelegt hatte.

Das alles hat er in seinen Computer eingegeben und dann sämtliche meteorologischen Daten der hundert Jahre nach dem Sturm hinzugefügt. Etwa einen Tag später hat Max die Antwort ausgespuckt.«

»Max?«, fragte Hanley.

»So nennt er seinen Computer. Er hat eine Karte vom Küstenverlauf, wie er heute aussieht, erstellt, mit einer Linie, die parallel dazu und zwei bis zwanzig Kilometer weiter landeinwärts verläuft. Wenn die *Rove* also dicht vor der Küste gelegen hatte, zum Beispiel um Passagiere aufzunehmen, die mit einem Vermögen an Diamanten auf der Flucht waren, dann musste sie irgendwo auf dieser Linie begraben sein.«

»Die unterschiedlichen Distanzen ergeben sich aus unterschiedlichen geologischen Bedingungen und Windverhältnissen«, fügte Zavala hinzu.

»Sobald wir unsere Karte hatten, sind wir mit einem Hubschrauber, der an einem langen Kabel ein Magnetometer mitführte, an der Linie entlanggeflogen.«

»Ich habe das Gleiche tagelang gemacht«, erklärte Sloane, »aber ich habe draußen auf dem Meer gesucht. Ich schätze, ich hätte gründlicher recherchieren sollen.«

»Es dauerte zwei Tage, bis wir einen Treffer landeten, bei dem es sich um die *Rove* handeln konnte, und er lag tatsächlich nur zehn Meter von der Stelle entfernt, die Max errechnet hatte.«

»Das ist geradezu sensationell.«

»Ich habe versucht, Hiram zu überreden, seinen Computer für mich Lottozahlen bestimmen zu lassen«, sagte Zavala grinsend. »Er meint zwar, das könne er durchaus, aber er lässt mich nicht an seine Maschine.«

»Wir haben dann Tiefenradar eingesetzt, um eindeutig festzustellen, dass wir es mit einem Schiff und nicht mit einer Masse Eisen – zum Beispiel von einem Meteoriten – zu tun haben«, fuhr Austin fort. »Der Rest war fröhliches Graben im Sand.«

Zavala öffnete die zweite Runde Bierflaschen. »Es war *eine Menge* Sand.«

»Waren Sie schon auf dem Schiff?«, fragte Sloane.

»Diese Ehre haben wir für Sie aufgespart, kommen Sie an Bord.«

Er geleitete sie die Gangway hinauf und auf das Teakholzdeck der *Rove*. Sie hatten, als sie den Sand entfernten, ganze Arbeit geleistet und sogar die Ecken und Nischen so gründlich ausgefegt, dass nur noch der Sand auf dem Deck lag, der vom Wind angeweht worden war.

»Die Brückenfenster waren geborsten, entweder durch den Sturm oder später, als das Schiff verschüttet wurde, daher war alles voller Sand. Allerdings ...« Er ließ das Wort in der Luft hängen und schlug mit der flachen Hand gegen eine Tür. Es hallte metallisch. »Die Wüste ist nicht in die Mannschaftsquartiere eingedrungen.«

»Ich habe das Verschlussrad bereits gelockert«, sagte Zavala. »Also, Miss Macintyre, wenn Sie so nett wären.«

Sloane trat vor und drehte das Verschlussrad ein Stück weiter, um die Riegel zu lösen. Sie zog die Tür auf, und ein wenig Sand rieselte über die Lukenkimming. Der Raum dahinter wurde nur von zwei Lichtbalken erhellt, die durch kleine Bullaugen an den beiden Seitenwänden eindrangen. Abgesehen von den Sandverwehungen, die den Fußboden bedeckten, sah es darin aus, als wären keine hundert Jahre verstrichen. Die Möbel standen an Ort und Stelle, und eine Laterne, die von der Decke herabhing, machte den Eindruck, als wäre nur noch ein Streichholz nötig, um sie anzuzünden. Aber während sich ihre Augen an das Dämmerlicht gewöhnten, erkannten sie, dass das, was zuerst wie zwei Kleidersäcke auf dem Tisch ausgesehen hatte, in Wirklichkeit die mumifizierten Überreste zweier Männer waren, die von Angesicht zu Angesicht gestorben waren. Ihre Haut hatte sich grau verfärbt und erschien so brüchig wie altes Papier, während ihre Körper ausgetrocknet waren. Einer trug nichts als ein Lendentuch um die Hüften und Federkiele, die allerdings ihre Befiederung verloren hatten, in einem Band um den Schädel. Der andere war in eine robuste Buschkleidung gehüllt, und neben der Stelle, wo sein Kopf ruhte, lag ein breitkremiger Hut, der vor elf Jahrzehnten einmal weiß gewesen sein musste.

»H. A. Ryder«, flüsterte Sloane. »Der andere muss einer der Herero-Krieger sein, die der König hinter ihnen hergeschickt hat, um die Steine zurückzuholen.«

»Sie müssen angegriffen haben, während der Sturm tobte«, sagte Austin und kam aus einem kurzen Korridor zurück. »In den Kabinen liegen ein Dutzend oder mehr Leichen. Die meisten sehen aus, als wären sie im Kampf gestorben. Zahlreiche Stichwunden. Die Leichen der Hereros sind unversehrt, daher sind sie wahrscheinlich verhungert, während die *Rove* unter den Sandmassen begraben wurde.«

»Aber sie haben ihn nicht getötet.« Juan deutete auf Ryders Leiche. »Ich frage mich: Warum?«

»So wie es aussieht, waren die beiden die letzten Lebenden«, meinte Zavala. »Wahrscheinlich sind sie verdurstet, als der Wasservorrat des Schiffes erschöpft war.«

»Ryder war zu seiner Zeit so etwas wie eine Berühmtheit«, sagte Sloane. »Möglich, dass sie sich kannten. Vielleicht waren sie vor dem Diebstahl sogar befreundet gewesen.«

»Das ist ein Rätsel, das wir niemals lösen werden«, sagte Max, trat vor und griff nach einer der Taschen, die unter dem Tisch lagen. »Und jetzt dazu.«

Als er die Satteltasche anhob, zerbrach das ausgedörrte Leder, und ein Strom Diamanten ergoss sich in den Sand. Ungeschliffen und im spärlichen Licht funkelten sie trotzdem wie kleine Sonnen. Alle applaudierten gleichzeitig. Sloane hob einen Zwanzigkaräter auf und hielt ihn vor das Bullauge, um ihn zu inspizieren. Mafana nahm eine Handvoll Diamanten und ließ sie durch seine Finger rieseln. Sein Gesichtsausdruck verriet Juan, dass er nicht an sich selbst dachte, sondern sich vorstellte, welchen Wert diese Steine für sein Volk hatten.

Der alte Unteroffizier öffnete die anderen Taschen und begann die Steine zu sortieren, wobei er die größten und reinsten heraussuchte. Die Auswahl war großartig, denn die alten Minenarbeiter, die die Steine damals für ihren König stahlen, hatten nur die schönsten von denen mitgenommen, die sie der Erde entrissen hatten. Als seine Hände voll waren, wandte er sich zu Cabrillo um.

»Moses sagte, Sie hätten ihm eine Handvoll Steine als Anzahlung gegeben«, erklärte Mafana mit ernster Stimme. »Er befahl mir, Ihnen zwei Hände voll zurückzugeben – als Zeichen des Dankes unseres Volkes.«

Juan war von dieser Geste überwältigt. »Mafana, das ist nicht nötig. Sie und Ihre Männer haben für diese Steine gekämpft und sind zum Teil dafür gestorben. Das war unsere Abmachung.«

»Moses sagte auch, dass Sie so reagieren würden, deshalb soll ich sie Mr. Hanley übergeben. Moses meint, er sei nicht so sentimental wie Sie und würde sie als Belohnung für Ihre Mannschaft annehmen.«

»Da hat er nicht ganz Unrecht«, sagte Max und streckte die Hände aus. Mafana gab ihm die Steine. »Da ich vor nicht allzu langer Zeit den Diamantenexperten gespielt habe, würde ich schätzen, dass das etwa eine Million Dollar sind.«

»So gut scheinen Sie Ihre Rolle dann aber nicht gespielt zu haben.« Sloane nahm den größten Stein aus dem Haufen und hielt ihn hoch. »Der allein bringt schon eine Million, wenn er geschnitten und geschliffen ist.«

Max konnte den Diamanten nur wortlos anstarren, was die Umstehenden in schallendes Gelächter ausbrechen ließ.

Eine Stunde später, nachdem alle einen Rundgang durch das Schiff unternommen hatten, fand Sloane Juan am Bug der *Rove*. Er stand dort ganz allein und hatte die Hände auf dem Rücken verschränkt.

»Wie heißt es so schön?«, fragte sie, während sie auf ihn zuging. »Gebt mir ein großes Schiff und einen Stern, und ich segle um die Welt.«

Er wandte sich um und lächelte. »Man muss nur auf Sanddünen achten.«

»Ich habe im Logbuch des Schiffs gelesen. H. A. Ryder hat es noch weitergeführt, nachdem der Sand das Schiff schon begraben hatte. Kurt hatte recht, was den Angriff der Hereros während des Sturms betrifft. Sie haben die Mannschaft bis auf Ryder niedergemetzelt. Der Anführer der Hereros hatte einmal für ihn als Führer gearbeitet und schuldete ihm nach dem Angriff durch einen Löwen sein Leben. Nicht dass das von wesentlicher Bedeutung war. Die Schonfrist war nur kurz.«

»Was ist passiert?«

»Der Sturm tobte noch eine ganze Woche. Als er sich schließlich gelegt hatte, konnten sie keine Tür mehr öffnen, auch die zur Kommandobrücke nicht, und die Bullaugen waren zu klein, um sich hindurchzuzwängen. Sie saßen also in der Falle. Es gab zwar genug Verpflegung und Wasser, um fast einen Monat durchzuhalten, aber das Ende war dennoch unabwendbar. Nach und nach starben sie, bis nur noch Ryder und der Anführer der Hereros übrig waren. Ich muss annehmen, dass Ryder als Nächster starb, denn in seinem Logbuch steht nichts vom Tod seines Leidensgenossen.«

»Das nehme ich ganz sicher in die Liste der zehn Todesarten mit auf, die ich niemals erleiden will«, sagte Juan schaudernd.

»In dem Logbuch hat Ryder auch noch etwas anderes erwähnt, das ziemlich interessant ist. Er schrieb, dass, als seine Gefährten den Diamantenschatz der Hereros plünderten, vier Krüge voller Edelsteine zurückgelassen wurden. Ich weiß aus historischen Überlieferungen, dass ihr König sie niemals benutzt hat, um sich von den Engländern Schutz vor den Deutschen, die sein Land besetzten, zu erkaufen. Also müssen diese Steine auch noch vorhanden sein.«

»Vergessen Sie's«, sagte Juan grinsend. »Als ich Ihnen das letzte Mal half, saß ich am Ende auf einer Riesenschlange aus Stahl mitten im Ozean und musste mit ansehen, wie unter mir ein Supertanker absoff. Wenn Sie Ihre Diamantensuche fortsetzen wollen, nur zu. Ich bleibe aber lieber bei etwas Handfestem, zum Beispiel der Jagd auf Terroristen.«

»Es war nur so eine Idee«, sagte sie neckend.

Cabrillo schüttelte den Kopf. »Da wir gerade von Diamanten reden, es gibt noch zwei Dinge, die ich Sie fragen möchte.«

»Schießen Sie los.«

»Sind Sie sicher, dass Sie für die Steine einen guten Preis erzielen?«

»Meine Firma wird nahezu den offiziellen Marktpreis zahlen, nur um ihr Monopol zu erhalten. Es wird meinen Leuten nicht gerade gefallen, dass ich sie nicht selbst zurückgebracht habe, aber am Ende dürften sie keine andere Wahl haben. Keine Sorge. Moses wird mehr als genug Geld zur Verfügung haben, um die Regierung seines Landes zum Teufel zu jagen.«

»Das bringt mich zu meiner zweiten Frage. Ich nehme an, dass Sie, sobald der Handel unter Dach und Fach ist, auf absehbare Zeit nicht unbedingt als Angestellte des Monats ausgezeichnet werden. Mir kam die Idee, ob Sie nicht vielleicht Lust hätten, Ihr Betätigungsfeld zu wechseln.«

»Bieten Sie mir einen Job an, Mr. Cabrillo?« Ihr Lächeln war strahlender als das Funkeln eines der Diamanten, die sie gefunden hatten, jemals sein würde.

»Die Arbeitszeit ist zwar lang, die Arbeit ist gefährlich, aber, wie Sie soeben selbst erlebt haben, die Bezahlung kann durchaus fürstlich sein.«

Sie trat so weit auf ihn zu, dass sie sich fast berührten. »Ich hatte vor nicht allzu langer Zeit ein interessantes Gespräch mit Linda und gewann dabei den Eindruck, dass Fraternisierung unter den Mannschaftsmitgliedern nicht üblich ist.«

»Büroromanzen sind schon eine heikle Geschichte. Aber noch schlechter wäre so etwas, wenn man praktisch die ganze Zeit zusammenlebte.«

Sie strich mit einer Fingerspitze über seinen nackten Arm und blickte ihm in die Augen. »In diesem Fall gibt es etwas, das ich unbedingt noch erledigen muss, ehe ich auch nur anfange, darüber nachzudenken, ob ich in meinem Laden aufhören und dafür Pirat spielen soll.«

»Und was ist das?«, fragte er, und plötzlich klang seine Stimme heiser.

»Dies«, sagte sie, während sich ihre Lippen trafen.